Georg Brun

Das Vermächtnis der Katharer

Georg Brun

Das Vermächtnis der Katharer

Roman

Langen Müller

Besuchen Sie uns im Internet unter:
http://www.herbig.net

© 2000 by Langen Müller
in der F. A. Herbig Verlagsbuchhandlung, München
Alle Rechte vorbehalten
Schutzumschlaggestaltung: Wolfgang Heinzel
Motiv: amana Germany GmbH, Hamburg
Satz: ew print & medien service gmbh, Würzburg
Gesetzt aus 10/14 Punkt Goudy
auf Macintosh in QuarkXPress
Druck und Binden: GGP Media GmbH, Pößneck
Printed in Germany
ISBN: 3-7844-2783-98

Liebe Marlene,

wir sind gemeinsam über das Tollwood gebummelt, als du vor einem Stand laut riefst: Schau mal, Papa, da ist was für deinen Ritterroman. Holzschwerter und Schilde in dreieckiger Wappenform gab es da und einen schwarzen Helm aus Pappkarton mit Visier. Das musst du kaufen, Papa, sagtest du mit drängender Stimme, das gibt dir Ideen. Ich habe gelacht. Etwas später, an einem Stand mit sandgefüllten Stofftieren, gefielen dir die Eidechsen und Schlangen und du sagtest mit Schalk im Ton: Papa, schreibst du einmal ein Buch über Schlangen?

Du warst vier.

Jetzt bist du sechs und der »Ritterroman« ist fertig.

Ich schenk ihn dir.

Inhalt

»Weil aber unter den Elementen das Feuer das wirkkräftigste ist, Vergängliches zu verzehren, darum wird die Hinwegnahme der Dinge, die im künftigen Stande nicht bleiben dürfen, auf die gemäßeste Weise durch Feuer geschehen. Und so heißt es nach dem Glauben, dass die Welt am Ende durch das Feuer gereinigt werden wird, nicht allein von den vergänglichen Körperdingen, sondern auch von der Befleckung, die dieser Stätte anhaftet durch die Besiedlung der Sünder. Und dies ist es, was gesagt ist: ›Der jetzige Himmel aber und die Erde sind für das Feuer aufgespart.‹«

Thomas von Aquin

Erwachen auf Quéribus

Cine Wolke verschattete die Sonne am blauen Himmel. In einer Mulde hinter einem Korkeichenwäldchen lag Isabelle auf der Wiese und sog die Frühsommerluft ein. Schwer stand der Duft von Thymian, Rosmarin mengte sich sanft in die Luft. Ein Windhauch spielte Lavendel herbei. Isabelle schüttelte ihre langen schwarzen Haare und zog die Nase kraus. Im Land der Aude waren alle Wiesen voller Zauber, eine tiefe Weisheit lag in den Düften. Was für eine kraftvolle Erde. Muttererde. Isabelle liebte dieses Land. Bald würden die Zikaden zirpen; es ging auf den Abend zu. Mild legte sich Ocker über das Land und die schräge Sonne nahm den schroffen Bergen ihre Härte. Selbst die Burg versteckte ihre Zähne und schmiegte sich auf den Felsen. Von hier unten, von der Wiese mit ihren verführerischen Düften, wirkte die Burg beinahe unwirklich; Quéribus strebte in den Himmel hinein; ein gewaltiger Turm an höchster Höhe, gebaut, um zu sehen; weit schweifte der Blick dort oben von den Schneebergen bis hinab zum Meer, hinweg über das gesamte Fenouillèdes, das wie durch ein Wunder bisher verschont geblieben war von den plündernden Horden der Franzosen, die im Zeichen des Schwertes gekommen waren, Okzitanien zu erobern. Isabelle sorgte sich um ihre Heimat und sie bangte um ihren Bruder Sebastian, der schweigend neben ihr lag und den Wolkenzug beobachtete. Jungenhaft wirkte er immer noch, obwohl ihm schon vor zwei Jahren der erste Bart gesprossen war und er übers Jahr zum Ritter werden würde. Müsste er dann gegen die Franzosen anreiten und sein Leben einsetzen für Okzitaniens Freiheit? Würde sie ihn verlieren? Und sich selbst?

Das Leben war voller Fragen, seit Papst Innozenz III. im Jahre 1209 zum Kreuzzug gegen die Albigenser aufgerufen hatte. Der grausame Krieg um die reichen Städte des Südens wirkte bis in die einsamen Täler der Pyrenäen und ließ die Herzen der Jungfrauen und Knappen nicht unberührt. Die Unbeschwertheit früherer Tage war verloren.

»Was ist der Sinn des Lebens?«, fragte sie Sebastian, der aus tiefer Versunkenheit hochschreckte und sie ausdruckslos ansah. Mit Nachdruck in der Stimme fragte Isabelle ein zweites Mal. Sie hatte wache Augen; ein helles Braun, und eine Iris wie aus Kirschholz; die Farbe ihrer Wangen harmonierte mit dieser zarten Maserung.

»Gottgefällig soll unser Leben sein, damit wir später erlöst werden«, entgegnete Sebastian unwillig. Er wollte solche priesterlichen Antworten nicht aus seinem Mund hören; wenn er das Kreuz nahm, dann, um zu kämpfen, denn schon Ovid hatte geraten: »Verliere keine Zeit durch Beten.«

Sie lächelte. Seine Antwort war ihr im Vorhinein bekannt; sie wusste um seine Abscheu vor besinnlichen Worten. Das reizte sie, ihn herauszufordern und sein Temperament auf die Probe zu stellen. Sein Gesicht erhielt eine heftige Lebendigkeit, wenn er sich ärgerte, und sie fand die in seine Haut einschießende Röte liebenswert; es machte ihren Bruder zugleich respektheischend und schutzbedürftig und diese Mischung mengte in die Bewunderung, die Isabelle dem Knappen schenkte, tiefe Zuneigung. Dann fühlte sie sich Sebastian nah, so nah, als seien sie Zwillinge und ihre Geburten keine zwei Jahre voneinander entfernt; manchmal erschrak Isabelle, wenn sie das Ein-Fleisch-und-Blut-Sein beinahe körperlich empfand, und in tiefer Ferne fühlte sie einen Schmerz. Sie würde ihn verlieren, das ahnte sie, und sie spürte die Angst vor der Zukunft. Wie gerne würde sie ihren Bruder als Freund und Vertrauten behalten, wie all die Jahre, ehe er zum Knappen ernannt worden war und die elterliche Obhut verlassen hatte. Sie sahen sich seltener seitdem, trotzdem oft genug, um solche Ausflüge in die Umgebung der Burg nicht ungewöhnlich erscheinen zu lassen. Aber wie lange noch?

»Sebastian?«, flüsterte Isabelle und es klang ängstlich.

»Ja?«, fragte ihr Bruder zurück, unsicher, ob sie ihn nochmals ärgern wollte.

»Glaubst du, dass du bald kämpfen wirst?«

Sebastian setzte sich auf und drehte die Handflächen nach oben. »Ich weiß es nicht«, antwortete er. »Quéribus hält sich aus allen Händeln heraus.«

»Fühlt unser Burgherr nicht wie ein Ritter Okzitaniens?«, fragte Isabelle nach, denn sie mochte nicht glauben, dass ihr Herr, Bertrand de Quéribus, auch in Zukunft ungerührt den französischen Eroberungen zusehen würde.

»Unser Marquis ist dem Kreuz im Vasallendienst verpflichtet«, entgegnete ihr Bruder nach kurzem Nachdenken.

»Wieso nimmt er dann nicht das Schwert gegen Raymond von Toulouse in die Hand?«, erwiderte Isabelle.

»Das wäre Verrat an Okzitanien«, entrüstete sich Sebastian und Isabelle merkte, wie sehr sich auch ihr Bruder mit ihrer Heimat verbunden fühlte.

»Aber wenn er für Okzitanien ist, müsste er doch mit dem Grafen von Toulouse gegen die Franzosen ziehen«, bohrte Isabelle weiter. »Oder fürchtet sich der Herr unserer stolzen Burg? Kann er am Ende das Schwert nicht mehr führen, versagen ihm die Arme den Dienst an der Lanze?«

»Bertrand ist immer noch ein stattlicher Ritter, meine Schwester, aber er will den Frieden für unser Land bewahren und das kann er nur, wenn er sich aus den Kämpfen heraushält.«

»Glaubst du, es wird ihm auf Dauer gelingen?«

Sebastian kratzte sich am Hinterkopf. »Nein«, antwortete er schließlich, »es wird nicht gelingen. Wir werden alle zum Schwert greifen müssen, denn eines Tages wird sich das Schicksal Okzitaniens entscheiden wie das Schicksal einer jeden Herrschaft: durch Kampf.«

»Und du wirst dabei sein, mein Bruder?«

Sebastian nickte. »Ja, ich will dabei sein.«

Isabelle schwieg. Sie blickte in die Landschaft, denn jetzt war die Zeit des Schauens: Schwer lag das Ocker auf dem Land, eine tiefe, ruhige Farbe über den Felsen des Corbières, und die Mattigkeit des Grüns der Wälder goss eine Zufriedenheit in das Auge hinein, als habe der Schöpfer die Befreiung von jeder Schuld ausgesprochen. Aus den Wiesenkräutern strömte Gottes Ablass. Das Leben, es war gut. Hier, im Aude, war es gut.

Als sich die Dämmerung sanft über die Berge legte, spürte Isabelle in sich Frieden und Freude. Sie stand auf, zog Sebastian mit der Hand hoch und sprang vor ihm den Pfad entlang. Es gefiel ihr, seine Blicke im Rücken zu spüren, und sie genoss die Sicherheit, die ihm seine Anwesenheit gab. Er würde ein starker Ritter werden, er würde für ihre Heimat kämpfen; es war, als wüsste sie es; ihr war, als würde sie die Zukunft kennen.

Da schüttelte sie alle Schwermut von sich ab und rannte den zunehmend steiler werdenden Weg hinauf, bis sie die Treppen zum ersten Vorwerk der Burg erreichte. Wie immer flog sie mit einem leichten Gruseln über die Falltür hinweg der nächsten Treppe zu, die zur zweiten Vorburg führte; dort war man sicher. – Ja, die Falltür: Würde jemals ein Feind die erste Feste stürmen, zögen die Verteidiger an den Tauen und schon öffnete sich der Schlund des Verlieses. Schade, dass niemand die erstaunten Gesichter der Angreifer sehen würde, wenn sie in das Dunkel hinabstürzten. Den Verteidigern jedenfalls müsste sodann genügend Zeit bleiben, hinter die schweren Tore der zweiten Vorburg zu flüchten. Deren Mauern waren uneinnehmbar. Von den Wehrgängen herab würde Quéribus die Angreifer mit einem Hagel von Steinen und Pfeilen bedecken und die Vorwitzigen, die es wagen sollten, die Mauern zu erklettern, mit siedendem Pech überschütten. Isabelle rieb sich zufrieden die Hände. Nein, hier würde niemals ein Franzose eindringen. Quéribus gehörte den Okzitaniern.

13

Zwei Stufen auf einmal nehmend, sprang sie weiter die Treppe hinauf. Ungestüm platzte sie in die lange Halle der dritten Vorburg und rannte in einen jungen Edelmann hinein, der im Begriff war, sich dem Ausgang zuzuwenden.

»Holla«, rief der Angerempelte und trat einen Schritt zurück. Isabelle errötete. Sie wollte den Kopf senken und seitwärts an dem herausgeputzten Gast vorbeischleichen, aber sein Lächeln hielt sie zurück. Wer hätte je so ebenmäßige Zähne gesehen? Und diese vollen Lippen! Über allem strahlten seine grünbraunen Augen. Welche Hand legte sich um ihr Herz? Von wo her ergoss sich dieses siedende Öl über ihre Haut? Warum nur kribbelten ihre Fingerspitzen?

»Verzeiht«, sprach Bernard del Congost, dem Isabelles Sprachlosigkeit nicht entgangen war, »wenn ich Euch so ungeschickt im Wege gestanden. Unwürdig bin ich, nicht längst erahnt zu haben, dass Eure Tugend diesen Weg nehmen werde. Doppelt unwürdig bin ich, weil ich nichts bei mir führe, Euch meine Gunst zu erweisen. Dreifach unwürdig bin ich gar, weil mir im Anblick Eurer Anmut die Reime entgleiten.«

Mit einer Verbeugung trat er einen Schritt zurück und machte Anstalten, sich gegen die Treppe zu wenden, als Isabelle aus ihrer Starre erwachte.

»Reimt Ihr auch nicht, so dichtet Ihr doch«, flüsterte sie und wagte ein Lächeln. »Gleichwohl sähe ich Euch gern besser vorbereitet.«

Kaum merklich zuckte Bernards linke Augenbraue. Er nickte und trat einen halben Schritt vor.

»Und für wen, wertes Fräulein, darf ich mich vorbereiten?«

»Isabelle Lemaitre, Tochter des *Sénéchal* von Quéribus.«

Er wiederholte ihren Namen; es klang wie Gesang in ihren Ohren.

»Ich werde mich vorbereiten!«, antwortete er und schritt rasch davon.

Isabelle ging sinnend in die Düsternis der lediglich durch eine Schießscharte erhellten Halle hinein, bis sie in das Wohnhaus abbiegen und über die Treppe zu ihrer Zelle gelangen konnte. Karg, aber Isabelles eigen, fanden gerade eine Pritsche und eine Truhe in der Kammer Platz. Sie erhielt ihr Licht durch ein schmales Fenster; darunter war ein Antritt gemauert, auf dem der Armbrustschütze stand, um den Fuß der Mauer gut ins Visier nehmen zu können. Isabelle stellte sich in die Schützennische und blickte hinab. Nichts zu sehen. Oder etwa dort, am Fuße des Felsens, die Staubfahne? Heftig schlug Isabelles Puls. Als ob sie sich im Kreis drehte, wirbelten die Bilder in ihrem Kopf durcheinander: ein in den Himmel strebender Turm, ein vieldeutiges Lächeln, des Fremden elegante Verbeugung, eine flammende Feuerlilie vor dem Violett eines Lavendelfeldes, eine kräftige Hand in einer huldvollen Geste, sein durchdringender Blick. Isabelle zitterte. Sie kannten den Namen des Fremden nicht. Was hatte er nur für wunderbare Augen!

Isabelle träumte. Zu ihren Füßen lag das Tal der Agly eingetaucht in schmeichelndes Ocker. Ein Hauch wie von Nebel legte sich über das Land, ein alles weich zeichnender Dunst, der dem gegen das Mittelmeer hingestreckten Fenouillèdes etwas Weibliches verlieh. Es war ein liebliches Land. Isabelle flüsterte: »Wenn ich die Lerche ihre Flügel vor Freude gegen den Strahl der Sonne bewegen sehe.« Was für ein schönes Lied. Sie hatte es Sebastian mehrfach abgelauscht. Wenn er sich unbeobachtet fühlte, übte er an wohlbekannten Texten; so geschickt er Läufer und Türme auf dem Schachbrett zu bewegen wusste, so unbeholfen dichtete er. Oft hätte sie ihn umarmen mögen, wie er unsicher und holprig die *Kanzone* von der unerwiderten Liebe sang. Die Hoffnung durchfuhr sie, jener Unbekannte möge weit besser vorbereitet sein als ihr Bruder und sicher im Ton. Vorhin hatte er den richtigen angeschlagen.

»Dort!«, rief sie und deutete auf eine wehende Staubfahne im Tal. Sie legte den Zeigefinger auf die Lippen und verfolgte den Schleier des Reiters, bis sich Staub und Abenddunst untrennbar vermischten.

15

Türklopfen riss sie aus ihren Gedanken, und als sie sich umdrehte, stand sie ihrem Vater gegenüber. Er sah müde aus und in seinem Blick erkannte Isabelle eine Spur Verlegenheit; es kam nicht oft vor, dass Simon Lemaitre seine Tochter in ihrer Kammer aufsuchte. »Ich muss mit dir sprechen«, begann er stockend. »Du weißt, wie schwer die Zeiten sind, seit der Schlächter Simon Montfort d'Epernon unser Land verwüstet, weil sich der Franzosenkönig Philipp-August Okzitanien untertan machen will im Namen des Kreuzes.« Isabelle nickte und blickte ihren Vater fragend an. Weshalb suchte er jetzt und an für ihn ungewöhnlichem Ort eine Unterhaltung über die Politik in Okzitanien?

»Es ist nur ein Durchschnaufen, meine Tochter«, fuhr Simon Lemaitre fort, »weil der neue Papst noch keine Truppen gegen uns aufsässige Okzitanier schickt. Aber ich glaube nicht, dass es gelingt, Toulouse von den Franzosen zurückzuerobern. Im Gegenteil: der ganze Zorn des Königs wird uns eines Tages treffen.«

Simons Blick ging in die Ferne, als sähe er die Geschichte seines Landes ablaufen, die seit der Ausrufung des Kreuzzuges gegen die Albigenser vor acht Jahren eine dramatische Wendung genommen hatte. Viele Städte waren erobert und ganze Landstriche verwüstet worden. Lehen nach Lehen fiel in französische Hände und brachte ungeliebte Herren über die Menschen. Niemand in Okzitanien mochte die Franzosen; allein die Sprache der Nordlichter: hart und ohne das Feuer des Südens, beinahe künstlich, als müssten die Herren aus Paris tagtäglich mit den Engländern und den Deutschen verhandeln. Wie anders klang da die *langue d'oc*, diese weiche Sprache der Kunst, die ihrer Heimat den Namen *terrae linguae occitanae* gab. Mangelte es ihnen schon an der rechten Sprache, so fehlte es ihnen darüber hinaus an den Manieren. Die Franzosen waren rechte Flegel und raffgierig; bei Licht betrachtet, war das kein richtiger Adel, sondern Gesindel, das sich von dem päpstlichen Aufruf, das Kreuz gegen die okzitanischen Häretiker zu nehmen, rasche Beute versprochen hatte. Alles hatten sie geplündert. Verloren der Reichtum von Béziers, zerstört das majestätische Carcassonne. Doch anstatt mit ihrem Raub von dannen zu ziehen, blieben die schäbigen Glücksritter und hofften auf weitere Ausgießungen des südlichen Füllhorns. Fortuna, so schien es, war keine Göttin des Aude. Unbeschreiblich, mit welcher Unnachsichtigkeit die Franzosen über Béziers hergefallen waren, nur weil sich die Bewohner geweigert hatten, vom päpstlichen Legaten eingeforderte Häretiker auszuliefern. Die Städter trotzten dem Eroberer und teilten lieber das Schicksal mit jenen armen Betern, die die Wut der Kirche entfachten, als abzuziehen, und unter dem wütenden Ansturm des Kreuzzugsheeres fiel das stolze Béziers. Grausam stand der päpstliche Legat vor der Stadt und sagte:»Tötet sie alle, der Herr kennt die Seinen.« Da metzelten die päpstlichen Söldner alle Menschen nieder, Rechtgläubige und Irrende gleichermaßen, und brachten den Okzitaniern das Fürchten bei. Simon betrachtete Isabelle voller Schwermut.

»Schwierige Zeiten, meine Tochter. Du bedarfst des Schutzes.« Er schluckte.»Du brauchst einen Mann.«

Isabelle lachte.

»Gut«, nickte der Vater.»Gut, dass du es einsiehst.«

Isabelle schüttelte den Kopf:»Das habe ich so nicht gesagt. Es kommt auf den Mann an.«

»Alfonse de Olmes«, flüsterte Simon Lemaitre, als schäme er sich, den Namen auszusprechen.»Man hält ihn für einen stattlichen Ritter ohne Tadel, der manche Schlacht geschlagen und etliche Turniere gewonnen hat. Wenn man den Gerüchten glauben darf, dichtet er beachtlich. Sein Besitz trägt so viel, dass er Graf Raymond mit zwei Ersatzpferden und fünf Fußsoldaten Heerdienst leistet. Über den Wohlstand hinaus ist er mit einem einnehmenden Äußeren gesegnet, er wird dir gefallen.«

»Alfonse de Olmes«, wiederholte Isabelle und brachte vor Erstaunen den Mund nicht mehr zu.

Simon Lemaitre nickte:»Er hat um dich angehalten.«

»Jener graubärtige Ritter, dessen Haupt kein Haar mehr ziert?«

Simon Lemaitre schaute verlegen in die Ecke, als er bejahte.

»Der könnte mein Vater sein.«

Simon Lemaitre blickte hilflos zur Decke.

»Vater, willst du mir das antun?«, stammelte Isabelle und schwieg. »Es wäre eine gute Wahl, mein Kind«, entgegnete der Vater und ging zur Tür. »Überlege es dir.« Dann verließ er die Kammer.

Isabelle stellte sich wieder ins Fenster und schlug mit den Knöcheln einen unsteten Takt auf die Steine. Sie ergründete ihr Inneres und spürte jenem Gefühl nach, das sie beim Anblick des fremden Ritters erfüllt hatte, und in die weiche und heiße Empfindung mengte sich kalt und abweisend der Gedanke an den alten Marquis de Olmes. Da wurden mit einem Schlag die Gegensätze in ihr lebendig, die viele *Troubadoure* in unzähligen *Kanzonen* besangen und die sie stets für höfisches Ritual gehalten hatte, dabei lag der Keim des Ideals in der Wirklichkeit. Es stimmte: auch Isabelle sehnte sich nach der Liebe mehr als nach der Ehe, und während die Gegensätze noch in ihrem Herzen wühlten, suchten ihre Augen den Horizont ab, ob sie eine Spur des jungen Edelmanns erhaschten. Doch die Dämmerung verwischte alle Spuren und verwies Isabelle auf ihre Träume. Sie legte sich auf die schmale Pritsche und schloss die Augen. Die Konturen des Ritters changierten in diejenigen ihres Vaters, und ehe sich Isabelle versah, focht der *Sénéchal* auf einem Turnier, heftig angefeuert von seiner kindlichen Tochter. Aufgeregt saß sie auf Mutters Schoß und drückte dem Vater die Daumen, während er seinen gestriegelten Rappen ins Lanzenstechen trieb, und dann, als der Gegner fiel, gellte Isabelle ihren Jubel hinaus. Der Vater nahm den Helm ab – und es erschien das Gesicht von Bernard del Congost. – Würde er wiederkommen? Sänge er für sie? Besänge er sie gar – offen oder mit Decknamen, um das Fräulein zu schonen? Ihr wurde wohlig ums Herz bei dem Gedanken, ein junger Ritter könne eine *Kanzone* auf sie dichten mit der Innigkeit echt gelebten Gefühls; ein zwischen Liebenden ausgetauschter Kuss sollte dieses Gedicht sein, kein höfischer Text, in dem das Pochen der zwei Herzen gegenüber Form und höfischer Sitte in den Hintergrund tritt. Viel zu sehr hatte die höfische Form inzwischen das gelebte Gefühl verdrängt und aus dem Singen der *Kanzonen* einen Wettstreit der *Troubadoure* gemacht, die keinesfalls noch eine wirkliche Dame mit ihren Versen meinten. Isabelle bedauerte dies und dachte an ihren Vater, dessen Verse früher so treffsicher gewesen waren wie seine Schwertstreiche und der mit aufwühlenden *Kanzonen* Mutters Herz angerührt hatte. Damals, vor beinahe vierzig Jahren, steckte noch unmittelbare Lebendigkeit in den Texten und manche Lust und mancher Witz, was heute in adliger Übung verloren ging. Manchmal, wenn hinreichend Wein floss und die Familie in trauter Runde saß, gab es Anschauung für die quirligen Ursprünge des okzitanischen Minnesangs und durfte Balduin den *Jongleur* abgeben und Vaters alte Lieder singen. Vater selbst sang seit der Hochzeit nicht mehr, denn sein Gesang hatte der Unerreichbaren gegolten und mit dem Vollzug der Liebe die Widmung verloren. Doch Balduin, bei seiner sonst so zerfahrenen Rede mochte man es kaum glauben, war ein guter Sänger, und wenn er Vaters *Kanzonen* vortrug, wurde jene Zeit lebendig, die Isabelle nur aus Mutters Erzählungen kannte. Ab und zu schielte Isabelle dann zu ihrem Vater hinüber, der in sich hineinlächelte; da hätte sie ihn umarmen mögen, den *Sénéchal*, und ihm danken für seine Worte und Taten.

Ach Vater, atmete sie schwer, du kennst die Liebe und hast an sie geglaubt; willst du allen Ernstes von deiner Tochter jenen höfischen Gehorsam einfordern, der die Ehe zu einem gesetzlichen Ding und die Liebe zu Verbotenem macht? Du kennst mein Gemüt so gut wie das meiner Mutter; du weißt, was du von mir verlangst. Verlange nicht ein solch Versprechen, Vater, ich bitte dich!

* * *

Sebastian war Isabelle nicht gefolgt, sondern im Gegenteil langsamer geworden, je näher die in den Fels gehauene Treppe kam. Er sann dem Gespräch mit seiner Schwester nach und bei dem Gedanken an bevorstehende Kämpfe mit den Franzosen spürte er das

Männliche in sich. Es war ein fiebriges Gefühl hoher Anspannung. Wenn er den Pfeil auf die Sehne legte, spannte und das Reh anvisierte, fühlte es sich genauso an; jede Faser des Körpers ist ausgerichtet auf das eine und einzige Ziel; es darf nicht verfehlt werden; jetzt muss das Tier fallen – und dann schnellt der Pfeil vom Bogen, ein schwaches Sirren durchzieht die Luft, ein dumpfer Schlag, das Reh neigt sich zur Seite und fällt. In dem Augenblick entweicht die angehaltene Luft aus dem Brustkorb; Erleichterung; Freude; ein halblaut gerufenes Ja. Entspannung. Das ist angenehm und vermittelt Ruhe. Kurzzeitig, denn dann kommt neue Bewegung auf; man geht zum Wild, betrachtet den Schuss, zieht den Pfeil aus dem Fleisch und weist den Knecht an, den Kadaver zu schultern. In den Heimweg mengt sich Stolz und Zufriedenheit über Ausdauer und Kraft. Vorfreude auf das Lob des Vaters oder den Schmaus im Kreis der Freunde. Die rechten Worte wollen gefunden werden, das Jagdglück zu besingen. Als eine stete Bewegung, ja, als Fluss verspürte Sebastian das Männliche in sich. Die Kraft pochte in seiner Brust. Aus diesem Gefühl wuchs eine Unruhe heraus, drängte den Knappen das Mannsein zum Tun. Es drängte Sebastian nach Bewährung, er wollte kämpfen.

In solcherlei Gedanken befangen, stand er an der Treppe in der Vorburg, als ein schwarz gekleideter Edelmann in rascher Bewegung auf ihn zukam und fragte, ob er der Knappe Sebastian Lemaitre sei. Sebastian nickte.

»Dann«, so der Unbekannte, »richte dich darauf ein, diese Burg zu verlassen.«

»Was liegt an?«, fragte Sebastian.

»Gemach, gemach. Dein Herr wird dir alles erklären und wir werden uns bald – ich hoffe: sehr bald wiedersehen, um die Einzelheiten zu erörtern. Für heute: adieu! – Ach, halt«, rief er aus, kaum hatte er sich halb abgewendet, »Bernard del Congost – meinen Namen möchte ich dir nicht verhehlen.«

Sprach's, lief die Treppe hinab und verschwand durchs Burgtor.

Während Sebastian noch über den Namen des Fremdlings grübelte, stieg er die Treppen empor und gelangte schließlich zum hochaufragenden *Donjon*, wo der Burgherr, wie erwartet, in der untergehenden Sonne stand und mit gerunzelter Stirn Balduins Worten lauschte.

Niemand konnte Balduin anders als angestrengt zuhören, denn er sprudelte seine Worte hervor wie die Quelle von Fontestorbes das Wasser, deren Ausstoß eine Viertelstunde zu- und anschließend eine Viertelstunde abnimmt in immergleichem Rhythmus; bei Balduins Rede wuchs der Sinngehalt zunächst, ehe es anschließend mit der Vernunft spiegelbildlich ins beinahe Läppische bergab ging; dummerweise verschluckte er ein Drittel aller Silben und bestand auf einem eigenwilligen Umgang mit der Grammatik, sodass wirklich ein Wortschwall größter Ungeordnetheit seinem Mund entsprang. Meistens hörte man ihm deshalb nur wenige Minuten zu, wenn überhaupt. Doch diesmal blieb der Burgherr aufmerksam, während Balduin von dem Besuch Bernards del Congost erzählte.

»In Brindisi also, im September, sollen sich die, welche das Kreuz nehmen, einschiffen gegen das Heilige Land hin. Wie schon einmal hat man den Sternregen vom Himmel herabfallen sehen, und Potzblitz, es muss sich die Wut der Kreuzritter gegen die Muselmanen richten statt gegen die Braven, die wir Gott verehren in tiefer Aufrichtigkeit. Bald schon, so lesen es die Weisen in vielerlei Zeichen, wird der Bruderkampf enden, der Süden wird sich mit dem Norden vereinen und ein riesiges Heer macht sich auf nach Brindisi, um Jerusalem zu befreien. – O meine Herren, so wahr ich Balduin heiße, mein Auge sieht das himmlische Jerusalem mit seinen edelsteingeschmückten Mauern und Plätzen und jenen saphirenen Toren, deren Glanz von weitem die Göttlichkeit des Ortes verheißt; wie edel von dem jungen Bernard del Congost, dass er seinen Blick auf Jerusalem richtet, gerade jetzt, wo Innozenz von uns gegangen ist, ohne sein Werk vollenden zu können, das er, in kluger Wendung, wenn ihr mich fragt, von uns Braven auf die Barbaren im Namen Mohammeds gewendet hat ...«

In der Tat ein mühsames Unterfangen, Balduin zu lauschen. Doch bald schälte sich aus seiner Rede der Kern, dass einige Ritter von Saintes-Maries-de-la-Mer den andauernden Zwistigkeiten und daraus resultierenden widerstreitenden Lehensverpflichtungen zwischen Nord und Süd, König und Graf entkommen wollten, indem sie sich dem Kreuzzugsaufruf Innozenz' III. anschlossen. Bernard del Congost suchte weitere Verbündete. Er ließ anfragen, ob Bertrand de Quéribus bereit sei, das Kreuz zu nehmen oder wenigstens einen Kreuzfahrer auszurüsten. Das Besondere des Aufrufes von Innozenz lag nämlich darin, dass er, wie damals Urban beim ersten Kreuzzug, die Kreuzfahrt dem ganzen gläubigen Volk eröffnete. Nur rief Innozenz nicht einfach alle auf, sondern er ließ es – nunmehr durch das Konzil gebilligt – zu, dass ein Adliger sein Kreuzzugsversprechen durch Bezahlung der Ausrüstung für einen anderen erfüllte, was dazu führte, dass vielerlei Knappen und sogar Bauern das Kreuz nehmen konnten. Auf diese Weise kamen beide in den Genuss des Ablasses – der Ausrüster, der lediglich für die Kreuzfahrt zahlte, ebenso wie der Kreuzfahrer selbst.

»Bernards Idee klingt gut«, sagte der Burgherr nach einiger Zeit und unterband die fortspringende Rede Balduins. Er schritt mit Sebastian zur Wehrmauer hinüber.

»Für mich ergäbe sich die Möglichkeit, dem Heiligen Stuhl meine Lehnspflicht zu erfüllen und gleichwohl der Sache des Südens nicht in den Arm zu fallen. Eine besondere Art der Neutralität sozusagen. – Was hältst du von der Sache?«

»Vortrefflich, mein Herr, vortrefflich.«

Der Marquis lächelte.

»Ich weiß, du brennst darauf, dich im Kampf zu beweisen.«

Er legte seine Hand auf Sebastians Schulter.

»Früher dachte ich genauso«, fuhr er schließlich fort. »Aber spätestens, seit uns Simon de Montfort mit seinen gnadenlosen Feldzügen überzieht, bin ich zurückhaltend geworden und möchte den Krieg vermeiden.«

Er deutete in das weite Land hinaus, das mittlerweile dunkel lag.

»Wir müssen unsere Heimat schützen. Das gelingt uns nur, wenn wir die Schwerter fernhalten.«

Sein Blick ruhte auf Sebastian. Dieser schwieg.

»Ich werde es sorgsam erwägen«, sagte Bertrand de Quéribus matt. »Meine Lehenspflicht bindet mich an den Gehorsam gegen Rom, mein Herz schlägt für Okzitanien. Ich denke, ich werde euch nach Jerusalem schicken. Möge dieser Schachzug unsere Heimat retten.«

Wenige Tage später traf Bernard del Congost mit vier Gefährten auf Quéribus ein, um die Vorbereitungen für den Kreuzzug zu beschleunigen. Im Innenhof der Burg wurden sie von Bertrand de Quéribus erwartet. Bernard und seine Gefährten deuteten eine Verbeugung an. Bertrand trat auf die Ankömmlinge zu, breitete die Arme aus und legte seine Hände väterlich auf Bernards Schultern.

»Willkommen auf Quéribus.«

Er musterte den jungen Ritter und seine Begleiter. Sie trugen einfache graue Hosen, schlichte Leinenhemden und ein schwarzes Wams, unter dem sich das leichte Kettenhemd abzeichnete, das die Ritter Okzitaniens seit einigen Jahren auch trugen, wenn sie in friedlicher Absicht reisten; die Gegend war durch Simon de Montfort und seine wütenden Gesellen unsicher geworden; niemand reiste mehr arglos. Trotzdem waren die Gesichter der Männer offen und voller Neugierde auf Kommendes. Der Baron sah die tatendurstigen Augen.

»Lasst uns in Ruhe über eure Pläne sprechen. Es ist nicht die Zeit für übereilte Entschlüsse. Wir sind vorbereitet, euch für die nächsten zwei Wochen Gastfreundschaft zu gewähren.«

»Es ist wichtig, dass wir Rat halten«, entgegnete Bernard lächelnd, »doch sollten wir darüber nicht versäumen, uns um Waffenbrüder umzusehen.«

»Keine Bange, mein Freund. Ich habe einen Boten nach Peyrepertuis geschickt und hoffe, im Laufe der Woche den einen oder anderen Gefährten zu begrüßen.«

»Dann«, entgegnete Bernard, »nehmen wir Eure Gastfreundschaft gerne an.«

Bertrand klopfte seinem Gast auf die Schulter und ging in den *Burgfried* voran. Im Saal waren Tische aufgerichtet und Bänke bereitgestellt. Als die Ritter Platz genommen hatten, trugen zwei Mägde Weinkrüge und Becher auf. Nach kurzem Hallo spülten die Männer die ersten Becher gegen den Durst hinunter; der Wein war süffig und schmeckte erdig am Gaumen; ein ordentlicher Auftakt, der allgemein Zustimmung erfuhr, und dies um so freudiger, als die Mägde nun Brote hereintrugen und mehrere Terrinen mit gebratenem Fleisch. Die Männer rückten die Bänke näher an die Tische heran, zogen die Hirschfänger aus ihren Hosen und hieben die Klingen in die Tischplatte, bereit zum Schmaus. Unter freudigen Zurufen von allen Seiten kamen die Ritter und Knappen von Quéribus in den Rittersaal und suchten sich ihre Plätze. Die meisten kannten sich von Turnieren, und wenn sie noch nicht gegeneinander gefochten hatten, hatten sie zumindest schon miteinander gesungen.

Sebastian kam gegenüber von Bernard del Congost zu sitzen und dessen blitzende Augen nahmen ihn sofort für den fremden Ritter ein. Sie waren grünbraun, beinahe wie Vaters Augen, und von gewinnender Offenheit. Blendend weiße Zähne zeigten sich bei jedem Lachen. Eine breite Nase neben hoch angesetzten Wangenknochen verlieh Bernards Gesicht lausbübischen Ausdruck; das straffe Kinn verriet Entschlossenheit. Ja, dachte Sebastian, mit diesem Ritter kann man in den Kampf ziehen.

Nach und nach wurden alle Speisen aufgetragen: Rinds- und Schweinebraten in herzhaften Stücken, gebratene Haselhühner, Wachteln und Fasane, in Essig eingelegte Eier, Zucchini und Auberginen, Erbsen und Karotten, weißes und graues Brot, nicht zu vergessen die grobe Leberpastete und die Schweinskopfsülze und dazu weiter von dem erdigen Wein in bauchigen Krügen. Den Gästen sollte es an nichts mangeln und es war dem Burgherrn stolze Ehrensache zu zeigen, dass man auf Quéribus trotz der französischen

Umtriebe nicht darben müsse. Bertrand erreichte sein Ziel und bereits nach kurzem Schmaus hörte man die wohligen Rülpser der Männer. Sie aßen und tranken, was ihnen aufgetischt wurde, mit gesundem Hunger und ein jeder spuckte zufrieden auf den Boden. Schließlich wandten sie sich ganz dem Wein zu und bald fanden sich Ritter und Knappen bei allerbester Laune in vielfache Zotenreißerei vertieft.

* * *

Bis in Isabelles Ohren dröhnte das Gelächter der Männer. Sie hätte viel darum gegeben, im Rittersaal mit an der Tafel sitzen zu dürfen, statt in der Düsternis ihrer Kammer den Geräuschen zu lauschen. Angestrengt sann sie jedem Ton nach, ob sie vielleicht jenen Fremden erkannte, von dem sie hoffte, er möge unter den Gästen sein. Allein der Gedanke, er könne sich in ihrer Nähe aufhalten, gab ihrem Puls einen Schubs. Aber so sehr sie wünschte, den Fremden wiederzusehen, so wenig hatte sie es gewagt, in den letzten Tagen mit Sebastian darüber zu reden. Würde er ihre Sehnsüchte verstehen? Könnte er sich einfühlen in ihr erwachendes Herz oder drehten sich seine Gedanken nur um Lanze und Schwert? Würde er gar für Vaters Wunsch eintreten, sie solle den Marquis de Olmes heiraten? Wer weiß, was Sebastian bewegte in dieser unheilvollen Zeit? Da wollte sie mit ihren geheimsten Wünschen lieber alleine bleiben. – So in Gedanken versunken, erschrak sie heftig, als es an ihrer Tür pochte.

»Herein.«

»Ich bin es«, sagte Sebastian und schwang die Tür auf. »Komm heraus auf den Hof, ich habe dir etwas zu erzählen.«

Isabelle warf sich ein Tuch um den Hals und folgte dem Bruder in den Burghof.

Um die offene Feuerstelle lagerten mehrere Knechte. Die Flammen loderten, an einem Spieß wurde ein junges Schwein gebraten,

Weinkrüge kreisten. Markus, der Schmiedgeselle, hieb sich auf die Oberschenkel, dass es klatschte. Die Männer lachten.

»Siehst du«, sagte Sebastian, »schon spürt man die Aufbruchstimmung.«

»Wie das?«, fragte Isabelle und überspielte ihre Aufgeregtheit. Keinesfalls wollte sie jetzt ihre Gefühle verraten.

»Wir werden«, platzte Sebastian heraus, »das Kreuz nehmen und Jerusalem befreien.«

Isabelle blickte ihren Bruder mit großen Augen an. Also doch, dachte sie und wandte sich langsam ab.

»Freust du dich nicht?«, fragte Sebastian und packte sie an den Schultern. »Ich darf in den Kampf ziehen und meine Kraft beweisen. Jetzt werde ich ein Mann und vielleicht bald Ritter.«

»Ach ja«, seufzte Isabelle und entzog sich ihres Bruders Händen. »Ihr denkt immer nur ans Kämpfen.«

Sie ging vom Feuer weg und schärfte ihr Gehör, ob sie den einen höre, nach dem sie sich sehnte. Doch so sehr sie auch in das Stimmengewirr hineinlauschte, das aus dem Rittersaal nach draußen drang, seine Stimme erkannte sie nicht. Wörter und Laute, Satzfetzen und Gelächter durchdrangen einander zu einem sinnlosen Strom von Tönen und das Heulen des Windes ließ alles noch undeutlicher werden. Während Sebastian wieder zu den Rittern in den *Burgfried* ging, kehrte Isabelle langsam in ihre Kammer zurück.

Sie stellte sich ans Fenster und sann den Geräuschen nach. In Mauerritzen und Zinnen fing sich der Wind, oben auf dem Dach klapperten einige Schindeln. Bei geschlossenen Augen verwandelten sich die Geräusche in Meeresrauschen; Welle nach Welle brandete den Strand herauf und lief ächzend im Sand aus. Ein Donnern und Stöhnen. Wasser, in gleichförmiger Weise bewegt, geformt wie ein Gedicht. Streng, verlässlich. Dem *Troubadour* ist die Form nicht Selbstzweck, nicht Spielerei. Nur in ihr findet der starke Ausdruck zu sich selbst, nur durch die Form werden die einzelnen Teile des Gedichts aufeinander bezogen. Makellos und rein mussten Form und Inhalt sein, wollte das Dichtwerk gelingen. Isabelle nickte. Wie erregend wäre es, in einem gelungenen Vers persönlich angesprochen zu werden und für sich selbst einen *Senhal* zu hören, jenen geheimnisvollen Decknamen, der die Dame zur angebeteten Unerreichbaren macht. Weiße Berglilie, lachte Isabelle und spürte, dass sie keineswegs voller Unschuld war.

Stille. Der Sturm schlief und mit ihm die Burg. Der Mond kam blass durch das Fenster und warf verschwommene Schatten auf die Wand über Isabelles Pritsche. Verwirrt rieb sich Isabelle die Augen. Was hatte sie erschreckt, was aus dem Schlaf gerissen? Ein Traum? Doch welches Bild? Ihre Erinnerung glich einer blanken Schiefertafel, nicht ein Kreidestrich fand sich da. Oder doch? Sirrte dort ein Ton durch die satt ruhende Luft? Sanft und zitternd? Eine Grille, die sich ihrer Fiedel schämt? Zart und hell, als sitze die Zirpe auf ebener Erde, weit weg von ihrem Bau, des Resonanzkörpers beraubt, klirrte ein klarer Ton in der Luft. Sie träumte nicht. Sie hörte.

»Nachtigall, zu ihrer Wohnstatt
wirst du für mich fliegen, um meine Dame zu sehen,
und du sollst ihr meine Lage schildern
und sie möge dir die Wahrheit von ihrer Wahrheit sagen
und sie soll mich wissen lassen, wie es ihr geht.«

In fließendem Takt kam das Lied herangeflogen wie die Nachtigall, leiser Flügelschlag trug die Worte vom Fuße der Felsen herauf, ein liebliches Geheimnis, das bequem in der hohlen Hand Platz hatte. Nur ein Hauch war der Vers, der kaum gesungen in der Ferne verklang.

Langsam erhob sich Isabelle und trat ans Fenster. Vorsichtig schob sie den Holzrahmen, an dem die geölte Leinwand aufgespannt war, welche die Scharte verschloss, zur Seite, stieg auf den Antritt und lehnte sich über die Brüstung hinaus, um zu sehen, wer da draußen sang. Doch dunkel der Abgrund, konnte Isabelle nicht einmal erkennen, wo das Gemäuer in den gewachsenen Fels überging. Gleichwohl schien das Erscheinen ihres Scheitels ein Zeichen zu sein, denn erneut flog die Schwingung eines zarten Tones in den mondfahlen Raum und wiederholte den Vers. Als ob Strahlen sich mitten im Raum träfen, bündelten sich die Töne zu einem Bild: fast sah Isabelle die Nachtigall.

Als der letzte Ton abbrach und die Imagination verschwand, machte Trauer ihren Atem schwer. In der Düsternis war nichts zu sehen und alles blieb stumm. Fieberhaft überlegte Isabelle, was sie in den Abgrund werfen könnte, um dem Sänger ein Zeichen in die Hand zu geben, ein Zeichen ihres Verständnisses, ihres Einverständnisses. Aber da war nichts, weder Ring noch Medaillon, einzig ihr Schlafgewand – sie schmunzelte, als sie sich das verdutzte Gesicht des Sängers vorstellte, fiele ihr Kleid auf ihn herab.

Zweifach ist der Flug des Vogels; jetzt herrschte Stille. Kein falsches Ohr sollte in dieser Nacht die Reime hören, im Schutz der Dunkelheit konnte das Geheimnis blühen und vielleicht morgen schon würde das Lied öffentlich, die Dame aber geschützt durch den *Senhal*. Weiße Berglilie.

Leise schob sie das Fenster zu, nahm das Mondlicht trunken in sich auf und legte sich nieder, um einzutauchen in die Träume, welche die Nachtigall in ihrem Gefieder getragen hatte. Gut versteckt vor allen anderen waren es nur ihre Träume und ihre Phantasie unternahm einen weiten Flug bis hin zu dem Púnkt, da ihres Ritters rauhe Lippen ihren weichen Mund trafen.

Fünf Nächte wiederholte sich der scheue Gesang, fünf Nächte, in denen stets dieselbe Strophe erklang, zweimal gesungen, damit sich die Worte einprägten, leise genug, dass kein Unbefugter es hörte. Fünf Nächte, die von Mal zu Mal milder wurden, fünf Nächte, die auf Vollmond zuführten, fünf Nächte voller Sehnsucht und Verheißung, die Isabelle aufwühlten und erfüllten. – Tagsüber aber sah sie ihren Sänger nicht, und obwohl ganz Quéribus von den Rittern sprach, die planten, dem Aufruf nach Jerusalem zu folgen, blieben sie für Isabelle unsichtbar. Wohl besah sie sich die Pferde im Stall; auch ließ sie sich von den Küchenmägden berichten, welche Mengen die Streiter aßen; sogar zwei Kettenhemden sah sie in der Schmiede liegen, die dort auf Mängel untersucht und für die Reise gerüstet wurden. Aber zu Gesicht bekam sie keinen der Kreuzfahrer. Sebastian sah sie in diesen Tagen ebenso wenig, und da sie nicht einmal mit ihrer Mutter über ihre Gefühle und Hoffnungen sprechen wollte, blieb für sie nur das Warten auf die Nacht. Kopflos lief sie oft in der Dämmerung durch die Burg, beseelt von der Aussicht auf die hereinbrechende Dunkelheit, und kaum brannten die Feuer, verkroch sie sich in ihrer Kammer. Sie stieg auf den Antritt und blickte durch die Scharte hinaus; im Vollmond deutete das Geheimnis seine Enthüllung an, fast schien es, man könne im weit liegenden Tal Einzelheiten erkennen – aber nein, die Schatten tanzten Versprechen über Gipfel und Kämme, Senken und Lehnen, ohne sie einzulösen. Schlimmer noch: in dieser Vollmondnacht blieb der Gesang aus.

Unruhig rutschte Isabelle auf dem Antritt hin und her und zog eine Haarsträhne zwischen ihre Lippen herein, um darauf herumzukauen. Als das nicht mehr half, begann sie, in ihrer Zelle auf und ab zu laufen, vier Schritte hin, vier Schritte her, an der Schießscharte aus dem Fenster gesehen und angespannt in die Stille gelauscht; nichts; wieder hin, wieder her, mal schnell, mal langsam; sie pendelte ihren Oberkörper vor und zurück, als ob ein zusätzliches Maß an Bewegung die Zeit rascher verstreichen ließe oder gar den erwarteten Ton beschleunigen könne. Nichts. Schon zog der Silbermond hinter die Bergrücken, schon lag das Tal schwarz; bald wäre es zu spät für die Nachtigall. – Isabelle hielt es nicht mehr in ihrer Kammer. Hurtig warf sie sich einen Mantel über, schlich aus der Hauptburg hinaus, hinab zu den Stallungen; alle Rösser standen an ihren Plätzen, die Ritter mussten im Haus sein. Isabelle atmete auf und lauschte. Quéribus schlief.

* * *

29

Zwischenzeitlich gehörten die wanderlustigen Ritter, Bernard del Congost und seine Gesellen, zum Alltag, als an diesem Samstag, es war der achte Tag ihres Aufenthaltes auf der Burg, Balduin in der Stunde vor der Mittagszeit auf den Burghof trat. Er trug die Laute und schlug sie; aufrüttelnde Töne hallten an den Steinmauern wider und lockten das Volk in den Hof. Bald fand sich Balduin umringt von vielen Menschen, denen die Neugier ins Gesicht geschrieben stand.

»Hört«, sprach er mit singendem Ton und kratzte mit den Fingernägeln über die Saiten seiner Laute. Ein krächzender Schall quälte sich aus dem hölzernen Leib des Instruments und einige Zuhörer zogen eine Grimasse.

»Hört!«, sang Balduin erneut und zupfte sachte an seiner Laute, »ich habe ein Lied gefunden am Fuße unserer Burg.«

Einige lachten, andere drängten näher heran.

»Am Fuße der Burg fand ich ein Lied«, begann Balduin mit klarer Stimme zu singen, »das in Eure Ohren will, denn es ist geschrieben für die weiße Berglilie, die der aufmerksame Wanderer bei uns findet.«

Dreimal wiederholte Balduin den einführenden Satz in leichter Abwandlung einer Choralmelodie, die jedem ins Ohr ging, dann war der Burghof mit allen Rittern und Knappen, Damen und Mägden der Burg gefüllt. In dichten Reihen standen sie um ihren *Jongleur*, dessen freier Rede zu lauschen so viel Mühe bereitete, aber dessen Gesang alle bewunderten. Klopfenden Herzens hatte sich Isabelle eingefunden, in die zweite Reihe vorgearbeitet und neben ihren Bruder gestellt. Flach flog ihr Puls, rasch ging ihr Atem. Weiße Berglilie – das musste ihr Versteckname, das musste ihr *Senhal* sein.

»Hört, was der Wind mir flüstert von einem Herren, der Dienen gewohnt und Verehren geübt ist.« Rasch zupfte Balduin eine dramatische Melodie, dann wurde seine Stimme getragen:

»Große Lust habe ich, nach Möglichkeit
auf Knien zu ihr zu kommen
von so weit her, wie man zu erkennen
sie vermöchte, auf dass ich käme,
mit gefalteten Händen zu huldigen,
so wie ein Höriger dem Herren huldigen muss.«

Während noch der letzte Ton ausklang, legte die Laute die eingangs
gespielte Melodie als Refrain vor und stachelte die Neugierde der
Zuhörer weiter an. Balduin kostete die Spannung aus, die auf den
Gesichtern seiner Zuhörer lag. Pfiffig versuchte der Sänger in den
weiblichen Gesichtern zu lesen, ob sich da etwas fände, was ein
Erkennen oder wenigstens Erahnen zeige. Dann ein Akkord und ein
hoher Ton. Hell und klar flog das Lied von Balduins Lippen. Die
Worte krochen in Ohren und Hirne. In Isabelles Brust stach ein
aufgewühltes Herz und sie dachte, alle Welt sähe ihr eine jähe Ge-
sichtsröte an; doch sie zäumte ihre Gefühle nach außen besser wie
mancher Knappe des Herren Ross. Balduins frech forschendem
Blick blieb Isabelles Aufruhr verborgen.

»Nachtigall, zu ihrer Wohnstatt
wirst du für mich fliegen, um meine Dame zu sehen,
und du sollst ihr meine Lage schildern
und sie möge dir die Wahrheit von ihrer Wahrheit sagen
und sie soll mich wissen lassen, wie es ihr geht.«

Balduin zauberte mit seiner Stimme. Isabelle schloss die Augen und
spürte die Kraft jener sechs Nächte, die erfüllt gewesen waren vom
Gesang der Nachtigall am Fuße der Burg. Ein Lächeln legte sich auf
ihren Mund und ihre Lippen erblühten zu einem Schmollmund, der
zum Geküsstwerden herausforderte. Niemand achtete auf sie. Alle
hingen an Balduins Lippen, um die Verwegenheit der nächsten Verse nicht zu verpassen – fast alle, denn jener Unbekannte, der den
Singvogel vorgeschickt hatte, wusste selbstverständlich, wessen

Mimik er beobachten musste. Balduin überbrachte mit unnachahmbarem Schmelz in der Stimme den Kern der Botschaft des *Troubadours*. Isabelle schlang ihre Arme um Sebastian. Dieser riss die Augen auf und sah seine Schwester strafend an. Sanft löste er ihre Arme. Sie lächelte verwirrt und flüsterte »Verzeih«, als Balduin weiter über die Saiten kratzte und in herrischem Ton zu folgender Aufforderung kam:

»Wer seine Hoffnung in die Liebe setzt,
sollte keinesfalls zögern,
so lange wie die Liebe die Möglichkeit dazu hat;
denn schnell wird Weißes zu Gelbem,
wie die Blüte auf dem Baum welkt;
und es ist mehr wert,
wenn eine Dame die Sache tut,
bevor etwas anderes sie davon abdrängt.«

Isabelle nickte. Der Sänger hatte Recht: Wer nicht wagt, dem verrinnt das Leben in verpassten Gelegenheiten. Sie merkte nicht, dass es einen gab, der dieses Nicken verstand. Sie hielt es für einen geheimen Wunsch, jener erträumte Ritter möge den Weg in ihre Kammer finden; in die Gestalt ihres Bruders sollte sich der Unbekannte verwandeln, damit niemand Argwohn schöpfe – doch an der Türschwelle müsste er die Larve abstreifen; seiner wahren Gestalt würde sie sich hingeben mit der ganzen Sehnsucht der frisch erwachten Frau. Und während sie die erste Begegnung erträumte, lag ihr Blick seltsam verschleiert auf Sebastian: eine neue Entschlossenheit las sie in seinen Zügen und – hier erschrak Isabelle – zwischen seinen Brauen sah sie die steile Falte, die eine unglückliche Zukunft ankündigte. Undeutlich, aber bedrückend wirklich, als läge nur Novembernebel zwischen ihrem Auge und dem Geschehen, erspähte sie ihren Bruder in einer blutigen Schlacht; dann hörte sie sein Röcheln auf dem Fieberbett und ekelte sich beim Anblick einer von Maden wimmelnden Wunde; sie schmeckte das Salz seiner Tränen beim Abschied von einer schwarzhaarigen Frau; sie spürte sein aufgeregtes Beben im Zorn gegen einen höhnischen Ritter im Turnier; sie sah ihn dem Trunke ergeben in zweifelhafter Gesellschaft, sah ihn weinend am Boden knien und mit hängenden Schultern über weite Ebenen wandern und sie sah, wie er fassungslos vor einem Erschlagenen stand; mit einem Wort: Sebastians Leben breitete sich vor ihr aus, als schaue sie Vergangenheit.

Wieder zupfte Balduin eine dramatische Melodie. Hell nahm er den Anfang nochmals auf und machte seine Stimme zum Jagdhorn der Liebe. Isabelle aber erschrak vor den Bildern ihrer Tagträume und sank ohnmächtig in Sebastians Arme.

* * *

Jerusalem, ein Wort voll magischer Kraft, beherrschte Sebastians Denken, kaum hatte es Balduin zum ersten Mal ausgesprochen. Sammlungsort aller Zerstreuten und Hoffenden, Mittelpunkt der Welt, Stadt des Paradieses, jenes himmlische Juwel, wo Gott unter seinem Volk weilt und wohin die Auserwählten aufsteigen – all das war Jerusalem. Irdisches und himmlisches Jerusalem flossen ineinander zu einem untrennbaren Bild vollkommener Glückseligkeit. Gab es einen höheren Dienst als jenen, Jerusalem aus den barbarischen Händen der Mohammedaner zu befreien? Und gerade dadurch, dass die Wallfahrt gerüstet vorgenommen und die ritterliche Kraft erprobt wurde, überhöhte sich die Pilgerreise im Zeichen des Kreuzes ein weiteres Mal und geriet das Vorhaben zu einem heiligen Plan. Wozu sonst könnte der Papst so viel Ablass gewähren? Höchster Einsatz für eine gerechte Sache, harter Kampf für Gott und Christenheit, kraftvoller Mut und kluges Kriegsgeschick, das alles mochte die Bewährung sein, die der Knappe brauchte, um zum Ritter zu reifen.

Sebastian hatte mit der Erwähnung des heiligen Jerusalem gleichsam seine Jugend verloren. Er wollte das Kreuz nehmen, um zu kämpfen; im Führen des Schwertes für die gerechte Sache sah er seine Bestimmung; und wer, wenn nicht Bernard del Congost, sollte ihn an dieses Ziel geleiten? Hatte Sebastian nicht vom ersten Augenblick an, als er Bernard gegenübergesessen war im Rittersaal beim Begrüßungsmahl, seinen älteren Freund und Anführer erkannt? Die Ruhe und Kraft im Grünbraun dieser Augen hätten selbst bei einem Zaudernden jeden Zweifel verscheucht, umso mehr konnte sich Sebastian dem Älteren in die Hand geben und so bat er sowohl seinen Vater als auch den Burgherrn, als Bernards Knappe ausgerüstet zu werden für den Kreuzzug.

Wenngleich Bertrand de Quéribus einige Tage zögerte, weil er sich um des Friedens seines Gaues zuliebe nicht gern für die eine oder andere Seite festlegte, willigte er schließlich ein, dass ein Ritter und drei Knappen Quéribus gen Jerusalem verließen – unter ihnen Sebastian. Bernard hatte ihn sich zu seinem Knappen erwählt und ihm versprochen, ihn nach der ersten Bewährung zum Ritter zu erheben, was er dadurch untermauert hatte, als er sich in Guillaume einen zweiten Knappen berief.

Gerade Guillaume mochte Sebastian gut leiden, denn mit dem um ein Jahr Jüngeren hatte er von klein auf gespielt und gefochten und in ihren gemeinsamen, stets freundschaftlichen Raufhändeln waren sie beide gewitzt genug geworden, selbst den älteren Knappen Paroli bieten zu können. Guillaume war neben Sebastian der Einzige, der sich mit Nachdruck um Lesen und Schreiben und literarische Bildung bemühte, und manchmal blitzte aus seinen Reden eine Klugheit hervor, als verstecke sich in ihm ein Gelehrter; allerdings mochte er es nicht, für sein scharfsinniges Denken gelobt zu werden; überhaupt war er außerhalb des Kreises der eng Vertrauten schweigsam und zurückhaltend. Ebenso wenig machte er sich als angehender Dichter einen Namen, obwohl er bei seinem stattlichen Aussehen gewiss ein Freund der Damen hätte werden können. Hoch gewachsen, mit einem klaren Gesicht ausgezeichnet, lachten seine dunklen Augen verschmitzt unter den buschigen Brauen hervor; und der schön geschwungene Mund milderte die Strenge seines Kinns. So sahen die Jünglinge aus, nach denen die

Damen Ausschau hielten und über die die Mädchen tuschelten. Doch Guillaume machte sich nichts daraus.

Stolz und aufgeregt konnte Sebastian den Aufbruch kaum erwarten und doch verflog ihm die Zeit im Nu, denn sie war angefüllt mit den vielen Vorbereitungen, welche die Wallfahrt verlangte. Beim Schmiedgesellen wurden ihm Helm und Kettenhemd angepasst. Der Schmied selbst härtete das Schwert, das Sebastian von seinem Vater erhalten hatte, und setzte einen neuen Knauf auf, der das Gewicht der Klinge ausgleichen und so die einhändige Handhabung durch den Knappen erleichtern sollte. Der Schleifer schärfte die Klinge und schliff die Blutkehle aus, um das Gewicht der Waffe zu verringern. Der Schreiner drechselte den Griff nach Sebastians Wünschen und polierte ihn, bis sich die Waffe wie angegossen in des Knappen Hand schmiegte. Auch der Sattelmacher hatte alle Hände voll zu tun, und als der Weber vom Dorf heraufkam, um den Kreuzfahrern Pferdedecken vorzulegen, brummte der Burghof vom Handeln und Feilschen. Neben Waffe, Ross und Rüstung mochte der Packsack versorgt werden mit Kleidung und einigen Wertsachen, die zur Not verkauft oder getauscht werden konnten, denn man wusste, dass auf dem Weg ins Heilige Land viele ihr Begehr darauf gerichtet hatten, an den Pilgern zu verdienen. Lediglich von einer Pflicht, die der Ritter Roger de Quéribus zu erfüllen hatte, war Sebastian seiner Jugend wegen befreit: Er musste kein Testament aufsetzen und vielleicht verdankte er es diesem Umstand, dass ihm die Tragweite der bewaffneten Wallfahrt kaum in den Sinn kam. Während Roger jede verfügbare Zeit bei seiner Familie verbrachte und oft mit Frau und Kindern ins Gebet versunken in der Kapelle zu sehen war, kümmerte sich Sebastian wenig um seine Eltern; er zog die Gesellschaft der Ritter und Knappen vor und übte die Strategie von Angriff und Verteidigung auf dem Schachbrett.

Am liebsten hielt er sich eng an Bernard del Congost, an dem er allerdings eine von Tag zu Tag deutlichere Veränderung wahrnahm, die er sich nur unvollkommen erklären konnte. Je näher der Tag des

Aufbruchs rückte, umso unruhiger schien der tatendurstige Ritter – einerseits. Andererseits wirkte Bernard Morgen für Morgen unausgeschlafener und mürrischer. Von den Gelagen der Männer hielt er sich mehr und mehr fern. Mittags zog er sich in eine stille Ecke der Stallungen zurück, und wenn Sebastian nach ihm sah, hockte er mit Federkiel, Tintenfass und Pergament rücklings zum Eingang und deklamierte halblaut Verse. Einmal wagte sich Sebastian nah heran und ließ sich gar zu einer Frage verleiten, aber da entgegnete Bernard so ungehalten und barsch, er wolle für sich allein sein, dass Sebastian nie wieder eine Annäherung wagte.

Der Ritter dichtete und von Tag zu Tag rätselte Sebastian mehr darüber, wem Bernards Leidenschaft gelten könnte, als im Anschluss an die Vollmondnacht – es war Samstag – Balduin im Burghof mit seiner Laute alles Volk zusammenklimperte. Schon mit dem Vorspruch wurde Sebastian klar, dass Balduin zum Sänger jener Verse wurde, die in der Stallung des ersten Vorwerks gedrechselt waren, und von nun an ließ Sebastian Bernard nicht mehr aus den Augen. Würde der Ritter durch eine unbedachte Regung sein geheimnisvolles Werk und den *Senhal* verraten, der die Dame schützen sollte? Oder entblößte sich gar die Dame selbst mit einer Unvorsichtigkeit? Sebastian platzte vor Neugierde.

Balduin sang herrlich. Welch Gefühl, welche Hingabe. Diese Ritterlichkeit, dieser Adel. Anbetung und Leidenschaft aufs Wundersamste geformt. Sebastian ging auf im Lauschen und vergaß dabei alles; bemerkte weder, wie Isabelle neben ihn trat, noch wie ihre Lippen erblühten, und als der ergreifende Vers über das einzigartige Wohlwollen des Verehrers vorgetragen wurde und Isabelle ihn aus heiterem Himmel mit ungestümer Umarmung überfiel, da hätte er um ein Haar die Fassung verloren. Doch in dem Knappen wirkte hinlänglich höfische Erziehung. Er beherrschte sich und löste die Arme der Schwester sanft von seinen Schultern. Noch während er in ihre hellbraunen Augen sah, bemerkte er einen unscheinbaren Brauenflug in Bernards Gesicht. Isabelle! Sebastian begriff. Stolz und Eifersucht wechselten sich in seinen Gefühlen ab; Stolz auf die begehrenswerte Schwester und zugleich Eifersucht auf den anderen Mann, der eindringen wollte in das Verständnis der Geschwister und der vielleicht bald mehr Bedeutung in Isabelles Leben einnehmen mochte als er, Sebastian, der Bruder. Mit einem Mal verlor er das Augenmerk auf Balduins Gesang. Noch wusste er nicht, welches der Gefühle in ihm die Oberhand gewinnen würde, als Isabelle ohne ersichtlichen Grund ermattet in seine Arme fiel. Kräftig packte Sebastian zu und trug seine Schwester auf ihre Kammer.

* * *

Während draußen auf dem Burghof das Volk Balduin feierte und somit mittelbar dem unbekannten Dichter huldigte, umsorgte in der Düsternis der Kammer die Mutter Isabelle, die allmählich von ihrem Dämmerschlaf erwachte.

»Wo bin ich? Was ist mir geschehen?«

»Du bist in Ohnmacht gefallen, meine Tochter«, erwiderte Eleonore Lemaitre und legte ihre Hand auf Isabelles Stirn. »Ist dir nicht gut?«

Isabelle zog ihre Stirn kraus. Ihre Augen suchten an der Decke eine Antwort, jedoch der Stein blieb sie schuldig.

»Ich weiß nicht, Mutter, was ich sagen soll. Ist dir schon einmal die Zukunft begegnet?«

»Ich versteh dich nicht.«

»Mir war, als hätte ich in die Zukunft gesehen«, flüsterte Isabelle.

Da nahm Eleonore die Hand ihrer Tochter und suchte bedächtig nach Worten. Einige Minuten lag Schweigen im Raum; es verband die beiden Frauen und stellte Verständnis her.

»Du hast altes Blut in dir«, sagte Eleonore schließlich, »von deinem Großvater, dessen Familie aus der Bretagne stammt und von der man sagt, sie hätte etliche Druiden hervorgebracht. In uns schlummert altes Wissen. Wir kennen die Kraft der Kräuter, wissen

37

um die Gunst des vollen und des neuen Mondes und lassen dem Lauf der Sterne sein Gesetz. Ob Stein oder Pflanze, Tier oder Mensch, in allem wirkt Gott, denn der Erhabene ist groß, viel größer, als wir uns vorstellen können. Die Kirche fürchtet das Umfassende in der Schöpfung und predigt nur Ausschnitte. Aus wissenden Menschen werden Zauberer und Hexen, die sich verstecken müssen, und mit der Zeit verlieren wir das geheime Wissen; es ist, als schütte die Aude einen alten Arm mit Kies und Geröll zu – schon wächst Gras darüber und der Wanderer meint allzu bald, es wäre schon immer so gewesen. Aber manchmal, da bricht das Alte auf und sucht sich seinen Weg an die Oberfläche; so wie der Sumpf Blasen wirft, so entdeckt sich uns manchmal die Zukunft: kurz nur und undeutlich, und wer sie schaut, erschrickt.«

Sie sahen sich in die Augen und schwiegen.

Später, als Eleonore Isabelle verlassen und zu weiterer Ruhe ermahnt hatte, versuchte Isabelle, sich Vers für Vers das Gedicht ins Gedächtnis zu rufen, das Balduin ihr zu Ehren vorgetragen hatte. Und bereits beim Vorspruch erschrak sie, denn der unbekannte Ritter hatte genau jenen *Senhal* verwendet, den sie sich selbst in ihren Wunschträumen gegeben hatte: weiße Berglilie. War ihr der fremde Ritter vorherbestimmt? Doch wo steckte er? Sie hatte ihn weder in der Menge entdeckt, noch hatte sie jetzt, da sie auf ihrer Bettstatt lag, Gelegenheit, dem Dichter zu begegnen. Was für ein Jammer. Alles hätte sie ihm gegeben, der so einschmeichelnde und anrührende Worte gefunden hatte, ihre Gunst zu erringen. Wieso schickte ihr wer auch immer zum ungünstigsten Zeitpunkt einen Tagtraum, der ihr die Besinnung raubte? Hielt ihr das Schicksal bloß die unerfüllte Liebe bereit? Oder schrieb ihr die Fügung lediglich einen langen Weg vor? Würde sie ihren Ritter wiedersehen? Fragen über Fragen.

Silberne Luna beschien die Nacht. Isabelle setzte sich vorsichtig auf; nun war sie wach und fühlte sich bei Kräften. Sie trat ans Fenster und blickte hinaus. Das Tal lag ruhig zwischen den Schatten der Bergkämme. Tränen traten ihr die Augen, Isabelle beweinte den verschlafenen Tag. Satzfetzen wehten vom Burghof herüber, wo die Knechte sangen und tranken; allzu rasch wurde ihr klar, dass die Pilger morgen aufbrechen würden. Jetzt drang aus dem Rittersaal Gesang. Nach dem Stand des Mondes zu schließen, war der Abend weit fortgeschritten; etliche Weinkrüge mochten bereits die Runde gemacht haben; ob die Ritter im Saal oder die Knechte im Hof, alle schienen gesellig und trunken und nicht mehr von dieser Welt; im Zwischenreich berührt das Dasein den Traum und verleiht den Männern Flügel – sie nutzen sie selten.

Zunächst glaubte Isabelle an eine Täuschung. Leise klopfte es. Die Wiederholung klang wirklicher. Also glitt Isabelle zur Tür und drückte die Klinke. Schwarz stand der Fremde unter dem Eingang, zögernd trat er über die Schwelle. Rasch legte Isabelle den Riegel vor.

»Wohlvorbereitet fühle ich mich«, flüsterte Bernard und kniete nieder. »Mein ganzes Hoffen legte ich in die Arbeit an meiner – an deiner *Kanzone*. Entgegen allen Regeln, das Lied für höfischen Traum zu dichten, legte ich mein Herz hinein und echtes Gefühl. Seit mich dein Auge berührte, beschirmen seltsame Träume meinen Schlaf, Träume von Wohlgeruch und Kraft. Deine Augen duften nach Rosmarin. Dein Mund atmet Thymian. Deine Lippen versprechen Glückseligkeit. Du bist tief in mich gedrungen und hast mich eingefangen, dass es in mir zittert und bebt.«

Langsam griff er nach ihrer Hand und hielt sie fest. Er stockte.

»Wie gern würde ich jetzt singen: Wer seine Hoffnung in die Liebe setzt, sollte keinesfalls zögern. Aber mir fehlt die Kraft dazu. Rasch ist die Rose gebrochen und bald verwelkt. Unbefleckt soll die Jungfrau sein und wer wahrhaft von Hofe ist, muss sich in Geduld üben. Kann ich auch von eigenem Gefühl dichten und die höfische Form verletzen, den höfischen Anstand möchte ich wahren.«

»Hast du nicht«, erwiderte Isabelle und erschrak selbst über

ihren Mut und ihr zupackendes Wesen, »gesungen: schnell wird
Weißes zu Gelbem, wie die Blüte auf dem Baum welkt?«

»Doch«, erwiderte er, »aber ich schrieb es im Gedicht.«

Rasch fassten seine Hände ihren Kopf. Er küsste sie auf die Stirn.
Dann entriegelte er die Tür, öffnete sie und entschwand in der Dunkelheit.

* * *

Früh am nächsten Morgen führte eine Gruppe von sieben Rittern
und sechs Knappen ihre Rösser an den Zügeln über die steile Treppe von Quéribus hinunter auf den Weg ins Tal der Agly und es war
ein langer Blick, den ihr Anführer zurückschickte über die schroffen Felsen hinauf zu dem gewaltigen Turm auf höchster Höhe, gebaut, um zu sehen. Felsen und Mauern lagen blass, als fehle es der
Welt im Morgengrauen an allen Farben, wie es Bernard del Congost
an der Abschiedsfreude fehlte, obwohl er zum größten Abenteuer
seines Lebens aufbrach.

Sebastian mochte lange Zeit die Augen nicht von der Burg lassen. Er spürte den Unterschied zu früheren Abschieden, und obgleich er nicht ahnen konnte, wie viele Jahre bis zum Wiedersehen
vergehen würden, legte sich eine Ernsthaftigkeit auf sein Gemüt,
die in eigenartigem Gegensatz zu dem Tatendrang stand, der ihn
vorwärts trieb zu den Herausforderungen eines kämpferischen
Lebens, das er ersehnte. Mutter hatte ihn auf die Stirn geküsst und
einen Segensspruch gemurmelt. Vater hatte ihn mit einem derben
Schlag auf die rechte Schulter geadelt und ihm eine Spange mit
einem goldenen Kreuz aufs Wams geheftet. Isabelle hatte ihn wortlos umarmt und geweint und als er sich löste und zum Gehen wandte, hatte sie leise, aber bestimmt gesagt, er solle seine Schwester nie
vergessen und bedenken, dass sie eines Tages seines Schutzes bedürfe; nur von der Stimme seines Blutes dürfe er sich dann leiten
lassen; und er musste schwören wiederzukommen, was er tat.

Die ersten beiden Tage verliefen ruhig und beinahe fühlten sich die Wallfahrer ausgeruht, als sie in Saintes-Maries-de-la-Mer ankamen, wo drei weitere Ritter und fünf Knappen zu ihnen stießen. Allerdings verhießen die Nachrichten von Arles und Avignon her nichts Gutes, denn immer noch strömten von Osten papsttreue Truppen ins *langue d'oc* und erschwerten allen, die aus Okzitanien kamen, die Reise nach Italien. Bernard hielt daher Kriegsrat mit seinen Kreuzfahrern und sie beschlossen, sich auf geheimen Wegen durch die Sümpfe zur Rhone durchzuschlagen. Dort, wo man die Felsen von Les Baux sehen konnte, würde sie ein Fährmann über den Strom setzen und sie wären den kriegerischen Horden ausgewichen.

So gut der Plan ausgedacht war, so schwierig erwies er sich in der Durchführung. Mehr als in anderen Jahren führte der Fluss in diesem Jahr Wasser und machte die Sümpfe zu hinterhältigen Fallen. Der Pfad, nur dem Eingeweihten bekannt, trug wohl Esel und leicht bepackte Kleinpferde, aber den Schlachtrössern mit ihren geharnischten Reitern bot sich kein hinreichend fester Grund, sodass die Ritter nach einer Stunde absitzen und ihre Pferde an den Zügeln führen mussten. Schwer sanken die Stiefel in den Sumpf und bei jedem Schritt schwappte etwas Morast in die Schuhe, bis Leder, Haut, Wasser und Erde eins wurden, als pilgerten arme Barfüßer durch die Brackwasser der Camargue. Zu allem Überfluss brannte die Sonne auf die Erde mit hochsommerlicher Kraft; die Hitze trieb den Menschen den Schweiß aus allen Poren, die Tierleiber dampften vor Anstrengung; stechlustig fielen Mücken, Rinderbremsen und Fliegen über Mensch und Tier her und noch ehe der letzte Wasserarm erreicht war, der den Sumpf von dem gangbaren Sandstrand abtrennte, waren Ritter und Knappen erschöpft wie nach einer langen Schlacht. Auch hier zeigte sich das Schicksal nicht gnädig, denn eine heimtückische Strömung hatte die Furt weggespült und zwang Ross und Reiter zum Schwimmen. Endlich festen Boden unter den Füßen, errichteten sie ein bescheidenes Nachtlager und tranken gierig den Wein aus ihren Schläuchen. Lindernd strich der Wind an Land. Die Dämmerung brachte weitere Kühlung. Langsam hob sich die Stimmung der Kreuzfahrer.

Als von einer kleinen Sanddüne her Roger um Hilfe schrie, dachten die anderen zunächst an einen derben Scherz, bis sich Bernard nach dem Ritter umsah und aufgeregt den Gefährten winkte. Roger lag halbnackt mit schmerzverzerrtem Gesicht im Sand und hielt sich den Unterleib.

»Eine Schlange«, heulte er mit gepresster Stimme und deutete mit weit aufgerissenen Augen in den Sand. Dort fand sich in der Tat eine Spur und keine zehn Schritt weiter erschlug der Fährtensucher, der sie von Saintes-Maries hierher gebracht hatte, unter einem flachen Sandhaufen eine zwei Ellen lange und beinahe armdicke Schlange, deren hellbraune Haut ein dunkel gesprenkeltes Wellenband aufwies.

Bernard und zwei weitere Helfer trugen Roger ans Lagerfeuer und gaben ihm den Weinschlauch. Roger wimmerte. Während alle rätselten, was dem Ritter widerfahren sei, trug der Knecht die hässliche Sandotter herbei. »Gott sei seiner Seele gnädig«, flüsterten die Männer von Saintes-Maries-de-la-Mer, denn sie kannten das Gift dieser Höllenbrut, die sich gern in den Sand eingräbt und fast unsichtbar auf Beute lauert. Roger, seiner Rüstung bis aufs Unterkleid entledigt, hatte die Viper nicht wahrgenommen, als er mit herabgezogener Hose in die Hocke gegangen und offenbar der Bestie zu nahe gekommen war; zischend war der Dreieckskopf vorgeschnellt und hatte zugebissen. Zu anderer Zeit, vor allem bei einer anderen Schlange, hätte dieser Vorfall genügt, ein ganzes Heerlager mit tosendem Lachen niederzustrecken; doch rund um Roger de Quéribus lachte niemand. Die Otter hatte ihr Gift gewiss in die Blutbahn gespritzt, denn wo, wenn nicht dort, wo die Höllenbrut gebissen hatte, steckt der Mann voller Lebenssaft. Schon krümmte sich Roger, wie man es vorhersehen konnte, wenn man die Giftwirkung kannte, stärker zusammen und presste die andere Hand auf den Unterleib, denn die Schmerzen waren unerträglich. Ehe die Sonne unterging, zeigten sich in Rogers Leiste blaurote Beulen. Sein Wimmern war leise geworden. Sebastian flößte dem Ritter, der fast zu seiner Familie gehörte, weiterhin Wein aus seinem Schlauch ein; Guillaume tupfte Rogers schweißnasses Gesicht mit einem Tuch ab. Roger fieberte und phantasierte. Dann erbrach er sich; blutiger Durchfall deutete auf das Ende. Bevor der Mond im Zenit stand, war Roger tot.

Zwei Tage später trafen die Wallfahrer um Bernard del Congost in Marseille ein. Erschöpft bezogen sie in einer Herberge am Hafen Quartier. Der Stall war eng, das Stroh schlecht. Zur Schlafstatt erhielten sie ein schmales Lager unter dem Dach, wo sie nicht anders konnten, als sich durch Aneinanderdrücken zu wärmen. Dürftiges Essen und schaler Wein rundeten die Gastlichkeit des Ortes ab. In stickiger Luft schliefen sie mehr schlecht als recht dem nächsten Morgen entgegen und Sebastian traf in wirren Träumen auf Roger, dem er gegen schlangenköpfige Ungeheuer beistehen musste; mehrfach erwachte er im letzten Augenblick vor dem tödlichen Biss, und als endlich der Hahn krähte, rollte er sich erleichtert vom Lager. Mit der Morgendämmerung wollte er den Hafen erkunden. Vielleicht fände sich ein Schiff, das sie nach Ostia oder Neapel bringen könnte; eine solche Überfahrt würde ihren Weg nach Brindisi verkürzen und angesichts der Unruhen in Oberitalien wesentlich erleichtern.

Während Sebastian in sein Kettenhemd schlüpfte, sann er seinen Träumen nach und spürte den Kummer darüber, dass er mit Roger einen vertrauten Gefährten verloren hatte. Sebastian rätselte über den Sinn dieses Schicksals und ob sich darin vielleicht ein Fingerzeig finde von wegen der richtigen Wahl. Wäre es besser gewesen, zu Hause im Aude zu bleiben und auf die Gelegenheit einer Erhebung gegen den französischen Unterdrücker zu warten? Würde sich Bertrands Überlegung auszahlen, gefahrlos Neutralität zu üben? Oder würde Quéribus eines Tages trotzdem in Montforts Hände fallen? Zweifel packte Sebastian, es gab noch mehr Unsicherheit als Fragen; in seiner Erinnerung hatte sich Isabelles letzter Blick eingegraben; es war, als ließen im Dämmerlicht ihre Augen den Betrachter nicht mehr los; Geheimnis und Warnung mischten sich mit Mahnung und Ahnen; tief in seinem Inneren hörte er Isabelles Stimme: »Vergiss mich nicht und bedenke: eines Tages musst du mich beschützen.«

Verwirrt schüttelte Sebastian den Kopf und schlenderte auf den Hafen zu. Geschützt gegen Wind und Wellen, lagen an zwei Piers über ein Dutzend Schiffe. Nahe der Ausfahrt schaukelte eine schnittige Galeere, die wohl dem Schutz von Handels- und Lastschiffen diente. Daneben ankerten drei plumpe Lastkähne, wie man sie vom Getreidetransport kannte. Sebastians Aufmerksamkeit erregten vier prächtige Koggen, deren Bug und Heck sich hoch aus dem Wasser schwangen und Halbdecks trugen, wo sich hin und her springende Seeleute aufhielten; das Hauptdeck selbst schützte mit seinen Planken Menschen und Lasten gegen überkommendes Wasser und verbarg einen großen Laderaum; trotz ihrer Ausmaße von gewiss an die achtzig Fuß Länge und mehr als zwanzig Fuß Breite wirkten die Koggen auf Sebastian sehr wendig, wozu das kräftige Heckruder seinen Anteil beitrug. In diesen Schiffen, überlegte Sebastian, müsste sich ein kleines Wallfahrerheer problemlos ins Heilige Land übersetzen lassen. Vielleicht sollten wir, dachte er, gar nicht nach einer Überfahrtsgelegenheit nach Ostia oder Neapel, sondern gleich nach einer Passage gen Palästina Ausschau halten, und er beschloss, Bernard diese Idee vorzutragen. Die Koggen schienen für eine so weite Seereise hinlänglich zuverlässig, während sich Sebastian bei den leichteren *Naos*, die zu siebt oder acht am Pier festgemacht hatten, keinen längeren Aufenthalt an Bord vorstellen mochte – aber ein gerüsteter Reiter bevorzugt sowieso festen Boden unter Füßen und Hufen.

Drei Tage blieben sie in Marseille, ohne auf einen Kapitän zu treffen, der die Pilger nach Italien oder gar Palästina gebracht hätte. Weder im Hafen noch in den Herbergen wusste jemand von anderen Wallfahrern; den wenigsten war überhaupt bekannt, dass der Papst aufgerufen hatte, das Kreuz zu nehmen. Bernard, der gehofft hatte, in Marseille auf weitere Kreuzfahrer zu treffen, beschlichen insgeheim Zweifel an seiner Mission; aber er hielt damit hinter dem Berg und ermunterte schließlich seine Gefährten, den weiteren Weg auf den Rössern zurückzulegen, und so gelangten sie ohne Zwischenfälle bis Genua. Hier hörten sie von drei Schiffen, die sich für die Fahrt nach Alexandria rüsteten und vielleicht Pilger mitnehmen könnten, und da Bernard diese Gelegenheit nicht ungeprüft verstreichen lassen wollte, nahmen sie in einem Handelshof Quartier.

Während Bernard die Schreibstube des päpstlichen Legaten aufsuchte, lauschten Sebastian, Guillaume und die Knappen aus Saintes-Maries-de-la-Mer den Erzählungen eines Genueser Handelsgehilfen über siebentausend Kinder, die versucht hatten, Jerusalem zu befreien. Geführt von dem am Festtag der unschuldigen Kinder gewählten Kinderbischof, seien diese Ärmsten der Armen aus weiten Teilen Deutschlands hergekommen und hätten erwartet, dass sich in Genua das Meer vor ihnen teile, damit sie weiterziehen könnten ins Heilige Land. Viel Volk habe unten im Hafen die Gebete begleitet, mit denen die Kinder das Wunder erbaten, trockenen Fußes übers Wasser zu kommen, und bald habe die Bewunderung für den tiefen Glauben der Kinder in Spott und Hohngelächter umgeschlagen. Kaum ein Händler oder Kapitän habe sich bereit erklärt, die Pilger aufzunehmen und nach Jerusalem zu bringen, und die meisten hätten die Stadt bald verlassen. Ein Teil sei nach Pisa gezogen, ein Teil nach Rom, um sich vom Papst selbst vom Gelübde befreien zu lassen. Einige hundert aber hätten es geschafft, von einem zwielichtigen Kapitän mit Namen Veridocci oder so ähnlich auf sieben Naos verladen und ausgeschifft zu werden. Aber, so erzählte der Handelsgehilfe weiter, über das Schicksal der Kinder gäbe es üble Gerüchte. Bei Sardinien seien zwei der Schiffe gekentert, die Insassen der anderen Schiffe seien in Tunis in die Sklaverei verkauft worden und Veridocci sei als reicher Mann zurückgekehrt. Er jedenfalls, so schloss der Gehilfe seinen Bericht, der ihm zwei Krüge Wein einbrachte, ließe sich auf nichts ein mit den zwielichtigen Seeleuten und ginge lieber barfuß nach Brindisi. – Die Knappen sannen noch dem Schicksal der gutgläubigen Kinder nach, da kam Bernard von einem Prälaten zurück und verkündete, dass sich alle bewaffneten Wallfahrer in Brindisi und Messina einzufinden hätten, wo der Papst selbst die Schiffe einsegnen würde, die nach Jerusalem segelten. Obwohl er sich nicht für leichtgläubig hielt, atmete Sebastian auf; sie würden also den weiteren Weg auf dem Ross unternehmen.

* * *

Sie saß auf dem Felsenkamm oberhalb der Burg im Wind und blickte über die Landschaft des Fenouillèdes. Tiefgrüne Täler und liebliche Weinberge wechselten mit welligen Hügeln und schroffen Felswänden; im Süden stand die Wand der Pyrenäen mit ihren gegen Westen zu schneebedeckten Gipfeln, Wohnsitz der Geister und Ungeheuer. Isabelles Blick ging weit. Während sie den Duft einsog, den der Nachmittagswind vom Tal herauftrug, suchten ihre Augen den Horizont über den Bergen ebenso wie über dem Meer nach einem Zeichen ab. »Weiße Berglilie«, flüsterte sie. Doch die wenigen Wolken, die im Sonnenaufgang aus den Wassern quollen, glichen ebenso wenig ihrer *Senhal*-Blume wie die zerfransten Luftkissen, die hinter dem Pic de Malcaras aufzogen. Über dem Kamm, der von Quéribus hinüberstrebte gegen Peyrepertuis, lag ein klarer Himmel, nicht einmal ein Bussard zog irgendwelche Kreise, denen eine Bedeutung beigemessen werden könnte. Der Himmel geizte mit Andeutungen. Keine Krähe, keine Dohle, keine Amsel; und der geschlängelte Lauf der Agly zu weit entfernt, um wenigstens die Ahnung eines Reihers oder Storches aufzufangen. Nichts. Ein sattes Land lag friedlich zu ihren Füßen, sogar von Simon de Montfort vergessen. Vor lauter Schauen lauschte Isabelle in ihr Inneres und hörte andauernd die Worte: Nachtigall, zu ihrer Wohnstatt wirst du für mich fliegen, um meine Dame zu sehen.

46

Drei Wochen waren seit dem Abschied verstrichen, aber Bernards Gedicht nebst seinen letzten Worten hallte wie ein frisch gesprochenes Echo. Silbe für Silbe lauschte sie seiner Stimme nach, die warm klang, dabei eine Spur rauchig, eine Stimme, die sich in ihr Herz hineinschmeichelte und gleichwohl den Puls beschleunigte. Zu diesem Klang tauchte sein Gesicht auf; der schöne Mund lachend, die Augen, das schwarz glänzende Haar; sie konnte sich nicht satt sehen. Und welch ritterliches Benehmen. – Zunächst hatte sie sich zurückgestoßen gefühlt; seine Abweisung kränkte sie, argwöhnte sie doch, er fände ihren Körper zu wenig anziehend und erregend und sähe in ihr vielleicht nur eine unschuldige Jungfrau; doch wer die Unerreichbare besingt, setzt nicht die Aufforderung in den letzten Vers, wie es ihr Dichter tat; und noch während ihr Körper vor unerfüllter Sehnsucht litt, füllte sich ihr Innerstes schon mit einer besonderen Wärme. Einfach, ja wie leicht wäre es gewesen, die Frucht zu brechen und zu genießen, letztlich nur ein Schauer, der zitternd über und durch die Haut fährt; schwer auszuhalten ist dagegen der Verzicht, der das Verlangen nährt und einbrennt in Haut und Seele; der Verzicht macht das Verlangen größer und adelt die Sehnsucht. Hier brennt keine Kerze, hier lodert das Sonnenfeuer, das niemals niederbrennt. – Und als sich nach und nach diese Erkenntnis in Isabelle festsetzte, wandelte sich das Gefühl der Abweisung in jenes des Geliebtwerdens und gewann beinahe eherne Festigkeit. Nur manchmal überfiel sie der Zweifel. Bernard war jung, sein Abenteuer gewaltig. Würde er die Wallfahrt überleben, käme er zurück? Wäre sein Herz dann noch frei? Messerstiche, lauter spitze Messerstiche, diese Fragen. Sie wischte sie beiseite und verjagte den Zweifel. Zurück blieb etwas Angst und viel Sehnsucht und sie suchte sich den Platz auf dem Felsenkamm oberhalb Quéribus und spähte den weiten Horizont entlang.

Unvermutet stob hinter einer Felsscharte ein Rabe auf und flog knapp über Isabelles Kopf. Sie zuckte zusammen. Der Rabe verschwand im Schatten der abfallenden Bergwand. Lautlos. Wo fliegst du hin, du Todesbote? Tonlos sprach Isabelle die Frage aus. Ihre Handflächen schwitzten. Sie spürte Druck auf ihrer Brust; es nahm ihr den Atem. Langsam schloss sie ihre Augen. Ihr Denken richtete sie auf einen einzigen Punkt: die Mitte ihrer rechten Hand. Werde warm, dachte sie und presste sich die Hand aufs Herz. Das beruhigte und allmählich wichen Anspannung und Angst und die neu gewonnene Ruhe gestattete es ihr, sich wieder die Fragen zu stellen, die sie seit einiger Zeit bewegten.

Wer bin ich?, fragte sie sich, und: Weshalb bin ich? Wem konnte sie diese Fragen stellen, wer wäre bereit, darauf eine Antwort zu suchen? Sebastian nicht, denn er hatte nur Handeln und Kämpfen im Sinn. Bernard del Congost? Vielleicht, denn Bernards Gedanken gingen tief, das spürte man in seinen Versen. Aber er war weit weg und niemand wusste zu sagen, wann er wiederkam. Doch die Fragen standen jetzt im Raum und suchten nach Antwort. Wer würde sie geben? Ein Priester vielleicht? Isabelle hatte von einem *bonhomme* aus Toulouse gehört, dessen Vorbild den *guten Christen* in Okzitanien trotz des Kreuzzuges der Pariser viele neue Freunde gewinne. Auch Frauen sollen dem *Erwählten* schon gefolgt und manche sogar *parfaites* geworden sein. Viele aber wurden Gläubige, *croyants* genannt, die den Lehren der *bonshommes* anhängen, ohne erwählt und gesalbt zu sein. Man sagt, die *guten Christen* glaubten an Wiedergeburt, an ein neues Leben auf dieser Welt, wenn man das Ziel im Glauben noch nicht erreicht habe, um ganz zu Gott zu kommen. Einige *parfaits* sollen verkünden, diese Erde sei nicht von Gott, sondern des Teufels. Sonderbar. Isabelle kannte keinen *guten Christen*, obwohl es derer in vielen Ortschaften gab und sich sogar etliche Dörfer fanden, deren Einwohner samt und sonders als *croyants* auf die *Perfekten* hörten. Quéribus jedoch stand zur römischen Kirche; Lehenspflicht band die Burg in den Gehorsam gegen Rom. Von daher zog Quéribus keinen der *bonshommes* an und beinahe hatte es den Anschein, als sei die hohe Burg auf einer fernen Insel gelegen. Isabelle glaubte nicht, dass die *guten Christen* bessere Antworten hätten als die Katholischen, aber gefragt hätte sie zu gern das eine oder andere.

Schließlich harrte auch die Frage nach ihrer Eheschließung einer Antwort; seit seinem Besuch in ihrer Kammer hatte Vater Isabelle nicht mehr auf das Begehren des Marquis de Olmes angesprochen, doch dessen Werbung wurde von Woche zu Woche drängender und Isabelle wusste nicht, wie sie damit umgehen sollte. Sicher, ihr Herz gehörte dem Kreuzritter Congost, ihrem ehrenhaften Dichter, und sollte sich je die Gelegenheit ergeben, würde sie ihm ihre Liebe erweisen. Aber hinderte sie daran wirklich die Heirat mit einem anderen? War nicht sogar die Ehe aus Vernunft eine Voraussetzung für die Liebe mit dem wahren Geliebten, damit sich das innige Gefühl im Verborgenen entfalten konnte, und hatte nicht deswegen die Gräfin von Champagne vor zwei Menschenaltern geschrieben: »Wir verkünden und setzen unverrückbar fest, dass die Liebe zwischen zwei Eheleuten ihre Macht nicht entfalten kann.« Und was war schon gegen die Ehe mit Alfonse de Olmes einzuwenden? Er war ein weltgewandter Mann, besaß Vermögen und Lebensart und er war Okzitanier. Isabelle bemühte sich, derart vernunftmäßig zu denken, doch am Stolpern ihres Herzens stellte sie fest, dass sich ihr Innerstes einem anderen Weg zuneigte, dem gleichen Weg, den ihre Eltern gegangen waren, die sich einander aus Liebe verbunden hatten. So gab sie sich wieder ihren Träumen hin und wünschte, ihr Dichter möge einst zurückkehren vom Abenteuer des Kreuzzuges und sie als Jungfrau vorfinden, dem schwarzen Raben zum Trotz.

* * *

Bis Pisa kamen Bernards Pilger gut voran; weder stießen sie unterwegs auf Widerstände oder Feindseligkeiten, noch gerieten sie sich untereinander in die Haare; die Witterung meinte es günstig mit ihnen: Die Luft blieb lau trotz anhaltenden Sonnenscheins und so waren Straßen und Wege trocken, und es fand sich gleichwohl genug Gras am Wegrand für die Rösser. Bernard beließ es bei täglichen Ritten von sechs Stunden, denn er legte Wert auf Schonung der Pferde. Aber so überlegt und hilfreich dies in Bezug auf die Tiere war, so nachteilig wirkte sich es mit der Zeit aus, dass die Ritter und Knappen ausgeruht waren; sie wurden übermütig und gerade die Jungen von Saintes-Maries-de-la-Mer, allen voran Alexander und Bixente, dürsteten nach Abenteuern. Bixente zumal, der Blut aus Aragon in den Adern hatte, bedauerte es sehr, nicht wenigstens jeden zweiten Tag auf einen Baum zu treffen, an dem ein Schild hing, auf das er mit seiner Lanze schlagen könnte. Seine Reden wurden hitziger und seine Versuche drängender, mit einem der Gefährten einen Lanzenritt auszutragen.

Schon überlegte Bernard, ob er einen Rasttag einlegen und auf freiem Feld eine *Tjoste* ausrichten sollte, als sie am Ende eines gewundenen Tales auf mehrere Ritter trafen, die ihnen den Weg versperrten.

»Wo wollt ihr des Wegs?«, fragte ihr Anführer in schwer verständlichem Latein.

»Wir befreien Jerusalem«, entgegnete Bernard.

»Hier ist nicht Jerusalem«, schüttelte der Graubart den Kopf und deutete in die Richtung, aus der Bernard gekommen war. »Geht dorthin zurück und sucht euren Weg am Meer. Wir wollen euch hier nicht.«

»Wieso?«, fragte Bernard, der einen Zusammenstoß mit den toskanischen Rittern vermeiden, aber zugleich vor seinen Gefährten nicht als Zauderer erscheinen wollte.

»Wir sind die Herren hier, wir stellen die Fragen«, knurrte der Graubart und zog ein unwirsches Gesicht.

»Aber dies ist ein guter Weg, der einzige, Jerusalem zu befreien«, beharrte Bernard. Er legte Nachdruck in seine Stimme, um die Unsicherheit seiner Rede zu überdecken.

»Dieser Weg bleibt euch verschlossen«, entgegnete der Graubart grimmig und senkte seine Lanze, bis sie gegen Bernards Schild zeigte.

»Dann kämpfen wir darum«, schrie Bixente auf Okzitanisch; der Anführer verstand es und tuschelte mit seinen Begleitern.

»In Ordnung«, sagte der Graubart. »Unterhalb meiner Burg liegt eine Wiese. Dort wollen wir am Nachmittag im Kampf Ritter gegen Ritter gegeneinander reiten mit so vielen Paaren, als ihr Ritter habt. Wer die meisten Kämpfe gewinnt, bestimmt über euren weiteren Weg.«

Bixente lachte seine Zustimmung hinaus, Alexander klatschte. Die anderen nickten und folgten den fremden Rittern. Bald erreichten sie eine Öffnung des Tales und ritten auf eine weite Wiese unterhalb einer unscheinbaren Burg. Mit ausgestreckter Hand wies der Graubart auf einen Lagerplatz. Ein Stapel trockenen Holzes fand sich da neben einer mit groben Steinen gefassten Feuerstelle; rasch war das Feuer angefacht; und da bei neun auszutragenden Kämpfen der Nachmittag kaum ausreichen mochte, wurden die Zelte aufgeschlagen.

»Der Platz gefällt mir nicht«, flüsterte Guillaume Sebastian zu. »Hier sollten wir nicht lagern.«

Doch Sebastian wischte die Worte seines Freundes weg wie lästige Fliegen; die Aufgeregtheit und Vorfreude der anderen hatte ihn angesteckt: Er spürte das Männliche in sich wirken. Jammerschade, dass nur die Ritter in den Wettkampf durften. Diese brannten vor Tatendurst und rüsteten sich rasch, und als der Graubart in der dritten Nachmittagsstunde von seiner Burg herangeritten kam, saßen Bernards Ritter auf herausgeputzten Streitrössern. Sebastian hielt sich bei seinem Pferd auf, unbedingt wollte er sich, sollte es erforderlich werden, bereithalten, in den Kampf einzugreifen. Guillaume hingegen rieb sich andauernd die Nase und fing, als alle auf die Vorbereitung der *Tjoste* schauten, damit an, die Zelte einzuschlagen und auf die Packpferde zu laden. Ebenso verfuhr er mit Bernards Habe und den Kleidern einiger anderer, so dass, noch ehe die Gefechte begannen, der Tross der Okzitanier marschbereit war.

Die Kampfbahn war rasch festgelegt, das Los entschied über die Verteilung im Zweikampf; die Anführer würden als Letzte kämpfen. Die Waffen waren Lanze und Schwert; die Dolche blieben stecken.

Pierre de Peyrepertuis, der Neffe des Burggrafen, machte den Anfang, und stattlich, wie er an der Startlinie stand, verstrahlte er pure Zuversicht. Seine Gefährten johlten, als er seinem Ross die Zügel gab und es mit zwei Sporenstößen auf Tempo brachte. Jetzt zahlte sich das ausgeruhte Pferd aus. Ungestüm jagten die Ritter aufeinander zu, senkten die Lanzen, trieben sich gegenseitig in den Lauf des anderen, stemmten die Lanzen ein, legten ihr ganzes Körpergewicht hinter die spitze Waffe, trafen aufeinander – und jagten ohne Treffer aneinander vorbei. An den Endpunkten wendeten sie. Die Hatz begann von neuem. Pierre trieb sein Pferd mit leichten Zügelschlägen an. Diesmal trafen die Lanzen die Schilde. Beide Reiter stürzten zu Boden. Mühsam rappelte sich Pierre auf, doch der andere stand schon über ihm und hieb ihm das Schwert breitseits auf den Helm, dass Pierre zusammenbrach. Der Toskaner holte beidhändig mit dem Schwert aus und zielte auf Pierres Hals. Pierre brüllte, aber die Klinge sauste herab – und haarscharf neben dem Helm bohrte sich das Eisen in den Boden. Pierre blieb liegen, als Bixente, der augenfunkelnd bereitstand, seinem Ross die Sporen gab. Aber ach, dem rauflustigen Draufgänger erging es schlecht, denn sein Gegner traf bereits im ersten Anlauf mitten in den Schild; die scharfe Spitze durchbohrte das Holz und fuhr in den Unterarm. Bixente flog in hohem Bogen vom Pferd und heulte vor Schmerz. Louis und Charles hatten Vorteile mit der Lanze, wurden aber nach zähem Fechten mit den Schwertern niedergerungen und so zählten die Toskaner schon vier Siege, als Alexander in den Sattel stieg. In voller Montur wirkte er bullig und sein grimmiger Gesichtsausdruck mochte dem Gegner gehörig Furcht einjagen. Verlöre er, wäre der Kampf vorzeitig entschieden und die Pilger gezwungen, gedemütigt den Rückweg anzutreten. Mit viel Nachdruck trieb Alexander seine Stute an, dass sie trotz des Gewichts auf ihrem Rücken einen Satz nach vorn machte. Todbringend schoss Alexanders Lanze auf seinen Gegner zu, und als sich die beiden fast erreicht hatten, zwang Alexander sein Pferd direkt in die Bahn des anderen. Da bohrte sich seine Lanze neben dem Schild vorbei in die Brust des Gegners. Ein dumpfer

Laut, dann fiel der Toskaner leblos zu Boden. Alexander drehte sich, sprang vom Pferd, zog das Schwert und zeigte mit der Spitze auf den gegnerischen Hals. Doch hier konnte man keine Gnade mehr gewähren; der Toskaner war tot.

Sofort preschte der Graubart heran, und als er sah, was geschehen war, brach er in lautes Wutgeheul aus. Die anderen Ritter stürmten herbei und griffen die Wallfahrer an. Im Nu entbrannte ein Kampf auf Leben und Tod. Sie stachen und schlugen aufeinander ein, und wenn nicht Sebastian die anderen Knappen aufgefordert hätte, zu Lanzen, Schwertern und Streitkolben zu greifen, wären Bernards Männer hoffnungslos unterlegen gewesen. In der Eile hatte Sebastian Bernards schwere Streitaxt ergriffen, und als er in den Tumult hineinritt und Bernard von zwei Seiten bedrängt sah, schwang er die scharfe Waffe beidhändig so geschickt, dass ein Angreifer zu Boden ging und der zweite wich. Seite an Seite drangen Bernard und Sebastian nun auf die Toskaner ein, um sich des Graubarts zu bemächtigen; Bernard bewies seine Meisterschaft am Schwert, Sebastian fand Gefallen an der Axt; manchen Mann schlugen sie nieder und brachten den Gefährten Entlastung. Aber es zeigte sich bald, wie aussichtslos der Kampf gegen immer noch nachstrebende Streiter von der Burg war. Schließlich gab Bernard ein Zeichen und so schnell sie konnten, galoppierten sie in das Tal zurück, aus dem sie gekommen waren. Guillaumes Aufmerksamkeit hatten sie es zu verdanken, dass die Packpferde bereitstanden für die Flucht, und auf Bernards Zeichen hin hatte der flinke Knappe bereits reagiert und war in das Tal hineingeritten. Mitsamt ihrem Tross nahmen sie Reißaus und ritten bis in den Abend hinein, ehe sie hinter einer Buschgruppe anhielten. Jetzt erst gewahrte Bernard die Verluste. Sechs Ritter waren sie noch und sieben Knappen. Von den im Zweikampf Besiegten hatte sich lediglich Bixente retten können, die anderen waren auf der Kampfbahn geblieben; und mit ihnen ihre Knappen, die treu bei ihren Herren ausgeharrt und für sie gefochten hatten – vergeblich.

Mit dem ersten Morgendämmer setzten sie ihre Flucht fort und wandten sich nach Osten, wobei Bernard ängstlich darauf bedacht war, nicht zu nahe an Florenz heranzukommen, denn dass die Florentiner fremden Rittern übel gesonnen waren, berichtete man allenthalben. So schlugen sie sich auf schmalen Pfaden und Wegen durch, mühten sich in Schluchten und über schroffe Berge, bis sie nach drei Tagen das Adriatische Meer erreichten und bei einem einfachen Dorf Herberge nahmen. Dringend bedurfte Bixente der Ruhe. Er fieberte. Sein angeschwollener Arm war rot und blau angelaufen. Seine Augen blickten glasig. Ohne Hilfe würde er sterben.

Klein, sie war klein; klein und drall; schwarzhaarig und lockig; pausbäckig, mit dunklen Augen, so dunkel, dass sie glühten. Die Finger eine Spur zu kurz, eine Idee zu fleischig. Im Hemd verschwand der Körper, der lange Rock verschluckte die Beine; vielleicht war sie weniger rund als sie wirkte, aber das beschäftigte Sebastian nicht, als er Juditha zum ersten Mal sah. Es hieß, sie sei eine Heilerin. Bei der Frage, ob sie Kräuter kenne, nickte sie. Es lag eine Herausforderung darin, wie sie Sebastian gerade in die Augen schaute; beinahe eine Spur Dreistigkeit. Rosmarin? Rosmarin stärkt das Herz. Was sollte die Frage. Sie wusste es, selbstverständlich wusste sie es. Und wenn einer Wundfieber hat, schadet es nicht, ihm Rosmarin zu geben. Thymian regt Geist und Gemüt an, das hilft gegen die Mutlosigkeit, aber nicht gegen den Wundbrand. Sie würde vom fleckigen Storchenschnabel einreiben. Ob sie sich den Kranken anschauen könne, fragte Sebastian, und seine Stimme klang merkwürdig hohl. Vom ersten Augenblick an verunsicherte ihn Juditha. Gefallen? Nein, sie gefiel ihm nicht, klein und drall, wie sie war. Trotzdem. Es schnürte ihm den Hals zu und fesselte seine Hände, wenn er mit ihr reden sollte. Und er musste. Bixente brauchte dringend Hilfe. Und sei's von einer Hexe.

Gewandt schulterte Juditha ein Holzgestell mit einem geflochtenen Korb, aus dem allerlei Kräuter herausschauten, nickte energisch und folgte Sebastian zum Krankenlager, das in einer einfachen Hütte am Rande Marottas eingerichtet war. Bixente stöhnte und warf sich unter Schmerzen hin und her. Erleichtert grüßten Bernard und Guillaume und verließen die Hütte. Juditha stellte ihren Korb auf den Boden, trat an den Kranken heran und zog das Augenlid seines rechten Auges hoch, bis der ganze Augapfel zu sehen war: das Weiße gelblich verfärbt und von rotem Geäder marmoriert. Die Heilerin nahm Bixentes gesunde Hand und hielt sie am Gelenk zwischen Daumen und den anderen Fingern; ihre Lippen bewegten sich, als zähle sie leise mit; ihr Gesicht wurde zunehmend ernster. Dann wickelte sie die nassen Lappen von Bixentes linkem Unterarm, bis die schwärende Wunde offen lag. Sebastian zuckte, als er die eiternde Verletzung sah. Juditha murmelte unverständlich; es klang beruhigend. Sie holte ein kleines Säckchen aus ihrem Korb, streute daraus ein grünes Pulver auf Bixentes Stirn und verrieb es mit sanften Bewegungen. Innerhalb weniger Minuten wurde Bixentes Stöhnen leiser und verstummte schließlich ganz. In seinen Augen lag eine Frage und Sebastian bemerkte, dass der Verwundete etwas sagen wollte, jedoch zu kraftlos war.

»Sei unbesorgt, Bixente, diese Frau ist eine Heilerin. Sie wird dir helfen.«

Er blinzelte zum Zeichen seines Einverständnisses und verfolgte die Bewegungen der fremden Frau, die ihm so rasch erste Linderung verschafft hatte. Diese hantierte unterdessen mit einem Tonbecher, in den sie verschiedene Flüssigkeiten goss, deren Geruch scharf an Sebastians Nase drang. Mit einem Stäbchen rührte sie zwei unterschiedliche Pülverchen ein, dann hieß sie Bixente trinken. Nach dem ersten Schluck schüttelte den Armen ein Hustenanfall, aber Juditha legte ihm beherzt die Hand auf die Brust und zwang ihn, den Becher auszutrinken. In das blasse Gesicht schoss Röte ein und Bixente atmete heftig.

»Er wird bald schlafen«, brummte die Heilerin und winkte Sebastian, mit ihr hinaus zu treten, wo Bernard und Guillaume zusammenstanden. Sie gab den beiden ein Zeichen. Bernard wollte etwas fragen, aber sie stellte bereits nüchtern fest: »Der Arm muss ab.«

»Um Gottes willen«, rief Bernard, »ein einarmiger Ritter ist kein Ritter mehr.«

»Ein toter Ritter auch nicht«, entgegnete Juditha. »Es bleibt kaum Zeit. Der Erfolg ist ungewiss. Ihr müsst entscheiden.«

Wenig später blies Guillaume in die Glut eines Holzkohlefeuers; über der kleinen Feuerstelle wurden eine Zange, ein Messer und eine stempelartige Metallplatte erhitzt, bis sie rot glühten. An der Lagerstatt hielt Sebastian Bixentes Schultern fest, während die Heilerin mit einer spitzen Nadel in gesundes Fleisch stach. Bixente bewegte sich nicht. Nahe der Achselhöhle schnürte Juditha den Arm ab. Sie rieb die Haut oberhalb des Ellenbogens rundherum mit einer trüben Flüssigkeit ein. Jetzt holte sie das Messer, dessen scharfe Schneide glühte. Sebastian hielt den Atem an. Zischend fuhr der Stahl in das Fleisch und nach wenigen Schnitten klaffte die Wunde; weißlich schimmerte der Knochen. Bixente bäumte sich auf und Sebastian benötigte seine ganze Kraft, ihn auf die Pritsche niederzudrücken. Das Knarren und Kratzen der Säge drang durch Mark und Bein. Das Raspeln und Knirschen wollte kein Ende nehmen. Bixente schrie. Es war, als ob man ihn abschlachten wollte, dann erstarb Bixentes Schmerzensschrei und er fiel in Ohnmacht. Ein Knacken. Überall Blut. »Die Apparate«, schrie Juditha. Sebastian holte die glühenden Werkzeuge. Ob so die Hölle aussieht? Mein Gott, dachte er und gab ihr die Zange. Sie packte ein wurmartiges Ding, rot und blutend, und kniff es mit der Zange. Es zischte. Dann griff sie den Stempel und presste ihn fest auf den Stumpf. Durchdringend der Geruch verbrannten Fleisches. »Wegwerfen.« Sie deutete auf den abgetrennten Arm. Sebastian kam gerade noch vor die Hütte, dort übergab er sich. Sie hörte sein Würgen, trat heraus und reichte ihm einen Becher; er trank; der Absinth war stark. Sebastian hustete und fühlte sich besser. Er ging wieder hinein und sah, wie Juditha den Stumpf vorsichtig mit Salbe bestrich, ehe sie saubere Tücher darüberbreitete und alles einband. »Vater unser im Himmel …« Sie betete. Sebastian ließ sie mit dem Kranken allein.

Die Ritter hielten Rat. Es würde Wochen dauern, bis Bixente wieder reiten könnte, wertvolle Zeit, die im Hinblick auf Einschiffung und Segnung der Wallfahrer in Brindisi verloren ginge. Bernard sah den Erfolg ihres Kreuzzuges gefährdet und auch die anderen Ritter wollten nicht auf ihr Abenteuer verzichten. Andererseits vertrug es sich nicht mit ihrer Treuepflicht, Bixente allein zurückzulassen. Alexander schwankte unentschlossen; er fühlte sich seinem Freund verbunden, aber mehr noch lockte ihn der Kampf um Jerusalem. Tief in ihm war das Verlangen, sein Schicksal herauszufordern und sein Leben aufs Spiel zu setzen; waghalsiger Übermut, wie er viele Ritter auszeichnete, gab es bei Alexander im Überfluss; er musste kämpfen, er musste reiten; Krankendienst war zuviel der Opferbereitschaft. Schließlich kamen sie überein, Sebastian und Guillaume sollten bei Bixente ausharren und, falls die Genesung Fortschritte machte, später mit dem Verwundeten nach Brindisi ziehen. »Dich aber«, sagte Bernard, als er die Enttäuschung in Sebastians Gesicht las, »werde ich morgen, ehe wir nach Süden aufbrechen, für deinen tapferen Kampf zum Ritter erheben und Guillaume soll dein Knappe sein.«

Während sich die anderen auf ihren Lagern einrollten, setzte sich Sebastian auf einen Schemel vor Bixentes Hütte und starrte in den Sternenhimmel hinauf. Wer lenkte sein Schicksal? Verbarg sich dort oben, hinter den Sphären, der göttliche Vater und wachte über seinen Lebensweg? Oder zerrte der Teufel von unten, um eine Seele für sich zu gewinnen? Wer das Kreuz nahm, musste nach Jerusalem reisen; es gab keine schlimmere Sünde als den Bruch des Gelübdes. Würde ihn die Krankenwache an der Pflichterfüllung hindern? Sündigte er jetzt schon, allein durch seine Einwilligung? Andererseits konnte Gott es nicht zulassen, dass er in Sünde Ritter würde. Wenn die Erhebung mit göttlichem Einverständnis erfolgte, würde sich das Weitere weisen. Und gerade, als Sebastian dies dachte, zog eine Sternschnuppe ihren Silberstreif durch die Nacht.

* * *

Der Felsenkamm flößte Ruhe ein und auf ihrem Stammsitz sandte Isabelle ihre Gedanken in die Welt hinaus in dem festen Glauben, sie fänden den vorbestimmten Ort. Zu der Sehnsucht der letzten Wochen kam jetzt die Angst. Seit der Rabe aufgeflogen war, kannte sie diese Angst um den Verlust, und seit vorgestern erneut der Marquis de Olmes vorgesprochen hatte, fürchtete sie sich zudem vor der Ohnmacht der Frau gegenüber dem Mann. Der Baron freite mit Nachdruck. Vater wünschte die Verbindung; Mutter hielt sich zurück, zumindest vor der Tochter. Hilfe war nicht in Sicht. Noch wurde ihr Bedenkzeit eingeräumt, aber man erwartete von ihr, dass sie sich dem väterlichen Willen beugte und nach außen den Anschein gab, sie würde diese Ehe begrüßen. Doch in den zurückliegenden Wochen war ihr Wille immer fester geworden, sich nicht dem Diktat der Marquise de Champagne zu beugen und die Liebe aus der Ehe zu verbannen, sondern im Gegenteil, sie wollte es ihren Eltern gleichtun und eine Herzensverbindung erreichen. Und hierfür erschien ihr Alfonse de Olmes nach wie vor nicht der geeignete Mann, denn ihr Herz schlug für Bernard del Congost. Dann aber durfte sie keiner Vernunftheirat zustimmen. Dann musste sie sich dem väterlichen Wunsch widersetzen. Sie wünschte, jemand würde sie verstehen, und verzweifelt sandte sie ihren Hilferuf in die Welt hinaus.

Heute schien ihr die Vorsehung gewogen, denn im Osten sah sie ein Schwalbenpaar sich zweimal im Flug kreuzen und dann gemeinsam hinabjagen in die Burgmauer, wo sich ihr Nest versteckte. Dieser Knoten schien leicht geknüpft, und während sie sich daran machte, das Rätsel aufzulösen, erschien ihr ein klobiges Schiff in stürmischer See, das der Sturm gegen eine Klippe warf. Dem Rumpf entstiegen mehrere Männer, die sich durch die Gischt auf sicheren Boden retteten. Aus dem Gemurmel der Dankgebete hörte sie eine Stimme heraus, die ihr vertraut vorkam, und als ein zweifach geschwänzter Drachenvogel die Männer auf seinen Rücken nahm und zu einem Garten voller Früchte flog, da glaubte Isabelle, dass Rettung nahte.

Beschwingt sprang sie über die Felsen zur Treppe hinunter, trat durchs Burgtor und stellte sich auf die Falltür, die sie wie stets das Gruseln lehrte und ihr zugleich das Gefühl gab, Quéribus – und damit auf eine geheime Weise sie selbst – sei unverletzbar. Munter sprang sie weiter, wie damals, als sie unversehens mit Bernard zusammengeprallt war und ihre Träume aufgeplatzt waren wie reife Schoten. Sie lächelte.

»Ihr habt gute Laune«, dröhnte es neben ihr und während sie zusammenzuckte, erkannte sie Alfonse, den Marquis de Olmes. »Darf ich hoffen, es sei meinetwegen?«

»Ja, Marquis«, entgegnete sie und lachte übermütig. Der Baron wurde verlegen; Isabelle sah, wie er nach Worten suchte und dabei sein Gesicht zu einer dümmlichen Grimasse verzog; schließlich fasste sie Mitleid mit ihm und legte ihre Hand auf seinen Arm.

»Ihr müsst nicht sprechen, Alfonse.«

Noch nie hatte sie ihn Alfonse genannt. Er wirkte mit einem Schlag gelöst und heiter, und ehe sich Isabelle versah, kniete er vor ihr auf dem Boden, drückte sich die Hände an die Brust und schluchzte.

»Ihr macht mich so glücklich, Isabelle. Ihr ...«

Leider stotterte er; das nahm der Szene zwar die hochfahrende Dramatik, die für sich genommen schon des Lachens wert gewesen wäre, raubte der Angelegenheit aber zugleich jedes Gefühl von Leichtigkeit und führte in Verbindung mit der dümmlichen Grimasse zu einem Possenspiel, wie es sicher kein Gaukler je erfinden könnte. Isabelle kämpfte mit letzter Kraft gegen das Lachen an, das in ihr hochkam, aber letztlich konnte sie das Gepruste nicht unterdrücken. Sie wollte den Marquis nicht verletzen und so umarmte sie ihn. Er aber fühlte sich in den Himmel gehoben durch diese Berührung, und als sie sich beinahe erschrocken wieder voneinander trennten, da sah Alfonse sie mit einem Blick voller Entzücken an.

»Ich danke Euch«, flüsterte er. »Ihr werdet es nicht bereuen.«

Rückwärts ging er die Treppe hinab und achtete nicht auf seinen

Weg; unverwandt schaute er auf Isabelle und dieser Blick machte sie so verlegen, dass sie nicht anders konnte, als ihm wieder und wieder zuzulächeln und ihm schließlich, als er am Fuße der Treppe um die Ecke bog, mit der Hand aufmunternd zuzuwinken.

Im Innersten erschrak Isabelle, denn auf eine seltsame Art empfand sie die Kraft, die in dieser Begegnung lag, und so fühlte sie sich erleichtert, als der Marquis de Olmes endlich ihrem Blickfeld entschwunden war. Sie lief rasch in ihre Kammer und stellte sich dort ins Fenster. Nachdenklich blickte sie hinaus auf das weite Land, das nun trocken unter dem hohen Sommer lag. Hart und überdeutlich reckten sich die Linien der Bergkämme in den Himmel hinein und den hellen Farben der Bergflanken sah man die Trockenheit an. Zerklüftet lag die Erde. Ausgedörrt zogen sich Bachläufe durch die Bergwiesen und auf das ehedem satte Grün der Kräuter und Sträucher hatte sich das Grau feinen Staubes gelegt. Die Luft flirrte über dem Land und gaukelte ferne Bilder vor von hoch aufstrebenden Minaretten neben runden Kuppeldächern, und im Dunst blitzten die Schwerter der Kreuzritter, die als Strafe Gottes über die Muselmanen kamen. Im Gewühl der Schlacht erkannte Isabelle das Gesicht Bernards und sie fühlte, sie würde ihn wiedersehen.

* * *

Eine Hand legte sich von hinten auf seinen Nacken. Warm und weich. Der Strich des Botensterns verblasste. Halb knetend, halb streichelnd umfing die Hand den Nacken und glitt zwischen den Schulterblättern hinab. Das Wams saß locker. An seiner Wange spürte Sebastian einen Hauch. Sanft glitt eine Hand in seine Achselhöhle, samtene Kuppen berührten die Muskeln und tauchten hinein in den seidigen Flaum. Spielerisch tanzten die Finger auf die Schulter und fuhren über die blanke Brust auf die flachen Warzen zu. Ein Zucken voller Kraft verrät den Mann im Knaben. Sebastian sitzt still und lässt alles geschehen und spürt, wie die Erregung ins

Zentrum zieht. Wie es den Atem beschleunigt. Wie sein Herz schlägt. Wange an Wange, dann eine Drehbewegung, die Lippen auf Lippen führt. Köstlich weich liegen ihre auf seinen. Unbemerkt hat sie sein Bein überstiegen und kniet zwischen seinen Schenkeln. Wie der Priester die Opferschale, hält sie sanft sein Gesicht in ihren Händen und presst ihre Lippen heftiger auf seine. Sie öffnet den Mund so langsam, wie der Mond hinter dem Horizont erscheint. Es mischt sich der Lebensodem. Ihre Zunge berührt seine Lippen. Das fühlt sich fest an und da – da erregt das Zungenspiel seine Lenden. Der Pfeil liegt auf dem Bogen, die Sehne spannt sich. Jagd. Luft anhalten. Nicht zittern. Schlangengleich verknäueln. Ruhen. Atem fließt zu Atem. Münder liegen aufeinander, bewegungslos.

Wer kennt nicht den Ausbruch eines Sturms? Das Heranbrausen der Wolken, düsteres Aufbäumen gegen den Himmel hin, und am Boden krümmen sich Pappeln und Erlen, fliegen Blätter und Stroh, suchen die Tiere Schutz. Jeden Augenblick wird es den Himmel zerreißen, werden die Blitze zucken und die Donner grollen, aber wie durch ein Wunder wird alles ganz ruhig. Als sei nichts. Doch plötzlich peitscht's den Regen, die Welt geht unter – die Leidenschaft rast. Welche Kräfte habt ihr, ihr Götter!

Während die Leidenschaft noch den Jünglingskörper schüttelt, hat sich der weiche Schatten gelöst und in die Dunkelheit geschlichen. Klein und drall, schwarzhaarig und pausbäckig verschwand das Gewitter. Als Sebastian zu sich kam, glaubte er an einen Traum. Aber jenes Fühlen ließ ihn nicht mehr los, das so warm und weich an seinem Nacken geboren war, und zum Fühlen gesellte sich so langsam, wie der Mond hinter dem Horizont verschwand, ihr Bild: dunkle Augen, so dunkel, dass sie glühten. Und er spürte das Knistern zwischen Haut und Haut, wenn sich die Oberflächen um einen wundersamen Hauch nicht berühren.

Sebastian lächelte. Danke, flüsterte er und suchte den Sternenhimmel nach einem Zeichen ab. Danke. Wohlig fühlte er sich und satt. An sein Ohr klang ein frohes Lied, dem er fragend nachlauschte: »Früh stand die Schöne auf, lieblich sehe ich sie kommen;

sie putzte sich wohl heraus, noch besser kleidete sie sich an unter dem Zweig.« Ja, es stimmte: es gab die Liebe auf den ersten Blick. Nicht aber bei Juditha. Keine Schönheit war sie im ersten Blick, einen zweiten hatte er kaum auf sie geworfen. Vom Nachtsturm umtost, hatte er nur gespürt und Berühren gekostet. Noch nie besungen, wusste Sebastian nun: Es gibt die Liebe auf die erste Berührung und sie geht tief.

Bixente schlief, als Bernard mit den Gefährten zu den Pferden ging. Ehe sie aufsaßen, legte Bernard seine rechte Hand feierlich auf Sebastians Schulter. Alexander band Sebastian den Gürtel mit dem Schwert um, das in Bernards reich verzierter Scheide steckte.

»Mit dem Schwert umgürte ich dich«, sagte Bernard, »und diese Scheide ist mein Dank für deine Tapferkeit, die mir bei den Toskanern das Leben gerettet hat. Deine Zeit als Ritter ist schneller gekommen, als du vielleicht geglaubt hast. Sei stets ehrlich, treu und mutig, sei gerecht gegen alle, insbesondere die Armen und Schwachen, und diene Gott und deinem Herrn, so gut du kannst.«

»Ich werde es nie vergessen«, antwortete Sebastian.

Bernard nahm die Zügel auf und schwang sich auf sein Ross.

»Wenn ihr reisefertig seid, kommt uns nach. Wir warten auf euch oder hinterlassen eine Nachricht.«

Sie winkten sich zu, dann gaben die Reiter den Pferden die Sporen. Sebastian ließ den Blick nicht von ihnen, bis sie hinter einer Kuppe verschwanden. Er schwankte, ob er sich freuen sollte; Ritter nun, aber weit entfernt von dem Traum, Jerusalem zu befreien; wer weiß, wann er Marotta hinter sich lassen konnte, wer weiß, ob er die Wallfahrer noch antreffen würde; aber Opferbereitschaft war ein Ritterdienst und mit der Krankenwache bewies er Treue. Und dann war da noch Juditha, die ihm nicht mehr aus dem Kopf ging.

»Gehen wir zurück«, riss Guillaume Sebastian aus seinen Gedanken. »Glaubst du, dass Bixente gesund wird?«

»Gott wird ihm beistehen – und die Heilerin.«

»Aber was wird aus ihm, wenn er weiterlebt – er kann niemals wieder kämpfen.«

»Ein geschickter Handwerker legt ihm eine Verlängerung an, auf die sich ein Schild stecken lässt; ich habe schon jemand von einem einarmigen Ritter erzählen hören und es soll ein gefährlicher Kämpfer gewesen sein.«

»So was gibt es?«

»Die Welt ist voller Geheimnisse«, entgegnete Seabstian und legte seinem Knappen die Hand auf die Schulter. »Wir werden viele gemeinsam schauen.« Und er schob den Jüngeren in die Hütte hinein, wo sie sich an das Krankenlager setzten und schwiegen.

Wenig später trat Juditha ein. Sie beorderte Sebastian an die Schultern des Kranken und bedeutete Guillaume, auf ihre Zeichen zu achten und bereitzustehen für ihre Anweisungen. Vorsichtig nahm sie den Verband von der Wunde und besah sich den Stumpf. Zwischen verkohlten Stellen wucherte rotes Fleisch. Sebastian spürte Brechreiz und sah woanders hin. Juditha zog eine Pflanze mit giftgrünen Blättern aus ihrem Korb und legte die Blätter sorgsam auf den Stumpf. Mit einem hauchdünnen Stoffband festigte sie die Bandage, dann träufelte sie von ihrem trüben Absinth darauf, bis das Ganze nach Anis stank. Nun wickelte sie weitere Stoffbahnen um die Wunde. Bixente stöhnte, blieb aber liegen. Juditha drückte Guillaume einen in Absinth getränkten Lappen in die Hand und wies ihn an, damit von Zeit zu Zeit die Stirn des Verwundeten einzureiben.

»Komm!«

Sie winkte Sebastian zu, verließ die Hütte und schritt am Dorfrand entlang einem Olivenhain entgegen. Sebastian folgte ihr. Ohne sich umzudrehen, ging sie zwischen den Ölbäumen hindurch und verschwand hinter einer Hecke. Nach einem schmalen Durchschlupf öffnete sich eine winzige Lichtung im dichten Gesträuch. Juditha stand mit ausgebreiteten Armen da. Sebastian kniete vor ihr nieder. Sie nahm ihn in ihre Arme und drückte seinen Kopf gegen ihren Busen. Er fühlte sich geborgen.

Ja, hier würde er die Gefährten vergessen können, und mit diesem Gedanken hob er sein Gesicht langsam zu ihrem hoch und suchte mit den Lippen ihren Mund. Samtweich der Kuss, wärmte er die Erinnerung an die vergangene Nacht auf und stachelte die Leidenschaft an. Aber Juditha öffnete ihre Lippen nicht, legte vielmehr ihre Hand auf seine Stirn und brachte etwas Abstand zwischen sie, damit sie einander in die Augen sehen konnten. Tiefbraun die ihren und seine Iris von einem hellen Grün. Sie lächelte, ließ von ihm und setzte sich mit gekreuzten Beinen auf den Boden. Er tat es ihr gleich und blickte sie an. Heute gefiel ihm ihr Gesicht. Sie hatte ebenmäßige Zähne und eine reizende Pfirsichhaut. Warum nur hatte er das nicht sofort bemerkt?

»Ich bin die Heilerin hier und einsam«, sprach sie und es kostete Sebastian Mühe, sie zu verstehen. Trotzdem lauschte er ihrer Stimme gern, ein rauchiger Alt voller Weiblichkeit, und nach und nach wurde ihm ihre Sprache und ihr Leben vertrauter. Schülerin einer weisen Frau, kannte sie die Kräuter und ihre Wirkung. Sieben Jahre hatte Juditha gelernt, die Wurzel der Alraune bei Neumond von Sonnenaufgang her auszugraben, damit sie den Müttern und Ammen viel Milch beschere, während bei Vollmond ausgegraben von der Nachtseite her die Trollwurz die Frucht abgehen ließ. Jede Eigenheit der Heil- und Hexenkräuter lernte sie von der weisen Frau. Sie wusste um die Behandlung der Leiden, sie besaß das geheime Wissen um Krankheit und Genesung in Marotta, seit Chiara kinderlos verstorben war. Die Geheimnisse von Beifuß, Bilsenkraut, Tollkirsche, Immergrün, Teufelszwirn, Löwenschwanz, Salbei und Haselwurz behielt sie für sich. Sie wusste Mittel für eine erneute Jungfräulichkeit und für eine frische Lebenskraft der Manneslenden. Juditha kannte Wege, wie sich der Wuchs einer Leibesfrucht verhüten ließ und wie man einer Frau zu einem Spross verhalf. Während ihrer sieben Lehrjahre verstand sich Juditha mehr und mehr auf die Lage der Knochen zueinander im Leib wie auf das Pulsieren der Weichteile und die Bahnen der Lebens- und Körpersäfte. Ob kropfige Aufblähung des Halses oder schorfiger Grind böser Haut, gichtige Knoten an den Gelenken oder stinkende Beulen und Eiterschwären, nichts blieb ihr verborgen. Endlich entließ Chiara ihre Schülerin, zog sich zurück und starb. So war Juditha die Heilerin geworden, aber so sehr alle zu ihr kamen, wenn sie der Hilfe bedurften, so sehr umschloss sie das Geheimnis ansonsten und mieden die Menschen ihre Nähe. »Ich bin einsam und wünschte mir, dass du etwas von mir weißt und etwas von mir verstehst«, beendete Juditha ihre Erzählung und blickte Sebastian lange an. Dann sagte sie, sie wolle ihm eine Geschichte erzählen, auf die er sich einen Reim machen solle, und Sebastian, der sich ganz von ihrer Stimme ausgefüllt fühlte, nickte lächelnd.

»Einst hielt ein junger Bauer einige Kühe auf einer hoch gelegenen Wiese und er fand jedes Mal, wenn er zum Käsen hinaufstieg, die gesamte Arbeit schon getan. Bis in den Herbst hinein ging das so, dann legte sich der Bauer auf die Lauer, um zu sehen, wer ihm heimlich diente. Ein Mädchen war's, das aus dem Wald in die Hütte huschte, Feuer entfachte, den Rahm von der Milch schöpfte, butterte und käste, alles säuberte und an seinen Platz zurückstellte. Der Bauer schlich aus seinem Versteck heran. Sie hörte seine Schritte und stob davon. Alles verdorben durch meinen Vorwitz, dachte der Bauer, doch als er das nächste Mal Käsen musste, fand er alles wundersam gerichtet wie zuletzt: die Butter war gestoßen, der Käse geformt. Tag und Nacht grübelte der Bauer nun, wie er das Mädchen fangen könnte.«

Zunehmend spannender erzählte Juditha und fiebernd blieb Sebastian dem jungen Bauern auf den Fersen, der fünf Krüge besten Weines kaufte und in der Hütte neben den Milchtrog stellte, ehe er Brotstücke in eine Schale brach, etwas Wein darübergoss, einen Löffel einlegte und die so bereitete Speise in die Tischmitte schob. Von seiner Großmutter hatte er die Trachtenschuhe mitgebracht und an den Schnüren derart zusammengebunden, dass die Riemen locker genug waren, um das Einschlüpfen ohne Aufschnüren zu erlauben. Diese setzte er nun neben den Weinkrügen ab und versteckte sich in einem winzigen Verschlag, um das wilde Mädchen abzupassen. Welch Gelegenheit für Juditha, das Warten des neugierigen Mägdejägers auszudehnen in erzählerischer Kunstfertigkeit, als gelte es, Sebastian mindestens eine Nacht hier zu behalten. Der war so gefesselt von der Geschichte des feenhaften Mädchens, dass er weder auf die verstreichende Zeit noch seinen jagenden Puls achtete, den er Judithas Nähe zu verdanken hatte. Allen Ausschmückungen zum Trotz kam endlich die Fee und butterte und käste, dass es eine wahre Freude war. Nach dem Aufräumen näherte sie sich dem Wein und der Schale, welche Köstlichkeiten sie schon gesehen und gerochen hatte. Vorsichtig kostete sie und wurde umschmeichelt von dem guten Wein, dessen Gefährlichkeit sie nicht kannte. Die wilde Magd trank lustvoll den Wein und ward sinnlich vergnügt und angestachelt in ihrer Neugier, weshalb sie letztlich in die Schuhe schlüpfte und nach dem ersten Schritt, verbundener Riemen wegen, zu Boden stürzte. Auf diesen Augenblick hatte der Bauer gewartet, sprang aus seinem Versteck auf das Mädchen zu, umfing ihren Leib, hielt sie fest und ließ sie trotz wilder Zappelei und böser Schreie nicht mehr frei. Nach einiger Zeit wurde sie ruhig und versprach, ihn nicht zu verlassen, solange er gegen sie all die Nächstenliebe übe, die Christus, der Herr, von den Menschen gefordert habe. Und da der Bauer dies gelobte, blieb sie bei ihm, lebte mit ihm als rechte Christenfrau und versah ihm über viele Jahre hin Haus und Hof in bester Umsicht. Eines Herbsts aber, während der Bauer ins Tal hinabgestiegen war, um Vorräte für den Winter zu kaufen, was eine Woche in Anspruch nahm, brach der Winter früher als gewöhnlich an. Als böse Stürme aufzogen und nach Schnee rochen, brachte die wilde Magd in schweißvoller Fron alle Ernte ein in der halben Zeit, um sie, obschon das Korn nicht zur Gänze ausgereift war, vor der Zerstörung zu retten. Der Mann aber, als er zurückkam, zeigte sich unduldsam über halbreifes Korn, schimpfte und drohte mit Schlägen. Da sprang sie auf und rannte geschwind davon.

»Er hat das Mädchen nie wieder gesehen«, endete Juditha und reichte Sebastian ihre Hand. »Wir müssen zurück, ich muss nach dem Verwundeten schauen.«

Enttäuschung, er spürte schmerzliche Enttäuschung, als sie das traute Versteck verließen, ohne sich ein einziges Mal geküsst zu haben. Auch drückte ihn sein Gemächt, in dem er mindestens so viel spannende Kraft empfand wie auf der Sehne eines voll aufgezogenen Bogens; selbst ein starker Mann kann diese Spannung nicht ewig aushalten. Während Sebastian der Enttäuschung nachspürte, wuchs in ihm ein zweites Gefühl heran, das er bisher nur von seiner Schwester gekannt hatte: Vertrautheit. Juditha wurde ihm nah; das wog die Enttäuschung langsam auf. Dazu kam eine Ahnung von der Ritterlichkeit, wie sie in den Liedern der *Troubadoure* steckt und sich geziemt für jeden, der eine Dame verehrt. Die wahre Liebe trachtet nicht nach Erfüllung und schaut nicht auf sich selbst. Der Bauer durfte das Mädchen nicht fangen und dass er es tat, war schlecht; doch wenn schon, musste er gut sein, so, wie es im Heiligen Buch geschrieben steht: Die Liebe ist langmütig und gütig; sie ereifert sich nicht, sie bläht sich nicht auf; sie handelt nicht ungehörig und sucht nicht ihren Vorteil. Die Liebe, sagte sich Sebastian, ist ritterlich und kennt den Verzicht. Verzicht nährt das Verlangen und brennt sich in Haut und Seele ein; der Verzicht adelt die umfassende Sehnsucht. Und als er das dachte – ohne zu wissen, dass Isabelle vor wenigen Tagen beinahe das Gleiche gedacht hatte –, fühlte er sich frei und kein bisschen mehr enttäuscht, sondern angefüllt mit Freude, Vorfreude auf das, was kommen würde.

Doch zunächst galt alle Aufmerksamkeit Bixente. Sein Fieber stieg. Von nun an schlug Juditha stündlich im lauwarmen Wasser getränkte Lappen um seine Waden. Auf den entzündeten Stumpf gab sie mehrfach einen dicken Sud von Frauenmantel, welchen sie auch zu einem Tee verkochte, wovon sie Bixente morgens und abends je eine Tasse einflößte. Das löschte die Hitze und nach drei durchwachten Tagen und Nächten wurden Bixentes Augen klar; er kam zu Sinnen. Beim Anblick seines Armstumpfes weinte er. Den

Gefährten fiel es schwer, ihm Trost zu spenden. Wundersamerweise fand er ihn im Gebet. Für Sebastian aber brach die Zeit der Ernte an, denn Juditha hielt ihre Liebe nun für reif.

* * *

Nach einer Nacht voller Träume, in denen sich kreuzender Schwalbenflug und zerberstende Schiffe wiederholt hatten, erwachte Isabelle mit bleiern schweren Gliedern. Sie schleppte sich müde in die Küche hinunter und trank gierig von dem Kräutertee, welchen eine Magd in einer dickbauchigen Kanne zubereitet hatte. Das belebte ihre Sinne und half ihr, die Gedanken zu ordnen, die von ihren Träumen durcheinandergeworfen worden waren. Deutlich wie niemals zuvor sah sie das Gesicht von Alfonse de Olmes und spürte seine Dankbarkeit über ihre gestrigen Worte. Wie falsch er sie doch gedeutet hatte! Wo, sinnierte Isabelle, findet sich in diesem Leben die Wahrheit, wenn ein unbedacht dahingesagtes Wort so eine Bedeutung erlangen konnte? Sie spürte das Gewicht dieser Frage und ihr war für einen kurzen Augenblick, als würde die Wahrheit, die Erkenntnis tiefer Wahrhaftigkeit, einmal ganz wesentlich ihr Leben bestimmen. Doch ehe sie diesen flüchtigen Schein der Zukunft erhaschen und festhalten konnte, hakten sich ihre Gedanken schon wieder an Gegenständlichem fest und versuchten, sich in den Marquis de Olmes hineinzuversetzen. Musste Alfonse de Olmes ihre gestrige Haltung nicht unbedingt als Einverständnis zur Eheschließung, mithin als Verlöbnis auffassen? Konnte sie, Isabelle, noch mit irgendeiner Rede, und sei es Ausrede, dieses Missverständnis glaubhaft auflösen? Oder müsste sie sich nicht vor Gott und der Welt an dem Anschein festhalten lassen, den sie, und sei es auch unbedacht, mit ihren Worten und ihren Gesten gesetzt hatte? Ich wollte ihn nicht verletzen, dachte Isabelle, wollte nicht, dass er merkte, wie ich ihn auslache; es lag keinerlei Erklärungsabsicht in meiner Umarmung, lediglich der Vertuschung meiner wahren Gefühle diente sie; er gab doch wirklich eine allzu lächerliche Figur ab, wie er da vor mir stand, stammelnd und errötend; ich hätte ihn nicht verletzten dürfen, ich musste Rücksicht auf seine Gefühle nehmen, die – und bei diesem Gedanken fühlte Isabelle einen leisen Schmerz in sich – aus seiner Warte aufrichtig sind; ja, es scheint, als leite ihn ein gutes Gefühl für mich, als liebe er mich gar. Durfte ich ihn da auslachen? Musste ich nicht tun, was ich tat? Und keinesfalls hätte ich, versuchte Isabelle eine letzte Rechtfertigung, ihn in diesem Augenblick aufklären können über seine Fehldeutung; es hätte ihn allzu sehr getroffen. Nein, schüttelte sie den Kopf, erst heute könnte ich ihm den geheimen Vorbehalt offenbaren, den ich stets gegen seine Bewerbung hegte, selbst in der herzlichen Umarmung. Aber, und wieder wiegte sie den Kopf hin und her, im Nachhinein zählt der entgegenstehende heimliche Wille nicht mehr. Meine Rede sei ja ja oder nein nein, sie sei eindeutig für jeden und nicht wankelmütig, und allein, was der andere versteht, zählt.

»Ich bin ihm nun verlobt«, flüsterte Isabelle entsetzt und wurde blass. »Wieso sah ich gestern andere Zeichen? Lügt der Vogelflug?«

Nein, Vogelflug lügt nicht. Am späten Nachmittag erhielt Isabelle die Bestätigung. Auf andere Weise allerdings, als sie gedacht hatte: Alfonse de Olmes, berauscht von der ersten Berührung, hatte sein Ross zu langem Galopp angespornt, ohne die nötige Aufmerksamkeit für den wilden Ritt aufzubringen. Eine Zeit lang suchte sich sein Wallach selbst den Weg, aber hinter einer Kuppe, als unvermutet ein querliegender Baum den Saumpfad blockierte, stieg das Pferd erschreckt hoch, traf den Absprung nicht richtig, hakte mit dem Vorderhuf unter einem Ast ein und überschlug sich. Alfonse blieb mit den Sporen im Steigbügel hängen, wurde halb herumgeschleudert und fiel unter den stürzenden Gaul. Für einen Moment blieb er bei Bewusstsein und spürte, wie seine Beine gefühllos wurden. Ein Stich brannte kurz in seinem Rücken, dann packte ihn die Fügung in Watte und Nebel ein. Vater unser im Himmel, sprach er, nimmst du mich zu dir in der Stunde meines größten Glücks? Oder, und diese Frage verflog in aller Stille, hat jener *Perfekte* Recht, der mir die

Wiedergeburt prophezeite? Anderntags fand ihn ein Bauersmann, der auf einem Esel den Weg dahinritt; Alfonse war bereits starr.

Isabelle weinte, als sie von Alfonses Schicksal erfuhr. Ihr Vater mochte die Nachricht kaum glauben und fühlte sich schuldig; er dachte, Alfonse sei mutlos und enttäuscht in den Tod gegangen, weil er, Simon Lemaitre, nochmals den Ehekonsens hinausgezögert und eine weitere Bedenkzeit für Isabelle erbeten hatte. Auch, weil er, der aus Liebe geheiratet hatte und mit Liebe angenommen worden war, über die Liebe hatte hinweggehen wollen, fühlte er ein schlechtes Gewissen. So schwor er sich, seine Tochter nie mehr zu bedrängen und ihr fürderhin ihren Willen zu lassen.

Isabelle saß wieder auf ihrem Felsen und sann den Geschicken nach. Sie spürte eine neue Freiheit, spürte die Möglichkeit für ihre Liebe, legte nun ihre Sehnsucht in ihr Denken hinein und schickte alle ihre Wünsche nach Osten, nach Rom, Brindisi, Jerusalem. Eines Tages, davon war sie fest überzeugt, träfen sie auf den Richtigen und würden gehört. Sie musste nur Geduld haben.

* * *

Außer einigen versprengten Haufen fand sich niemand in Brindisi, der dem Aufruf zur Kreuznahme gefolgt wäre. Honorius hatte zwar den Kreuzzug ebenso zu seiner Sache gemacht wie vor ihm Innozenz, aber der neue Papst war ein Mann ohne Spannkraft und Tatendrang. Seiner Stimme folgte kaum jemand, und wo kein König für die Befreiung Jerusalems einstand, war es um die ritterlichen Pilger schlecht bestellt. Zu allem Unglück hatte Honorius kein Geschick. Als Bernard in Brindisi ankam, hieß es, die päpstlichen Schiffe führen von Messina weg, und da sich Bernard in Zeitnot wähnte, zog er mit den seinen sofort weiter. Der hohe Sommer brannte die Erde zu braunem Ton und der Weg von Tarent an der Küste entlang wurde entbehrungsreich. Durst quälte ihre Kehlen,

Hunger drückte die Mägen, und erst als sie bei Cosenza in den Bergen anlangten, fand sich Linderung. Aber die Ritter waren nicht gut gelitten und so verließen sie den Handelshof nach kurzer Rast und schlugen sich ans Thyrennische Meer durch. Ihre Rösser abgekämpft, sie selbst schlapp, nahmen sie in Amantea die Gelegenheit wahr, auf einem klobigen Kahn entlang der Küste gegen Messina zu segeln. Bernard gab einen goldenen Armreif her, um die Passage zu bezahlen, aber es lohnte sich, denn die Ruhe tat den Pferden gut und von dem fetten Fisch kamen die Männer zu Kräften.

Überfallartig blähte der Sturm das Segel und eine böse Strömung schob den Kahn auf die See hinaus, wo sich die Wellen bäumten. Schwarz schluckten die Wolken die Sonne, eine Sphäre des Grauens wandelte den Tag in Nacht. Blind stob der Frachter durch schäumende Wasserberge. Hohe Brecher schlugen auf das Deck, wälzten den schweren Rumpf bald auf diese, bald auf jene Seite. Ein Drehen und Schaukeln, ein Aufsteigen und Herabfallen war es, dass niemand mehr wusste, wo Sonnenauf- und wo Sonnenuntergang war; es gab kein Oben und Unten mehr. Das Ruder brach, der Mast zersplitterte. Gänzlich den Urgewalten preisgegeben, wurde der Kahn hin und her geworfen wie ein Spielzeugschiff. Blitz und Donner hielten Hof am Firmament und das Dunkel der Nacht wurde Regent. Kein Anfang mehr, kein Ende, einfach nur Sturm. Brausen, Tosen, Grollen, Donnern. Schon waren die Rösser über Bord gegangen, und ob noch alle Menschen im Boot saßen, wusste keiner. Bernard klammerte sich an den Stumpf des Mastes und betete um Errettung. Längst hörte er keine Hilfeschreie mehr, längst sah er nichts außer schwarzem Wasser und weißer Gischt; einsam war er, allein und einzig im Toben der Bestie Meer.

Es ruckte und krachte. Holz splitterte. Ein heftiger Stoß warf Bernard über Bord. Tobendes Wasser bemächtigte sich seiner. Es riss ihn dahin, warf ihn in die Höhe, verschluckte ihn wieder und spie ihn schließlich gegen messerscharfe Felsen. Er krallte sich ein. Langsam zog er sich hoch, der Luft entgegen. Zischend leckten die

Wellen nach ihm. Höher, er kletterte höher. Eben noch Wasserschwälle, wurden die Wellen zu Nebeln. Siedende Gischt, wie wenn sich Wasser mit Feuer mengt. Tief atmet er ein und trinkt Salz dabei. Noch höher. Ein letztes Mal leckt das gierige Ungeheuer an seinem Fuß. Bernard kann aufstehen. Schwarz dräut ringsum der Fels und widersetzt sich den Angriffen. Fürs Erste ist Bernard gerettet.

Als die Sonne aufging, hatte sich der Sturm gelegt und es schien, als liege ewiger Friede über dem Eiland. Bernard hatte Mühe, etwas zu sehen, so entzündet waren seine Augen, doch allmählich verschwanden die inneren Nebel und zu seiner Freude gewahrte er Alexander in seiner Nähe und auch Roland hielt sich zitternd an den kantigen Felsen fest. In der Tiefe rauschte das Meer gegen die Klippen und stäubte weiße Schlangen an die Felsen. Im Hin und Her der Wasser sah Bernard die Reste des Schiffes zerbrochen auf einem Riff hängen. Dahin, alles war dahin. – Seine Stimme, zuerst ein Krächzen, gewann an Festigkeit und die Gefährten winkten erfreut, als sie Bernard hörten. Sie schlossen sich zusammen und kletterten auf die Anhöhe. Was für ein karges Land.

Sie befanden sich auf einer Insel, ohne Zweifel, und sie bestand aus einem kegelförmigen Berg, der rings um sich schwarzes Gestein ausgespien hatte. Maul der Erde, ein düsterer Vulkan. Ein Ende der Welt. Während sie nach Luft schnappten und sich ihrer Errettung erfreuten, bestaunten sie die Schwärze der Felsen. Sie sprachen ein Dankgebet, dann machten sie sich auf die Suche nach einer menschlichen Ansiedlung. Mühsam der Weg, bergauf und bergab entlang der Flanke des Vulkans; die Sonne heizte den Boden auf und brachte die Gestrandeten ins Schwitzen. Stunde um Stunde schleppten sie sich dahin; nirgends tat sich eine Quelle auf und im Angesicht eines sanft anspülenden Meeres meldete sich der Durst nur allzu deutlich. Allen dreien stand die Angst ins Gesicht geschrieben, auf verlassenem Ödland gefangen zu sein, und je quälender die Hitze wurde, umso mehr haderten sie mit ihrem Schicksal.

Endlich tat sich ein Hafen auf. Unscheinbar drängten sich einige Häuser um ein natürliches Becken und auf einem schmalen Strand mühten sich Männer und Frauen mit den Netzen. Als die Fischer die Schiffbrüchigen entdeckten, ließen sie die Arbeit liegen und umringten Bernard und seine Gefährten. Laut durcheinanderrufend stellten sie die üblichen Fragen in unverständlichem Kauderwelsch, aus dem nur das Wort Stromboli herauszuhören war; keiner konnte Latein; mit Händen und Füßen klappte die Verständigung mehr schlecht als recht, aber immerhin so viel, um eine Überfahrtmöglichkeit in Erfahrung zu bringen. Schon waren die Wallfahrer erleichtert, und als sie freundlich in das Haus des Dorfoberen gebracht und Speis und Trank aufgetischt wurden, dankten sie Gott für die Errettung.

Die Speisung wollte verdient sein. Noch während Bernard, Alexander und Roland sich satt aßen, hatten die Fischer einen Trupp kräftiger Männer zusammengestellt, und kaum war der letzte Krug geleert, lud sie der Dorfobmann freundlich, aber bestimmt ein, zur Unglücksstelle mitzukommen; die Hoffnung auf Strandgut trieb die Fischer an und so segelten sie munter plaudernd die Felsklippen entlang und deuteten fragend zur Küste. Schließlich fanden sie in die Felsen verkeilt Überreste des Frachtkahns, der tags zuvor zum Spielball der Wellen geworden war. Mit Hurra ruderte ein kleineres Boot auf die Klippen zu und rasch sprangen mehrere Männer ins Wasser und tauchten umher. In der Tat fanden sie einige Säcke, darunter Rolands Packsack mit etlichen Silbersachen. Rolands Freude über die wiedergewonnene Habe währte allerdings nicht lange, denn die Fischer machten unmissverständlich klar, dass sie von ihrem Strandrecht Gebrauch machten; alles hier gehörte ihnen, unabhängig davon, ob der Besitzer noch am Leben war – und letztlich fügten sich die Ritter darein; es gibt Gegenden, da fällt das Strandgut dem Finder nur zu, wenn die Verunglückten tot sind, und da kommt es vor, dass einem Erschöpften die Hilfe versagt wird, um sich nach seinem Ende von Rechts wegen das Angespülte anzueignen.

Mittellos mussten die Gefährten, als sie zwei Tage später in Messina an Land gingen, als Bittsteller im Hafen herumirren. Kein einziges Schiff lag wegen einer Wallfahrt vor Anker. Der Pfarrer lachte, als Bernard erzählte, Honorius solle in Messina Schiffe einsegnen vor ihrer Fahrt nach Jerusalem; dieser Papst würde gewiss nicht kommen, auf Honorius sei kein Verlass. Wie Recht er hatte, dessen war sich Monsignore Giorgio Baldi nicht bewusst; aber für die Gefährten begann es sich abzuzeichnen, dass der Kreuzzug ein Fehlschlag werden dürfte. Immerhin bewirtete der Pfarrer die Ritter drei Tage in seiner Casa Baldi und gab jedem ein Ränzlein Proviant mit auf den Weg, als er sie verabschiedete.

Von nun an waren sie Pilger im wahrsten Sinne des Wortes, aber ungeeignet für den Kreuzzug und dazu verdammt, mit der Bürde des kaum erfüllten Gelübdes den Heimweg anzutreten.

»Wir müssen den Weg über Rom nehmen«, sagte Bernard daher zu seinen mutlosen Gefährten, »denn dort kann uns der Papst von unserem Versprechen befreien.«

Die Freunde nickten und zogen los. Als Wandersleute machten sie gar fremde Erfahrungen, waren sie doch gewohnt, hoch zu Ross eine herrschende Stellung einzunehmen. Und je näher sie Rom kamen, desto geschäftiger wurden die Straßen und desto peinlicher wurde ihnen ihre Lage als Fußgänger bewusst. Die Fuhrleute wurden dreister, ohne Rücksicht auf Wanderer und Lasttiere trieben die Reiter ihre Pferde stur dahin; ebenso wenig wichen die Ochsentreiber. Die Schwachen mussten auf der Hut sein bis vor die Stadttore und dahinter nicht weniger. Im Gestoße und Gerenne in den engen Straßen kam man nur allzu leicht unter die Räder. Schließlich waren sie glücklich, in einer stickigen Herberge der Benediktiner Unterschlupf gefunden zu haben, und sprachen gleich anderntags in der Kanzlei des Lateran, wo in früheren Zeiten der Palast des Kaisers Konstantin gewesen war, wegen der Gelübdebefreiung vor. Dort empfing sie ein fetter Prälat und wies sie mit brummiger Stimme an: »Sprecht zunächst in der Seitenkapelle von Santa Maria dell' Anima ein Gebet. Durchschreitet sodann die drei nebeneinanderliegenden Pforten von Sankt Johann. Das erlässt alle Sündenstrafen. Abends kommt in die Kapelle zur Vesper; dort empfangt mit der heiligen Kommunion die Freisprechung.«

Sie taten wie ihnen geheißen und brachen am folgenden Tag erleichtert gen Norden auf. Gar zu viel Gesindel hatte sich in den schäbigen Gegenden der Stadt herumgetrieben und stets bestand die Gefahr, in einen der Raufhändel hineingezogen zu werden, den die streitlustigen Bewohner der hohen und beengenden Häuser allzu gern vom Zaun brachen. Auch die Großen der Stadt hatten Übung in Waffengängen und fochten manchen Strauß aus. Es war besser, nicht in solche Kämpfe verwickelt zu werden, zumal als unbewaffneter Fußgänger – und Bernard, Alexander und Roland sehnten den Tag herbei, an dem sie wieder auf einem Ross sitzen und das Schwert an ihrer Seite spüren konnten.

Sie kamen langsam voran. Der hohe Sommer zehrte an den Kräften, die sumpfige Luft Roms hatte ein Übriges dazugetan. Noch bevor sie Pisa erreichten, streckte ein schauerliches Fieber Alexander nieder. In Schüben wallte die Hitze auf und kühlte wieder ab; von Mal zu Mal verbrannte Alexanders Körper stärker; ein herbeigerufener Bader legte kalte Wadenwickel an, allein es half nicht. Das Fieber wurde Alexanders Fegefeuer, und als der Gefährte das Sakrament empfangen hatte und einen letzten Blick aus trüben Augen in die Welt heraus warf, da fiel Bernard Schwermut an. Er verkroch sich unter einen Oleanderbusch und verweigerte die Nahrung. Lediglich Wasser trank er. Wo blieb die weise Frau, um einen Zauberspruch um ihn her zu sagen und ihn in tiefen Schlaf zu hüllen? Einwachsen wollte er in die Zweige, versteckt vor der Welt. Es schien gar, als würde ihn der Wahnsinn packen wie jenen Ritter Lancelot, von dem die Sage geht, er habe drei Jahre den Verstand verloren im hohen Wald, nachdem ihm Galahad geboren ward.

Der Flug der Nachtigall

Isabelle war seit Alfonses Unfall nachdenklicher geworden. Sie las viel in einem Evangeliar, das in gestochener Schrift auf kleinem Format gearbeitet war, weshalb sie es gut auf ihren Stammplatz oberhalb der Burg mitnehmen konnte. Unergründlich schien ihr das Schicksal und gern gab sie sich in die Hand eines gütigen Gottes. Manche Stunde verbrachte sie in innigem Gebet und manchmal war es, als hielte sie Zwiesprache mit Gott. Ihr Glauben festigte sich. Sie erzählte Gott ihre Sorgen und Hoffnungen, fragte ihn dies und jenes und vor allem vielfach nach der Bedeutung jener Träume, die sie hatte in Bezug auf die Zukunft. Sie sah schwarzen Rauch über Quéribus. Mehrfach tauchte ein hoher Felsrücken auf, der eine bewehrte Stadt trug; sie sah eine Belagerung, erkannte durch die Nebel Hunger und Durst, spürte die Verängstigung vieler Menschen; sie sah ein Ritterheer heranrücken und die Stadt belagern; Kampfmaschinen warfen Geschosse auf Wehrlose, Schwerter schwingende Ritter drangen auf Frauen und Kinder ein. Diese Träume wiederholten sich und sie ließen Isabelle fragen und zweifeln. Wieso lässt Gott das Elend zu? Warum hat der Herr die Schöpfung nicht nur gut gemacht? Wie kann der Allmächtige kein Mitleid fühlen im Angesicht von Not und Verderbnis? Ein gütiger Gott muss die Sünde verdammen anstatt der Menschen. Verständliche Fragen, aber auch schwierige, und Isabelle fand keine Antworten. Meist gab sie sich damit zufrieden, dass die Welt so ist wie sie ist. Trotzdem geriet sie immer wieder ins Grübeln. Vielleicht, weil sie zu gern gewusst hätte, ob Bernard eines Tages zurückkommen und sie lieben werde? Ausgerechnet in dieser persönlichen, ihr zu Herzen gehenden Angelegenheit waren ihre Träume allzu verschwommen.

Die Befürchtungen hinsichtlich des Leides vieler Menschen waren nicht an den Haaren herbeigezogen; Simon de Montfort hielt mit seinen Franzosen ein hartes Regiment; wo sich die Menschen offen zu den *bonshommes* bekannten, tauchte Simon oder einer seiner Getreuen auf und hielt Strafgericht; die Bekennenden wurden niedergemetzelt oder auf den Scheiterhaufen geworfen, ihre Freunde und Unterstützer verjagt und verbannt. Seit Raymond der Jüngere versuchte, die Grafschaft Toulouse zurückzuerobern, wurden die Auseinandersetzungen noch unerbittlicher geführt; Simon schlug die Okzitanier, wo er nur konnte. Isabelle seufzte, als sie auf die passende Bibelstelle traf: Für jedes Geschehen unter dem Himmel gibt es eine bestimmte Zeit: eine Zeit zum Gebären, eine Zeit zum Sterben, eine Zeit zum Töten, eine Zeit zum Heilen, eine Zeit zum Suchen, eine Zeit zum Verlieren, eine Zeit zum Lieben und eine Zeit zum Hassen.

»Ja«, flüsterte sie, »alles hat seine Stunde.«

Angefüllt mit diesen Gedanken, stieß sie auf der Treppe kurz vor dem Burgtor auf einen Mann. Er trug einen härenen Mantel und barg den Kopf in einer Kapuze. Aus seinem hageren Gesicht stachen die tief liegenden Augen hervor; sie waren hellblau. Woher und wohin des Wegs, sprach sie ihn an und hörte sein Schnaufen. Von Lagrasse sei er, auf der Flucht vor Simons Häschern. Trotz jahrelanger guter Nachbarschaft hätten vor wenigen Wochen die Benediktiner ernste Feindseligkeiten vom Zaum gebrochen; nach einem Streitgespräch, zu welchem er eingeladen gewesen sei, wäre ihm bereits mit Verhaftung gedroht worden, und vorgestern seien päpstliche Leute in Begleitung einiger Ritter aufgetaucht; zum Glück habe ihn eine gute Seele gewarnt und er sich durch beherzte Flucht dem Zugriff entziehen können. Er hatte langsam und ruhig gesprochen, ohne Vorwurf; keine Spur von Bitterkeit lag in seiner

Stimme. Selten war Isabelle von einem Mann so viel Friedfertigkeit entgegengeschlagen. Sie wusste sofort, dass sie einen *Erwählten* vor sich hatte, einen Gesalbten aus den Reihen der *bonshommes*, und es war ihr eine Freude, neben ihm die Treppen hinaufzusteigen.

Der Torwächter ließ den Mönch in Begleitung Isabelles passieren. Gemeinsam schritten sie von Vorwerk zu Vorwerk hinauf zum *Donjon*. Isabelle rief nach ihrem Vater, der alsbald erschien. Der *parfait* bat um ein Nachtlager, was der *Sénéchal* gewährte. Ein Knecht führte den frommen Mann zu einer einfachen Kammer bei den Stallungen. Zum Abschied fragte Isabelle, ob er ihr morgen einige Fragen beantworten könne; einiges habe sie gehört, doch sei sie unwissend. Der *Vollkommene* lächelte: »Du bist mir allzeit willkommen, Tochter.«

Atemlos stürzte Isabelle ans Fenster und suchte den Nachthimmel ab. Herrgott, gib, dass ich die Sterne sehe, flehte sie und ihr Herz schlug heftig. Was für ein Traum hatte sie aufgeschreckt, welcher Alp lastete auf ihrer Seele! Sie hatte einen Punkt geschaut, kleiner als die Spitze einer Föhrennadel, und dieser Punkt war so voller Licht gewesen, dass sie beinahe erblindet wäre. Trotzdem dunkelte es rund um den Punkt von solcher Nachtschwärze, wie es sie weit und breit auf der Welt nicht zu sehen gibt. Der gesamte Raum hallte von einer so mächtigen Stimme, wie sie nur überirdisch donnern konnte. Dem nicht genug, erfüllte der Duft von Weihrauch und Myrrhe den Äther und ging von dem winzigen Punkt ein Streicheln und Kosen aus, als umsorgten tausend liebende Ammen ein Königskind. Sehen, Hören, Riechen, Fühlen auf allerkleinstem und irgendwie dadurch zugleich auf allergrößtem Raum.

»Jetzt«, befahl Gott.

Der Punkt schoss mit lautem Knall über den ganzen Raum und füllte alles in unendlicher Weite mit gleißendem Licht und weiß glühender Hitze. Ein Rasen und Toben fauchte mit unvorstellbarer

Macht durch Raum und Zeit. Die Helligkeit des Lichts tauchte alles in Unsichtbarkeit und Geheimnis. Als Isabelle wieder sehend wurde, lag eine blaue Kugel vor ihren Füßen, umsponnen von weißen Schlieren, braunfleckig an manchen Stellen.

»Es ist gut«, sprach der Herr.

Die Kugel kam näher und blähte sich auf. Schon sausten Nebel um die Träumerin herum, schon raste sie auf das Grün des Waldes zu. Doch ein warmer Lufthauch bremste ihren Fall; sanft kam sie auf einer Wiese zu sitzen. Eine Wolke verschattete eine hellgelbe Sonne am blauen Himmel. Schwer stand der Duft von Thymian, Rosmarin mischte sich darunter und ein Windhauch blies Lavendel herbei. Auf schroffen Bergen strebte eine Burg in den Himmel hinein.

Der Herr hatte die Welt erschaffen und sie, Isabelle, das Mädchen mit dem alten Blut, in ihre Heimat gesetzt. Es hätte wirklich gut sein können, doch blieb die Zeit nicht stehen, sondern gebar Ungeheuer. Drachen und Furien jagten mit üblen Gewittern über das Land; pfeifende Silbervögel spuckten Feuer vom Himmel, Stelen aus Feuer und Pilze aus Rauch schossen aus der Erde; finsterste Schwärze fraß die Welt. Unendlich weit dehnte sich der dunkelste der dunklen Räume, winzige Lichtpünktchen verloren sich im Überall und Nirgendwo. Dann schwirrte ein Summen durch die Luft und von überall her kamen nun die Punkte auf die Träumende zu, aufblitzende Kugeln in immer rascherer Drehung, und es stürzte in die Mitte hinein und färbte die Unendlichkeit rot und erhitzte sich und erhellte sich und dröhnte und packte und drückte und donnerte und gleißte und blendete, bis alles erblindete und taub und gefühllos wurde, und als die Blendung zurückging, da schwand alles Licht hinein in einen winzigen Punkt und die Hitze, ja die Wärme verging; es wurde kalt; es wurde dunkel. Es wurde Anfang. Aber es stank, gellte und schmerzte. Sehen, Hören, Riechen, Fühlen im ganzen Raum ein einziger Schmerz. »Jetzt ist es gut«, gellte eine fürchterliche Stimme. Aus der Unendlichkeit fuhr eine rot glühende Zange auf Isabelle zu und riss ihr den Kopf – sie erwachte vor dem »ab«. Sie schrak hoch und sprang zum Fenster. Herrgott, gib, dass ich die Sterne sehe, flehte sie – und wurde erhört.

Was für ein Segen ist der anbrechende Tag, wenn die Morgendämmerung die Angst vor dem Fall in einen abgründigen Himmel besiegt. Isabelle atmete erleichtert auf, als sie den Silberstreif im Osten wahrnahm. In der Nacht hatte sie bei ihrer Sternensuche den Eindruck, als ob sich da eine grundlose Tiefe in den Himmel hineinstürze und alle Sphären offenstünden; natürlich kann das nicht sein, aber trotzdem ist es beruhigender, das Blau der Himmelsschale im heiteren Sonnenlicht über sich zu sehen. Bei Tage verlor ihr Traum allmählich seinen Schrecken und Isabelle sagte sich, dass viele ihrer Träume wirre Bilder ohne Gehalt waren; so sicher auch dieser. Schließlich wusste sie Bescheid über den Aufbau der Welt, der einem Ei glich: Im Fetttröpfchen konnte man die Erde sehen, der Dotter war die Luft und das Eiweiß der Äther; wie die Eischale das Ei, so umschloss das Firmament die Welt sicher und zuverlässig. Oder etwa nicht? Schon wieder so eine Frage. Ob der einsame *Katharer* sie beantworten konnte?

»Wohl weiß ich eine Antwort, liebes Kind«, entgegnete der Alte milde, als ihn Isabelle ungestüm aus seiner Gedankenwelt in die Gegenwart versetzt hatte, »wenngleich es nicht vordringlich ist, über diese Welt Bescheid zu wissen.«

»Warum?«

»Sie ist nicht von Gott.«

Isabelle machte große Augen und blieb stumm. Der *Erwählte* lachte.

»Du glaubst mir nicht. Das verstehe ich gut. Aber schau: Wenn die Welt von Gott wäre, wie könnte sie schlecht sein? Sie ist aber schlecht. Wenn die Welt von Gott wäre, wieso sollte es Not geben? Es gibt aber Not. Woher also kommt das Böse? Bereits *Lactantius* hat diese Frage gestellt und sich sehr weise mit ihr befasst: ›Entweder will Gott das Böse aus der Welt entfernen und kann es nicht, oder er kann es und will es nicht, oder kann es nicht und will es nicht, oder endlich will und kann er es. Will er es und kann es nicht, so ist das ein Unvermögen, was dem Wesen Gottes widerspricht. Kann er es und will es nicht, so ist es Bosheit, die seiner Natur nicht minder widerspricht. Will er es nicht und kann er es auch nicht, so ist es Bosheit und Unvermögen zugleich. Will er es aber und kann er es auch (was der einzige von allen Fällen ist, der dem Wesen der Gottheit entspricht): Woher kommt dann das Böse auf Erden?‹ Wenn also die Welt von Gott wäre, müsste sie dann nicht frei vom Bösen sein?«

Isabelle nickte.

»Siehst du«, sagte der Mönch und beschrieb mit seinem Arm einen weiten Kreis, »deshalb sage ich dir: Die Welt ist nicht von Gott.«

»Von wem dann?«

»Vom Teufel.«

»Warum?«

»Er hat sie erschaffen, um Gott zu trotzen. Aber die Welt ist so klein und unscheinbar, dass es Gott nicht bekümmert. Nur wir, wir müssen ein Leben in Christus führen, um die Sphäre des Teufels verlassen und zu Gott gelangen zu können.«

Isabelle staunte. So einfach und klar hatte sie noch nie vom Ursprung des Bösen gehört. Es schien ihr verwegen, was der Alte behauptete, aber sie hatte kein Argument zur Hand, das sie hätte einwenden können, und wie zur Beschwichtigung legte er seine Hand auf ihre: »Es muss dich nicht ängstigen. Gleichgültig, wer die Welt erschaffen hat: das Heil ist von Gott. Zu ihm sollst du beten und seinen Sohn ehren, dann wirst du Seligkeit erlangen.«

Eine Weile saßen sie stumm nebeneinander.

»Kann ein Mensch in die Zukunft sehen?«, fragte Isabelle unvermittelt.

»Hm«, brummte der *Vollkommene.* »Es gibt Propheten. Sie sind selten. Und die Menschen glauben ihnen nicht.«

»Ich träume manchmal von der Zukunft.«

Er lächelte.

»Oh, es ist schwer mit den Propheten – schau, ich habe drei Lehrer gehabt und ohne Zweifel waren sie alle eingeweiht und erhaben, aber ein jeder sprach über die Propheten anders. Der Erste schmähte sie als quakende Frösche des Teufels, denn Satan kann allem und jedem einflüstern, sogar einem Stein. Der Zweite meinte, in jenen göttlichen Hauch zu spüren, die auf Jesus Christus vorausdeuten. Der Dritte sah Engel in ihnen, die Gott in der Fülle seiner Macht in die Welt gesandt hat, um uns Weisheit und Wahrheit zu bringen.« Er drehte die Handflächen nach oben. »Am besten wird es sein, stets auf den Gehalt ihrer Rede zu achten; ein weiser Mensch vermag den Weisen zu erkennen.«

»Mutter sagt, ich hätte altes Blut in mir.«

»Das mag sein. Diese Welt ist größer, als wir uns vorstellen können. Die Kirche fürchtet das Umfassende und predigt nur Ausschnitte. Aus wissenden Menschen werden Zauberer, Hexen und Häretiker, die sich verstecken müssen, und mit der Zeit verliert der Mensch das geheime Wissen. Das ist nicht gut, denn selbst wenn die Welt vom Teufel ist, von Gott sind Liebe und Weisheit.«

Isabelle blickte ihn lange an. Beinahe wortwörtlich hatte er wie ihre Mutter gesprochen hinsichtlich des geheimen Wissens und das, was er sagte, klang vernünftig und versöhnlich. So stand es auch in sein Gesicht geschrieben; er musste ein gütiger Mann sein. Er gefiel ihr und mit ihm seine Art und sein Glaube.

* * *

Bixente hatte sich wenige Tage nach einer zweiten Fieberkrise, in der Juditha und Sebastian Tag und Nacht am Krankenlager Wache hielten, erholt; von da an verging eine weitere Woche, dann zeigte sich der Stumpf gut verheilt, wenngleich Sebastian die Wunde nie ohne dumpfes Gefühl im Magen betrachten konnte. Noch war das Wundfleisch hochempfindlich, weshalb Juditha mit Nachdruck auf Schonung bestand; die Strapazen einer weiten Reise – bis Brindisi ritt man zwölf Tage – verboten sich von selbst. Allerdings erhob die Heilerin keinen Einwand gegen Ertüchtigung und so übte Bixente sich im Gebrauch der Streitaxt mit einer Hand, legte einarmig die Lanze ein und ritt und stritt bald wie in früheren Tagen. Mit Stöcken fochten Sebastian und Bixente kleine Turniere gegeneinander aus, assistiert von Guillaume, der beiden den Knappen machte.

Trotz solcher Erfolge spürte Sebastian, dass Bixente mit dem Schicksal haderte. Wer würde einen Krüppel als Ritter ernst nehmen? Würde er am Ende in der Schlacht siegreich sein, weil die Gegner vor Spott und Hohngelächter aus den Sätteln fielen? Und in einem erbitterten Kampf, würden da Kraft und Geschicklichkeit ausreichen? Ob Reiten, Lanzenstechen oder Fechten, mit nur einem Arm war alles anders. Im Übrigen: Der Arm fehlte Bixente einfach und manchmal spürte er ihn so lebendig wie früher. Man konnte Bixente eigentlich keinen nachdenklichen Menschen nennen, ganz im Gegenteil zu Bernard steckte in ihm überhaupt kein Dichter; aber solcherlei Fragen bedrückten und beschäftigten ihn und Sebastian spürte es und fühlte die Trauer darüber, dass er dem Gefährten nicht helfen konnte. Umso mehr bemühte er sich, Bixente in allen Ertüchtigungsübungen anzuspornen.

Versüßt wurde Sebastian diese Zeit in Marotta durch Juditha, der er mit großer Zuneigung und brennender Leidenschaft zugetan war. In ihr, die er auf den ersten Blick des Betrachtens kaum für wert gehalten hatte, begegnete er auf erhebende Weise dem Rätsel der Schöpfung. Wie gern hätte er seine glutäugige Schöne mit Wohlklang besungen; doch im Wort hielt seine Ertüchtigung mit dem Kämpfer nicht Schritt. Er tröstete sich damit, dass Juditha ein nach den strengen Regeln der Dichtkunst verfasstes Werk sowieso nicht verstanden hätte. Sebastian lächelte. Juditha würde auf die höfische Form keinen Wert legen; einen makellosen Inhalt würde sie bedauern, wenn nicht gar verspotten. Was für eine Lust durchströmte dieses Weib! Welche Sinnlichkeit strahlte sie aus! In den langen Nächten, die Juditha in den Hügeln und Wäldern verbrachte, um ihre Kräuter, Samen und Wurzeln zu sammeln, suchte Sebastian Worte für seine Leidenschaft und ihre Lust, ohne auf die Regeln der *Troubadoure* zu achten. »Wenn die Tage lang sind, im Mai, gefällt mir der süße Vogelsang von fern und gedenke ich meiner Liebe«, flüsterte er. »Wenn die Tage lang sind, im Mai, gefällt mir die Rundung ihrer Brüste von nah und nehm ich sie zart in die Hände.« Sebastian lachte. Er berauschte sich an der Vorstellung, solche Worte zu sanfter Harfenmusik an Raymonds Hof vorzutragen. Skandal! Dabei wäre dies nur der Auftakt zu einem Reigen wollüstiger Innigkeit. »Juditha! Allein deine Brüste! Von Gott so voll und fest geformt, steckt da des Lebens praller Überfluss«, schwärmte er und stürzte sich in die sinnlichen Bilder der Erinnerung.

So sehr Sebastian den Sturzbach der Leidenschaft genoss, mehr noch liebte er die Stunden der Entspannung. In der wohligen Ermattung entfaltete sich Zärtlichkeit um ihrer selbst willen; streicheln, schmusen, aneinander kuscheln, ab und zu ein Wort flüstern, neckisches Kitzeln, umarmen, drücken, reiben und einfach beieinander liegen; da fühlte sich Sebastian geborgen und beschützt vor allem Ungemach des Lebens, sicherer wähnte er sich in Judithas Umarmung als in einem Harnisch, selbst wenn dieser den Körper vollkommen bedecken würde. Manchmal legte Juditha ihren Kopf auf seine Brust und sprach mit melodischer Stimme; unwichtig der Inhalt; es kam nur auf den Wohllaut ihrer Worte an; ihr Atem berührte Sebastians Haut wie sanftes Streicheln. Dann erzählte er ihr von Quéribus, von seiner höfischen Ausbildung, die zeitig begonnen hatte, von dem Stolz, als er Knappe werden durfte. Er sprach leise, sprach okzitanisch, ließ dem Klang den Vortritt vor dem Inhalt; und obwohl er wusste, wie wenig Juditha den Sinngehalt seiner Rede erfasste, fühlte er sich von ihr verstanden. Sie verband eine geheime Verständigung, die damit begonnen hatte, dass sie ihm von dem wilden Mädchen erzählte und er begriff. Freiheit und Eigensinn durften sein zwischen ihnen und störten doch die Gemeinsamkeit nicht, ermöglichten sie sogar in besonderer Tiefe.

»Ich wollte«, flüsterte Juditha eines Abends, »du wärst der Sämann und ich der Acker, damit ein Reis entspringt als Unterpfand unserer tiefen Verbindung.«

Sebastian, der sie gerade zart am Rücken streichelte, hielt überrascht ihre Schultern fest und drehte ihren Körper herum, sodass er Juditha in die Augen sehen konnte.

»Meinst du das ernst?«, fragte er und in seiner Stimme mischte sich Unglauben und Angst. »Ich muss dich verlassen und niemand weiß, ob ich je wiederkehre. Du wärst allein mit dem Kind, hilflos dieser Welt ausgesetzt, entehrt vor aller Augen.«

Juditha hielt seinem Blick ruhig stand. Sie ahnte seine wahren Gefühle und wusste, wie wenig er selbst darüber sprechen konnte. Er konnte, wollte und durfte sich jetzt nicht binden, denn er musste sein Wallfahrtsgelübde erfüllen, und allein das Wissen um ein Kind machte Sebastian unfrei. Juditha öffnete die Lippen und näherte sich Sebastians Mund. Der Kuss war gehaucht, dann flüsterte sie: »Sei unbesorgt. Ich weiß die Empfängnis zu verhüten und mir den Stand der Ehre zu erhalten. Der Wunsch ist nur ein Beweis meiner Liebe.«

In ihrem Herzen aber hatte sie längst beschlossen, ihrem Wunsch heimlich nachzugeben, und das war gut so, denn Bixente erholte sich rasch.

Unerbittlich verrann die Zeit. Schon hatte ein Schreiner einen abgewinkelten Holzstumpf angepasst und ein Seiler die Prothese mit dem Oberarm und der Schulter verbunden; auf den Holzstumpf wurde ein runder Schild gesteckt, den Bixente erstaunlich rasch zu handhaben wusste; bald wehrte er mit dem leichten Schild die Lanzenstöße ab wie vordem mit dem schweren; nach einigen Tagen Übung konnte er den Schild beim Fechten so vortrefflich einsetzen, dass Bixente mit jedem Ritter mithalten konnte. Jetzt war der Tag gekommen. Bixente und Guillaume brannten darauf, nach Brindisi zu gelangen. Jerusalem winkte.

Aber der Abschied fiel schwer. Wolkenverhangen lag der Himmel über dem schwülen Land, ölig das Meer, kein Windhauch regte sich. Hand in Hand waren Juditha und Sebastian am Strand entlanggewandert zu ihrem Lieblingsplatz, einem schmalen Felsrücken, der sich ans Wasser hinausschob. Da lagen sie in einer geschützten Kuhle, eng umschlungen und wortlos. Beide unterdrückten ihr Schluchzen; die zurückgehaltenen Tränen brannten. Bleiern lastete die Zeit. Endlich suchten ihre Lippen seinen Mund, Weiches an Weichem, geringer Trost. Wo blieb die Lust? Träge und mutlos, regte sich Sebastian nicht. Sie streifte sein Hemd ab und zog ihm die Hose aus, sie entkleidete ihn ganz und suchte seinen Körper ab mit ihren dunklen Augen. Eine Träne fiel auf seinen Bauch. Sachte wanderte ihr Mund hinab, zärtlich ergründete ihre Zunge seinen Bauchnabel, scheu küsste sie weiter und weiter. Sie weinte, schluchzte, bebte. Später, viel später, als er sie genommen hatte, fielen sie in die Aufgehobenheit aller menschlichen Gefühle hinein, schliefen nicht und fühlten nicht, waren nur zufrieden; Sebastian hatte das Liebesspiel mit seinen vielfältigen Begegnungen genossen und in jedem Augenblick versucht, es auf ewig in der Erinnerung zu speichern, und die Erfüllung hatte ihn so überwältigt, dass er tatsächlich die Welt vergaß. Juditha aber, sie liebte; und sie wusste, sie würde weiterlieben; Juditha hatte empfangen.

Wie schwer fiel nach dieser innigen Nacht Sebastian das Lebewohl. Er konnte sich nicht mit Judithas geheimem Wissen trösten, er sah vor sich nichts außer einer unsicheren Zukunft voller Kampf und Gefahr und so sehr er sich darauf freute, sein Rittertum zu beweisen, so sehr schnürte ihm der Abschied die Luft ab. Allein, er wollte es nicht zeigen und so fielen seine letzten Worte eher barsch aus.

»Gott mit dir, Heilerin von Marotta«, sagte er und reichte Juditha die Hand, als gelte der Abschied einem einfachen Freund und nicht der Geliebten. Bixente und Guillaume blickten sich verwundert an, aber Juditha konnte in Sebastians Augen lesen und sah die mühsam zurückgedrängten Tränen. Sie nickte ihm zu, drückte

seine Hand und antwortete: »Gottes Segen für den Wallfahrer. –
Auf Wiedersehen, Sebastian Lemaitre.«

Dann saßen die drei auf ihre Gäule auf, erhoben gemeinsam die
Arme zum Gruß, wendeten die Rösser nach Süden und ritten davon. In Bari trafen sie auf Ritter des Papstes, von denen sie erfuhren, dass einige Schiffe mit Franzosen bereits von Brindisi ausgelau-
fen seien und zunächst nicht an weitere Überfahrten gedacht sei.
Vielmehr segle das große Heer der Kreuzfahrer von Split, denn dort
sammle Leopold von Österreich seine Wallfahrer. Zugleich konnte
Sebastian in Erfahrung bringen, dass ein reger Schiffsverkehr mit
der Stadt Split bestehe und die Gefährten innerhalb weniger Tage
hinübergebracht werden könnten, um sich bei den Österreichern
und Ungarn in die Listen einzutragen. Über Namen und Herkunft
der französischen Pilger konnten die Papstleute keine Auskunft geben, beteuerten lediglich, dass alle, die in Brindisi wegen der
Kreuzfahrt auf Schiffe gewartet hätten, an Bord gegangen wären. So
kamen Sebastian, Bixente und Guillaume nach kurzer Beratung
überein, von Bari nach Split überzusetzen und sich Leopold anzu-
schließen; Bernard und die anderen würden sie dann im Heiligen
Land treffen.

Rasch, aber ruhig verlief die Überfahrt nach Split. Leopold selbst
war bereits abgesegelt, aber Andreas von Ungarn sammelte sein
Heer und schiffte es ein. Die drei okzitanischen Pilger wurden einer
Rittergruppe von der oberen Donau zugeteilt, dann stach die *Nao* in
See. Bis auf die Höhe von Korfu reisten sie bequem; dort wechselten die Winde, die See wurde unruhig. Das ständige Knarren und
Ächzen des Rumpfes ängstigte manche der Ritter. Die Wellen
klatschten und krachten gegen das Holz, und wenn es einmal leiser
wurde, hörte man die Ratten rascheln. Je weiter südlich sie kamen,
desto heißer wurde es und desto grässlicher stank das Bilgenwasser.
Bald schmeckte der Zwieback nach Rattenurin und das Wasser
faulig. Viele wurden unzufrieden und hießen es tollkühn, sich dieser
Enge und der Gefahr der Seefahrt überhaupt auszusetzen, denn

abends schlafe man ein, ohne zu wissen, ob man sich nicht am folgenden Morgen auf dem Grund des Meeres befinde. Glücklicherweise erreichten sie Akkon im Heiligen Land, ehe aus mürrischer Laune aufrührerische Gesinnung werden konnte. Sie trafen auf Leopolds Truppen, nahmen den Fürsten von Antiochia und den König von Zypern in ihre Reihen auf und hielten Kriegsrat. Da erste Beratungen mit Johann von Brienne, dem König von Jerusalem, und den vielen Ordensmeistern und Baronen zu keiner einheitlichen Vorgehensweise führten, blieb das Heer zergliedert und ohne gemeinsamen Oberbefehl. Das gab Sebastian die Möglichkeit, nach Bernard und den Gefährten zu suchen.

* * *

Michel Roquebrun hockte mit übereinander geschlagenen Beinen unter einem Oleanderbusch und sog den Geruch der spätsommerlichen Wiese ein. Wie wohlbekannt ist dieser Strauß der Düfte; Anregung und Kraft strömt die Erde mit Blumen und Kräutern aus und man mag es kaum begreifen, dass dies alles vom Teufel sein soll. Isabelle saß dem *Vollkommenen* schräg gegenüber. Sie wartete auf sein erstes Wort. Seit über einer Stunde befanden sie sich an diesem Platz, ohne zu sprechen, und Roquebrun war in sich selbst versunken und fern der Welt. Er suchte seine Wurzel.

»Weißt du«, hatte er ihr anvertraut, ehe er sich in Trance begab, »für die *guten Christen* ist die Seele des Menschen ein himmlisches Teil und körperlos; am Anfang, als Satan aus dem Himmel stürzte, verführte er andere Engel und zog sie mit sich hinab in jenen Abgrund, den er mit seiner irdischen Schöpfung füllte; und aus diesen Engeln wurden die Menschenseelen; wenn einer ganz rein ist, findet seine Seele zu ihrer Wurzel zurück; dann stammt er nicht mehr aus irdischer Vergänglichkeit und fühlt schon die Begnadetheit in sich, die für seine Abstammung zeugt.«

Daher wusste Isabelle, dass sie den *parfait* nicht stören durfte, wenn seine Meditation einen Grad erreicht hatte, der ein Einssein

90

von Körper und Geist bis in die Wurzeln hinein erahnen ließ, und geduldig wartete sie, bis Roquebruns Seele ins handfeste Diesseits zurückkehrte.

Michel Roquebrun lächelte und öffnete die Augen.

»Vieles habe ich gesehen. Manches ängstigt mich; es ähnelt deinen Träumen. Aber das meiste schenkt mir Zuversicht. Wir werden gerettet werden. Aber es wird ein anstrengender Weg und es geht nicht ohne Leiden.«

Isabelle lauschte atemlos. Zum ersten Mal äußerte sich der *Perfekte* zu ihren Träumen.

»Auf einem Berg sah ich wie du eine befestigte Stadt und viele Belagerer. So wie sich der felsige Rücken aus Wald und Weide heraushebt, muss es der Montségur sein, den unsere Bilder meinen. Der Ort ist mir noch fremd, doch wird mich mein Weg mit Gottes Hilfe hinführen, denn der Montségur ist heilig und uns *bonshommes* zur Zuflucht bestimmt.«

Roquebrun schwieg. Seine Augen richteten sich auf die Spitze des Pic de Malcaras und wurden starr; er hatte wieder seine Wurzel gefunden. Isabelle überfiel ein Schwindel, als sie dem meditierenden *Vollkommenen* in die geistesabwesenden Augen schaute, und gleichzeitig fühlte sie sich so ruhig, als stünde die Zeit still.

»Montségur wird brennen«, schrie Roquebrun da und sprang auf. Schlagartig waren beide in Wirklichkeit und Gegenwart. Sie blickten sich an. In ihren Augen glimmte Verständnis.

»Du bist eine von uns«, flüsterte der *parfait*. »Eines Tages wirst du das *consolamentum* erhalten.«

Isabelle erschrak. Noch waren ihr die *guten Christen* zu fremd, noch fürchtete sie, dass es wahrhaftig Häretiker sein könnten. Außerdem, würde sie jemals eine *Vollkommene*, bedeutete dies Ehelosigkeit. Sie hatte andere Zeichen gesehen. Ihre Hoffnung hing an Bernard. Ihn sehnte sie herbei, Nacht für Nacht. Nein, sie wollte keine *parfaite* werden. Jung war sie, voller Ungestüm und Tatendrang, den schönen Seiten des Lebens zugetan; sie wollte als Dame besungen und als Angebetete geliebt werden. Armut und Bescheidenheit, wohl eine Zier, aber keinesfalls das, wonach ihr Herz strebte. Alles mit Maß und Ziel; sie würde ein guter Mensch sein, vielleicht als *croyante* ein christliches Leben führen: aber im Rahmen höfischer Sitte! Sie verschränkte die Arme vor der Brust und stellte sich schräg gegen Roquebrun. Jede Faser ihres Körpers sagte nein.

Michel Roquebrun lächelte: »Es wird noch viel geschehen, sei unbesorgt. Dein Weg ist ein Schicksalsweg. Dir ist das Ziel verborgen. Noch. Eines Tages wirst du erkennen. Und du wirst Größe zeigen.« Er nahm ihre Hand und beugte das Knie, so weit es sein Alter zuließ. Isabelle schüttelte den Kopf, der Priester machte »tsstsstss«.

Unter dem Oleanderbusch raschelte es und langsam schob sich eine Schildkröte auf die Wiese heraus. Kindskopfgroß und hellbraun war sie hübsch anzusehen mit ihren schwarzen Punkten auf den kleinen Panzerhügeln und einen Augenblick vermeinte Isabelle, auf dem Panzer die gesamte Welt zu sehen. Das Tier kroch langsam dahin; es kannte sein Ziel. Isabelle blickte ihm lange nach.

In dieser Nacht schlief Isabelle ruhig und als sie am nächsten Morgen erwachte, stand die Sonne hoch und Michel Roquebrun hatte Quéribus verlassen.

Wenige Tage später kam die Nachricht, Raymond de Toulouse der Ältere sei in seiner Stadt eingezogen und von den Bewohnern jubelnd empfangen worden; der Aufstand seines Sohnes hatte zum Erfolg geführt. Der Süden schöpfte Hoffnung. Mit frischer Kraft bauten die Toulousaner die Schanzen und Mauern wieder auf, die Montfort bei seiner ersten Erstürmung hatte niederreißen lassen. Die Wut über Montforts Gewalttat, mit der er seinerseits vor einem Jahr seinen Zorn gegen Raymonds Nadelstiche an den Unschuldigen ausgetobt hatte, verlieh den Toulousanern ungeahnte Kräfte. Nie wieder sollte der Franzose in den reichen Vierteln Feuer legen, nie mehr sollte er Lösegeld erpressen. Wuchtiger als zuvor wuchs die Mauer neben der Garonne empor, die Perle des Südens wurde wehrhafter denn je. Alle arbeiteten an der Befestigung und Verteidigung der Stadt. Adlige und Ritter, Bürger und Bürgerinnen, Händler, Männer und Frauen, die Hofmünzer, die Jungen und die Mädchen, die Sergeanten und die Fußsoldaten, jeder trug Hacke oder Schaufel. In der Nacht waren alle auf Wache; Lichter und Fackeln beleuchteten die Straßen, Trommeln, Glocken und Hörner machten Lärm und bewiesen den Mut und das neue Selbstbewusstsein der Okzitanier, das bald in Liedern besungen wurde. Auch Isabelles Herz schlug für die Sache des Südens und seit der Begegnung mit dem *Erwählten* verurteilte sie die Eroberungsfeldzüge des Pariser Königs und die Unerbittlichkeit der Papsttreuen gegen die *bonshommes* scharf. Die *terrae linguae occitanae* gehörten den Okzitaniern, es war Sünde, sie aus ihrer Heimat zu vertreiben oder zu unterjochen. Gut, dass Raymond wieder eingesetzt war in seine Herrschaft.

Doch Simon de Montfort blieb nicht untätig. Die Übergriffe auf toulousetreue Herrschaften und Burgen nahmen zu, die Unsicherheit auf Straßen und Wegen wuchs. Montfort selbst zog gegen die aufmüpfige Stadt und belagerte sie ein zweites Mal. Die Auseinandersetzung zwischen Nord und Süd spitzte sich zu. Isabelles Träume wurden heftiger.

* * *

Es erging ihm nicht wie König Artus' Ritter Lancelot; weder wurde Bernard wahnsinnig, noch erschien ihm eine Zauberin. Vielmehr machte er sich auf den Weg nach Hause und schleppte sich mutlos und lebensüberdrüssig über die Straßen. Kaum weniger bedrückt begleitete ihn Roland und die hoch aufragende Küste konnte ihre Sinne nicht beleben. Lediglich die Erinnerung an ihren Schiffbruch kam ihnen, als sie die Felsklippen sahen, und Bernard erinnerte sich an einen Satz von Ovid: »Ein Schiffbrüchiger hat Angst auch vor ruhiger See.« Und wirklich drängte der Saumpfad die Bilder der Gefährten auf, die von der strudelnden Gischt verschlungen worden waren, und sie schürten Bernards Schmerz. So kamen sie zu einem

Dorf, das, in die Felsen hineingebaut, beinahe wie ein Schwalben-
nest wirkte. Bernard empfand ein Gefühl der Geborgenheit bei diesem Anblick, und als sie von einem gütig dreinblickenden Mann
eingeladen wurden, in seinem Haus zu nächtigen, hob sich Bernards
Stimmung ein wenig. Die unglücklichen Pilger erhielten jeder eine
eigene Zelle. Die Kammer war so schmal, dass sie mitsamt der einfachen Pritsche Bernard sofort an Isabelles Wohnstatt erinnerte. Er
trat ans Fenster. Weit ging der Blick aufs Meer. Er stand und stand;
eine wohltuende Ruhe floss in ihn hinein und strafte Ovid Lügen.

Beinahe unbemerkt war eine Woche vergangen, aber die Pilger
dachten nicht an Aufbruch. Gebannt von der Weite des Meeres
lehnte Bernard stundenlang am Fenster seiner Zelle. Manchmal
dachte er lange Zeit überhaupt nichts, oft aber probte er den Zu-
sammenklang von Worten, um ein sehnsüchtiges Lied zu dichten.
Denn hier, in dieser Zelle, fühlte er sich Isabelle nah. Er lieh Pergament aus, Tinte und Federkiel. Ein Lied für die Ewigkeit wollte er
dichten, ein ritterliches Lied der Liebe; wenn ihn schon Schmerz
und Wunden plagten, sollte wenigstens der Dichter in ihm nicht
verkümmern.

»Sehnsucht«, schrieb er, »entflammt mein Herz wie die Blüte
den Kirschbaum.« Im Schreiben fluteten Wärmewellen von Armen
und Beinen her in seinen Körper hinein. Doppelt war sein Sehnen;
einmal ging es zu Isabelle, der Angebeteten, zum anderen richtete
es sich darauf, im Leben Freude zu finden und über den Verlust der
Gefährten wie der Ehre hinwegzukommen, denn noch hielt er das
Scheitern für ehrenrührig trotz des ihm gewährten päpstlichen Ablasses.

> »Wenn ich das Grün der Wiesen sehe,
>   das schöne und klare Wetter und das weite und blaue Meer,
>   und wenn ich dann die Vögel bei Tagesanbruch singen höre
>   und sehe,
>   wie die Sonne die Gehölze zum Tragen von Blatt und Blüte
>   bringt,

dann verwende ich gern meine Mühe darauf,
ein süßes Lied zu dichten.«

Bernard lächelte. War das nicht eine hübsche Eingangsstrophe für ein Tanzlied? Tief in seinem Inneren hörte er eine Melodie; bald begann er sie zu summen und sie gefiel ihm gut; den Text fand er gelungen und freute sich, dass tagelanges Dichten die Worte in einen angenehmen Rhythmus gefügt hatte. Er klatschte in die Hände; hinauskommen wollte er über eine schwermütige *Kanzone*, fröhlicher sollte das Gedicht werden, eine rechte *Estampie* nach dem Geschmack aller *Trouvère* und Sänger. Alle Welt sollte teilhaben können an seinem Leid und seiner Suche nach neuer Freude. »O hielte ich nur«, schrieb er weiter, »die Liebesschmerzen aus, denn daran tut mein Herz nichts Tadelnswertes, weil ohne Liebe kein zartes Herz am Leben bleibt.«

Lebe ich deshalb noch?, fragte sich Bernard und hielt inne. Wieso hatte ihn das Schicksal verschont und die anderen hinweggerafft? Hielt ein besonderer Engel seine schützende Hand über ihn? Gewiss schirmte ihn nicht das Kreuz, denn das hatten Alexander, Simon, Olivier und die anderen auch getragen. Gab allein das innere Bild, welches er von Isabelle mit sich trug, ihm so viel Kraft, alles mit Gottes Hilfe durchzustehen? War es nicht Fügung, dass er Jerusalem fernblieb? Hier lenkte ein weit Mächtigerer, als er selbst es war, seine Schritte in eine andere Richtung. »Ihr im Übermaß Schöne«, schrieb er voller Leidenschaft, »habt mich für immer in den Turm der Liebe gesperrt. Ihr lautere Schönheit und Blüte aller Damen, sachte und behutsam bitte ich Euch, mein Herz zu ergötzen.« Was für eine *Kanzone*, was für ein Antrag! Herr, hilf, dass ich erhört werde. Seine Hand zitterte. Seine Augen leuchteten. Er sprang aus seiner Zelle, rief nach Roland, stürzte auf ihn zu und umarmte ihn: »Wir brechen sofort auf. In die Heimat. Ich liebe das Aude!«

* * *

Wie viele Namen finden sich in Okzitanien, alle von altem Klang, und Rittern wie Knechten wohl vertraut: Languedoc, Roussillon, Corbières, Ariège, Toulousain, Agenais, Quercy, Albigeois – und wer sucht, findet noch mehr. Eine Gegend mit vielen Gesichtern, in tausend Farben getaucht und mit Wohlgerüchen durchtränkt. Im Süden liegt das Land der Aude. Aude, die Braut Rolands. Aude, die starb, als der Kaiser den Tod ihres Ritters kundgab. Aude, die sich verwandelte: Ihr Körper wurde zu einem sanften, von Bergen umsäumten Land, aus ihren Augen sprangen klare Bäche hervor; sonnendurchglüht und mit gelbgrünen Wiesen geschmückt, liegt das Aude eingehüllt in langes blondes Haar. Von den Bergrücken der Corbières herab zu den reichen Küsten des Fresquel, von den Schluchten des Agly zu den steilen Wäldern der Montagne Noir wechseln Farben und Formen und ergeben zusammen doch wieder eine Frau. Sie ist die Herrin der Krähen, Adler und Rehe, sie ist die Königin der taufrischen Quellen wie der verbrannten Felsen; sie ist der Inbegriff, sie ist alles. Nach und nach rückt das Aude in den Mittelpunkt einer rauhen Welt, und als ob das Schicksal sich schon Jahre im Voraus seine Schatzkammern sucht, treiben besondere Menschen unaufhaltsam dem Aude entgegen: die *guten Christen*.

Seit dem Fall von Béziers im Juli des Jahres 1209 hatte der französische Kreuzritter Simon de Montfort Festung nach Festung im Süden gestürmt und viele *bonshommes*, so diese nicht den Feuertod vorzogen, vertrieben; zunehmend waren die Lehen in die Hände von Gefolgsleuten des gnadenlosen Eroberers gelangt und lange genug hatte Raymond von Toulouse sich wankelmütig gezeigt und versucht, stets auf den eigenen Vorteil bedacht zu sein. Der französische Stachel bohrte im Fleisch, und als zwei Jahre später der junge Raymond von der Provence aus daranging, seine Besitzungen zurückzuerobern, ging ein Aufatmen durch das Land.

Wie ist das, wenn die Liebe entbrennt zu einem Menschen, einem Tier oder einer Landschaft? Wer vermag schon ein Ding zu lieben? Absurd; das ist absurd. Und doch ergreift es immer wieder Hunderte von Menschen und gerade in dem Augenblick, da Raymond de Toulouse seine Stadt in Besitz nimmt, erblüht in vielen Menschen Okzitaniens die Liebe zu dieser Landschaft neu.

Es ist ein schweres Gefühl, das unter die Haut geht: Unwillkürlich schüttelte Isabelle den Kopf, als sie ihre Heimatliebe mit dem Gefühl verglich, das sie für Bernard empfand. Wie sich die Dinge ähneln. Hier im Aude fühlte sie sich geborgen, alles war ihr vertraut und nah; sie wünschte sich in Bernards Arme und fühlte sofort eine ähnliche Geborgenheit und Nähe; wäre er nur da, ich wäre aufgehoben in Raum und Zeit und eingewurzelt in Welt und Seele. Ja, damit musste es zu tun haben; in sich spürte sie die Sehnsucht nach vollendeter Harmonie und könnte sie diese erreichen, müsste ein großer Friede über sie kommen. Ich muss meine Wurzel finden, dachte sie und sah Michel Roquebrun sanft lächelnd unter dem Oleanderbusch sitzen. Sie erschrak. Dieses »du bist eine von uns« ging ihr durch Mark und Bein.

»So fühlt sich die Wahrheit an«, flüsterte sie und suchte den Himmel nach einem Zeichen ab. Am Kamm der Pyrenäen fand sie es: Zwei aufgeplusterte Wolken formten einen breiten Mund, der aussah, als lächle er. Sagte nicht Hildegard von Bingen, durch den Mund werde der Mensch erhalten? »Wie durch den Glanz der Sonne die Welt erleuchtet wird, so wird durch seinen Hauch jeder höhere Hauch gemäßigt und erregt«, hatte die weise Frau festgestellt. Und immer noch türmte sich der Mund vor den hohen Bergen und tat, als lächle er.

»Lebenshauch«, flüsterte Isabelle, »der Himmel bläst mir Lebenshauch ein in dieser Zeit. Das heißt Kraft und Aufbruch zu neuen Taten.«

Sie nickte zuversichtlich und blickte nochmals hinüber zu den Felsenspitzen; langsam war das Wolkengebilde weitergezogen und trieb nun über einen Berggipfel, der sich durch die Mundöffnung schob, gerade so, als käme ein Schwert zwischen den Lippen hervor wie bei der Offenbarung des Johannes.

Isabelle erschrak und lief hinunter in die Burg, suchte ihre Mut-

ter und warf sich in ihre Arme wie lange nicht mehr; für einen kurzen Moment wollte sie wieder Kind sein.

»Hast du einen Traum gehabt?«, fragte Eleonore und strich ihrer
Tochter mit der flachen Hand über das Haar.

»Träume und Zeichen«, seufzte Isabelle, »die Veränderung und
Unheil künden. Ich fürchte mich.«

Wortlos blieben sie in der Umarmung, bis aus der Ruhe Vertrauen wuchs; das Leben wird weitergehen, dachte Isabelle schließlich und löste sich aus den Armen ihrer Mutter, ich muss es
nehmen, wie es kommt. Sie atmete tief durch und erzählte von dem
Zeichen. Eleonores Miene verdüsterte sich; sie begriff, dass sie nach
dem Sohn nun die Tochter an die Welt verlor; Isabelle würde
Quéribus verlassen und ohne den wehrhaften Schutz seiner Mauern
würde Isabelle den Unbilden des Lebens ausgeliefert sein; unsiche-
re Straßen, quirlige Städte, Gefahren und Anfechtungen zuhauf;
nein, die Welt bot wenig Platz für Damen außerhalb der Höfe und
Burgen. Eleonore Lemaitre entließ ihre Tochter ungern in diese
Welt. Jedoch sie wusste: gegen das Schicksal hilft kein Aufbäumen;
wer sich nicht fügt, der wird machtvoll mitgerissen.

Die folgenden Tage erlebte Isabelle in jenem seltsamen Zustand
zwischen Wachen und Träumen, der sich oft einstellt, wenn eine
Veränderung, um die man weiß, unmittelbar bevorsteht, aber die
Einzelheiten noch im Verborgenen liegen. Sie würde in die Welt
hinausgehen, das war offenbar; sie wusste nicht wann und nicht,
unter welchen Umständen; auch das Ziel blieb verschwommen; sie
würde teilnehmen am Freiheitskampf des Südens und den *bonshommes* näherkommen, das war alles, was sie wusste. Es galt, auf das
nächste Zeichen zu warten. Stete Wachsamkeit war gefordert, denn
das Schicksal winkt oft in kleinen Dingen. Andererseits wollte Isabelle Quéribus in sich aufnehmen und sich die Bilder ihrer Kindheit
festhalten. Ganz durcheinander kamen ihre Gefühle in diesen Tagen, Wahrheit und Traum, Wachsein und Schlaf verschwammen,
wie wenn der Schildermaler bei seinen Farben nicht aufpasst und

Gelb und Blau ineinander laufen zu einem fast unwirklichen Grün. Manchmal zwickte sie sich in die Backe, um sich zu vergewissern, dass sie wach durchs Leben ging.

Wie eine feine Ahnung von Dämmer und Grau legte sich der Herbst über das Land, spürbar zunächst nur darin, dass die hochsommerliche Hitze gebrochen und die Abendluft frisch und klar war wie damals im Mai, als Bernard mit den anderen Quéribus verlassen hatte. Vergangenheit. Weit lag jener Apriltag zurück, an dem sie Bernard begegnet war. Aber aus der Vergangenheit konnte Zukunft erwachsen. Sie glaubte daran, wartete auf ihren Ritter und fühlte sich in einem besonderen Ereignis bestätigt, das sie als Zeichen nahm: Bertrand de Quéribus ließ ein Fest ausrichten am Vollmondfreitag im Oktober, auf dem Balduin, der Sänger, zu Ehren kam. Geladen waren die Ritter von Peyrepertuis, Aguilar, Padern, Coustaussa und Auriac, also alle Nachbarn von Quéribus, mit denen Bertrand beraten wollte, ob und wie man Raymond zu Hilfe kommen sollte. Zur Belustigung stritten am Freitag nach Ankunft der Gäste und vor der ritterlichen Tafel *Troubadoure* und *Jongleure* um die Krone der Dichtkunst, wobei das Los auf Isabelle und zwei weitere Jungfrauen fiel, dem Sieger den Kranz zuzuwerfen. Simon de Aguilar trug eine besondere *Kanzone* vor und Pierre von Coustaussa sang einschmeichelnd wie eine Nachtigall, aber den Ehrenkranz heimste Balduin ein, dessen Stimme von einer Inbrunst getragen war, die ihresgleichen suchte, und dessen Gedicht von allen Rittern als Kunstwerk erkannt wurde. Balduin, wie sollte es anders sein, sang von der Nachtigall, die als Bote des Verehrers zur Wohnstatt der Dame flog, und wie damals zauberte Balduin mit seiner Stimme. Isabelle schloss die Augen und deutlich kam die Erinnerung an jene sechs Nächte, die erfüllt gewesen waren vom Liebeslied am Fuße der Burg. Was für ein Zeichen schließlich, als Balduin über die Saiten kratzte und auffordernd zum Ende kam.

»Ja«, flüsterte Isabelle, »wer seine Hoffnung in die Liebe setzt, sollte keinesfalls zögern, denn schnell wird Weißes zu Gelbem, wie die Blüte auf dem Baum welkt; und es ist mehr wert, wenn eine Dame die Sache tut, bevor etwas anderes sie davon abdrängt.«

Wenn Bernard käme, Isabelle zögerte nicht.

Während die Ritter im Saal des *Donjon* ein festliches Mahl genossen, träumte Isabelle in ihrer Fensternische von Liebesdingen. Die Ritter taten sich gütlich an Kirschen und weißem Brot, Isabelle stand am Fenster und roch Rosmarin und Lavendel. Wein wurde reichlich und in vorzüglicher Qualität aufgetragen, aber Isabelle dachte an einen Schluck klaren Wassers und die Tropfen, die sachte über ihr Kinn und den Hals auf ihre Brust tropfen würden, um im Tal der Brüste nach unten zu perlen. Die Ritter sahen vor sich in Milch gekochte Bohnen, Fische und Krebse, Aalpasteten, Reis mit Mandelmilch und gestoßenem Zimt und gebratene Aale in würziger Soße, Isabelle sah sich selbst nackt auf der Wiese stehen und vor sich Bernard im Kettenhemd und halblanger, wollener Hose. Zunge und Gaumen der Edelleute im Rittersaal schwelgten in den Genüssen; Isabelle fühlte in ihrem Körper Erregung aufsteigen. Mochten die Ritter unten johlen und schreien, Isabelle seufzte leise und lenkte ihren heftigen Atem, auf dass ein aufwallender Genuss nicht allzu rasch dem dahinschießenden Wildbach gleiche in den Schluchten der Aude, sondern als sanft anschwellender Fluss dahinziehe, um sich nach langer Reise kraftvoll ins Meer zu ergießen. Und es gab Käse und Quark und süßen Met und auf dem Höhepunkt des Gelages beschlossen die Ritter, Raymond beizustehen gegen die Belagerung durch Simon de Montfort.

* * *

Beschwerlich das Wandern, beschwerte es Bernard gleichwohl nicht, denn die von Tag zu Tag näher rückende Aussicht, Isabelle wiederzusehen, verlieh ihm die Kraft und die Ausdauer eines Wolfes. Sein Mut reichte sogar, Roland täglich aufzumuntern, der an seinen wund gelaufenen Füßen zu verzweifeln drohte, seinen Gefährten aber nicht im Stich lassen wollte. Sah man von der allgemeinen Mühsal der Reise zu Fuß ab, lenkte ein günstiges Geschick ihren Weg, denn weder zogen Gewitter oder Stürme auf, noch hatten sie Berührung mit Gesindel und Wegelagerern und so kamen sie unbehelligt in Saintes-Maries-de-la-Mer an, wo sie überrascht und staunend empfangen wurden. Wohl hatte man von Rogers tragischem Unfall erfahren, auch ging das Gerede, die Wallfahrt sei unter Honorius nicht sonderlich glücklich, aber es gab durchaus Kunde aus dem Heiligen Land über kampfgewillte Pilger, weshalb Bernard mit seinen Leuten im Osten vermutet wurde.

Wegen des Verlustes der Gefährten gab es kein Fest zur Begrüßung. Die Ritter und anderen Edelfreien tafelten bescheiden und ließen sich, begierig auf jedes Wort, von Bernards Abenteuern berichten. In der Erzählung lebte der Schmerz nochmals auf, den Bernard um die Verunglückten empfand; der Sturm toste, die Wellen schmatzten gierig, die Klippen erneuerten ihre zerschmetternde Kraft; Bernard erzählte kunstvoll und erregt, seine Schilderung ergriff jedes Gemüt und tief in der Nacht rätselten alle anwesenden Männer über den Sinn dieses Geschicks. Sie zweifelten an der Mission für das Kreuz; die päpstliche Sache schien wenig von Gottes Segen getragen. Erste Stimmen wurden laut, dass es nicht gut gewesen sei, das Kreuz zu nehmen und sich damit auf die Seite der Königlichen zu stellen, während im Languedoc bis hinauf nach Toulouse Simon de Montfort sein strenges Regiment ausübte. Gerade jetzt, da Raymond Teile seiner Grafschaft zurückerobert und Toulouse dem Süden geschenkt habe, mussten die Ritter Okzitaniens zusammenhalten. Bernard mochte die Entscheidung, das Kreuz für König und Papst zu nehmen, nicht weiter loben; er konnte sich der aufkeimenden Stimmung, Okzitaniens Sache zu retten, obwohl weite Teile bereits französische Lehen geworden waren, nicht entziehen. Und ehe das Feuer heruntergebrannt war, hielten die Ritter der Camargue Kriegsrat, wie man Raymond gegen Simon de Montfort beistehen könne.

Eine Woche später machte sich Bernard mit vier Rittern und sechs Knappen auf den Weg ins Toulousain. Um unauffällig zu bleiben und den Franzosen nicht in die Hände zu fallen, die vor allem entlang der Hauptstraßen ihre Posten aufgestellt hatten, ritten die Männer von Saintes-Maries auf schmalen Pfaden und schlugen weite Bogen um Béziers und Narbonne; sie mieden das Carcassès und nahmen den Umweg über das Fenoillèdes, das fest in okzitanischen Händen lag. Natürlich hatte Bernard diese Route vor allem gewählt, um auf Quéribus Rast einlegen und Isabelle sehen zu können.

Schließlich kamen sie zu Füßen der hoch aufragenden Burg an. Der Aufstieg auf die Bergflanke begann und die Vorfreude auf das Wiedersehen durchströmte Bernard, als wäre er ein Schauspieler unmittelbar vor seinem wichtigsten Auftritt. Alle Verse, die er bisher für Isabelle gedichtet hatte, hallten in seinem Kopf wider, und fieberhaft überlegte er, mit welchen Worten er sie ansprechen sollte. Doch noch ehe er oben ankam, stutzte er über eine Beobachtung, die er eher im Vorübergehen gemacht hatte; auf der Treppe lagen viele Pferdeäpfel, gerade so, als ob ein größerer Trupp über den Weg geritten wäre. Das Tor war geschlossen. Vom Turm rief der Posten und es dauerte eine Weile, bis die schweren Eichenflügel aufgestoßen und die Reiter eingelassen wurden.

»Ihr kommt zu spät«, bemerkte der Wächter, »unsere Herrschaften sind vorgestern abgeritten; niemand hat gesagt, dass Verstärkung im Anmarsch ist.«

»Wer von den Herren weilt noch zu Hause?«

»Bertrand selbst ist es; die Gicht zieht durch seinen Körper, Speer und Schwert entgleiten seinen Händen.«

»So melde uns dem Freiherrn; wir wollen zur Nacht rasten.«

Während sie die Treppen hinaufstiegen von Vorburg zu Vorburg, vermisste Bernard das Gedränge, das früher auf Quéribus geherrscht hatte; leer und verlassen wirkte die Burg; vollgestopft mit Menschen, hatte Quéribus ein sensibles Gemüt manchmal bedrücken können vor lauter Enge, aber nun, in beinaher Totenstille, bedrückte das wehrhafte Gemäuer weit mehr. Mit einer heftigen Handbewegung schob Bernard die Beklemmung von sich und als auf dem Vorplatz des *Donjon* Balduin auftauchte und dem Wallfahrer mit tiefer Verbeugung den Ehrengruß entbot, hellte sich Bernards Miene auf. Doch ehe er mit dem *Jongleur* einen Satz wechseln konnte, trat der Burgherr in die Tür.

»Ihr seid es also wirklich«, sagte Bertrand de Quéribus und seine Stimme klang brüchig. »Habt ihr die Wallfahrt erfolgreich beendet? Was führt euch hierher? – Aber kommt in den Saal, wir wollen unter uns Männern bei einem guten Mahl von deinen Abenteuern hören.«

Bereitwillig folgten Ritter und Knappen dem Baron in den Saal, in dessen Mitte eine wuchtige Säule das gesamte Gewölbe trug. Acht Gewölberippen und vier Kreuzrippen liefen von dem Stützpfeiler strahlenförmig aus und unter dem steinernen Himmel vereinigten sich die Geborgenheit, die der *Bergfried* mit seinen dicken Mauern auszustrahlen schien, mit einer unerklärlichen Leichtigkeit in der Bauart des Saales in seinem Inneren. In diesem Saal ließen sich Geheimnisse hüten und Abenteuer belachen. Bernard fühlte sich wohl im Pfeilersaal und vermeinte Isabelles Nähe zu spüren. Schade, dass die Männer ohne die Frauen tafeln; nur zu gern hätte er sie in diesem Gewölbe teilhaben lassen an seinen Abenteuern und ihr die Nachricht überbracht, dass ihr Bruder Sebastian mit ritterlichem Schwert umgürtet sei.

Zwei Knechte und eine Magd bedienten die Gäste und begierig sog Bertrand jedes Wort von Bernards Lippen, der seine Erzählung an manchen Stellen vorteilhafter gestaltete, weil er wünschte, dass von der glücklichen Fügung und der tapferen Bewältigung der Schwierigkeiten mehr die Rede war als von dem Scheitern, welches Bernard schmerzte. Bertrands Wunsch entsprechend, schmückte Bernard die Schlacht mit den Toskanern aus, in welcher sich Sebastian ritterlich bewährt hatte, was der Burgherr gern hörte. Allerdings mischte sich Sorge um den jungen Ritter in den herrschaftlichen Stolz, denn Gefahren lauerten überall und wie es schien, musste Sebastian diesen ohne Beistand trotzen. Und so drehte sich, als Bernard seine Erzählung beendet hatte, die Unterhaltung um die Ausmalung der Abenteuer, welche das Schicksal für Sebastian bereithalten mochte. Da süffiger Corbières-Wein reichlich floss, wurde die Fantasie der Männer lebhafter und sie malten sich Fremde und Ferne aus. Schon sahen sie Sebastian gegen das Ende der Welt voranschreiten, von Stürmen verschlagen in östliche Meere und an indische Gestade, dorthin, wo Landkarten allzu gern Scheusale und Monster verzeichneten. Wie aufregend müsste es sein, wenn der junge Edelmann auf jene Wundervölker träfe, die *Martianus Capella* auflistet: Mit den schnellfüßigen, aber stummen Höhlenbewohnern, die *Troglodyten* genannt werden, bekäme er es genauso zu tun wie mit den *Antipoden*, über deren nach hinten gekehrte Füße die Abendgesellschaft lange rätselte. Die zechenden Männer malten sich Sebastians Erschrecken beim Anblick der kopflosen *Blemmyae* oder der einfüßigen *Skiopoden* aus und über den Horror der *Anthropophagi*, die mit Genuss Menschen verzehren, mochte ein jeder seine Gedanken beitragen. Zweiköpfige Hunde rannten mit den hundsköpfigen Menschen um die Wette, vielköpfige Schlangen und feuerspeiende Drachen wurden die Haustiere schlappohriger *Panotios* und immer trachteten alle nach Leib und Leben des einsamen Ritters in der Ferne, der ohne sein Heer dem großen Alexander auf dessen Wegen folgte.

Die Männer schüttelten sich vor Ekel und Abscheu und lachten zugleich. Es schien Bernard, der sich längst schon nach Feinsinnigerem verzehrte und der nur allzu gern den Rittersaal verlassen und nach Isabelle geschaut hätte, als würden sich die Männer gerade an abstoßenden Geschichten und Vorstellungen berauschen; trunken von Grausamkeit wie in römischen Gladiatorenkämpfen entpuppt sich der Frohsinn der Menschen wohl oft von teuflischer Güte. Staunen, Gaffen und Spotten, das sind augenscheinlich der Männer liebste Tischmanieren. Und Bernard fand es beinahe gesittet, als Bertrand, damit seine Bildung beweisend, über die Gesandtschaft in

Konstantinopel nacherzählte, was *Liudprand von Cremona* über den Kaiser des Ostens berichtete:

»Am Pfingsttag führte man mich vor Nikephoros, einen Menschen von ganz eigenartiger Gestalt, zwergenhaft, mit dickem Kopf und Äuglein wie ein Maulwurf, entstellt durch einen kurzen, breiten, dichten, halbgrauen Bart, garstig durch einen zollangen Hals. Langes dichtes Haar gab ihm ein Schweinsgesicht, der Hautfarbe nach war er ein Äthiopier; einer, dem man um Mitternacht nicht begegnen möchte. Dazu hatte er einen aufgeschwemmten Bauch, mageren Steiß, Schenkel, die für seine kleine Gestalt sehr lang waren, kurze Beine und entsprechende Fersen und Füße. – Alles in allem«, lachte Bertrand, »eine echte Missgeburt und zu Recht in jeder *Mappa mundi* weit im Osten eingezeichnet.«

Während Bertrand noch seinen Stolz auslebte, dass er lesen und aus dem Gedächtnis zitieren konnte, spöttelten die Ritter und Knappen schon über die verwachsenen Sarazenen, auf die Sebastian in Palästina treffen würde, und allmählich mengte ihr Übermut die Schwächen der Franzosen in ihre Verunglimpfungen, bis sie im Suff Simon de Montfort als närrischen Auswurf schmähten und so rauflustig wie siegessicher zu ihrem Lager wankten.

Jetzt erst war die Stunde gekommen, dass sich Bernard um Isabelle kümmern konnte. Ob sie seine Anwesenheit bemerkt hatte? Wartete sie gar in ihrer Kammer auf ihn? Konnte er es wagen, dort zu klopfen? Warum nicht? Seine Gefährten hörten, volltrunken wie sie waren, nichts und der Burgherr schlurfte gerade ermattet in seine Gemächer im oberen Stockwerk des *Donjon*. Unbemerkt bliebe der Besuch des sich verzehrenden Geliebten, eine ganze Nacht eröffnete sich zärtlichem Werben. Bernard säumte nicht länger und schlich vom Burghof hinein in den dunklen Flur, der zu Isabelles Kammer führte. Er dachte nach und zählte die Schritte. Waren es zwölf? Oder zweimal sieben? Egal – nach dreizehn Schritten stand er vor der eichenen Pforte und klopfte. Keine Antwort. Fester klopfte er, dann länger. – Allein, es blieb still in Gang und Zelle; auf sein Pochen meldete sich niemand; unruhig schlich Bernard durch die halbverlassene Burg auf der Suche nach irgendeinem Hinweis; nichts. Isabelle war nicht auf Quéribus. Verlassen das Haus, auf das er seine Träume gerichtet hatte. Er setzte sich auf die Treppen am Niedergang zur ersten Vorburg und starrte in den Himmel. Bernard fiel in eine tiefe Müdigkeit. Ich habe sie verloren, dachte er und die Welt schien ihm leer.

* * *

Isabelle war mit ihrer Mutter in ein Bürgerhaus nahe der fürstlichen Burg gezogen, während der Vater bei den kampfeswilligen Rittern in der Schlossburg hauste. Die Familie Breladés handelte seit mehreren Generationen mit Wein, besonders aus der Gegend von Bordeaux, und Spezereien aus Arabien; durch die Eroberungszüge Simon de Montforts gingen ihre Geschäfte nicht sonderlich gut und so waren sie gern bereit, gegen einen geringen Zins zwei Räume ihres prächtigen Hauses an Mutter und Tochter Lemaitre abzugeben. Um den adligen Damen aus Quéribus den Aufenthalt angenehm zu gestalten, lud die Händlersfamilie Isabelle und Eleonore zu den Mahlzeiten ein; die Versorgung stand der auf der Burg in nichts nach, eher schmeckten die Speisen besser und manches Mahl war sogar ausgesprochen edel zubereitet. Die Unterkunft selbst übertraf das auf Quéribus Gewohnte bei weitem; zwar war auch hier Isabelles Zimmer schmal, jedoch in jede Richtung um eine Truhenbreite größer und wegen zweier Flügel selbst bei geschlossenen Fenstern nicht düster. Die Wände waren trocken, ebenso der Boden; angenehm empfand es Isabelle, dass es nicht kalt vom Fußboden hochzog wie von den Steinen der Burg, sondern die Holzdielen Wärme vermittelten. Alles in allem ergab sich so für Isabelle der erstaunliche Umstand, in einer belagerten Stadt weit behaglicher zu wohnen als auf der freien Burg im Fenouillèdes.

Besonders erfreulich war daneben, dass sich Isabelle auf Anhieb mit Caroline Breladés blendend verstand, die sie sofort mit ihren besten Freundinnen Madeleine und Simone bekannt machte;

schon wenige Tage nach ihrer Ankunft in Toulouse hatte sich Isabelle mit allen dreien angefreundet. Deren fröhliche Art und spitzbübisch-direktes Wesen standen in wohltuendem Gegensatz zu der gestelzten Manier jener Damen, die in der drängenden Enge des Raymond'schen Schlosses Hof hielten. Überhaupt quoll Toulouse nach Raymonds Einzug allmählich von Menschen über, die fortwährend Schlupflöcher durch den Belagerungsring fanden, den Simon de Montfort gelegt hatte. Die Begeisterung für die Sache des Südens hatte in den zurückliegenden Wochen zugenommen und niemand zweifelte daran, dass der französische Unterdrücker besiegt werde.

Verwinkelt lief die Treppe von dem schmalen Garten zunächst ein Stück die Mauer entlang, bog in die Lücke zwischen zwei Häusern, wo es im Zickzack zwei Absätze nach oben ging, um die Ecke auf einen Balkon und von dort über eine Holzbrücke hinüber zum Wehrgang. Diesen versteckten Fluchtweg nutzten die Frauen, um unbemerkt von den Rittern auf die Mauer zu gelangen; an dieser Stelle schien die Stadt unangreifbar, denn ein Fels schob sich überhängend in die Ebene und das Gelände war uneben, so dass keine Belagerungsmaschine hier Aufstellung finden würde. Vom Eckturm des Schlosses her war dieser Mauerabschnitt gut einsehbar, man konnte also getrost darauf verzichten, hier Männer zu postieren. Die Frauen duckten sich hinter die Zinnen und blickten hinaus in die Ebene. Dort lagerte Simon de Montforts Heer und man erblickte viele gebuckelte Schilde und blinkende Panzer, sah die Helme der Ritter und Söldner in der Sonne glänzen in allerlei Farben und konnte an manchem Kämpfer das Schwert ausmachen. Sehr gefielen den Frauen die Pferde, wovon einige vortrefflich waren; Rappen mit weiß gefleckten Füßen, Füchse mit hellen Stiefeln und Schimmel mit Apfelflecken lenkten die Blicke auf sich; bemitleidenswert standen daneben abgekämpfte braune, rote und ockerfarbene Mähren, die kaum den Reiter tragen mochten, geschweige einer Lanze tödliche Fahrt verschaffen. Simons Heer war ein bunter

Haufen, und obwohl durchaus neue und ungebrauchte Schilde zu sehen waren, tiefblau oder dunkelrot oder gar silbrig mit goldenem Buckel, so war es doch keine glanzvolle Ausrüstung und trugen die meisten Kämpfer stumpfe Schilde und Helme; es war ein kampferprobtes, aber ein müde gewordenes Heer. Den Frauen kam es zwar bedrohlich vor, aber trotzdem glaubten sie nicht, dass diese Soldaten ihre Stadt erobern würden.

Die heimlichen Ausflüge auf die Mauer verursachten ein leichtes Prickeln im Bauch. Im Angesicht der Bedrohung schien das Leben gedrängter und kraftvoller abzulaufen. Über die Ratschläge der Hildegard von Bingen, wie eine Speise am besten zubereitet sei, konnten sie sich ebenso lebhaft auseinandersetzen wie über die Frage, ob ein Kleid, das von der Brust herab eng am Körper anliege und mit der Hüfte hinausschwinge, gehörigen Anstand aufweise oder die Männer ungebührlich reize. Dann allerdings, wenn das Gespräch auf die Männer kam, mussten Madeleine, Caroline, Simone und Isabelle heftig kichern. Madeleine, die Älteste, tändelte in aller Heimlichkeit mit Luc Leclerc, dem Sohn des Schildermalers an Raymonds Hof. Für diese Erfahrung wurde sie von ihren Freundinnen Caroline und Simone, die beide fünfzehn Lenze zählten, beneidet. Isabelle wiederum mochte nicht verheimlichen, dass ihr bereits ein Ritter eine wirklich gefühlte *Kanzone* gedichtet hatte, und nur allzu gern ließ sie sich überreden, das Lied vorzutragen.

Alle vier schwärmten von der Liebe. Schmachtend träumten sie von dem *amor purus*, den *Andreas Capellanus* als die Liebe bezeichnete, »die die Herzen zweier Liebender durch das vollkommene Gefühl der Liebe verbindet. Sie besteht in der Anschauung der Seele und dem Gefühl des Herzens und geht bis zum Kuss, zur Umarmung und bis zur keuschen Berührung der nackten Geliebten, wobei das letzte Vergnügen unterlassen wird.« Wenn sich doch ein Mann fände, der sein Herz an ihres hingeben könne, dachten alle vier. Isabelle sah Bernard vor sich, sprach aber nicht aus, dass sie gewiss war, ihr Bild bereits auf diese Weise in einem Ritterherz zu finden; seine Zurückhaltung trug sie wie Gold mit sich und erfreute sich daran;

trotzdem vergaß sie die Enttäuschung nicht, die sie seiner Beherrschung wegen empfunden hatte. Sie wusste um die Leidenschaft, die in ihr schlummerte. Die drei anderen wussten es auch. Ihre Neugierde war angestachelt; ihre Körper waren erblüht, ihre Sinne geschärft. Allein das Erlaubte in der reinen Liebe erregte sie, denn noch nicht einmal Madeleine war schon in nackter Umarmung mit Luc gelegen. Sie diskutierten heftig über jene *Tenzone*, in der die Dame dem Sänger eine Nacht schenkt, falls der Galan sich mit einem Kuss begnüge; war so ein Verlangen recht und billig oder wollte die Dame unredlicherweise einen unterwürfigen Gunstbeweis? Vielleicht, meinte Madeleine, sei dieses Verlangen nur ein Trick, zunächst die Nacht zu erringen, ohne sofort an die Sünde zu denken. »Ja«, lachte Isabelle, »oft ist es Teil der Umgarnerei, erst auf die reine Form zu schauen und dann doch das Ganze zu wollen.« Da kicherten sie und ließen ihre Träume über die nackten Umarmungen hinausfliegen, während sie hinüberblickten zu Montforts gewappneten Männern.

Okzitanische Hochstimmung und die drangvolle Enge machten aus Toulouse eine von Leben pulsierende Stadt, wie es keine zweite gab in Frankreich. Isabelle genoss das bunte Treiben und war froh, nicht in der Hofburg untergekommen zu sein; von dem Bürgerhaus aus konnte sie ungehindert durch die schmalen Gassen und Straßen schlendern, am Marktgeschehen teilnehmen und bei den Gauklern verweilen, die zuhauf durch die Tore geströmt waren zur Erheiterung der Eingeschlossenen. Was für ein Unterschied zur Beschaulichkeit einer abseits gelegenen Burg wie Quéribus; selbst das geschäftige Carcassonne erschien Isabelle im Vergleich zu dieser Stadt wie ein Dorf. Allein die vielen Schweine, die grunzend durch die Gassen zogen und die Abfallhaufen durchwühlten, die sich neben jeder Haustüre türmten, waren für Isabelle eine Sensation. Erstmals in ihrem Leben sah sie Männer, die Faxen und Grimassen rissen, ohne dazu ein Wort zu verlieren; fasziniert beobachtete sie den verwachsenen Zwerg, der fünf Äpfel zugleich durch die Luft wirbelte; staunend blieb sie vor einem Feuerschlucker stehen. Zum Markt hin war es ein Schieben und Drängen ohne Ende, dicht an dicht rieben sich die Menschenleiber und strömten zu den Ständen, fast, als wären sie eine Flüssigkeit. Am Markt riefen die Weiber durcheinander; manche zankten sich der Preise wegen, andere stritten über fauliges Obst oder Läuse im Salat; dann gab es wieder Küsschen zur Begrüßung, rechts und links auf die Backe mit lautem Schmatzen; es wurde gelacht und gebrüllt wie sonst höchstens auf einem Turnier. Was für ein Leben, dachte Isabelle oft und an vielen Tagen ließ sie sich durch das Gewühle treiben und vergaß Raum und Zeit.

Auf besondere Weise fühlte sie sich aus der Welt getragen, wenn sie in der Pilgerkirche Saint-Sernin saß und die dumpfe Ruhe des Hauptschiffes auf sich wirken ließ. Beinahe vermeinte sie, von ihren Fußsohlen her etwas von der Kraft zu fühlen, die der heilige Saturnin besessen haben musste; der erste Bischof von Toulouse, von einem Stier über Pflastersteine und Treppen zu Tode geschleift, war aufrecht eingestanden für seinen Glauben und kein Geringerer als Charlemagne hat die ursprüngliche Kirche über Sernins Grab reich ausgestattet; Isabelle spürt den Hauch der heiligen Reliquien. In der Kathedrale lastet Vergangenheit und diese Vergangenheit ist gut. Bereits an der Porte Miège-Ville empfängt der heilige Jakobus den Besucher mit segnender Hand und aus seinem Antlitz strahlt die Zuversicht der inneren Hinwendung zu Gott. Hier spürte Isabelle, dass die Wurzeln zu Christus gelegt und dass es auch ihre Wurzeln waren. Sernin war für einen guten Glauben gestorben; Charlemagne hatte die Kirche um eines würdigen Glaubens willen reich beschenkt. Allein das priesterliche Leben heute, in seinem reliquienstrotzenden Gepränge, wo vor allem das Zeigen der Gebeine des heiligen Jakobus alle Pilger verunsicherte, die nach Santiago de Compostella wollten, dieses römische Geprotze mit Kostbarkeiten und bischöflicher Lebensfülle, das hatte sich von den Wurzeln weit entfernt. – Vielleicht bot Toulouse deshalb in diesen Tagen vielen Katharerpriestern eine sichere Heimstatt, und da die Menschen wussten, wie verhasst den Franzosen die *guten Christen* waren, wurden die *Perfekten* mit besonderer Aufmerksamkeit in der Stadt willkommen geheißen. Immer mehr Bürger öffneten ihr Herz für die Predigten der *bonshommes* und kehrten der römischen Kirche den Rücken, deren Pfarrer sich Luxus und Müßiggang erlaubten, während die *parfaits* ihre Seelen dem Himmel verschrieben und auf diesseitiges Wohlergehen verzichteten. Sogar auf dem Markt, inmitten der Lebensfülle, die Toulouse zu Beginn der Belagerung zu bieten hatte, wurde über die Katharer und ihre Genügsamkeit wohlwollend gesprochen.

An immer mehr Plätzen traf Isabelle auf die Erinnerung an Michel Roquebruns Worte: Du gehörst zu uns. Und es würde nicht mehr lange dauern, bis sie mit einem anderen *Erwählten* in enge Berührung käme. Doch noch geizte der Himmel mit dem nächsten Zeichen.

* * *

Zwischenzeitlich war Bernard mit den Rittern von Saintes-Maries nach einem aufregenden Ritt entlang der Pyrenäen bei Muret eingetroffen, wo sie zunächst ihr Lager aufschlugen, um zu erkunden, wie sie entweder durch den Belagerungsring nach Toulouse hineingelangen oder durch Beistand aus dem Hinterland zur Befreiung der Stadt beitragen könnten. Es zeigte sich, dass gerade im Tal der Garonne die Linien Simon de Montforts fest standen, ohne allerdings der Stadt gefährlich zu werden. Montfort verfügte derzeit über keine Belagerungsmaschinen; seine Truppen schienen ausgedünnt; eine Erstürmung war augenblicklich unwahrscheinlich. Andererseits plante Raymond offensichtlich keinen Ausfall, sondern ordnete die Kräfte und ließ den weiteren Verlauf der Belagerung auf sich zukommen.

In dieser Lage beschloss Bernard, zunächst hinter Montforts Linien abzuwarten, und seine Gedanken kreisten oft um Isabelle, die er wenige Meilen entfernt hinter belagerten Mauern vermutete.

Während er hinüberblickte zu den Türmen der Perle Okzitaniens, malte sich seine Erinnerung Isabelles Gesicht von Tag zu Tag hübscher aus; die Vorstellung, ihren Körper eines Tages in den Armen zu halten, trieb nicht nur einmal seinen Puls an. Sein Sehnen drängte ihn voran und mäßigte ihn zugleich, denn er wusste: Nur, wenn er keinen Fehler beging, konnte er mithelfen, die Stadt zu entsetzen, und so beschränkte er sich darauf, alle Umstände der Belagerung zu erkunden.

Simon de Montfort hatte sein Feldlager auf den Hügeln des Ostufers der Garonne aufgeschlagen. Hinter einer Holzwand standen für den Grafen und seine Heerführer Holzhütten zur Verfügung, für die Fußsoldaten gab es geräumige Zelte mit vielen Strohlagerplätzen. Die Verbände der einzelnen Lehnsherren lagerten in je eigenen Vierteln, die sich durch ihre Farben unterschieden; vor den Hütten der Anführer waren Schilde und Zeichen aufgestellt. An jeder Ecke des Lagers diente ein Turm dem Ausblick, denn von hier konnten die Belagerer Fluss und Tal gut überblicken und die Hauptwege in die Stadt kontrollieren. So klug das Hauptlager gewählt war, so bedacht war Montfort bei der Postierung seiner restlichen Streitkräfte vorgegangen; vor jedem Stadttor fand sich in gebührlichem Abstand ein durch Palisaden geschütztes Aufgebot und die Lücken zwischen den Stützpunkten füllten Ritter und Fußsoldaten. Einzig an der Garonne sowie an einer Stelle, an der sich ein Fels überhängend in die Ebene schob und sich das Gelände wellte, blieb der Ring der Belagerer nicht geschlossen.

Noch fehlte der Belagerung der zupackende Ernst; stunden-, manchmal tagelang wies der Ring Lücken auf und konnten kleinere Gruppen ungehindert in die Stadt hinein oder aus ihr heraus; selbst Bauern und Händler erhielten so Zugang zur Stadt und wurden nur in seltenen Fällen von den Franzosen aufgegriffen, wobei sie in der Regel bald wieder frei kamen, und über die Garonne gelang die Versorgung der Stadt ohne nennenswertes Problem. Neben dem

Hauptlager fand sich eine Zeltstadt mitgereister Spielleute, Gaukler und Dirnen und in den Abendstunden nahm die Betriebsamkeit erhebliche Ausmaße an. Zu den Spielleuten, die mit Pfeifen, Trommeln und Trompeten gehörig Stimmung zu verbreiten wussten, gesellten sich gern die Priester, derer gut zwei Dutzend im Gefolge Montforts zu finden waren. Gröber ging es bei den Gauklern zu. Einer pries sich als stärksten Mann der christlichen Welt; gar wunderlich sah er aus, hünenhaft mit breiten Schultern und Muskeln wie Fleischberge, dazu fett wie ein Koloss auf säulenartigen Beinen; sein Gesicht beherrschten wild rollende Augen; seine Stimme glich dem Brüllen der Bären; er rang mit seinem Gehilfen, einem stattlichen Jüngling, und forderte unablässig die Zuschauer auf, sich einem Kampf zu stellen. Viele der Söldner kamen dieser Aufforderung im Laufe des Abends nach. Oft wurden Wetten abgeschlossen von den Mitstreitern, wer gewinne, aber stets wälzte sich der massige Protz über seine Gegner und nahm ihnen die Luft, bis sie mit der flachen Hand zum Zeichen der Aufgabe abklopften. Aufgeheizt trieben die Männer weiter, vorbei an einem Feuerschlucker und einem dürren Nagelbrettsitzer, besahen sich den Zauberer, der Geldstücke, Tücher, Hühnereier und sogar einen Feldhasen verschwinden und auf unglaubliche Weise an anderen Orten auftauchen ließ, klatschten dem Ballwerfer zu, der vier Bälle durch die Luft wirbelte und dazu das Rolandslied sang, und staunten beim Schlangenbeschwörer, dessen Flöte mit seltsam gequetschtem Ton eine gefährliche Viper zum Schwingen brachte. Derart mit Spannung aufgeladen, fanden viele Männer den Weg zu den Rothaarigen, die mit unsittlich kurzen Röcken ihre Waden, manche sogar Knie zeigten und deren rot bemalte Lippen einladende Oho's flöteten; meist kannten sich Weib und Söldner schon, dann schlüpften sie ohne langes Feilschen unter die Zeltplanen und lagerten in halber Heimlichkeit auf den Teppichen. Unterhaltender bot sich die Szene dem Beobachter, wenn ein frisch zur Truppe gestoßenes Bürschlein nach Erfahrung dürstete; manche Hure foppte den Jüngling oder versuchte dreist, ein horrendes Entgelt herauszuschlagen; die forschen

Jünglinge handelten hartnäckig um jeden Nickel wie auf dem Fischmarkt und sparten nicht mit Widerworten, wenn das Freudenmädchen neckisch nach Maß und Vermögen in der Hose fragte; es gab aber auch schüchterne Freier, die meist an hochroten Köpfen zu erkennen waren und der Eile, die sie an den Tag legten, mit dem Weib handelseinig im Zwielicht zu verschwinden; etliche schließlich knauserten mit ihrem Sold und brachten sich allein durch das Verhandeln hinreichend in Fahrt, nahmen gierig die Geräusche in sich auf und verdrückten sich dann zwischen zwei Zelte, wo sie selbst Hand anlegten und den ersparten Dirnenlohn anschließend für Rotwein drangaben, den es einige Schritte weiter zu kaufen gab. Lachen, Stöhnen, Keifen, Singen, Schnattern, Schreien, Ächzen, Jaulen, Quietschen, Brüllen, Johlen, Knarzen, Klatschen, Jubeln und so weiter, die Luft sirrte vom Gemisch der Geräusche und lud den Äther mit Lebensfülle auf, wie es sich kaum ziemt für eine ernsthafte Belagerung.

So verging Woche nach Woche. Auf einen kurzen Herbst folgte ein strenger Winter, der Belagerten wie Belagerern manches Opfer abverlangte. Im März meldete sich der Frühling stürmisch; die Zeltlager zerzaust, musste Montfort seine Reihen neu ordnen. Dann brachte der freundliche April den Belagerern Truppennachschub. Anfang Mai schloss sich der Ring um Toulouse. Es wurde ernst.

* * *

Mit den ersten lauen Frühlingstagen nahmen Madeleine, Caroline, Simone und Isabelle ihre Ausflüge auf die Mauer wieder auf. Bald schlug das belebende Prickeln im Anblick der Belagerer in Bangen um; die Frauen verstanden den Ernst der Lage. Allein die drangvolle Enge in der Stadt wurde nun, da es kein Hin und Her zwischen innen und außen mehr gab, zu einer Belastung. Längst waren die Emporen in der Kathedrale Saint-Sernin zum Dauerlagerplatz nicht nur für Jakobspilger geworden. Auf dem Markt zogen die Preise an, schon sah man Hungernde in den Gassen. Als die ersten Geschosse innerhalb der Mauern einschlugen, wurde die Angst der Menschen fassbar. Und die Franzosen rückten näher.

Isabelle spürte ihren Träumen nach; einst hatte sie eine Belagerung gesehen, doch war es nicht diese Stadt gewesen, sondern eine Bergfestung; daraus zog sie ihre Zuversicht für Toulouse. Mit dem Wissen um eine weitere Belagerung fern in der Zukunft drückten sie die Entbehrungen, die allmählich zu ertragen waren, nicht; sie ahnte, eines Tages würde es schlimmer kommen. Andererseits ging ihr jenes Zeichen nicht aus dem Sinn, das sie vor ihrer Abreise nach Toulouse gesehen hatte, dieser Mund, zwischen dessen Lippen ein Schwert wuchs, als strecke ein riesiger Engel eine tödliche Zunge heraus. Sie kannte die Offenbarung des Johannes: »Dann sah ich den Himmel offen und siehe, da war ein weißes Pferd und der, der auf ihm saß, heißt ›Der Treue und Wahrhaftige‹; gerecht richtet er und führt er Krieg. Seine Augen waren wie Feuerflammen und auf dem Haupt trug er viele Diademe; und auf ihm stand ein Name, den er allein kennt. Bekleidet war er mit einem blutgetränkten Gewand; und sein Name heißt ›Das Wort Gottes‹. Die Heere des Himmels folgten ihm auf weißen Pferden; sie waren in reines, weißes Leinen gekleidet. Aus seinem Mund kam ein scharfes Schwert; mit ihm wird er die Völker schlagen. Und er herrscht über sie mit eisernem Szepter und er tritt die Kelter des Weines, des rächenden Zornes Gottes.« – Ihre Gedanken wurden schwermütig. Sie wusste, einst käme das Ende. Aber für wen? Und wie?

Ein neuerlicher Traum wischte ihre Sorgen beiseite. Sie sah eine Nachtigall dahinsegeln mit einem Palmzweig im Schnabel; das Tier setzte sich auf ihre Füße und legte den Zweig ab; dann hörte sie den Vogel singen und es war eine vertraute Melodie. Dunkel wurde es und blieb lange schwarz in ihrem Traum, bis die Sonne aufging und eine heitere Stadt beleuchtete, in der die Ritter stolz auf ihren Rössern saßen. Vor sich her trieben sie auf einem abgemagerten Esel den Bischof in zerrissener Kleidung. Viel Volk stand am Rand und klatschte Beifall. Da trat ein hohlwangiger Mann aus der Menge und kniete vor dem Bischof nieder. Verzeih, sagte der Mann laut, jene Gewalt, die man dir antut, und lass mich jetzt deinen Weg gehen. Verwundert blickte der Bischof, ärgerlich schnaubten die Ritter. Der *bonhomme* erhob sich; es war Michel Roquebrun. Leise sprach er den verhassten Bischof Fulco von dessen Sünden frei im Namen des alleinigen Gottes. Mit fester Geste schickte Roquebrun den Bischof nach Saint-Sernin zurück und mahnte ihn, gottgefällig zu leben. »Gute Christen«, raunte der *Vollkommene*, »rächen nicht; sie verzeihen.« Alles Volk murmelte, zunächst ungläubig, dann zustimmend. Und am Abend dieses Tages feierte Toulouse ein Freudenfest. Musik spielte zum Tanz auf. Isabelle stand am Rande, als aus der Menge ein aufrechter Mann langsam auf sie zutrat – da erwachte sie. Sie wusste: Hier, in Toulouse, würde es gut.

Trotzdem dienten ihre Ausflüge auf die Mauer nicht mehr dem Zeitvertreib, sondern in die Sinne der Frauen mengte sich Ernst; wenn schon die Männer meinten, diesen Abschnitt unbesetzt lassen zu können, sollten wenigstens sie ihn im Auge behalten. Was Rom den Gänsen, das sollte Toulouse seinen Frauen verdanken, bemerkte Isabelle scherzhaft gegenüber ihren Freundinnen; und um gerüstet zu sein für den unvorstellbaren Fall der Fälle, verschafften sie sich von Madeleines Geliebtem Steinschleudern.

* * *

Beharrlich hatten die Franzosen Belagerungstürme gebaut und begonnen, an geeigneten Stellen Tunnels voranzutreiben, um an die Stadtmauer heranzukommen und mit den »Maulwürfen« die Fundamente zu unterhöhlen. Bald waren die ersten Katapulte einsatzbereit; Stunde um Stunde wurden hundsgroße Felsbrocken auf Stadt und Festung geschleudert. Nun begannen die ersten Wellen gezielter Vorstöße mit Schleuderern und Bogenschützen; die Schleuderer, einfache Söldner, liefen auf knapp dreihundert Fuß an die Stadtmauer heran und schossen mit ihren Steinschleudern auf die Verteidiger; diese Ablenkung nutzten die Bogenschützen, um ihre Brandpfeile über die Mauer hinweg in die Stadt zu schießen. An manchen Stellen hatten die Feuerwachen ihre liebe Not, die Brandsätze zu löschen. Dabei mussten sie auf die herumsirrenden Bolzen der Armbrustschützen achten, die ungezielt aus der Ferne auf die Dächer hielten; gelegentlich traf so ein teuflischer Bolzen und selbst der päpstliche Ritter Montfort hielt sich nicht an die Ächtung durch das zweite Laterankonzil, wonach diese »todbringende und Gott verhasste Waffe gegen Christen und Rechtgläubige einzusetzen« bei Androhung des Kirchenbanns verboten war.

Anfang Juni rollte der erste Belagerungsturm vor. Auf der Plattform standen Bogen- und Armbrustschützen und zielten genau auf die Verteidiger, was rasch Wirkung zeigte; im Pfeil- und Bolzenhagel duckten sich die Männer ab oder wichen nach links und rechts aus. Schon zog ein Trupp mit einem schweren Rammbock im Schutz des Belagerungsturms heran, um eine Bresche in die Mauer zu schlagen, als der beherzte Ausfall einiger Ritter die Mannschaft am Fuße der Kriegsmaschine erschütterte; jetzt schütteten die Verteidiger siedendes Pech gegen das Fußvolk unten und trafen ihrerseits einige tödlich mit dem Bogen; eine Unebenheit und die Verwirrung der schiebenden Männer brachten den Turm ins Wanken; mit langen Stangen schoben die Toulouser nach; der Holzturm neigte sich und stürzte krachend zur Seite.

Dieser Fehlschlag entfachte Montforts Wut. Am hellichten Tag ließ er vor den Augen Raymonds und seiner Vertrauten, die auf dem Schlossturm standen und die Lage betrachteten, zwanzig Geiseln enthaupten und die Köpfe mit Schleudern in die Stadt werfen. Angewidert wehrte sich Raymond mit Spott und schickte einen sarazenischen Sklaven mit einem Eselskarren hinaus, der Simon de Montfort ein Fass besten Weines, Gemüse, Kirschen und Käse brachte zur Stärkung nach tapferer Tat.

Nun sah Bernard seinen Zeitpunkt für gekommen. Er war in den zurückliegenden Monaten nicht untätig geblieben und hatte aus den südlichen Gauen etliche Ritter um sich geschart, die bereit waren, für die Sache Okzitaniens einzutreten und Raymond die Treue zu halten. Daneben hatten die Adligen einiges Gold zusammengetragen und davon Söldner angeworben, die als Fußsoldaten die Flanken der Ritter schützen sollten. Alles in allem konnte Bernard Anfang Juni des Jahres 1218 über eine Streitmacht von über hundert Männern gebieten. Dies müsste genügen, durch die feindliche Linie einen Keil zu treiben und so viel Verwirrung anzurichten, dass Raymond einen erfolgversprechenden Ausfall wagen könnte. Um seine Pläne mit den Belagerten abzustimmen, bediente er sich eines Boten, ein wendiger Bursche, der mehreren Seiten zuarbeitete. Der kleinwüchsige Pierre hielt Simon de Montfort über den Versorgungsstand in Toulouse und zugleich Raymond über die Truppenstärke der Franzosen auf dem Laufenden und überbrachte zu guter Letzt die Absprachen zwischen Belagerten und Entsatzern im Hinterland. Als Ergebnis dieser Bemühungen wurde der 18. Juni als der Tag vereinbart, an welchem Bernard den Angreifern in den Rücken fallen und eine Bresche in den Belagerungsring schlagen sollte; diesen Angriff würde Raymond für seinen entscheidenden Ausfall nutzen; die offene Schlacht mochte dann die Entscheidung bringen.

Am Vorabend ordnete Bernard seine Truppe. Jeder Ritter erhielt einen genauen Platz in der Streitordnung und einige Fußsoldaten für den Flankenschutz zugewiesen. Die Einhaltung des Angriffsplans würde entscheidend sein. Im Kriegsrat sprachen sie jede Möglichkeit durch. Sie waren sich einig. Jeder kannte seine Rolle und würde sie morgen ausfüllen. Lange genug hatten sie auf diesen Tag gewartet. Aufgeregt und voller Tatendurst, zugleich zufrieden und erfolgsgewiss gingen die Kämpfer auseinander.

In der Morgendämmerung packten die Ritter Lasttiere und Streitrösser. Mit aufgehender Sonne verließ der Trupp Muret. Sie marschierten zügig im Tal der Garonne. Zwei Meilen vor den Linien

Montforts schlugen sie sich über die Talkante in die Hügel. In einem kleinen Wäldchen überprüften sie ein letztes Mal ihre Ausrüstung; die Sättel wurden festgezurrt und die Pferdedecken, die Schilde aufgenommen und die Lanzen bereitgelegt für den ersten Ansturm. Vier Bauern sollten bei den Packeseln bleiben und diese langsam nachführen. Die anderen Fußtruppen nahmen je zur Hälfte die Bogen und die Spieße zur Hand; sie würden nun im leichten Dauerlauf die Ritter begleiten und seitlich abschirmen. Jetzt musste sich zeigen, ob die Fußtruppen gut gewählt waren; gemeinhin sagte man von den Bauern, sie seien an harte Arbeit gewöhnt, würden Sonnenbrand vertragen und grobe Speisen und könnten wenig schlafen und viel wachen; gelehrig waren sie, hoffentlich mutig genug, wenn sie das Heer der Franzosen sahen.

So lange es ging, hielten sie sich in Wald und Gebüsch. Bald sahen sie die Belagerer. Tausende reihten sich gerüstet aneinander und standen bereit für den Sturm. In der Vormittagssonne blitzten die Helme. Am Stadttor schien alles ruhig zu sein. Bernard vertraute auf den Kurier. Sie waren weniger als eine Meile heran, gleich würden sie entdeckt. Bernard gab das Kommando. Die Lanzen wurden eingelegt. Die Rösser spürten die Sporen. Allen voran Bernard, ritten die Angreifer in Form eines Keiles auf die Belagerer zu. Erste Franzosen drehten sich verdutzt um. Viel zu langsam brachten die Reiter ihre Pferde in Position. Schon waren die Angreifer da. Krachend schlugen ihre Lanzen gegen die erhobenen Schilde. Fünf oder gar sechs Ritter Montforts stürzten zu Boden. Die anderen taumelten, wendeten ihre Rösser und erwarteten den nächsten Angriff. Noch während Bernard und seine Gefährten sich wieder hinter ihre Lanzen stemmten, liefen die Fußsoldaten heran und stürzten sich mit ihren Spießen auf den Feind. Im Halbkreis postierten sich die Bogenschützen und zielten auf die sie umringenden Belagerer, um die Bresche freizuhalten. Wieder krachten die Lanzen. Drei Reiter flogen in den Staub. Die ersten Ritter zogen die Schwerter. Andere legten wiederum die Lanzen ein und jagten nochmals auf die wenigen verbliebenen Reiter zu. Überall wirbelte

Staub auf. Bald kämpften sie Mann gegen Mann. Die Schwerter klirrten und krachten. Spieße und Pfeile bohrten sich in Menschenleiber. Kampflärm und Schreie erfüllten die Luft. Im Belagerungsring klaffte eine Bresche. Rechts und links die Heerführer waren unschlüssig, ob sie ihre Posten aufgeben sollten; schon öffnete sich das Stadttor und eine Reiterschar stürmte hervor. Bernards Plan schien aufzugehen. Aber auch seitens Montforts formierte sich ein Heer und ritt auf das Feld vor dem Stadttor zu. Noch waren die Verhältnisse ausgeglichen, doch als die Ritter neben der Bresche in den Kampf eingriffen, verschoben sich die Kräfte zugunsten der Königlichen. Bernard und die seinen fochten erbittert. Die Schlacht wogte hin und her.

* * *

Ein Dröhnen weckte Isabelle. Sie rieb sich die Augen. Schlaftrunken horchte sie in die Welt hinaus. Amseln zwitscherten, einige Spatzen tschilpten; sonst Ruhe. Von innen war das Dröhnen gekommen, ein Zeichen, vielleicht nur wegen einer Unpässlichkeit. Der Bauch zwickte ein wenig und sie fühlte sich schlaff. Aber nein, daher rührte dieses vibrierende Brummen nicht, das sie geweckt hatte. Intensiv dachte Isabelle nach; es ist schwer, sich der Träume zu entsinnen, die sich beim Aufwachen selbst verschleiern; sie suchte das zum Geräusch passende Bild; Nebelschleier, Staubfahnen; der Vergleich mit einem störrischen Esel schoss ihr durch den Kopf: ein Esel, der keinesfalls aus dem Stall herausgezerrt werden mag. Isabelle stand auf. Gähnend streckte sie sich, zog den weiten Rock und das feste Wams an, verließ ihre Kammer und ging zum Wassertrog im Hof. Mit beiden Händen formte sie eine Schale, schöpfte Wasser und wusch sich das Gesicht. Sie atmete durch. Da sah sie das Bild: galoppierende Pferde. Zunehmend deutlicher. Es waren Streitrösser. Die Ritter hatten die Lanzen eingelegt. Ein Zeichen; also doch: ein Zeichen.

Noch im Morgengrauen holte sie ihre Freundinnen aus den Betten. Ehe die Sonne den Osthimmel beherrschte, saßen Madeleine, Caroline, Simone und Isabelle auf ihrem Beobachtungsposten an der Mauer. Zunächst verlief der Morgen wie alle anderen, aber bald regte es sich bei den Belagerern. Früher als gewöhnlich wurden die Reihen aufgefüllt, zudem dichter und – bewaffneter. Gerade unter den Fußsoldaten zeigte sich eine Truppenstärke, wie sie von den Frauen noch nicht beobachtet worden war. Im Westen, am äußersten Ende des Ausschnittes, den sie vom Belagerungsring sehen konnten, ballten sich Ritter und Fußsoldaten hinter einem Hügel zusammen; es sah aus, als wollte Simon de Montfort das Südtor angreifen. Ein Belagerungsturm wurde herangeschoben. Von den Katapulten hagelte es Steine. Bogenschützen rückten vor. Die erste Angriffswelle brandete an das Südtor. Isabelle sah, wie die Verteidiger sich zunehmend an der gefährdeten Seite der Festung sammelten und bis auf wenige die Südostseite, die in ihrer Nachbarschaft lag, verließen. Vom Horizont schoben sich weitere Truppen gegen Toulouse vor und schließlich war klar: Simon de Montfort wollte heute stürmen.

Von Süden brauste eine Windhose heran und warf sich in die Linien der Belagerer; beim näheren Hinsehen erkannten die Frauen Ritter und Fußsoldaten, die den Franzosen in den Rücken fielen. In wehenden Staubfahnen verlagerte sich ein Teil des Belagererheeres auf die zunächst geschlagene Bresche. Ein großer Tumult tobte dort und wurde zur Schlacht. Aus der Stadt gellten Rufe, Hufschlag donnerte. Raymond probte den Ausfall. Alle Aufmerksamkeit richtete sich auf das Schlachtfeld. Am Rande wurde hastig der Belagerungsturm näher geschoben; die anrennenden Feinde achteten nicht auf Pfeile und Bolzen der Verteidiger; fiel einer der Schubmänner, wurde er sofort ersetzt; rücksichtslos trieb der Heerführer seine Leute nach vorne, verlustreich führte er den Turm gegen die Stadtmauer. Die Verteidiger sammelten ihre Kräfte. Isabelle sah einige Männer mit Bienenkörben rennen und diese heftig schütteln. Gleich würden sie die Körbe über die Mauer stürzen. In hohen Kannen wurde kochendes Wasser getragen. Schon lag der Belagerungsturm an der Mauer. Die ersten fochten auf den Zinnen und in der Ebene wogte der Kampf.

Niemand achtete auf das wellige Land zu Füßen der vier Freundinnen. Von Busch zu Busch sprangen kleine Gruppen heran. Da nahm Isabelle eine Bewegung wahr. Ein Schild blinkte in der frühen Mittagssonne. Isabelle sah den stattlichen Ritter, der gut zweihundert Reiter herandirigierte; Fußvolk mit langen Leinen und Enterhaken strömte herbei. Die Angreifer kamen lautlos. Hier also wollte Simon de Montfort den eigentlichen Angriff platzieren; das Gefecht beim Südtor war Ablenkung. Isabelle schrie. Alle vier packten sie die Steinschleudern und zielten auf die heraneilenden Soldaten. Doch die kümmerten sich nicht um die Steine, die da heranpfiffen. Näher und näher kamen sie. Montfort saß auf einem prächtigen Rappen. Das Ross tänzelte. Unter dem Helm erkannte Isabelle ein siegessicheres Lachen. Sie sah die blauen Augen; es war ein helles, durchdringendes Blau, dazwischen eine steile Nase und genau auf diese Stelle dazwischen zielte Isabelle. Sie zog die Schleuder durch, hielt die Luft an. Zwischen die Augen, auf die Nasenwurzel; ruhig jetzt. Daumen und Zeigefinger umspannen den hühnereigroßen Stein in der Lederschlinge. Der Griff von der Linken gerade gehalten. Ein unmerklicher Ruck zur Seite mit der rechten Hand. Die Finger öffnen sich. Die Schlinge schleudert los, der Stein pfeift davon; ein winziger schwarzer Punkt jagt durch die Luft. Aufrecht und stolz sitzt Montfort im Sattel. Er ruft ein Kommando. Mitten im Satz bricht er ab. Langsam neigt sich der stattliche Mann zur Seite. Als könne man Bewegung unendlich verlangsamen, so verzögert fällt der Herzog von seinem Ross. Der Rappe steigt hoch, wiehert und galoppiert los. Montfort liegt bewegungslos am Boden. Der Vorwärtsdrang der Soldaten stockt. Einige laufen zu ihrem Feldherrn. Entsetzte Schreie. Pfeile sausen auf das Hügelland vor der Stadtmauer, die Verteidiger haben die Angreifer entdeckt. Hastig reagieren die Bogenschützen. Der reglose Körper Simon de Montforts wird auf ein Pferd gelegt. Ritter und Fußsoldaten ziehen sich zurück. Hörnerschall. Im Süden klart sich die Luft. Die Schlacht nimmt an Heftigkeit ab, die Belagerer machen kehrt. Raymond setzt mit einer Schar von Rittern nach. Etliche Angreifer werden niedergemetzelt. Jetzt wird der Rückzug von Montforts Heer zur Flucht.

Raymond hält ein und führt seine Truppe zum Tor zurück. Die Stadt soll ihres Schutzes nicht beraubt werden. Lediglich die geschlagene Bresche im Belagerungsring wird gesichert. Wieder ertönt der Ruf eines Horns. Es ist, als wäre die Jagd vorbei. Kämpfer strömen auf die von den Frauen bewachte Seite. Jubel, Hochrufe, Klatschen. Madeleine, Caroline, Simone und Isabelle werden zum Schloss geführt. Hoch zu Roß wartet Raymond der Ältere dort. Er lächelt. Viele Männer rufen durcheinander. »Die Weiber haben die Stadt gerettet – Weiber – Rettung – Damen – Jungfrauen – Sieg – Wunder – es waren wirklich diese Fräuleins. Ja!« Ob damals, dachte Isabelle und gewann ihre Fassung zurück, die Römer so von ihren Gänsen sprachen?

Raymond VI. nahm seinen Helm ab, stützte sich auf die Schultern zweier Diener, stieg aus dem Sattel und ließ sich auf den Boden heben. Mit lockerer Handbewegung strich er sich das graue Haar aus der hohen Stirn. Er lächelte und streckte beide Hände zu den Frauen hin.

»Seid mir willkommen, Retterinnen von Toulouse.«

Er musterte eine nach der anderen. Auf Isabelle blieb sein Blick lange liegen.

»Wer von euch tat den goldenen Schuss?«

»Ich, mein Herr«, antwortete Isabelle und trat einen halben Schritt vor. Raymond nickte wohlgefällig.

»Wer bist du?«

»Isabelle Lemaitre, die Tochter des *Sénéchal* von Quéribus; ein Ritter, der für Euch streitet.«

»Simon, ich kenne ihn wohl«, brummte der Fürst sichtlich zufrieden und nachdem er die Freundinnen nach ihren Namen befragt hatte, lud er alle vier ein, mit ihm zu kommen; für heute seien sie seine Ehrengäste.

* * *

Unübersichtlich und heftig war die Schlacht geworden, als Bernard Montforts Plan erkannte. Tränen der Wut traten in seine Augen. Enttäuschung, schließlich Angst. Isabelle! Was würde geschehen, eroberte Montfort die Stadt zum zweiten Mal? Gewiss würde er es nicht dabei belassen, nur Teile zu zerstören. Seine Rache würde grausam sein. Bernard schwindelte bei dieser Vorstellung und er stürmte noch wilder auf den »Löwen des Kreuzzugs« zu. – Da brach Montfort zusammen und stürzte vom Pferd. Die Schlacht wendete sich. In seinen inneren Jubel hinein durchzuckte Bernard ein brennender Schmerz, dann verlor er das Bewusstsein.

Was für ein seltsamer Ort, als er erwachte. Er lag auf einem breiten Spannbett und blickte zu einer bunt bemalten Decke empor; ein Ritter lächelte ihn rätselhaft an. Weich und behaglich wie noch nie in seinem Leben fühlte er sich, friedliche Ruhe hüllte ihn ein, zarte Düfte von Blumen, die er nicht kannte, schmeichelten seiner Nase, und als er Vogelgesang vernahm, wähnte er sich endgültig im Elysium; schade, dachte er, dass es keinen Abschied gab von Isabelle, aber der Tod ist eben ein schneller Schnitter. Tränen traten ihm in die Augen. Er hatte das Leben gemocht; jetzt weinte er darum. Wie ein kleiner Junge. Bunt und abwechslungsreich, voller Bewegung und Gegensätze, mit Leid und Glück durchtränkt war es auf der Welt gewesen; er sah sich als Knaben, wie er mit den Geschwistern im Garten hinter den Palisaden Verstecken gespielt hatte und auf dem Vorplatz Plumpsack gehüpft war; auf Weidengerten war er den Strand entlanggeritten, mit knorrigen Stöcken hatten sie die alten Räder getrieben, denen die Speichen fehlten und die keiner mehr haben wollte; lachend hatten sie im Sand mit ihren Murmeln geschussert und später hatten sie mit Holzschwertern gefochten; Vater und Mutter sah er hinter dem Weidengehölz, wo sie sich geliebt hatten, und er, Knabe noch, hatte sie mit einer Mischung von Staunen, Abscheu und Bewunderung beobachtet und sich gefragt, wozu diese heftigen Stöße des Vaters gut sein sollten, wenn sie offensichtlich ihm und Mutter wehtaten – warum würden sie sonst stöhnen? Er lachte, schüttelte sein Zwerchfell aus und quetschte die Luft in hohen und tiefen Tönen durch den Hals, als hätten ihn zwölf Possenreißer in die Mangel genommen.

In das Lachen hinein meldete sich ein dumpfer Schmerz in der Brust, der sich von der Mitte her nach allen Seiten ausbreitete. Die Erinnerung kam. Eine stumpfe Lanze, den Schild hatte sie nicht durchschlagen, war abgerutscht und mitten auf sein Brustbein gekracht; ein Moment der Unachtsamkeit hatte genügt. Verdammt, das tat weh. Er riss die Augen weit auf. Tief sog er Luft ein, spürte ein neuerliches Stechen. Jetzt war ihm das Lachen vergangen, aber er spürte, wacher werdend, wie lebendig er war. Er setzte sich. Betastete seinen Körper. Sprach seinen Namen. Stand von seinem Krankenbett auf. Trat ans Fenster.

»Ich lebe noch«, flüsterte er und blickte von seinem Krankenzimmer hinunter in den Schlosshof.

Behutsam legte Bernard die Riegel um, welche die Fensterflügel hielten; behutsam, weil es sich um Fenster aus mit Blei gefasstem Glas handelte, lauter kleine runde Scheiben, gelb, rot, blau, grün, eine Seltenheit, die es zu bestaunen galt. Langsam schwangen die Flügel auf. Ein buntes Durcheinander von Stimmen drang nun zu ihm und Bernard sah die Festversammlung im Hof. Musikanten standen da mit Fidel, Flöten und Schalmei; die Fürsten saßen an einer langen Tafel, in der Mitte Raymond der Ältere, links neben ihm sein Sohn Raymond VII., der Sieger der heutigen Schlacht, und – Bernard spürte sein Blut in den Kopf schießen, seine Handflächen schwitzten und sein Arm fing zu zittern an; er mochte nicht glauben, was er sah; wie konnte das sein, wie war das möglich? Die

Füße drohten wegzusacken, er ging in die Knie. Nein, das durfte nicht sein. Aber zu Raymonds VI. Rechten saß, als wäre sie die Fürstin: Isabelle.

Wie schön sie war. Jede Beschreibung wäre ein dürrer Ast im Vergleich zu dem blühenden Kirschbaum ihrer tatsächlichen Erscheinung. Wie edler Stahl glänzen ihre dunklen Haare, die sie offen trägt; in zartem Honigton strahlt ihr Antlitz; ihre Augen lachen in die Welt; aufgeblüht sind die Lippen, zierlich der Hals; ruhig liegen die Hände auf der Tischplatte, schlanke Finger mit wohl geformten Nägeln. Sie trägt ein blütenweißes Hemd und dazu ein scharlachrotes Wams, das eng an der Taille anliegt. Eine Fürstin fürwahr, die es anzubeten gilt, eine Königin, die zu besingen edelste Tat eines jeden Ritters wäre.

Nun denn, sagte sich Bernard und beschwichtigte seine Aufregung, so besinge ich hinfort eine Unerreichbare und schenke meine Gedichte der reinen Liebe, so rein, dass ich nicht einmal nach einem Kuss oder gar einer nackten Umarmung trachte. Aber zu deutlich erinnerte noch der Wunsch nach mehr, nach Vereinigung und Erfüllung, als dass Bernard nicht hätte weinen mögen über diese Wendung, und während er das Fenster schloss und zurückkehrte auf sein Lager, entsann er sich des Meeres und der dahinziehenden Wolken von Saintes-Maries und der Worte seines alten Lehrers, eines Einsiedlers in der Camargue, der ihn vertraut gemacht hatte mit einigen lateinischen Dichtern, und ein Vers des Ovid kam ihm in den Sinn: »So viel Muscheln der Strand, so viel Schmerzen die Liebe; reichlich in Galle getaucht ist uns der treffende Pfeil.« Als hätte der Römer das Schicksal der *Troubadoure* gekannt.

* * *

Die Musiker spielten mit fremdartigen Instrumenten zur allgemeinen Ergötzung, derweil an fürstlicher Tafel aufgetragen wurde, was die Vorratskammern hergaben am Ende der Belagerung. Zwischenzeitlich erfuhren die Adligen von den Anstrengungen der

Franzosen, ihre Lager zu sichern und den Abzug vorzubereiten; Simon de Montfort war tot und Toulouse frei. Was für eine Gelegenheit für Raymond, sein Kriegsglück zu bejubeln und den Sieg zu feiern. Selbstbewusst stellte er seinen Reichtum zur Schau und erhob alle seine Gäste in den Rang Auserwählter, indem er an nichts sparte. Mitten im Hof stand ein Hühnerhaus, das mit vielen Querstangen versehen war und von oben bis unten mit Gockeln und Hennen angefüllt war, so dass kein Blick durch sie hindurchzudringen vermochte, zur größten Verwunderung vieler, die kaum geglaubt hatten, dass es in allen Ländern so viele Hennen gebe, geschweige denn in einer bis eben belagerten Stadt. Über mehreren Feuern wurden Hühner gebraten und die Diener brachten das Gegrillte auf silbernen Platten an die Tische, wo in verzierten Goldgefäßen Salz, Pfeffer und Weinsauce stand, in welche die Esser die Fleischteile tunkten. Neben edlem Stangenweißbrot fand sich auf jedem Tisch ein Korb mit *Gastel*, dem beliebten runden Weißbrot, wie man es in Okzitanien findet, und in irdenen Schalen gab es reichlich Feigen, Datteln, Rosinen und Mandeln. Bewundert wurde die Anzahl der Weine, die vom weißen Gewürzwein, dem *Clarêt*, über den roten *Sinôpel* bis zu Maulbeerwein, der *Môraz* genannt wurde, und Fruchtwein reichte. Als endlich genug der reichlichen Köstlichkeiten überall griffbereit standen und die ersten Ritter bereits wohltuende Rülpser ausstießen, ließ Raymond eine staunenswerte Neuheit vorstellen: zwei gelenkige Sarazenenmädchen. Die Mädchen von schönem Wuchs traten auf dem glatten Boden auf vier runde Kugeln, wobei eine jede ihre Füße auf zwei Kugeln setzte. Sie glitten hin und her und klatschten dabei in die Hände. Wohin sie wollten, bewegten sie sich auf den rollenden Kugeln, ließen die Arme spielen und drehten sich und sangen auf verschiedene Weise und bewegten ihre Körper nach der Melodie, schlugen klingende Zimbeln und Hölzer mit den Händen zusammen, stellten Scherzhaftes zur Schau und führten sich auf sonderliche Weise auf. So gewährten sie denen, die zuschauten, ein wunderbares Schauspiel und alle riefen ihre Begeisterung in die Runde, als die beiden schließlich abtraten und die Spielleute zu ihren Instrumenten griffen.

Nach dieser Unterhaltung begannen die Feldherren von der Schlacht zu berichten; lebhaft die Schilderungen, nahmen sie vielfach Bezug auf eine tapfere Truppe, die von Muret her für Entlastung gesorgt habe, und schließlich durfte Jean Cantmerle das Wort ergreifen, ein Ritter von Saintes-Maries-de-la-Mer. Von langem Warten sprach er und von vielen Erkundigungen, die einzuholen waren, von den Verstärkungen, die sie nach und nach herangezogen hätten und dem Boten, der wohl alles jedem verraten habe, so auch dem Montfort den Zeitpunkt des rückwärtigen Angriffs. Von der Umsicht und Klugheit seines Führers sprach er und wie sehr alle hofften, dieser möge von einem Lanzenstoß genesen. Heftig pflichtete Raymond der Jüngere diesem Wunsch bei, denn ein äußerst tapferer Ritter sei Bernard del Congost und dazu ein Meister der Dichtkunst. Als Isabelle den Namen vernahm, stieß sie einen Freudenschrei aus, sprang ungeachtet höfischer Tischsitte auf und klatschte in die Hände.

»Wo ist er?«, rief sie. »Wo ist er?«

»In einem unserer Gemächer«, antwortete der Sohn des Grafen fragenden Tones.

»Ich vermutete ihn in Jerusalem«, erklärte Isabelle. »Er zog mit zehn Rittern und etlichen Knappen aus, darunter mein Bruder Sebastian, das Kreuz zu nehmen und Jerusalem von den Sarazenen zu befreien.«

»Ach ja«, ergriff Jean Cantmerle das Wort. »Ein Fehlschlag, denn Gott ist nicht mit diesem Papst. Ein Zeichen war's für unseren Bernard, sich für die Sache des Südens einzusetzen und Honorius die Treue aufzukündigen.«

»So erzählt schon, erzählt«, forderte Isabelle den Ritter auf und konnte ihre Ungeduld kaum bemäßigen. Da die anderen zustimmend nickten, gab Jean die Schilderungen wieder, die er zweimal von Bernard erhalten hatte, und er wusste so spannend zu erzählen, dass den Tafelnden die Zeit im Nu verging. Als aber Wein und Obst aufgetragen wurde und die Musik erneut zum Tanz aufspielte, hielt es Isabelle für schicklich, um die Erlaubnis für den Besuch bei dem tapferen Ritter zu bitten.

* * *

Bernard starrte an die bemalte Holzdecke. Sein Magen krampfte, sein Bauch verhärtete sich. Nie hatte er zudem einen solchen Wechsel von heiß und kalt verspürt. Beladen mit dieser Enttäuschung wünschte er, gestorben zu sein. Ein mit Ruhm bekränzter Held, gefallen in der Schlacht des Sieges; und er selbst hätte sich die Ehre einer nicht geschmähten Liebe bewahrt. Ja, er spürte einen Ehrverlust und aus diesem Gedanken heraus blitzte ein Funke Zorn auf, den er gegen Isabelle hegte. Noch keine vierzehn Monate waren seit seinem Auszug nach Jerusalem vergangen, schon erlag ihre Ungeduld dem Werben eines anderen. Wie wenig hatte sie ihn geliebt. Das kränkte ihn. Andererseits – dürfte sie das Werben eines Herzogs ausschlagen? Und hatte nicht er, der Ritter vom Meer, gegen den ehemaligen Lehensherren zurückzustehen?

Tief spürte Bernard den Widerspruch vielschichtiger Treuepflichten, die sich daraus ergaben, dass kaum ein Adliger seiner Zeit nur einem Herren verpflichtet war. Die Ablenkung, die Bernards Kummer durch diesen Gedanken erfuhr, brachte ihn auf den Pfad der Worte zurück. Nicht Zorn sollte seine Abwehr sein; die Verletzung seines Herzens müsste höfische Kunst heilen und er musste der Weisheit eines Ovid gerecht werden, wonach im Weinen Wonne liegt. So angespornt rang er sich Reime ab, um sein Leid auszudrücken. Nein, wenn es um Isabelle ging, galt ihm höfische Form wenig; sein Herz schrie und suchte seinen Ausdruck jenseits einer vollkommenen Welt, die es nur im Gedicht geben könnte. Wie schon einmal vor langer Zeit, als er zu Füßen der Burg gestanden und seine Gefühle zum Ausdruck gebracht hatte, wollte er die *Kanzone* zum Boten seiner Seele machen statt zum Vermittler einer übergeordneten Sicht. Und bald schon, auf dem nächsten Fest des

Herzogs, würde er selbst zur Laute greifen; alle würden die Bedeutung suchen, aber eine würde wahrhaft wissen, wenn er sänge:

»Ach weh! So viel glaubte ich über die Liebe zu wissen
und so wenig weiß ich in Wirklichkeit über sie!
Denn ich kann mich nicht davon abhalten,
diejenige zu lieben,
von der ich niemals eine Gunst haben werde.
Sie hat mir mein Herz weggenommen und mich mir selbst,
und sie ließ mir nichts als Sehnsucht und ein begehrendes
    Herz.
Noch niemals hatte ich Macht über mich,
noch war ich der meine von der Stunde an,
da sie mich in ihren Augen in einen Spiegel sehen ließ,
der mir sehr gefällt.
Spiegel, seit ich mich in dir spiegelte,
haben mich die Seufzer von tief drinnen getötet.«

»Wie schön«, rief da eine vertraute Stimme und Bernard erschrak, als hätte ihn Gott selbst berührt. Mit hurtigen Sprüngen eilte Isabelle herbei, lag schon auf den Knien und zog den verdutzten Sänger in ihre Arme. – Lang und stumm war die Umarmung, begleitet von Schluchzen, Lachen, Schulterklopfen. Was folgte, erlebte Bernard wie im Rausch; die Welt drang durch Nebelschleier zu ihm vor, das Stimmengewirr glich dem Meeresrauschen, seiner eigenen Stimme schien er nicht mächtig. Er nahm teil an dem Fest und ließ sich vielfach als Helden feiern und nahm dennoch nichts wahr, weil Isabelle und nur Isabelle sein Sinnen und Fühlen beherrschte. Später musste er sich den weiteren Verlauf des Festes von Isabelle erzählen lassen, weil er keine Erinnerung hatte außer einer: Isabelle war nicht Gräfin von Toulouse.

* * *

Längst entschwunden der Mond, löste sich die Festversammlung im Morgengrauen auf. In der Türleibung zum Wohntrakt, wo sich Bernards Zimmer befand, umarmte Isabelle ihren Ritter. Warm lagen ihre Körper aneinander, weich schmiegte sich Wange an Wange. Isabelle fühlte sich geborgen an seiner Schulter. Langsam hob sie ihren Kopf und bot ihm ihre Lippen. Scheu trafen sich ihre Münder zum Kuss. Ein Zucken durchfuhr Isabelles Körper, kurz und scharf wie der Stich einer Wespe. Statt Schmerz folgte Wohlbehagen und tief innen schürte frische Luft die Glut. Isabelle riss sich los und rannte davon.

Kichernd warteten Madeleine, Caroline und Simone am Schlosstor und sparten, während sie Isabelle in ihre Mitte nahmen, nicht mit anzüglichen Scherzen. Alleine Madeleine lächelte wissend, denn sie war Luc Leclerc mittlerweile versprochen; nun, da die Belagerung abgewehrt war, durfte Vermählung sein. Caroline und Simone würden sich noch etwas gedulden müssen; sie waren jünger, zudem heirateten Kinder von Handwerkern und Händlern meist später als Adlige. Die drei Frauen gönnten Isabelle ihr Glück und sie waren mächtig stolz, die Retterin von Toulouse zur Freundin zu haben. Jetzt aber brannten sie darauf, von Isabelle alles über ihren Ritter Bernard zu erfahren, und Isabelle blieb den Freundinnen nichts schuldig. Sie schlichen hinauf auf die Mauer und dort, wo sie am vergangenen Tag ihre größte Stunde erlebt hatten, erzählte Isabelle von ihrer ersten Begegnung mit Bernard, von der Nachtigall und der herauffliegenden leisen Stimme, von Balduin, von der Kammer, vom Abschied, von der Hoffnung, der Sehnsucht, der Zuversicht; nichts ließ sie aus und im Erzählen erlebte sie es noch einmal und spürte das tiefe Gefühl für Bernard. Aber auch die Erinnerung an Alfonse de Olmes kam wieder, zeigte ihre Ängste, ihr Bangen um Freiheit und ihre Trauer wegen seines tragischen Endes. Alles in allem erstreckte sich Isabelles Lebensschilderung über eine Spanne von beinahe sechzehn Jahren; Zeit genug, Frau zu werden.

Mit dem kommenden Tag begann der Flug der Nachtigall. Noch am Vormittag erbat Bernard del Congost von Simon Lemaitre die Zustimmung zur Ehe, welche der Vater gern gewährte. Mehr um der Form zu genügen denn aus tatsächlicher Pflicht, fragte Bernard Raymond VI. um dessen Einverständnis zur Vermählung, die dieser erteilte; zudem ließ es sich der Graf von Toulouse nicht nehmen, persönlich für die Ausstattung der Braut, der Retterin der Stadt, aufzukommen und den Bund der Ehe zu bezeugen.

Mit all diesen Nachrichten weckte Bernard seine Geliebte in den frühen Vormittagsstunden. Leise zog sich Eleonore, die den Ritter am Hauseingang begrüßt hatte, zurück; wissend machten die drei Freundinnen um das Haus einen Bogen, obwohl sie neugierig waren und allzu gern gelauscht hätten, was in Isabelles Kammer gesprochen und getan werde. So hatten Bernard und Isabelle den Raum für sich; zwei schmale Fenster ließen Licht ein und das Tschilpen der Spatzen, die im wilden Wein, der an der Außenmauer emporrankte, nisteten; neben der schweren Truhe fand sich ein einfaches Spannbett, bei weitem nicht so breit und bequem wie jenes in Bernards Schlosskammer, aber Platz genug für zwei, die sich aneinander schmiegen. Isabelle, schlaftrunken, winkte ihren Helden ans Bett; die verhüllende Decke rutschte auf ihre Schenkel; sie saß im groben Leinenhemd da, das nachlässig über der Brust geschnürt war. Schwer und glänzend fielen ihre Haare über die Schultern. Ihre Augen waren noch nicht vom Tag geküsst und lagen groß in ihrem weichen Gesicht. Bernard verstummte vor Entzücken. Er kniete am Bettrand nieder und nahm ihre Hand. Zögernd flüsterte er die ersten Verse seines Gedichts, beinahe stotterte er im Takt seines klopfenden Herzens. So sehr er sich danach verzehrte, ihre Haut mit seinen Lippen zu liebkosen, strich doch nur der Hauch seines Atems über sie hinweg, weil er Vers an Vers reihte, Bekanntes und Neues mengte und mit zitternden Fingerkuppen ihren Körper entdeckte, den sie ihm willig überließ: Die Nachtigall sang den Nacken an und die Schultern, über die herab das Hemd fiel, besang den Rücken und die feingliedrigen Arme, hauchte ihr Liebeslied in die

Achselhöhlen, flötete die Seiten entlang zur Taille und tirilierte zu den Brüsten, weiß wie der Pic de Malcaras. Sie streifte das Hemd ab, lag nackt vor ihm.

»Wer erst Küsse sich nahm und nun das Übrige nicht nimmt, der hat verdient, dass er auch, was ihm gegeben, verliert«, zitierte Bernard, denn er kannte Ovid und geizte nicht mit seinem Odem.

* * *

Am Adriatischen Meer sang die Nachtigall ebenso. Dort brachte sie Schmerzen. Weit gespreizt die Schenkel, kniete mit bloßer Scham, vor Anstrengung stöhnend und keuchend, schwitzend und zitternd Juditha. In einer Hand hielt sie ein Bündel Kräuter, das sie quetschte und drückte, wenn der Schmerz in ihren Leib schoss und an dem sie roch in den kurzen Erholungspausen; mit der rechten Hand tastete sie die klaffende Scham ab und bemerkte die zunehmende Weitung des Muttermundes. Schon ließ sich ein zartes Büschel Haare ertasten. Pressen, drücken, schreien. Wieder dehnte sich die Pforte. Sie fühlte den Schmerz in ihrem weichen Fleisch. Weiß die Knöchel auf den Kräutern. Maria hilf geschrien. So wunderbar das Empfangen, so schmerzhaft das Gebären. Zum Zerreißen gespannt die geheimste Haut. Pressen, drücken, schreien. Es steckt fest wie der Pfropf im Schlauch. Blut. Überall Blut. Ein Stechen und Pochen, fast ein Knall; das Fleisch zerreißt. Ein Schwall ergießt sich auf die Decke. Dunkel, verklebt, mit blutigen Schlieren liegt es da, das Kindlein. Weiterpressen. Der Schmerz zieht sich in die hintersten Winkel des Körpers zurück, versteckt sich, wird überdeckt, ist vergessen. Glitschig und quallig flutscht der Mutterkuchen auf die Decke. Noch pulst die Nabelschnur; rasch ein Baststreifen herumgebunden, dann die Schere genommen und ein beherzter Schnitt. Das Wasserschaff steht bereit. Ein kurzer Griff an die Beine, kopfüber hängt der Säugling; ein Patsch auf den Po. Der erste Schrei. Baden im Schaff, einhüllen in Wolle, aufs Strohlager legen. Die Mutter muss sich selbst versorgen, wäscht die Scham; brennend kehrt der Schmerz zurück. Sie legt Pfefferminzblätter auf die gerissene Haut und einige saubere Stoffläppchen, zieht eine knappe Hose an. Gebenedeit ist die Frucht deines Leibes. Danke, Heilige Jungfrau, danke. Es ist ein Mädchen. »Du sollst Sophia heißen«, flüstert Juditha, während sie das zarte Wesen in die Arme nimmt. Sie knöpft ihr Hemd auf und nimmt die pralle Brust in die Hand. An einigen Stellen schimmern blaue Linien; dort pulst Leben. Zärtlich legt sie den Säugling an den Busen. Ein kleines Mündchen sperrt, winzige Lippen umschließen die Warze; die kleinen Backen blasen sich auf, fallen ein, blasen sich auf, fallen ein; heiß strömt es durch die Brust. Juditha atmet tief.

Auf
der Suche

Amaury de Montfort, Simons Sohn, versuchte die Reihen
der Belagerer neu zu ordnen und den Ring um Toulouse
wieder zu schließen, doch zu viele seiner Ritter zog es
zurück in die Île de France; so treu sie Simon de Montfort gedient
hatten, so wenig fühlten sie sich gegenüber seinem Sohn in der
Vasallenpflicht; den verbleibenden Söldnern, großteils Fußsoldaten, fehlte die Führung; nach wenigen Tagen, die zudem ge-
kennzeichnet waren von kleineren Scharmützeln, weil die okzitanischen Ritter an wespenstichartigen Ausfällen ihre helle Freude
hatten, brach Amaury die Belagerung ab und zog nach Lauragais.
Dort wollte er seine Kräfte sammeln und mit den Baronen Kriegsrat
halten.

Die Ritter des Südens kosteten ihren Triumph aus und steckten
voller Tatendrang. Jetzt, da die Okzitanier Toulouse besaßen, musste
der Geist weiter ausgreifen und das gesamte Midi erfassen; Garonne,
Lèze und Hers hinauf ebenso wie hinüber nach Castelnaudary und
weiter ins Carcassès sollten die *terrae linguae occitanae* zurückerobert
und die Franzosen mit Schimpf und Schande verjagt werden. In
Trupps von zehn bis fünfzehn Rittern griffen sie die Vorposten
Amaurys im Westen an, störten den Warenverkehr, warfen den
einen oder anderen Reiter aus dem Sattel, nahmen manche Ritter
gefangen und verlangten hohes Lösegeld oder belagerten abenteuer-
lustig eine Festung; es waren Nadelstiche gegen den jungen Grafen
von Carcassonne, die selten wehtaten, die aber Amaurys Macht
untergruben und sein Ansehen erschütterten. Der König zu Paris
hatte offenkundig das Interesse an den okzitanischen Landen ver-

loren, denn er schickte zunächst weder Nachschub noch Mittel und zunehmend stand Montforts Sohn allein auf weiter Flur.

Bernard genoss derweil seinen Heldenruhm und die Nähe der Geliebten. Bald nach dem Abzug der Franzosen hatte die Trauung stattgefunden und es war nicht der Bischof von Toulouse, der das Band knüpfte vor Gott, sondern Michel Roquebrun. Er hatte den *Pog* von Montségur kennen gelernt und dort bei manchen Aufbauarbeiten mitgeholfen, war aber nach Simon de Montforts Tod nach Toulouse gekommen und hatte – soll man es wirklich Zufall nennen? – an seinem ersten Abend Isabelle auf dem Marktplatz getroffen. Sie hatte ihm von ihrer Liebe erzählt und dem Wunsch nach der Ehe und bald hatten sie zu dritt ihre Gedanken darüber ausgetauscht. Bernard war erstaunt, dass die *guten Christen* teilweise die Ehe als schlimme Form der Hurerei sahen, weil diese sozusagen die geschlechtliche Begegnung in aller Öffentlichkeit unter dem Deckmantel des Erlaubten ermögliche. Isabelle und Bernard verunsicherte die harte Ablehnung des Geschlechtlichen, welche die *bonshommes* vertraten, und Roquebrun hatte Mühe, dem verliebten Paar klarzumachen, dass es in erster Linie um die Jungfräulichkeit der Seelen gehe und um eine besondere Keuschheit, die sich teuflischer Lust enthalte; an der Geschlechtlichkeit in der Ehe sei zur Zeugung von Nachkommen nichts Verwerfliches für allgemeine Menschen und von daher rate er sogar zur Ehe für Priester; nur die *Vollkommenen*, die mussten wahrhaft enthaltsam leben und über die fromme Askese noch hinauskommen zu einer eigentlichen Weltverachtung. Roquebrun stellte die Liebe zu Gott in den Vordergrund; auch Liebende konnten Gottesdienst leisten, wenn sie ihre Gefühle den Gedanken an Gott unterordneten; insofern befürwortete Roquebrun die Ehe und traute Bernard und Isabelle aufrichtig und mit reinem Gewissen. Isabelle aber sah jenen Satz des »Du-bist-eine-von-uns« auf eine wundersame Weise bestätigt und widerlegt zugleich; eine *parfaite* war sie nicht, aber als *croyante* mochte sie den *guten Christen* verbunden sein.

Bernard nahm die Beziehung zu den *bonshommes* bloß an der Oberfläche wahr und hatte geringes Interesse an Gesprächen über die rechte Art zu glauben, die gebührliche Lebensweise und all die Gebote und Gebräuche, die den frommen Leuten wichtig waren. Er nahm mit durchaus eitler Art am Hofleben teil und genoss seine herausgehobene Stellung, die ihm durch das weite Gemach zuteil wurde, das er als Ehrengast im Schloss nun mit seiner Gemahlin bewohnen durfte. Auch focht er zunächst in manchem Turnier mit Spaß und Erfolg. Später tauchte er ganz hinab in das Glück mit Isabelle. Er wollte nur noch in ihrer Nähe sein und wurde bald hinter vorgehaltener Hand *Erec* genannt wie jener Ritter der Tafelrunde, von dessen Häuslichkeit Chrétien de Troyes vor einem Menschenalter so trefflich geschrieben hatte. Hinreißend dichtete Bernard über die erfüllte Liebe, die in seinen Versen zum *amor purus* wurde trotz der letzten Erfüllung, die er in Isabelles Armen fand; und das häufig! Isabelle hungerte nach der körperlichen Vereinigung wie ein in den Bergen verirrter Wanderer, der endlich auf eine Herberge trifft, nach Labung und sie war unerschöpflich in ihrer Kraft, Liebe zu geben. Jedes Beisammensein lebte von Innigkeit und Leidenschaft und in jeder hingebenden Bewegung erfüllte Isabelle der Wunsch zu empfangen und erlebte sie ihre Liebe mit unbändiger Lebenslust. Kein Wunder, dass das auf Bernard wirkte und ihn von Woche zu Woche fester an die Heimstatt band. Bald gab er die Streifzüge mit den anderen Rittern auf; dann mied er die Turniere; schließlich sah man ihn nicht mehr in Rüstung und kaum noch auf dem Pferd. Das Schwert tauschte er mit der Laute und da seine Dichtkunst höfisch und wohlgelitten war, füllte er nach und nach die Stelle eines Hofdichters aus und reimte nach den Wünschen des jungen wie des alten Raymond. Während *Erec* aber durch schicksalhafte Verstrickung gedrängt wurde, hinauszureiten in die Welt und Abenteuer zu suchen, um seine Ritterlichkeit zu beweisen, beließen es die höfischen Männer bei sanftem Spott und brachten Isabelle nicht in die Lage einer *Enide*, im Gegenteil; Isabelle bewunderte ihren Helden der Dichtkunst mehr als den Helden des Schlachtfelds.

Früher als angenommen, nahte erneut die Gefahr, diesmal in Gestalt Ludwigs, des Königssohns. Ein Jahr nach Simon de Montforts Tod schickte der König den bestausgerüsteten Kreuzzug, der sich je auf den Weg nach Süden gemacht hatte. Zwanzig Bischöfe und dreißig Grafen begleiteten den Königssohn und beim Eintritt in das aufsässige Toulousain metzelten die Franzosen die gesamte Stadt Marmande nieder. Aber die Okzitanier ließen sich nicht einschüchtern. Gestärkt von den Erfolgen gegen Amaury, verteidigte der junge Raymond mit seinen Rittern die Stadt so erbittert gegen die anreitenden Belagerer, dass Ludwig nach vierzig Tagen seiner Kreuzzugspflicht Genüge getan sah und lieber zurück nach Paris zog. Jetzt stand Amaury de Montfort endgültig allein, jetzt legte Bernard die Lanze endgültig aus der Hand; die Gefahr war gebannt – umso mehr Triumphe galt es zu besingen.

* * *

In den vielen Stunden, die Bernard dem höfischen Leben im Schloss widmete, verließ Isabelle meist den Hof, den sie als steif und eingezwängt in die Regeln einer eng zusammengedrängt lebenden höfischen Gesellschaft empfand. Da saß sie lieber mit ihren Freundinnen auf der Stadtmauer oder, und das vertiefte sich allmählich, tauschte Gedanken aus mit Philipp Mazères. Der hatte am Tag von Isabelles Hochzeit durch Michel Roquebrun das *consolamentum* erhalten und war Isabelle durch diesen Umstand besonders verbunden; zudem hatte Roquebrun Isabelle dem jungen *Perfekten* ans Herz gelegt, ehe er auf den *Pog* von Montségur zurückgekehrt und wenige Wochen später verschieden war. Philipp hielt also die Verbindung zu Michel und Philipp war klug. Unterhalb des Nabels, pflegte er oft zu sagen, gibt es für Gläubige keine Sünde und damit entschuldigte er Isabelles Leidenschaft; die Entsagung der Welt sei Sache der *parfaits*. Allerdings müssten diese in ihrer Weltenthaltung viel weiter gehen, als lediglich enthaltsam zu sein in Fragen des sechsten Gebots. Alle Speisen, die durch Zeugung entstanden sind, habe der *Erwählte* zu meiden, dazu alles Berauschende, also vor allem den Wein. Im mythischen Kampf der abgefallenen Engel mit Gott ist das Fleisch entstanden und niemand wisse, ob nicht eine unerlöste Seele ein tierisches Dasein abbüße; daher sei das Fleisch zu meiden; ebenso verwerflich seien Käse, Eier und Milch. Fische dagegen entstünden nicht durch Zeugung, sondern seien unmittelbar dem Element des Wassers zugeordnet und dürfen daher verzehrt werden. Zudem bestand an vielerlei Festtagen ein vollkommenes Fastengebot. Und da Philipp nach diesen Regeln lebte, war seine Physiognomie von spindiger Schlankheit geprägt.

Nebeneinander gaben sie ein seltsames und belustigendes Bild; Isabelles Formen wurden zunehmend runder und weiblicher; sie stand in ihrem achtzehnten Lebensjahr und war beileibe kein Mädchen mehr. Neben Philipp, der als dürres Elend die Verkörperung der Askese schlechthin darstellte, wirkte Isabelle unverschämt lebensfroh. Der eine lehnte die Welt als Werk des Satans ab, die andere lobte Gott für seine Weisheit und zugleich insgeheim dafür, dass diese Weisheit die Erlaubnis für den Teufel einschloss, diese Welt zu erschaffen und zu erhalten. Überhaupt gerieten sie oft in Disput über die Frage, ob Gott Schöpfer der Welt sei, und letztlich blieb es bei dem bereits von Michel Roquebrun vorgebrachten Argument, dass der gute Gott, hätte er die Welt erschaffen, in ihr kein Leid zugelassen hätte.

Mit großem Eifer erzählte Philipp die Schöpfungsgeschichte, wie sie in der *Interrogatio Ioannis*, jener geheimen Schrift, welche bereits die ersten Christen Roms gekannt hatten, niedergeschrieben war: »Der Satan dachte sich aus, den Menschen zu seinen Diensten zu erschaffen, und nahm Lehm und machte den Menschen, ihm selbst ähnlich. Er befahl dem Engel des zweiten Himmels, in den Körper zu gehen, nahm ein Stück davon, machte die Gestalt der Frau und befahl dem Engel des ersten Himmels, in diese zu gehen. Dann befahl er ihnen, den fleischlichen Akt in diesen Lehmkörpern zu begehen; sie wussten aber nicht, wie man sündigt. Darauf setzte er die Menschen ins Paradies und befahl ihnen, nichts von allem zu essen. Dann schuf er aus seinem Auswurf die Schlange. Und er näherte sich den Engeln mit den Worten: Esst alle Früchte, die sich im Paradies finden, aber esst nicht die Frucht der Verderbnis. Darauf schlüpfte der gerissene Teufel in die böse Schlange und täuschte den Engel, der in der Gestalt einer Frau war, und verbreitete über seinem Kopf die Begierde der Sünde: und die Begierde Evas war wie eine heiße Glut. Und sogleich kam der Teufel in Gestalt der Schlange aus dem Schilf und trieb mit Hilfe des Schwanzes der Schlange seine Unzucht mit Eva. Deshalb heißen die Menschen nicht Kinder Gottes, sondern Kinder des Teufels und der Schlange, die bis an das Ende der Zeiten die teuflischen Werke ihres Vaters verrichten. Darauf verbreitete der Teufel seine Begierde über dem Kopf des Engels, der Adam war, und alle beide gaben sich in der Unzucht der Ausschweifung hin und zeugten Söhne des Satans, bis das Jahrhundert vollendet war.«

Philipp begeisterte sich für »*Das geheime Buch der Katharer*«, aber Isabelle blickte lange schweigend ins Leere.

»Entschuldige«, sagte sie schließlich zaghaft. »Deine Schöpfungsgeschichte entdeckt mir das letzte Geheimnis nicht. Die Worte klingen gekünstelt.«

»Wie meinst du das?«

»Mir fehlt das wahre Leben, die echte Art, wie einen Menschen die Lust überfällt und zur Unzucht treibt; wer immer diese Schöpfungsgeschichte schrieb, der hat nie geliebt.«

»Wie kannst du es wagen, so über eine heilige Schrift zu sprechen?«

»Verzeih, aber wenn ich in die Schwärze des tiefen Himmels blicke, in der Nacht ...« Sie hatte nicht den Mut, weiter zu sprechen oder gar von ihrem Traum zu erzählen.

»Schwärze der Nacht«, spottete Philipp.

»Es geht um wesentliche Fragen«, wehrte sich Isabelle. »Wir müssen uns wahrhaftig fragen, wo der Anfang liegt und warum und wer wir sind. Ich glaube nicht, dass Gott eine Schöpfung zuließ, die ohne den Teufel frei von Liebeslust war.«

Philipp schaute sie mit aufgerissenen Augen an: »Was du für Fragen stellst.«

»Ach ja«, entgegnete sie, »sie mögen ohne Demut sein. So stelle doch du die kleinen Fragen, die zu den großen führen.«

»Isa…«, wollte er aufbegehren, doch verschluckte er mit der Empörung den Rest ihres Namens, atmete vernehmlich und sagte dann: »Du hast Recht. Wir müssen im Kleinen beginnen.«

»Mit dem Einfachen«, bestärkte ihn Isabelle.

»Letztlich«, bemerkte Philipp nachdenklich, »nimmt alles von der Armut seinen Ausgangspunkt, in der Welt wie im Geiste.«

»Wie meinst du das?«

»Ich will nicht sein, um etwas zu sein, will nicht sein, um zu scheinen; mein Weg soll mich zu Gott führen und dazu bedarf es echter Weltentsagung und wahrer Askese, dazu bedarf es der Abkehr von Besitz. Jeder Besitz ist auf seine Art ein Festhalten an der Welt und damit ein Festhalten an Satan. Wie kann ein Bischof Verbindung zu Gott haben, wenn er sich in seiner Kathedrale dem Prunk hingibt, seine Kleider und Gemächer mit Gold und Edelsteinen schmückt und tagein, tagaus daran denkt, wie er seinen Reichtum vermittels des Zehnten mehren kann? Wie können solche Priester bei Gott sein, von denen es – wie von den römischen – zu Recht heißt, sie seien wie die Hühner: nie satt? Nein. Arm, bettelarm muss ich sein, will ich Gott erreichen.«

In Armut ein sündenfreies Leben in völliger Weltenthaltung zu führen war Philipps wesentliche Sittenlehre, wie er sie von Michel Roquebrun übernommen und von anderen *parfaits* gehört hatte. Anders als viele, vor allem in früheren Zeiten die *Bogomilen*, verstand Philipp in der Sünde nicht »eine selbständige Substanz oder einen Geist, der den Menschen das böse Tun eingibt«; nach der strengen Ansicht hätte ein *Vollkommener* nicht sündigen können und erläge er Satans Einflüsterungen, fiele er sofort aus dem Himmel. Nein, so sahen die *bonshommes* Okzitaniens die Sünde nicht. Die Seele eines gefallenen Engels kann im gegenwärtigen Erdenleben sündigen, bereuen und Buße tun.

Unsicher und tastend suchte Philipp seine Antworten; er fühlte sich trotz des *consolamentums* längst nicht in alle Geheimnisse eingeweiht; hilflos in vielen Dingen, rang er in vielen Fastenwochen um den Zugang zu Gott und sprach gar oft den Satz des Johannes: »Geht euren Weg als solche, die das Licht haben, damit euch die Finsternis nicht überwältige. Verbindet euch mit dem Licht, solange ihr es habt, damit ihr Söhne des Lichts werdet.«

In der Begegnung mit Philipp fand Isabelle zu einer neuen Ruhe, die ihr seit dem Weggang von Quéribus abhanden gekommen war. Wenn sie neben dem *Perfekten* saß und ihn beim Meditieren beobachtete, lernte sie Geduld und Demut; das tat mit fortschreitender Zeit not, denn ihr inneres Ungestüm brachte ihr manchen Zweifel und Schmerz. Schon waren knapp zwei Jahre vergangen, aber Isabelle hatte noch nicht empfangen. Während Madeleine ihren Sohn bereits am Händchen durch den Garten führte, Caroline einem Mädchen die Brust bot und Simone schwer an ihrer Schwangerschaf trug, blieb Isabelles Bauch flach wie ein Brett und nichts veränderte sich von Vollmond zu Vollmond.

»Ach Madeleine«, seufzte Isabelle, als sie eines Tages in der Stube der Freundin saß, »was wird mir das Herz schwer, wenn ich deinen Pierre sehe.«

»Gemach, gemach«, beschwichtigte Madeleine, »deine Zeit wird kommen.«

»Dein Trost hilft kaum gegen die Zweifel – weißt du, es ist, dass Bernard ...« Sie stockte, fand keine rechten Worte und blickte Madeleine mit feuchten Augen an.

»Stimmt etwas nicht?«

»Jeden Tag und jede Nacht ist er bei Hof, und wenn ich ihn spät empfange und umwerbe, ist seine Müdigkeit groß.«

Madeleine kicherte, erschrak, als sie Isabelles Tränen sah, und hielt sich die Hand vor den Mund.

»Oft falle ich über ihn her, kaum tritt er durch die Tür, wie die Katze über die Maus, schnurre ihn mit meiner Liebe voll – er nimmt mich matt in den Arm, haucht mir einen Kuss auf die Backe, wirft sich ins Bett, dreht sich zur Seite und schläft.«

Madeleine umarmte Isabelle. »Vielleicht bedrängst du ihn zu sehr«, flüsterte sie tröstend. »Ritter wollen die Burg stürmen, nicht selbst erobert werden. Du musst Geduld mit ihm haben, ihn mit versteckten Mitteln locken.«

Da war es wieder, das Zauberwort Geduld, das sie in die Nähe Philipps führte, der allein durch seine Anwesenheit eine Beruhigung von Isabelles Sinnen bewirkte. Gemeinsam stellten sie die kleinen Fragen und fanden schon darin einen Sinn des Lebens. Das nahm Isabelle allmählich die ängstigende Bedrängung, sie könne als Frau nur in der Empfängnis wahren Lebenssinn erfahren; und mit der Zeit nahm sie sich an als Weib ohne Mutterschaft, grämte sich nicht mehr wegen Bernards Müdigkeit, sondern fand in eine ruhige Freude hinein, die genoss, was war. Es war mehr als zuvor, denn Bernard wurde unbedrängt manchmal unverhofft munter und schenkte dann, wenngleich nur in besonderen Stunden, Isabelle ein erfüllendes Glück.

* * *

Den Pilgern im Heiligen Land erging es unterdessen wenig glücklich. Anno Domini 1217, im Oktober, hatte das Schicksal alle Wallfahrer im Zeichen des Kreuzes in Galiläa ans Ufer gespült, aber vergessen, ihnen eine einigende Losung mitzugeben. Könige, Fürsten und Prälaten bemühten im Kriegsrat das Wort, vergeblich warteten die Ritter auf die Tat. So richteten die Pilger im Zeichen des Kreuzes sich vor Akkon ein und lagerten in mehreren Zeltstädten in der Ebene. Die unentschlossene Ruhe nutzten Sebastian, Bixente

und Guillaume; in dem unübersichtlichen Gewirr suchten sie angestrengt nach Bernard und seinen Gefährten. Sie trafen auf Ritter
unterschiedlichster Völker; Iren und Walonen, Dänen und Sach-
sen, Franzosen, Spanier, Portugiesen, die Ungarn und Österreicher
nicht zu vergessen; alle brannten darauf, den Sarazenen zu zeigen,
auf wessen Seite Kraft und rechter Glaube standen, aber manchmal
schienen sie untereinander verfeindet wie mit den Moslems selbst.
Kunterbunte Zelte mit den fremdartigsten Wappen untermalten das
vielstimmige Sprachengewirr. Auf den Wegen und Plätzen drängten
Ritter, Knappen, Handwerker und Händler hin und her, scheinbar
ohne Sinn und Ziel, und doch wusste ein jeder, was und wohin er
wollte. Nur der Markttag brachte noch eine Steigerung. Bereits in
der Morgendämmerung bauten Bauern, Händler und Nomaden halbe Zelte auf aus schlichten weißen Stoffbahnen, breiteten Decken
auf die Erde und stellten ihr Angebot zur Schau. Von den Bauern
kam Gemüse, das hoch aufgeschichtet auf den Decken lag; rote und
weiße Rüben, Karotten, Tomaten, Gurken, Artischocken, Bohnen,
Auberginen, Zucchini, Kürbisse und manches mehr, was das Auge
erfreute; andere saßen vor Bergen von Datteln, deren Haut von
hellem Ocker bis hin zu dunkelstem Braun changierte, und die
Palmfrüchte unterschieden sich in der Süße und Saftigkeit genauso
wie im Charakter ihres Geschmacks; daneben bot ein vom Leben
zerknitterter Händler in groben Säcken Nüsse feil und Sebastian
mochte die Vielfalt kaum glauben, die er sah: Hasel-, Wal- und
Paranuss, Mandeln, Erdnüsse, Pistazien in unterschiedlichen
Größen und Qualitäten, manche geröstet, andere gesalzen und einige sogar noch halb grün. Ein Strauß von Düften wehte den stau-
nenden Pilgern bei den Gewürzhändlern in die Nase; neben den
reinen Gewürzen, wie Pfeffer, Kerbel, Zimt, Muskat, Thymian, Rosmarin, Oregano und wie sie sonst noch heißen, verbreiteten alle
möglichen Pulvermischungen ihre intensiven Aromen, bis die Nase
ebenso voll mit Reizen war wie Auge und Ohr. Dann gab es Reihen
mit Stoffhändlern, Kleider, Töpferwaren, Messer, Scheren und Zangen, jede erdenkliche Art von Ausrüstung konnte man kaufen,

selbst Streitkolben, Äxte und Schilde; die Metzger reihten ihre blutigen Waren auf und lockten die Fliegen an, ebenso wie die Esel, Pferde, Rinder und Kamele am daneben beginnenden Viehmarkt; und an der äußersten Ecke, jenseits der Kamele, gab es einige Sklaven zu ersteigern.

Sebastian und seine Freunde gingen und staunten, suchten und riefen, doch auf Bernard oder einen der Gefährten trafen sie nicht. Den wenigen Franzosen, die von Brindisi gekommen waren, hatte man unterschiedliche Lagerplätze zugeteilt; alles war ungeordnet und der eine wusste nichts vom anderen; niemand erinnerte sich an die fünf Ritter und fünf Knappen aus Okzitanien; Bernard und seine Gefährten blieben vom Erdboden verschluckt.

Weit über hundert Jahre lag es zurück, dass Abu 'l-'Ala al-Maari sich Gedanken machte über die Unterschiede der Menschen. Die Welt, schrieb er, ist in zwei Sekten unterteilt: in die mit Religion, aber ohne Verstand, und in die mit Verstand, aber ohne Religion. Sebastian, hätte er den arabischen Dichter gekannt, hätte ihm beigepflichtet. Stand der Kreuzzug wegen des Todes von Innozenz III. vor einem Jahr schon unter einem ungünstigen Stern, bewies sein Nachfolger Honorius weder Geschick noch Stehvermögen genug, die Sache auf halbwegs erfolgreiche Bahnen zu lenken; und seine beiden Kardinallegaten, Robert de Courson einerseits, besonders aber Pelagius von Albano, verhielten sich, als wollten sie Abu 'l-'Ala al-Maari unbedingt Recht geben. Schon die Feldherren der ersten Stunde unter Leopold und Andreas fanden zu keiner Einigung über die Ziele des Feldzuges und als der erste Elan verpufft war, kehrten Andreas von Ungarn und andere Edle dem Vorhaben im Heiligen Land den Rücken. Ein halbes Jahr verging und raubte den Rittern allmählich den Glauben an einen gerechten Kampf, als friesische und rheinländische Kreuzfahrer in Akkon einliefen. Sie waren kampferprobt und kriegslüstern; das steckte die müden Planer der Expedition an und der einberufene Kriegsrat beschloss, Damiette im Delta des Nils anzugreifen. Wäre erst das Machtzentrum in Ägypten besiegt, so der Plan, ließe sich Jerusalem umso leichter erobern, weshalb das christliche Heer Ende Mai des Jahres 1218 auf dem Westufer des Nils, unmittelbar gegenüber der wichtigen Hafenstadt Damiette, sein Feldlager aufschlug. Rasch sah jeder Ritter die Herausforderung, denn der stärkste Punkt der Festung Damiette war ein Kettenturm im Nil, von dem eine Sperrkette zum Ostufer lief; mit dieser über den Fluss gespannten Eisenkette konnte der gesamte Hafen vom Turm aus gesichert werden. Diesen Turm im Nil galt es zu erobern.

Sebastian und Guillaume wurden in eine Gruppe elsässischer Ritter aufgenommen, die sich gut auf Belagerungsmaschinen verstanden, während sich Bixente einer Horde rauflustiger Ritter aus den Bergen bei Avignon angeschlossen hatte. Die Fertigkeiten, welche die Colmarer Kämpfer bei der Bearbeitung von Holz und Seilen zeigten, beeindruckten Sebastian und mit Eifer und Geschick versuchte er, es den alten Kämpen gleichzutun. Rasch lernte er den Umgang mit Beil, Säge und Brecheisen und geradezu begierig nahm er an den Überlegungen zur Konstruktion einer Schleuder oder eines Belagerungsturms teil. Für den mitten im Fluss stehenden Kettenturm aber brauchte es ein anderes Mittel und sie sannen tagelang, wie dem Bollwerk beizukommen sei. Da hatte der Kölner Domscholaster Oliver eine Idee, welche die Elsässer begeistert aufgriffen. In mühseliger Arbeit verbanden sie zwei Koggen miteinander und errichteten vier Mastbäume darauf. Auf die Masten setzten sie eine Angriffsplattform wie bei einem Belagerungsturm. Darunter hängten sie an einer Reihe von Flaschenzügen eine Fallbrücke auf, die sie, wären sie erst nahe genug am Kettenturm, auf dessen Zinnen schwingen wollten. Sebastian, als das Ungetüm fertig gestellt war, staunte über das bedrohliche Aussehen und meinte, ein jeder müsse schon vom bloßen Hinsehen an Flucht denken.

Allein, so ängstlich waren die Mohammedaner nicht. Je näher die Sturmbrücke heranschaukelte, umso heftiger wehrten sich die Kämpfer auf dem Kettenturm. Mit Pfeil und Bogen schossen sie ebenso wie mit Armbrüsten. Verbittert gossen sie griechisches Feuer auf die Koggen, die in Brand gerieten und nur unter Aufbieten aller Kräfte gelöscht werden konnten. Während Sebastian auf der Kampfplattform seinerseits Pfeil nach Pfeil gegen die Ägypter schoss, sauste Guillaume auf Deck mit den Löscheimern hin und her. Von Minute zu Minute steigerte sich der Lärm, bis ein unvorstellbarer Krach jede Verständigung unmöglich machte. Pfeilhagel flogen nach hüben und drüben. Manchmal durchgellte ein spitzer Schrei das Getümmel; dann fiel wieder einer der Kämpfer in die Tiefe. Die Ruderer schoben mit letzter Kraft; das Belagerungsschiff krachte gegen den Kettenturm. Mehrere Ritter schwangen die Fallbrücke aus, Seile sirrten, die schwebende Plattform sauste auf die Turmspitze, klatschte auf die Zinnen – und blieb liegen. Schon sprangen die ersten Ritter auf die Brücke, stießen ihre Schwerter gegen die Verteidiger, jagten in rasender Wut die Sarazenen drei Stockwerke hinab und sicherten sodann ihre Herrschaft auf der Spitze des Turms.

Sebastian stürmte vorneweg in die Tiefe des Bauwerks und wollte die Feinde vollends überrennen, bis er an eine Pforte gelangte, die ein wendiger Sarazene verteidigte. Heftig drang der braunhäutige Fechter auf Sebastian ein, mehrfach wischte der Krummsäbel nur haarscharf an seinem Kopf vorbei. In dem beengten Raum innerhalb des Turmes konnte Sebastian mit seinem Schwert nicht ausholen und wurde zunehmend in eine lahme Verteidigung getrieben, wo er nur noch das Schwert hochreißen und als Abwehrstange einsetzen konnte, während der Sarazene in wuchtigen Kreisschlägen den Säbel schwungvoll führte. Unbehindert von schwerer Rüstung sprang der Verteidiger flink von hier nach da; schon brachte ein unvermittelter Ausfallschritt den ersten Erfolg, der Muselmann jagte die Spitze seiner Klinge in Sebastians Seite. Dieser knickte halb ein, während jener zu einem gewaltigen Hieb von oben herab auf den Fallenden ausholte; im letzten Augenblick riss Sebastian das Schwert nach oben; von der Wucht des Schlages brach der Säbel, und ehe der Sarazene zum Dolch greifen konnte, hatte sich der

Kreuzritter mit aller Kraft nach vorne geworfen und dem anderen das Schwert durch den Bauch gerammt. Jetzt krachte das Holztor innen zu; unter Einsatz seines Lebens hatte der Zusammengebrochene Sebastian so lange aufgehalten, bis die Sarazenen die Pforte hatten verriegeln können. Die Spitze des Turms gehörte den Christen, die Basis den Muselmanen.

Sebastian sah auf seinen blutüberströmten Gegner und einen Augenblick fühlte er Mitleid mit dem Ungläubigen; doch dann fühlte er seinen eigenen Schmerz so brennend in der Seite und durch den ganzen Leib, dass er nur noch Nebelschlieren sah und bewusstlos niedersank.

Einen Tag später kapitulierte die Besatzung des Turmes und die Kreuzfahrer kappten die Sperrkette über den Fluss, zerstörten die Brücke, welche den Turm mit der Festung Damiette verband, und erbauten einen schwimmenden Übergang zu ihrem eigenen Feldlager. Dieser Erfolg wurde in vielen Lagern der Kreuzritter mit Begeisterung besungen und in den Reihen der Sarazenen machte die Kunde von der Tapferkeit der Christen die Runde, und bekümmert über die Niederlage starb der Sultan der Aiyubiden.

Sebastian erlebte dies alles nicht mit; er lag in einem Lazarettzelt am Rande des Feldlagers und fieberte; ein Bader hatte die Wunde notdürftig versorgt und sich weiter nicht um den Verletzten gekümmert; zum Glück hatte Guillaume bemerkt, wie Sebastian weggebracht worden war; der Knappe pflegte den Schwerverwundeten und flößte ihm, so gut er eben konnte, Essen und Trinken ein. In Sebastians Seite klaffte eine breite Wunde, die nicht heilen wollte; schmierig nässten die Wundränder, aus der fleischigen Furche troff Eiter und mehr und mehr überzog sich die Wundfläche mit einer gelblich-grünen Schmiere, die ekelerregend roch; rund um die Wunde zeigten sich rote Flecken; Sebastians Fieber stieg; weder Wadenwickel noch kühle Brusttücher halfen. Der Kranke schüttelte sich in Träumen und Krämpfen. Guillaume schickte nach einem Priester, aber weit und breit war kein Geistlicher aufzutreiben. Guillaume spürte Trauer aufsteigen; verzweifelt kämpfte er die Tränen nieder. Er mochte das Sterben seines Herrn und Freundes nicht mit ansehen und irrte durchs Lager. Am Rande traf er auf einen kleinen Markt, wo Ritter, Knappen und Söldner mit Bauern und Nomaden regen Handel trieben. Unter einer schmutzigen Stoffbahn saß ein alter Mann im Halbschatten; vor ihm auf der Decke lagen allerlei Kräuter in kleinen Säckchen, daneben getrocknete Eidechsen, Ratten und Igel sowie einige verdorrte Schlangen, Skorpione und Chamäleons. In einem Krug wimmelte es von weißen Maden, in einem anderen krochen Blutegel und auf dem Grund eines dritten ringelten sich winzige schwarze Schlangen. Guillaume blieb stehen und starrte den Alten an. Der blickte fragend zurück. Schließlich fasste sich der Knappe ein Herz und fragte den Alten, ob er ein Heiler sei. Dieser nickte.

»Mein Herr liegt im Sterben«, sagte Guillaume. »Er zergeht an einer Wunde im Bauchfleisch. Könntest du ihn dir ansehen?«

Ohne ein Wort stand der Alte auf und begleitete Guillaume ans Krankenlager. Lange betrachtete er die schmierige, stinkende Wunde. An Sebastians Stirn fühlte er die Art des Schweißes und kostete einen Tropfen mit der Zunge, an seinem Hals prüfte er den Schlag und die Kraft des Herzens. Er drehte sich wortlos um, gab Guillaume ein gebieterisches Zeichen, am Krankenbett zu bleiben, und verließ das Zelt. Als er zurückkam, trug er den Topf mit den Maden bei sich, legte eine Handvoll des weißen Gewürms auf die Wunde, verteilte die ekeligen Würmer auf der gesamten Wundfläche und bemerkte: »Die Maden bleiben drei Tage; dann komme ich wieder; wenn dein Herr noch lebt, wird er gesunden.«

Sebastian lief durch endlose Weiten; mühsam arbeitete er sich voran, denn tief sank er in den Schnee ein, der das Land bedeckte; bis zu den Lenden reichte der Schnee, oft bis zum Bauch, manchmal sogar bis zur Brust; das drückte auf die Atmung, verzögerte jeden Schritt, brannte in den Beinen wegen der Kraft, die für jedes Anheben nötig war; dichter Nebel hüllte alles ein, vielfach schneite es; eine leise Welt war dies, eingestäubt im winterlichen Element; keine Menschenseele fand sich in der Nähe, nicht einmal ein Pferd oder wenigstens ein Hund; und wenn es in der Nacht aufklarte, vermeinte Sebastian eine grundlose Tiefe im Himmel zu erkennen, die ihn noch mehr ängstigte als die Blindheit bei dichtem Nebel. Kalt saß die Furcht in seinem Herzen, kalt und unnahbar fühlten sich seine Träume an. Kein Kampf, kein Schwertergeklirr, kein Krachen vom Lanzenstechen, kein Schlachtengebrüll, kein Feuerknistern oder gar Flammenlodern; nichts von alledem, was sich Sebastian vorgestellt hatte für die Zeitspanne vor dem Sterben. Nicht hart und lärmend näherte sich der Tod, sondern weich und ruhig. Dieser Tod forderte nicht zum Widerstand heraus, nein, er lullte ein, er lähmte jede Gegenwehr; beinahe, als stürbe es sich gern; in seinen Träumen legte sich Sebastian in den Schnee, gähnte und wartete. Schon fielen ihm die Augen zu. Sein Körper wurde zugeschneit, Nachtschwärze dämmerte herauf. Da näherte sich ein weißer Fleck. Für einen Moment nur, aber immerhin, sah Sebastian das Gesicht von Juditha, streckte die Arme aus und sagte ganz laut: »Ja!«

Made für Made zupfte der Alte von Sebastians Leiste; darunter kamen glänzende Stellen dünner neuer Haut zum Vorschein sowie einige blutige Fleischflächen, wie wenn man sich frisch geschnitten hat; die Wunde schien gerade geschlagen zu sein und im Zustand rapider Heilung. Den gesamten schmierigen Belag hatten die Würmer weggefressen, nichts stank mehr; fett wie sie nun waren, hatten sie ihre Schuldigkeit getan. Der Alte brummte zufrieden, während er das weiße Gewürm abklaubte und in den Topf legte; zärtlich, er tat es beinahe zärtlich. Die letzte Made wehrte sich gegen das Abziehen, schlug ihre winzigen Kauwerkzeuge in einen Fetzen Haut und im Abheben riss der Wurm eine pünktchengroße Wunde.

»Ja«, schrie Sebastian und erwachte. Der Alte lächelte. Während der Verletzte sich verwundert die Augen rieb, weil er sich noch in der Schneewüste wähnte, tupfte der Heiler die Wunde mit einem wohlriechenden Öl ab, legte Kräuterblätter darauf und umwickelte alles mit dünnem Stoff.

* * *

Ungefähr zur gleichen Zeit packte Juditha ein Bündel mit ihren wichtigsten Habseligkeiten, steckte alle Kräuter in ihren Weidenkorb und band sich Sophia mit einem Tuch auf den Bauch. Wochenlang hatte sie das Dasein ihres Säuglings vor allen im Dorf geheim gehalten, jetzt spürte sie eine Bedrohung heranwachsen, die in einer möglichen Entdeckung liegen mochte. Marotta, das sagte ihr ein dumpfes Gefühl, war zu klein für sie und sie erinnerte sich der Worte eines durchziehenden *Venenschlagers*, der in Umbrien und den Marken für seine Kunst des Aderlasses gerühmt worden war, wonach in den Städten Venetiens für gute Heiler stets einträglich Platz sei. So kam sie zunächst nach Ravenna und traf dort, da sie einen Edelmann geheilt hatte, mit einem Medicus zusammen, der sich der Kräuterweisheit nicht verschloss, sondern im Gegenteil Juditha gern als seine Helferin annahm. So, wie sie ihm eine Vielzahl ihrer Heilkniffe verriet, unterwies Fabricio Ciabatta sie in der Krankheitslehre und sie wurde eine Meisterin der vier Säfte, als da waren rote Galle, Blut, Schleim und schwarze Galle. Diese Säfte entsprachen Feuer, Luft, Wasser und Erde und standen in Verbindung zu den Jahreszeiten, den Tageszeiten, den Lebensaltern und den Himmelsrichtungen. Von den Säften hieß es, das Blut sei feucht und warm, der Schleim kalt und feucht, die rote Galle warm und trocken und die schwarze Galle trocken und kalt.

»Also ist«, stand in einer gescheiten Schrift, »das Blut von Natur aus bitter, der Schleim salzig und süß, die rote Galle herb, die schwarze Galle stark und scharf. Bei den Kindern herrscht die rote Galle im Blut vor, bei den Jugendlichen die schwarze Galle, im reifen Alter das Blut, im Greisenalter der Schleim. Und während des Frühjahrs, des Sommers, des Herbstes und Winters herrschen die Säfte auf mannigfache Weise durch ihre Mischungen.«

So wurde dem Frühling überschießendes Blut zugestanden, der Sommer zeichnete sich durch rote Galle aus; im Winter regierte der Schleim und im Herbst die schwarze Galle.

Juditha lernte die Lehre der Säfte schnell und wusste gut, dass jeder Mensch aus der Vermischung aller Grundsäfte seinen ganz eigenen Saft in sich trug, der letztlich sein Temperament bestimmte, und wenn diese Mischung ausgewogen war, bedeutete das Gesundheit. Krankheit zeigte sich demzufolge, wenn die Mischung gestört war, was wiederum auf zwei Ursachen beruhen mochte: Zum einen konnte ein Saft im Überfluss vorhanden, zum anderen konnten die verschiedenen Säfte verdorben sein. Wichtig war nun aus der Sicht des Medicus, dass die schädlichen Säfte aus dem Körper entfernt und die guten Anteile angeregt wurden, ihre Kräfte hin auf eine ausgewogene Mischung einzusetzen. Daher lernte Juditha bei Fabricio Ciabatta die Kunst des Aderlassens und kannte bald alle dreißig Stellen, an denen die Blutentleerung durchgeführt werden konnte. Dieses Wissen ergänzte ihre bisherigen Kenntnisse auf eine wunderbare Weise. Juditha half Kranken, die von jedem Bader, Medicus und sogar *Physicus* bereits Gott anempfohlen waren, und ihr Ruf zog weite Kreise, bis sie nach knapp zwei Jahren zu den Baronen d'Este nach Ferrara gerufen wurde. Die Mutter des Barons, Beatrice d'Este, eine unmittelbare Nachfahrin jenes Azzo II., welcher König Heinrich IV. nach Canossa begleitet hatte, und der Prinzessin Kunizza, der Tochter Herzog Welfs, lag mit schmerzhaften Knoten darnieder und niemand hatte ihr bisher helfen können. Juditha erhielt den Auftrag, zu heilen oder wenigstens zu lindern, und besah sich die Sieche eindringlich. Ob die Dame gern Wein genossen habe, fragte sie, als sie das mit vielen Poren durchsetzte weiche Fleisch der Kranken betastete. O ja, lautete die Antwort, mit nichts denn mit reichlich Rotwein könne man der Mutter des Hauses so viel Freude bereiten. Da wusste Juditha, dass infolge des Weines die schlechten Säfte, die in der Adligen waren, in die

Glieder gefahren waren und diese mit ihren Brandpfeilen zerstört hatten; die Dame hatte *Gutta*, auch »der Tropfen« genannt und anderenorts mit dem Namen Gicht bezeichnet. Juditha wählte aus den geeigneten Stellen eine in der Armbeuge aus und schnitt, während die Fürstin sitzen musste, mit ihrem scharfen Messer in Fleisch und Ader hinein. Durch diesen Schnitt, so glaubte Juditha und so schrieb es Hildegard von Bingen, »erleidet das Blut, wie durch einen plötzlichen Schrecken, eine Erschütterung, und was dann zuerst zutage kommt, ist Blut; das faulige und zersetzte Blut fließt aber gleichzeitig mit ab. Daher kommt es, dass das, was jetzt ausfließt, verschieden gefärbt ist, weil es aus Fäulnis und Blut besteht.« Den Arm umschnürte eine Binde, in der Hand hielt die alte Frau einen Stab krampfhaft umklammert. In einem festen Strahl spritzte das Blut in den hingehaltenen Topf, wo Juditha anschließend das Blut nach Farbe, Gerinnung und Geschmack untersuchte. *Gutta*, ohne Zweifel; Juditha verordnete klares Wasser zum Trinken, nahm beinahe das gesamte Essen weg und linderte das Fasten durch regelmäßige Gaben verschiedener Kräuter. Binnen dreier Wochen gingen die Lähmungen zurück und konnte Beatrice d'Este ihre Arme bewegen; weitere drei Wochen später schrumpften die Knoten in den Fingern und lösten sich die Schmerzen, sodass die Dame wieder ein angemessenes Leben führen konnte, wenngleich unter Verzicht auf Wein und fettes Essen. So dankbar war die Fürstin, dass sie Juditha in einer großherzigen Anwandlung einen Palazzo schenkte nahe des nördlichen Stadttores. Daran war die Bedingung geknüpft, lebenslang von ihr umsorgt zu werden. Diese Bedingung erfüllte Juditha gern.

Zu Ferrara sprach sich Judithas Heilkunst wie ein Lauffeuer herum und innerhalb kurzer Zeit konnte sie sich vor Nachfragen kaum retten und erhielt für jede Behandlung stattlicheren Lohn als mancher Medicus. Von diesem Verdienst konnte sie Dienerinnen und Lakaien bezahlen, welche den Haushalt versorgten. Auch eine Amme nahm sie ins Haus, die Sophia hegte, während Juditha bei Kranken und Gebrechlichen weilte; doch sorgte sie zu anderen Zeiten so gut sie konnte selbst für das Kind. Sophia aber wuchs heran und zeigte in mancher Regung ihres Geistes wie auch in der Form des Kopfes, des Mundes und vor allem der Nase eine zunehmende Ähnlichkeit mit ihrem Vater.

* * *

Binnen zweier Wochen war Sebastian von seiner schweren Verletzung genesen und kaum gesund, nahm er Anteil an den Versuchen der Katholischen, Damiette einzunehmen. Vergeblich stürmten die Christen gegen das Sarazenenlager am Ostufer des Nil, welches Damiette davor schützte, umzingelt zu werden. Als im Herbst die beiden Kardinallegaten Robert de Courson und Pelagius von Albano im Heerlager eintrafen, übte Sebastian bereits mit dem Schwert. Und nachdem Robert de Courson gestorben war und Pelagius in seiner herrischen und sturen Art versuchte, die Kriegsführung an sich zu reißen, war Sebastian wieder im Vollbesitz seiner Kräfte. In den Geplänkeln des Herbstes und frühen Winters machte er weitere Schlachterfahrungen und als im Februar des Jahres 1219 Pelagius in der für ihn typischen Beharrlichkeit die Führung im Sturm auf das Sarazenenlager übernahm, kämpfte Sebastian Seite an Seite mit den Elsässer Gefährten. Ob Zwietracht in den eigenen Reihen oder das brüllende Siegesbewusstsein der Kreuzritter den Ausschlag gaben, blieb Sebastian verborgen; jedenfalls floh der neue Sultan kopflos aus seinem Lager, überließ dieses dem Legaten und dessen tobenden Truppen und suchte das Weite. Pelagius ließ Damiette von den Pilgern umstellen und wähnte sich als Sieger, weshalb er die Friedensangebote der Sarazenen ablehnte und bis in den hohen Sommer hinein die Muselmanen das Fürchten lehrte. Nochmals sprach Sultan al-Kamil ein Friedensangebot aus, das die Christen in eine machtvolle Lage gebracht hätte; aber Pelagius, geblendet von den bisherigen Erfolgen, vermeinte alles ausschlagen und aufs Ganze gehen zu können. Zwar ließ der Legat, als die Belagerung nicht recht vorangehen mochte, Franz von Assisi zu den

Muselmanen, um diese zu bekehren, aber eigentlich glaubte er nur an den Sieg der Waffen und zunächst schien er Recht zu behalten. Bald kam die Gelegenheit, endgültig dreinzuschlagen. Anfang November dieses denkwürdigen Jahres 1219 fanden die Wallfahrer einige Abschnitte der Stadtmauer unbesetzt, preschten hinein und nahmen die Festung beinahe ohne Gegenwehr. Die Kreuzritter jubelten und wüteten unter den Menschen; gemordet, vertrieben, versklavt wurden die Einwohner der geschundenen Stadt; nur die Kinder, die errettete Gott durch die Taufe.

Sebastian schloss die Augen, als er gewahr werden musste, wie die Ritter dreinschlugen gegen Wehrlose. Unritterlich und unchristlich, als führe ihnen der Teufel selbst die Hand, meuchelten und quälten die Eroberer Männer und Frauen. Das mochte Sebastian nicht mit ansehen; immerzu musste er an den alten Heiler denken, der ihn behandelt und ihm das Leben gerettet hatte, ohne danach zu fragen, ob sein Patient an Allah oder den Christengott glaubte. Er verließ die Stadt, kehrte dem Heerlager den Rücken und ritt mit einigen Franzosen nach Akkon in der Hoffnung, von hier aus bald zur Eroberung Jerusalems aufbrechen zu können. So wurde er wenigstens nicht Zeuge des Scheiterns, in das ein starrköpfiger Legat wenig später das Heer führte.

Anno Domini 1221; es war November geworden. Wochenlang hatten Sebastian und Guillaume nach Bixente gesucht; doch dieser blieb vom Erdboden verschwunden. Als sie nach Akkon zurückkehrten, ließen sie die Köpfe hängen: Sie hatten alle Gefährten verloren und weder Jerusalem gesehen noch irgendetwas erreicht. Heimweh plagte sie. Nach über vier Jahren im Heiligen Land, nach Kampf, Belagerung und rohem Ritterdienst sehnten sich ihre Seelen nach den schönen Seiten des Lebens. Jerusalem verlor seine Faszination; stattdessen wurde Juditha ein Wort voll magischer Anziehung. Sebastian musste zurück nach Italien; Marotta zog ihn an wie der Honig den Bären. Heftig pochte sein Herz. Kurz entschlossen machten sie sich auf den Weg und nahmen trotz der winterlichen Stürme, die über die See jagten, die Gelegenheit zur Überfahrt wahr, welche ein venezianisches Handelsschiff bot.

* * *

Burg nach Burg, Dorf nach Dorf, Grafschaft nach Grafschaft wurde von den Okzitaniern zurückerobert und grauenvoll nahmen sie Rache an den Besatzern. Nicht nur in Lavaur, auch anderswo metzelten sie die französischen Garnisonen nieder, quälten die Männer und schändeten die Leichen. Ende des Jahres 1221 war Amaury de Montfort auf das Carcassès und Languedoc zurückgedrängt worden. An Raymonds Hof hallten die Heldenlieder und kaum ein Ritter im Gefolge, der nicht mehrere erfolgreiche Gefechte vorzuweisen hatte – außer Bernard del Congost. Manche hielten es für einen Jammer, was aus dem streitbaren Geist von Saintes-Maries geworden war, und immer lauter hörte man, ging Bernard vorbei, ein spöttisches »Erec« flüstern. Zu allem Unglück widmete er seiner Dichtkunst kaum mehr Zeit. Seine Lieder wurden langweilig. Er versprühte den Frohsinn früherer Tage nur noch bei langen Zechgelagen und es hieß, er spreche dem Wein bald mehr zu als seiner Frau.

Bernard wusste um seine Lage. Veränderung tat Not, aber jede Änderung schmerzt, und so schob er die Entscheidung auf und lief vor der Notwendigkeit, mit den Gefährten in die Schlacht zu ziehen, davon. Doch nun wollte Jean Cantmerle mit einer Handvoll wagemutiger Ritter darangehen, die Besitzungen von Saint-Gilles und Saintes-Maries aus den französischen Klauen zu befreien; Bernard musste Farbe bekennen.

»Wir tragen dir an, uns zu führen, wie wir es unserem Treueid schuldig sind«, sprach Jean eindringlich, als sie im Rittersaal zusammensaßen und Kriegsrat hielten. »Wenn du ablehnst, gehen wir ohne dich.«

»Falls wir siegen«, ergänzte Gerard Groult, »nehmen wir die Herrschaft für uns; du müsstest deine Ansprüche aufgeben.«

»Das ist recht und billig«, murmelten drei weitere Ritter. Alle sahen Bernard gespannt an. An seiner linken Schläfe zuckte es. Eng zog er die Augenbrauen nach innen, eine steile Falte erschien über seiner Nasenwurzel. Er atmete tief durch. Dann nickte er.

Nach der Absprache über den Feldzug verließ Bernard das Schloss und schlenderte durch die engen Gassen der Stadt. Es war lange her, dass er den lebhaften Betrieb wahrgenommen hatte. Er sog die bunten Bilder der Menschen in sich auf; Marktweiber, Gaukler, Dirnen, Pfaffen, Händler, Handwerker, Prediger, Bettler, Mägde und Knechte liefen und riefen wirr durcheinander, fast glich Toulouse einem Bienenstock. Vor dem Portal von Saint Sernin lagerten Jakobspilger und tauschten gestikulierend ihre Erfahrungen aus; aber auch Bauernfänger, Säckelschneider und Landstreicher lungerten herum. Auf dem Marktplatz war die rote Fahne gesteckt, die allen Händlern das Marktrecht gab. Krambuden standen neben Tischen und Ständen, überall wurde gewühlt, angefasst, gefeilscht, gezetert und gelacht. Während Bernard noch das Leinen eines Tuchmachers prüfend durch die Finger gleiten ließ, schlug einige Schritte neben ihm ein Luftikus das Rad. Viele Leute glotzten und klatschten. Als ein verwachsener Alter auf seinen Vogelkäfig aufmerksam machte, johlte das Volk. Der Vogel könne lachen auf Befehl, verspricht der Spaßvogel, und tatsächlich: »Zeig dich, Jean-Batist, und lache!«, verlangt der Alte; schon tritt ein bunter Vogel vor, neigt den Kopf zur Erde, erhebt ihn wieder und lacht aus Leibeskräften wohl an die drei Minuten. Als er verstummt und aufgefordert wird, weiter zu lachen, wackelt er mit dem Kopf und kiekst: »Nein, nein, nein!« Die Zuschauer applaudieren und kommen aus dem Staunen nicht heraus. Bernard schlendert weiter und gelangt zum Stadttor. Im Gedränge spähen die Torwächter in jeden ein und aus fahrenden Wagen. Unbehelligt gelangt Bernard hinaus. Er wendet sich nach Osten, dem Schloss zu, geht daran entlang und gelangt zu jenem Mauerabschnitt, den Isabelle mit ihren Freundinnen verteidigt hatte. Ein Felsrücken spitzt aus der Erde. Bernard setzt sich nieder und betrachtet die Schicksalswand. Was wäre gewesen, wenn Isabelle nicht dort oben gestanden wäre und den Stein geschleudert hätte? Wäre ihr Leben anders verlaufen? Und seines?

Hier, an diesem Ort, hatte Gott ihr Geschick gefügt und es war gut. Tief ging seine Liebe zu Isabelle, nur in ihrer Gegenwart fand er die Erfüllung. Er spürte ein Brennen in Brust und Kehle. Die Trennung von Isabelle nahm ihm den Atem, wenn er nur daran dachte. Wie würde sie die Nachricht aufnehmen? Er hatte Angst, ihr gegenüberzutreten; nein, er konnte es ihr nicht sagen; diese Nachricht müsste ein anderer überbringen oder er würde schwach und sein Wort zurücknehmen. Das durfte nicht sein. Ein Mann muss einstehen für sein Wort und den Gefährten die Treue halten. Zudem wusste Bernard, dass es höchste Zeit war, aus dem höfischen Leben auszubrechen und sich frei zu machen von falscher Häuslichkeit. Insgeheim schämte er sich, besonders, seit er vor einigen Tagen jenem Freudenmädchen beigewohnt hatte, das Jean ins Schloss gefolgt war. Rothaarig lüstern mit üppigen Brüsten hatte sie ihn aufgestachelt, seine wildesten Vorstellungen preiszugeben; dann neckte sie ihn auf eine gemeine, schmutzige Weise. Seltsam, aber genau das erregte ihn. Sie gebrauchte Worte, die seiner Zunge fremd waren, und verführte ihn, verwegene Pfade zu beschreiten. Als sie weinselig neben ihn zu sitzen kam im zwielichtigen Saal, vergrub sie ihre Hand in seiner Hose; wie wenn man zwei Steine zusammenschlägt, dass es funkt, schnellte seine Männlichkeit in ihre geübten Finger; im letzten Augenblick hielt sie inne; kein Wunder, dass er sich aus dem Saal stahl und draußen mit ihr in eine abgelegene Kammer zog. Danach hatte er sich schäbig gefühlt, aber erleichtert. Jetzt, im Anblick der Schicksalsmauer, schämte er sich.

Die Vorbereitungen der Ritter nahmen mehrere Tage in Anspruch. Bernard mied Isabelle und verschwieg die Pläne. Statt mit Isabelle zu reden, schrieb er einen Brief und sein Testament. Er war schwermütig und steckte doch voller Tatendrang; dieser Widerspruch beunruhigte ihn; manchmal kam er sich selbst fremd vor. Einmal zerriss ihm die Trennung fast das Herz, ein andermal machte ihn die Freiheit fröhlich. Ein Narr, der da denkt, das könne nicht sein; aber, dachte Bernard nachdenklich, es ist schwer auszuhalten.

Am Vorabend der Abreise blieb Bernard bis tief in die Nacht reglos auf der Felsrippe vor der Schicksalsmauer sitzen, ehe er zurückkehrte ins Haus und leise in Isabelles Kammer schlich. Seine Geliebte atmete sanft und gleichmäßig; sie schlief tief. Mit Tränen in den Augen hauchte er ihr einen Kuss auf die Wange und ging hinaus.

Sie ritten früh, nahmen den Weg über Mirepoix und Lavelanet, Puivert, Quillan und Quéribus, wo sich ihnen jeweils Reiter anschlossen, zogen quer durchs Corbières, schlugen einen Bogen um Narbonne und Béziers und gelangten unbehelligt bis hinter Montpellier, wo sie einige Tage Rast einlegten, die Pferde versorgten und Bauern als Fußsoldaten anwarben. Dann ritten sie nach Saint-Gilles und vor den Toren der Pilgerstadt wurden sie von den Franzosen erwartet. Offen die Schlacht, kämpften die Ritter bis zum bitteren Ende. Übersät mit zersplitterten Lanzen das Feld, die Erde getränkt vom Blut der Toten; Gnade gab es keine, wer darniederlag, wurde erschlagen; groß war der Hass der Okzitanier, die Franzosen standen mit dem Rücken zur Wand; am Ende lebte kein königlicher Kämpfer mehr, und als Bernard mit den ihm verbliebenen Gefährten auf die Basilika des heiligen Ägidius zuritt, klatschte das Volk im Takt der Hufe. Es war erhebend, auf die Schauwand der Kirche zuzureiten, jenes Tor zur *Via Tolosana*, das jedem Pilger ein erhabenes Gefühl vermittelt. Strahlend steht sie da, die Schicksalswand, die kaum fertig gestellt bereits die erste Demütigung des Südens erlebte, als Raymond VI. im Jahr 1209 nur mit Hemd und Hose angetan wie ein armer Bettelmann Reue zeigte wegen der Ermordung des päpstlichen Legaten. Vergangenheit und Gegenwart trafen sich hier und einen Augenblick durchzuckte Bernard der Gedanke, es könne sich in dem mächtigen Fries das Schicksal seiner Heimat spiegeln. War da nicht eine Kampfansage an die *guten Christen*, dass Jesus einzog in Jerusalem im glänzenden Stein? Kein *bonhomme* mag täglich das Abendmahl sehen und den Judas-Kuss und die ganze Beschwörung der Auferstehung des Herrn, vor allem aber nicht die Kreuzigung Christi im Tympanon als Kernstück des Glaubens, denn der *gute Christ* verachtet die Weltlichkeit des Kreuzes. Wie sehr hat bereits vor hundert Jahren die Kirche den *Erwählten* Pierre de Bruys geschunden, der wie ein Apostel barfüßig und langbärtig umherzog und vor dem Volk predigte; ein Mönch hetzte die Menschen auf gegen den Asketen und rasender Mob türmte einen Scheiterhaufen und warf Pierre in die Flammen. An gleicher Stelle verherrlicht die Kirche das von Pierre geschmähte Marterholz als Heilsmittel des guten Glaubens, gerade so, als wollten die Pfaffen und Prälaten den Märtyrer noch im Tode verspotten. Allenthalben kriechen Lemuren um die Stätten des Heils; Erzengel kämpfen mit teuflischen Streitern und schirmen die Apostel, als gelte es, alle *parfaits* auszurotten; das war ja Ziel des Kreuzzuges, den Simon de Montfort so blutig geführt hatte. Was für eine Genugtuung, diesen Ort jetzt im Geiste des Südens und im Geiste der *guten Christen* erobert zu haben. Köstlich schmeckte dieser Sieg und schon lag die Freiheit von Saintes-Maries-de-la-Mer greifbar nahe.

* * *

Angerührt von einer leisen Trauer über die nach wie vor ausbleibende Empfängnis, blieb Isabelle die Veränderung Bernards nicht verborgen und wie gelenkt von einer geheimen Macht, suchte sie am Vorabend von Bernards Aufbruch jene Stelle an der Wehrmauer auf, an der sie Geschichte geschrieben hatte. Im Osten lag der Horizont dunkel und ein dämmernder Himmel tauchte das ehemalige Schlachtfeld in ein fahles Licht. In der Luft lag der Geruch aufgebrochener Erde und kecker Pflanzen; Frühlingsknotenblumen und Märzenbecher legten weite Teppiche, vielfach brachen die samtigen Weidenkätzchen auf und schüttelten ihren Blütenstaub aus. Es roch nach Aufbruch und neuer Zeit, und während Isabelle sinnend die Luft einsog, sah sie vor der Mauer einen Mann auf einer Felsrippe sitzen. Sie musste nicht lange rätseln, um ihn zu erkennen, stellte sich schräg hinter eine Zinne und beobachtete Bernard. Er saß da und seine Schultern zuckten; beinahe unmerklich, aber Isabelle blieb es nicht verborgen. Sie wusste, Bernard weinte. Also war wahr, was Madeleine aufgeschnappt hatte: Die Ritter von Saintes-Maries rüsteten zum Aufbruch und zur Eroberung ihrer Heimat. Das war gut. Nur so mochte Bernard wieder zu sich finden und – hier lächelte Isabelle – sie würde sich freuen, Bernards Haus kennen zu lernen.

Über eine Stunde betrachtete Isabelle ihren weinenden Geliebten. Ihr Herz wurde froh, denn sie wusste, dass er sie liebte. Was für ein Geschenk, dachte Isabelle und suchte den Himmel ab; könnte sich Gott nicht zu erkennen geben, ganz kurz nur, aber wenigstens für einen winzigen Augenblick? Sie würde ihm gern in die Augen sehen, wenn sie ihm dankte.

Unglück und Leid fielen von ihr ab; es gab kein Verlangen mehr, seine Kraft in sich aufzunehmen, keine Ungeduld mehr wegen einer Empfängnis; eine sanfte Ruhe umfing sie, hüllte sie ein und gab ihr Geborgenheit; die Beschädigungen der letzten Monate und Jahre heilten, nichts spürte sie mehr von Wut, Zorn und Enttäuschung, ja, sie fühlte sich wieder als die Jungfrau, die sehnsüchtig und unwissend auf ihren Geliebten wartet. Leib und Seele vereinigten sich. Ihre Liebe stand unversehrt im Raum und Isabelle spürte dies so klar und deutlich, wie sie zuvor gesehen hatte, dass diese Zeit, die ohne Empfängnis vergangen war, ihre Liebe zernagt hatte. Denn die Zeit zernagt alles. Aber Glaube und Hoffnung heben die Zeit auf.

Als sie am nächsten Morgen aufgewacht war, hatte sie gewusst, dass Bernard auf dem Ross unterwegs in seine Heimat war. Der Brief, welchen sie auf ihrer Truhe vorfand, überraschte sie nicht und sie konnte sich ausmalen, was darin stand. Bernard ist berechenbar, sagte sie sich und gab dem Verlangen nicht nach, das Siegel zu erbrechen. Jetzt war nicht die Zeit für diese Art von Abschied. Wortlos war er gegangen und hatte sich darüber tief gegrämt; wortlos, aber hoffnungsfroh wollte sie ihn begleiten. Der Brief musste warten.

Neun Tage danach, als sie entgegen allen bisherigen Gewohnheiten an einem ihr völlig fremden Platz im Westen neben einer Mauerzinne lehnte und in einen roten Sonnenuntergang blickte, hatte sie einen seltsamen Traum:

Sie schlief an einem Bach, begleitet von einem *guten Christen*, der wach blieb. Dieser sah etwas, das einer Eidechse glich, die aus ihrem Mund kam und auf einmal auf einem Stamm oder Brett den Bach überquerte. Dort lag ein ausgebleichter Eselsschädel, durch dessen Löcher das Ding hinein- und herauskroch. Dann kam es über das Brett wieder in Isabelles Mund zurück. Die Eidechse tat dies mehrere Male. Ihr wacher Begleiter sah das und nahm das Brett weg, als die Eidechse gerade auf der anderen Seite des Baches stöberte, um sie an der Rückkehr zu hindern. Als das Ding aus dem Schädel zum Bach kam, konnte es nicht hinüber, weil das Brett fortgenommen war, und Isabelles Körper zuckte heftig, ohne zu erwachen, obwohl ihr Gefährte Isabelle schüttelte; schließlich legte er das Brett zurück. Das Reptil überquerte den Bach und sprang in den Mund der Schlafenden. Sofort erwachte Isabelle und sagte zu dem Freund, sie habe tief geschlafen. Dieser erzählte nun Isabelle, sie habe sich im Schlaf fürchterlich hin und her geworfen. Ja, sie habe viel geträumt, antwortete Isabelle; sie sei über den Bach gegangen, hinein in einen herrlichen Palast, in dem es viele Türme und Zimmer gegeben habe. Auf dem Rückweg aber habe sie mangels Brücke nicht über den Bach gekonnt und habe viel Angst vor dem Ertrinken gehabt. Da erzählte er ihr von der Eidechse und beide erkannten sie ein Wunder und beteten zu dem guten Gott jenseits der verderbten Welt.

Als Isabelle den Traum am nächsten Morgen Philipp erzählt hatte, sagte er: »Du hast ein wichtiges Gleichnis geträumt, denn der Geist

163

bleibt im Körper des Menschen, bis er stirbt. Die Seele aber, wenn sie ihre Wurzeln kennt, kann ein und aus gehen wie die Eidechse aus dem Mund des Schläfers; solange die Seele fehlt, kann der Körper nicht erwachen. – Dieser Traum hat dir unser Glaubensgeheimnis entdeckt.«

Philipp drückte ihr die Hand und er tat es zweimal, obwohl er wusste, dass ein *Erwählter* eine Frau nicht berühren soll. Doch in diesem Händedruck zeigte sich tiefes Erkennen und Isabelle wusste es.

»Ich bin eine von euch«, murmelte sie. »Bald wird es sich weisen.«

* * *

Februarregen; trist und grau hängen die Wolken über Venedig und Saintes-Maries. Zerstäubtes Wasser, vom Himmel versprüht. Einlullend. Entmutigend. Da ist nichts zu spüren von der plätschernden Lebendigkeit eines warmen Sommerregens, der übermütig herunterprasselt auf die Welt und die vorwitzigen Blüten der Heckenrosen zerfleddert, aber nach kurzer Zeit von hinnen zieht und einen Abschiedsbogen schlägt in den Farben Gelb, Grün, Blau. Nicht Frohsinn noch Lebenslust, sondern Besinnung und Gebet stehen dem Februarregen gut zu Gesicht. In Venedig trifft es Sebastian und Guillaume, in Saintes-Maries Bernard. Es ist ein und derselbe Februarregen, eine Spur wärmer allerdings in Venedig.

»Ich will den Herrn allezeit preisen, immer sei sein Lob in meinem Mund. Ich suchte den Herrn und er hat mich erhört, er hat mich all meinen Ängsten entrissen.« Sebastian sprach den Psalm, als er festen Boden unter den Füßen verspürte. Bernard murmelte das Gebet, während er gemessenen Schrittes auf sein Haus zuging. Guillaume ließ sich auf einem kieloben liegenden Ruderboot nieder und atmete auf. Die Überfahrt war rau gewesen und nicht nur einmal hatten er und Sebastian mit dem Leben abgeschlossen und sich Gott empfohlen. Ein Wunder, jetzt in Venedig zu stehen. Ein Wunder, das Steinhaus vor sich zu sehen, in dem ich geboren ward, dachte Bernard und blieb stehen.

So sehr die drei Männer Februarregen und die Worte des Psalms verbanden, so wenig hatte ihr Schicksal sonst miteinander gemein. Einst in Marotta auseinander gerissen, hatten sie, ohne es zu wissen, bereits den Scheideweg beschritten.

* * *

Noch trat Bernard nicht auf das Tor der kleinräumigen Anlage zu, die auf einem Erdwerk stand; ein Steinhaus war's mit drei Räumen, angebaut ein Stall aus Holz sowie ein Gesindehaus mit zwei Kammern, eingefasst von hölzernen Palisaden hinter einem in den Sumpf der Camargue gezogenen Graben. Um wie viel kleiner war die Burg derer von Congost, als er sie in seinen Erinnerungen gesehen hatte; der Knabe hatte die Größe und Kraft des Burgstalls bewundert und selbstbewusst an die starke Heimat geglaubt, der weitgereiste Ritter tat sich schwer, die karge Wirklichkeit zu begreifen. Und hierfür, dachte Bernard, habe ich tagelang gekämpft, viele Feinde niedergemacht und manchen Gefährten verloren. Soll das wirklich Isabelles neue Heimat werden? Wer Toulouse kennt und schätzt, zieht nicht gern hierher.

Aus jedem Regentropfen trat ein Schatten lebendiger Vergangenheit heraus und Bernard sah die Mühsal des Alltags von Saintes-Maries; er sah die bitteren Gesichter der Fischer, wenn der Grundherr wegen der Abgabe kam; er sah die Mühen bei der Aufzucht der Pferde, den Schweiß des Bereitens, die Schläue der Händler; mit Schaudern erkannte er, wie sehr der Ritter hier Bauer und Händler war, wie wenig Höfisches ihn umgab in dieser weltabgeschiedenen Lage. Waren Turniere nicht von jeher selten gewesen und eine nur allzu willkommene Abwechslung? Im Grau des Februarregens stand das echte Leben wieder vor Bernards Augen und er erinnerte sich, warum er mit aller Macht danach verlangt hatte, das Kreuz zu nehmen und Jerusalem befreien zu dürfen. Übermut und Lebenslust hatten ihn hinausgetrieben, ihn, der er als junger Ritter mehr Knechtsdienst im Stall bei den Rössern versehen hatte als Waffenübungen. Wäre da nicht der Einsiedler gewesen, der ihn von klein an Latein und Literatur gelehrt hatte, er hätte es in Saintes-Maries vor lauter Langeweile nicht ausgehalten.

Heute noch, sinnierte Bernard, bin ich ein Mann der Tat und es war nicht gut, dass ich versucht habe, das in Isabelles Armen zu vergessen. Und er dachte an seine Frau und spürte, wie falsch es gewesen war, ohne ein Wort von ihr zu gehen. Wäre er wahrhaft stark gewesen, hätte er mit ihr über die Pläne gesprochen und sie wegen der anstehenden Gefahren getröstet; sie hätte dann ihrerseits Abschied von ihm nehmen und wahrhaft für ihn beten können. Trotz aller Liebe und Leidenschaft waren sie wortlos geworden; das erschreckte ihn. Wo, wenn nicht im Wort, zeigte sich seine ganze Liebe? Aufgestaut all die gefühligen Bilder eines Ovid wie eines Chrétien de Troyes in seinem Dichterherz, hatte er Vers nach Vers über Isabelle gegossen, als wäre er die Göttin Fortuna und hielte ein Füllhorn voller glücksbringender Reime. Wortlos aller Worte zum Trotz? Das durfte nicht sein. Das konnte nicht sein. Aber es war.

»Worte, fürchte ich, genügen nicht«, flüsterte er. »Es kommt auf das Zwiegespräch an. Hier habe ich vieles versäumt.«

* * *

Sebastian zog es nach Marotta; so schnell wie möglich wollte er Juditha wiedersehen. Guillaume verspürte keine Lust, einem Verliebten länger Knappendienst zu leisten und auf Haus und Hof aufzupassen. Sicher hätte es im Rückblick auf vier Jahre bewaffneten Pilgerdienst im Heiligen Land vieles zu besprechen gegeben und Guillaume hätte es weiß Gott verdient gehabt, von seinem nur unwesentlich älteren Herrn und Freund ausgezeichnet zu werden; doch den einen zog es zu seiner Liebe und den anderen in die Heimat und es gab keinen einfachen Weg, ihr Band zu lösen; also trennten sie sich im Streit und es war wenig Habe, die Sebastian dem untreuen Knappen ließ. Guillaume trug nicht schwer daran und freute sich an der neu gewonnenen Freiheit. Erst, als der Knappe wie ein unscheinbarer Wandersmann fortgezogen und Sebastian in den Sattel gestiegen war, ließ der Ritter die Vergangenheit an sich vorbeiziehen und entdeckte, wie ergeben ihm Guillaume in all den Jahren gewesen war; jetzt tat es ihm Leid, auf seinem Packpferd bestanden und den Knappen unbelohnt davongeschickt zu haben. Auch die Eile bereute er nun; Guillaume hätte einen ordentlichen Abschied verdient gehabt. – Allein, es war Sebastian nicht möglich, der spät gewonnenen Einsicht gemäß zu handeln. Seine Sehnsucht nach Juditha war übermächtig und er brachte es nicht übers Herz, sein Pferd nach Westen auf Guillaumes Spuren zu lenken; getreu dem einmal gefassten Vorsatz trabte Sebastian nach Süden und richtete seine Gedanken auf die Frau, der er die ganze Zeit in Liebe zugetan geblieben war. Freude und Aufgeregtheit ließen eine Ungeduld entstehen, die ihn immer rascher vorantrieb. Das Sein um ihn her löste sich auf. Konturen verloren sich, Landschaft wurde Fläche, Fläche Weite, Weite Leere. Sebastian ritt durch eine unnennbare Leere und bemerkte es nicht. Es spürte nichts außer dem Schlagen seines Herzens. Den sich auf und ab senkenden Pferderücken spürte er nicht und nicht den Windhauch, der ihm ins Gesicht blies. Schließlich spürte er seinen Puls nicht mehr. Und in diesem Augenblick, da er gar nichts mehr fühlte, da ritt er geradewegs in sein ureigenes Glücksgefühl hinein. Es war eine große Aufgehobenheit. In ihm war Friede.

Eine Minute Friede. Dann scheute sein Gaul vor einer Schlange und nur mit Mühe hielt sich Sebastian im Sattel. Von nun an achtete er auf seinen Weg. Ungeduldig und seines Glücksgefühls wieder ledig, ritt er aufmerksam durch die Welt, ohne sie wahrzunehmen.

* * *

Auf dem Weg durch die Poebene, während ihn manch überschwemmter Pfad und manch über die Ufer getretener Bach plagten, sann Guillaume den letzten vier Jahren nach. Wozu das alles? Da hatten sie begeistert eine Stadt gestürmt und keine Mühen gescheut, Christliches zu verteidigen; da hatten die Feldherren von Opferbereitschaft und Freude am Dienst im Zeichen des Kreuzes gesprochen und vielfach flammende Reden gehalten; da war den Soldaten vom Ruhm vorgegaukelt worden und selbst die schlimmsten Verwüstungen, welche die Ruhr in den Reihen der Pilger angerichtet hatte, wurden in den Mäulern der Großen zu Geschenken, in Wahrheit aber hatten nicht einmal alle Feldherren Freude an der verkorksten Kriegführung und keiner ist fröhlich gestorben. Abgesehen von dem einen oder anderen Erfolg waren die Abenteuer ausgeblieben und zeigte sich der Ruhm vertrocknet und der Lorbeer bitter. Also wozu das alles? Für die Kameradschaft? Ja, was einst die Athener beschworen, die Waffen nicht zu schänden und den Nebenmann nicht im Kampf zu verlassen, das hatten sie gehalten. Rittertreue, Freundschaft gar? Nichts dergleichen. Nicht einmal Dank. Ein Segen, wenn man überlebte. Guillaume atmete tief durch, als er an die anderen dachte; Roger, Olivier, Alexander, Roland, Simon, Pierre, Bernard, Louis, Charles und all die, die mit ihnen ausgezogen waren; tot und verschollen, vergessen.

»Dafür also«, murmelte Guillaume, »führen wir Krieg. – Nie mehr sollten wir uns blenden lassen von den Heldengeschichten Chrétien de Troyes'; wenig gibt es im Abenteuer zu gewinnen, aber zu verlieren alles.« Käme er nach Hause, so sprach er zu sich, würde er auf die Schwertleite verzichten und lieber als Freiherr ein Feld bestellen. Allein, es kam anders.

Hinter Parma war er in die Berge hineingewandert und in ein schmales Tal gekommen, das ihn stetig den Pass hinaufführte. Friedlich schlängelte sich der Pfad einige Fuß oberhalb des Baches entlang. Guillaume ging ohne Hast und verweilte oft, um eine Forelle zu beobachten, die im klaren Wasser stand, oder einen Vogel im

Geäst zu suchen, dessen Gezwitscher ihn erfreute. An windge-
schützten Stellen entfaltete der Frühling bereits seine Pracht mit
Knoten- und Schlüsselblumen, ja sogar Zitronenfalter und Kohl-
weißling tummelten sich da. Je höher es hinaufging, desto winterlicher zeigte sich noch die Natur. Ganz bedächtig schritt Guillaume
aus und genoss die Ruhe des Ortes, vergaß auf seine bitteren Gedanken und fühlte eine Vorfreude auf das, was kommen würde. Er
spürte vor sich Leben und die Gewissheit, es sinnvoll gestalten zu
wollen. In sich versunken wanderte er auf eine Engstelle zu und bog
um eine Felsnase. Unerwartet prallte er einen halben Schritt
zurück, denn was er sah, erschreckte ihn zunächst: Zwei bärtige
Männer hielten einen Mönch in einem erpresserischen Griff, den
Guillaume von zu Hause her unter dem Namen »Schwitzkasten«
kannte. Guillaume warf sein Rückenbündel ab und schrie. Als die
Räuber ihn sahen, ließen sie den Mönch los und griffen nach ihren
Messern. Guillaume riss sein Schwert heraus und sprang auf einen
der Schurken zu; der wich entsetzt zurück und machte seinem Kum-
pan ein Zeichen; noch ehe die Klinge einmal durch die Luft gesaust
war, sprangen beide Räuber davon.

»Der Herr sei deiner Seele gnädig«, murmelte der Mönch und
reichte Guillaume die Hand. »Ich bin Ambrosius, ein Jünger des
Dominikus. Dank dir für die rettende Tat.«

Guillaume schlug in die hingestreckte Hand ein und nannte seinen Namen. Dann meinte er zu dem Mönch gewandt, es sei leichtfertig, allein und ohne Waffen durch die Berge zu gehen, und sie
verabredeten, den Weg bis Genua gemeinsam zu machen.

* * *

Philipp stand auf dem Wehrgang und blickte nach Osten. Ein trü-
ber Traum hatte ihn aufgeweckt. Er war jener Schläfer gewesen, von
dem Isabelle geträumt hatte, seine Seele spaziere als Eidechse durch
den Mund ein und aus. Sein, Philipps, Traumbegleiter aber hatte
das Brett nicht mehr zurückgelegt, seine Seele den Weg nicht mehr

in den Körper gefunden. Elend war daraufhin seine fleischliche Hülle verfault. Die Eidechse blieb Eidechse, versagt war der Seele der Weg zur göttlichen Wurzel. In die Gestalt des Reptils gebannt, war er verflucht zur Welt.

Während Philipp die aufgehende Sonne betrachtete, suchte er nach einer Erklärung für diesen Traum. Satan und die Welt hatten Gewalt über ihn, so viel schien klar. Es kostete Anstrengung, sich dieser Gewalt zu entziehen. Doch nicht die Seele allein musste diese Anstrengung erbringen. Körper und Geist mussten mitwirken. Die gute Kraft entstand aus der Einheit von Geist, Körper und Seele. Andererseits sagte die Lehre, die er von vielen *parfaits* vernommen hatte, dass sich Geist und Seele verbünden müssten gegen den Körper, um die Seele in die göttliche Sphäre zu tragen. Philipp sah sich einem schwerwiegenden Widerspruch gegenüber. Neue Fragen tauchten auf. Was ist Geist? Was der Körper? Was Seele? Geht Trennung vor Einheit oder Einheit vor Trennung?

Es wurden zu viele Fragen. Philipp war noch nicht bereit, Antworten zu suchen. Also verdrängte er die Fragen und konzentrierte sich auf das helle Gelb der jungen Sonne. Alles um ihn wurde Licht. Im Anfang war Licht. Im Anfang war Gott. Gott ist das Licht. Wie sagt Johannes? »Geht euren Weg als solche, die das Licht haben.« Gleißendes Licht zerstörte die Welt. Luzifer verbrennt. – In dieser Minute war es Philipp, als sähe er Gott, und er fühlte eine besondere Kraft in sich, die ihn befähigte, schwierige Fragen zu stellen und dabei nicht nur auf die Lehrsätze von Autoritäten Rücksichten zu nehmen. Er fühlte, dass er neue Fragen stellen durfte sowie alte Fragen anders. Wahrer Glaube muss sich nicht hinter Dogmen verstecken, wahrer Glaube ist offen für den, der fragt. Philipp ahnte die Macht, die sich einst in den Antworten auf die vielen Fragen offenbaren würde, und er dachte an Isabelle: Sie trägt die Fähigkeit in sich, Gottes Antworten auszusprechen; sie ist eine von uns.

* * *

Auf seinem viertägigen Ritt von Venedig nach Marotta trieb Sebastian sein Ross heftig an. Es konnte ihm nicht schnell genug gehen. Ungeduldig sehnte er das Wiedersehen mit Juditha herbei. Kaum hatte er Augen für die Landschaft, die es wert gewesen wäre, bemerkt zu werden nach dieser langen und stürmischen Überfahrt von Akkon. Zarter Frühling verschönte die Adriaküste und die weißen und rosa Blüten, die sich allenthalben zeigten, lockerten das Grau des Nieselregens auf. Doch so wenig Sebastian die weiten Ebenen von Etsch und Po wahrnahm, so wenig sah er die Städte Padua, Ferrara und Ravenna oder später den heranrückenden Apennin mit seinen aufstrebenden Waldflanken. Sein ganzes Sehnen galt Juditha und seine Reise schien beinahe so, als ob er in einem verschlossenen Käfig mit schmalen Sehschlitzen auf einem Karren sagenhaft geschwind dahingezogen werde. Es ging zu schnell und damit auf eine geheimnisvolle Weise dem Schicksal gegen den Strich. Ist es nicht so, dass der Reisende die Muße haben soll, alles, was ihm auf seinem Weg begegnet, in sich aufzunehmen? Wandern ist des Menschen rechtes Maß und für die Herren, denen es ansteht, auf dem Ross zu sitzen, ziemt sich der Schritt. Was hilft es der Seele, dem Pferd Trab oder gar Galopp abzufordern, wenn nur der Körper schneller von Ort zu Ort wechselt? In der Not, wenn der Eilkurier dringende Nachricht zu überbringen hat oder wenn das Heer unverzüglich auf das Schlachtfeld geführt werden muss, sei maßlose Eile erlaubt oder gar geboten; nicht aber, wenn sich zwei Seelen begegnen wollen, die seit fast fünf Jahren getrennt sind; wer eine solche Spanne unbeschadet an den Gefühlen zu überbrücken vermag, der sollte nicht im letzten Wimpernschlag die Geduld verlieren. Das Schicksal rächt sich, wenn man es zwingt, Zeit zu überspringen. O Sebastian, hättest du nur rechtzeitig die Langsamkeit entdeckt, wer weiß, wie sich die Geschicke entwickelt hätten und wie viel Leid dir erspart geblieben wäre. Jedoch andererseits, schrieb nicht Cicero: »Wer litt, vergisst nicht«, und ist nicht das Leid zum Lernen da?

Sei's drum; Sebastian hastete dahin und hatte die Muße nicht zu verweilen. Dem Schicksal greift offensichtlich niemand in die Speichen, denn Juditha weilte am Hof von Ferrara, als Sebastian mit schnaubenden Rössern die Stadt links liegen ließ. Hatte er die erste Nacht auf freiem Feld unter einem Feigenbaum ziemlich genau in der Mitte zwischen Padua und Ferrara zugebracht, wollte er für die zweite Nacht unbedingt einen Lagerplatz im Süden Ravennas erreichen, um nach einer weiteren Rast im Mittag des vierten Tages in Marotta einzutreffen. Seine Gäule, ausgeruht und gut im Futter, trugen ihn zuverlässig und geschwind in das ersehnte Dorf. Der Regen hatte aufgehört. Die Ahnung von März lag in der Luft. Marotta döste. Sebastian ritt geradewegs zu Judithas Hütte oberhalb des Dorfes. Die einfache Holzhütte stand schief und verlassen, ringsum von Sträuchern halb eingewachsen. Sebastian stieg vom Pferd und trat auf die Tür zu. Sie öffnete sich knarzend. Sebastian lugte in den kargen Raum; Spinnweben hingen in den Ecken, es roch modrig; hier wohnte längst niemand mehr.

Enttäuscht und erschöpft setzte sich Sebastian auf den Boden. Er fühlte sich leer; es war, als müsste er seine Seele wiederfinden. Starr fixiert auf diesen einen Punkt der Freude, ließ die Enttäuschung keinerlei Raum für irgendetwas anderes; nicht einmal das Gesicht Judithas wollte Sebastian in der Erinnerung sichtbar werden. Wo sich der Sinn verschleiert, blickt der Mensch oft in das schreckliche Nichts. Und gerade, als dieses bodenlose Nichts Sebastian einzufangen schien, brach ein Gedanke durch, den seine Schwester einst beim Betrachten des Sternenhimmels geäußert hatte: Tief und weit erscheine der Himmel, als sei er bodenlos.

Sebastian spann diesen Gedanken zu einem verrückten Ende weiter, wonach sich zwischen den Sphären einfach nichts befinde, und er fand dieses Nichts so absurd, dass er lachend aus seiner inneren Leere auftauchte. Isabelle. Wie mochte es ihr gehen? War sie nun Freifrau von Olmes? Und Mutter von zwei, drei Kindern? Eigenartig, dass ihm seine Schwester in den zurückliegenden Jahren aus dem Sinn gekommen war; selten die Augenblicke, da er ihrer noch gedachte. Jetzt, ganz unvermittelt, sah er sie vor sich. Er lächelte. Sie war eine kraftvolle Frau; sie würde ihren Weg gegangen sein. Gern wüsste er, wie dieser Weg aussah.

Auf eine seltsame Weise fühlte sich Sebastian in diesem Moment, da er entmutigt vor Judithas verlassener Hütte hockte, seiner Schwester nah, beinahe so, als seien sie Zwillinge und nicht zwei Lebensjahre voneinander getrennt. Unbeschwerte Kindheitstage drängten sich der Erinnerung auf. Er sah sich mit dem kleinen Mädchen über den Burghof springen, sah sich mit Isabelle Verstecken spielen und mit Murmeln auf die Bodenkuhlen zielen. In jenen Jahren hatte sich Mutter um beide Kinder gekümmert und ihnen jene Heldengeschichten erzählt, die an den Höfen Okzitaniens besonders beliebt waren. Das war zum einen das *Rolandslied*, jene Geschichte vom Untergang Rolands im Kampf gegen eine heidnische Übermacht in der Schlacht von Roncesvalles, welche schon vier Generationen in Atem gehalten hat; zum anderen waren es die bewegenden Versromane Chrétiens de Troyes', wobei es Eleonore vor allem »*Erec und Enide*« und »*Lancelot*« angetan hatten. Ob es an Eleonores altem Blut lag, dass sie die Abenteuer um König Artus' Ritter so sehr liebte? Sebastian jedenfalls mochte sich nicht satthören an den Kampfbeschreibungen, *Erecs* Mut und Eigensinn bewunderte er grenzenlos.

Später, als er sich von Mutter lösen musste und Knappe wurde, begriff er, wie sehr der Dichter manches aus der Wirklichkeit überhöhte und rein und schön darstellte, wo tatsächlich Müh und Plag das Leben prägten; kein Ritter lebt nur den Abenteuern; da ist Wachdienst zu versehen, da sind Steuern und Abgaben einzutreiben und oft genug darf der Edelfreie selbst Hand anlegen im Weinberg oder auf dem Feld; umso mehr schätzte Sebastian den idealen Schein des Ritterepos, und wenn er sich mit Isabelle traf, sponnen sie die Geschichten und Abenteuer vielfältig aus und zogen daraus ihre anregenden Bilder für die Zukunft. Auch Isabelle wollte Ritter werden und oft tat sie sich schwer mit dem Umstand, als Mädchen für anderes bestimmt zu sein. Später dann, Sebastian focht bereits passabel mit dem Schwert, wusste Dolch und Lanze zu handhaben und hatte es zu erstaunlicher Fertigkeit am Schachbrett gebracht, da lasen sie beide in Bibel und Erbauungsbüchern und Isabelle ärgerte sich über Bemerkungen, mit welche die heiligen Männer die Frauen erniedrigten. Aufgebracht war sie über Paulus' Worte: »Das Weib schweige in der Kirche.« In ihrem Denken war sie oft wie ein Fleisch und Blut zu ihm und vielfach hatte er bedauert, dass sie kein Junge war. Sie war klug und konnte bald besser schreiben und lesen als er, der er im Stall seine Dienste versah, während sie in der Stube übte. Andererseits stachelte ihn Isabelles Fertigkeit an, seinerseits im Erlernen und Üben dieser Techniken nicht nachzulassen, gerade, weil reihum die Ritter immer weniger des Lesens und Schreibens mächtig waren. Umso bedauerlicher, wie wenig Talent er für eigenständiges Dichten hatte. Bei der Erinnerung an seine vergeblichen Reimversuche musste er lächeln und solcherart von der Vergangenheit getröstet, erhob er sich und ritt in die Mitte des Dorfes, um sich nach Judithas Verbleib zu erkundigen.

»Ja, unsere Heilerin«, brummte ein ergrauter Bauer, »wurde seltsamer und seltsamer und verließ das Dorf. Vier, fünf Sommer mag das zurückliegen. Kein Heiler, kein Bader, kein Kräuterweib hat sich seither gefunden, uns in Marotta zu helfen wie Juditha. Schade um das Weib. Angeblich ist sie nach Siena gezogen, weil dort kluge Heilkundige gebraucht wurden. Niemand kennt Genaues. Eines Morgens stand die Hütte leer. Keiner ist dort eingezogen, bis vor einem Jahr ein Wanderhirt Halt machte und die Hütte zum Quartier nahm. Der wurde von Woche zu Woche seltsamer und verschwand spurlos. Hm«, der Bauer schüttelte den Kopf, »so sind wir ohne Heilerin. Schade.«

Sonst fand sich niemand im Dorf, der zu Judithas Verbleib etwas sagen konnte oder wollte. Sebastian beschloss, sich andertags auf die Suche nach der Geliebten zu machen, und schlug für die Nacht sein Lager vor Judithas Hütte auf.

* * *

Zur gleichen Zeit saß Bernard im heimatlichen Garten und überlegte, wie er den Sieg über die Franzosen ausnutzen sollte. Das bescheidene Haus kam ihm im Vergleich zu Raymonds Schloss elend vor und unwürdig als Behausung für seine Geliebte. Die Jahre in Toulouse hatten ihn für das einfache Leben eines Ritters auf dem flachen Land untauglich gemacht. Für den heimlichen Traum aber, ein höfisches Leben als *Troubadour* ähnlich jenem, wie es der an allen großen englischen, aquitanischen und okzitanischen Höfen wohlgelittene Chrétien de Troyes vor zwei Menschenaltern geführt hatte, war er offenbar nicht geschaffen; keineswegs würde er sein Unglücklichsein schnell vergessen und die Schmach, ein schwacher *Erec* zu sein. Blieb nur der Kämpfer. In der Schlacht siedete sein Blut und ein klarer Kopf knackte dabei manche Nuss. Mit dem Schwert in der Hand spürte er Befriedigung. Den wackeren Streiter, den mochte Isabelle in der Winterszeit auf Raymonds Schloss empfangen. Als gefeierter Held würde er selbstbewusst seine Dame beglücken und mit Gottes Segen würde sie ein Kind von ihm empfangen.

Tagelang hatte Bernard überlegt, welcher Weg für ihn der beste wäre. Vorteile und Nachteile jeder Lösung hatte er gegeneinander abgewogen und mit Bedacht hatte er versucht, Isabelles Gedanken in seine Überlegungen einzubeziehen. Letztlich stieß seine Suche stets auf den Kampf. Er fühlte sich als Ritter durch und durch und das heißt Krieg führen. Und in Amaury de Montfort wusste er sich einen würdigen Gegner.

Er schlug sich auf die Schenkel und stand auf. Er kannte die Lösung. Seine Zeit der Überlegung lief ab; morgen würde er handeln. Seine Ländereien in Saintes-Maries übertrüge er Jean Cantemerle zu Lehen. Zwei Knappen und einen Ritter nähme er mit sich und würde sich auf dem Weg gegen Carcassonne mit weiteren Okzitaniern verbünden, bis er stark genug wäre für einen ersten Angriff auf den Sitz des verhassten französischen Grafen. Sicher konnte er zunächst nicht an Sieg denken, doch eine Schwächung wollte er Amaury zufügen, dann weiterziehen zu Raymond und um ein Heer bitten. Einige Tage würde er mit Isabelle die Wiedervereinigung feiern, dann den Sommer hindurch den Feind stellen und schlagen, wo er konnte. Die alten Handelsstraßen zwischen Narbonne, Béziers, Carcassonne und Montpellier wären lohnende Ziele, um Amaury zu unbedachtem Zorn zu reizen oder in die Resignation zu treiben. Und überall fänden sich hinreichend fremde Ritter, mit denen die Kräfte zu messen wären, sei es im Lanzenstechen oder im Schwertgefecht Mann gegen Mann. Zufrieden könnte er im Spätherbst nach Toulouse zurückkehren und den Winter über in den Armen der Geliebten neue Kräfte sammeln für die entscheidende Schlacht. Übers Jahr, das spürte Bernard, würde sich der Süden die nordischen Läuse aus dem Pelz schütteln. Diese Gedanken füllten Bernard mit Kraft. Frohgemut schritt er zum Hause Cantemerle, noch heute wollte er die Angelegenheit mit Jean besprechen.

»Es erfüllt mich mit Freude«, sagte der junge Ritter, als Bernard ihm seine Pläne auseinandergesetzt hatte, »dass der alte Kämpfer in dir erwacht ist. Gern huldige ich dir und verwalte deine Güter. Diesen Schritt sollst du nicht bereuen.«

»Niemand kennt das Geheimnis von Gottes Wegen«, entgegnete Bernard, »aber ich spüre die neue Kraft in mir, die noch wirkungsvoller ist als die alte, welche ich beinahe verloren hatte. Dafür, dass mich wieder ritterliche Tugend durchflutet, danke ich dir, denn ohne dein Wort und deine tapfere Tat wäre ich vielleicht am Hof ein lustloser Sänger geblieben.«

Später, nachdem sie lange beisammen gesessen und alles besprochen hatten, machte es sich Bernard mit einem Weinschlauch in dem Garten seines Elternhauses bequem und sann über sein bisheriges Leben nach. Er hatte eine leidliche Ausbildung erhalten, hatte als Knappe bei etlichen Turnieren mitgemacht und selbst zweimal die *Tjoste* geritten, die Krönung des Turnierkampfes Mann gegen Mann. Früh wurde er mit dem Schwert umgürtet, ohne davon in echtem Kampf viel Gebrauch machen zu können, und diese Untätigkeit glich das Verseschmieden aus, wenigstens zum Teil.

Aber im Grunde seines Herzens war er nie ein wahrhafter *Troubadour* gewesen; immer hatte er allzu deutlich seine eigenen Gefühle in seine Verse gelegt und zu wenig an die vorbildliche Gesellschaft gedacht, welche in einer *Kanzone* abgebildet sein sollte. Er wusste, wie weit entfernt seine Zeit von den Anfängen eines Wilhelm von Aquitanien waren; er kannte die Regeln des Minnesangs und zollte ihnen Respekt, aber er war nicht gewillt, sein Fühlen und Denken diesen strengen Regeln unterzuordnen. »An sich«, brummte Bernard unwillig, »habe ich *Kanzonen* gedichtet wie andere Romane schreiben.« Doch auch dies hätte er nicht gekonnt, denn er wusste nur zu gut, wie viel inneren Abstand ein guter Epiker wie beispielsweise Chrétien de Troyes gegenüber seinem Werk wahrte. Nein, musste sich Bernard eingestehen, die Zeit, da er sich für einen guten Dichter gehalten hatte, war eine Zeit des Selbstbetruges gewesen und er dankte dem Schicksal, dass es ihn zurückgeführt hatte auf die Bahn des Kämpfers. Nicht mit dem Wort, mit dem Schwert musste er sich um seine Heimat verdient machen und er spürte aus der Mitte seines Bauches das Männliche aufsteigen, das seinen Körper mit jener fiebrigen Erregung erfüllte, die er sonst bloß von der Jagd kannte. Spannung und Kraft fühlte er in seinen Muskeln, scharf und klar wurde sein Blick. Er sah seinen Weg.

* * *

Als er sich von Marotta aufmachte, Juditha zu suchen, entdeckte Sebastian die Langsamkeit, entdeckte sie zwangsläufig, weil er Dorf für Dorf nachfragte, ob sich jemand an eine durchziehende Frau erinnere, klein und drall, schwarzhaarig und lockig, pausbäckig, mit dunklen Augen. Jung und Alt, Mann und Weib, frei und unfrei, er fragte alle, die ihm über den Weg liefen, und jedem Hinweis auf eine Person, die vielleicht etwas wissen könne, ging er nach. Ob Mondolfo, Corinaldo, Cagli oder Pianello, ob Apecchio, Cortona oder Sinalunga, in jedem Städtchen forschte er nach der jungen Frau mit der Kraxe auf dem Rücken, aber niemand konnte sich erinnern. Schon sank sein Mut, als er endlich Siena erreichte; aber er tröstete sich damit, Juditha hätte mehrere Möglichkeiten gehabt, in die stolze Stadt zu gelangen, und wer weiß, ob nicht das Nächstgelegene gerade das Unwahrscheinlichste war.

Siena war eine reiche Stadt. Eng drängten sich die Häuser wehrhaft aneinander; da fehlte die Großzügigkeit der Serenissima, welche Venedig durch den Canal Grande und die flächige Lagune besaß; hier zeigte der Bürgerstolz Zähne und die drückenden Gassen flößten dem Besucher gehörig Respekt ein. Welche Überraschung der weite Platz, der sich zu Füßen eines stolzen Turmes auftat. Wie eine Muschel öffnete sich die Piazza mitten in den aufragenden Häusern und schäumte über vor quirligem Leben. Mit den Pferden war kein Durchkommen und Sebastian ließ sich über eine Treppe hinab den Weg weisen zu einer Herberge, wo er seine Rösser einem verschmitzten Stalljungen übergab. Der Wirt wies ihm ein Zimmer unter dem Dach, welches Sebastian über eine steil gewundene Treppe erreichte; geräumiger, als man zunächst vermuten mochte, bot es einen herrlichen Ausblick über die Dächer. Aneinander gequetscht, schachbrettartig verwoben und mit ihren tief eingekerbten Schluchten bot die Stadt ein eigenartiges Bild; Sebastian vermeinte, so eine Zusammenballung von Menschen und Häusern auf einem Ort noch nicht gesehen zu haben, obwohl er genau wusste, dass die Serenissima um ein Vielfaches größer war. Außerhalb der Tore mischten sich Weinberge mit Wäldern in einer Natur, die – beim Heranreiten hatte es Sebastian bereits gespürt – eine uralte Kulturlandschaft war. Beinahe vermeinte er, die Anwesenheit jener Großen zu spüren, von denen er mit Isabelle in manchen Abschriften auf Quéribus gelesen hatte; Stadt und Land waren römischer Boden, hier, in Siena lebte die Vergangenheit von bald zweitausend Jahren. Er riss sich von der Betrachtung los, stieg die Treppe hinab und befragte den Wirt, ob er Juditha gesehen, von ihr gehört oder zumindest erfahren habe, ob es in Siena oder Umgebung eine fremde Heilerin gebe.

»Vor einigen Jahren«, antwortete der Herbergsvater, »hatten wir eine, die bald ins Gerede kam, eine Hexe zu sein. Ehe unser Bischof sie befragen konnte, machte sie sich aus dem Staub.«

»Wie hat sie ausgesehen?«

»Ein derbes Ding, schwarzhaarig, pummelig; nichts Besonderes.«

»War sie hoch gewachsen?«

»Nein, eher kleinwüchsig und breit, wie die aus dem Süden.«

»Und weiß man, wohin sie gegangen ist?«

Der Wirt schüttelte den Kopf. »Wenn man's wüsste, hätte man sie gewiss befragt. Mit fremden Hexen sind unsere Herren nicht zimperlich.«

Sebastian dankte und fragte nicht länger, denn schon schien sein Gegenüber neugierig zu werden, weshalb sich der Gast für eine Hexe interessiere. Er wandte sich der Piazza zu. Im bunten Markttreiben sann er dem eben Gehörten nach und überlegte, ob es wirklich auf Juditha zutraf; klein war sie und drall, und falls sie kräftig gegessen haben sollte, mochte sie dick geworden sein. Ihr kundiger Umgang mit Kranken nebst ihrer Kräuterkunst konnte durchaus den Argwohn wecken, sie sei eine Hexe; und wenn er ehrlich in sich hineinhorchte, musste er zugeben, diesen Gedanken damals, als er sie Bixentes wegen aufgesucht hatte, ebenfalls gehegt zu haben. Außerdem war Juditha wirklich bezaubernd. Allein die erste Nacht, jenes Heranschleichen, lautlos von hinten; sofort hatte sich seine Haut mit Spannung aufgeladen, der ganze Äther hatte geflimmert; das kann nicht jede.

»Und einen Dickkopf konnte sie haben«, murmelte Sebastian, lächelte und spürte zugleich Besorgnis deswegen, »da muss man sich nicht wundern, wenn sie Missfallen erregt. Aber wo geht eine hin, die Angst haben muss, für eine Hexe gehalten zu werden?«

»Nach Rom, mein Herr«, knurrte neben ihm eine dunkle Stimme. Sebastian zuckte zusammen. Er hatte lauter gemurmelt, als er sich selbst bewusst gewesen war; jedenfalls stand neben ihm eine gebeugte Frau und starrte ihm in die Augen. »Nur in Rom gedeiht neben dem Heiligsten der Gestank. – Wenn Ihr aber«, und hier

hielt sich die Alte die Hand vor den Mund, »ein Luder sucht für
Eure Lustbarkeit, kann ich Euch weiterhelfen.«

Sebastian lachte und sagte beim Weitergehen: »Danke, für heute
gewiss nicht«.

Eine Woche später ritt Sebastian auf der *Via Cassia* in Rom ein und
staunte den ganzen Weg den Hang herab über diese gigantische
Stadt. Ein steingewordenes Meer breitete sich vor seinen Augen
aus, bewegt durch sieben Hügel. Von weitem prangte San Giovan-
ni in Laterano, ein kolossaler Palast, der die Macht des Papstes augenfällig machte und an den Sebastian sich noch erinnerte, als er
längst schon in die Schluchten der eng gezwängten Wohnhäuser
hinuntergestiegen war. Stockwerk auf Stockwerk türmte sich hier,
als sei jedes Haus ein Turm, dabei klebten die Seiten aneinander fast
wie Wespenwaben; da hatte Sebastian vor wenigen Tagen noch
über Siena gestaunt, nur um jetzt feststellen zu müssen, was für ein
Dorf im Vergleich in Tuszien stand, sah man erst die Ewige Stadt.
Und welch ein Geschiebe und Gedränge; Menschen über Menschen, Gewühle und Geschrei; mühsam das Vorankommen, wenn
auch die Gassen und Straßen breiter als in Siena und auf Reiter und
Wagen eingestellt waren. Allerdings sank Sebastian der Mut, denn
wie sollte er hier jemals etwas von Juditha erfahren? Eine einzelne
Frau vom Lande würde sicher nicht wahrgenommen in all dem Gewimmel. Er schalt sich einen Narren, hergekommen zu sein und
geglaubt zu haben, die Geliebte zu finden.

Vom Schicksal geleitet, gelangte er schließlich auf den Lateran
und dort in eine Kanzlei des Pontifex, wo er sich als Jerusalem-
wallfahrer zu erkennen gab. Ein Mönch nahm sich seiner an, begierig auf Nachrichten aus dem Heiligen Land, und begleitete ihn
in ein Kloster. Dort kamen Pilger aller Länder unter, die sich um die
Sache des Kreuzes verdient gemacht hatten, und auch Sebastian
wurde eine eigene Zelle zugewiesen und ihm erlaubt, für einige Zeit
zu verweilen. Die Versorgung schien gut und so berichtete Sebastian
gern von seiner Zeit als Kreuzfahrer, wenngleich die Ergebnisse den

Mönch nicht heiter stimmen konnten. Doch schien die Hoffnung zu Rom ungebrochen, mit einem neuerlichen Kreuzzug Jerusalem zu befreien, und überhaupt fand Sebastian die Stimmung im Klerus gehoben. Feurig sprachen Mönche und Priester dem Wein zu und mancher Purpurträger feierte ausgelassen in einer Schänke, die neben dem Kloster lag. Weltlich und sinnlich ging es zu bei den Klerikern. Trinklieder wussten die Pfaffen, dass manchem okzitanischen *Trouvére* die Röte ins Gesicht gestiegen wäre, hätte er sie gehört. Die deftige Art der Bischöfe und Legaten gefiel Sebastian, er vergaß auf seinen Kummer in dieser Gesellschaft und schlief weit nach Mitternacht in seiner Zelle einen berauschten Schlaf. Anderntags folgte er der Anregung eines Bischofs, sich geleitet von dem »Reisebericht von den Wundern Roms« eines *Magisters Gregorius* auf die Spuren der Antike zu machen. Er bewunderte das Bad des Apollo Bianeus, der dieses Bad der Legende nach aus einer Zusammensetzung von Schwefel, schwarzem Salz und Weinstein mit erstaunlicher Kunstfertigkeit in einer bronzenen Wanne herstellte, und als die Therme fertig war, es mit einer einzigen geweihten Kerze anzündete; seither bleibt das Bad durch ein ewiges Feuer heiß. Doch Sebastian rümpfte die Nase über die Schwefelgestänke, tat es dem *Magister Gregorius* gleich, verzichtete aufs Eintauchen und schlenderte weiter. Santa Maria Rotunda machte ihn schaudern in ihrer Wucht und beinahe vermeinte er, die Kraft der römischen Götter im gewaltigen Pantheon zu spüren; in der Tat eine Schwindel erregende Höhe, zu welcher sich die Kuppel auf ihren Marmorsäulen aufschwang.

Sebastian fand wirklich alles so, wie von dem englischen Geistlichen beschrieben, vor allem die hinreißende Venusstatue: »Von der einen will ich wegen ihrer außerordentlichen Schönheit zuerst berichten«, schrieb *Gregorius.* »Dieses Standbild haben die Römer der Venus gewidmet, und zwar in der Gestalt, in der sie sich der Sage nach zusammen mit Juno und Pallas in dem verwegenen Wettbewerb dem Paris zur Schau gestellt haben soll, nämlich nackt. Als der unbesonnene Schiedsrichter sie sah, sagte er: Nach unserem

Urteil besiegt Venus beide. Diese Statue ist aus parischem Marmor mit einer so wunderbaren und unglaublichen Kunstfertigkeit ausgeführt, dass sie mehr wie ein lebendes Geschöpf denn wie eine Statue wirkt; ihr Gesicht war nämlich, als ob sie sich ihrer Nacktheit schämte, purpurübergossen. Den Betrachtern scheint es, als fließe Blut in dem schneeweißen Mund der Statue. Wegen ihres bewundernswerten Anblicks und, ich weiß nicht, mit welcher magischen Anziehung, trieb es mich dreimal zu ihr hin, obwohl sie von meiner Herberge zwei Rennbahnlängen entfernt war.« Sebastian beließ es, *Gregorius* zum Trotz, bei einem Besuch, denn die strahlende Schönheit gemahnte ihn an Juditha und dass er hier sei, um Nachforschungen über ihren Verbleib anzustellen.

Im engen Straßengewirr unterhalb des Kapitols, hinüber zu den Marktplätzen des Marsfeldes zog er und fragte alle Marktweiber, ob sie eine fremde Heilerin gesehen oder von ihr gehört hätten. Unterschiedlichste Antworten, einmal frech und herausfordernd, dann wieder verschwörerisch geheimnisvoll oder mitleidig, führten zu allerlei Hinweisen, denen Sebastian nachging. Er tat dies in einer Art, als wollte er ein Verbrechen ausforschen, gründlich und planvoll. Dabei stellten sich viele Hinweise als Missverständnisse heraus, weil er Schwierigkeiten hatte, die derbe Sprache der Römerinnen zu verstehen; und sicher verstanden manchmal die Marktweiber sein Latein auch falsch. Schließlich gelangte er in einer düsteren Gassenschlucht beim alten Zirkus an eine Frau, die erst nach langem Zureden erzählen wollte. Verwachsen zu einer nie gesehenen Krummheit, nach den Falten ihrer Haut zu urteilen in biblischem Alter, funkelten die Augen des Weibes in unnatürlicher Glut. Ihre Fistelstimme drang durch Mark und Bein, wenn sie mit Nachdruck ihr No-no-no sagte. Sebastian schauderte. Am liebsten hätte er die Alte sofort verlassen. Aber er musste wissen, was mit Juditha war. Und dieses verkrümmte Weib konnte es ihm offensichtlich sagen. Mit Engelszungen überredete er sie, Antwort zu geben.

»Klein und dick, si si si, schwarzhaarig, si si si, glühende Augen, si si si«, lispelte die Alte schließlich und hielt sich die Hand vor den zahnlosen Mund, dessen Lippen aussahen wie ausgefranstes Leder. »Kannte die Kräuter, sogar die geheimen. Machte die Salbe und flog. Eine echte« – hier begann sie zu flüstern –, »eine echte Striga. Sie kam vom Land, niemand wusste woher. Land am Meer, si si. Wohnte bei Claudia. Ein Zimmer, versteckt unter dem Dach. Aber mit Fenster. Wegen des Flugs, si si. Mit der Salbe flog sie hinüber zum Kapitol. Ins Kollosseum auch. Geheime Zusammenkünfte bei Caracalla. Den Thermen, si. Mit den Ludern, den Rothaarigen, si si. Sie konnte die Krankheiten wegmachen, den Ausfluss und die Juckpusteln. Eine wahre Heilerin. Konnte die Frucht abgehen lassen. Wusste, wie der Samen keinen Schaden anrichtet. Zauberte sogar die verlotterten Dirnen begehrenswert. Konnte Brüste straffen«, kicherte sie wie ein Mädchen, »und wusste die geheimen Lippen zu bemalen. Bald ging der halbe Lateran zu den Nutten, die von der Striga gepflegt wurden. Nannte sich Marietta, si si. Tat es selber nie, no no no.«

Dann brach ein Wortschwall aus ihr heraus: Wütend zog sie über die Pfaffen her, die tagsüber scheinheilig von gutem Lebenswandel sprachen und sich abends um die knackigsten Dirnen stritten, die zunehmend besessener gewesen seien, die von der Hexe geschminkten Rothaarigen zu besteigen und bald mehr nach Geschlecht denn nach Weihrauch rochen. Mühsam gelang es Sebastian, den Kern der Erzählung zu erfassen. Die Sprache der Alten machte Sprünge wie ein Schlachtross beim Anritt zum Lanzenstechen; stakkatoartig sausten ihm die kurzen Sätze um die Ohren, selbst die vielen zur Bekräftigung eingestreuten Si, si und No, no waren nicht mehr imstande, den Redefluss zu gliedern; die leidenschaftliche Erinnerung an die aufgestachelte Unzucht ließ die Frau immer schneller und undeutlicher sprechen und lediglich den vielen Wiederholungen verdankte Sebastian sein Verständnis.

Marietta, wie sie sich hier offenbar nannte, musste es verstanden haben, die von ihr betreuten Frauen für die Kleriker überaus attraktiv zu machen. Eine Welle der Wollust überschwemmte den Lateran. Alle wollten Mariettas Mädchen. Schon gingen die ersten

Pfaffen bei Tageslicht zu den Thermen. Mancher Bischof wendete ein kleines Vermögen auf, um sich die begehrten Dienste zu sichern. Wöchentlich nahm die Unruhe zu, sowohl unter den Klerikern, die sich um die Dirnen stritten, als auch unter den Rothaarigen; wer nicht von Marietta betreut wurde, verlor einen Kunden nach dem anderen und machte schließlich gar kein Geschäft mehr. Neid und Missgunst blühten. Schon schlossen sich die ersten Zuhälter zusammen, um Mariettas Dirnen gegen den Zorn der anderen zu schützen; so sagten sie und jeder wusste, um was es wirklich ging – kein Lude lässt sich die Butter vom Brot nehmen. Sie überfielen Marietta, aber diese zauberte sich frei, entkam, niemand schien es erklären zu können, allen Angriffen und kümmerte sich weiterhin unbeirrt um ihre Dirnen. Wie ein Blitz aus heiterem Himmel dann die Festnahme, angeblich durch einen Dominikaner; das waren die Mönche der Armut, die seit kurzem dem Papst halfen, gegen Häretiker vorzugehen. Ob brotneidige Nutten, herrschsüchtige Zuhälter oder reumütige Pfaffen den Hexenjäger auf Marietta gehetzt hatten, ließ sich nicht mehr sagen. Dieser jedenfalls schlich sich in Mariettas Vertrauen durch mehrere Unterredungen, ehe er sie packte und durch aus dem Hintergrund hervorstürzende Helfer festhalten und in den Kerker werfen ließ. Mehrere Wochen sei Marietta verhört worden, angeblich auch gequält und geschunden; hartnäckig hielt sich das Gerücht, jener Bischof, der den Künsten von Mariettas Mädchen besonders verfallen gewesen sei, habe seine Wollust wochenlang im Kerker an der Striga selbst gestillt. Schließlich brannte der Scheiterhaufen. Seitdem ist Ruhe bei den Thermen. Normale Geschäfte, wie seit Hunderten von Jahren.

»Verbrannt, si si«, endete die Alte und machte dabei eine wegwerfende Handbewegung.

Sebastian suchte Claudia auf, die Vermieterin, und befragte sie nach dem Aussehen der Hexe. Die Beschreibung passte auf Juditha. Claudia erinnerte sich an ein Muttermal, zwei Daumen breit neben dem linken Nasenflügel auf der Wange. Sebastian hatte Juditha manchmal auf diesen Leberfleck geküsst, an dessen Rändern Härchen gewachsen waren; Juditha hatte das Mal nie gemocht, die Haare hatte sie sich immer wieder herausgezupft, doch waren sie stets nachgewachsen. – Als Sebastian aus Claudias Mund von diesem Zeichen hörte, stiegen ihm Tränen in die Augen. Marietta war Juditha, ohne Zweifel.

* * *

Und wieder saß Isabelle auf einer Zinne der Stadtmauer im Westen und verfolgte den Sonnenweg. Ocker färbte sich das Honiggelb ein, das grelle Licht wurde blasser. Mit jeder weiteren Annäherung der Sonnensphäre an den Horizont blähte sich die Scheibe weiter auf und wurde rot dabei, als müsste sie sich anstrengen. Isabelle sann den Träumen nach, welche sie in den letzten Tagen heimgesucht hatten. Schreckliche und tröstliche Bilder engmaschig miteinander verwoben, ließ sich nicht sagen, ob sie Gutes oder Schlechtes vorausgesehen hatte. Nur eines war klar: Veränderung. Sie wusste nicht wann, aber sie wusste es so deutlich wie vor Jahren auf Quéribus, dass eine Änderung eintreten würde. Schon fühlte sie sich unbehaglich in ihrem schmucken Gemach. Putz und Prunk lobten das Weltliche, dabei bündelte Isabelle ihre Gedanken mehr und mehr nach innen. Dort fand sie ganz andere Bedürfnisse als in jenem Außen, das die Hofdamen vollendet verkörperten.

Allein die Art der neuen Kleider: oberhalb des Beckens geschnürt wie ein Wespenkörper, nach unten weit ausschwingend der Rock; nach oben zu nahe am Leib und die Büste betonend; die Stoffe von samtener Pracht in schreienden Farben und wer es sich leisten konnte, ließ Gold und Silber hineinwirken. Geschickt drapiert die wollüstige Verlockung. Der Reimemacher fanden sich da viele, solche Damen zu besingen; doch schien die Zeit der *Troubadoure* abgelaufen; die *Trouvéres* eroberten das Terrain mit deutlicheren, anzüglicheren Liedern. *Amor purus* verlor an Wert, mancher Reimemacher drechselte seine Verse nicht um der Kunst, sondern um der Verführung willen. Und wie gern sich manche Dame verführen ließ. Von Irene de Grandballon ging das Gerücht, sie trüge extra weite Röcke, damit einerseits ihre darunterliegende Nacktheit nicht auffalle und sich andererseits dem klopfenden Stab rasch die Pforte öffne; im Übrigen hieß sie nicht umsonst Grandballon, die Freifrau von Saint-Félix-Lauragais. Die vollbusige Irene stand in jeder Hinsicht gern im Mittelpunkt und vor wenigen Tagen musste es im Anschluss an ein höfisches Fest zu Ehren Prinzessin Annabelles in der Tenne der herzöglichen Stallungen ein Gelage der besonderen Art gegeben haben; jedenfalls schwärmten hinter vorgehaltener Hand einige Herren und manche Edelfräuleins von den Vorzügen der lebenslustigen Blondine.

Isabelles Leib pochte nicht mehr, und so sehr sie in mancher einsamen Stunde Bernards Gegenwart und Zärtlichkeit vermisste, so wenig drängte es sie, sich Lust zu verschaffen; sie fühlte sich in einem behaglichen Gleichgewicht, das sich vielleicht auch aus dem Wissen speiste, wie sehr sie in Bernards Armen die körperliche Erfüllung genossen hatte. Ausdrücklich schloss sie, wenn ihre Gedanken in diese Richtung schweiften, in jenes Gleichgewicht den Umstand ein, nicht empfangen zu haben. Denn so viel Zukünftiges sie sah, ihr Schicksal kannte sie nicht und wollte keinesfalls damit hadern. Der Fügung stemmt sich keiner entgegen. Isabelle war klug genug, das zu erkennen. Trotzdem hielt sie das nicht vom Fragen ab und zunehmend drängte sich eine Stelle auf, die sie jüngst bei Jeremias gelesen hatte:

»Verflucht der Mann, der auf Menschen vertraut, auf schwaches Fleisch sich stützt und dessen Herz sich abwendet vom Herrn. Er ist wie ein kahler Strauch in der Steppe, der nie einen Regen kommen sieht; er bleibt auf dürrem Wüstenboden im salzigen Land, wo niemand wohnt. Gesegnet der Mann, der auf den Herrn sich verlässt und dessen Hoffnung der Herr ist. Er ist wie ein Baum, der am Wasser gepflanzt ist und am Bach seine Wurzeln ausstreckt: Er hat nichts zu befürchten, wenn Hitze kommt; seine Blätter bleiben grün; auch in einem trockenen Jahr ist er ohne Sorge, unablässig bringt er seine Früchte.«

Das Bild von der Wurzel am klaren Bach beschäftigte Isabelle und sie spürte die tiefe Wahrheit von Mal zu Mal mehr, je öfter sie sich die Worte des Propheten vorflüsterte. Hatte nicht Michel Roquebrun gesagt, bei den Propheten komme es darauf an, was sie sagten? Jeremias sprach Gutes. Also war er ein echter Prophet. Sein Gleichnis war weise. In Isabelle wuchs die Wurzel heran. Derweil sank die Sonne blutrot in den Boden.

Von da an traf Isabelle immer öfter mit Philipp zusammen. Sie erörterten Fragen des rechten Glaubens und der Beschaffenheit der Welt wie des Himmels und drangen tief zu den Grundfragen der *bonshommes* vor.

»Die Lehre geht so: Zwischen Körper und Geist steht die Seele. Es kommt darauf an, auf welche Seite sie sich schlägt, ob sie gerettet wird. Entscheidet sich die Seele für den Körper, bleibt ihr ewige Verdammnis. Mit dem Geist wird sie frei.«

Isabelle nickte zu Philipps Worten und legte den Kopf schief.

»Dein Blick ist fragend«, fuhr Philipp fort. »Auch ich frage mich, seit ich die Empfindung kenne, die ich aus vollkommener Einheit in meinem Traum von deiner Eidechse erfuhr. Lange habe ich darüber nachgedacht, weshalb meine fleischliche Hülle ohne Seele verfaulte. Die Antwort scheint einfach: Verlässt die Seele das Fleisch, wirft sie Satans Auswurf in die Verdammnis. Kommt es also nur auf die Seele an, kann das verwerfliche Fleisch ohne sie nicht existieren, weshalb ja Mephistopheles immer nach den Seelen trachtet. Wenn aber, wie es die Lehre sagt, sich Seele und Geist verbünden müssen und eigentlich der Geist von Gott ist, kann die Seele nicht allein aufsteigen. Getreu den geheimen Lehren steigt die Seele hinauf mit dem Geist und verbindet sich so mit Gott, bleibt aber in der Niederung ohne Geist. Das ist weise und deckt sich mit meinem Traum, wo die Seele im Reptil gefangen bleibt. Wohin aber entschwand der Geist? Der Seele war der Weg zur göttlichen Wurzel versagt, der Körper verfaulte – der Geist fehlte. Ging dieser zurück zu Gott, seinem Ursprung und war lediglich die Seele verflucht zur Welt? Oder löste sich der Geist mit dem Körper auf? Letzteres widerspricht dem Wesen göttlichen Geistes, Ersteres widerspricht der reinen Lehre. Also frage ich mich, ob nicht in der Einheit aller drei Elemente die Lösung steckt. Dann könnte der Geist die Summe von Seele und Körper sein und göttliches Rätsel inmitten der satanischen Schöpfung. Was wiederum die Lehre auf den Kopf stellt.«

»So denkt Rom«, mischte sich Isabelle enträstet in Philipps laut gesprochenen Gedankengang.

»In diesem Punkte ja. – Wenn aber der gute Gott wahrhaftig der größere Gott ist als der Teufel, dann kann er seinen Atem auch Satanswerk einhauchen und dem gefangenen Engel die Möglichkeit eröffnen zurückzufinden.«

»Aber der Körper bleibt weltlich; wie soll da Einheit möglich sein?«

»In der Welt müsste der Körper die Welt überwinden.«

»Also sich selbst preisgeben?«

»Du sagst es. – Die Askese des Geistes und der Glaube der Seele bringen den Körper zum göttlichen Wollen der Selbstaufgabe. Der Körper muss aus sich heraus mithelfen, den Körper zu besiegen. Es genügt nicht, keiner Begierde nachzugeben. Aus dem Körper heraus darf sich keine Begierde mehr äußern.«

»Das ist noch schwerer.«

Philipp nickte: »Und gegen die reine Lehre.«

Sie saßen Stunden über Stunden und zerbrachen sich die Köpfe über solcherlei Fragen. Wieder und wieder drehten sich die Worte im Kreis. Von Frage zu Frage schienen sie weiter von einer Antwort entfernt. Aber sie wollten die Suche nicht aufgeben und so besorgten sie sich von einem Katharerbischof das geheime Buch und lasen die *Interrogatio Ioannis* Satz für Satz auf der Suche nach dem verborgenen Schlüssel der Wahrheit. Allein, sie fanden ihn nicht, fanden nicht einmal die Antworten auf die Fragen nach dem Wesen von Geist, Körper und Seele. Das durfte nicht sein, das konnte nicht sein – und nach langen Tagen des Grübelns wussten sie es: Es gab ein noch geheimeres Buch, das die innersten Siegel bewahrte. Dieses Buch mussten sie finden.

Allein, was sie weder wussten noch wissen konnten: Das *cognoscere causas* war noch nicht geschrieben und nur die allerwenigsten kannten den Satz von Vergil: »Selig, wem es gelang, die Gesetze der Welt zu erkennen, wer, von Beängstigung frei, das unerbittliche Schicksal und des gierigen Acheron Rauschen zu Füßen sich legte.« Trotz ihres Unwissens aber standen sie am Abgrund des Geheimnisses, das zu ergründen ihnen vorbehalten war und dessen Kern in ferner – aber nicht allzu ferner – Zukunft das Vermächtnis der Katharer bilden würde. Noch suchten sie und mühten sich, den Körper einzubeziehen in die Einheit von Seele und Geist, um zur höchsten Enthaltsamkeit zu gelangen. Aber solange der Gedanke an Bernard in der Welt war und mit ihm die Möglichkeit zu empfangen, blieb Isabelles Körper der Welt verbunden. Es war eine vage Verbindung, denn die Lust drängte nicht mehr und der Wunsch nach einer Schwangerschaft war versiegt; aber die Erinnerung warf unter der Oberfläche sanfte Blasen. Und Isabelle hatte aller bösen Ahnungen zum Trotz nicht aufgehört, Bernard zu lieben und auf seine Rückkehr zu hoffen.

* * *

Auf ihrem Marsch über den Apennin und hinüber nach Genua hatten sich Guillaume und Ambrosius angefreundet, denn so wie der Mönch das Zupackende an dem Knappen schätzte, so empfänglich war dieser für die väterliche Weisheit des Gottesmannes. Stunde um Stunde vertieften sie sich in Gesprächen und Guillaume breitete dem Mönch seine ganzen Nöte und Enttäuschungen aus, indem er von dem fehlgeschlagenen Kreuzzug berichtete und der Art, wie ihn sein Herr, der Ritter Sebastian Lemaitre, in Venedig weggeschickt hatte. Ambrosius tröstete ihn mit dem Hinweis, jede gute Tat werde dereinst vergolten und ebenso jede schlechte. Sebastian hätte eben, obwohl er das Kreuz genommen habe, keinen rechten Glauben in sich und das führe zu Herzlosigkeit in Wort und Tat.

»Weißt du«, sagte er, »den Glauben zu haben liegt nicht in der menschlichen Natur. Wohl aber liegt es in ihr, sich dem inneren Antrieb und der von außen kommenden Verkündigung der Wahrheit nicht zu widersetzen. Wer dagegen verstößt, der handelt wider die Natur und wird selbstsüchtig und hartherzig gegen andere. – Du, mein lieber Guillaume, bist anders«, und dabei tätschelte Ambrosius Guillaumes Schulter.

Der Knappe mochte die gemütliche Art des Älteren, der sich an den vielen Kleinigkeiten entlang des Weges erfreuen konnte. Da bückte er sich nach einer Ringelblume, dort verfolgte er den Flatterflug eines Pfauenauges, hier bewunderte er das Gefieder eines Buntspechts, da harrte er geduldig aus in der Beobachtung eines Feldhasen, der ihre Witterung nicht in der Nase hatte. Ambrosius legte gegenüber jedem Geschöpf eine Wertschätzung wie gegen einen lieben Menschen an den Tag und beinahe glaubte Guillaume, Franziskus wiederzuerkennen, und so fragte er seinen Reisegefährten nach dem Bruder aus Assisi.

»Franziskus ist, wenn du mich fragst, ein Heiliger und der größte Gewinn für unsere heilige Kirche seit den Aposteln und Benedikt. Aber sein Augenmerk liegt auf der Schöpfung, er hält nichts von Wissen und Gelehrsamkeit. Er lebt die Armut, wünscht sich daneben aber das Leben in seiner ganzen Fülle. Dominikus dagegen mag weniger heilig sein – der Herr verzeih mir meine Anmaßung –, er sieht dafür die Notwendigkeit, für den Bestand der Kirche mit den Mitteln der Vernunft zu kämpfen. Es ist doch so, dass an jeder Ecke die Häresie das Haupt hebt; es bedarf der Glaubensflamme und der Geisteskühle, dieser Hydra alle Köpfe abzuschlagen.«

»Sprichst du gegen die *bonshommes*, die wir in Okzitanien kennen und schätzen?«

»Ja, mein Sohn. Das sind üble Häretiker und wegen ihnen hat Dominikus sich entschlossen, aus den *Armen Christi* eine Kongregation zu machen, welche die verlorenen Seelen in den Schoß der

Gnade zurückführt. Und es ist ein Glück, dass ihm die Fassung seiner Regel noch gelang, ehe ihn der Herr zu sich rief.«

»Aber die *guten Christen*, wie sie bei uns genannt werden, leben ein gottesfürchtiges, anständiges Leben, tragen selbst ihren Unterhalt durch einfache Arbeit oder Empfang von Almosen gegen die Predigt, sie prahlen nicht, geben der Wollust nicht nach und sind selber arm wie die meisten Menschen.«

»Gutes Leben allein ersetzt nicht den richtigen Glauben. Allerdings können sie durch ihr gutes Leben der göttlichen Gnade teilhaftig werden, wenn sie sich bekehren.«

»Wer weiß denn, was der richtige Glaube ist?«

Ambrosius lächelte und deutete zum Himmel hinauf; die Schleierwolken dämpften das Sonnenlicht, ein Bussard zog einsame Kreise.

»Die letzte Wahrheit ist bei Gott selbst. Wir können nicht alles erkennen, selbst wenn wir Erkenntnis besitzen. Der Glaube ist über dem Wissen. – Aber neben dem Glauben an das, was nicht zu begreifen ist für den Menschen, gibt es durchaus Wege zur Wahrheit. Denn Wahrheit ist in der Vernunft als Frucht des Erkenntnisaktes und zugleich als erkannt durch die Vernunft. Erkannt wird sie von der Vernunft, indem die Vernunft sich zurückbeugt auf ihr eigenes Wirken, erkennend nicht nur ihren eigenen Akt, sondern auch dessen Bezug zur Wirklichkeit. Wer also die Erkenntnis im Glauben mit Vernunft sucht, der wird Wahrheit schauen.«

»Das musst du mir erklären«, entgegnete Guillaume staunend und hielt den Mund offen. Ambrosius lächelte erneut und setzte in seiner Erläuterung die Vernunft gegen die Sinne, welche letztlich ohne Hinterfragen von versteckt liegenden Beziehungen aus Ursache und Wirkung nur die Ergebnisse wahrnähmen. Die Vernunft dagegen frage sozusagen dauernd: »Warum?« Und in Guillaumes anhaltendes Staunen hinein erklärte der Mönch, weshalb Bischof Diego de Osma und sein Subprior Dominikus der Gelehrtheit so viel Aufmerksamkeit schenkten in ihrer Mission gegen die Häresie. Der Mensch als vernunftbegabtes Wesen sei in Zweifelsfragen von

Gefühl und Glauben eben der Vernunft und Gelehrsamkeit zugänglich und auch die, welche ungelehrt seien, müssten aus guter Fürsorge der Kirche heraus Belehrung erfahren zur Stärkung ihres Glaubens. Hierin liege der wesentliche Sinn jeder Predigt, wie sie bereits Jesus Christus selbst verstanden habe.

»Deshalb«, beendete Ambrosius seine Ausführungen, »folge ich dem Dominikus, weil er stärker gegen die Irrlehren hilft als dem Franziskus seine Heiligkeit. – Und außerdem«, hier zwinkerte der Mönch mit beiden Augen, »kommt man als Bettelprediger viel durch die Welt; das hilft die Armut besser ertragen.«

Sie lachten und nachdem Ambrosius noch einige Vorzüge der fehlenden *stabilitas loci* gerühmt hatte, verließen sie das Feld der Theologie mit ihren Spitzfindigkeiten, an denen Guillaume allerdings – wenngleich zunächst sozusagen unbewusst – zunehmend Gefallen fand; Ambrosius ließ sich von Palästina erzählen und lauschte dem Bericht über Sebastians Wundheilung mit sichtlichem Vergnügen. In Genua angekommen, fanden sie Herberge in einer Benediktinerabtei, stellten erstaunt ihre Verbundenheit fest und vereinbarten, den Weg nach Toulouse gemeinsam zu unternehmen. Auf dieser Wanderschaft wuchs die Anziehung, welche der Dominikanische Bettelorden auf Guillaume ausübte, so sehr, dass er bei der Ankunft in Toulouse um Aufnahme in den Orden bat und einige Tage später den Habit des Novizen überstreifte.

Nagel des Gedächtnisses

Tagelang ergab sich Sebastian dem Trunke. Er konnte die Trauer nicht ertragen. Wie viele hatte er bei Damiette sterben sehen, wie viele Ritter selbst getötet? In Kampf und Krieg hatte ihn der Tod nicht bedrückt. Aber dieses eine Sterben im Feuer, das schaffte ihn. Also trank er und im Suff spielte er mit einem Hütchenschieber. Da lagen drei Hütchen aus Pergament auf einem Brett. Unter ein Hütchen legte der Schieber einen kleinen Silberling. Dann wirbelte er mit flinken Händen die drei Hütchen hin und her, stülpte stets ein anderes über den Florint, verschob, drehte, wischte mit den Pergamenten und ließ den Zuschauer raten, unter welchem Hütchen der Silberling sei. Traf man das richtige, erhielt man das Geldstück; andernfalls musste man seines drangeben. So sehr sich Sebastian mühte, den Florint im Blick zu behalten, so verwirrend sausten die Hütchen herum, dass sich die Bewegungen vermischten und zu einer verschwammen; Wein und Grappa taten ein Übriges; fast immer hatte Sebstian Pech. Je höher sein Verlust, desto kräftiger sein Zorn und sein Verlangen, jetzt endlich mit einer höheren Wette den Einsatz zurückzuholen. Verbissen und hitzig setzte er seine Wetten und um das Brett, an dem Sebastian stand, bildete sich eine Traube johlender Zuschauer, die sich auf die Bäuche und Schenkel schlugen vor Lachen, wenn Sebastian nach neuerlichem Verlust in Wutgeheul ausbrach. Ja, er machte sich zum Narren. Und als er nach Tagen aus tiefem Rausch erwachte, stellte er fest, welch ein Tor er gewesen war: Alles hatte er verspielt bis auf die Kleider, die er am Leib trug, und seine Waffen – verloren das Packpferd, verloren das Streitross, verloren der schwere

Mantel fürs Turnier und alles Geld, verloren sein Rittertum. Während dumpf pochender Schmerz noch seinen Schädel zerriss, dämmerte ihm, dass er ein armer Fußsoldat in der Fremde geworden war.

Leise erwachte in ihm die Erinnerung an das Aude. Er ließ ab vom Wein und beschloss, Rom zu verlassen. Als Wanderer würde er zurückkehren in die Heimat; vielleicht half dieser Weg, den Schmerz zu überwinden. Doch bevor er vergaß, wollte er sich nochmals erinnern. Daher wählte er nicht den unmittelbaren Weg entlang der *Via Aurelia* nach Norden, sondern ging die *Via Cassia* hinauf und querte in Umbrien erneut den Apennin. Er wollte in Marotta von Juditha Abschied nehmen, wollte das Bild jener stürmischen und zugleich sanften Geliebten zurückrufen, die er vor fünf Jahren verlassen hatte. Diese Erinnerung mochte den Scheiterhaufen auslöschen, den er in Rom stets vor sich sah, wenn er an Juditha dachte.

Wie schon einmal, als er von Marotta gen Siena geritten war, nur diesmal des Wanderns wegen noch gründlicher, entdeckte Sebastian die Langsamkeit. Zudem hatte er nun Augen für Landschaft und Städte. Es war Mai geworden, der Himmel licht und mit wenigen Wolken; warm die Luft und kaum bewegt, dem Fußmarsch angenehm. Sanfte Hügelketten bauten sich nach Norden zu Bergen auf und mehrere Tage begleitete den Wanderer der Monte Amiata, ein riesiger waldreicher Buckel. Manchmal breiteten sich Felder aus, so weit das Auge reichte; hoch geschossenes grünes Korn wogte wie ein kaum bewegtes Meer. In Busch- und Bauminseln zwitscherten Vögel und riefen Damiette in Erinnerung; predigte Franz von Assisi nicht den Vögeln? Ob er dies erfolgreicher tat als damals bei den Mohammedanern? Schade, dachte Sebastian, dass ich den Prediger nicht selbst erlebt habe, und er sann den Worten nach, die ihm zugetragen worden waren, wonach Franz dem Beispiel den Vorrang vor dem Wort gab. Seltsam. Dabei predigte er den Reichen von der Armut im Geiste. Er schüttete Wein aus, trat aber aus Ehrfurcht vor der Schöpfung nicht auf Wassertropfen. Er sagte, Wissen blähe auf und man tue gut daran, keine Bücher aufzuhäufen. Irgendwie weise, dachte Sebastian und überlegte, ob er einen Umweg über Assisi in Kauf nehmen solle, entschied sich dann aber doch für den direkten Weg nach Marotta und sprach – eher unbewusst – mit der verlassenen Hütte.

»Du fehlst mir«, flüsterte er, »und ich hätte dich so gern in die Arme geschlossen. O Juditha, weshalb bist du nach Rom gegangen und hast dort ein zweifelhaftes Werk vollbracht? Warum nur, warum? – Was gehen dich«, brachen unvermittelt Zorn und Enttäuschung durch, »verdammt noch mal die Nutten an den Thermen an?!«

Ein Verzweiflungsschrei. Wie soll man das Unfassbare begreifen? Er hatte sie erlebt, die Zügellosigkeit der Kleriker; ebenso deren Verlogenheit; wenn nur der gute Anschein gewahrt bleibt in gewissen Dingen, ist alles erlaubt. »Widerlich«, schimpfte er und weinte. Er mochte es nicht glauben; Juditha war nicht so, war keine Dirnenmutter. Andererseits: wie gekonnt und wissend hatte sie ihn zum Mann gemacht. Das kann nicht jede. Da braucht es Erfahrung und eine besondere Begabung. Wieder und wieder schüttelte er den Kopf. Er musste sich mit den Tatsachen abfinden. Es gab nichts zu deuten. Den Dingen der Welt gehört das Leid an, der Mensch muss es tragen.

Sebastian wanderte anderntags stumm weiter, zunächst die Küste entlang und dann quer in die Poebene hinein mit dem vagen Ziel, nach Mailand zu gelangen. Von der eigenwilligen Stadt hatte er gerüchteweise sagen gehört, dort würden etliche *bonshommes* weilen und guten Kontakt nach Okzitanien halten; vielleicht könnte ihm jemand bei der Beschaffung eines Rosses behilflich sein. Er wanderte langsam durch sumpfiges Gebiet, bis er auf einen Deich traf. Von dessen Krone blickte er über den träg fließenden Strom. Am jenseitigen Ufer lugte hinter der Aufwerfung des Dammes die helle Steinspitze eines Kirchturmes hervor. Ganz in der Nähe musste sich die Furt befinden, auf der er den Strom gefahrlos und ohne fremde

Hilfe überqueren konnte. Sebastian schlenderte versonnen stromauf, schlenderte wirklich, denn die Sonne stand beinahe im Zenit und sie hatte so viel Kraft, dass sich schnelle Bewegung in der Mittagszeit verbot. Vier Ochsen im Joch zerrten einen Karren auf die Deichkrone; erleichtertes Brummen des stämmigen Viehs; die Furt war erreicht. Sebastian sah die Besatzung einer Flussbarke an langen Tauen sich abschinden, um das Boot über die Untiefe zu ziehen. Das Leben ist immer ein Abschuften für die Braven, dachte Sebastian, während er auf das Wasser zuging, sich seiner Sandalen entledigte und hineintrat in das wohlig kühle Nass, das über viele Doppelschritte hinweg nicht mehr als seine Waden benetzte. Er genoss die Kühlung der Fußsohlen, die von den Meilen der letzten Tage brannten. Weiter ging er in die Mitte hinein und schon schwappte der Strom auf Bauch und sogar Brust und kühlte den mittagsheißen Leib. Im Weitergehen wich das Nass zurück und nur abtropfendes Wasser nässte noch etliche Doppelschritte auf der staubigen Straße, ehe sich wieder frühsommerliche Trockenheit durchsetzte. Sebastian schlüpfte in die Sandalen und schlenderte auf die weiße Kirchturmspitze zu.

Pomponesco lag in emsigen Treiben zu Sebastians Füßen, als er den nördlichen Deich erklommen hatte und hinabsah auf das winzige Städtchen, das jeder Befestigung entbehrte und sich bescheiden herumduckte um den großzügigen Platz vor der Kirche, der gegen den Strom hin lediglich durch eine mannshohe Mauer abgeschlossen war. Auf dem Platz herrschte reges Treiben, ungewöhnlich für die Mittagszeit, und erstaunt trat Sebastian näher, durchschritt den unbewachten Einlass in der Mauer und bahnte sich einen Weg durch eine aufgeregte Menschenmenge auf die Kirche zu. Dort stand ein hölzernes Gerüst, mehr breit als hoch, bildete ein Podest, auf dem man sich eingeschränkt bewegen konnte, wie es Schausteller und Komödianten manchmal benutzten, und dahinter ein Balkengerippe, das man für einen Galgen oder für den Anfang einer Aufrüstung zu einem Scheiterhaufen ansehen konnte, in seiner Art nach jeder Richtung hin unfertig und stümperhaft, als ob der Baumeister keine Ahnung gehabt hätte, was er errichten wolle, und einfach munter drauflos gezimmert hätte – am Ende sah man hier das Ergebnis eines veritablen Weinrausches, wer weiß. Die Aufgeregtheit der Menschen ringsum allerdings sprach gegen eine allzu profane Erklärung, und als Sebastian mit etwas Ellenbogeneinsatz nach vorn gelangte, erkannte er an die schrägen Galgenbäume angebunden drei Frauenzimmer, die Schilder um die Hälse trugen, auf die in fetten Lettern *Striga* gemalt war. Sebastian musterte die zur Schau gestellten Weiber eine nach der anderen und konnte nichts Hexenhaftes erkennen, weshalb er sich mit einem inzwischen passablen Italienisch an einen Umstehenden mit der Frage wandte, wessen die Frauen angeklagt seien.

»Der Bischof von Cremona will sein Blutgericht bis hierher erstrecken und klagt die drei an, sie würden zu der Sekte der *guten Christen* gehören, die den katholischen Glauben verlassen hätte, das Kreuz Christi mit Füßen trete, sich dem Teufel geschlechtlich ergebe und durch Zauberei Tiere und Feldfrüchte schädige.«

»Glaubst du der Anschuldigung nicht?«, fragte Sebastian.

»Nein. Der Papst hat beim Kampf gegen die Häretiker gleich viel Ablass wie für eine Kreuzfahrerei nach Jerusalem versprochen. Das stachelt den Bischof an. Die Frauen dort sind ehrenwert, merke dir das, Fremder. Heute Abend wird es sich weisen, denn wir unterwerfen sie einem Gottesurteil und wissen alle, dass jede der dort zu Unrecht stehenden Mütter das glühende Eisen wird unbeschadet über zwölf Schritte tragen.«

»Und wenn nicht?«

»Jagen wir den Kleriker trotzdem fort«, entgegnete Alberto Ganzague, »denn wir sind nicht die Büttel der Cremoneser, nicht im Weltlichen und nicht im Kirchlichen, und unsere Frauen sind rechtschaffen.«

»Ist denn«, fragte Sebastian, »redlich prozessiert worden?«

»Ach was«, winkte Ganzague ab, »da ging eine *Fama* in Gasalmaggiore und daraufhin hat der Legat den Henker mitgebracht, um

Hexenmale zu entdecken, die jeder von uns – frag nur die Ehemänner – für Leberflecke hält. Es ist doch nur, weil wir voriges Frühjahr den Pietro Cassali verjagt haben, den geilen Pfründenbock, der sich nicht mit seinem bequemen Zehnten begnügt, sondern unbedingt dem Schmied seine Tochter hat haben wollen, die aber gottgefällig blieb und ihn abwies, weshalb er eine üble List ausheckte, sie in den Keller unter dem Sanktuarium lockte und versuchte, ihr Gewalt anzutun. Die Susanna aber – ja, so sind wir Pomponescer! – griff ihrerseits zu einer List und ließ ihn schwören, dass er dem Zölibat absagt, wenn sie ihm ihre heimliche Liebe offenbart, was er gern tun will, aber, so verlangt es die Züchtige, vor dem Altar und im Adamskleide tun muss; noch sträubt er sich, doch lüftet die Jungfrau in ihrer Not ein wenig den Rock und öffnet ihr Mieder; das ist zu viel. Willig reißt sich der Pfarrer allen Stoff vom Leib und folgt Susanna hinauf in die Kirche, kniet – oh, dieser Lasterhafte! – nackt nieder vor dem Altar und flüstert lateinische Worte. ›Nicht so‹, fordert die Keusche, ›sondern in der Art, dass ich es gut verstehen kann, auch von der Fülle des Tons, wenn du weißt, was ich meine. Und denke an das eben Geschaute, wenn dein Schwur laut in der Halle dröhnt.‹ Der Sünder gehorchte und schwor lauthals der Keuschheit ab um des Schäferstündchens mit Susanna willen, ohne sich um die beiden Witwen zu kümmern, die erschrocken aus ihren Bänken sprangen und mit schrillen Schreien auf den Platz hinausflohen, gefolgt von der Listigen, die sogleich etliche Männer in die Kirche schickte, wo ein von Wollust verwirrter Pfründner vergeblich zu fliehen suchte. – Mit Schimpf und Schande haben wir den Pietro Cassali hinausgejagt, zurück zu seinem Onkel, der sich nun an unseren Frauen rächen möchte.«

Die Rede Ganzagues war immer heftiger und sprudelnder geworden und bei der Schilderung der Vertreibung des Wüstlings hatte er mit seinem Fuß weit ausgeholt und ihn nach vorne geschwungen, als wolle er mit aller Wucht die Stiefelspitze in den geistlichen Steiß jagen, dabei kräftig gegen einen Pfosten des Schandgerüsts getreten, woraufhin sofort von rechts und links zwei Söldner heransprangen, um den Aufgebrachten zu ergreifen. Der aber stieß die Angreifer mit Fäusten zur Seite und rief: »Ihr Schergen begreift keinen Pomponescer!«

Noch ehe die Wachen aus dem Rückwärtstaumeln zum Stehen kamen, rottete sich das umstehende Volk bedrohlich zusammen und skandierte: »Weg mit den Schergen!« Rings um Sebastian rückten sie enger zusammen und einen halben Schritt auf das Gerüst und die Söldner zu. Diese, der spontanen Entschlossenheit des Volkes gewahr, erblassten, duckten sich und zogen sich unter dem Prangerpodest hindurch nach hinten zurück. Durch diese Flucht ermutigt, erstürmten die Ersten das Gerüst, drangen die Nächsten gegen den Pranger vor, umzingelten die Wachen, rangen sie nieder und schoben sie gegen die Mauer hin und aus der Stadt hinaus, während laut schreiende Bürger die Gebundenen befreiten und hinunterhoben auf festen Boden. Das kaum geschehen, brachte eine Horde übermütiger Burschen das Podest zum Einsturz und schrien mehrere, abends werde das Freudenfeuer brennen. Der bischöfliche Legat zog seine Wachen zurück und ergriff die Flucht.

Der Auslöser des Ganzen, Alberto Ganzague, fasste in den tumultartigen Szenen Sebastian am Ärmel und zog ihn von der zerstörten Richtstatt weg zur anderen Seite des Platzes vor die düstere Front eines stolz und abweisend aufragenden Palazzo, wo er dreifach den Bronzeklöppel gegen die Eichentür schlug, die sich öffnete und die beiden in ein schattiges Patio einließ, in dessen Mitte ein Brunnen plätscherte.

»Sei mein Gast, Fremder«, forderte der Landadlige Sebastian auf, »denn von Gottes Hand warst du geschickt, das Geschehen so zu beeinflussen, wie es das Schicksal uns vorherbestimmt hat. Darum sei mir willkommen, du Götterbote.«

Sebastian wehrte ab, er sei kein Götterbote, lediglich ein verarmter Kreuzritter auf der Reise in die okzitanische Heimat, und wenn ihn die Vorsehung an diesen Platz gestellt hätte zu dieser Zeit, so sei ihm das in keiner Weise zurechenbar. Daher schicke es sich nicht, die Einladung anzunehmen, zumal er geplant habe, noch ein Stückchen des Weges zurückzulegen den Po hinauf.

»Du Unglücklicher, wirst dich doch jetzt nicht gegen Cremona wagen«, entfuhr es Ganzague. »Die Schergen haben dich erkannt, in vorderster Reihe standest du, als ob die Planung des Aufruhrs mit in deinen Händen gelegen habe. Und, glaube mir, wo die in Cremona so gern mit dem Franzosen Philipp-August paktieren, ist ihnen ein Okzitanier ein rechtes Futter für ihre Gehässigkeit. Nein, nein, du bleibst.«

Am Abend umtanzten die Pomponescer das lodernde Feuer, das sie mit dem Schandgerüst speisten, und es war ein Lachen und Feiern voller ausgelassener Fröhlichkeit, wie es Sebastian noch nie erlebt zu haben vermeinte. Während ganz Pomponesco auf den Beinen war, um den Sieg über den Bischof von Cremona zu feiern, schlich Sebastian zum Deich hinaus, setzte sich ins Gras, blickte nach Sonnenuntergang in den letzten Streifen der Abenddämmerung und versenkte sich in die Stille. Er nahm Abschied von Juditha. Nochmals griff er den Faden der Erinnerung auf und sann dem Kennenlernen nach, hielt sich ihr Bild vor Augen und hing noch lange seinen Gedanken nach. Nein, damals hatte er im tiefen Grund allen Fragen, Ahnungen und Befürchtungen zum Trotz nichts Hexenhaftes entdeckt. Gerade jetzt, im frischen Bewusstsein des eben Erlebten, konnte er nicht anders, als Juditha von den Vorwürfen der Kirche freizusprechen. Sie war keine Hexe und er bezweifelte sogar, dass sie wirklich den Dirnen solche Dienste erwiesen hatte, wie behauptet. Aber ihren Tod akzeptierte er, denn Claudias Aussage über das Muttermal schien ihm richtig. Er nahm es hin, dass Richter ein Fehlurteil sprechen können, sogar im Namen Christi; von der Unfähigkeit der Legaten hatte er im Heiligen Land hinreichend erfahren. Mit diesen Annahmen aber gelang es ihm, die Erinnerung an Juditha in Einklang mit seinen Gefühlen zu bringen. Er hatte sie geliebt, liebte sie noch und ließ ungern von ihr. Doch der Tod fragt nicht nach dem, was man will.

So saß er da. Und es ist wahr: Die Dinge haben ihre Tränen. Er trauerte und weinte lange. Dann schluckte er trocken, nickte und stand auf. Möge das Leben seinen Lauf nehmen.

Er mischte sich unter die Feiernden und genoss den vollmundigen Wein, dessen Blume nach kurzem Aufschmecken einen Hauch von Himbeere verströmte. Die Tafel seines Gastgebers, rasch aufgebaut am späten Nachmittag, bewirtete die Vornehmen des Ortes und alle erkundigten sich wohlgefällig und mit reger Anteilnahme nach Sebastians Woher und Wohin. Nicht wenige priesen ihn als einen Sendboten des Herrn, der verhindert habe, dass der Scheiterhaufen brannte. Manche äußerten Bedenken über die Vorgehensweise des bischöflichen Glaubensgerichts, das sich allzu sehr auf Gerüchte stütze. Nochmals gestattete sich sein Gastgeber einen Ausfall gegen die Lüsternheit der Geistlichkeit und dass es ein arger Sittenverfall sei, auch wegen des Umstandes, eine Pfarre nur als Pfründe zu betrachten und keineswegs ein seelsorgerisches Interesse mitzubringen, was weniger leicht geschehe, wenn man sich eine Gemeinde nicht kaufen könne. Überhaupt liege der Schlüssel zur Seligkeit in der Armut. Nach und nach kamen alle Gedanken zur Sprache, die Sebastian schon vom Aude her kannte, und er stellte fest, wie sich die Abneigung gegen die Kleriker bei Adel und Edelfreien glich, und staunte nicht, dass nun die *guten Christen* zum Beispiel für wahre Gläubige erhoben wurden. Es gibt Verwandtschaft zwischen Lombardei und Okzitanien, dachte Sebastian und fühlte sich zunehmend wohler in der Runde, obwohl die Pomponescer im Verlauf des Festes ziemlich viel tranken.

Der Trubel und die Lautstärke nahmen noch zu und so zog er sich in eine ruhige Ecke des Palazzos zurück und ließ seine Gedanken schweifen. Nach einiger Zeit trat Alberto Ganzague neben ihn.

»Du suchst die Stille – du sollst den Ort dafür erhalten«, sagte er väterlich, legte seine Hand auf Sebastians Schulter und führte ihn in den rückwärtigen Teil seines Palazzos. Sie schritten durch einen

Flur und gelangten zu einer breiten Tür. Ganzague öffnete sie und wies Sebastian den Weg in das Gemach. »Dies sei deine Ruhestatt. – Ich erwarte dich morgen an meiner Tafel.« Sprach's, klatschte in die Hände und ging zu den Feiernden zurück. Aus dem Halbdunkel trat ein Sarazenenmädchen, verneigte sich vor Sebastian und geleitete ihn in einen Nebenraum, wo eine Wanne mit warmem Wasser stand. Tücher lagen bereit und duftende Öle und das Mädchen zeigte auf die Wanne und kannte keine Scham, ihn unmissverständlich aufzufordern, ins Bad zu steigen, ehe es sich schattengleich zurückzog.

Sebastian genoss es, einzutauchen in seidiges Wasser. Er lag einfach und spürte, wie alle Spannung aus seinen Muskeln wich und ihn wohlige Ermattung umfing. Schon sanken die Lider herunter und sein Kopf auf das Kinn. Doch bevor er endgültig einschlief, stieg er aus der Wanne, hüllte sich in die trocknenden Tücher und begab sich zu einem breiten Spannbett. Er legte sich hinein. Weich und angenehm gebettet, schlief er sogleich ein.

Alberto Ganzague empfing Sebastian allein im Speisesaal. Auf der Tafel stand eine Schale mit Keulen vom Kaninchen und grobem Graubrot, dazu zwei Becher dampfenden Pfefferminztees. Sie setzten sich, bliesen in den Tee, nahmen vom Fleisch, bissen herzhaft hinein.

»Du bist ein Ritter«, stellte Ganzague fest, »ohne Ross und Packsack.« Er musterte Sebastian mit nachdenklichen Augen. »Du warst im Heiligen Land.« Gedehnt seine Worte, als ob er unsicher wäre, verstanden zu werden. »Dein Gelübde ist erfüllt.«

Sebastian nickte.

»Ich kann einen Kämpfer brauchen. Willst du mir Dienst leisten für sieben mal vierzig Tage?«

Nun blickte Sebastian nachdenklich. Er spürte die Kraft, die von Alberto Ganzague ausstrahlte.

»Du bist durch ein Lehnsband unauflöslich gebunden?«

»Nein«, entgegnete Sebastian. »Ich bin frei. Ein *faidit* bin ich, wie es bei uns heißt, ein Ritter ohne Gut und Herrn. Und wirklich, mir fehlt der Zelter.«

»Ein Schlachtross, ein Packpferd, eine neue Rüstung, fünfzig Golddukaten – das ist mein Angebot.«

Sebastian schwieg und sperrte sich gegen die Macht, die von seinem Gastgeber ausging. Im Blickkontakt erwiesen sich beide ritterlich und kühn. Keinesfalls wollte Sebastian fragen, was für ein Dienst das sein mochte, ebenso wenig wollte er die Augen senken oder das Wort vor der Zeit ergreifen. Aushalten wollte er die Spannung. Ganzague lächelte.

»Cremona die Stirn zu bieten ist mein Sinn und den Bund mit Mailand zu suchen. Ich brauche furchtlose Männer.«

»In meiner Heimat«, erwiderte Sebastian ausweichend, »wüten Franzosen gegen Okzitanier. Jede Seite sucht tapfere Helden.« Müsste nicht dort mein Platz sein, dachte er. Er wusste weder von Simon de Montforts Tod noch von den jüngsten Erfolgen Raymonds und er fühlte nicht, welcher Sache er verbunden sein müsste; Bertrand de Quéribus hatte stets taktiert und sich auf keine der Seiten geschlagen. Womöglich sollte er sich auch so verhalten; dann wäre es gescheit, der Heimat fern zu bleiben »In deiner Entscheidung bist du frei«, entgegnete der Gastgeber. »Ein einfaches Ross gebe ich dir in jedem Fall mit auf die Reise.«

Sebastian hub an, eine höfliche Antwort zu formulieren, als durch eine halbversteckte Seitentür eine hoch gewachsene Frau den Saal betrat und gemessen auf Ganzague zuschritt. Das Wort blieb Sebastian im Hals stecken. Seine Unterlippe hing leicht herab und die Zunge spitzte aus seinen schiefen Zähnen. Seine hochgezogenen Augenbrauen verrieten Überraschung. Gebannt starrte er auf die Frau, deren Bewegung von einem weißen Kleid umflossen wurde. Blau glänzende Haare fielen weit über die Schultern. Das schmale Gesicht war ebenmäßig und voller Liebreiz. Sebastian war gefangen.

»Ihr habt mich gerufen, mein Vater«, sprach sie, als sie wenige Schritte von Ganzague entfernt stand. Ihre Stimme klang dunkel und angenehm.

»Den ersten Ritter von Pomponesco wollte ich dir vorstellen, Lucretia«, erwiderte dieser heiter, »allein du kommst zu früh. Noch hat Sebastian Lemaitre mein Angebot nicht angenommen.«

Ihr Blick lag auf Sebastian. Entwaffnend. Lächelnd. Die getuschten Lider bewegten sich langsam auf und ab. Kurz zuckten ihre Brauen. Grüne Augen. Wirklich?, schienen sie zu fragen.

»Wirklich?«, fragte Lucretia.

Sebastian schluckte. Ganzague nickte.

»Das ist schade«, lächelte sie und blickte Sebastian unverwandt an.

Er senkte die Augen unmerklich und wandte sich seinem Gastgeber zu, der seine Tochter mit einer Bewegung seiner linken Hand entließ. Ruhig und mit kaum hörbaren Schritten, wie sie gekommen war, entschwand sie wieder, aber Sebastian empfand danach ihre Anwesenheit stärker als zuvor. Ehe er über Lucretias Erscheinung nachdenken konnte, spürte er die Wahrheit von der Liebe auf den ersten Blick und er fühlte einen tief innen bohrenden Schmerz über Judithas Verlust. Nein, keinesfalls wollte er seine Geliebte vergessen, keinesfalls sich so rasch in die Gedanken an eine andere flüchten. Treue hieß Andenken bewahren und Trauer zulassen. Wenn schon die Dinge ihre Tränen haben, wie einst Vergil Aeneas sagen ließ beim Anblick des Wandbilds vom brennenden Troja, dann musste man die Tränenflut stürzen lassen. Um dieser Treue willen wollte Sebastian von Pomponesco fliehen.

»Euer Angebot«, stotterte er, »kann ich nicht annehmen. Noch habe ich eine Aufgabe zu erfüllen.«

»Niemals werde ich dich bedrängen«, entgegnete Ganzague sanft. »Aber wenn es in meiner Macht liegt, dir zu helfen, lass es mich wissen.«

Er stand auf, legte im Vorübergehen seine Hand auf Sebastians Schulter und verließ den Saal. Sebastian blieb allein zurück und weinte.

Die Sonne im Zenit, verharrte Sebastian immer noch im Speisesaal. Ruhig saß er da, nur manchmal zitterten seine Schultern. Nach und nach legte sich Lucretias Bild über das verblassende Judithas. Rund und deutlich prägte sich das Grün ihrer Augen ein. Die starke Kraft der Gegenwart rang mit der Ausdauer der Vergangenheit. Fünf Jahre sind lang und Sebastian zählte gerade zweiundzwanzig Lenze. Aus Gegenwart erwächst Zukunft. Viel Zukunft für einen jungen Ritter. – Als Sebastian wenig später auf den Innenhof hinaustrat und Ganzague neben dem Springbrunnen fand, nahm er dessen Angebot an.

* * *

Heiß war der Sommer heraufgezogen. In allen Tälern der *terrae linguae occitanae* staute sich die Glut. Die Hitze machte die Kämpfer bissig und wo sie nur konnten, setzten die Okzitanier Amaurys Franzosen zu. Bald würde Montforts Sohn aufgeben. Die Begeisterung der Toulousaner steigerte sich mit jeder Meldung über ein erfolgreiches Geplänkel gegen die Franzosen und Isabelle hörte mit Freude von den Heldentaten ihres Ritters. Langsam kämpfte sich Bernard mit einigen provenzalischen *faidits* auf Raymonds Hauptstadt zu und schon brachten Boten die ersten Briefe, wonach der Ritter aus Saintes-Maries bis Anfang September bei Hofe eintreffen wollte. Wie *Erec* wollte Bernard seinen wiedergewonnenen Kampfesruhm in fürstlicher Runde feiern. Mit jedem Tagesritt, den er näher an die Hauptstadt gelangte, zog die Welt kräftiger in Isabelles Herz ein. Schließlich hielt sie es nicht mehr aus neben Philipp und er verlor seine Wurzeln in ihrer Nähe. Sie hatten keine Antworten gefunden; weiter denn je waren sie von ihrem *cognoscere causas* entfernt. Philipp wich vor der Welt. Er verließ Isabelle und Toulouse. Montségur rief. Als sie sich verabschiedeten, taten sie es wie zwei Geschwister, die das Schicksal auseinanderreißt, die aber einsehen, dass sträuben zwecklos wäre. Philipp drehte sich nicht um, Isabelle blickte ihm nur heimlich nach. Kaum hatte sie ihn aus den Augen verloren, wurde Bernards Bild farbenfroh. Bald würde er hier sein, dachte sie freudig.

Diese Freude verband Isabelle und Bernard über die Entfernung hinweg, eine Freude, die Bernard bei jedem Gedanken an seine Frau erfüllte. Dann fühlte er sich angestachelt zu Taten und liebevoll behütet zugleich und es kam vor, dass er singend an der Spitze seiner Schar ritt und frohgemut Ausschau hielt nach Franzosen. Selbst an dem Tag, als er die Nachricht vom Tod Raymonds VI. vernahm, hellte ein einziger Gedanke an Isabelle sein Gemüt auf und schwelgte er in der Vorstellung, durch eine neuerliche Heldentat zu Ehren des alten Grafen seinen zu der Geliebten vorauseilenden Ruhm zu mehren; und in der Tat hielt der hereinbrechende Abend noch eine Gelegenheit für Bernard bereit, sich auszuzeichnen. Er war gerade dabei, in einem abgeschiedenen Seitental der Montagne Noir einen Lagerplatz zu suchen, als er Hufgetrappel vernahm. Mit einem scharfen Wink befahl er seine *faidits* hinter eine Hecke, von wo sie einen Überblick über das weite Feld vor ihnen hatten. Schon preschten talauf aus einem Eichenwäldchen mehrere französische Reiter hervor und hielten genau auf die Hagebuttensträucher zu, hinter denen sich Bernards Gruppe versteckte. Schließlich waren sie nah genug heran. Bernard zählte sieben Soldaten. Sie selbst waren nur zu viert, doch wenn sie den Überrumpelungseffekt sofort nutzten, konnten sie ihre zahlenmäßige Unterlegenheit vermutlich ausgleichen. Bernard blickte seine Gefährten kurz an. Alle nickten. Sie zogen die Streitäxte, richteten die Pferde aus und gaben ihnen die Fersen in dem Augenblick, als die Franzosen um die Hecke bogen. Mit wildem Gebrüll warfen sie sich auf die Feinde. Deren Pferde stiegen hoch, ein Reiter fiel gleich in den Staub, das ledige Pferd machte kehrt und galoppierte davon; zwei andere Franzosen fielen von den wuchtigen Axtschlägen und noch in der Schrecksekunde wurde aus dem Überfall ein ritterlicher Kampf Mann gegen Mann. Bernard und die seinen waren im Vorteil und sie fochten mit der Wut aller Okzitanier, während die Gegenwehr der nordischen

Söldner zunächst lau war und erst an Heftigkeit zunahm, als sie um ihr Überleben kämpfen mussten. Nun rangen sie zäh mit ihren Äxten und Bernard benötigte seine ganze Kraft und viel Geschick, um seinen Gegner endlich niederzuringen und aus dem Sattel zu stoßen. Er sprang ihm hinterher und zog sein Schwert. Noch war der Kampf nicht entschieden, doch der Franzose focht unsicher und lahm. Immer heftiger drang Bernard auf ihn ein und sah aus den Augenwinkeln heraus, dass auch seine Gefährten allmählich ihre Gegner niederrangen.

Da stürzten hinter der Hecke mindestens zehn weitere französische Reiter hervor, deren Kommen niemand bemerkt hatte, und warfen sich mit Äxten, Kolben und Schwertern auf die Okzitanier. Bernard drehte sich überrascht um und bemerkte den letzten Schlag seines Gegners nicht, dessen Stahlklinge in seinen Unterbauch fuhr, und während er den geschwungenen Streitkolben eines Franzosen mit seinem Schwert abwehrte, sank er zu Boden. Er sah seine Gefährten fallen, sah die Franzosen absitzen, sah ihren Anführer auf sich zugehen. Er spürte in seinen Eingeweiden ein riesiges Feuer lodern und fühlte es warm über seinen linken Fuß fließen. Er hörte die Franzosen fluchen und die Verletzten stöhnen, dann vernahm er den Gesang einer Nachtigall.

»Flieg zu ihr«, schrie er.

Erschreckt wandten sich alle nach Bernard um.

»Flieg zu ihrer Wohnstatt«, sagte er und seine Stimme wurde schwächer, »und grüße sie von mir, berichte von meinen Taten, rühme meinen Mut und ...«

Jetzt war seine Stimme nur noch ein Flüstern und Krächzen; der Bauch schmerzte höllisch und die Beine waren gefühllos geworden. Er sah Isabelle, sah ihr wehendes schwarzes Haar und ihre braunen Augen; sie lächelte ihn an, ihre roten Lippen formten einen Kussmund; sie hauchte ihm einen Kuss auf seinen spröden Mund. Er hatte Durst, seine Kehle war trocken, Tränen traten ihm in die Augen. Isabelle beugte sich weit über ihn. Er wollte nach ihr greifen, sie an sich ziehen. Er atmete tief durch, holte Luft und rüstete sich mit aller Kraft, seinen Satz fortzusetzen: »... und du sollst ihr meine Lage schildern«, flüsterte er noch, dann brach seine Stimme.

»Hast du gehört«, rief ein Franzose, »wie dem Häretiker seine Mörderseele hinausgefahren ist aus dem Leib?«

Die Reiter nickten.

Ein gräflicher Bote brachte Isabelle die Nachricht und ließ sie dann allein. Sie ging benommen in ihre Schlafkammer. »Ach Bernard«, stöhnte sie, während sie sich auf das Spannbett setzte. Wieso musst du jetzt, da ich zurückgekommen bin in die Welt, deine Erfüllung im Kampf finden? Monatelang habe ich mich damit abgefunden, dich so zu verlieren. Beinahe war es mir, als weiltest du schon andernorts. Dann hat mich deine Tapferkeit gefesselt. Deine Erfolge schlangen ihr Netz um mich und holten mich aus der Versunkenheit. Du bist Welt geworden in mir, die ich fast meine Wurzeln gefunden hätte. Jetzt ist es ein brennender Schmerz. Durfte ich dich nicht leise verabschieden? Offensichtlich müssen gewisse Dinge wehtun.

Zaghaft schwang sich eine Nachtigall aus den Tiefen der Vergangenheit. Allerdings sang sie nicht, sondern schrie. Von der Liebe schrie sie, von ewiger Zuneigung, von einzigartiger Verehrung. Weißes wird so schnell zu Gelbem, schrie die Nachtigall, wie die Blüte auf dem Baum welkt. Vergiss das nie! Nein, das ist wahrlich kein Gesang und es gibt viele, die behaupten, Nachtigallen sängen nicht. Vergangene Sehnsucht spürte sie körperlich, in jede Faser kroch sie hinein, und als wärmte ein heiliges Feuer alles Vergangene auf, erzitterte Isabelle von uralter Erregung. Nie fühlte sie stärker denn jetzt den Wunsch nach körperlicher Erfüllung. Sie hasste sich dafür. Nennt ihr, Götter, das Trauer? Aber halt, die Welt ist vom Teufel. Die Fratzen und Dämonen spielen ein grausames Spiel. Gern strafen sie zur Unzeit. Während Isabelle dies dachte, widersetzte sie sich bereits und bekämpfte ihren Körper. Wenn sich die Seele mit dem Geist verbündet, zähmt sie das Fleisch. Entsage den falschen Erinnerungen, trauere mit den richtigen. Sie sagte es sich vor, zunächst leise, dann lauter. Zum Schluss schrie sie die Worte hinaus, schrie gegen die Nachtigallen an.

Ein Toben und Schreien wurde daraus, dass die Kammermädchen dachten, Isabelle sei irre geworden, und nach dem Bader schickten. Der aber wollte mit der Wahnsinnigen nichts zu tun haben und ließ die Hebamme rufen. Die gab Thymian, denn Thymian reinigt die Lungen von der Schwermut, und germanischen Hopfen; der beruhigt. Schließlich flößte sie der Wimmernden roten Wein ein aus einem lange in der Sonne gelagerten Schlauch, weil das nach tiefem Schlaf das Leben zurückholt. Als Isabelles Töne lallend geworden waren, traf Simone ein, die bestimmt wurde, die Krankenwache zu halten. Festgebunden an ihr Bett, versank Isabelle in den Abgründen ihres eigenen Dämmers und begegnete der Eidechse wieder. Kaum ihrer ansichtig, huschte das Reptil über kalkweiße Felsen. Isabelle sprang hinterher. Der Schatten ihrer Hand schreckte das Tier und trieb es in eine andere Richtung. Auch dorthin streckte sich Isabelle und scheuchte so das Tier müde, das vergeblich ein Schlupfloch suchte. Genau so, wie einst ihr Bruder Sebastian in Kindertagen die schwanzwerfenden Echsen an der Burgmauer gefangen hatte, stellte Isabelle der Kreatur nach, in der sie ihre Seele vermutete. Vorsicht, nicht von hinten zupacken; sie lassen sonst den Schwanz fallen, der auf der Erde sinnlos umherzappelt, während das plumpe Stummelvieh verschwindet. Vom Kopf her, unbedingt vom Kopf her, musste die Hand des Häschers greifen. Die Echse wird müde, stellt den Kopf, droht, sperrt das Maul und zwickt in den zufassenden Finger. Kein Schmerz, kein Erschrecken. Fest liegt der Körper gequetscht ziwschen den Fingern. Langsam steckt Isabelle sich ihre Seele in den Mund. Sie schluckt. Es kratzt und zappelt am Gaumen. Huch, wie das den Hals hinunterkitzelt!

Die Schlafende wirft sich hin und her, knarzend halten die Bänder. In glitzernden Perlen steht der Schweiß auf Isabelles Stirn. Simone tupft und tupft. Sie murmelt beruhigende Worte. Allmählich wird der Körper ruhiger. Es wird warm. Ruhig. Friedlich. Wie damals, als die Welt erschaffen wurde. Aus einem unvorstellbar winzigen Punkt. Aus reinem Licht. Rund um den Punkt existierte nur Nachtschwärze, wie es sie weit und breit auf der Welt nicht zu sehen gibt. Der gesamte Raum hallte von einer überirdischen Stimme. Der Duft von Weihrauch und Myrrhe erfüllte den Äther. Von dem winzigen Punkt ging ein Streicheln und Kosen aus, als umsorgten tausend liebende Ammen ein Königskind. Sehen, Hören, Riechen, Fühlen auf allerkleinstem und zugleich allergrößtem Raum. Dann schoss der Punkt mit lautem Knall in den Raum und füllte ihn mit Licht. Ein Rasen und Toben zog durch Raum und Zeit. Die Helligkeit des Lichts tauchte alles in Unsichtbarkeit und Geheimnis. Isabelle wurde sehend. Eine blaue Kugel lag vor ihren Füßen, umsponnen von weißen Schlieren, braunfleckig an manchen Stellen. Im Raum war Stille. Dann flogen Engel herbei und taten, als kneteten sie Ton. Ein schwarzer Drache erschien und fauchte in den Lehm. Die Engel flüchteten in die Figuren hinein. Ich bin Adam, sprach der erste Mensch und reichte dem Drachen eine Rippe. Fleisch und Knochen und Ton, das ist der Staub, aus dem Eva gemacht ist. Als ihre Nacktheit sichtbar wurde, lachte der Drache. Adam aber, als er die schönen Brüste sah, erstarkte zwischen den Beinen. Die Schlange sprach: »Es ist gut.« Sie trieben Unzucht miteinander und stöhnten. Der Drache keuchte und trieb es mit sich selbst. Andauernd wechselte er die Form. *Incubus* und *Succubus*, mal Weib, mal Mann, mal Mensch, mal Tier. Er erschöpfte sich dabei und legte sich schlafen. Da kam ein Stern in die Welt mit einem langen Schweif. Eine Träne fiel vom Himmel und wurde ein Kindlein in einem Stall. Von dort breitete sich das Gute aus, denn diejenigen, die von Adam und Eva kamen, begannen sich zu erinnern. Sie fühlten den Himmel in sich. Sie suchten in den Wäldern und auf den Feldern und gruben die Pflanzen aus. Hell sind die Wurzeln. Manche kann man essen. Als der Drache aus seiner Ermattung erwachte, waren viele Menschen weise geworden. Sie kämpften gegen das Böse. Isabelle öffnete die Augen und sah Simone. Sie lächelte. Das Fieber war überwunden.

* * *

Undurchschaubar zeigte sich die Politik der Lombardei für jeden Fremden. Das Land am Fuße der Alpen war zerrissen wie kaum ein anderes. Über Jahrzehnte, wenn nicht Jahrhunderte, hatte sich die Spannung aufgebaut zwischen Kaiser und Papst, zwischen Nord und Süd, und beinahe in jedem Streit des weltlichen mit dem geistlichen Schwert fand sich das reiche Land am Po in der Mitte. Die Möglichkeiten, die sich hieraus für die aufstrebenden Städte ergaben, waren vielfältig. Da hielten es die einen gegen neue Privilegien mit dem Kaiser. Die anderen wollten das ungeliebte Joch abschütteln und paktierten mit dem Papst. Mal ergaben sich weitere Bündnisse mit Venedig, ein andermal mit Byzanz oder dem französischen König. Und immer blieben die Rivalitäten der Nachbarn lebendig, wie die Feindschaft zwischen Mailand und Cremona. In diesem Geflecht versuchte Alberto Ganzague vordergründig für Pomponesco Vorteile herauszuschlagen und sich, gegen Cremona, mit den Städten zu verbünden, die es mit Mailand hielten. In Wahrheit aber sah Ganzague die Zeit reifen, einen alten Racheschwur zu erfüllen gegen einen Edelmann von Viadana (welches auf Seiten Cremonas stand), und da kam ihm Sebastian wie gerufen. Er stattete seinen neu gewonnenen Ritter mit einem prächtigen Rappen aus und ließ eigens für den Kreuzritter ein Schild malen mit der Lilie der Ganzagues und einem Tor, das an Jerusalem gemahnen sollte. Prunkvoll wie der Schild der Helm, wo auf blau glänzenden Stahl im Scheitel ein Goldband genietet wurde, das sich herabzog bis auf den Nasenschutz. Aus einem samtenen, aber gleichwohl leichten Stoff ließ Ganzague den Mantel fertigen, den Sebastian über Kettenhemd und Wams tragen sollte, und mit feinen Spangen verziert erhielt er Beinschienen für die Unterschenkel angepasst. Bis die stattliche Turnierrüstung fertig gestellt war, übte Sebastian mit Ganzague auf einem abgeschiedenen Feld Lanzenreiten und Fechten und der Pomponescer zeigte sich unermüdlich. Nach einigen Wochen hatte Ganzague vier weitere Reiter angeworben, die ebenfalls für seine Sache das Schwert schwingen sollten, und Sebastian erhielt den Auftrag, ihnen das Kämpfen beizubringen.

So verflogen die Wochen. Frühmorgens stand Sebastian auf und traf sich mit seinem neuen Herrn. Nach einer meist deftigen Mahlzeit ging es zum Übungsplatz. Lanzenreiten, Fechten mit dem Einhänder, Kampf mit Streitaxt und Streitkolben, mal auf dem Ross, mal auf dem Boden; alles wurde geübt, wieder und wieder. Der Schweiß floss in Strömen. Abends dann brachten sie die Pferde in den Stall und pflegten sie. Danach gab es Abendessen; Sebastian und Ganzague nahmen es allein und schweigend ein, ehe sie sich über Kampftaktik in Gefecht und Turnier austauschten.

Jeden Tag hoffte Sebastian, auf Lucretia zu treffen, doch gelang es ihm nur selten, auf dem Weg an der Küche vorbei einen Blick von ihr zu erhaschen. Meist schlug sie die Augen nieder und tat so verschämt, dass jenes erste Bild einer selbstbewussten Frau, die um ihre Wirkung wusste, in Sebastian verblasste. Ein Hauch von Geheimnis begann sie zu umgeben und gerade das stachelte Sebastians Fantasie an. Immer öfter schweiften seine Gedanken ab und sah er sie vor sich stehen wie damals, schlank und anmutig. Ihr Gesicht ging ihm nicht mehr aus dem Kopf, stundenlang rätselte er vor dem Einschlafen über die Tiefe ihrer Augen. Von den Rändern her schien sich das Grün zur Pupille hin zu verdunkeln, als seien ihre Augen Trichter, die hineinführten in eine andere Welt. Eine Spur von Gram umschattete den Blick, doch worüber sollte sie sich grämen, jung und bezaubernd, wie sie war? Oft schlich Sebastian in der Dämmerung in den Garten hinaus. Manchmal saß sie auf einer Steinbank unter einem Oleanderbusch und schaute den aufgehenden Mond an. Dann verharrte Sebastian im Schatten der Birke, die nahe der Haustür stand, und ließ Lucretia nicht aus den Augen. Wie schön sie ist, dachte er und spürte zuweilen beinahe einen Schmerz dabei. Nach einiger Zeit schlich er in sein Zimmer zurück und träumte von ihr. Da mengte sich vieles von Juditha hinein und stachelte ihn auf und oft erwachte er aus höchster Erregung, verwirrt, wo er sei, und wollte bald nach Juditha, bald nach Lucretia rufen. Mit der Zeit aber schob die Gegenwart die Vergangenheit aus

Gedanken und Träumen hinaus und Lucretia besetzte den Platz allein, vor allem, nachdem sie ihn eines Tages unter der Birke ertappt hatte. Im Vollmond hatte sie auf der Steinbank gesessen und er, berauscht von ihrem Anblick, war unachtsam einen Schritt vorgetreten, hatte das Ästchen am Boden nicht bemerkt, und als es knackte, drehte sie sich um. Erstarrt war er stillgestanden. Sie erkannte ihn, lächelte und erhob sich. »Silberne Luna weist uns den Weg«, flüsterte sie, schritt langsam an ihm vorbei und schaute ihm dabei tief in die Augen. Von da an fühlte er sich unausgesprochen wahrgenommen, wenn er – mit äußerster Sorgfalt, versteht sich – heranschlich, um sie zu betrachten. Oft wagte er nur einen kurzen Blick und ging dann in sein Zimmer, wo er sich an einem Lied versuchte, in das er sein ganzes Fühlen und Sehnen legte. Eines Tages, so hoffte er, würde er ihr dieses Lied vortragen.

Mit fortschreitender Zeit brauchten die Söldner keinen Gegner mehr im Lanzenstechen zu scheuen und von Woche zu Woche gingen sie sicherer mit dem Einhänder um. Im Sommer fand Alberto Ganzague die Zeit gekommen, am ersten Turnier teilzunehmen. Mantua rief zum Wettstreit um einen Falken auf, und wer immer auf sich hielt in der Ebene des Po, der versuchte entweder selbst oder durch einen von ihm ausgerüsteten Ritter, das edle Tier zu erobern. Alberto Ganzague, der begierig war, die Stärke seiner kleinen Truppe zu testen, meldete seine Rotte für einen Schaukampf an und trug Sebastian in die Liste der Falkenritter ein.

Mantua pulste von Leben und überall war die Aufgeregtheit wegen des Turniers zu spüren. Immer, wenn ein bekannter Ritter das Stadttor passierte, ging ein Raunen durch die Menschen und bei einigen klatschten diejenigen, die es sahen, sogar in die Hände. An allen Ecken tummelten sich Gaukler und Bettler. Wahrsager versuchten ihr Glück ebenso wie Würfelspieler und in den verschwiegeneren Ecken raunte manche Dirne den Männern ihre Versprechungen zu. Ganzague und die seinen fanden Herberge in einem Handelshof, in den man durch ein großes Tor gelangte; der Hof selbst war nach allen vier Seiten geschlossen, bot Lagerräume und Kammern zum Schlafen und erinnerte Sebastian an die Herberge zu Marseille vor über sechs Jahren. Wie sich die Orte gleichen, dachte er und fragte sich, wie es wohl den Gefährten von damals ergehen mochte. Er nahm sich vor, die Gelegenheit des Turniers zu nutzen, um Nachrichten aus Okzitanien zu erfragen, was ihm am Freitag gelang. So erfuhr er von Raymonds Erfolgen und dem Aufwind, in dem Okzitanien segelte wie eine Bergdohle in den Pyrenäen. Er freute sich mit seiner Heimat und sah Quéribus vor sich und seine Schwester. Augenblicklich bedurfte sie also seines Schutzes nicht, dachte er und fühlte sich dabei erleichtert, ohne sagen zu können, warum. Aber wahrscheinlich hatte ihn bereits Ganzagues Aufgeregtheit wegen des bevorstehenden Kampfes angesteckt. Das Turnier um den Falken bedeutete ihm mehr, als er zugeben wollte, und aus den wenigen Andeutungen glaubte Sebastian zu wissen, dass Ganzague in jungen Jahren einmal bis in den entscheidenden Zweikampf vorgedrungen und unglücklich unterlegen war. Sebastian wollte für Ganzague den Falken gewinnen. Zwar gab er sich darüber keine Rechenschaft ab, jedoch spürte er deutlich, dass er es Lucretias wegen tat. Und wie er ihr Bild vor sich sah, dieses ebenmäßige Antlitz und die weich über die Schultern fallenden Haare mit ihrem blauen Glanz, da beschleunigte sich sein Puls zu heftiger Aufgeregtheit.

Morgens schon lag die Hitze auf dem Turnierfeld; die Luft flimmerte, der Staub nahm den Reitern die Sicht. Sebastian bestritt seine Kämpfe wie im Traum; in der Auftaktrunde katapultierte er seinen Gegner im ersten Anritt so heftig aus dem Sattel, dass der Arme mit gebrochenen Gliedmaßen vom Platz getragen werden musste; der zweite Gegner hielt sich immerhin zwei Runden tapfer im Sattel, ehe er sich mit gesplitterter Lanze am Boden wiederfand; erst der dritte und in der Vorentscheidung letzte Gegner zwang Sebastian in den Kampf mit dem Schwert. Da erinnerte sich Sebastian an den tapferen Sarazenen im Kettenturm von Damiette und hieb seinem Gegner das Schwert mit aller Macht über den

Schädel. So durfte er anderntags um den Falken kämpfen und Ganzague war aus dem Häuschen vor Freude, zumal er mit seinen Söldnern im Kampf gegen Borgoforte die Oberhand behalten hatte.

Waren am Samstag bereits die Tribünen dicht besetzt gewesen und hatte allerlei Volk rund um die Turnierbahn gelagert und den Vorkämpfen zugeschaut, so wuchs sich das Turnier am Sonntag zu einem Spektakulum erster Güte aus. Alles, was laufen konnte, hatte noch vor der neunten Stunde den Weg zum Turnierplatz gefunden. Die Leute schrien und pfiffen, und wer konnte, machte Lärm mit Posaune, Pfeife oder Trommel. Ein Spielmannszug von Mailänder Musikern geleitete jedes geloste Paar auf die Turnierbahn. Die Ritter verbeugten sich vor Mantuas Großen in der Mitte der Tribüne, dann nahmen sie ihre Plätze an den jeweiligen Enden ein, wendeten ihre Rösser und galoppierten aufeinander zu. Bei jedem Ineinanderreiten kreischte die Menge auf und fürchterlich wurde das Geschrei, wenn die Kämpfer zu Boden gingen und mit den Schwertern zu fechten begannen. Heute sah man, dass Spreu und Weizen getrennt waren, denn so leicht hob man keinen mehr aus dem Sattel und jeder kämpfte bis zum Umfallen um Sieg und Niederlage. Sebastian bekam es in der ersten Runde mit einem Hünen von Ritter zu tun, der, kaum wurde er seines Gegners ansichtig, ein derbes Spottlied sang mit dröhnender Stimme. Beifall und Gelächter von allen Seiten. Sebastian zitterte vor Wut. Schon ritt er mit Ingrimm mehr als zehn Ruten von der Mitte weg zu seinem Ausgangspunkt, als über den halben Platz eine helle Frauenstimme herüberschallte.

»Reite für mich und gewinne mir den Falken!«, rief die Stimme, und als Sebastian Ausschau hielt, erkannte er die winkende Frau. Lucretia.

Sebastian hob kurz den Schild, legte die Lanze ein und preschte auf den Spötter zu. Gesenkt die Eisenspitzen der Lanzen, trafen sie sich gegenseitig so heftig, dass sie die Schilde durchbohrten und in Stücke schlugen. Zerrend und stoßend machten sie sich voneinander frei und ritten ein zweites Mal an. Die Lanzen brachen, doch blieben beide im Sattel. Sie rissen die Schwerter heraus und fochten verbissen. Die Zuschauer johlten und klatschten. Der Hüne focht glänzend und nutzte seine Größe, doch Sebastian war wendiger und in einem unbedachten Moment, als sich sein Gegner eine kleine Blöße gab, stieß Sebastian unnachgiebig zu und bohrte seinen Einhänder in des anderen Bauch. Die Menge raste, Sebastian aber sah nur in eine Richtung: Dort stand Lucretia, winkte und verschlang ihn mit ihren Blicken.

Als die Sonne durch den Himmelsmittelpunkt schritt, standen neben Sebastian noch sieben Ritter im Turnier. Da trat Alberto Ganzague auf ihn zu. Tief in seinen Augen glimmte es, und als er Lucretias Schritte hinter sich hörte, sagte er unvermittelt zu Sebastian: »Gewinne den Falken und freie meine Tochter.«

Lucretia hatte es gehört; sie errötete. Sebastian blickte seinen Herrn verwirrt an, ehe er sich verneigte. Sie schwiegen beide. Da überreichte Lucretia Sebastian ihr Tuch. »Für den Sieg«, hauchte sie und lief davon.

Das Los bescherte ihm den Eröffnungskampf und einen drahtigen Kämpfer auf einem kleinwüchsigen Pferd, dem Sebastian nicht zutraute, einem Stechen gewachsen zu sein. Aber das täuschte. Das Ross seines Gegners schien selbst ein Ritter zu sein, so geschickt und wendig half es seinem Reiter. Dieser wiederum stellte den Sieg über jede Ritterlichkeit, und als sie im dritten Aufeinanderstürmen die Lanzen gesenkt hatten, verzögerte er unversehens die Geschwindigkeit, wich seitwärts aus und schlug aus der Drehung, halb hinterrücks, mit der Lanze in Sebastians Rücken, so dass dieser den Halt verlor und aus dem Sattel purzelte. Schon war der andere heran und stieß von oben die Lanze herab. Sebastian hatte dies kommen sehen, packte die Lanze, riss daran und zog seinen Gegner vom Pferd. In einer Staubwolke verknäulten sich die zwei. Jeder versuchte, ans Schwert zu kommen. Da schlug der andere mit der Faust zu und traf Sebastian am Kinn. Dieser taumelte. Der andere sprang herbei und zog an Sebastians Helm. Schon war Sebastian ohne Kopfschutz. Da, wie durch ein Wunder, hatte er sein Schwert in der Hand und hieb es dem anderen gegen den Hals.

In allen Zweikämpfen ging es heiß her und die Zuschauer kamen aus dem Schreien, Kreischen und Klatschen nicht heraus. Als schließlich die Sieger für die vorletzten Paarungen feststanden, waren sie redlich ermattet, und die Gegner des abschließenden Kampfes ermittelten sich tatsächlich durch einfaches Lanzenstechen. Sebastian war vom Glück begünstigt, denn sein Gegenüber fiel bereits nach dem zweiten Anritt, und das so unglücklich, dass er mit gebrochenem Hals liegenblieb.

Allmählich wich die Hitze des Tages und machte Platz für die aufgestaute Spannung. Ein Edelfräulein trug den Falken herbei und setzte ihn auf eine Stange vor der Tribüne. Drei Posaunisten bliesen zum letzten Gefecht. Langsam ritten die Sieger der Vorkämpfe auf die Bahn und verneigten sich vor den Großen Mantuas. Die Zuschauer tobten. Doch als die beiden Ritter die Distanz von dreißig Ruten zwischen sich legten, wurden die Gaffer stumm. Die Kämpfer drehten sich einander zu. Würde nun jemand einen Apfelkern ausspucken, man hörte ihn im Staub aufschlagen, so leise war es. – Die Fanfaren schmetterten. Die Reiter gaben ihren Pferden die Sporen. Krachend ritten sie gegeneinander an. Beim zweiten Anritt splitterten die Lanzen. Sie wendeten ihre Pferde und fochten im Sattel mit den Schwertern. Erbarmungslos hieben sie die Schneiden aneinander. Sie schonten sich nicht und schon brachen die Sattelbögen. Sie warfen sich gegenseitig auf die Erde, rappelten sich aus dem Staub auf und gingen weiter aufeinander los. Sebastian traf ein fürchterlicher Hieb. Ihm wurde schwarz vor Augen. Der nächste Schlag fehlte, weil der andere Ritter keine Kraft für einen sauberen Streich hatte. Sie starrten sich müde und kraftlos an. Da gellte ein durchdringender Schrei über den Kampfplatz. Eine Frauenstimme. Lucretia! Sebastian raffte sich auf und legte alle Kraft in seinen letzten Stoss. Das Schwert bohrte sich in des Gegners Bauch. Sebastian taumelte, sein Gegner fiel. Das Turnier war entschieden: Der Falke gehörte Alberto Ganzague.

* * *

Einige Wochen später verließ Isabelle Toulouse. Raymond VII. schenkte ihr ein Pferd zum Abschied und einen goldenen Kelch, der an die Errettung von Toulouse durch Frauenhand erinnerte. Zunächst unschlüssig, welches Ziel sie sich setzen sollte, nahm Isabelle den Weg über Pamiers. Der Weg über Castelnaudary war zu gefährlich, immerhin hielt Amaury de Montfort nach wie vor das Carcassès. Verschwommen sah Isabelle ihre Mutter vor sich, die zurückgekehrt war auf Quéribus, nachdem Vater einen Herzschlag erlitten hatte. Eleonore mochte die Stadt nicht, hatte Sehnsucht nach dem weiten Blick von dort oben, von jenem Turm, der gebaut war, um zu schauen. Vielleicht sollte sie, Isabelle, Mutters Nähe suchen und wieder hinaufsteigen auf den Felsenkamm oberhalb der Burg. Viele Zeichen hatte sie dort gesehen, alle hatten die Wahrheit gekündet. Aber war da nicht von Veränderung die Rede? Von großer Veränderung? Eine dumpfe Ahnung sagte ihr, sie würde nicht auf Quéribus ankommen. Sie ritt einfach dahin, geradeaus in die Berge hinein. Unklar und verschwommen der Blick, stiegen Nebel auf und verbargen das Ziel. Von Foix nach Osten, ein Tal hinauf nach Roquefixade und weiter eine Schulter hinauf, von bewaldeten Bergrücken geleitet. Da stand er unvermittelt aus den Wäldern auf, der *Pog* von Montségur, und jede Verwirrung fiel ab. Hoch oben in der Sonne sah Isabelle ihr Ziel und in ihrem Herzen breitete sich eine wohltuende Ruhe aus, als sie in Lavelanet einritt. Sie meldete sich im Schloss derer von Mirepoix und wurde vom Verwalter höflich empfangen. Der Marquis war nicht da, erfuhr sie, aber eine Nichte befinde sich im Haus, welche sie sicher gern zum Abendmahl einlade; und so geschah es, dass Isabelle mit Corba de Mirepoix im düsteren Saal des Schlosses von Lavelanet speiste und sie Gedanken austauschten über Okzitanien und die *bonshommes*.

Corba bestärkte Isabelle in der Vorstellung, auf Montségur eine neue Heimat zu finden, und als Isabelle fragte, wie die gemäßeste Weise sei, sich dem *Pog* zu nähern, empfahl Corba den Fußmarsch.

Sie folgte der Empfehlung, als sie zwei Tage später von Lavelanet losging. Und bald, nachdem sie aus dem Tal herauskam, erstaunte sie der erhebende Anblick, der sich ihr bot. Einem Zeichen gleich, stand Montségur als mächtiger Block in der Kette des Massif du Tabe und Isabelle mochte den Blick nicht wenden. Glatt und weiß streben seine Wände dem Himmel zu, aus dunklen Wäldern erhebt sich der Tempel des Lichts. Aus abweisenden Steilwänden heraus rundet sich der Gipfel, den Büsche und Sträucher begrünen. Über allem die Burg, hell und trutzig ihre Mauern. Fürwahr ein sicherer Berg. Isabelle lächelte. Sie freute sich auf das Wiedersehen mit Philipp, freute sich, dem Geist von Michel Roquebrun nachzuspüren, den sie auf Montségur zu finden hoffte. Viele bedeutende *Erwählte* würde sie dort oben treffen; jeder könnte ihr helfen, ihre Wurzeln zu finden. Weit griffen ihre Schritte aus. Bald schluckte sie der Wald und nahm ihr den Blick auf den *Pog*. Steil wand sich der Pfad eine Flanke hinauf und düster in eine Schlucht hinein, auf deren Grund ein Bach toste. Moosig die Felsen. Farne überwuchern den Waldboden. Kreuz und quer liegen umgestürzte Stämme und abgebrochene Äste, Pilze holten die letzte Kraft aus dem Holz. Modriger Geruch mengt sich mit kaltem Wasserhauch. Hier gibt es keine Blüten, keine Farben. Greifbar werden Verderbnis und Vergänglichkeit, und wenn Nebel oder Nacht in der Schlucht liegen, spürt jeder die Nähe der Verdammnis. Isabelle schauderte. Sie beschleunigte ihre Schritte und schalt sich eine Närrin, den Weg alleine auf sich genommen zu haben. So schnell wie möglich wollte sie aus der Nordflanke herauskommen und nach Westen gelangen, von wo der Weg zur Südseite des *Pog* führte und den Aufstieg ermöglichte. Ihr Atem ging schwer auf dem steilen Weg. Suchend eilten ihre Augen voraus. Beklemmend die Düsternis, diese verderbte Welt, aus der sich ganz unvermittelt die heilige Burg erhob: Hell und strahlend strebte der *Pog* ins Sonnenlicht, als Isabelle aus dem Wald auf eine Wiese trat. Sie stand auf dem Bergsattel und ahnte, dass dieses Feld einmal *Prats dels Cramats* heißen würde, denn mit dem Jubel, der in ihr aufstieg beim Anblick des erwählten Berges, zeigte sich ein altes Gesicht von Belagerung und Brand. Zukunft. Isabelle wischte sie beiseite und genoss die Gegenwart. Über der Wiese erhob sich ein Eichenwald und schirmte die Festung wie eine Halskrause. Im Steilhang selbst schien sich ein Muster zu bilden von hellem Stein und dunklen Latschen. Auf dem Gipfel, gleißend in der Mittagssonne, die Burg.

»Ja«, flüsterte Isabelle die Worte des Johannes, »ich habe einen neuen Himmel und eine neue Erde gesehen.«

Wie anders war der Aufstieg durch das Eichenwäldchen als durch die Schlucht. Alle Wohlgerüche des Aude strömten aus dem Boden und sofort fühlte sich Isabelle daheim, denn sie roch die Wiese ihrer Kindheit: Rosmarin, Thymian, Lavendel. Vögel zwitscherten, Eidechsen raschelten. Durch die Blätter der Bäume flirrte das Sonnenlicht, als hätte der gute Gott einen Bannkreis um seinen Tempel gelegt; Doppelschritt um Doppelschritt wurde es heller, je weiter Isabelle hinauf gelangte. Die Bäume wichen. Steiler der Pfad. Isabelle schwitzte und atmete heftig. Das letzte Wegstück plagte den Körper und erhob die Seele. Jeder Schritt auf den Gipfel zu war wie ein Schritt in eine neue Welt. Ihr Herz füllte sich mit Freude, beinahe wollte sie ein Lied singen, ließ es aber, als sie die erste Vorburg sah. Das breite Tor beschirmte ein mächtiger Wehrgang und Isabelle sah, dass sich Montségur von dieser, der einzig verwundbaren Seite zu schützen wusste. Der *Pog* war viel mehr als eine Burg. Diese bildete zwar den Mittelpunkt des Gipfels, aber die Plattform des riesigen Lichttempels, die ungefähr drei mal tausend Fuß in der Länge und bis zu tausend Fuß in der Breite maß, beherbergte daneben ein ganzes Dorf. Auf Terrassen lagen die Häuser der *croyants* im Hang gegen Nordwesten und jedes Dach eines Hauses auf einer tief gelegenen Terrasse verbreiterte zugleich den Platz des höher gelegenen Nachbarhauses, so dass der begrenzte Raum auf dem Gipfel gleichwohl viele Menschen unterbringen konnte. Dies war seit der ersten Fluchtwelle, die Simon de Montfort mit seinem grausamen Einmarsch im Süden vor über zehn Jahren ausgelöst hatte, dringend notwendig. Seither arbeiteten viele Gläubige an der Ausweitung des Dorfes und seiner steten Befestigung, denn die *bonshommes* fürchteten, eines Tages belagert zu werden. Alle Häuser waren durch enge Treppen miteinander verbunden. Auf den freien Plätzen herrschte reges Treiben. Gegen Osten hin, wo sich der Berg jenseits eines schmalen Grates auftürmte zu einer steilen Bastion der Natur, wurde an einem Außenwerk gearbeitet; uneinnehmbar schien hier der Berg, denn beinahe lotrecht fielen die Felsen ab. In der Nähe fanden sich abgeschirmte Hütten für die *parfaits*, die sich zum Meditieren zurückzogen. Und wo sich eine Lücke auftat, wurde mit Schutt und Geröll aufgeschüttet, um den verfügbaren Boden zu vermehren.

Staunend schritt Isabelle durch die Festung. Wen immer sie traf, den fragte sie nach Philipp Mazères, und endlich fand sie ihn in der Nähe der östlichen Bastion. Er schien nicht erstaunt. Gleichmütig erhob er sich und reichte ihr die Hand, doch ehe sich ihre Fingerspitzen berühren konnten, zuckte er erschreckt zurück und lächelte.

»Verzeih, aber näher am Licht geht es förmlicher zu – ein *Perfekter* berührt keine Frau.«

»Freust du dich, dass ich da bin?«

»Ja. Ich habe dich erwartet. Allerdings jetzt noch nicht.«

»Bernard fiel im ritterlichen Kampf.«

»Kampf war sein Leben«, murmelte Philipp. »Betrachtet man den Kreis, den er dabei beschrieb, bleibt wenig bestehen.«

»Was ist der Sinn des Lebens?«

»Wenn wir der reinen Lehre dienen wollen, müssen wir sagen: Das Leben hat keinen Sinn. Es ist eine Laune des Teufels. Sinn der Seele muss es sein, dieses Leben zu überwinden. Gott ist im Sein, Gott ist; dahin muss jeder gestürzte Engel kommen.«

»Du nimmst es immer genauer«, erwiderte Isabelle. Ihre Mundwinkel zuckten. »Lass es uns gemeinsam tun. Ich möchte die Wahrheit suchen, mit dir.«

Philipp blickte sie an. Lang, ernsthaft. Es war still um sie. Ringsum verloren sich die Geräusche. Philipp setzte sich, schlug die Beine übereinander. Er hielt seinen Oberkörper sehr gerade. Offen legte er die Handflächen auf seine Schenkel und straffte so seine Schultern. Er saß reglos wie eine Statue. – Isabelle fühlte ihr Rückgrat entlang einen Schauer. Es war ihr, als sähe sie eine besondere Wahrheit. Sie wusste, was er jetzt sagen würde, es gälte.

»*Parfait* geht mit *parfait* und *parfaite* mit *parfaite*. Wir müssen wandern, nicht ausruhen. Die Welt wartet auf uns.«

* * *

Ganz Pomponesco war auf den Beinen, als Alberto Ganzague an der Spitze seiner Truppe einritt. Den Falken trug er auf der Faust. Die Menschen jubelten. Zum zweiten Mal innerhalb eines halben Jahres feierten sie einen Sieg und dieser hier schien beinahe noch wichtiger als der über die Schergen des Cremoneser Bischofs. Ganzagues Zug hielt vor dem Kirchenportal.

»Hier ist der Falke«, rief Ganzague. »Die Ehre unserer Stadt ist wiederhergestellt.«

Hochrufe, Klatschen, Trampeln. »Lang lebe Don Alberto!« Die Hochrufe schwollen an und es dauerte lange, bis sich Ganzague Gehör verschaffen konnte.

»Dieser Ritter hier«, und er deutete auf Sebastian, »hat die Schmach getilgt, die uns vor fünfundzwanzig Sommern angetan wurde. Don Sebastian hat den Falken errungen – und ...« Er hielt inne. Langsam ritt Lucretia auf ihrem Zelter heran. Alle starrten gebannt auf Ganzague und seine Tochter. »... und«, fuhr der Vater fort, wobei jeder die Rührung in seiner Stimme hörte, »die Hand meiner Tochter.« Tosender Jubel. Das Volksfest begann.

Für Sebastian war ein Märchen wahr geworden. Wie gut kannte er den Kampf um den Sperber bei Chrétien de Troyes; nicht nur einmal hatte Mutter »*Erec und Enide*« vorgelesen und er und Isabelle hatten aufmerksam bis in die Haarspitzen hinein gelauscht. Niemals hätte er gedacht, Vergleichbares könne im wirklichen Leben möglich sein; zu sehr idealisiert Aquitaniens *Troubadour* das Ritterleben und baut seine Darstellung der Sage auf den Wünschen höfischer Edelleute auf, als dass Ähnliches tatsächlich geschehen kann. Allein die Art und Weise, wie der Dichter die Schönheit *Enides* besingt, gehört der Traumwelt an. Und doch: Sebastian erfuhr sie in Lucretia, die Liebe auf den ersten Blick, wie er in Juditha die Liebe auf die erste Berührung erfahren hatte. Seit jener Sekunde, da sie in den Speisesaal getreten war, gehörte ihr sein Herz und einzig das Anerkennen dieser Tatsache bedurfte einiger Zeit. Recht eigentlich aber wusste er vom ersten Tag an, dass er Ganzagues Angebot nur wegen Lucretia angenommen hatte.

Noch während das spontan ausgerufene Volksfest auf Pomponescos Kirchplatz wogte, hatten sich Sebastian und Lucretia in den Patio des Palazzos zurückgezogen. Auf der Bank neben dem Springbrunnen tauschten sie die ersten tiefen Blicke seit ihrem Kennenlernen aus. Zaghaft tastete Sebastian nach ihrer Hand. Als sich die Finger fanden, verschränkten sie sich ineinander. Minutenlang hielten sie sich fest und sagten kein Wort. Schauten sich nur an. Spürten die Wärme ihrer Hände.

»Du kamst herein und berührtest mich im Herzen«, flüsterte Sebastian.

Lucretia lächelte: »Ich hatte dich schon auf dem Platz beobachtet; später, als Vater dich zu uns führte, spähte ich heimlich durch den Vorhang. Seit Giorgio bei Viadana erschlagen wurde, habe ich von einem wackeren Ritter geträumt – und als du Vaters Angebot annahmst und die Streiter zu mutigen Kämpfern ausbildetest, da träumte ich davon, du mögest deine Tapferkeit für mich beweisen.«

»Und ich«, gestand Sebastian – er errötete dabei, »habe stets gehofft, eines Tages für dich streiten zu können.«

Langsam umarmten sie sich. Er hielt sie fest. Sie schluchzte, barg ihren Kopf an seiner Schulter und weinte. Es war, als würde eine weit zurückliegende Last von Lucretias Seele fallen; in der Tat flüsterte sie, Sebastian habe sie und ihren Vater glücklich gemacht; schließlich, als sie sich durch ihre Tränen hinreichend Erleichterung verschafft hatte, erzählte sie von Giorgio Rivalmente und den Auseinandersetzungen mit Viadana: Begonnen hatte alles vor fünfundzwanzig Jahren, als ihr Vater, Alberto Ganzague, gegen Enrico Bontempi de Viadana um Mantuas Falken ritt. Nach furiosem Kampf lag sein Gegner am Boden und er ritt heran, ihm den letzten Schwertstreich anzudrohen und seine Gnadenbitte zu hören, da sprangen vier Reiter aus Viadana ins Turnierfeld und hieben Ganzague nieder. Anstatt die Frechen zu bestrafen, gaben die Schiedsrichter den Falken an den Ritter aus Viadana. Die Empörung allseits war groß, ebenso die Gefahr eines Waffengangs, doch Mantua löste das Turnier mit seiner Truppe auf und beließ Enrico Bontempi den Falken. Die Schmach saß tief und Ganzague hatte nicht die Mittel, eine Fehde auszufechten. Doch vor einigen Jahren schien der Zeitpunkt gekommen, die befleckte Ehre wiederherzustellen. Viele Orte verbündeten sich gegen Cremona; Ganzague schlug sich mit den Pomponescern auf die Seite Mantuas, Viadana stritt mit den Cremonensern. Die Truppen sammelten sich zur Schlacht. Unter dem Befehl eines Herzogs von Mantua ritt Alberto Ganzague an der Spitze seiner Rotte, eines tapferen Haufens von vier Kriegern. Der Edelste unter ihnen war Giorgio Rivalmente. Ihm war Lucretia versprochen, vor Jahresfrist schon war sie durch die Vereinbarung der Familienoberhäupter mit Giorgio verlobt worden.

»Zunächst«, schluchzte Lucretia, »hatte ich es hingenommen, wie es jedes Mädchen bei uns hinnimmt, wenn es seinem Bräutigam versprochen wird: als Schicksal, an dem nicht zu rütteln ist. Doch allmählich hatte ich Giorgio kennen gelernt. Ein edelmütiger Mensch, tapfer und schön.«

Lucretia hatte Mühe, die Worte zu finden. Es war, Sebastian erahnte es, Liebe gewesen, die sich zwischen den Brautleuten entwickelt hatte. Aber das Schicksal ist blind und trennt ohne Rücksicht auf die Herzen – Giorgio Rivalmente fiel in der Schlacht, Cremona siegte. Wieder brachte Viadana Leid über das Haus Ganzague, denn kein anderer als Leonardo Bontempi, der Sohn des Enrico, führte den tödlichen Streich.

»Unendlich schien der Weg durch die Traurigkeit«, flüsterte Lucretia und umarmte Sebastian heftig, »dann erschienst du. Ein Licht in der Finsternis. Mir war, als hätte ich dich bereits auf einem Gemälde gesehen. Du erschienst mir vertraut und bekannt. Der da, habe ich gedacht, schürzt mir einen neuen Schicksalsknoten.«

Sie hob ihren Kopf von seiner Schulter und suchte seine Augen. Langsam beugte er sich ihr entgegen. Seine Lippen berührten ihre Stirn. Sie lächelte und legte den Kopf in den Nacken. Dann trafen sich ihre Münder; zart küssten sie sich. Es war ein Kosen, vorsichtig und scheu. Seine rechte Hand hielt ihren Nacken; zart streichelten seine Fingerkuppen über die weiche Haut und spielten mit dem Ohrläppchen, dass sie ein Schauer durchfuhr. Ihr Atem vermischte sich. Enger pressten sie sich aneinander, suchten die Nähe des anderen. Schon atmeten sie heftiger, der Kuss wurde fordernder, die Leidenschaft wuchs. Ihr Mund zupfte an seinen Lippen. Sebastians Hand wühlte in ihr seidiges Haar und er nahm ihren Kopf in beide Hände. Sachte schob er sie von sich weg.

»Ich will dir etwas vortragen«, sagte er, nahm sie bei der Hand und zog sie in den Garten hinaus, auf Steinbank und Oleander zu.

»Setz dich auf die Bank«, bat er.

Er mochte dieses Bild; es erinnerte ihn an die vielen Abende, an denen er sie beobachtet und sich gewünscht hatte, ihr einmal nahe zu sein – und nun war sie seine Braut. Er räusperte sich:

»Als ich vor dir stand und ich dich zum ersten Mal sah,
zitterte mein Herz so, dass es bei dir blieb, als ich fortging.
Dann wurde es, ohne Freikauf,
in den süßen Kerker in Gefangenschaft gebracht,

desssen Pfeiler aus Lust bestehen
und dessen Türen aus schönem Sehen,
die Kerkerringe aber aus guter Hoffnung.
Den Schlüssel für den Kerker hat die Liebe
und sie hat dort einen Pförtner hingestellt:
der trägt den Namen Widrigkeit.
Doch wie der beste aller Ritter,
kämpfe ich gegen jede Schicksalswendung
und erringe deine Liebe.«

Die letzten Worte hatte er geflüstert. Zuerst belohnte ihn ihr Lächeln, dann ihr Kuss.

Wenige Wochen später ritt Alberto Ganzague mit Sebastian und seinen Streitern gegen Viadana, um Enrico Bontempi herauszufordern. Jener nahm den Fehdehandschuh auf. Sie kämpften auf offenem Feld, sechs gegen sechs, auf Leben und Tod oder die Bitte um Gnadengewährung; sie kämpften verbittert mit allen Waffen und waren sich ebenbürtig, bis von jeder Seite drei Reiter im Gras lagen. Schwer atmend standen sich die alten Streithähne gegenüber; beide brachten den Einhänder kaum noch in die Höhe; sie starrten sich an mit blöden Blicken. Da fiel ein Kämpfer aus Viadana und Sebastian eilte seinem Herrn zu Hilfe. Bontempis Schicksal schien besiegelt. Sein Kopf sank langsam auf seine Brust, er schlug die Augen nieder und erwartete den letzten Schwertstreich. Um Gnade flehte er nicht. Alberto hob die Hand. »Halt ein«, gebot er Sebastian und trat einen Schritt gegen Bontempi vor: »Willst du Frieden schließen?«

»Du fragst mich um Frieden«, erwiderte der Angesprochene ungläubig.

»Ja. Der Hass soll ein Ende haben.«

»Hitzköpfe waren wir damals und dumm. Gut, dass ihr jetzt den Falken habt.«

»Du willst also Frieden.«

»Ganzague, ich gebe mich in deine Gnade; ich will Frieden.«

Sie ließen die Waffen fallen, wankten aufeinander zu und reichten sich die Hände. Dann brachte ein jeder seine Toten nach Hause und Alberto fragte bei sich, was es für einen Sinn gehabt hatte. Aber noch ehe sie Pomponesco erreicht hatten, wischte er diesen Gedanken beiseite und dachte an die bevorstehende Hochzeit seiner Tochter.

Alter Hass begraben, führte die Aussöhnung der Ganzagues mit den Bontempis zur Annäherung des kleinen Pomponesco an das größere Viadana und auf Lucretias Hochzeit besiegelten die Nachbarstädte ihr Einvernehmen. So gelang es Alberto Ganzague, binnen weniger Monate ein zweites Familienfest zur Angelegenheit des gesamten Ortes zu machen und damit seine Stellung als Herr von Pomponesco weiter zu festigen. Das Brautpaar aber hatte an diesem Tag keinen Sinn für lombardische Politik. Sebastian und Lucretia genossen den Trubel nebst all die Köstlichkeiten, die aufgetischt waren zu ihren Ehren. Wollte man die Tafel beschreiben, der Vorwurf der Prahlerei wäre wohlfeil zur Hand, denn nicht nur warteten Finken, Stare, Dompfaffen und was es der Singvögel mehr gab gebraten und gesotten auf hungrige Mäuler; Wachteln, Fasane und Täubchen in allen denkbaren Zubereitungsformen rundeten die Geflügelgerichte ab; Wildschwein, Hirsch und Reh füllten polierte Silberplatten; Fische aller Art, die der Po zu bieten hat, prangten in hellen Soßen; den Vogel schoss ein riesiger Karpfen ab, den die Köche eigens für die Brautleute mit Pfirsichen gefüllt hatten. Gemüse, Nüsse und Obst vervollständigten das Bild eines Überflusses, dass die Begehrlichkeit aller deutschen Könige auf dieses obere Italien nur allzu verständlich wurde. Pomponescer und Viadaner schlugen sich die Bäuche voll und zwischen herzhaften Rülpsern mochte die eine oder andere Ehe verabredet worden sein, wenn nicht gegen den Abend hin manches Pärchen, dem üppigen Rotwein sei Dank, aus schierer Lust den Weg ins nahe Birkenwäldchen fand. Dem Aufmerksamen jedenfalls kamen deutliche Töne zu

Ohren und mancher schnalzte mit der Zunge und spuckte genuss-
voll auf den Boden.

Sebastian und Lucretia fieberten ebenfalls der Stunde entgegen,
da sie von der Familie ins Schlafgemach geleitet wurden. Der Priester segnete die Schwelle, dann hob Sebastian seine junge Frau hoch
und trug sie durch die Tür. Unter dem Beifall der Anwesenden
wünschte der Pfaffe Sebastian wirkvolle Kraft in die Lenden. Das
Sarazenenmädchen zog die Flügeltüren zu. Man hörte, wie innen
der Riegel vorgelegt wurde. Endlich waren die beiden allein. – Der
Kuss begann zart und scheu, doch öffneten die sich umkreisenden
Zungenspitzen alle Schleusen, die bisher die Leidenschaft zurückge-
halten hatten. Die Lust brach über die beiden herein wie ein Som-
mergewitter und für einen winzigen Moment blitzte in Sebastian
nochmals die Erinnerung an Marotta auf und er sah jene Nacht, in
der Juditha mit ihrer lustvollen Kunst ihn glücklich gemacht hatte;
doch auch wenn sich die Metaphern glichen, wies Lucretias Art
ihm einen neuen Weg in die Erfüllung.

* * *

Früher als gewöhnlich brach der Winter an. Schnee bedeckte den
Pog von Montségur und dämpfte die Geschäftigkeit. Wer immer
konnte, zog sich in seine Steinhütte zurück. Während Philipp
Montségur frühzeitig verlassen hatte und mit Guilhabert de Castres,
dem späteren Toulouser Bischof der *bonshommes,* losgezogen war,
um die Gläubigen im Carcassès zu stärken, schob Isabelle ihre Wan-
derung mit Esclarmonde, der Tochter von Raymond de Péreille,
durch das Sabartés auf. Sie gewöhnte sich auf dem *Pog* an ein dem
Glauben geweihtes Leben und fand in Esclarmonde eine starke Füh-
rerin und Freundin. Diese hatte frühzeitig das *consolamentum* erfahren; bereits Fournière de Péreille, ihre Großmutter, war *parfaite* und
hatte den Baron für die Belange der *guten Christen* gewonnen. Daher unterstützte Raymond de Péreille von Anfang an die Suche der
bonshommes nach einem sicheren Ort und nahm die Mühen auf

sich, über der Ruine des Montségur eine neue Festung zu errichten. An einer wichtigen Straße gelegen, bezeichnete himmlisches Geschick den *Pog* als geeigneten Ort für den Tempel des Lichts. Das Werk war über die Jahre gediehen und Esclarmonde hatte die Magie des Ortes gleichsam mit der Muttermilch aufgesogen. Es gab keine bessere Gefährtin für Isabelle. Philipp hatte dies gewusst, als er die beiden zu einem Predigerpaar verband. Durch Esclarmonde erhielte Isabelles Glaube Boden, an ihrer Seite würde Isabelle zur *parfaite* reifen. Esclarmonde ihrerseits spürte die Kraft, die in Isabelle wirkte. So fingen sie bald an, gemeinsam nach den Antworten auf Isabelles Fragen zu suchen, und oft verbrachten sie den ganzen Tag in der Bibliothek.

»Wie kommt es«, fragte Isabelle, »dass die Bibliothek so reich ist?«

»Meine Großmutter«, lächelte Esclarmonde, »hat frühzeitig damit begonnen, Bücher zu sammeln, die ihr von umherziehenden *Erwählten* oder sich bekehrenden Klerikern zugetragen wurden. Doch damit nicht genug, ließ sie selbst Kopien anfertigen. Zu diesem Zweck hat der Marquis eigens das Skriptorium eingerichtet.«

»Weise vorausgeschaut«, murmelte Isabelle und blickte dabei dem ehemaligen Benediktiner über die Schulter, der an dem einen der beiden lichtüberfluteten Schreibplätze arbeitete. Er mühte sich an einer reich verzierten Kopie des *liber de duobus principiis*. Dieser vor wenigen Jahren niedergeschriebene Text eines *Erwählten* aus der Lombardei, wohin die okzitanischen *bonshommes* beste Kontakte unterhielten, griff mit den Argumenten der römischen Kirche die wesentlichen Fragen auf und sollte den *guten Christen* helfen, in Disputationen bestehen zu können.

»In der Art der Argumente«, nahm Esclarmonde das Gespräch mit Isabelle wieder auf, »mangelt es den *Perfekten*; die Katholiken zimmern ihr Lehrgebäude mit Hilfe vieler gescheiter Köpfe aus den ihnen genehmen Bibelstellen und verwenden Spitzfindigkeiten ohne Ende darauf, ihre Lehre gegen jeden Einwand abzusichern. Wir geben oftmals dem Gefühl nach und der inneren Erleuchtung.«

»Das ist zu wenig als Waffe gegen den kühlen Geist der katholischen Denker«, pflichtete Isabelle bei. »Wir müssen die Päpstlichen mit ihren eigenen Mitteln schlagen. Was für ein klarer Aufbau wohnt den *Sentenzen* und *Summen* der katholischen Gelehrten inne! Welche Kunstfertigkeit führt für die kirchliche Polemik Beweis gegen uns *gute Christen*.«

»Wir dürfen keine Antworten schuldig bleiben«, bekräftigte Esclarmonde und sie suchten gemeinsam nach wahren Hinweisen auf die Erschaffung der Welt.

»Hier, ich habe etwas«, freute sich Isabelle und deutete auf eine Stelle in den Briefen des Johannes: »Liebt die Welt nicht und nicht das, was in der Welt ist. Wenn einer die Welt liebt, so ist nicht des Vaters Liebe in ihm; denn alles in der Welt, des Fleisches Lust und der Augen Lust und des Lebens Prahlen, das stammt nicht vom Vater her, sondern stammt von der Welt. Und die Welt vergeht und ihre Lust. Doch wer den Willen Gottes wirkt, der bleibt in Ewigkeit.«

»Was für eine Wahrheit,« nickte Esclarmonde andächtig. »Es ist fast, als hätte es Jesus selbst gesagt. Aber die Kirche will dies unterdrücken. Nur die Kleriker, heißt es, sollen in Zukunft noch in der Bibel lesen. Der Papst allein bestimmt, welche der alten Bücher zur Heiligen Schrift zu zählen sind und welche nicht. Weder die *Interrogatio Ioannis* noch viele andere Bücher erkennt er an und will überhaupt die Menschen vom Wissen ausschließen.«

»Das dürfen wir uns nicht gefallen lassen!«, bekräftigte Isabelle und ahnte, dass einst die Bücher das Vermächtnis der Katharer ausmachen würden. »Lass uns weitersuchen nach einer Antwort, wie die Welt erschaffen wurde.«

Und sie lasen sich durch den Fundus der Bibliothek, lasen die berühmte *Visio Isaiae*, welche die katholische Kirche nicht als Teil der Bibel anerkannte, studierten die Predigten und Briefe des Bernard de Clairvaux sowie den *Tractatus adversus Petrobrusianos* von Petrus Venerabilis, widmeten sich den tiefgründigen Schriften der *guten Christen* und den verleumderischen Traktaten der Katholischen, von denen insbesondere das *Opusculum contra haereticos*, das *De fide catholica contra haereticos sui temporis*, die *Hystoria Albigensis*, die *Manifestatio haeresis Catarorum* und das *Liber antihaeresis* ihr Interesse erregten. Schließlich fanden sie im *Liber de duobus principiis* eine erste Antwort: »Christus sagt im Evangelium des heiligen Matthäus: ›Ihr seid ausgegangen wie zu einem Mörder, mit Schwertern und Stangen, mich zu fangen. Bin ich doch täglich gesessen bei euch und habe gelehrt im Tempel und ihr habt mich nicht gegriffen.‹ Und er sagt bei Lukas: ›Aber dies ist eure Stunde und die Macht der Finsternis.‹ Deshalb muss man glauben, dass die Macht Satans und der Finsternis nicht direkt und unmittelbar vom Herrn und wahren Gott ausgeht. Denn wenn die Macht Satans und der Finsternis direkt und unmittelbar vom wahren Gott ausginge – zusammen mit allen anderen Mächten, Kräften und Herrschaften des Bösen – wie die Unwissenden sagen –, verstünde man nicht, wie Paulus und die anderen Jünger Jesu Christi ›den Mächten der Finsternis entrissen‹ werden könnten. Noch verstünde man, wie sie sich von dieser Macht des Satans hätten abwenden und dem Herrn und wahren Gott hätten zuwenden können. Vor allem wenn man bedenkt, dass sie sich, indem sie sich von der Macht der Finsternis losrissen, da ja alle Mächte und Kräfte (nach dem Glauben unserer Gegner), im eigentlichen und wesentlichen Sinn, vom guten Gott ausgehen, hätten vom guten Gott losreißen müssen. Und wie hätte dieser gute Gott eine andere als seine eigene Macht bloßlegen und besiegen können, wenn es wahr ist, dass es keine Macht außer der seinen gibt, wie alle Gegner dieser wahren Christen sagen, die man mit ihrem richtigen Namen Albingenser nennt.«

An dieser letzten Bezeichnung erkannten Esclarmonde und Isabelle den Schreiber als einen von der Lombardei, denn dort wurden die okzitanischen *bonshommes* nach der Stadt Albi benannt wegen jenes Konzils, das sie vor beinahe fünfzig Jahren in Lombers südlich von Albi gehalten hatten.

»Siehst du«, sagte Isabelle schließlich, »es gibt keinen Zweifel an der Gegebenheit zweier Schöpfer. Aber wie ist die Frage nach der göttlichen Einwilligung in Satans Schöpfung zu beantworten? Hat Gott mit dem Herausstürzen der Engel aus seinem Reich des Lichts dem Satan alles überlassen oder hat er noch mitgeholfen, das Reich der Düsternis mit dem Stoff zu füllen, der die Vergänglichkeit bedeutet?«

Esclarmonde schüttelte verwirrt den Kopf: »Darüber, beste Freundin, müssen wir noch länger nachdenken.«

»Du hast Recht. Es ist zu früh für gescheite Antworten.«

Mit ihren Studien in der Bibliothek brachten die beiden Frauen weit mehr Zeit zu, als zunächst geplant, und so war es Frühling geworden des Jahres 1223, als sie endlich, gründlich belesen, ihre Wanderschaft in die Täler Okzitaniens antraten, um den rechten Glauben und die Zuversicht in die Herzen der Frauen zu tragen. Die Zeit war dem Vorhaben günstig, denn Amaury beschränkte seine Herrschaft auf sein Kernland und die Dominikaner hielten sich mit der Suche nach Häretikern zurück. In weiten Bereichen Okzitaniens konnten sich die *bonshommes* wieder frei bewegen, konnten predigen und Seelsorge betreiben und wurden vielfach sogar von den Landpfarrern unterstützt, die mit ihrer Kirche haderten. Die *guten Christen* mussten nichts tun als Beispiel geben von Keuschheit, Bescheidenheit und Glaube; die Menschen merkten rasch, wem sie folgen sollten. Gute Gefolgschaft schien nun wichtiger denn je, wollte man die Befreiung vom französischen Joch festigen. Mehr als fünfzig Jahre nach Gründung der Katharerkirche in Okzitanien musste diese ein festes Fundament für die Menschen des Landes sein und dazu bedurfte es des Rückhaltes bei den Menschen in Glaubens- wie in Vermögensfragen. Denn wenngleich die *Erwählten* für sich selbst der Armut verpflichtet blieben, konnte ihre Kirche auf Mittel nicht verzichten. Daher dienten die Predigtwanderschaften der *bonshommes* neben der Kräftigung im Glauben der Stärkung der wiedererwachenden Katharerkirche und Isabelle und Esclarmonde brachten ihre ganze Überzeugung ein in ihr Tun.

Und ihre Bemühungen waren erfolgreich.

Zunehmend mehr Menschen, denen sie auf ihren Rundwegen, die sie kreuz und quer und immer wieder an dieselben Orte führten, begegneten, entboten Esclarmonde das *melioramentum*, die Ehrenbezeigung der *croyants* gegenüber den *Vollkommenen*. Der Ehrengruß galt der Trägerin des Heiligen Geistes und drückte zugleich den Wunsch der Gläubigen aus, selbst bald zu den *Erwählten* zu gehören. Was für ein erhebendes Erkennungszeichen war das dreifache »Benedicte, parcite nobis« und Isabelle war tief angerührt vom Glauben der einfachen Menschen, wenn sie sich vor Esclarmonde verneigten, in die Knie gingen und dem dritten »Benedicte, parcite nobis« hinzufügten: »Bittet Gott für mich Sünder, dass er mich zu einem *guten Christen* mache und zu einem guten Ende führe!« Auf jedes *Benedicte* sprach Esclarmonde ihr »Gott segne dich« und beim dritten Mal sagte sie: »Gott sei gebeten, dich zum guten Christen zu machen.« Und es wurden immer mehr Menschen, mit denen Esclarmonde die *convenentia* schloss, jenen Pakt, wonach sich Esclarmonde verpflichtete, die *croyante* am Ende ihres Lebens auch dann mit dem *consolamentum* zu trösten, wenn die Gläubige ihren Wunsch nicht mehr äußern konnte. So vergrößerte die Kirche der *bonshommes* ihren Einfluss und Isabelle hatte daran mit Freude teil.

Auf der Wanderschaft lernte Isabelle viel über das einfache Leben. Sie kam in die Lehmhütten der *croyants* und saß oft mit den Bauersfrauen in der ummauerten Küche, die mit der *Fonghana*, dem Herdfeuer, den Mittelpunkt des Hauses bildete. Auf Bänken saß man da um den Tisch und sprach mit den Frauen, die das Feuer hüteten. Die Pflege der *Fonghana* war eine wichtige Aufgabe, die nicht vernachlässigt werden durfte; einmal im Sabartès hörte Isabelle, wie eine Nachbarsfrau rief, sie könne nicht zu Esclarmondes Predigt kommen, weil ihre kleinen Kinder am Feuer spielen. Erinnerungen an ihre eigene Kindheit stiegen auf, die manchmal beklemmende Enge auf Quéribus wurde Isabelle wieder bewusst. Aber insgesamt war sie eher behütet aufgewachsen und erst jetzt begegnete sie echter

Armut. Je elender oftmals die einfachen Bauern hausten, je leichter ertrug Isabelle ihre eigenen Entbehrungen und schätzte sich glücklich, nicht Durst leiden zu müssen. Hatte ihr anfangs der Hunger zugesetzt, vergaß sie nach einigen Monaten öfter aufs Essen oder verzichtete darauf, wenn sie sah, wie wenig die Familie hatte, in deren Küche sie vom rechten Glauben erzählten. Aber sie trafen auch auf viele Wohlhabende, deren Weinberge gut trugen; diese spendeten der okzitanischen Kirche gern einen Teil ihres Vermögens und so mehrte sich mit der Zeit das Vermögen der *bonshommes* in jedem okzitanischen Bistum und wuchsen die Goldvorräte auf Montségur.

Isabelle lebte in der Zeit der Wanderpredigt mit Esclarmonde in einer zunehmenden Gleichförmigkeit. Daraus schöpfte sie Ruhe und Kraft. Täglich bildete das Mittagsmahl den Höhepunkt des Tages, wenn Esclarmonde das Brot segnete; wo immer sie sich aufhielten, trafen sie sich mit Gläubigen mittags in der Küche oder im Speiseraum und Esclarmonde hielt das in weißes Tuch gehüllte Brot hoch, damit es alle sehen konnten; stehend beteten die Versammelten das Vaterunser, dann sprach Esclarmonde den letzten Vers des Neuen Testamentes, brach das Brot und verteilte es an alle. Nein, es war nicht der Leib Christi, den die *parfaite* hier austeilte, denn Jesus Christus begibt sich nicht in Satans Welt; Gedenken und Besinnung zeigte sich in der Brotsegnung und in dieser bescheidenen Auslegung des biblischen Abendmahls fanden die *bonshommes* ihre wahre Kraft. Darüber hatte Isabelle viel nachgedacht. Tief verwurzelt fand sie in sich den Ritus der katholischen Kirche, wonach Jesus tatsächlich im Brot gegenwärtig ist, weshalb die Kommunion ein Sakrament und nicht bloß ein einfacher Akt ist. Doch je länger Isabelle darüber nachdachte, umso unwahrscheinlicher erschien es ihr selbst aus katholischer Sicht, Jesus könne körperlich in dem Brot sein. Wäre es dem Gottessohn wirklich auf so eine fassbare Verstofflichung angekommen? Geist und Gesinnung waren entscheidend, nicht der Stoff der Welt. Selbst der Papst müsste dies begreifen und würde sich wohl auch dazu bekennen, dachte Isabelle, wenn er nicht in der Heiligung der Kommunion zugleich das beste Mittel zur Hand hätte, Unbotmäßige zu bestrafen. Was bewirkte der Kirchenbann, wenn er nicht mit der Exkommunikation einherginge? Nichts. Niemand würde sich vor einer Strafe fürchten, die keinen Schaden anrichten konnte. Das war der Punkt. Und für die *guten Christen*, die letztlich dazu neigten, Jesus Christus gar nicht als Mensch mit Fleisch und Blut, sondern als lediglich körperlich wahrnehmbaren Engel aufzufassen, war eine Verstofflichung im Abendmahl widersinnig. Auf den Geist kam es an: er muss die Seele berühren. Ja, flüsterte Isabelle eines Tages, dies ist die Glaubensstärkung der Brotsegnung, und war von da an innerlich eine echte Häretikerin. – Nun begann sie, sich auf das *consolamentum* vorzubereiten. Esclarmonde und Isabelle beendeten ihre Wanderschaft. Allerdings sollte Isabelle ihre *Endura* genannte Fasten- und Probezeit nicht auf Montségur, sondern in den Bergen des Sabartés verbringen, und so geleitete Esclarmonde die Freundin in die wilde Einöde im Süden. Oberhalb eines windumtosten Passes zog sich Isabelle in eine in die Felswand hineingeschlagene Einsiedelei, halb Höhle, halb Hütte, zurück. Es gab dort nur eine Pritsche, einen Tisch und einen Stuhl. Wasser sprudelte aus einer nahen Quelle. Essen würde einmal in der Woche ein Hirtenbursche aus dem Dorf herauftragen. Weitere Zerstreuung bot der Ort nicht. Die Prüfung konnte beginnen.

Kaum hatte sie sich in ihrer neuen Behausung eingerichtet, wurde sie von einer Unrast gepackt. Sie war es nicht gewohnt, an einem Ort zu verweilen; ebenso wenig hatte sie Übung im Alleinsein. In der Ruhe begann sie nervös zu werden. Sie rannte die steile Bergflanke hinauf, bis ihr die Luft ausging; dann lief sie bergab zu ihrer Hütte, wendete, stieg in die Höhe und bewegte sich den ganzen Tag hin und her, ehe sie in der Dämmerung ermattet auf ihr Lager fiel. Sie schlug alles Essen aus und nahm tagelang nur klares Quellwasser zu sich. Doch tief in ihr wirkte eine besondere Kraft und so gelangte sie jeden Tag höher hinauf und stand eines Tages auf dem Gipfel.

Die Sonne gleißte. Weit schweifte ihr Blick über die Schneeberge und die grünen Täler. Das Aude lag ihr zu Füßen.

Durchdringendes Licht. Ringsum Tiefe, genoss Isabelle das Licht. Zum Greifen nah stand die Sonne, ein weißer Ball im Firmament; schaute man hinein, ergriff einen blendende Unendlichkeit, und Isabelle sah sie wieder, die Schöpfungsgeschichte. Sie erblickte einen alten Mann mit Silberhaar und wallendem Bart, der stand an einem windigen Ort mit einem groben Sieb, auf das er Erde schaufelte; war das Sieb gefüllt, schüttelte er es hin und her, bis der feine Staub einen Haufen am Boden bildete und sich auf dem Sieb die Steine der Größe nach geordnet hatten. Der Alte siebte und siebte und brachte Ordnung in die Welt. Gleiches lag neben Gleichem, fein säuberlich lag Ungleiches getrennt und suchte sich je seinen ihm eigenen Ort. Als ein hohes Maß an Ordnung erreicht war, setzte sich der Alte auf einen Schemel und schnitzte. Aus Holzstücken schnitzte er Figuren; einen Mann mit Krone und eine gekrönte Dame; einen Ritter auf feurigem Ross, einen Edelmann mit Bischofsstab, einen wehrhaften *Donjon*. Einen Bauern schnitzte er, einen Geldwechsler, einen Schmied, einen Kürschner und einen Pfaffen, und als er mit dem weißen Holz geendet hatte, fing er beim Ebenholz von vorne an. Später stellte er die Figuren auf ein Brett mit vierundsechzig Feldern, je weiß und schwarz, und gab der Welt im Spiel ihren *Ordo*. »Werde«, sprach der Schöpfer, »Zeugnis sittlicher Lenkung und Anleitung zum Kampf der Menschheit untereinander.« Auf diesen Ruf hin krochen Lemuren aus den Wassern der Welt; ihnen wuchsen Gliedmaßen, sie richteten sich auf; mit der Zeit verloren sie das Fell und nackt wie sie waren bekamen sie einen immer größeren Kopf, bis sie ganz wie Menschen aussahen. Menschen, die ihre Blöße mit einem Lendenschurz bedeckten und zur Begattung in eine dunkle Ecke flüchteten. Menschen, die begannen, miteinander zu sprechen; Menschen, die anfingen, Zeichen und Bilder aufzumalen und Hütten zu bauen. Der Alte lachte; sie erheiterten ihn mit ihren Bemühungen, aber sie ärgerten ihn auch, denn sie zankten und stritten und kämpften und töteten; sie litten und fügten Leid zu und taten es ohne ersichtlichen Grund; sie langweilten ihn und er wandte sich ab. Doch kaum hatte der Alte sein Sieb in die Ecke gestellt und war davongetrottet, erschien ein anderer Mann auf der Bildfläche, hager und ausgemergelt, mit glühenden Augen und belegter Stimme, und sah dem Treiben dieser Menschen zu. Weil auch er sich langweilte, nahm er einen Kübel Wasser und schüttete ihn auf den Menschen aus und schüttete und schüttete, bis sich ganz wenige in eine *Nao* flüchteten und dahinschwammen auf weiter Wasserfläche. Da lachte der Dürre, es war ein teuflisches Kichern; und während er Noahs verzweifelte Suche nach Land begleitete, schnitzte er ebenfalls eine Schachfigur, einen Spieler und Schacherer, der um Seelen würfelte. Dann lief die Flut ab und der Teufel ließ wieder Leben zu auf der Welt. Gott ward nicht mehr gesehen. Er hatte sich hinter die Sonne zurückgezogen, in welche Isabelle fortwährend blickte, bis ihr die Sinne schwanden. Sie sank nieder und schlief ein.

»Du hast Wahres geschaut«, dröhnte eine Stimme und weckte sie aus ihrem Schlaf. Rot versank im Westen die Sonne über den Tälern Okzitaniens und der Widerschein der Glut flimmerte über die Berge. Isabelle rieb sich die Augen und blickte sich um, doch fand sich keine Menschenseele weit und breit; einsam und verlassen stand sie auf dem Berggipfel und blickte hinab in die Düsternis der engen Täler. Sie streckte die Hände nach der untergehenden Scheibe aus, doch die Sphären blieben ruhig bei dieser Geste.

»Wo bist du, Herr? Gestatte, dass ich dich rufe!«

Ihre Stimme hallte über Fels und Eis dahin und verlor sich in fernen Abgründen. Dort unten lag Satans Reich. Schaudernd machte sie sich auf den Rückweg ins Tal. Tastend legte sie die letzten Doppelschritte zu ihrer Hütte zurück und wusste, sie müsste ihr Jahr der Prüfung ganz oben in der Höhe zubringen. Sie musste zum Licht. – So tat sie es. Tagelang schleppte sie die notwendigsten Dinge auf den Gipfel hinauf und richtete sich dort mit einigen Decken im Schutz eines überhängenden Felsblockes eine Schlafstelle ein, die gegen Wind und Wetter geschützt war.

Einmal in der Woche stieg sie hinab und holte die Verpflegung, welche der Hirtenjunge brachte. Ansonsten verließ sie niemals die Höhe. In der dünnen Luft verfolgte sie das Spiel ihres Atems und brachte sich in Trance dabei. Näher und näher kam sie dem alten Mann mit dem Silberhaar und manchmal hatte sie den Eindruck, gleich könne sie ihm alle Fragen stellen, die ihr auf der Seele lasteten; doch er entschwand stets, kurz bevor sie ihn erreichte. Trotzdem erwachte sie von Mal zu Mal ruhiger. Im Licht lag Zufriedenheit, in der völligen Einsamkeit des Gipfels Zuversicht. Von Woche zu Woche schob sich der Berg mehr in den Himmel hinein, immer tiefer sank das Tal in die Finsternis der Welt; und als ein Jahr vergangen war, fühlte sich Isabelle der Welt so entrückt, dass sich ihre Füße weigerten abzusteigen.

Dabei hätte sie ihre Freude gehabt an den Vorgängen der Welt, zumindest in Okzitanien, denn Amaury de Montfort gab auf. Von den Nadelstichen der okzitanischen Barone und *faidits* endgültig zermürbt, bat Amaury um freien Abzug und stellte entfernte Mitglieder seiner Familie als Geiseln für seinen Rückzug. In geheimen Verhandlungen legte er die Grafschaft Carcassonne nebst allen anderen von seinem Vater eroberten Gebieten in die Hände des jungen Königs Ludwig. Den Leichnam seines Vaters nähte er in eine Ochsenhaut, legte ihn auf einen Karren und machte sich damit auf den Weg nach Montfort d'Epernon; der *»Löwe des Kreuzzugs«* sollte in seiner Geburtsstadt die letzte Ruhe finden. Unterdessen zog der junge Graf Trencavel in Carcassonne ein und binnen weniger Monate erinnerte nichts mehr an den französischen Spuk. Der Süden schien frei.

Widerwillig gehorchten die Füße. Isabelle verließ die Höhe und haderte mit Gott. Warum, mein Herr, schickst du mich zurück in die Welt, fragte sie, wenn ich hier so nah an meinen Wurzeln bin? Zugleich wusste sie, dass sie eine Aufgabe zu erfüllen hatte, eine weltliche zumal. Die Zeit war reif für Erkenntnis und Segen. – So stieg sie hinab und ihre Gedanken suchten nach den vertrauten Menschen, die sie wiederzufinden hoffte im Tal der Welt. Esclarmonde kam ihr in den Sinn und für eine Minute wärmte das Gesicht der Freundin ihr Geist und Herz. Dann ging ihr Philipp durch den Kopf; da spürte sie im hintersten Winkel ihres Körpers ein winziges Prickeln; es verschwand rasch. Weiter blieb nichts. Die Welt war ihr unendlich fern und selbst die dichte Luft im Tal, deren Überfluss an lungensättigender Kraft Isabelle vorkam, als würde ein Fastender unvermittelt schlemmen, holte sie nicht aus ihrer Entrücktheit. Die scharfen Felskanten und spitzen Steine nicht achtend, schritt sie barfuß dahin und kümmerte sich nicht um die Kälte, die in ihre Sohlen drang. Abgestumpft gegen jede Empfindung, umhüllte ihr Körper lediglich Geist und Seele, ohne für sich etwas zu verlangen. Den Körper so weit zu bringen, dass er aus sich heraus keine Begierden mehr kennt, das war das Ziel gewesen. Es zu erreichen schien schwer. Unmerklich jedoch zeigte sich der Weg hierzu als einfach und beinahe belanglos. Seele und Geist standen über den Dingen. Aber beide verachteten den Körper nicht, im Gegenteil: Sie zollten ihm Respekt dafür, dass er aus sich heraus der Welt entsagt hatte. Isabelle fühlte sich leicht wie eine Feder und nach acht durchwanderten Tagen erreichte sie heiter und gelöst Montségur.

Auf den Tag genau ein Jahr hatte ihre *Endura* gedauert. Freudig nahm Esclarmonde die Gefährtin in Empfang, wies ihr eine karge Zelle nahe des Skriptoriums zu und befragte sie nach ihren Erlebnissen. Isabelles Stimme kratzte, gequetscht kamen die Laute. Des Sprechens entwöhnt, antwortete sie stockend und schleppend; ihre eigene Stimme kam ihr fremd vor. Doch das, was sie erzählte, darin war sie sich sicher. Isabelle berichtete von ihren Träumen, von den Begegnungen mit Gott und von dem Wissen um die Entstehung der Welt. Esclarmonde lauschte atemlos. Was Isabelle sagte, war unglaublich. Ketzerisch. Würde je ein Kleriker davon hören, er hielte Isabelle für eine Hexe. Selbst für einen *bonhomme* wäre Isabelles

Wahrheit kühn. Würden Isabelles Visionen öffentlich, sträubten sich die Haare vieler *Vollkommener*, von den *croyants* gar nicht zu reden. Trotzdem: In Isabelles Worten steckte eine ungeahnte Kraft. Das Licht der Wahrheit strahlte aus Isabelle und erleuchtete Esclarmonde. Sie glaubte.

Stunden sprach Isabelle. Als sie endete, gebot ihr Esclarmonde, in Zukunft gegenüber jedem von ihren Offenbarungen zu schweigen, ehe sie nicht das *consolamentum* erlangt habe. Danach sollte sie ihre Erfahrungen dem Bischof mitteilen; dieser müsste entscheiden, wie mit diesem geheimen Wissen weiter zu verfahren sei. Keinesfalls aber – und hier wurde Esclarmondes Stimme beschwörend – sei diese Schöpfungsgeschichte für die Ohren der Allgemeinheit bestimmt. Isabelle nickte willenlos. Sie hatte das Licht geschaut, aber sie hatte nicht den Auftrag erhalten, die Welt zu bekehren. Das durfte sie anderen überlassen. Sie legte sich nieder und schlief. Traumlos.

Esclarmonde dagegen ging zu Guilhabert de Castres, der soeben auf Montségur weilte, und berichtete von Isabelles Erleuchtung. Bald war der große Bischof in den Bann geschlagen von Isabelles Art des Erkennens; er spürte die Wahrhaftigkeit dieser Worte; er teilte Esclarmondes Bedenken. Schleunigst, so sagte er, müsse die Seherin die Weihe empfangen und dann im Geheimen ihr Wissen niederschreiben. Aus ihrem Licht werde die Schrift der Katharer, sie sei die Feder des Herrn.

Amaurys Abzug und die Befriedung Okzitaniens hatten viele *Vollkommene* hinausgelockt in die Welt; in jedem Ort waren Gläubige zu betreuen und allenthalben bedurfte die Kirche der *bonshommes* des weiteren Ausbaus. So hielten sich zur Zeit weniger als hundert *Erwählte* auf Montségur auf. Diese durften alle teilnehmen an Isabelles Weihe, die besonders feierlich vonstatten gehen sollte. Mannigfache Vorbereitungen waren nötig, um die Weihe in den Rang eines Festes zu erheben. Alle *croyants* sollten ergriffen werden von dem Akt der Handauflegung, damit ihnen klar werde, wie wichtig die Verbindung zu den Wurzeln genommen wurde. Und da die Gläubigen nicht zur Enthaltsamkeit verpflichtet waren und aufgrund der Verderbtheit der Welt durchaus weltlichen Genüssen zugeneigt sein durften, sollte ein üppiges Mahl gereicht werden. Jahrelang sollten sich die Bewohner von Montségur daran erinnern. Guilhabert de Castres selbst bereitete die Predigt vor, die Isabelle zur Abkehr von der Welt ermahnen sollte. Isabelle aber fastete sieben Tage und Nächte; von Sonnenaufgang bis Sonnenuntergang stand sie auf dem *Donjon* und verfolgte den Lauf der Sonne. Sie ließ das Licht in sich einströmen und fühlte, wie die Welt entrückte. Da war kein Bedürfnis mehr in ihr, alles war Ruhe. Obwohl sie nichts aß, fühlte sie sich kräftiger von Tag zu Tag und in ihrem Herzen wuchs die Freude auf die Weihe. Ab und an traten Bilder der Vergangenheit auf: Sie sah sich mit Mutter in der Kammer sitzen, erschreckt darüber, eben Sebastians Zukunft erahnt zu haben, und sie hörte Eleonores weise Worte über das alte Blut in ihnen; auf der steilen Treppe erkannte sie Michel Roquebrun, sah sich neben ihm sitzen und hörte seine Worte: »Du bist eine von uns.« Sie spürte nochmals ihr damaliges Erschrecken und ihre Verweigerung, ihre Sehnsucht nach Lust und Liebe hallte in ihr wie ein fernes Echo. Sie lächelte; das hatte sie überwunden, aber auf eine geheimnisvolle Weise schien es gut, dass sie ihre Lust und Liebe gelebt hatte. Die Wahrheit, dachte sie, liegt im Gebot der Einheit von Körper, Seele und Geist. Sie blickte in die Sonne und ließ die Kraft des Lichts einströmen. Sie war bereit.

Am Mittag des siebten Tages führte Esclarmonde die Gefährtin in die Kapelle der Burg. Das schwere Gewölbe, von wuchtigen Kreuzrippen getragen, lastete auf dem Raum. Durch die schmalen spitzbogigen Fenster floss das Licht in schrägen Bahnen wie goldener Stoff und unterteilte das Kirchenschiff: Überall da, wo das Licht in klarer Geradheit hereinfloss, schien die Welt aufgehoben; an den Schattenstellen, deren Erleuchtung der Streuung der Sonnenstrahlen zu verdanken war, ahnte man das Reich der Düsternis; in den scharfen Grenzlinien zwischen Lichtstrahl und Schatten tanzte feiner Staub und glitzerte wie ferne Sterne. In diesem Bild, dachte Isabelle, während sie langsam an Esclarmondes Seite zum Altar schritt, ist unser ganzer Glaube eingefangen. Sie lächelte versonnen. Längsseits waren die Bänke der *Perfekten* voll besetzt. Alle waren gekommen, Isabelles *Geisttaufe* zu begleiten, wie es ihre Pflicht ist. Drei *parfaits* und drei *parfaites* sangen einen getragenen Choral. Isabelle trug eine weite weiße Hose und ein ebenso weites weißes Hemd. Über ihren Arm hing ein weißes Tuch, in das später ihr Kopf gehüllt werden würde, damit bei der Segnung die Hände der *Erwählten* nicht Isabelles Körper berührten. Schließlich stand sie vor Guilhabert de Castres und neigte leicht den Kopf. Dieser nickte und trug seine Ermahnungen vor. Er wusste, dass sie weniger für Isabelles Ohren bestimmt waren als für die der anderen, deren Körper noch voller Begierden steckten. Wie genau kannte er es, wenn der Geist mit Einsatz all seiner Kraft den Körper im Zaum halten musste; daher neigte er derjenigen Auffassung zu, wonach selbst ein *Perfekter* sündigen und bereuen könne. Um dies auszudrücken, verwendete er das Gleichnis vom verlorenen Sohn in seiner Predigt und erfasste alle Zuhörer mit seiner Schilderung der unendlichen Liebe des guten Gottes, der das Böse nicht kennt. Den Tränen nahe spürten sie den Heiligen Geist in ihren Herzen und sangen im Anschluss an die Predigt lauthals einen Hymnus.

»Bekennst du dich zu unserem einen guten Gott, der die Welt des Geistes erschaffen hat und über das Reich der Engel gebietet?«, fragte der Bischof.

»Ich bekenne«, antwortete Isabelle fest.

»Bekennst du dich zu seinem Sohn Jesus Christus, der den gefallenen Engeln den Weg aufgezeigt hat zu ihren Wurzeln und der Zeugnis gab gegen Satan, den Schöpfer der Welt?«

»Ich bekenne.«

»Glaubst du an den Heiligen Geist, den Ausfluss Gottes, der die Seelen belebt und die Engel vor den Teufeln schützt, der eins ist mit dem guten Gott und der Satans Feind ist immerdar?«

»Ich glaube.«

Der Bischof breitete die Arme aus und hob seine Augen zur Decke.

»Versprichst du, nie mehr dem Körper in seinen Begierden zu gehorchen, jeder Einflüsterung des Bösen abhold zu sein, die Wahrheit über alles zu stellen und dein Leben freudig für den guten Gott einzusetzen gegen Satan und seine Teufelsbrut?«

»Ich verspreche es.«

»Versprichst du, dem Antichristen die Gefolgschaft zu verweigern und nie wieder jenem Papst zu folgen, der die Nachfolge Petri besudelt mit seiner Schändlichkeit? Versprichst du, dich fernzuhalten von dieser katholischen Häresie und stets Zeugnis abzulegen für den Schöpfer der Geistwelt und gegen den Erbauer irdischer Düsternis, weil die Welt des Teufels ist und voller Bösem steckt?«

»Ich verspreche es.«

»So höre nun, Isabelle Lemaitre, die ersten Verse des Evangeliums nach Johannes.«

Er sprach die Verse getragen und jeder spürte das Gewicht der heiligen Worte. »Im Anfang war das Wort und das Wort war bei Gott, und das Wort war Gott. Im Anfang war es bei Gott. Alles ist durch das Wort geworden und ohne das Wort wurde nichts, was geworden ist. In ihm war das Leben und das Leben war das Licht der Menschen. Und das Licht leuchtet in der Finsternis und die Finsternis hat es nicht erfasst.«

Über allen Häuptern glomm die Flamme des Heiligen Geistes, es war, als hätte die Luft einen Körper. Das hatte Guilhabert de Castres noch nie erlebt; ein leiser Schauder durchzuckte ihn. Zu schnell für das würdige Zeremoniell griff er nach dem Evangelienbuch, legte es Isabelle aufs Haupt und murmelte sein Ich-segne-dich. Danach breitete Esclarmonde, die bisher unbeweglich an Isabelles Seite gestanden hatte, das Tuch über den Kopf der zu Weihenden und der Reihe ihrer Würde und ihres Alters nach traten die *Erwählten* vor und legten eine Hand auf Isabelles Kopf. Und mancher glaubte dabei zu spüren, dass aus Isabelles Schädel ein Luftstrom kühler Kraft nach oben entwich, wie man es von manchen engen Höhlenausgängen kennt, die wie ein Kamin aus der Tiefe nach oben reichen, und je mehr *Vollkommene* Isabelle die Hand auflegten, umso kräftiger strömte es.

Dann war das *consolamentum* erteilt und Isabelle eine *parfaite*. Drei Frauen traten heran und brachten die schwarzen Kleider; weite Hosen mit engem Bund, ein Hemd und über allem eine Kutte ähnlich der, welche die Benediktiner trugen; Isabelle schlüpfte hinein und setzte zum Schluss die Kapuze auf. Die *Erwählten* sangen und verließen die Kapelle. Draußen warteten die *croyants* und jubelten. Dann wurde die Tafel eröffnet. Alles Volk freute sich. Isabelle aber begleitete Guilhabert de Castres in dessen Gemächer.

»Du wirst«, sagte er, als sie allein waren, »deine Einsichten aufschreiben und deine Fragen. Wenn du nach Antworten suchst, besprich es mit mir, mit Esclarmonde oder mit Philipp; mit niemandem sonst. Der zweite Schreibplatz im Skriptorium gehört dir. Übereile nichts. Gott wird dir hinreichend Zeit gewähren.«

* * *

Mit der zunehmenden Abneigung vieler lombardischer Städte, die Lehnsverpflichtung gegenüber Kaiser Friedrich zu erfüllen, wuchs die Zahl der Turniere in der Ebene des Po und auf diese Weise erhielten Alberto Ganzague und Sebastian Gelegenheit, die Schlagkraft ihrer Truppe stets aufs Neue unter Beweis zu stellen. Allerdings war Pomponesco durch die Aussöhnung mit Viadana unversehens auf die Seite Cremonas und damit des Staufers gerutscht, was in Sebastian die Erinnerung an den Kreuzzug lebendig erhielt, zumal Friedrich II. feierlich gelobt hatte, spätestens im August des Jahres 1227 nach Palästina aufzubrechen. Wenngleich dies erst im übernächsten Sommer anstünde, konnte Sebastian nicht umhin, sich über eine eventuelle neuerliche Kreuznahme Gedanken zu machen. Innerhalb eines Jahres war er ein im gesamten Umkreis geachteter Ritter geworden, den, wohin er kam, der Ruhm begleitete, den

Falken von Mantua erstritten zu haben; und in den italischen Ländern blühten die ritterlichen Ideale, wonach ein Ritter vor allem dem Glauben verpflichtet war. Sebastian fühlte sich in seiner Stellung wohl und jeder Fechtkampf im Turnier hatte eine belebende Wirkung auf ihn; daneben sahen alle in ihm den Nachfolger Ganzagues als Patron Pomponescos und erwarteten ihn streitbar und ehrbewusst. Andererseits wollte er sich ungern auf längere Zeit von Lucretia trennen, und seit sie ihm vor wenigen Wochen einen Sohn geboren hatte, ritt er sogar ungern auf das nächste Turnier, zu dem gestern der Bote aus Ferrara eingeladen hatte. »Wir melden euch unser Turnier und bitten euch dringend, dass ihr mit Pferden und Waffen so vorbereitet kommt, dass ihr Ehre davon habt. Der Sieger auf dem Feld erhält einen Bären, den eine Dame zum Turnier schickt«, stand in kunstvoller Schrift auf der Einladung, die keine Absage duldete. Also bereiteten sich die Pomponescer Kämpfer vor und da zu Ferrara mit großer Schar gekämpft werden sollte, nahmen sie Knappen und Knechte zum Üben mit, die als *Kipper* im Handgemenge nützlich sein konnten.

In den Mußestunden genoss Sebastian die Zweisamkeit mit Lucretia und bewies allen Zweiflern, dass es die Liebe in der Ehe gab. Sie brauchten keine Mauer um ihren Rosengarten, auf der alles abgebildet war, was keinen Zutritt hatte; der Palazzo Ganzague war seit dem Frieden mit Viadana frei von Hass, Bosheit und Gemeinheit; Habsucht, Geiz und Neid fanden keinen Platz zwischen Sebastian und Lucretia und gegen die Traurigkeit kam allemal ihr klingendes Lachen an; die Armut mied ihr Haus, das die Heimat der Fröhlichkeit und Sorglosigkeit geworden war, und anders, als es im *Roman de la Rose* ins Bild gesetzt ist, gehörte dieses höfische Ideal bei Don Alberto zum Alltag. Während aber Alberto Ganzague wenigstens ab und an auf seinen Gütern nach dem Rechten sehen musste, konnte es Sebastian beim Üben mit Reitern und Knappen belassen und im Übrigen seine Zuneigung zu Lucretia ausleben; die Gräfin von Champagne behielt Unrecht, die vor zwei Menschenaltern geschrieben hatte: »Wir verkünden und setzen unverrückbar fest, dass die Liebe zwischen zwei Eheleuten ihre Macht nicht entfalten kann.« Inniges Verständnis herrschte in Sebastians Ehe ebenso wie eine drängende Lust, der die beiden mit fliegenden Pulsen nachgaben. Ihre Hände waren weich und zärtlich, wie es ein Mann von einer Dame erwarten kann; überraschenderweise standen seine Hände, die im Kampf zuzupacken wussten und deren rohe Kraft manchem schon beim Anblick Angst einflößte, den ihren in Sanftheit kaum nach; sie liebten aneinander das Berühren der Haut und sie begehrten heftig nackt nebeneinander zu liegen in ihrem trauten Gemach, wo nichts verboten war oder für verdorben und sündig geachtet wurde. Jedes Fleckchen seiner Haut liebkoste ihre Zunge und selbst ihre geheimsten Falten verbargen sich nicht seinen verwöhnenden Lippen. Sie sprachen, während sie sich kosten, sie keuchten und schrien. Sie konnten schweigen und sich küssen, während sie vereinigt reglos lagen, sie konnten lachen bis unmittelbar zu dem Punkt, an dem die Erregung sie überwältigte. Sie hatten Freude miteinander und wurden aneinander nie vollends satt; immer blieb da ein winziger Rest für das nächste Mal und so wurde nach der Liebe stets schon wieder vor der Liebe. Nichts, gar nichts auf dieser Welt, so dachte Sebastian, würde je ihre Innigkeit stören können.

Dann kam das Turnier zu Ferrara. Am Sonntag trafen sich alle Ritter, um die Regeln festzulegen. Es wurden zwei Scharen gebildet um die Herren von Mailand und die Herren von Cremona und beschlossen, um die gesamte Ausrüstung zu streiten, welche die Kämpfer mit sich führten. Die aufgeheizte Stimmung zwischen den Turnierparteien führte bereits bei der Einrichtung der Sicherheitsbezirke für die Scharen zu ernsthaften Streitgesprächen, denn die Mailänder bestanden auf kleinen Schranken, in welchen bei Gefangennahmen kaum noch die ganze Schar Platz haben würde. Im Gegensatz zu den Mailändern wollten die Cremoneser keinen erbitterten Kampf bis zuletzt, sondern unbedingt die Möglichkeit, sich in einen ausreichenden *Fride* flüchten zu können, selbst wenn diese

Flucht die Niederlage bedeuten würde. Nach zähem Ringen einigte man sich auf einen weitgesteckten Turnierplatz mit großen Sicherheitsbezirken sowie darauf, am Montag in jedem Fall bis Sonnenuntergang zu kämpfen. Mit Mühe konnte Alberto Ganzague nebst einigen anderen Vernünftigen verhindern, dass noch am Nachmittag eine *Vesperie* geritten wurde, denn in dem Geplänkel hätte bei der gereizten Stimmung zwischen den Lagern nur allzu leicht ein echter Kampf entstehen können. Jeder fieberte auf die Turnierschlacht hin und besonders als das Gerücht umging, auf der Tribüne würden anderntags die Damen das Gefecht verfolgen, steigerte sich die Spannung.

Im Morgengrauen regte sich das Leben in den Lagern. Die Knappen und Knechte hatten alle Hände voll zu tun, ihre Reiter zu versorgen. Zunächst wurden die Kettenhemden angelegt, und zwar mit besonderer Sorgfalt, damit sie im Verlauf des Tages möglichst nicht zwickten; dann kamen die Beinschienen und bei manchem Kämpfer Schienen für die Unterarme; wer es sich leisten konnte, trug ein reich besticktes Wams und auf den Helmen durfte der hölzerne Schmuck nicht fehlen; den Pferden waren die Prachtdecken überzuwerfen und die Sättel mussten festgezurrt werden; schließlich halfen Knappen und Knechte ihren Herrn in die Sättel. Dann gaben die Reiter den Rössern etwas Zügel und es ging im Schritt auf das Turnierfeld vor der Tribüne. Diese wiederum füllte sich langsam mit den Edlen von Ferrara und in der Tat mischten sich Damen unter die Zuschauer. Nach und nach stellte sich das Fußvolk hinter den Reitern auf, ein jeder mit einem Knüppel versehen. Alberto Ganzague führte die Rotte aus Pomponesco, deren Platz wegen ihrer Kampfkraft und ihres Mutes an der Flanke war, um von dort so bald wie möglich einen Zangenangriff einzuleiten. Sebastian prüfte nochmals die dicht geschlossene Reihe der Reiter und flüsterte jedem zu, zusammenzuhalten. Am Anfang kam es darauf an, den Gegner mit der ganzen Wucht des geschlossenen Verbandes zu treffen und mit viel Glück dessen Reihen zu durchbrechen. Diese letzten Anweisungen gab Sebastian mit gesammeltem Geist, damit ihn nichts von dem bevorstehenden Gefecht ablenke, weshalb er kein Auge hatte für die Tribüne. Dort schritt unter dem Gemurmel vieler Zuschauer eine in Pelz gehüllte Dame zu einem Ehrenplatz; auf ihr Winken hin zog ein Diener den Bären herbei, der schließlich am Fuße der Tribüne mit einem Eisenring an einen Pflock gebunden wurde. Nun sahen alle, was es neben der ritterlichen Turnierbeute zu gewinnen gäbe: das ausgelobte Tier.

Die Kämpfer nahmen in ihrem *Fride* Aufstellung. Auf ein Zeichen von der Tribüne rückten die Verbände gegeneinander vor; doch während die Cremoneser mit allen Rotten vorpreschten, hielten die Mailänder rechts und links jeweils eine Rotte zurück und ritten im Vorwärtsjagen ein bisschen in die Breite, sodass sie das Turnierfeld mit weniger Rittern abdeckten als ihre Gegner. Mit dieser List verhinderten sie von vornherein, dass die Cremoneser, sollten sie durchbrechen, eine *Widerkere* reiten, also den Mailändern in den Rücken fallen und sie auf den *Fride* Cremonas treiben konnten. Sebastian erkannte die Gefahr, die andererseits in einem Mailänder Durchbruch liegen konnte; gelänge denen nur teilweise ein Hinterreiten der eigenen Leute, wären die Cremoneser in die Zange genommen. Noch im Galopp zügelte Sebastian daher seinen Rappen und gab Alberto Ganzague und den seinen das Zeichen, sich zurückfallen zu lassen. Die Reiter begriffen Sebastians Absicht, Ganzague aber, aufgestachelt von der allgemeinen Kampfstimmung, preschte mit seinen Nebenleuten aus Casalmaggiore weiter. Schon krachten mit aller Wucht die Lanzen auf die Schilde und ritten die Kämpfer so ineinander, dass einige bereits zum Schwert griffen. Das war voreilig. Keiner Seite gelang ein Durchbruch. Die Rotten lösten sich voneinander, wichen zurück und bereiteten einen erneuten Anritt vor. Diesmal nahmen sie nicht die gesamte Bahnstrecke, sondern allenfalls die Hälfte, und die Cremoneser, durch die Mailänder Taktik verwirrt, griffen nicht mehr in einer fest geschlossenen Linie, sondern vielmehr in einer Welle an. Während die Viadaner Rotte rechts außen damit Erfolg hatte und den Mailändern mit fünf Rittern in den Rücken fiel, brach in der augenblicklich wichtigeren

Mitte die Linie der Cremoneser auf. Zwei Mailänder Rotten preschten nun in die Umkehr den Gegnern in den Rücken und trieben das mittlere Feld auf ihren *Fride* und damit genau auf die in Rückhalte stehenden Rotten zu. Die Viadaner ließen ihren Flügel stehen und kamen den ihrigen zu Hilfe. Darauf gaben die Mailänder den linken Flügel auf und schlossen, noch ehe die Viadaner ganz heran waren, den Ring um die zentralen Rotten aus Cremona. Schon war der Heerführer eingekesselt und es sah übel aus für die Cremoneser. Mitten im Gewühle schlug sich Alberto Ganzague allein mit zwei Mailänder Rittern.

Sebastian beobachtete das Geschehen aus dem Hintergrund und erst im letzten Moment, als die Mailänder schon in Siegerlaune waren und die Eingekesselten auf die Gefangenschaft zutrieben, stellte Sebastian seine Reiter in einen Keil und preschte auf das Getümmel zu. Davor hatte er die eigenen Fußkämpfer angewiesen, ihrerseits von der Seite her im Geschwindmarsch anzugreifen. Die unvermutete Attacke überraschte die Mailänder. Einige Cremoneser konnten sich Luft verschaffen und den Kessel sprengen. Da waren die *Kipper* aus Pomponesco heran und zerrten an den Zügeln einiger Mailänder Rottenführer. Sebastians Pferdeknecht, ein Hüne von einem Mann, bekam den Mailänder Scharführer zu fassen und riss ihn aus seinem Verband. Der Knecht, der beim Versuch des *Zäumens*, wie dieses Einfangen eines Ritters durch einen Fußkämpfer genannt wurde, den Scharführer mit seinem Knüppel drangsalierte, kämpfte so erfolgreich, dass die Mailänder eine ganze Rotte aus dem allgemeinen Kampf herauslösen mussten, um ihren Anführer vor der Gefangenschaft zu retten. Dadurch brach der Belagerungsring und wurde die Schlacht wieder offen. Nun ging es wild durcheinander, Rotte gegen Rotte. Alberto Ganzague stand immer noch allein. Jede Übersicht auf dem Feld ging verloren. Manche Ritter stachen mit den Lanzen gegeneinander, andere fochten mit Schwertern, einige waren bereits von ihren Pferden abgesessen und schwangen ihre Keulen auf dem Boden. Ganzague befand sich mittendrin und ohne Schutz von Nebenleuten. Da traf ihn ein wuchtiger Keulenhieb; er fiel. Im Gewühl packte ihn ein Mailänder *Kipper* und schleppte ihn in den Sicherheitsbezirk, voller Vorfreude auf die Siegerbeute. Eine Schlachtordnung gab es nicht mehr, stattdessen wüstes Durcheinander und keine Seite konnte die Oberhand gewinnen. Viele Kämpfer bluteten. Manche Rotten gaben den Gegnern keine Gnade, andere zogen die Flucht in den *Fride* vor. Stunde um Stunde verging, ohne dass ein Ende abzusehen war. Allmählich ermatteten die Streiter. Einige lagen stöhnend auf dem Turnierfeld. Die Gefangenen in den Verhauen mehrten sich. Die Dämmerung kam, das Turnier endete. Mailand wies noch siebenunddreißig freie Kämpfer auf bei achtundfünfzig Gefangenen; Cremona zählte neunundzwanzig Waffenträger und zweiundfünfzig Gefangene. Verwundet lagen elf Cremoneser und zehn Mailänder auf dem Boden; zwei aus Cremona und einer aus Mailand waren tot. Der Bär ging an Mailand.

Sebastian nahm den Helm ab und schritt müde an der Tribüne vorbei. Nur aus den Augenwinkeln heraus nahm er den Siegerpreis wahr, der am Pflock angebunden stand. Noch fehlte den meisten der Überblick über die Verletzten und Toten. Sebastian suchte seinen Schwiegervater. Seine gesamte Aufmerksamkeit galt Alberto Ganzague. Er musste ihn finden. Tief innen spürte Sebastian eine Ahnung von Angst. Er hatte mit seiner Maßnahme Don Alberto schutzlos den Angriffen preisgegeben; zwar hatte er damit die Cremoneser vor einer niederschmetternden Niederlage bewahrt, aber er hatte die Treue zum Nebenmann verletzt. Alberto, flehte Sebastian, zeig dich. Versunken in dieses Flehen vernahm er den Schrei nicht; es war der Aufschrei einer Dame, ein durchdringender Schrei. Aber Sebastian trottete weiter, auf den *Fride* der Mailänder zu. Sicher war Alberto ein Gefangener. Ein Rottenführer ohne Rotte, der musste begehrter Fang eines Beutejägers werden.

Die in Pelz gehüllte Dame drängte von der Tribüne, gar nicht damenhaft suchte sie Zutritt zum Turnierfeld; die Aufregung unter den Zuschauern war groß; über die heldenhaften Kämpfe wurde geredet, noch stritt man an manchen Stellen über den Sieger; es war, alles in allem, knapp ausgegangen; die Dame kam langsam voran.

Sebastian erreichte den Mailänder *Fride*. Alle Gefangenen standen im Sicherheitsbezirk, weil die Beuteübergabe im Gange war; etliche verhandelten über die Auslöse, weil sie lieber Waffe und Rüstung behielten und dafür Lösegeld einsetzten. In einer Ecke lagen mehrere Ritter am Boden. Ein Bader kümmerte sich; einige wimmerten vor Schmerzen. Sebastian trat näher. Er erkannte Albertos Schild. Der Schwiegervater lag gekrümmt, als habe er Bauchschmerzen. Der Bader muss herkommen, dachte Sebastian und bückte sich hinab. Er blickte in gebrochene Augen.

Die Dame war herangekommen, sah Sebastian sich bücken und schluchzen. Sie blieb unschlüssig stehen. Sebastians Schmerz war offensichtlich. Niemand durfte ihn jetzt stören. Die Dame ging.

* * *

Versonnen stand Isabelle an ihrem Schreibpult. Ihre rechte Hand glitt über das eingedunkelte Eichenholz der Schreibplatte, die leicht schräg auf den Kasten gesetzt war; eine Leiste hielt unten die Bücher fest; oben waren zwei Bohrungen angebracht, worin ein Tintenfass und ein Keramikbecher steckten; das Tintenfass war leer, im Becher steckten mehrere Pinsel und zwei Federkiele; unter der Schreibplatte befand sich ein Fach, in dem etliche Bücher unterzubringen waren. Das Pult stand in einer Nische, einen Doppelschritt vom nach Süden gerichteten Fenster entfernt, gerade so, dass selbst in der Mittagsstunde keine vollen Sonnenstrahlen auf die Schreibplatte fallen konnten – das nämlich hätte Pergament und Tinte geschadet; so fiel bestes Licht auf die Platte und erlaubte feinste Arbeiten mit Pinsel und Kiel vom frühen Morgen bis in den Abend hinein. Langsam nahm Isabelle das Pergamentbuch zur Hand, welches ihr Guilhabert de Castres eigens gebracht hatte; wer weiß, vor wie vielen Jahren dieses Buch mit welchem Text geschrieben worden war, fragte sich Isabelle, als sie den ledergebundenen Holzdeckel öffnete; ein Klosterschreiber hatte Seite um Seite geschabt und gekalkt, nichts war von der alten Schrift noch zu lesen, nur die Patina des Alters war dem Pergament eingegerbt. Du musst braune Tinte nehmen, hatte ihr der Bischof geraten, denn die schwarze Rußtinte taugt nicht für ein Opus, das man der Ewigkeit weiht. Aber an Ewigkeit wollte Isabelle nicht denken, nicht einmal der Dauer gestand sie Raum in ihrem Denken zu. Erst wollte sie ihre Fragen vorläufig in Worte kleiden und jeder Versuch einer Antwort sollte unter dem Vorbehalt der Nachbesserung stehen. Daher erschreckte sie das leere Buch mehr als es sie beflügelte. Sie bat Esclarmonde, ihr einfache Pergamentseiten zu besorgen, denn in das Buch sollte erst das fertige *cognoscere causas* geschrieben werden. – Auch über die braune Tinte machte sich Isabelle Gedanken und war hoch erfreut, als sie in der Bibliothek eine Anleitung fand, wie diese zuzubereiten sei. Reichlich verzwickt, dachte Isabelle und erschrak, als sie weiterhin las, wie schwierig es war, Korrekturen an Texten anzubringen, die mit dieser Tinte geschrieben waren, denn da musste man Rasierfeder, Bimsstein und Schreibfeder zur Hand nehmen. Umso wichtiger also, dass sie zunächst ihre Gedanken sammelte, ehe sie in das Buch selbst hineinschrieb.

Lange dachte sie über ihren Anfang nach. Verlockend war es, mit der Schöpfungsgeschichte zu beginnen, und zwar so, wie sie sie mehrfach geträumt hatte. Doch durfte sie dieser Verlockung keinesfalls nachgeben, denn allzu gewagt mochte dem unbefangenen Leser der Urbeginn in einem winzigen Lichtpunkt scheinen; und wen schon der Anfang zu einer abwehrenden Haltung reizt, der wird selten ein Jünger der neuen Sache. Ebenso wenig lieferte das Abstractum einen Anknüpfungspunkt, wonach die Erlösung der gefallenen Engel in der Einheit von Körper, Seele und Geist zu finden sei, denn das widersprach der bisher den *bonshommes* geläufigen Lehre. Vielmehr musste sie versuchen, ihr Werk von den bekannten Urgründen her aufzubauen und behutsam in das Neue hineinzusteuern. Am geeignetsten schien der Einstieg über Literatur, welche von den Katholischen anerkannt war. Und so beschloss

Isabelle, aufbauend auf Augustinus, welcher das Bild der zwei Staaten entwickelt hatte, das Nebeneinander von gutem Gott und Teufel in der Schöpfung zu erläutern. Weise wie er war, hatte Augustinus die miteinander ringenden Staaten erkannt und gesehen, in welchen Kampf der *Gottesstaat* mit dem *Weltstaat* verstrickt war. »Das Menschengeschlecht aber teilte sich bald in zwei gegensätzliche Parteien«, schrieb ein kluger Katholik in der Nachfolge des Augustinus, »weil die einen die Sakramente des Teufels, die anderen aber die Sakramente Christi annahmen. Es bildeten sich zwei Familien, Christi Familie und die Familie des Teufels.« Von hier aus wollte Isabelle ihren Anfang nehmen, ganz auf dem Boden katholischer Überlieferung. Und weil es zu den besten Kriegslisten gehört, den Gegner mit dessen eigenen Waffen zu schlagen, suchte Isabelle nach weiteren Belegen in der katholischen Literatur für die rechte Sichtweise, wie sie ihrer Meinung nach die *bonshommes* vertraten. Sie fand, versteckt in einem Winkelregal, die von Wasser beschädigte Schrift eines gewissen *Honorius Augustudunensis*. Einer inneren Eingebung folgend, blickte sie hinein und las sich an dem eigenwilligen Stil des Klerikers fest. Der Mönch versuchte das Wissen seiner Zeit, die vielleicht ein Jahrhundert zurückliegen mochte, in ihm geläufiger Sprache und mit weltlichen Begriffen zusammenzufassen und in die Schöpfungsgeschichte einzubringen. Dabei lieferte er genau das, worauf es Isabelle in ihren Überlegungen ankam: eine gut katholische Erklärung dafür, dass Satan beinahe gottgleich und, betrachtete man es nur genau, Schöpfer der Erde war.

Zum Glück – wenn man das so sagen darf, denn recht eigentlich war es Vorsehung – kehrte Philipp Mazères wenige Tage, nachdem Isabelle ihren Schreiberplatz eingenommen hatte, auf Montségur zurück. Als führte er einen geheimen Auftrag aus, suchte er Isabelles Nähe und sprach mit ihr über jede Frage und jede Äußerung Gottes. Und sie erzählte ihm ihre Träume von der Erschaffung der Erde und er schwieg lange dazu, ehe er mit wiegendem Kopf meinte, darin könne eine besondere Weisheit liegen. Isabelle wies ihn auf ihre bisherigen Fundstücke in katholischen Texten hin und gemeinsam betrachteten sie die gewundene Argumentation eines *Honorius Augustudunensis* und *Hugo von St. Viktor* zu der Frage, weshalb Gott den Teufel erschaffen habe, wenn er wusste, dass er abfallen würde.

»Dein Bild von der Schöpfung als gewaltiger Lichtblitz aus einem winzigen Punkt heraus nimmt allen diesen Fragen zunächst die Schärfe«, meinte Philipp anerkennend. »Der Lichtblitz, dieser allererste Knall, ist ein Anstoß des guten Gottes und insofern die Schöpfung schlechthin. Ich habe übrigens«, und hier stockte er kurz, »vor Jahren den Anfang im Licht gesehen. Ich hatte mich auf das helle Gelb der jungen Sonne konzentriert. Alles um mich wurde Licht. Im Licht war Gott. Du kennst doch die Stelle bei Johannes: ›Geht euren Weg als solche, die das Licht haben.‹ Damals meinte ich, ich sähe Gott.« Philipp räusperte sich verlegen, ehe er fortfuhr: »Im Licht ist der Heilige Geist und das Licht hat diese Schöpfung nie verlassen, auch wenn sich das Licht nicht siegreich gegen die Finsternis durchsetzen konnte. In dieser Finsternis wiederum ist Satan, und wenn er auf Gottes Anstoß hin die Welt gestaltet, so ist er gottähnlich und doch nicht gottgleich, weil von Gott die allererste Bewegung ausging. Wir irdischen Menschen können die Unterscheidung nicht vornehmen und sehen daher für diese Welt der Verdammnis zu Recht in Satan den bösen Schöpfer.«

»Das ist ja des Menschen Äußerstes«, antwortete Isabelle mit einer jähen Eingebung, »in seinem Erkennen von Gott, dass der Mensch weiß, Gott nicht zu erkennen.« Sie ahnte nicht, dass einige Jahre später der Mann, mit dessen Namen sich dereinst die beste und heiligste Gelehrtheit der Kirche verbindet, diesen Gedanken mit fast den gleichen Worten als gut katholische Sentenz prägen würde. Hätte Isabelle *Thomas von Aquin* je kennen gelernt, sie hätte auch den folgenden Satz des Heiligen bedenkenlos auf ihr Gesicht von der Weltenschöpfung angewandt: »Mag auch das Auge des

Nachtvogels die Sonne nicht sehen, es schaut sie dennoch das Auge des Adlers.«

Monat über Monat lag flirrendes Licht über Montségur und in dem Licht fanden Isabelles Eingebungen durch das Gespräch mit Philipp in Abwägung katholischer Gedanken aus weisen Büchern mit der Lehre der *Vollkommenen* und in Abgrenzung zu manchen Dogmen ihre sprachliche Form. Über ein Jahr war schließlich darüber vergangen, bis aus der Schöpfungsgeschichte und der Vorstellung der Einheit von Körper, Seele und Geist ein in sich stimmiges Gefüge entstanden war, das Isabelle und Philipp mit Fug und Recht mit *cognoscere causas* überschreiben konnten. Nun legten sie, ehe Isabelle darananging, die geordneten Blätter in das gebundene Buch zu übertragen, ihr Werk Guilhabert de Castres vor, der sich mit tiefem Ernst der Lektüre widmete.

»Dein Werk«, sprach er Isabelle an, als sie gemeinsam mit Philipp wenige Tage später wieder in des Bischofs Kammer weilte, »ist gelungen. Allein, es eilt unserer Zeit voraus.«

Er zog die Stirn kraus und schwieg. Alle drei blickten sich wechselseitig an und jeder erkannte für sich, wie sehr der andere über das Gesagte nachdachte.

»Es ist kühn, den Satz ›Am Anfang war der Gedanke‹ auf das erste Blatt zu schreiben. Kühner noch scheint mir die Folgerung ›Und der Gedanke zeigte sich als winziger Punkt voller Licht‹. Einzigartig aber ist das Wagnis, diese Schöpfungsgeschichte an die Stelle des Johannes-Evangeliums zu setzen.« Wieder schwieg der Bischof eine Weile. »Wenn es nur diese drei Gründe wären – ich hielte es für hinreichend, diesen Text geheim zu halten.« Ein Schmunzeln huschte über sein Gesicht. »Ihr wisst selbst, dass es noch Dutzende anderer Gründe gibt, die es dringend erscheinen lassen, dieses Werk nicht öffentlich zu machen.«

»Mir liegt nichts daran«, entgegnete Isabelle leise, »außer dem einen, dass ich glaube, auf eine tiefe Wahrheit gestoßen zu sein, die uns helfen könnte im Erkennen von Gott.«

»Du bist begnadet«, erwiderte Guilhabert de Castres, »und ich glaube fest, dass Gott dir ein Geheimnis offenbart hat. Inständig bitte ich dich, dein Werk zu vollenden und das Buch zu schreiben, das unseren Schatz mehren wird auf eine wunderbare Weise. Nur geheim muss es bleiben, sonst erschrecken zu viele Menschen. – Ich werde später von diesem Opus einige Kopien fertigen lassen, denn einst sollte ein jeder Bischof in deinem Sinne die Gesetze der Welt erkennen. Noch allerdings ist die Zeit hierfür nicht reif.«

Von nun an stand Isabelle jeden Tag am Schreibpult und verkrümmte sich die Finger dabei, Bogen für Bogen in das gebundene Buch einzutragen. Jeder Buchstabe wollte gestochen gemalt werden, und da das Werk für eine lange Zeit erhalten bleiben sollte, griff sie zur braunen Tinte, die sie entsprechend der Anleitung zubereitete. Aus der Rinde von Schlehen, im April geschnitten und bis in den Mai liegengelassen, sei die beste Tinte zu gewinnen, stand da geschrieben, und weiter: »Nimm hölzerne Hämmer, mit denen du über einem anderen harten Holz die Dornenzweige klopfst, bis du deren Rinde allenthalben abgeschält hast, welche du sogleich in ein mit Wasser gefülltes Fass schüttest. Lasse sie acht Tage lang stehen. Gieße danach dieses Wasser in einen ganz sauberen Topf, stelle es auf ein Feuer und koche es. Nachdem du dies eine mäßig lange Zeit gekocht hast, schütte es aus und fülle eine neue Menge ein. Danach koche das verbleibende Wasser bis auf ein Drittel ein und schütte es so aus diesem Topf in einen kleineren und koche dann so lange, bis es dunkel wird und anfängt, dick zu werden. Dabei hüte dich besonders davor, dass du nicht anderes Wasser hinzufügst als das, welches schon mit dem Saft versetzt ist. Wenn du nun siehst, dass es dick wird, dann füge ein Drittel Wein hinzu und gieße es in zwei oder drei neue Töpfe und koche so lange, bis du siehst, dass es an der Oberfläche gleichsam eine Haut zieht. Danach nimm diese Töpfe vom Feuer und stelle sie an die Sonne, bis sich die dunkle Tinte von dem roten Satz trennt. Sodann nimm aus Pergament sorgfältig genähte Säcke und Blasen, gieße die reine Tinte hinein und hänge sie an die Sonne, bis sie vollständig trocken wird. Wenn sie getrocknet ist, nimm davon, so viel du willst, und mische sie mit Wein über einem Kohlenfeuer und schreibe, indem du etwas Atramentum hinzufügst.«

So tat sie. Langsam nahm ihr Werk Formen an. Oft gingen ihr neue Gedanken durch den Kopf, während sie schrieb. Diese notierte sie auf einem eigenen Pergamentblatt, um sie später in weitere Überlegungen einbeziehen zu können. Ohne es geplant zu haben, eigentlich sogar ohne es zu wollen, wuchs sie in die Arbeit einer Gelehrten hinein, die aus jeder Erkenntnis neue Fragestellungen gewinnt, die ihrerseits wieder Antworten erfordern. Und in dieser Arbeit zog sie sich zunehmend aus dem allgemeinen Leben auf Montségur zurück und kannte gerade noch das Skriptorium und ihre Kammer.

Philipp hatte sich mit einem anderen *Erwählten* längst wieder auf die Wanderschaft gemacht, Guilhabert de Castres sorgte sich um seine Gemeinde in Toulouse und Esclarmonde unterstützte ihren Vater bei den Amtsgeschäften in Mirepoix. Isabelle lebte für ihr Werk und reihte Gedanken an Gedanken, ohne sich noch um die Welt zu kümmern. Sie wusste nichts mehr von den Vorgängen draußen und so stürzte die Katastrophe völlig überraschend auf sie ein.

»Setz dich«, sagte Esclarmonde ernst, kaum war sie ins Schreibzimmer getreten, und deutete auf einen Schemel.

»Was führt dich auf den *Pog*?«, fragte Isabelle nichtsahnend. Sie freute sich, die Vertraute nach vielen Wochen wieder einmal zu sehen.

»Philipp ist tot«, erwiderte Esclarmonde matt.

Jetzt setzte sich Isabelle: »Wie ist das möglich?«

»König Ludwig ist mit seinen Truppen die Rhone herunter gekommen. Stadt für Stadt, eine nach der anderen hat sich ihm unterworfen. Wer ihm nicht freiwillig huldigte, wurde gezwungen oder niedergekämpft. Einzig Avignon leistet Widerstand und wird seit Wochen belagert. Doch schon gehört die Provence und beinahe das gesamte Languedoc dem König. Philipp ist einem Reitertrupp in die Hände gefallen; die haben nicht lange gefackelt.«

»Schrecklich«, flüsterte Isabelle.

»Raymond wurde als Freund der *guten Christen* exkommuniziert. Wenn er sich nicht unterwirft, wird ganz Okzitanien erobert. Unterwirft er sich aber, muss er uns *bonshommes* verfolgen. Wir alle schweben in großer Gefahr.«

Sebastian, schoss es Isabelle durch den Kopf, und sie sah ihren Bruder vor sich. Er würde helfen.

* * *

Hätten sie doch eine Mauer um ihren Rosengarten gezogen, dachte Sebastian oft, wenn er zurückblickte. Nicht ein Freund war zugegen, der gesagt hätte: »Die glücklichen Tage von Ganzague sind nun vorüber, mein Ritter.« Nein, sogar dies musste er sich selbst vorsprechen und ahnte nicht, welches Schicksal diese Worte andeuteten. Fröhlichkeit, Sorglosigkeit und Vergnügen waren aus dem Garten der Ganzagues geflohen, kein Zeichen auf Tür oder Pforte hatte der Traurigkeit den Eintritt verwehrt.

Schleichend hatte sich die Stimmung verändert. Zunächst war Trauer, ein tiefgefühlter Schmerz über den Verlust des Familienvaters, des Lenkers und Ernährers, den alle gemocht und viele geliebt hatten. Allmählich verwandelte sich diese Traurigkeit von einem beißenden Schmerz zu einem dumpfen Weh, die Trauer legte sich sozusagen unter alles wie ein quälender Kopfschmerz nach durchzechter Nacht. Allerdings verlor sich diese stumme Klage nicht wie jener Kopfschmerz, sondern lud sich allmählich mit Bitterkeit auf. Das hing an den Fragen, die gestellt wurden im Zusammenhang mit dem Verhalten der Pomponescer Rotte auf dem Turnier; anfangs leise, später lauter und schärfer war der Vorwurf zu hören, Sebastian habe die Befehlsgewalt an sich gerissen und Don Alberto im Stich gelassen. Je länger das unglückliche Turnier zurücklag, umso weniger erinnerte man sich an den Gesamtverlauf des Kampfes; bald wusste niemand mehr oder wollte es nicht wissen, dass Sebastians Manöver für die übergeordnete Sache der gesamten Cremoneser Schar notwendig war; bald verengte sich der Blick ganz auf die Pomponescer Rotte und blieb nichts außer der Untreue gegen den Anführer in Erinnerung. Einem untreuen Herrn aber folgt man nicht, erst recht nicht, wenn es ein Fremder ist. Zuerst kündigten die Reiter ihren Dienst und wechselten zur Familie der Frantose, welche in früheren Zeiten mit Ganzague rivalisiert hatten und nun neue Möglichkeiten sahen. Binnen weniger Monate ließ der Ertrag der Güter in solchem Maße nach, dass Sebastian gezwungen war, einen Neffen von Don Alberto zum Verwalter einzusetzen. Bald vertrat dieser die Familie Ganzague bei Beratungen in Stadt und Land. Sebastian war von allen Angelegenheiten ausgeschlossen.

Schlimmer traf Sebastian das Verhalten Lucretias. Hatte sie anfangs noch seinen Trost gesucht und in ihrer Liebe einen zärtlichen Halt gefunden, sickerte in ihr Herz mit der Zeit das Gift des Misstrauens ein, bis auch sie Sebastian für schuldig hielt am Tod ihres Vaters. Von Woche zu Woche nahm die Zärtlichkeit ab zwischen ihnen und wie ein Baum ohne Wasser verdorrt, versiegte ihre Lust. Zunehmend wich Lucretia seinem Blick aus. Dann nahmen sie die Mahlzeiten nicht mehr gemeinsam ein. Schließlich hielt sie Francesco von ihm fern. Bei alledem äußerte sie nie einen Vorwurf. Sie redeten nicht miteinander, stritten nicht, trennten sich wortlos.

Einzig der Falke war Sebastian geblieben. Mit dem Tier verbrachte er viele Stunden draußen auf Feld und Wiese und widmete sich der Beize. Das Abrichten des Falken wurde zu seinem Lebensmittelpunkt und nahm ihn derart gefangen, dass er die Unbill zu Hause vergessen konnte. Er vertiefte sich in die Arbeit mit dem Vogel und genoss dabei ein wahrhaft königliches Hochgefühl, denn die Falknerei war gewöhnlich Königen und ganz Edlen vorbehalten. Schließlich zähmte sich ein Raubvogel nicht so leicht wie ein

Hund oder andere wilde Vierfüßler, weil, wie später kein Geringerer als Kaiser Friedrich II. in *De arte venendi cum avibus* schrieb, »die Raubvögel den Menschen von Natur aus mehr meiden als andere Vögel und wilde Tiere, die von ihm zur Jagd abgerichtet werden. Denn die Raubvögel leben nicht, wie viele andere Vögel, von Körnern und solcher Nahrung, die der Mensch anbaut. Deshalb schließen sie sich dem Menschen nicht an. Ferner ist offenkundig, dass die Raubvögel ihrer Natur nach vor den Menschen eher flüchten als die übrigen Vögel. Die Vögel, die durch die Luft fliegen, können nicht mit Gewalt, sondern allein durch den Scharfsinn des Menschen gefangen und abgerichtet werden. Deshalb ist die Kunst der Beize bei weitem schwieriger und edler als alle übrigen Jagdarten. Ferner verabscheuen die Raubvögel das Antlitz und die Gesellschaft des Menschen. Durch diese Kunst aber werden sie gelehrt, für ihn auszuführen, was sie sonst nur für sich selbst tun.« Diese Aufgabe also nahm Sebastian gefangen, denn er musste alles aus eigener Anschauung heraus lernen und verstehen. Wieder und wieder beobachtete er den Vogelflug und alle Verhaltensweisen, welche die Tiere an den Tag legten, um daraus seine Folgerungen zu ziehen. Er erfreute sich an der Anmut des pfeilschnellen Falkenfluges und bewunderte den scharfen Blick des Vogels. Jedes Mal, wenn der aufgeflogene Vogel auf die handschuhbewehrte Faust zurückkehrte, verspürte er ein Hochgefühl, das ihn sein Unglück vergessen ließ – wenigstens bis zur Heimkehr. Dort aber, im Palazzo Ganzague, herrschte Düsternis und Bitterkeit und das Unglück nahm zu über die Monate. Längst hatte Francesco den Palazzo verlassen und lebte mit seiner Amme bei Don Luigi, dem Verwalter. Bis auf eine alte Dienerin war das Haus verwaist. Lucretia, ganz zurückgezogen, nahm am Alltag keinerlei Anteil. Da Sebastian sie immer seltener sah, fielen ihm die Veränderungen in ihrem Gesicht besonders auf; tiefe Falten gingen von den Nasenflügeln herab bis über die Mundwinkel; zwischen den Brauen verriet eine Kerbe Strenge; und die Augen waren dunkel und ohne Leben. Wie die Zugvögel vor dem Winter, so war die Schönheit aus Lucretias Antlitz geflohen. Wenn Sebastian ihren ausgezehrten Körper gesehen hätte, wäre er noch mehr erschrocken. Er fühlte Mitleid, doch sie konnte keinen Trost annehmen, obwohl in ihren Augen ein sehnsüchtiges Flehen schimmerte. Er weinte; über ihr Schicksal weinte er und über die vergangene Liebe. Jedes Mal, wenn er sie sah, seltener von Monat zu Monat, packe ihn das Erbarmen. Er wollte mitleiden mit ihr und durfte es nicht. Sie verschloss sich; hatte sie sich zunächst von ihm zurückgezogen, verkroch sie sich nun ganz in sich selbst. Sie verweigerte die Nahrung und trank kaum. Sie ließ keinen Medicus zu sich und keinen Bader und ging nicht mehr aus ihrer Kammer. Zuletzt war ihr Gemüt gebrochen und für keinerlei Zuwendung mehr offen. Sie schloss sich ein und und wollte nur noch sterben. Als man ihre Leiche fand, wog sie kaum mehr als eine Feder.

In diese Trostlosigkeit platzte der Aufruf des Kaisers zum Kreuzzug gegen die widerspenstigen Lombardenstädte. Friedrich II. rief die Städte und Herren des oberen Italien zu einem Hoftag nach Cremona. Don Luigi Ganzague drängte Sebastian eindringlich, dem Aufruf für Pomponesco zu folgen. Sebastian verstand. Hier würde er nicht mehr geduldet. Er packte zwei Rüstungen ein und nahm an Waffen, so viel sein Lastentier tragen konnte, versorgte seinen Beutel mit dem letzten Gold, das im Palazzo zu finden war, nahm den Falken und ritt zum Kaiser. Dieser bestellte ein Aufgebot gegen Mailand und Sebastian gliederte sich ein; Mailand war sein Schicksal geworden, dachte er sich, da konnte er gut ein weiteres Mal gegen die aufmüpfigen Lombarden kämpfen. Doch aus dem Kampf wurde nichts, denn Friedrich II. erkannte Mailands Stärke und verlegte sich aufs Verhandeln. Ohne Lanzenstich und Schwertstreich erreichte der Kaiser schließlich, dass der Lombardenbund vierhundert Ritter für den Kreuzzug nach Jerusalem im nächsten Sommer stellte, und zog mit seinem Heer zurück nach Sizilien. Sebastian schloss sich einer Schar aus Mailand an, weil er hoffte, etwas über die *guten Christen* in Okzitanien in Erfahrung zu bringen, und gelangte so, weil die Mailänder nicht mit dem Hauptheer ritten, sondern entlang der Städte ihres Bundes ihr zugesagtes Heer zusammenstellten, zwei Tage später nach Ferrara.

Das Schicksal setzt mir zu, dachte er, dass es mich an den Ort meines Unglücks zurückführt. Sie schlugen ihr Lager auf der Wiese vor der roten Stadtmauer auf, unweit des unseligen Turnierplatzes von vor eineinhalb Jahren. Immer deutlicher wurde die Erinnerung und quälte Sebastian. In der Tat wusste er heute nicht mehr zu sagen, ob er nochmals so gehandelt hätte wie im Eifer des Gefechts; zumindest hätte er nachhaltig darauf hinwirken müssen, dass Alberto sich mit ihnen zurückzog, um ihn nicht der großen Gefahr auszusetzen, die ihm nachher tatsächlich zum Verhängnis geworden war. Das Unabänderliche wühlte in ihm und schmerzte. Er hasste dieses Gefühl der Ohnmacht und wusste doch, nur im Hinnehmenkönnen würde er vielleicht Ruhe finden. Geplagt von solchen Gedanken, griff er die Abwechslung gern auf, die ein Bote versprach, welcher die Ritter zum Herzog von Ferrara einlud. Bald ritten die Edlen in langer Reihe durch das Stadttor, vorbei an eindrucksvollen Häusern hinauf zu einem weiten Platz, wo der Herzog bereits Tische und Bänke aufgestellt hatte für seine lombardischen Gäste. Sebastian suchte sich einen abgelegenen Platz und trank von dem frischen Rotwein. Das tat gut. Die Stimmung war ausgelassen, alle sprachen munter dem Wein zu und johlten über die Schweine, welche auf Spießen zum Braten bereit waren. Sebastian ließ sich von den Zoten erheitern, welche sein Nachbar riss, und verdrängte die Erinnerung an das Turnier um den Bären, als ihn ein goldbetresster Diener am Ärmel zupfte.

»Was gibt es?«, fragte Sebastian.

»Seid Ihr der Ritter, welcher zu Mantua einst den Falken gewann?«

»Der bin ich.«

»Seid Ihr der Nämliche, welcher im letzten Turnier um den Braunbären die Cremoneser vor einer raschen Niederlage rettete?«

»So ist es.«

»Dann soll ich Euch fragen, ob es sich für Euch ziemt, Botschaft von einer Dame zu erhalten.«

Sebastian runzelte die Stirn. »Ich bin Witwer, wenn du das meinst.«

Der Diener lächelte.

»Ich soll Euch ausrichten, dass Euch eine Dame hat in die Stadt reiten sehen. Sie vermeint Euch zu kennen, und wenn nicht, möchte sie Euch kennen lernen.«

»Wie heißt die Dame?«

Der Diener schüttelte den Kopf. »Tut mir Leid, das darf ich Euch nicht sagen.«

»Nun denn, ich bin bereit, die Dame kennen zu lernen.«

»Ihr könnt mir folgen.«

»Sofort?«

»Sogleich, mein Herr.«

Verwundert und neugierig zugleich stand Sebastian auf und folgte dem Diener durch mehrere Gassen zu einem Palazzo nahe der Stadtmauer. Sein Führer brauchte nicht zu klopfen; kaum standen sie vor dem Holztor, schwang ein Flügel auf. Sebastian wurde von einem anderen Lakaien in den Innenhof geführt. Unter einem Rosenbusch standen ein Tisch und zwei Steinbänke. Eine Karaffe aus Ton befand sich da und zwei gläserne Kelche. Sebastian wurde gebeten, er möge sich setzen. Der Diener goss Wein ein und bat ihn um einen Augenblick Geduld. Sebastian nippte an dem Wein und sog den Duft durch die Nase ein. Während er so dasaß, rätselte er, was für eine Dame dies sei, die ihn hier kennen lernen wolle; aber seine Vorstellung blieb ein glattes Schreibtäfelchen, kein einziges Zeichen fand sich dort eingeritzt; so konnte er trotz ansteigender Neugierde nur warten.

Aus seiner Erinnerung trat Isabelles Bild hervor und gewann langsam klare Form. Seltsam, dachte Sebastian, dass mir meine Schwester stets an entscheidenden Punkten meines Lebens in den Sinn kommt; ob das ein Hinweis ist? Immerhin hatte er von einem Mailänder Söldner vernommen, in Okzitanien gäre es wieder;

angeblich sei König Ludwig mit einem gewaltigen Heer die Rhone hinabmarschiert und erobere Stadt nach Stadt die Provence; viele *bonshommes* flüchteten in die Pyrenäen, etliche in die Lombardei. Isabelles Worte, er solle bedenken, dass sie eines Tages seines Schutzes bedürfe, hatten sich ebenso als Nagel in sein Gedächtnis eingeschlagen wie sein Schwur, sich nur von der Stimme seines Blutes leiten zu lassen und auf jeden Fall wiederzukommen. Vielleicht war dazu nun der Zeitpunkt. Was, wenn er ihn verpasste, weil er einer Laune des Schicksals gehorchend ein zweites Mal das Kreuz nahm und seine Haut in Palästina zu Markte trug? Die Sinnlosigkeit des Kampfes bei Damiette fiel ihm wieder ein und er schalt sich einen Narren, sich solches noch einmal antun zu wollen. Aber der Kampf lockte; sicher hülfe er, den Schmerz von Pomponesco zu überwinden. Und angeblich kämpfte man im Heiligen Land für die gerechte und richtige Sache; in Okzitanien fanden sich solche klaren Antworten nicht, zumal nicht für den, der im Glauben gern dem Papst folgte, seine Heimatliebe aber seinem Vaterland schenkte. In dieser Sache wollte er nicht entscheiden; er tat sich grundsätzlich schwer, Entscheidungen zu treffen, und er haderte damit, dass aus der einzigen Entscheidung, die er allein getroffen hatte, so ein Unglück erwachsen war. Folgte er dem Kaiser nach Palästina, wäre er allen Entscheidungszweifeln enthoben. Andererseits: Wäre die jeweilige Bewusstwerdung Isabelles in seinem Kopf ein Zeichen, entschiede er letztlich auch nicht selbst, sondern zöge aus gleichnishafter Mehrdeutigkeit den Befehl zu einer eindeutigen Handlung. Sebastian sah Sorgen auf dem Gesicht seiner Schwester und einen kurzen Augenblick sah er ihr Bild so plastisch, als stünde er in Rom vor einer Statue der Antike, genauso lebensecht wie die von *Magister Gregorius* gerühmte Venus. Da erschrak er, denn er sah seine verstorbene Frau neben seiner Schwester stehen; die Bilder der beiden Frauen schoben sich ineinander, verwoben sich und ergaben auf eine bedrückende Art ein Gesicht voller Trauer. Ja, dachte er und Tränen traten ihm in die Augen, das Leid ist der Nagel des Gedächtnisses; selbst ein Mann kann nur begrenzt Seelenpein ertragen. Er weinte.

Verschwommen ihre Umrisse, als er sie bemerkte. Klein, sie war klein und drall, schwarzhaarig und lockig. Ihr Körper verschwand im Hemd, der lange Rock verschluckte die Beine. Sebastian schluchzte und zweifelte an seinem Verstand. Warum schickst du mir, haderte er und wusste nicht, mit wem oder was, jetzt auch noch dieses Bild? Wer kann so böse sein, mich derart zu foppen? Er schlug die Hände vors Gesicht, er wollte nichts mehr sehen. Was für ein Fehler, dachte er und weinte, nach Ferrara zu gehen, was für ein Fehler.

Seine Sinne waren überreizt und Juditha spürte es. Sie trat hinter ihn und gab einem Diener ein Zeichen. Der brachte gekühlten Limonentee, in den Juditha einige Tropfen gab.

»Trink, es wird deinen Schmerz lindern«, sagte sie mit sanfter Stimme.

Sebastian nahm die Hände vom Gesicht, richtete sich gerade auf und nahm den Becher entgegen. Er wagte es nicht, sich umzudrehen. Das kühle Getränk tat wohl und beruhigte seinen fliegenden Puls. Der Becher fühlte sich gut an, handfest und irden; und als Sebastian etwas Gewicht auf sein Bein legte, spürte er den Boden unter dem Fuß. Also träume ich nicht, dachte er, und die irren Gesichter haben mich verlassen. Langsam erhob er sich, doch legte sich von hinten eine Hand auf seine Schulter und drückte ihn auf die Steinbank nieder.

»Du musst jetzt nicht der guten Sitte gehorchen«, flüsterte sie und machte dem Diener ein weiteres Zeichen, woraufhin dieser zurücktrat.

»Verzeiht, edle Dame, mein unritterliches Benehmen«, stotterte Sebastian, »aber mein Gemüt steckt voller Schmerz und wirrer Bilder. Als ich Euch erblickte, vermeinte ich eine Tote zu sehen, die mir lieb war vor langer Zeit; verzeiht – Ihr mögt mich für einen Narren halten, zu wirr ist mein Erzählen. Sie war unschuldig, sie wurde verbrannt. Ich bin im Heiligen Land gewesen, konnte ihr nicht helfen. Meine Schwester ruft. Auch ihr habe ich Hilfe versprochen. Reite aber in die falsche Richtung, dieses Kaisers wegen, wegen Mailand, wegen Ferrara, wegen, wegen, wegen ... ich weiß es nicht. Wie krumm geht mein Schicksalsweg, vom bösen Zufall bestimmt?«

»Jeder Zufall ist nur ein auf entfernterem Wege herangekommenes Notwendiges«, entgegnete die tonlose Stimme in Sebastians Rücken. »Die göttliche Fügung beschreitet verborgene Wege. Das durchschauen wir Menschen nicht.«

Ruhig lag ihre Hand weiterhin auf seiner Schulter. Er wagte es nicht, sich umzudrehen. Eine ungeheure Ahnung befiel ihn. Seine Augen wollten sich wieder mit Tränen füllen; mühsam hielt er sie zurück. Er sehnte sich nach Klarheit, dachte an seinen Falken; scharfer Blick, gerader Sturz, abgefangen im rechten Moment, das Ziel gepackt und davongetragen das Opfer; der kleine Kopf ist frei von Abschweifungen, der ganze Sinn nur auf die Jagd ausgerichtet, gelenkt vom Natürlichen; darauf müsste er sich besinnen, dachte Sebastian und wünschte sich das Gefühl herbei.

»Erzähle von dieser Frau, die verbrannte«, bat die Stimme in seinem Rücken. Es war eine zärtliche Aufforderung, in ihr lag nichts Bestimmendes; trotzdem erzwang sich diese Bitte Gehorsam und Sebastian war froh, dem Gewirr seiner Gefühle entkommen zu können und den frischen Schmerz zu lindern, indem er vom verdeckten Leid berichtete. Eine nüchterne Knappheit schlich sich in seine Sprache und versachlichte sein Geschick. Das half gegen die aufsteigenden Tränen. Er sprach geradeaus ins Leere hinein und drehte sich nicht um; ihre Hand lag still, die davon ausstrahlende Wärme beruhigte ihn; aber vor ihrem Gesicht hatte er Angst; das mochte am Weinen liegen, denn man sah es seinen Augen noch an, die erst allmählich klarer wurden. Die Berichtsform half. Aus seiner Suche wurde eine Sache. Die Geliebte wurde verdinglicht. Hoffnung und Angst wandelten sich von Gefühlen zu der Begründung, warum er suchte. Alles wurde klar und einfach. Claudias Beschreibung des

Muttermales wühlte ihn nicht mehr auf, sondern glich den Ausführungen eines gelehrten Physicus. Aus Lebensschicksal war ein Vorgang aus der Welt des Seins geworden. Nach Beendigung des Berichts erhob sich Sebastian, jetzt wieder ganz Herr seiner Sinne, und drehte sich zu seiner Gastgeberin um, damit er ihr die allfällige höfische Begrüßung zuteil werden lasse, die eine Dame von einem Ritter in der gesamten christlichen Welt erwarten durfte. Dann sank er ohnmächtig zu Boden.

* * *

Im stillen Tal der Limbe lag weitab der Straßen Saint-Papoul, eine Abtei der Benediktiner, deren Garten im Geviert des Kreuzgangs alle Gerüche Okzitaniens verströmte. Hierher schickten die Dominikaner ab und zu Novizen, für die sie in den beengten Räumlichkeiten zu Toulouse keinen Platz hatten; hier verlebte Guillaume die ersten Jahre seines Noviziats in heiterer Einfachheit. Nach und nach streifte er den kämpferischen Knappen ab und bald prägte die biblische Bedeutung Palästinas seine Erinnerung an den Kreuzzug mehr als die Schlacht vor Damiette. Zunächst lernte er ein Pilgersmann auf dieser Erde zu sein und zu wissen, dass er zum Dienen auf die Welt gekommen sei und nicht zum Herrschen; das war einfach, denn er musste bloß zurückdenken an seinen Marsch von Venedig, als ihn Sebastian Lemaitre weggeschickt hatte ohne Lohn und Dank; da hatte er sich vorgenommen, kein Ritter und Herr werden zu wollen, um nicht in die gleiche Ungerechtigkeit zu verfallen. Anfangs spürte er schon, dass es schwierig ist, in klösterlicher Gemeinschaft ohne Klage auszuharren und die inneren und eigennützigen Triebe und Begierden auszuschalten, aber er gewöhnte sich daran und fand rascher als gedacht und erhofft einen Frieden in Seele und Körper. Letzteres plagte ihn am meisten, denn so jung wie er war, erwachte er morgens oft mit prallem Geschlecht, das sich nicht immer so einfach besänftigen ließ. Da konnte er aller Keuschheit zum Trotz manchmal nicht anders, als sich Erleichterung verschaffen; vielfach geschah dies ohne sein Zutun mitten in der Nacht, und nachdem er einmal einen alten Pater um Rat gefragt hatte, war er beruhigt über das Phänomen der *ejaculatio nocturnis* und verzichtete darauf, die willenlose Körperentladung zu beichten. Zum Glück wurde diese Anfechtung mit der ersten Fastenzeit geringer, denn die einzige Mahlzeit in der *Quadragesima* zwang den Körper, mit seinen Kräften hauszuhalten.

Obwohl er nur Anwärter war, fühlte er sich in die Ordensgemeinschaft aufgenommen wie ein Gleicher unter Gleichen und bald strengte ihn die Ordnung des Tages nicht mehr an, sondern fand er in den Gebeten zu den festgelegten Stunden einen oft tröstlichen Halt. Freudig begann er den Tag zur Prim mit drei Psalmen, betete zur Terz, Sext und Non und freute sich nachmittags schon auf die Vesper, bei der es feierlicher zuging. Besonders rührten die Vigilien um Mitternacht sein Herz an, wo es neben neun Psalmen drei Lesungen aus den Kirchenvätern gab, welche zunächst sein Wissen mehrten und ihn später erbauten. Die klare Gliederung des Tages erleichterte die *vita apostolica*, welche jeder in der Abtei anstrebte; im Rahmen der vielen Gebete fiel es nicht schwer, ein Leben wie die Apostel in Demut, Enthaltsamkeit und Askese zu führen. Die einzige Mahlzeit des Tages, welche sie zur Non schweigend im Speisesaal einnahmen, ermüdete weder Körper noch Geist und so blieb genug Zeit für das Studium der Bücher.

Abt Severin führte den Novizen behutsam in mönchisches Leben wie katholische Gelehrsamkeit ein und Guillaume, der auf Quéribus ebenso wie Sebastian Lesen und Schreiben sowie ein wenig Latein gelernt hatte, zeigte sich als gelehriger Schüler. In Bezug auf die Denkungsart von Aristoteles, dessen Weisheit vor noch gar nicht langer Zeit wieder entdeckt worden war, erwies sich Guillaume als hervorragend begabt, weshalb der Abt frühzeitig daran dachte, in Guillaume möglicherweise einen Gelehrten heranzuziehen. Wenn es darum ging, die Gesetze der Logik auf das Leben anzuwenden, erwies sich Guillaumes höfische und kriegerische Erfahrung als hilfreich, und er fand wie kein Zweiter in Saint-Papoul Gefallen an spitzfindigen Streitgesprächen.

An seinem Glauben gab es nichts auszusetzen. Aber erst ein heftiges Fieber entfachte in ihm jene Glaubensglut, für die er späterhin bekannt und gefürchtet werden sollte.

Spätsommer war es gewesen und er war sinnend durch das Lavendelfeld gestreift, das sich neben der Klostermauer hinzog, als er unachtsam auf eine Schlange trat. Die zornige Kreuzotter biss ihn in die Wade und er gelangte gerade noch zurück ins Dormitorium, wo er zusammenbrach. Die Mönche wuschen die Wunde aus und trugen ihn in eine dunkle Zelle. Fieber schüttelte seinen Körper und pochte durch das Bein wie mit brennenden Nägeln. Weder kalte Umschläge noch Kräutersäfte linderten die Wut des Giftes in seinem Körper, der mehr und mehr verfiel. Schließlich lag er entkräftet und eingesunken auf seiner Pritsche mit eingetrübtem Geist und empfing in einem lichten Augenblick die Sterbesakramente. Das Leben wich immer mehr aus seinem Körper. Das Herz sprang aus dem Takt, er atmete schwer und sein Leben schien zu Ende. Da bäumte sich die Seele gegen den Tod auf und wurde getragen vom Zuspruch des Felsen Christi; kein Geringerer als Petrus erzählte Guillaume von der Vision zu Joppe in den Worten, wie sie im zehnten Kapitel der Apostelgeschichte niedergelegt sind:

> »Während man etwas zubereitete, kam eine Verzückung über ihn. Er sah den Himmel offen und eine Schale auf die Erde herabkommen, die aussah wie ein großes Leinentuch, das an den vier Ecken gehalten wurde. Darin lagen alle möglichen Vierfüßler, Kriechtiere der Erde und Vögel des Himmels. Und eine Stimme rief ihm zu: ›Steh auf, Petrus, schlachte und iss.‹«

Guillaume vernahm die Aufforderung, richtete sich auf, verlangte nach Speis und Trank und kam von diesem Tag an rasch zu Kräften. Wenige Tage später ging er noch vor der Vesper allein in die Kirche, und als er zum Altar trat, erstrahlte ihm ein übermächtiges Licht. Geblendet schloss er die Augen. Vergeblich. Das Licht durchgleißte alles und erfasste ihn tief in der Seele. Angefüllt von göttlichem Jubel, kniete er vor dem Altar nieder und stammelte immer wieder: »Mein Gott.« Kurz bevor die Brüder zur Vesper kamen, sagte er in die Stille der Kapelle hinein: »Wenn alle Glaubensquellen versiegten, nie werde ich an einem der christlichen Geheimnisse zweifeln«, und war von dieser Stunde an mit glühendem Eifer erfüllt.

Er verdoppelte seine Anstrengungen und übertraf zu Saint-Papoul bald alle an Gelehrsamkeit; und da das Glaubensfeuer aus seinen Augen herausleuchtete, beschloss Abt Severin, Guillaume nach Toulouse zum Ordensprovinzial der Dominikaner zu schicken; dieser mochte entscheiden, ob Guillaume reif für Gelübde und Weihe war.

Noch lag das französische Heer vor den Toren Avignons, als Guillaume in Toulouse eintraf und vor seinen Ordensprovinzial trat. Die Stadt gab sich selbstbewusst und zeigte keine Ehrfurcht vor braven Mönchen; an jeder Ecke roch es nach Sünde und Häresie; aus dieser Anschauung begriff Guillaume den Eifer, mit dem Dominikus in diesem Babel gepredigt haben mochte; augenfällig wurden ihm nun die Schilderungen des Ambrosius von Dominikus' Wirken; in dieser Stadt tat eifernde Predigt not. Was waren das für Menschen, die bisher unbeeindruckt geblieben waren vom Vorbild eines wirklich Heiligen? Mit Stumpf und Stiel gehörte die Sünde ausgerottet, damit einst Toulouse ein ehrendes Andenken geben könne dem großen Dominikus. So dachte Guillaume und bekräftigte sich in seinem Mut, vor jedermann einzustehen für sein Ziel, ein Streiter der einzig wahren Kirche zu werden. Diesen Mut zeigte und bewies er in der Befragung durch den Oberen; weder blieb er Antworten aus der Bibel schuldig, noch zauderte er, die rhetorischen Waffen des Aristoteles einzusetzen.

»Du verfügst über hohes Gut«, bemerkte der Provinzial schließlich, »nämlich eine vollendete Vernunft in der Erkenntnis der

Wahrheit. Möge die Vernunft stets die Richtschnur deines Lebens sein und alle Begehrlichkeiten ihr untergeordnet, dann wirst du ein Gewinn für unseren Orden sein.«

Der entscheidende Satz war gefallen. Guillaume wurde in den Predigerorden aufgenommen und nach der Profess zum Studium der Theologie bestimmt. In der gleichen Woche, in der König Ludwig VIII. einer überraschenden Krankheit erlag, machte sich Bruder Serenus, wie er sich nun nannte, auf den Weg nach Paris.

* * *

Ein langer Trauerzug begleitete den Sarkophag in die Kirche; ganz Ferrara trauerte um Beatrice d'Este und nahm Abschied von der Frau, die sich wie selten eine Adlige um das Gemeinwesen verdient gemacht hatte. Noch ahnte niemand, wie nahe die Übernahme des Stadtregiments durch die Familie d'Este war, doch dass mit der Mutter der führenden Familie Ferraras die Begründerin einer neuen Zeit zu ihrer letzten Ruhestätte getragen wurde, das spürte ein jeder. Hinter der Familie schritten Juditha und Sebastian und gaben Judithas Gönnerin das letzte Geleit. Das Herz hatte ausgesetzt, nichts hatte es mehr zu retten gegeben, als Juditha zu ihr gerufen worden war; die Heilerin hatte der Toten die Augen geschlossen und ihr ein letztes Danke ins Ohr geflüstert. Nun war das Versprechen erfüllt; Juditha fühlte sich frei, und obgleich sie wahrhaft Trauer empfand um die alte Fürstin, beschwerte der Abschied ihr Herz nicht. Endlich konnte sie Sebastian dessen Wunsch erfüllen und mit ihm nach Okzitanien ziehen. Ernesto d'Este, Beatrices zweitgeborener Sohn, hatte bereits Interesse an Judithas Palazzo gezeigt; er würde das Geschenk seiner Mutter mit einer entsprechenden Summe zurückkaufen und mit diesem Vermögen ausgestattet, müsste es möglich sein, in Sebastians Heimat ein ansehnliches Gut zu erwerben. »Du sollst nicht länger ein *faidit* sein«, hatte Juditha oft in Sebastians Ohr geflüstert; ihr Ritter sollte ein angemessenes Gut besitzen, sie wollte stolz auf ihn sein.

Seit knapp zwei Jahren wohnte er nun mit ihr im Palazzo und war ein angesehener Ritter in Ferrara und der gesamten Umgebung bis Padua und Bologna. Rasch hatte er sich von seiner Ohnmacht erholt; Juditha hatte ihn von Dienern auf die Steinbank legen lassen und sein Erwachen mit sanften Worten begleitet. Das Unfassbare ihres Zusammentreffens blieb noch eine Weile für Sebastian bestehen und manchmal zweifelte er an der Wahrheit seines Daseins; dann vermeinte er, dem Wahnsinn zu verfallen. Doch behutsam führte ihn Juditha in die Wirklichkeit und er erkannte den Schicksalstrick des in Schafsblut getauchten Hemdes – nur dass es keine missgünstigen Brüder waren wie bei Joseph, sondern eigene Nachlässigkeiten. Bald sah er die Fehler in seinen damaligen Nachforschungen: Viel zu wenig hatte er auf die Genauigkeit in den Beschreibungen geachtet, die ihm Dritte von Juditha beziehungsweise der Person, welche sie für Juditha hielten, gaben. Leichtfertig hatte er jeden Hinweis geglaubt und fahrlässig kritisches Fragen unterlassen. Zumindest seine eigenen Zweifel hätte er ernst nehmen müssen; es war unlauter gewesen, die Wahrscheinlichkeit nicht abzuwägen, inwieweit er wirklich davon ausgehen konnte, Juditha hätte tatsächlich den von Claudia beschriebenen Weg eingeschlagen. Und zuallerletzt, welche Schande, das Muttermal: Claudia hatte es als zwei Daumen breit neben dem linken Nasenflügel auf der Wange beschrieben, in Wahrheit fand es sich aber zwei Finger neben dem Mundwinkel auf Judithas rechter Wange, also gerade auf der anderen Seite und tiefer als Mariettas Leberfleck.

Dem Glauben an die Wiederauferstehung einer Toten entrissen, fiel Sebastian nach einer verhalten gezeigten Freude über Judithas »Wiederkehr« und die Entdeckung seiner Tochter Sophia in eine Depression, die mehrere Wochen anhielt. Jetzt, da er in Judithas Haus lebte und seine Tochter beim Spielen im Innenhof beobachtete, bedrückte ihn der Schmerz um Lucretia und die verlorene Familie umso mehr; besonders Francesco, seinem Sohn, trauerte er nach, den ihm der Familienrat der Ganzague vorenthalten hatte – aber was, um Himmels willen, hätte er mit dem Kleinkind auf dem

Kreuzzug anfangen sollen? Seltsam, dachte Sebastian, ich hege keinen Groll auf Don Luigi; er wird dem Kleinen ein würdiger Vater sein. Langsam wurde der Schmerz erträglicher und wich tiefer Trauer. Trauern aber ist Abschiednehmen. Das brachte Klarheit in Sebastians Geist und Frieden in sein Gemüt. Juditha wagte zu lächeln. Sie umsorgte ihn und schuf nach und nach eine wohltuende Heiterkeit um ihn her. Sie verkörperte das Leben, das ihn lockte. So ging er nicht in die Einsamkeit der Berge, durchwachte keine Nacht vor einem heiligen Bild und hängte seine Waffen nicht an den Nagel; weder verschenkte er seine Ritterkleidung, noch zog er sich in eine Höhle zurück und büßte, betete und bettelte ein Jahr. Aus der Trauer, die abklang wie die Flut abläuft, erhob sich langsam der Ritter und der Mann erkannte die Frau. Ein sanftes, beinahe scheues Erkennen war es gewesen, als hätten sie noch nie beieinander gelegen, und in inniger Umarmung wallte nochmals der Schmerz auf über den Verlust und über die Wirrnisse des Lebenslaufs, die ein frühes Wiedersehen verhindert hatten. Judithas Zärtlichkeiten überwanden auch dies und sie fanden zur Freude aneinander, obzwar das Wilde und Ungestüme von früher nur noch selten durchblitzte und im Alltag durch Sophia gelindert und gehindert wurde.

Bald hatte Juditha gestanden, dass sie es damals am Strand hinter dem schmalen Felsrücken darauf angelegt hatte zu empfangen, und Sebastian erkannte in Sophia das Kind der Liebe und des Abschieds. Mit ihren acht Jahren zeigte sie sich nachdenklich und besonnen. Sie begleitete Juditha zum Kräutersammeln und lernte die Lehre von den Körpersäften mit einer Ernsthaftigkeit, als gälte es, mit diesem Wissen demnächst vor einem *Physicus* zu bestehen. Mit gleicher Hingabe konnte sie stundenlang dasitzen und Sebastians Erzählungen aus dem Heiligen Land lauschen. Es schien, als genieße sie es, nun einen Vater zu haben, und zwar einen, der Zeit für sie aufbrachte; das war bei den wenigsten adligen Töchtern der Fall, ja, selbst die Söhne wurden kaum von ihren Vätern beachtet, solange sie Kinder waren; während der *Infantia* gehörten die

Kinder zu Mutter und Amme. Aber Sophia, als Tochter einer nicht-adligen Heilerin, kannte viele Bürgerfamilien von Ferrara und wusste, wie es in den Wohnungen und Häusern zuging und dass dort Mutter und Vater für die Kinder da waren; vielleicht rührte ihre Begeisterung über den anwesenden Vater aus dieser Anschauung, wer weiß. Sebastian gab sich keine Rechenschaft über solcherlei Gedanken, bemerkte an sich jedoch eine von Woche zu Woche intensiver werdende Zuneigung zu dem Mädchen, das ihn mit großen grünen Augen anschaute, wenn er von Damiette oder Akkon erzählte. Wenn Sophia aus der Lateinschule kam, welche sie gemeinsam mit den Kindern der d'Este und anderer Adelsfamilien besuchen durfte, musste Sebastian mit ihr Schreiben und Lesen üben, und manchmal zeichnete sie danach mit ihrer Kreide eigens für ihn eine Blume auf die Schiefertafel. Wie ihn das anrührte. Nein, Francesco hatte ihn niemals so an der Seele berührt und dieser Gedanke machte ihn einerseits traurig, vermittelte ihm aber andererseits ein besonderes Glücksgefühl in der Gegenwart, um dessentwillen er manche Stunde dem Mädchen widmete, die er eigentlich gern mit Juditha zugebracht hätte. Ab und zu hatte er gar den Eindruck, Sophia legte es darauf an, gerade diese Stunden zu erobern, als flammte zwischen Mutter und Tochter Eifersucht auf; aber auch darüber dachte Sebastian nicht allzu sehr nach, sondern gab sich einfach seiner Zufriedenheit hin. Binnen Jahresfrist waren sie zu einer richtigen Familie zusammengewachsen und Sebastian hielt die Zeit reif für die Ehe. Die Trauung feierten sie bescheiden in der Kapelle Sankt Martins. Wenige Tage später ritt Sebastian mit mehreren Rittern Ferraras nach Mantua auf das Turnier und erstritt erneut einen Falken. Da bekam sein Rittertum frischen Glanz und achtungsvoll nahm ihn der Adel zu Ferrara auf.

Der Trauerzug hatte den Dom erreicht, dessen prunkvolle Fassade von drei mächtigen Giebeln überragt wurde. Zwölf Träger hoben den Sarg vom Wagen und trugen ihn durch das Portal. Die versammelten Benediktiner erhoben sich aus dem Chorgestühl und stimmten einen Gesang an. Gemessenen Schrittes wurde der Sarg zum Altar gebracht und dort aufgebahrt. Die Trauernden besetzten ihre Plätze in den Bankreihen; viele sangen mit, auch Juditha und Sebastian, die unmittelbar hinter den d'Este saßen; ein Ehrenplatz.

Mit wiederhergestellter Ritterehre – so fühlte er es – konnte Sebastian sich durchaus heimisch fühlen in Judithas Palazzo und er verlor die letzten Skrupel wegen seines Fehlens auf dem Kreuzzug Kaiser Friedrichs II., zumal Ferrara als Mitglied des Lombardenbundes keinerlei Neigung hatte, mehr Schwertträger als unbedingt notwendig zu stellen; der kaiserliche Erfolg bei Damiette tat ein Übriges, Sebastians Gewissen zu beruhigen. Er wäre sicher für den Rest seines Lebens in der Poebene verblieben, wenn da nicht in wiederkehrenden Abständen jene Erinnerung gewesen wäre an den eingängigen Appell seiner Schwester, auf die Stimme des Blutes zu hören und ihr zu Hilfe zu kommen. Er konnte sich seinem vor vielen Jahren gegebenen Versprechen nicht entziehen. Und so hatte er wieder und wieder seine Gemahlin gebeten, sich von ihrem Versprechen zu lösen und Ferrara zu verlassen, aber Juditha hatte jedes Mal geantwortet, leichtfertige Dispense erteile höchstens der Papst, sie erfülle ihre Zusagen.

Jetzt füllten tausend Stimmen den Dom, gewaltig hallte der Choral; die Melodie drang tief in sein Herz ein und brach Gefühle auf wie eine Pflugschar die Erde. Erfasst vom Taumel dieser gläubigen Kraft, sah Sebastian sein ganzes bisheriges Leben vor sich, als hielte ihm Gott selbst den Spiegel vor, und deutlicher als bisher fühlte er sich gemahnt, Isabelle zu helfen, und es war ihm, als hörte er seinen Namen rufen. Da sagte er in die letzten Töne des Chorals hinein laut und deutlich ja.

Die Übergabe des Palazzos regelte sich innerhalb weniger Wochen; die Gegenleistung, welche Enrico d'Este erbrachte, war fürstlich; an dem Säckel voller Goldflorint würde das Pferd schwer tragen. Neben dem Geld nahmen sie als einzige bewegliche Habe die Tragekraxe samt Korb mit, in dem sich alle Kräuter fanden und einige

Gerätschaften der Heilkunst, von denen sich Juditha nicht trennen konnte. Schließlich brachen sie auf drei Rössern nebst zwei Packpferden auf und wandten die Köpfe nicht mehr, nachdem sie zum Westtor hinausgeritten waren. Der Oktober beschenkte sie mit seinen letzten Sonnentagen und erst, als sie nahe Marseille in die Kernlande der Provence einritten, nieselte unwirtlicher Novemberregen; an sich nicht ungewöhnlich, für einen Okzitanier in diesem Jahr jedoch ein böses Omen.

Die Franzosen beherrschten die gesamte Provence und weite Teile des Carcassès, doch Sebastian konnte mit seiner Familie ungehindert über die *Via Tolosana* reiten. Je näher sie dem Aude kamen, umso tiefgreifender zeigten sich die Verheerungen des Landes. Die Kreuzritter des jugendlichen Königs Ludwig IX. hatten planmäßig das Land ruiniert und aus der Gegend um Toulouse wusste *Guillaume de Puylaurens* von den Verwüstungen wie folgt zu berichten: »Im Morgengrauen hörten die Kreuzfahrer die Messe, nahmen eine karge Mahlzeit und machten sich auf den Weg, hinter einer Vorhut von Bogenschützen. Sie begannen das Zerstörungswerk mit den stadtnahen Weinbergen, zu einer Stunde, in der die Bewohner gerade aufwachten; sie zogen sich dann in Richtung ihres Lagers zurück, gefolgt von den Kampftruppen, und setzten dabei das Zerstörungswerk fort. Tag für Tag verfuhren sie so, ungefähr drei Monate lang, bis die Verwüstung vollkommen war.« Es war in der Tat ein Jammer; mehrfach fühlte Sebastian Tränen aufsteigen, die beim Hinunterschluckten salzig schmeckten, und er fühlte eine Bitterkeit. Und aus der Bitterkeit wurde Zorn, Zorn auf die Besatzer aus dem Norden, Zorn auf die Zerstörer, die vorgaben, dies alles im Namen Jesu Christi zu tun. Allerdings legte sich dieser Zorn noch einmal, als sie das Tal der Agly erreichten und sahen, dass das Fenouillèdes verschont geblieben war. Sebastians Herz schlug höher, als sie gen Quéribus ritten und vom Talgrund aus die Burg sahen, die auf dem Felsenkamm thronte. Dann kam die magische Wiese mit ihren verführerischen Düften, von wo aus die Burg beinahe unwirklich wirkt, und Isabelle stand jugendfrisch vor Sebastian, als wären keine elf Jahre ins Land gezogen. Jäh fiel Sebastian seinem Gaul in die Zügel. Wie war dieses Bild lebensecht. Sebastian atmete tief durch, dann trieb er sein Ross den Hang hinauf und zur Treppe. Der Torwächter grüßte unwirsch; vor Jahresfrist erst aus dem Dorf gekommen, sagten ihm alle alten Namen nichts; er kannte keinen Lemaitre. Sie mussten ihre Pferde im unteren Stall selbst versorgen, ehe sie hinaufstiegen zur Hauptburg. Vor dem *Donjon* wurden sie von Balduin empfangen. Der *Jongleur* war grauhaarig und zahnlückig geworden, aber er erkannte Sebastian sofort, schrie freudig auf: »Da kommt er von Jerusalem, der verloren geglaubte Sohn!« und fing an, in einem Wortschwall ohne Ende von den zurückliegenden Jahren zu berichten; er tat dies, Sebastian musste lächeln deswegen, in jener wohl bekannten Ungeordnetheit, die der magischen Quelle von Fontestorbes glich; wie eh und je konnte man seiner Rede eine Zeit lang folgen, ehe sie zu einem wirrem Geschwätz wurde, sodass selbst Juditha, welche kaum Okzitanisch verstand, den Unsinn entdeckte und belustigt auf den Sprecher blickte. Leider, und das war endlich Balduins Wortschwall zu entnehmen, blieb der alte Sänger das einzig Vertraute auf Quéribus; Bertrand de Quéribus hatte man vor einigen Jahren zu Grabe getragen, seine beiden Söhne waren einer Blutkrankheit zum Opfer gefallen; Herr der Burg war ein Neffe in der Seitenlinie derer von Quéribus, den Sebastian nicht kannte. Schließlich erfuhr Sebastian vom Tod seiner Eltern und hörte, dass Isabelle bereits vor zehn Jahren die Burg verlassen hatte und nie mehr zurückgekommen war. Mehr wusste Balduin nicht.

Sebastian und seine Familie nahmen die Gastfreundschaft von Quéribus nur eine Nacht in Anspruch, dann zogen sie weiter gen Toulouse und kamen in die Landstriche, wo die Wut der Franzosen gehaust hatte. Da meldete er sich wieder, der Zorn auf die Eroberer, und wurde beim Einzug in Toulouse nicht gelindert, denn mittlerweile hatte sich Raymond VII. auf Verhandlungen mit der Königsmutter und Regentin Blanche von Kastilien eingelassen und den Toulousanern ihren Stolz genommen; es hieß, Toulouse müsse seine

Mauern schleifen. Nichtsdestotrotz hielt sich okzitanische Gemeinsamkeit, und als Sebastian nach seiner Schwester forschte, wurde er allenthalben wohlwollend begrüßt; bei einer Weinhändlerfamilie stieß er auf erste Hinweise und bei Madeleine Leclerc, der Frau des Schildermachers, fand er handfeste Hilfe. Ja, sie sei bestens mit Isabelle befreundet gewesen, sagte Madeleine freudig und erzählte von der Rettungstat mit der Steinschleuder und allem anderen bis hin zu Bernards Tod und Isabelles Verzweiflung. Mit dem Weggang aus Toulouse wurden Madeleines Angaben ungenau, doch schwor sie Stein und Bein, Isabelle sei bei den *bonshommes* auf Montségur, und nachdem Sebastian an den folgenden Tagen Ähnliches von mehreren Seiten erfuhr, machte er sich mit Juditha und Sophia noch vor Weihnachten des Jahres 1228 auf den Weg in die Berge.

* * *

Sie hatte nicht mehr geglaubt, dass sich ihr Wunsch erfülle, und hatte innerlich bereits um den verlorenen Bruder getrauert; um wie viel leichter entsagte es sich schließlich der Welt, wenn einen nichts mehr hielt, keine Sache und kein Mensch; lebte Sebastian nicht mehr, blieb nur noch ihr *cognoscere causas*. Seit Philipps Tod hatte sie sich gänzlich in die Literatur vergraben und Antworten auf jene noch ungelösten Fragen gesucht, nämlich nach der Schöpfung der Welt und der Einheit von Körper, Seele und Geist. Zunehmend trat die Erlösungsfrage ins Zentrum von Isabelles Interesse und sie suchte in allen verfügbaren Schriften nach Hinweisen dafür, dass eine Seele, die im ersten Anlauf nicht zu ihren Wurzeln gefunden habe, neuerlich eintrete in den Kreislauf des irdischen Lebens; da stieß sie auf die Frage, ob die Seelenzahl begrenzt oder unendlich wäre, aber auch auf das Rätsel, inwieweit andere Geschöpfe beseelt waren. Schon viele *Vollkommene* hatten die Frage gestellt, ob die Seele durch Tiere wandern könne. War sie etwa nicht an das warme Blut gebunden? Konnte sie selbst in einen Käfer oder eine Fliege hineinfahren und musste man dann nicht sorgsam darauf achten, mit seinen Füßen keinem einzigen Lebewesen Leid anzutun, also zum Beispiel, wollte man sichergehen, den Weg vor sich mit einem Besen kehren, ehe man ihn beschritt? Immerhin müsste, solange diese Welt bestand, der Geist den Geist und der Leib den Leib zeugen immerdar und lediglich die *Erwählten* könnten dem Kreislauf direkt entkommen und zum Gott des Lichts fliegen. Wer nicht vollendet war, dessen Seele musste wandern, und welche Seele dies musste, die dürfte nicht ohne ihre vorherige Vergangenheit beurteilt werden; gute Taten müssten sich auswirken auf die Wiedergeburt wie auch böse. Tut die Seele nicht im einen Leben Buße, wird sie es im nächsten vollbringen, denn der gefallene Engel darf keinesfalls verloren sein. Oder doch? Warum werden die geplagten Seelen immer wieder in neuen Körpern geboren? Stimmt es, dass sie von Luftteufeln erwartet und gequält werden, sobald sie aus dem toten Körper schlüpfen, weshalb sie eiligst in den nächsten frei werdenden Korpus flüchten? Fragen über Fragen, und Isabelle schrieb sich an ihren Versuchen, Antworten zu formulieren, die Finger wund.

Dann klopfte es und Ramunda, Isabelles Gehilfin, eine *croyante*, stand in der Tür des Skriptoriums.

»Höre, dein Bruder ist angekommen«, sagte sie.

»So waren also«, flüsterte die *Vollkommene*, »meine Worte zum Abschied doch ein Nagel in seinem Gedächtnis.«

Lächelnd schritt sie aus dem Skriptorium, Sebastian entgegen. In drei Fuß Entfernung voneinander blieben sie stehen und sahen sich an. Aus tiefster Seele stieg das Gefühl des Ein-Fleisch-und-Blut-Seins in ihr auf, wie damals, als sie sich von ihm verabschiedet hatte. Aber sie spürte den Abstand, der zwischen damals und heute lag. Trotzdem schlug ihr Herz vor Freude, und sie musste sich zurückhalten, ihrem Bruder nicht in die Arme zu fallen; kein Mann durfte eine *Erwählte* berühren; es fiel ihr schwer, aber es musste sein – also blieb sie reserviert, reichte ihm auch nicht die Hand, sondern lächelte nur. Er verstand. In Wahrheit, dachte Isabelle, hat er mich immer verstanden.

»Willkommen im Tempel des Lichts, mein Bruder. Ich bin froh, dich zu sehen.«

»Ich auch«, entgegnete Sebastian und konnte die Augen nicht von seiner Schwester lassen; sie war mager geworden, tief lagen ihre Augen. Er wollte sie umarmen, aber ihr Nonnenhabit hielt ihn davon ab. Sie bemerkte seine Verlegenheit und fragte wie nebenbei: »Hast du Familie mitgebracht?«

»Ja«, erwiderte Sebastian und winkte Frau und Tochter herbei. Isabelle und Juditha umarmten sich zur Begrüßung; sie mochten sich auf Anhieb, das sah Sebastian sofort und er war froh darüber.

Die Hunde
des Herrn

Soutane und Skapulier von weißer Wolle – stolz trug er den Habit der Dominikaner unter dem offenen schwarzen Mantel, wenn er durch das Gassengewirr der Cité schritt. Er spürte die Hochachtung, die ihm dieser Mönchstracht wegen entgegengebracht wurde, und fühlte sich in seinem Sendungsbewusstsein bestätigt. Gott hat Dominikus und seine Gefolgsleute auserwählt, gegen die Häresie zu predigen, und Gott hat ihm, Serenus von Quéribus, den Weg in den Predigerorden aufgezeigt. Das war die Richtschnur und der frisch gebackene Mönch folgte ihr unbeirrt und mit glühendem Eifer. Ob in Lektionen, Exerzitien oder Disputationen, er nahm mit jeder Faser daran teil. Die Studien mit Abt Severin erwiesen sich nun als äußerst gewinnbringend, und wenn es um das Argumentieren im Sinne des Aristoteles ging, zeigte sich Serenus dem Magister durchaus ebenbürtig. Die hohe Kunst des Fragenstellens stand in Paris und andernorts in besonderem Ansehen und Schüler und Lehrer erhitzten sich vielfach über die Art, wie Aristoteles empfohlen habe, die *Quaestiones* gegliedert in das Für und Wider zu beantworten. Nach These und Antithese sollte man, geführt von Gottes Ratschluss, zu einer die Herrlichkeit Gottes anerkennenden Synthese gelangen. Für dieses Credo fand Serenus viel Zustimmung und weil er sich als mit hoher Vernunft und tief schürfender Genauigkeit begabt auszeichnete, war er bald gern gesehener Scholar in den Exerzitien der großen Lehrer. Allzu gern hätte Serenus den *Doctor universalis* kennen gelernt, den größten lebenden Verehrer Aristoteles', und die Anschauung von der Vernunft des griechischen Gelehrten unmittelbar den Lippen des

Albertus Magnus abgelesen; leider weilte der Deutsche nicht in Paris. Aber immerhin wusste Magister Pelhisson, dass Albertus Aristoteles' Denken für die *regula veritatis*, also die Wahrheitsregel schlechthin, hielt, »in der die Natur die höchste Vollkommenheit des menschlichen Geistes vorgeführt hat«. Auch sonst zeigte sich Pelhisson als Kenner des rechten Weges. Seine Verehrung für Aristoteles und jedes damit zusammenhängende klare Denken reichte fast an jene von Albertus Magnus heran. Daneben erwies er sich, seiner profunden Rechtskenntnisse wegen – denn eigentlich war Pelhisson ein Magister des Rechts –, als vorzüglicher Streiter gegen die Häresie. Mehr und mehr richtete Serenus daher sein Denken am Vorbild dieses Lehrers aus. Seine Vergangenheit als Knappe Guillaume von Quéribus geriet dabei immer mehr in den Hintergrund, und wenn er sich der alten Zeiten erinnerte, fiel ihm meist Sebastian ein, der Undankbare, dem er zu Damiette mit Hilfe des arabischen Heilers beherzt das Leben gerettet hatte; aber beim Abschied hatte er nur seine Wollust im Sinn und überließ ihn, den treuen Knappen, ohne Dank und Lohn seinem Schicksal. Auch an Bertrand de Quéribus dachte Serenus mit Unmut und verachtete jetzt die Wankelmütigkeit seines ehemaligen Burgherrn, der sich nie zum wahren Glauben hatte bekennen wollen. Stets war er als Knappe und Stiefelknecht behandelt worden, selbst dann noch, als er stark und mutig gewesen war und sich jedem Kampf hätte stellen können; weder durfte er gegen die Toskaner die Lanze einlegen noch auf dem Belagerungsgerät beim Kettenturm mit dem Schwert stürmen, stets waren es Hilfsdienste gewesen, die man ihm abverlangt hatte; meist hatte man sogar seine Ratschläge verachtet, wie damals auf dem Feld bei Pisa: Weggewischt wie lästige Fliegen hatte Sebastian die Worte des jungen Knappen und hätte er nicht eigenmächtig gehandelt und die Zelte abgebaut, sie hätten ihre gesamte Habe zurücklassen müssen. Aber auch dafür hatte er keinerlei Dank erhalten. – Jetzt erwartete er keinen Dank mehr von der Welt, jetzt hatte er sich dem Gottesdienst gewidmet und in Magister Pelhisson hatte er seinen wahren Herrn und Lehrmeister gefunden.

Paris war eine geschäftige Stadt, die Serenus Tag für Tag in ihren Bann zog. Unüberschaubar das Gassengewirr in der Seine-Schleife; bis zu vier Stockwerke hohe Steinhäuser klebten eintönig aneinander und bildeten tiefe Schluchten, als sei man in den Bergen des Aude. In diesen Straßen war ein Schieben und Drücken, ein Schreien und Rufen, dass man kaum an ein Weiterkommen zu glauben wagte. Wie weitläufig war dagegen der Platz vor Notre-Dame, wie wuchtig erhob sich die Fassade aus dem Kleinklein der Häuser; über drei großen Portalen schwebte die vor wenigen Jahren fertig gestellte Galerie der Könige, welche einen Balkon trug, über dem in der Mitte eine große Rosette den Himmel nachbildete, während rechts und links in den Portalen Doppeltüren Einlass gewährten. Darüber befand sich die riesige Plattform, auf welcher emsig gebaut wurde; von unten sah es aus wie wimmelnde Ameisen, wenn die Arbeiter hin und her liefen und von den Seiten über Seilwinden Steine hochzogen und zu den einzelnen Orten trugen, wo oben an den beiden Türmen gemauert wurde. Mehr als ein Menschenalter war seit dem Abriss der alten Kirchen vergangen und erst allmählich zeigte sich das Gesicht der neuen Kathedrale; wie erhebend müsste es sein, diesen Dom einst vollendet zu sehen. Jedes Mal wieder bannte Serenus die schiere Größe der Baustelle, und erst wenn er sich daran satt gesehen hatte, konnte er seinen Blick den kleineren Dingen zuwenden und das lehrreiche Hauptportal betrachten. Da thronte Christus zwischen zwei Engeln und Maria mit Johannes dem Täufer als Fürbittende und er richtete über die auferweckten Toten zu seinen Füßen, die geschieden wurden in die Guten und Bösen. Erzengel Michael wachte über die Waagschale der Seelen und wies die Seligen nach rechts, während die Verdammten mit dem Kopf voraus links in die Hölle stürzten. Dort quollen Frösche aus den Mäulern falscher Propheten, Ungeheuer fraßen und spien Feuer und Teufel trieben Unzucht auf schändliche Weise; plastisch zeigten die Steinmetze einem jeden, der den Worten der Prediger nicht glauben wollte, wie es in der Verdammnis zuging.

Das rechte Werk für gut katholische Menschen entstand hier, gefördert von wirklich gläubigen Königen. So Gott will, dachte Serenus, wird der jugendliche Ludwig IX. diesen Bau vollenden wie seinen Dienst für den Glauben. Denn nun, nach langen Kämpfen, schien der Krieg gegen die Häresie der *guten Christen* in Okzitanien gewonnen. Vor wenigen Tagen erst war die Kunde aus Meaux in die Hauptstadt gelangt, der Graf von Toulouse habe einen Friedensvertrag unterzeichnet. Die Provence wurde ebenso dem König von Frankreich übergeben wie das Carcassès, das Albigeois und das Razès. Daneben verpflichtete sich Raymond VII., etliche Festungen und die Mauern von Toulouse zu schleifen und die Häretiker aus dem Land zu jagen. Dies alles und manche Einzelheit mehr werde der aufsässige Graf, so besagten es die überall zu hörenden Gerüchte, noch vor Ostern hier in Paris feierlich beschwören, um wieder in den Schoß der heiligen Kirche aufgenommen zu werden.

So geschah es in der Tat: Am Gründonnerstag anno Domini 1229 führten bischöfliche Diener den Grafen von Toulouse durch die dichte Menschenmenge über den Platz vor das Hauptportal von Notre-Dame. Raymond VII. trug ein härenes Hemd und ging barfuß wie der niedrigste Sünder. Schräg neben der Kirche war eine Tribüne errichtet worden wie bei einem Turnier und auf ihr saß zierlich, aber hellwach König Ludwig unter den Großen Frankreichs; zu seiner Rechten thronte stolz im purpurnen Mantel die Regentin Blanche von Kastilien. Serenus, der einen Platz in der Nähe der königlichen Tribüne gefunden hatte, ballte die Fäuste, dass die Knöchel weiß wurden, als Raymond sich vor der Kirchenpforte niederkniete; dieser Sünder, der Laster und Häresie in Toulouse und ganz Okzitanien geduldet hatte, leistete vor aller Augen gerechte Sühne; nun kniete er und bekannte mit lauter Stimme, so wie es ihm aufgetragen worden war, seine Verfehlungen; da schritt der päpstliche Legat in einem schwarzen Mantel heran und erhob die Rute; alles Volk auf dem Platz brach in lauten Jubel aus und Schreien und Johlen erfüllte die Luft, als der erste Streich auf den gräflichen Rücken klatschte. Sieben Streiche erhielt er, so wie Gott die sieben letzten Plagen schickt, dann durfte sich Raymond erheben und vor König und Regentin treten. Es wurde ganz leise auf dem Platz. Ein Bläser stieß in die Posaune. Raymond hob die Rechte zum Schwur. Er schwor auf das Evangelium und gelobte ewige Treue dem Papst, dann beteuerte er die Bestimmungen des Abkommens von Meaux mit seinem Eid. Blanche von Kastilien erwiderte die Unterwerfung mit einem kaum sichtbaren Nicken. Danach wurde dem Grafen ein fürstlicher Mantel umgelegt und ein Diener brachte ihm seine Stiefel. Gemessen schritt eine Eskorte von zwölf Edelleuten heran und geleitete Raymond durch das Spalier der Pariser hinüber auf die andere Seite der Seine in die königliche Burg.

Während Raymond im Louvre als Geisel festgehalten wurde, damit er gar nicht anders konnte als den Friedensvertrag einzuhalten, führte Serenus seine Studien fort. Zugleich wurde er von Magister Pelhisson in die Vorbereitungen einbezogen, welche die Dominikaner für den Aufbau einer katholischen Universität in Toulouse unternahmen. Bestandteil des Friedensvertrages war nämlich neben all den anderen Punkten das Versprechen Raymonds, auf seine Kosten eine neue theologische Schule in Toulouse einzurichten, aus deren Mitte Gelehrtheit und Predigt hervorgehen sollten zu Nutz und Frommen der Toulousaner. Der päpstliche Legat hatte hierfür nach kurzem Nachdenken die Dominikaner bestimmt, weil erstens der Predigermönch Pierre Sellan persönlich bei den Verhandlungen in Meaux anwesend gewesen war und zweitens kein Orden ein so scharfes Schwert gegen die Häresie darstellte wie der neu gegründete des Dominikus. Glaubwürdig verkörperten die Predigerbrüder das Armutsideal und ließen die Kritik der *bonshommes* am Prunk des Klerus ins Leere laufen. Eifrig und eifernd machten sie sich Weisheit und Vernunft zu eigen und zeigten damit den Abweichlern ihre Irrtümer auf. Jeder in der Nachfolge Dominikus' kannte seinen Weg. So auch Serenus, und dies wiederum schätzte Magister Pelhisson, der bald nach der Unterzeichnung des Friedensvertrags nach Toulouse befohlen wurde.

»Du kennst die Menschen des Südens und sprichst ihre Sprache, du bist berufen, die rechte Kunde vom guten Glauben unter die Menschen zu tragen und solltest mir helfen, alles vorzubereiten«, sagte der Lehrer beim Abschied und forderte Serenus auf, ihm so bald wie möglich nach Toulouse zu folgen.

Doch zunächst galt es für Serenus, seine Kenntnisse der Theologie zu vervollkommnen und wahre Meisterschaft in der Argumentationskunst nach Aristoteles zu erlangen. Als ein Glücksfall erwies sich dabei die Lektion in Rhetorik, denn dort traf er auf einen *guten Christen* aus der Lombardei, der sich bemühte, eine milde Form der Häresie gegen das Dogma Roms abzugrenzen und zu verteidigen. Zunächst hatte Serenus in Lorenzo den Häretiker gar nicht erkannt und den Lombarden allenfalls für einen begriffsstutzigen Bauern gehalten, doch als sie sich über jene Stelle der Offenbarung Johannes' unterhielten, die da lautet: »Dann sah ich einen neuen Himel und eine neue Erde; denn der erste Himmel und die erste Erde sind vergangen, auch das Meer ist nicht mehr«, da bestand der Lombarde darauf, hierin eine völlige Neuschöpfung des göttlichen Paradieses und eine vollkommene Verwerfung der jetzigen Welt sehen zu müssen. Dabei hätte er, entgegnete Serenus ihm öfter, nur den nächsten Satz mitlesen müssen, wonach »das neue Jerusalem, von Gott her aus dem Himmel herabgekommen« ist, was ohne Himmel schlecht geschehen könne. Aber Lorenzo, fortwährend deutlicher werdend, entwickelte die Schöpfungsgeschichte neu und wies die Erschaffung allen Irdischen schließlich Satan zu. Damit enttarnte er sich. Serenus war empört und sofort wollte er den Lombarden als Häretiker bei dem Rektor anzeigen; aber in der Kanzlei erfuhr er, es sei nichts Ungewöhnliches, wenn ein Andersgläubiger zu Paris studiere, und gerade aus den aufstrebenden Städten des oberen Italien wie Mailand, Brescia, Mantua und wie sie alle hießen, seien in den letzten fünfzehn Jahren etliche *Baccalauri* gekommen, welche auf irgendeine Art *Manichäer* seien. Das tue nichts zur Sache; die Universität Paris sei der Wissenschaft geweiht und dulde jeden, der sich in die Gemeinschaft der Scholaren einfüge, und daran gebe es bei den

Dualisten keine Zweifel. Auch wenn Serenus diese Auffassung nicht teilte, besänftigte sich allmählich seine Empörung und betrachtete er die Vorteile dieser Offenheit: Hier konnte er an Lorenzos Irrweg die richtigen Argumente proben. Dies tat er ausgiebig und fand in solcherart Schulung nicht nur eine ungeahnte Festigkeit in der Disputation, sondern erlangte auch intime Kenntnisse über die Katharer. Aber noch ahnte er nicht, wie hilfreich ihm dieses Wissen bald werden würde; noch freute er sich an der Verunsicherung Lorenzos, der sich nach und nach als kluger Kopf entpuppte und deshalb zunehmend weniger begriff, wieso Gott, wenn er von Anbeginn an wusste, dass Satan abfallen würde, diesen erschuf und ihm zudem die Möglichkeit ließ, seinerseits die Welt zu erschaffen. Serenus dagegen fand eine Erklärung, wieso es – ganz entgegen der bösartigen Fragestellung eines *Lactantius* – das Böse gab in der Welt, obwohl sie von Gott erschaffen ist. Wenn nämlich, erläuterte er seinem Widersacher, das Böse gänzlich von der Wirklichkeit ausgeschlossen würde, würde damit zugleich viel Gutes aufgehoben.

»Es liegt nicht«, sagte Serenus mit Nachdruck, »in der Meinung der göttlichen Vorsehung, das Böse von der Wirklichkeit völlig auszuschließen. Gott will vielmehr das Böse, das hervortritt, auf ein Gutes hinordnen.«

»Gott hätte einfach nur das Gute erschaffen brauchen; um wie viel geordneter hätte sich solche Schöpfung gestaltet«, hielt Lorenzo verzweifelt dagegen, »als der missliche und zweifelhafte Versuch, erst im Leben die Ordnung zum Guten walten zu lassen?«

»Niemand nähme das Gute als Gutes wahr«, parierte Serenus lächelnd, »käme es nicht genau durch das Böse als Gutes zur Anschauung. Von daher würde viel Gutes verschwinden, ließe Gott nicht das Böse zu.«

»Die Vollkommenheit, die Vollkommenheit, die ist sich doch ihres Gutseins bewusst, wenn der Schöpfergott wirklich vollkommen ist.«

»Gott in sich als Allesbeweger und Alleslenker erkennt das Gute wohl und er kann auch nur Gutes schaffen; denn das ist die Wahrheit, dass es Gutes ohne Böses geben kann, aber niemals Böses ohne Gutes. Das Böse aber, um es zum Diener des Guten zu machen, schuf Gott für den Menschen. Und für den Menschen zeigt sich Vollkommenheit nur, wenn er sie sehen kann.«

»Ich sehe sie nicht.«

»Du musst sie nicht sehen; es genügt, dass du sie sehen kannst. Die Möglichkeit ist Wesen der Schöpfung, nicht die Erfüllung.«

»Das ist doch eine dunkle Erwiderung.«

»Dunkel«, entgegnete Serenus spitzzüngig, »ist die Kreatur, sofern sie aus dem Nichts stammt. Sofern sie aber von Gott ihren Ursprung hat, ist sie teilhaftig seines Bildes – und hat die Möglichkeit zu sehen.«

»Kann Gott das Böse aus der Welt entfernen und will es nicht, so ist es Bosheit, die seiner Natur widerspricht«, beharrte Lorenzo, indem er Lactantius zitierte, aber seine Stimme klang schon matt und er war bereit aufzugeben.

»Es kann keine Bosheit in Gottes umfassender Weisheit sein«, erwiderte Serenus milde und öffnete bereits die Arme für den Verirrten. »Denn selbst die bösen Taten sind gut und von Gott – soweit das zur Rede steht, was sie an Sein besitzen.«

Sie sprachen noch oft und stritten mit scharfen Argumenten, aber Lorenzo erkannte täglich deutlicher seine Irrung, und ehe Serenus nach zwei weiteren Jahren von Paris nach Toulouse gerufen wurde, um Magister Pelhisson im Kampf gegen die okzitanischen *bonshommes* zu helfen, schwor der Lombarde der Häresie ab, bekehrte sich zum rechten Glauben und wurde Dominikaner.

* * *

Sebastian erwarb im Osten des *Pog*, am Ausgang der Gorges-de-la-Frau, ein befestigtes Gut, das den etwas hochtrabenden Namen Château d'Embeyre trug. Der von zwei Palisadenringen umgebene *Donjon* lag halb versteckt im Wald am Fuß der Berglehne, die steil aufragte, und von seinem Ausguck konnte man das gesamte Tal kontrollieren. Das war von besonderer Bedeutung, denn über die wilde Schlucht des Hers, die im Volksmund Gorges-de-la-Peur genannt wurde, gab es einen versteckten Zugang zu Dorf und Burg Montaillou, einer Fluchtstätte für die *bonshommes* und andere, die den Franzosen besser nicht in die Hände fallen sollten. Der Talgrund selbst, der neben einem Hochmoor etliche Hufe besten Weidegrundes und nach Norden zu einige Weinberge und Getreideäcker umfasste, lag still zwischen den Berghängen, ein von der Welt vergessenes Fleckchen Erde, an dem alle Feldzüge der Franzosen spurlos vorübergegangen waren. Der Zugang von Norden her führte durch einen Korkeichenwald; die Bäume wuchsen niedrig, was dem Wald ein lichtes Gepräge gab; bergauf rückten die Bergflanken nah zusammen und von oben schoben sich Tannen und Fichten fast bis in den Talgrund herab; dichter und dunkler wurde der Wald, ja fast undurchdringlich, was jeden zögerlichen Reisenden abschreckte; es kamen wenige Menschen ins hintere Tal und die, die es geschafft hatten, ohne die Gegend wirklich zu kennen, gelangten bald an ihre Grenzen, wenn sie im Süden in die Felsschlucht hineingerieten, wo die Felswände so eng aneinander rückten, dass es aussah wie ein Teufelsschlund. In der Schlucht toste das Wasser und donnerte und rauschte, dass man vermeinte, ein ganzer Strom stürze sich durch die Klamm. Wer den Weg nicht kannte, kehrte um. Und da die Festung ihrerseits nichts Einladendes aufwies, kamen wenig Gäste auf Château d'Embeyre. Es war wie geschaffen für Sebastians Bedürfnisse und als ihm Pierre-Roger de Mirepoix empfahl, das verwahrloste Gut zu erwerben, griff er sofort zu und besserte mit Hilfe einiger Arbeiter vom Montségur die schadhaften Palisaden aus, errichtete zwei neue Wirtschaftshütten für Vieh und Gerät sowie einen Stall. Schließlich hoben sie vor den Palisaden einen schmalen Wassergraben aus und befestigten Château d'Embeyre zu einer kleinen Waldburg. Für die Besatzung wählte Sebastian fünf *faidits* aus, die bisher beengt auf dem *Pog* wohnten; um ihnen den Aufenthalt im Gut angenehmer zu machen, bauten sie im zweiten

Jahr an den *Donjon* ein Wohnhaus an, das sie der Festigkeit wegen mauerten.

Sebastian, Juditha und Sophia verbrachten nur die Sommermonate auf Château d'Embeyre und bezogen für den Rest des Jahres eine geräumige Steinhütte auf dem *Pog*. Judithas Heilkunst war gerade im Winter sehr gefragt, wenn die rauhen Winde die Gesundheit des ganzen Katharerdorfes auf die Probe stellten. Innerhalb kürzester Zeit war Juditha zum guten Engel der Festung geworden; sie kannte jeden, jeder kannte sie; für jeden hatte sie ein aufmunterndes Wort, für jeden wusste sie die passende Medizin. Auf den Hängen ringsum fand sie ihre Heilkräuter besser als jemals im Apennin und sie blühte in ihrem Beruf des Heilens und Helfens so auf, dass der Glanz von Ferrara schnell in Vergessenheit geriet. Sie stand in der Enge des Bergdorfes den Menschen näher als in der Stadt, jedes Zusammentreffen erlebte sie unmittelbarer, direkter, wärmer und erfüllter. Lange Zeit gab sie sich darüber keine Rechenschaft ab, aber sie spürte zunehmend deutlicher, dass der Umgang der *bonshommes* untereinander von Nächstenliebe geprägt war; die *guten Christen* nahmen das Christuswort ernst und lebten das »liebe deinen Nächsten wie dich selbst«. Juditha fühlte sich von den *Erwählten* wie den *croyants* ringsum angenommen, einfach um ihrer selbst willen; und in Isabelle hatte sie eine wahre Freundin gefunden, von der sie später mit aristotelischen Worten sagen würde, hier lebe eine Seele in zwei Körpern.

Auch Sophia fühlte sich auf Montségur zu Hause. Sie besuchte regelmäßig die Lateinschule, die von Esclarmonde ins Leben gerufen worden war, und ging ansonsten ihrer Mutter zur Hand. Nichts konnte ihren Wissensdurst stillen und so verbrachte sie ihre freien Stunden am liebsten bei Isabelle im Skriptorium. Alles, was ihr dort in die Hände fiel, suchte sie begierig zu lesen und zu verstehen, und wo ihre geistigen Fähigkeiten nicht ausreichten, fragte sie ihre Tante und fragte ihr manches Mal ein Loch in den Bauch.

Sebastian seinerseits schloss sich dem obersten Herrn von Montségur an und verbrachte viel Zeit mit Pierre-Roger de Mirepoix, wenn dieser auf dem *Pog* weilte. Den Graf schmerzte die Niederlage Okzitaniens und er sann heimlich auf eine Gelegenheit, das Joch der Franzosen eines Tages abzuschütteln. Aber augenblicklich konnten sie nichts tun außer zu warten, für die Kampfkraft der *faidits* zu sorgen und deren Treue zu erhalten, denn keineswegs wollte Pierre-Roger, dass die ihrer Güter beraubten Ritter gänzlich in die Rechtlosigkeit fielen und durch Beutezüge ringsum das Land verunsicherten. Daher stellte der Graf den Unterhalt der Ritter auf Montségur sicher und zog sie zu ritterlichen Diensten, besonders zum Eintreiben der Steuern, heran. Sebastian wiederum übte auf dem weiten Feld zu Füßen des *Pog* mit den Rittern Lanzenstechen und Gefecht, damit sie geschmeidig und kampfbereit blieben. Daneben kümmerte er sich um sein Gut am Ausgang der Gorges-de-la-Frau und verwandte im Übrigen viel Zeit auf die Beize, denn seine beiden zu Mantua eroberten Falken hatte er mitgenommen.

Montségur selbst blieb von der Politik der Franzosen ebenso unberührt wie von den Ermittlungen der katholischen Bischöfe über die *guten Christen*, denn das unwegsame Bergland zog weder Ritter noch Pfaffen an. Allerdings machte sich die Verfolgung der *bonshommes* in der Ebene dadurch bemerkbar, dass zunehmend mehr *Vollkommene* Sicherheit suchten und etliche auf den *Pog* flohen. Deswegen gingen die Ausbauarbeiten auf der Gipfelplattform weiter, bis der letzte Meter ausgenutzt war. Mit der zunehmenden Verfolgung im Tiefland einher ging die Befürchtung, eines Tages könne ein französisches Heer die Anstrengung auf sich nehmen und versuchen, Montségur zu erobern. Daher wurden neben der eigentlichen Burg im Westen der Gipfelplattform auch die anderen Bereiche befestigt und damit begonnen, im Ostteil beim Roc du Caroulet die vorhandene Bastion, das Vorwerk *Barbacane*, auszubauen und eine weitere Verteidigungsanlage auf dem Roc de la Tour zu erbauen, ohne zu ahnen, dass diese Verteidigungsstützpunkte einmal herausgehobene Bedeutung erhalten sollten.

Auf dem *Pog* ging es, aller Verteidigungsanstrengungen zum Trotz, friedlich zu, selbst die zunehmende Übervölkerung des Gipfels brachte keinerlei Zwietracht unter *parfaits* und *croyants*. Ihr Miteinander war beispielhaft und mochte den einen oder anderen, der belesen war und von den frühen Gemeinden der Christen wusste, an das Urchristentum erinnern. Raymond de Péreille hatte vorgesorgt; in den Kellergewölben der Burg lagerten Vorräte für Hunderte von Menschen und in den Senken des *Pog* waren mehrere Zisternen errichtet worden, die Wasser fassten für zwei Monate. Über den Pfad auf der Südseite gelangten täglich Dutzende von Lasteseln herauf auf die Festung und versorgten die Einwohner mit Obst, Gemüse und Fleisch und auf der steil abfallenden Nordseite hatte der Burgherr mit Flaschenzügen eine Hebeeinrichtung gebaut, über die eine passable Notversorgung gewährleistet war. Das tägliche Trinkwasser pumpten sie über eine hölzerne Leitung von Felsterrasse zu Felsterrasse höher, bis es oben in klarer Frische ankam. Jeden Morgen wurden fünf Männer an Seilen in den Abgrund gelassen, die vier Stunden lang die Schöpfräder bedienten, was soviel Wasser hinaufbeförderte, dass der Tagesbedarf gedeckt war. Diese mühsame Art der Versorgung hatte den Vorteil, dass sie im Falle einer Belagerung über Wochen, wenn nicht Monate würde aufrechterhalten werden können. Und die *guten Christen* waren genügsam. Die meisten ahmten die katholischen Ordensbrüder nach und aßen nur nachmittags und auch jene, die zwei Mahlzeiten je Tag einnahmen, verzehrten bescheidene Mengen. Das kam der Versorgungslage zugute. Mehr Mangel herrschte letztlich an Raum für die Menschen, die Zuflucht suchten auf der Festung Montségur, doch auch in diesem Punkt zeigte sich katharische Genügsamkeit und fand sich noch in jeder Steinhütte ein Schlafplatz für einen Neuankömmling.

Sophia gefiel dieses stark aufeinander bezogene Leben; sie fühlte sich wohl unter den Menschen, die füreinander da waren und kaum Neid und Missgunst kannten. Ihre Erinnerungen an Ferrara verblassten zusehends, und wenn sie es recht bedachte, konnte sie sich ein Leben anderswo als auf dem Montségur oder unter dem Gorges-de-la-Frau nicht mehr vorstellen. Drei Jahre wohnte sie mittlerweile in Okzitanien und sprach die *langue d'oc* wie ihre Freundinnen aus der Lateinschule. Mit ihrem ernsthaften und wissbegierigen Wesen hatte sie sich nicht nur beinahe das gesamte Kräuterwissen ihrer Mutter angeeignet und sich die Heilkunde der Hildegard von Bingen zu eigen gemacht, sondern auch ihre Geschicklichkeit als Starstecherin bewiesen und sich obendrein weit über das Pensum der Lateinschule hinaus bei Isabelle im Skriptorium Gelehrtheit errungen in biblischen, theologischen und philosophischen Dingen. Vom Wissen und Wesen war sie also bereits eine Frau, als sich dann auch ihre Brüste rundeten; sie wuchs ihrer Mutter über den Kopf und mit den langen schwarz glänzenden Haaren, die sie offen trug, wurde sie zu einer weiblichen Erscheinung. Das blieb den Jünglingen nicht verborgen. Aber Sophia, ganz in Kenntnis der drei Kategorien des Menschseins bei Hildegard, fühlte sich noch nicht als *opus alterum per alterum*, wonach der Mensch nur zu finden sei als Mann oder Frau und einer sich am anderen und mit dem anderen verwirklicht; noch hatte sie geringe Neugierde, das selbst zu tun, was nächtens oft ihre Eltern auf der Pritsche stöhnen ließ. Gleichwohl sehnte sie sich, im Gegensatz zu vielen ihrer Freundinnen, die jeder *parfaite* aus voller Überzeugung das *melioramentum* entboten und wahrhaft darum baten, selbst einmal *Erwählte* zu werden, keineswegs nach einem keuschen Leben. Sie hielt es da mit Hildegard, welche sagte, Mann und Frau seien im Anbeginn füreinander geschaffen worden zu einem Liebesbund, der seinen Ausdruck in der fleischlichen Vereinigung finde, denn dieses Zusammenkommen sei mehr als Fruchtbarkeit: es sei Lebensentfaltung. Sie hielt ihre Meinung gegenüber Isabelle nicht hinter dem Berg und erstaunlicherweise verdammte die *Vollkommene* die Wollust keineswegs und hielt sie für die *croyants* sogar für notwendig; nur die *Perfekten* mussten eine wahre Enthaltsamkeit erreichen. Diese Offenheit erfreute Sophia. Sie begann sich für Isabelles Verständnis von Körper, Seele und Geist zu interessieren und war enttäuscht, dass die *parfaite* ihr das *cognoscere causas* vorenthielt. Hierfür, bedauerte Isabelle, sei die Zeit nicht reif.

»Ich habe«, fragte Sophia nach, »in manchem Werk gelesen, der Körper sei des Teufels und daher alles Fleischliche verdammenswert. Wie verträgt sich dazu deine Aussage, die Gläubigen dürften ihre Lust genießen?«

»Es gab eine Zeit, da wurde bei den Gläubigen die Fleischlichkeit verteufelt, in Verkennung des Umstandes, dass der Gläubige gerade noch kein *Vollkommener* ist und erst die Überwindung der weltlichen Begierden den *Vollkommenen* macht. – Jetzt wissen wir, dass Gott für alle gefallenen Engel offene Arme hat. Der Gläubige soll sein Leben auf die Vollkommenheit hin ausrichten, damit er sie noch zu Lebzeiten erreiche; entscheidend ist der Weg, den er geht.«

»Ist der Körper nun gut oder schlecht?«

»Beides, mein Kind. In seiner Neigung, sich zu verweltlichen, ist er schlecht; in seiner Kraft, sich selbst zu verleugnen, ist er gut.«

»Das verstehe ich nicht.«

»Gott hat zugelassen, dass der Körper erschaffen werde«, erläuterte Isabelle und sie dachte dabei an Philipp, mit dem sie viele Gespräche zu diesem Thema geführt hatte, »und da der gute Gott wahrhaftig der größere Gott ist als der Teufel, konnte er seinen Atem dem Satanswerk einhauchen und dem gefangenen Engel die Möglichkeit eröffnen zurückzufinden. Gott hat der Seele sozusagen den Körper als eine Aufgabe gegeben; in der Welt muss der Körper die Welt überwinden. Geist und Seele müssen mitwirken und den Körper zum göttlichen Wollen der Selbstaufgabe bewegen. Es genügt also nicht, keiner Begierde nachzugeben. Aus dem Körper heraus darf sich keine Begierde mehr äußern. – Solch ein Körper aber ist gut.«

Auf diese Verschränkungen mochte sich Sophia, die gerade begann, ihren sich wandelnden Körper zu entdecken, nicht einlassen und sie nahm sich vor, dieser Frage nach der Einheit von Körper, Seele und Geist, wie sie von Isabelle offensichtlich im *cognoscere causas* behandelt wurde, erst zu einem späteren Zeitpunkt nachzugehen. Das hinderte sie jedoch keineswegs, in Isabelle eine ebensolche Vertraute wie in Juditha zu sehen, wenn es darum ging, über ihr Frauwerden zu sprechen, und als sie schließlich den ersten zärtlichen Worten eines Jünglings Aufmerksamkeit zu schenken begann, wurde Isabelle sogar zur einzigen Eingeweihten.

* * *

Als Serenus im Frühjahr des Jahres 1232 in Toulouse anlangte, empfing ihn Magister Pelhisson mit düsterer Miene. Trotz eindeutiger Beschlüsse des Konzils von Toulouse vor zwei Jahren blühte die Häresie an allen Ecken Okzitaniens.

»Die Häretiker vervielfachten ihre Umtriebe und Ränke gegen die Kirche«, klagte er, »und in Toulouse und Umgebung richten sie jetzt mehr Schaden an als während des Krieges. Es ist gut, dass du gekommen bist. Wir müssen den Kampf aufnehmen für Gott und die Kirche.«

Pelhisson führte Serenus kurz zu dessen Kammer, dann machten sie sich auf den Weg zur Universität. Über den Eingang hatten die Brüder geschrieben: »Das Schwert und das Feuer und der Gelehrte rotten die Schlechten aus.« Sie wissen genau, was sie wollen, dachte Serenus; Lorenzo hätte hier nicht studieren dürfen. Aber er zog keinen milden Schluss daraus, sondern nickte zustimmend mit dem Kopf, als er das Tor durchschritt, denn auch wenn es zu Paris mit Lorenzo ein glückliches Ende genommen hatte, fand es Serenus nicht grundsätzlich gut, Andersdenkende in einer katholischen Schule lernen zu lassen.

Im großen Raum für die Lektionen trafen sie sich mit Pierre Sellan, Guillaume Arnaud und einigen anderen Brüdern und Sellan fasste die Ereignisse seit dem Vertrag von Meaux nochmals zusammen. Da waren die Anfangserfolge gewesen im Anschluss an das Konzil von Toulouse, auf dem Kardinal Romain de Saint-Ange die genauen Bestimmungen zum Kampf gegen die Häretiker verkündet hatte; noch während des Konzils gelang es dem Kardinal, einen führenden *parfait* zum Abschwören und einen anderen zu einem vollen Geständnis zu bringen, und der lodernde Scheiterhaufen schien ein Fanal für den endgültigen Sieg nicht nur des Königs, sondern auch der Kirche; aber kaum war das Konzil beendet und Romain de Saint-Ange abgereist, um dem Papst von seinen Erfolgen zu berichten, erlahmte der Eifer von Bischof Fulco und blieben die *bonshommes* ungeschoren. Bischof Fulco war im Übrigen so unbeliebt gewesen, dass er nie ohne bewaffnete Eskorte ausgeritten war und sogar Mühe gehabt hatte, den Zehnten einzutreiben. Aber auch sein Nachfolger, der vor wenigen Monaten berufene Bischof Raymond du Fauga, verfügte über geringe Amtsgewalt und ließ selbst schwerwiegende Anschuldigungen auf sich beruhen. Graf Raymond dagegen steckte mit den Ratsleuten von Toulouse unter einer Decke, und wo sie konnten, hielten sie die Dominikaner mit dem Geld für die Universität hin, weshalb kein geregelter Lehrbetrieb möglich war. Pierre Sellan und seine Gefährten konnten gar nicht daran denken, die Vorschriften des Konzils ordnungsgemäß umzusetzen, obwohl sie an sich verpflichtet waren, in den ihnen zugewiesenen Kirchenbezirken die Häretiker aufzuspüren. Mit Predigen allein waren die Abtrünnigen nicht zu bekehren, zu abgebrüht und selbstsicher waren sie im Umgang mit dem katholischen Klerus, welcher – und hier gipfelte schließlich der ganze Zorn des Pierre Sellan – auch allen Anlass zu Unmut gebe, denn nach wie vor lebten die meisten Pfaffen in Wohlleben und Wollust und gehörten selbst strengstem Gericht unterworfen.

»Wir müssen«, ereiferte sich Sellan schließlich, »mit der *inquisitio haereticae pravitatis* Ernst machen. Die Untersuchung des Abweichlerübels darf nicht länger dem unfähigen Bischof und seinen faulen Legaten überlassen werden; sie muss in die Hände der wahren Kirchenstreiter gelegt werden. Und die wahren Streiter, meine Freunde, sind wir.«

Alle Anwesenden klopften mit den Fingerknöcheln auf die Bänke.

»Gut gesprochen, Sellan«, sagte Guillaume Arnaud in den Beifall hinein. »Wir müssen uns an Papst Gregor wenden. Er wird uns unterstützen.«

»Zwei Bereiche sind gründlich darzulegen«, meldete sich Magister Pelhisson zu Wort. »Die Glaubensfrage nebst den Gefahren für die Kirche durch anhaltende Häresien in Okzitanien einerseits und die Frage des Rechts, wie ein Verfahren dem Kirchenrecht und dem weltlichen Recht genügen kann. Ersteres liefert dem Papst den Grund für Zweiteres, worin sich die rechte Form findet, die verbindlich wirkt gegen alle.«

Während die Brüder noch zustimmend nickten, regte Sellan bereits an, den Gesandten zum Lateran auszuwählen, und wegen seiner klugen Art stimmten alle für den Magister. Pelhisson neigte demütig sein Haupt, nahm die Wahl an und suchte Serenus' Augen. Ein kurzer Blick genügte, dann schlug Pelhisson den jungen Bruder als seinen Begleiter vor, denn immerhin habe Serenus als Knappe hinlänglich Kampferfahrung gesammelt, kenne sich in Italien aus und sei erwiesenermaßen ein klarer Denker. Niemand erhob Einwände und so machten sich Pelhisson und Serenus zwei Tage später auf den Weg nach Rom, um vom Papst die Anweisung zu erwirken, die Dominikaner mit der *inquisitio haereticae pravitatis* zu betrauen.

Hatten Pelhisson und Serenus den Hinweg noch mit einer *Nao* von Narbonne quer über das Thyrennische Meer nach Ostia genommen, ritten sie nun, begleitet von drei königlichen Rittern, entlang der Küste in den Norden und hinüber in die Provence, die Bulle des Papstes und einige gesiegelte Abschriften in den Satteltaschen. Die Dominikanerbrüder reisten mit stolzgeschwellter Brust, denn Gregor IX. hatte ohne Zaudern den Predigern die Inquisition übertragen und den Bischöfen der *terrae linguae occitanae* den Auftrag zum Glaubenskampf entzogen. Pelhisson und Serenus sollten in jeder Diözese zwei eifrige Brüder mit dem Ermittleramt betrauen und überall dort, wo es besonders vonnöten schien, die Zügel selbst straff in die Hand nehmen.

Serenus fühlte das Feuer in sich lodern, das seit seinem Fieber in Saint-Papoul in ihm brannte, denn der Papst hatte ihn nicht nur seinen Ring küssen lassen, sondern ihn mit eigener Hand gesegnet und ihn einen Auserwählten genannt im Kampf gegen die Häresie. Nie würde Serenus vergessen, dass er auf dem Stuhl im Arbeitsraum des Pontifex Maximus gesessen und von Gregor persönlich den Auftrag erhalten hatte, die heilige Kirche vor den Gefahren zu bewahren, die durch die teuflischen Abweichler drohten. Der Papst hatte die Häretiker mit üblen Würmern verglichen, welche den Körper gleichsam von innen her auffressen und aushöhlen, bis er zusammenbricht, eine Gefahr, die für das Werk Christi auf dieser Welt noch schlimmer sei als die teuflischen Sarazenen in Spanien und im Heiligen Land; da wusste Serenus, wovon Gregor sprach. Es durfte keine Nachsicht und keine falsche Gnade geben für die Katharer; wer nicht bedingungslos abschwor, der musste brennen. Wer nicht sofort und freiwillig abschwor, sondern aus Furcht vor dem Tod oder einem anderen Beweggrund zur katholischen Einheit zurückkehren wollte, der sollte ins Gefängnis geworfen werden, um dort Buße zu tun, wobei Vorkehrungen zu treffen waren, dass er andere nicht beeinflusste; niemals sollte man einem, dessen Schwur nur lau klang, die Freiheit schenken, und im Zweifel war es besser, die Seele durch das reinigende Feuer zu retten, als den Körper zu schonen. So, wie man Ungeziefer auf dem Feld ausrottet, wenn man es antrifft, so ist mit den Häretikern zu verfahren, sagte sich Serenus mit Ingrimm vor und in seiner Seele verband sich der Glaubenseifer mit dem Kampfesmut des ritterlichen Knappen, der er einst gewesen war.

Schon in Marseille predigte Serenus gegen Ungläubigkeit und Abweichung und mahnte die Kleriker mit Nachdruck, der Inquisition jeden Dienst zu erweisen. Mit neuen Anweisungen kam mehr Zucht in das kirchliche Leben; nun waren die Gläubigen aufgerufen, regelmäßig am Abendmahl teilzunehmen und sich hierfür durch ebenso regelmäßige Ohrenbeichte zu reinigen. Wer immer von den Priestern in der Beichte eine häretische Regung vernahm, musste dies unverzüglich dem Ermittler melden. Ebenso war jeder

Säumige anzuzeigen. So und nicht anders erkennt man die Abtrünnigen, trichterte Serenus den Priestern ein und peitschte sie über jede vernünftige Wachsamkeit hinaus zu einem regelrechten Hass gegen Irrgläubige auf. Noch ehe er mit Pelhisson die Hauptstadt Okzitaniens erreicht hatte, war das neue Schimpfwort über die Dominikaner in Umlauf: Sie seien die *canes domini*, hieß es; bald bissen sie wie Bluthunde.

Ostern übertrugen sie Pierre Sellan und Guillaume Arnaud die Ermittlungen in der geschrumpften Grafschaft Toulouse und machten sich selbst auf nach Albi, um dort Strafgericht zu halten. In der Kirche und auf Straßen und Plätzen ermahnte Serenus die Albigenser mit seinen flammenden Predigten und machte vor den schlimmsten Drohungen nicht Halt, wie sie sich in dem Brief des heiligen Paulus an die Korinther finden: »Ihr sollt wissen, Brüder, dass unsere Väter alle unter der Wolke waren, alle durch das Meer zogen und alle auf Mose getauft wurden in der Wolke und im Meer. Alle aßen auch die gleiche Speise und alle tranken den gleichen Trank; denn sie tranken aus dem Leben spendenden Felsen, der mit ihnen zog. Und dieser Fels war Christus. Gott aber hatte an den meisten von ihnen keinen Gefallen; denn er ließ sie in der Wüste umkommen. Das aber geschah als warnendes Beispiel für uns: damit wir uns nicht von der Gier nach dem Bösen beherrschen lassen, wie jene sich von der Gier beherrschen ließen. Werdet nicht Götzendiener, wie einige von ihnen.« Sie sollten sich endgültig abwenden von jenen, die Gottes Schöpfung verneinten und dem Satan huldigten als Herrn der Welt, wetterte er und seine Stimme überschlug sich vor Zorn, was den Zuhörern durch Mark und Bein drang.

Bereits nach den ersten Predigten wussten die Albigenser, woran sie waren, und innerhalb weniger Tage bauten Pelhisson und Serenus mit einigen Schreibern und Schergen eine Kanzlei auf, die jeden und jedes auskundschaftete. Täglich wurden bis zu zwanzig Menschen vor die Inquisition geladen und nach allen ihren Gewohnheiten und Freunden befragt. Es herrschte ein scharfer Ton und niemand durfte ungesühnt eine Antwort schuldig bleiben. Die Pfarrer wurden in strengstes Verhör genommen, alles weiterzugeben, was sie in der Ohrenbeichte erfuhren, und wehe, einer erdreistete sich, das Beichtgeheimnis hüten zu wollen; er musste mit den schlimmsten Drohungen rechnen. Nach einigen Tagen waren die Dominikaner gefürchtet wie Höllenhunde und *canes domini* war ein viel zu liebliches Schimpfwort für sie; doch Serenus ruhte und rastete nicht. Mit Stumpf und Stiel wollte er die Häresie ausreißen aus dem heißen Land um Albi. Weit über den Tod hinaus wollte er der Gerechtigkeit zum Sieg verhelfen. Den Toten zur Strafe und den Lebendigen zur Mahnung suchte er die Grabstätten der *bonshommes* auf, öffnete sie und warf die Gebeine der Verstorbenen auf den eigens errichteten Scheiterhaufen, wo er sie öffentlich verbrannte.

Dem nicht genug, grub er den ehemaligen Katharerbischof von Albi aus und zerrte ihn vor das Inquisitionsgericht. Um die Wirkung weiter zu steigern, machte Serenus den Prozess gegen den Ketzerbischof öffentlich. Zu Füßen der Basilika, am Ufer des Tarn, ließ Serenus die Gerichtsstätte vorbereiten mit einer Bank für den Ankläger, einem Pfahl für den Angeklagten und einem erhöhten Pult für den Richter. Der Gerichtsbezirk wurde mit Seilen abgesperrt; außerhalb fanden sich die Plätze fürs Volk. Zum angesetzten Termin erschienen viele Menschen und harrten gespannt der Verhandlung durch den Inquisitor. Pelhisson schritt würdig zur Anklägerbank, dann nahm der Richter Serenus seinen respektheischenden Platz ein. Dem Dompfarrer fiel die Aufgabe zu, statt des Häretikers die Antworten zu geben, welche die Fragen des Inquisitors erheischten, weshalb er sich neben den Pfahl stellen musste. Schon dachte das Volk, der Prozess werde beginnen, und alle glaubten an eine symbolische Handlung, als ein Raunen durch die Menge ging. Vom Dom her kamen vier Totengräber. Schludrig in Lumpen gehüllt, trugen sie den verwesten Leichnam auf einer offenen Bahre. In den meisten Augen lag ungläubiges Staunen, das sich mit Ekel und Abscheu mischte, als die Leichenmänner die Bahre abstellten, das Skelett des *Perfekten* aufnahmen und an den Pfahl banden. Dann wurden die Knochenhände in Fesseln geschlagen. Serenus erhob sich und eröffnete den Prozess. Als die Reihe an Pelhisson war, die Anklage vorzutragen, entstand bei den Zuschauern ein Tumult.

Jemand warf einen Stein, der Serenus nur knapp verfehlte. Viele schüttelten ihre Fäuste, einige drangen in den abgesperrten Gerichtsbezirk vor. Die zum Schutz der Inquisitoren anwesenden Ritter hoben ihre Lanzen nicht an. Immer mehr Volk kam drohend näher. Pelhisson floh von seinem Platz, stürzte zu Serenus und riss ihn mit sich. Sie rannten in die Gegenrichtung, doch bald versperrte ihnen dort der Tarn den Weg. Johlend und schreiend drängten die Albigenser nach und trieben die Predigerbrüder in den Fluss. Ein ganz Aufgebrachter sprang ins Wasser und packte Serenus am Kopf, um ihn unter Wasser zu drücken. Der Tarn war angeschwollen und die Strömung stark. Serenus schlug dem Angreifer die Faust ins Gesicht. Schon verloren alle den Boden unter den Füßen. Da trieb ein treuer Ritter sein Ross in den Fluss und mit letzter Kraft griffen Pelhisson und Serenus ins Zaumzeug und ließen sich aus dem Wasser ziehen. – Sie gingen nicht mehr nach Albi, sondern kehrten nach Toulouse zurück; noch waren sie nicht stark genug, solche Umtriebe niederzukämpfen. Aber sie schworen den Aufsässigen Rache.

Die Schmach von Albi entfesselte in Serenus einen Zorn, den er für gerecht hielt; er dachte an den strafenden Gott bei Sodom und Gomorrha und vergaß auf Jesus Christus. Von nun an trug er seinen Namen nicht mehr zu Recht; jene Heiterkeit, die in Saint-Papoul noch in ihm war, war aus seinem Wesen gewichen; die milde Nachsicht, die ihn zu Paris noch geleitet und ihn bewegt hatte, Lorenzo nicht zu verdammen, sondern durch gelehrten Disput auf den rechten Weg zurückzuführen, hatte sich verflüchtigt; aus dem Zorn heraus hatte sich ein hartes Gerechtigkeitsstreben seiner bemächtigt. Wenn er sich in nachdenklichen Stunden mit der Vergangenheit beschäftigte, erinnerte er sich jener Begebenheiten, die ihn verletzt und gekränkt hatten, und dabei fiel ihm immer wieder Sebastian ein. Wenn Serenus dann wieder aus den kränkenden Erinnerungen auftauchte, fühlte er sich gut bei dem Gedanken, endlich ein Herr zu sein vor den Augen der Menschen; aus vollem Herzen schenkte er Gott all seine Demut, aber den Menschen gegenüber genoss er die Macht und er setzte seine gesamte Vernunft ein, diese Macht zu stärken und jeden Feind des wahren Glaubens ausfindig zu machen und zu vernichten. Daher ließ er die Gewissensausforschung in der Beichte durch alle Kleriker verschärfen und achtete darauf, dass die Beichtväter der Priester ihrerseits einen Schwerpunkt auf die Weitergabe von Beichtgeheimnissen legten, denn immer noch versuchten viele Pfarrer gerade in abgelegenen Kirchenspielen ihre Gemeinden gegen die Inquisition zu schützen. Doch nicht nur über die Beichtabnahme ließen die Dominikaner die einfachen Dorfkleriker überwachen, sondern auch durch Spitzel, die sie teils in den Dörfern und Städten anwarben, teils als Pilger und Händler umherschickten, damit den Ermittlern nichts entgehe. Besonders vorteilhaft erwies sich die Bestimmung, wonach ein bereuender Häretiker seine Rückkehr in den Schoß der wahren Kirche durch die Preisgabe der Namen anderer Abweichler beweisen konnte. Schwor ein *bonhomme* ab und bezichtigte andere der Häresie, so kaufte er sich zumindest von den weltlichen Strafen frei, und im Angesicht von Kerker und Scheiterhaufen wurden viele *Vollkommene* schwach; ein *Erwählte*r aus Toulouse lieferte gleich zehn *parfaits* ans Messer, nur um seine eigene Haut zu retten. – Das Geflecht aus Überwachung, Bespitzelung und Bezichtigung zeigte Wirkung. Aus den größeren Orten zogen sich die Häretiker in Dörfer und Wälder zurück und die Zentren der Katharer verlagerten sich in die unwegsamen Regionen der Pyrenäen und Montagne Noir. Diejenigen aber, die ausharrten, waren gezwungen, ihren Glauben heimlich zu verkünden, und entfalteten viel weniger Wirkung als noch vor Jahresfrist.

Sie fanden Gefallen an ihren Erfolgen und feierten sie. Und groß war die Freude der Toulouser Dominikaner rund um Pierre Sellan,

Guillaume Arnaud, Magister Pelhisson und Serenus, als die Kunde kam, ihr Ordenspatron Dominikus werde heilig gesprochen. Serenus vermeinte gar, das gleißende Licht Gottes wieder zu erblicken, als er an jenem Sonntag vor dem Altar niederkniete, an dem sie in der Kathedrale Saint-Sernin die Messe zu Ehren ihres Heiligen zelebrierten. Nach dem Hochamt schritten sie feierlich ins Refektorium, wo an langer Tafel das Festmahl aufgetischt war. Sie hatten gerade Platz genommen und Bischof Raymond de Fauga hatte die Arme ausgebreitet, um den Segen über alle zu sprechen, als ein Bote gemeldet wurde.

»Herr«, haspelte der Mann verschreckt, »draußen am Ufer der Garonne, so sagt mir ein Gewährsmann, hat soeben eine Frau, die bisher als gut katholisch in der Gemeinde gelitten war, von einem *parfait* die letzte Tröstung erfahren; gegenüber dem Pfarrer soll sie die Sterbesakramente abgelehnt haben; jetzt geht die Unglückliche als *Erwählte* der Häretiker in den Tod, wenn nichts geschieht.«

Der Bischof schaute ratlos in die Runde.

»Das dürfen wir nicht zulassen«, rief Serenus geistesgegenwärtig.

»Wir müssen einschreiten«, bekräftigte Pierre Sellan.

»Was sollen wir tun?«, fragte der Bischof und seinem Gesichtsausdruck war der Unwille anzumerken, den die Geschäftigkeit der Dominikaner in ihm hervorrief.

»Ein Schnellgericht«, sagte Serenus mit ruhiger Stimme. Es klang drohend. »Wir führen ein Schnellgericht durch und retten die arme Seele.«

»Jawohl«, kam Zustimmung von mehreren Seiten.

Serenus und die anderen versammelten Inquisitoren brachen auf und ließen sich von dem Boten quer durch die Stadt zu dem Haus am Ufer der Garonne führen. An der bezeichneten Stelle fanden sie eine einfache Hütte und hinter deren Lehmmauern einen Raum, der als Stall für das Kleinvieh diente, sowie den Wohnraum rund um die *Fonghana*, in dessen Ecke auf einer hölzernen Schlafstatt die alte Frau lag, derentwegen die Dominikaner gekommen waren. Außer der Siechen war nur ein verschüchtertes Mädchen im Raum, der *bonhomme*, wenn die Nachricht denn stimmte, hatte also die Hütte bereits verlassen. Serenus erfasste die Lage rasch. Er zwinkerte seinen Gefährten zu und trat forsch an das Bett der Sterbenden.

»Wohl dir, gerettete Seele. Ich bin Guillaume, ein *Erwählter* vom Tempel des Lichts, und will ein Stück weit deine Reise ins Licht begleiten«, sprach er mit verstellter Stimme, ganz sanft, und fasste die knochige Hand, die sich ihm entgegenstreckte. »So bete mir nun dein Glaubensbekenntnis vor, auf dass die heiligen Worte deine Lippen segnen.«

Zunächst bewegte sich der trockene Mund tonlos, doch allmählich hörten die Umstehenden sie mit heiserer Stimme beten· »Unser Vater, der du bist in den Himmeln ...«, und erwies sich dadurch bereits als Häretikerin, denn die *bonshommes* beteten gerade zur Unterscheidung von den Katholischen nicht »Vater unser im Himmel«, sondern »der du bist in den Himmeln«, weil den irdischen Himmel der Teufel geschaffen habe und Gott folglich nicht in diesem Himmel sein könne.

»Ha, haben wir dich«, riefen Pierre Sellan und Magister Pelhisson gleichzeitig und Serenus hielt ein mit seinem üblen Scherz, als *Perfekter* aufzutreten, sondern zeigte seine wahre Gestalt als Dominikaner. Zornig und unnachsichtig begann er sein Verhör.

»Du hattest geistlichen Beistand bei dir? Sprich!«, forderte er barsch.

Dunkel lagen ihre Augen in den Höhlen; der Blick verschreckt und fragend, schien es zunächst, die Alte verstehe ihn nicht, doch dann hob sie mühsam den Kopf ein wenig an und nickte. Serenus gab dem Mädchen ein Zeichen, die Sieche zu stützen und aufzusetzen, was diese tat.

»Hast du dabei den Gekreuzigten gesehen?«, fragte Pelhisson mit ebenfalls scharfer Stimme und wusste, schon ehe er ihr Kopfschütteln sah, die Antwort.

»Es stimmt also, dass du dein Sterbesakrament nicht vom Pfarrer der wahren und einzigen Kirche erhieltest?«

Die Alte schwieg und ein jeder konnte im Zucken ihrer Augenlider sehen, wie sie mit sich kämpfte, denn wenn sie jetzt eine *Getröstete* war, durfte sie keinesfalls lügen; andererseits würde sie den *Vollkommenen* schützen wollen, der ihr das *consolamentum* erteilt hatte. Schließlich siegten Überzeugung und Wahrheitsliebe in ihrem Herzen und sie krächzte: »Ein *Erwählter* der wahren und einzigen Kirche hat mich getröstet.«

»Hat er dich gesalbt und dir die Hand auf den Kopf gelegt?«

Sie nickte.

»Hat er dir das Paternoster in den Mund gelegt?«

Sie nickte.

»Hat er dir das Versprechen abgenommen, von nun an keine feste Speise mehr zu dir zu nehmen?«

Sie nickte ein drittes Mal.

»So hast du dich dem Teufel versprochen«, donnerte Serenus, und jeder Unbefangene hätte sich über den Triumph in seiner Stimme gewundert. Nicht so die anwesenden Dominikaner, denn auf ihren Gesichtern erschien ein sanftes Siegesstrahlen, als hätten sie gerade einen Schatz entdeckt – und vielleicht empfanden sie es als Geschenk, am Tag der Heiligsprechung ihres Ordensgründers auf eine gefallene Seele gestoßen zu sein, in deren Errettung die Sendung aller Ordensbrüder gipfeln könnte.

»Schwörst du dem Teufel ab und bekehrst dich zur alleinig wahren Kirche?«

Wieder verging eine Weile, wieder blickte die Alte verschreckt in Serenus' Augen, wieder kämpfte sie mit sich, ehe sie sich überwand und zitternd den Kopf schüttelte.

»Du willst in Sünde verharren?«, schrie Pelhisson und stürzte drohend auf die Sieche zu.

»Ich bin gesegnet, so gehe ich zu Gott«, flüsterte die alte Frau und pfeifend entwich die Luft aus ihrer Brust.

Pierre Sellan trat heran und versuchte mit einschmeichelnder Rede, die Sterbende zu Widerruf und katholischem Glaubensbekenntnis zu bewegen; vergeblich. Die Inquisitoren blickten sich an. Guillaume Arnaud trat vor und sprach mit fester Stimme die Anklage, die auf schwerste Häresie lautete; dann verlangte er die Todesstrafe. Ein letztes Mal forderte Serenus die Sieche auf, sich zu bekehren, dann stellte er sich vor alle anderen hin und verkündete das Urteil:

»Hiermit spreche ich, Bruder Serenus, Beauftragter des Papstes und Sachwalter des Bischofs von Toulouse, in Beachtung, dass du von der Stimme eines Unbescholtenen allhier in Toulouse wegen häretischer Verkehrtheit des Glaubens angezeigt worden bist und du von diesem falschen Glauben ein frevelhaftes Sakrament des Satans empfangen hast, über dich mein Urteil. Obwohl der Herr manchmal einige in Irrtümer fallen lässt, damit die vom Glauben Abgefallenen danach umso demütiger sind, und er jedem, der bekennt und bereut, die Rückkehr ermöglicht, wie berichtet wird von dem verlorenen Sohn, bleibt deine Seele verstockt. Ich gebe dich den kirchlichen Sakramenten nicht zurück. Und da es unwürdig ist, die Beleidigungen weltlicher Herren zu rächen und die Beleidigungen Gottes gleichmütig zu ertragen, da es viel schlimmer ist, die ewige Majestät zu verletzen als eine zeitliche, und damit du den Übrigen ein mahnendes Beispiel bist, übergebe ich dich dem weltlichen Urteil. Dieses fälle ich im Namen des Grafen Raymond, der sich ganz dem König von Frankreich unterworfen hat und der den Spruch seiner heiligen Kirche begrüßt und verteidigt. Im Namen der weltlichen Macht teile ich dir also mit: Dein Leben hast du verwirkt. Und nicht wird dir die Gnade gewährt, vor dem Entzünden der Reiser erdrosselt zu werden. – Gefällt ist dieser Spruch.«

Zustimmend nickten die Dominikaner und wiesen vor der Hütte einige Burschen an, Holz aufzuschichten, welches dort angeschwemmt worden war. Als der Scheiterhaufen errichtet war, trugen die Inquisitoren die Sieche mitsamt ihrer Pritsche aus der Hütte und legten sie auf den Holzstapel. Sogleich zündeten sie das Holz an; es war trocken und brannte wie Zunder. Die Flammen erfassten die Pritsche und den vertrockneten Körper, und als sie bereits hoch empor loderten, da richtete sich der Körper der Häretikerin auf in eine fast sitzende Lage und es schien, als bewege der Teufel selbst die

Sterbende; fauchend fuhr der Dämon mit den Flammen aus und jetzt, da waren sich die Dominikaner einig, war die Seele gerettet. Sie verlangten nach einer Schale Wasser, wuschen sich allesamt ihre Hände darin und gingen gemessenen Schrittes in ihren Konvent zurück. Nun verspeisten sie freudig, was man für sie zubereitet hatte, wobei sie Gott und dem heiligen Dominikus dankten.

* * *

Unvermittelt setzten die Träume wieder ein. Jener der Welterschaffung aus dem winzigen Lichtpunkt verknüpfte sich mit dem Traum vom bärtigen Mann mit Silberhaar, der die Erde siebte, bis Gleiches neben Gleichem lag und die Welt einer umfassenden Ordnung gehorchte. Die geschnitzten Figuren erwachten zu einem Eigenleben und wüteten unter Mensch und Tier. Wieder jagten Drachen und Furien mit üblen Gewittern über das Land, pfeifende Silbervögel spuckten Verderben vom Himmel und Feuerstelen schossen aus der Erde, bis finsterste Schwärze die Welt bedeckte. Dann fiel alles in den einen Punkt zusammen, aus dem es entstanden war, und es wurde Anfang. Aber es stank nach Erbrochenem und Faulem und von dem winzigen Punkt ging eine einzige Qual aus.

Obwohl sie alle diese Träume in ihrem *cognoscere causas* niedergeschrieben hatte, drangen die Schreckensbilder tief in ihr Gemüt und wühlten sie auf, als hätte sie das Unglaubliche selbst erlebt. Aber es war besonders ein Traum, der sie erstmals heimsuchte und den sie als Zeichen für den Anfang vom Ende deutete: Aus der Schwärze der Nacht sprang ein feixender Faun auf Isabelle zu, packte ihren Arm und zerrte sie auf den Fechtboden. In einer düsteren Halle wartete ein Mönch mit einigen Gefährten, alle gewandet in weiße Kleider. Sie trugen fest geschnürte Schuhe, die das Hin- und Herspringen auf dem federnden Bretterboden erleichterten. Die Fechter schlugen sich warm mit angedeuteten Finten, wichen nach rechts und links aus, bogen im Schlag ihre Körper, wehrten die anzischende Klinge ab, stießen nach vorn und bremsten kurz vor dem

Ziel ihren Schwung. Als sie Isabelle sahen, brachen sie in Gelächter aus. »Gebt ihr ein Knabenschwert«, rief einer. »Ruhe«, befahl der Anführer und warf Isabelle ein Gewand vor die Füße. »Zieh dich an.« Sie schlüpfte in das Gewand, bezähmte durch bedächtiges Atmen die unruhige Flut ihrer Gedanken und betete: »Gott, komm herbei, um mich zu retten! In Schmach und Schande sollen alle fallen, die mir nach dem Leben trachten. Eile, o Gott, mir zu Hilfe! Herr, säume doch nicht!« Dann betrat sie den Fechtboden. Der Dominikaner reichte ihr ein spitz gearbeitetes Schwert, das leicht und frei von Zierrat war. Vorsichtig fuhr sie mit der Fingerkuppe über die Klinge und fand bestätigt, was ihre Vorstellung ihr bereits aufgezeigt hatte: Die Klinge war äußerst scharf. Eine gefährliche Waffe dies, dachte Isabelle, wie soll ich damit hantieren? Ihr Gegner führte den ersten Streich rücksichtslos und hinterhältig, zog nach einem täuschenden rechten Ausfallschritt die Klinge von links unten gegen Isabelles Brust. Sie sprang einen Schritt zurück und zog Bauch und Brust ein. Die Schwertspitze sauste dort schadlos vorbei, aber wegen des mit dieser Instinktbewegung verbundenen Katzenbuckels ragte ihre Backe in den Zirkelbogen der scharfen Schneide, deren Spitze ihre Wange ritzte. Schon troff Blut. Die Zuschauer johlten. Sirrend kam die feindliche Klinge ein nächstes Mal an. Isabelle hüpfte nach hinten, drehte sich in einem schreckhaften Taumel einmal um sich selbst, wobei sie durch einen Seitschritt eine Halbkreisbewegung nach vorne machte. In unbewusster Abwehrhaltung riss sie beide Arme halb nach oben, wand sich und zog bei dieser in keiner Fechttaktik verzeichneten Figur ihre Klinge mit aller Wucht über das verdutzte Gesicht des Gegners. Dieser heulte auf; Nase und Wange hingen in Fetzen. Der Getroffene plärrte wie ein waidwunder Keiler und warf sich nach vorne, auf die vor Schreck erstarrte *Vollkommene* zu, die bewegungslos die Waffe von sich weghielt, die Spitze gerade nach vorne gerichtet. Ohne die Gefahr zu erkennen, stürzte der blutig Getroffene geradewegs auf ihre Klinge zu. Da erwachte Isabelle aus ihrer Erstarrung und brachte sich mit einem Satz aus der Bahn des Wütenden. Der Wüterich strauchelte und fiel. Isabelle kümmerte sich nicht um den wehrlos Liegenden. Sie sah Michel Roquebrun, wie er in einem ihrer früheren Träume Bischof Fulco von dessen Sünden freisprach und ihn mahnte, gottgefällig zu leben. »Gute Christen«, hatte der *Vollkommene* geraunt, »rächen nicht; sie verzeihen.« Sie erinnerte dies und setzte die Klinge nicht an den verwundbaren Hals des Dominikaners, sondern sagte laut und vernehmlich: »Verzeih mir, dass ich dich verletzt habe, und entlasse mich aus dem Kampf.« Einen Moment war Stille, dann erhob sich der Geschlagene und seine Gesellen forderten wütend: »Ad finem.« Der Mönch fuhr sich mit dem Ärmel über das blutende Gesicht und ging tänzelnden Schrittes auf Isabelle zu. Mit Finten und Drehungen trieb er sie in eine Ecke. Er fluchte und spuckte ihr ins Gesicht. Ohne nachzudenken hob sie einen Arm, um sich mit dem Ärmel den Speichel abzuwischen; der andere stach zu. Da führte ein Engel in Isabelles Rücken ihre Bewegungen, denn gerade die Wischbewegung war es, die ihren Körper von der Vorderlage in die Seithaltung gedreht hatte – und das Metall stach im Hohlkreuz der *Erwählten* durch das Gewand hindurch ins Leere. Der Dominikaner stolperte überrascht nach vorn. Isabelle drehte sich und hieb mit ganzer Kraft gegen seine Schulter. Das Leinen riss auf, das Fleisch klaffte. Der Mönch taumelte. Er fiel. Sie stellte sich über ihn. Die Spitze ihres Schwertes war drohend gegen den Nacken des Geschlagenen gerichtet. Der Kampf schien entschieden. »Stell dich, du Hexe!«, drohte da ein grimmiger Gnom in ihrem Rücken. Sie wandte sich um, schüttelte den Kopf und ließ das Schwert fallen. Ihr klopfendes Herz ließ sie aufwachen und lange schaute sie in die Nacht. Als sie in der unendlichen Weite der Himmelssphären Beruhigung gefunden hatte und sich niederlegte, schlich jener andere Traum heran von der grausamen Belagerung und sie sah französische Ritter am Fuße des *Pog* und hörte geschleuderte Steine heranpfeifen, sie spürte Hunger und Durst und fühlte die Verzweiflung ihrer Freunde; ganz gegenwärtig wurde ihr die Qual der Belagerung und tief in ihrem Herzen ahnte sie, dass selbst die allerbeste Befestigung der *Barbacane* den

Fall des Lichttempels nicht verhindern könnte. Als im Osten strahlend die Sonne aufging, träumte sie ein Riesenfeuer und sah die lange Reihe der *Vollkommenen*.

Sie wusste um die Offenbarung, die in ihren Träumen lag, und so sehr sie Bischof Guilhabert de Castres gehorchte, der von ihr die Geheimhaltung des *cognoscere causas* verlangt hatte, so dringend wurde ihr klar, dass das Werk mit den Geheimnissen der Katharer rechtzeitig in Sicherheit gebracht werden musste, und zwar in zweifacher Weise: vor den Franzosen und vor den *bonshommes*. Noch aber ahnte sie nicht, wie dies zu bewerkstelligen sei, und vertraute darauf, rechtzeitig ein Zeichen zu erhalten.

Angesichts dieser Träume vertiefte sie sich in ihre Fragestellungen und man sah sie jeden Tag mindestens sechs Stunden im Skriptorium stehen und Überlegungen auf einzelne Pergamentblätter schreiben. Die Angewohnheit, ihre Gedanken dem guten Pergament erst anzuvertrauen, wenn sie präzise formuliert und ausgiebig gewogen worden waren, behielt sie bei. Wer immer dereinst ihr Werk zu lesen bekäme, er sollte keinesfalls den Eindruck erhalten, hier habe jemand gehetzt nach Worten gesucht. Was sie in ihrem Werk erstrebte, war lichte Reinheit; sie verknappte ihre Gedanken, bis sie eine Dichte erreicht hatten, die berühmten Sentenzen in nichts nachstanden. Als sie nach Monaten des Fragens nach dem Wesen Gottes zu einem Ergebnis kam, verschlug ihr die Einfachheit der Antwort die Sprache: Gott ist sein Sein selbst.

Über diesen Satz sprach sie lange mit Juditha und an der Selbstverständlichkeit, mit der die Heilerin die Wahrheit dieses Satzes glaubte, erkannte Isabelle, wie seelenverwandt sie mit der Frau ihres Bruders war und es geschah das Unvorstellbare, dass Isabelle im Verhältnis zu ihrer Schwägerin ein inniges Gefühl von Ein-Fleisch-und-Blut-Sein empfand. Von diesem Tag an tauschte sich Isabelle mit Juditha über Glaubensfragen aus und da sie die Freude erlebte, mit der Juditha mitten im Leben stand, da sie die Wonne spürte, welche Juditha in der Liebe zu Sebastian erlebte, begann sie, das

Körperliche in dieser Welt für weniger satanisch zu halten als bisher und verfeinerte in der Folge ihre Gedanken zur Einheit von Körper, Seele und Geist, bis sie zu einer Anschauung kam, wonach sich alle drei Elemente unentwirrbar durchdrangen. Da hatte sie die Dreifaltigkeit erfasst und schrieb diese Erkenntnis nieder: Wie der Sohn im eigentlichen Sinne »Bild« genannt wird, wiewohl der Heilige Geist dem Vater ähnlich ist, so wird der Heilige Geist, der vom Vater als Liebe hervorgeht, im eigentlichen Sinne »Geschenk« genannt, wiewohl auch der Sohn geschenkt wird.

In Isabelle vollzog sich das Wunder, dass aus Schreckensvisionen die Erkenntnis der Harmonie erwuchs. Gegensätze lösten sich auf, Verschiedenes bildete ein Ganzes. Trotz dieser Welt des Bösen und der göttlichen Erlaubnis für Satan, die Welt so, wie sie die Menschen sehen, aus geliehener Macht zu erschaffen, war Gottvater im Kreislauf der Schöpfung Alpha und Omega. Im Anfang war das Licht, ebenso im Ende. In diesem Sinne versöhnte Isabelle die uralte Lehre jenes sagenhaften Magiers Zarathustra mit dem Glauben der *Manichäer* und *Bogomilen* und den Aussagen der katholischen Kirche. Das *cognoscere causas* wurde zum Buch der Versöhnung. Jetzt wusste Isabelle endgültig, dass dieses Buch auf lange Zeit geheim bleiben musste, und sie wagte es lange nicht, den letzten Teil ihrem Bischof vorzulegen. Es war zu früh für den wahren Frieden.

* * *

Da stand es also in flammenden Lettern über dem Eingang, das Motto: Das Schwert und das Feuer und der Gelehrte rotten die Schlechten aus. Die Dominikaner setzten alles daran, es wahr werden zu lassen. Murrend sahen die Toulousaner zu und von Monat zu Monat wuchs ihr Ingrimm. Groß war die Empörung schon vor einem Jahr gewesen, als der alten Frau jenes Schnellverfahren bereitet worden war, das die meisten für einen bösen Scherz gehalten hatten, wie ihn allenfalls Beelzebub, keineswegs aber ein Katholischer reißen mag. Zwischenzeitlich mussten auch die Dominikaner, wie einst Bischof Fulco, eine Eskorte mitnehmen, wenn sie zu ungünstiger Stunde durch die Stadt gehen wollten, denn sie waren nicht mehr gelitten. Trotzdem verfuhren sie mit ihrer Ausforschung der Häretiker wie eh und je, unnachgiebig und gnadenlos, und trieben bei den Verurteilten ordentlich Vermögen zugunsten ihres Konventes ein. Der Einträglichkeit wegen, die mit den konfiskatorischen Urteilen gegen Häretiker verbunden war, wurde übrigens der Dominikanerkonvent im ansonsten gut katholischen Narbonne zweimal überfallen und die Bruderschaft um etliches Gold erleichtert. Je mehr die Bruderschaft aber in der Hauptstadt wuchs, und je heftiger sich die Dominikaner aufführten, als seien sie die Herren der Stadt und nicht mehr Graf Raymond und die *capitouls*, wie die Bürgerschaftsvertreter hießen, um so grimmiger blickten die Toulousaner auf die Predigermönche. Langsam aber verwandelte sich der Zorn in Hass und immer öfter schleuderten die Menschen den Mönchen Schimpfworte oder gar Verfluchungen ins Gesicht, wenn sie ihrer auf der Straße ansichtig wurden.

In die zunehmend feindseligere Stimmung hinein fühlte sich Serenus gedrängt, vor Saint-Sernin eine Predigt zu halten gegen die Selbstgefälligkeit der wohlhabenden Bürger und die unverhohlenen Sympathien für die *bonshommes*. Er stellte sich, als sei er ein armer Bettelmönch, den niemand kennt, vor das Kirchenportal und verkündete die Strafen Gottes für Abtrünnige und Frevler. Doch niemand blieb stehen. Da fing er an, die Menschen zu beschimpfen, auf dass sie blieben. Auch das half nicht. Er rief nach den Schergen der Inquisition und wies sie an, die Menschen mit Gewalt auf dem Platz festzuhalten und jeden, der sich nicht beuge, festzunehmen und nach dem Kerker zu führen. Die Drohung fruchtete und nach und nach wuchs die Menge an, die Serenus' eifernder Predigt lauschte. Er sprach vom Höllenfeuer und ewiger Verdammnis, von den Schmerzen, die schon bei Lebzeiten in die Kreatur fahren könnten und der neuen Strenge, welche die Ermittlungen gegen die Häretiker und ihre Freunde bald annähmen, besänne sich die Stadt nicht auf katholische Tugend. Er drohte ihnen, packte sie an der Ehre, flehte sie an und beschimpfte sie, und je länger er sprach, umso brennender wurden seine Worte. So hatte er noch nie gesprochen, vielleicht hat niemals jemand so gepredigt und die Zuhörer aufgewühlt.

»Wenn ihr glaubt, ihr könnt die Braven schmähen oder gar hassen, wenn ihr glaubt, ihr könnt die Inquisitoren beleidigen und verleumden, wenn ihr glaubt, ihr könnt den Brüdern nach Dominik übel nachreden, dann macht ihr euch zum Werkzeug des Teufels. Stinkende Seidensäcke seid ihr, Menschenlarven bar jeder Würde, und würfe man euch den Schweinen vor, jede Sau verschmähte das Futter nach dem ersten Bissen. Verfaulte Seelen seid ihr, Abschaum der Menschheit und Auswurf der Hölle, und ihr gehört mit glühenden Zangen gezwickt, bis euch der Schmerz die Eingeweide zerfetzt.«

Seine Augen traten rollend aus ihren Höhlen, auf seinen Lippen sammelte sich der Speichel; seine Stimme überschlug sich und er fuchtelte mit den Händen wie ein irre gewordener Aussätziger, der sich gegen die Untersuchung wehrt. Den Toulousanern wurde es zu viel. Unter der Führung etlicher *capitouls* zogen sie, den geifernden Inquisitor schimpfend zurücklassend, zum Dominikanerkonvent, stürmten das Haus, packten die Inquisitoren Pierre Sellan, Guillaume Arnaud und Magister Pelhisson und trieben die drei aus der Stadt hinaus. Einige kräftige Männer holten schließlich auch Serenus; sie warfen ihn mit Schwung und er landete dort im Kot, wo einst das umkämpfte Südtor gestanden war. – Die Inquisitoren zogen sich nach Castelnaudary zurück und die Toulousaner, mutig geworden, vertrieben nun alle Dominikaner nebst Bischof Raymond du Fauga.

Doch die Zeit war nicht reif für einen wirklichen Aufstand des Südens. Graf Raymond büßte die Wehrhaftigkeit seiner Toulousaner mit Exkommunikation und ein Gesandter des Königs drohte mit einem Waffengang, würde der Graf nicht umgehend für die Sicherheit der Dominikaner bürgen. Der Wutausbruch bewirkte lediglich, dass der verhassteste Inquisitor, Guillaume Arnaud, angewiesen wurde, zukünftig in Carcassonne zu wirken. Nach heftigen Disputen erklärten sich die Dominikaner außerdem bereit, im Inquisitionsverfahren bei Geständigen nicht mehr mit aller Schärfe vorzugehen, sondern den reuigen Aussagebereiten für eine Gnadenfrist Freiheit und Habe zu belassen. Daneben bat der Heilige Vater zu Rom einige Ordensbrüder der Franziskaner, den Dominikanern beizustehen, was viele dahingehend ausdeuteten, Gregor IX. habe seinen *canes domini* Hüter zur Seite gestellt, denn immerhin galten die Franziskaner als mild und menschenfreundlich.

Serenus zog sich, nachdem die Dominikaner wieder von ihrem Konvent und der Universität Besitz ergriffen hatten, von öffentlichen Auftritten zurück und machte sich um die Lehre und die Entwicklung des Prozessrechts verdient. Scharfsinnig legte er dar, dass die summarischen Verfahren, wie sie bisher gehandhabt wurden, nicht immer geeignet waren, das häretische Übel mit Stumpf und Stiel auszurotten; denn statt schnell zu einem Urteil und dessen Vollstreckung zu kommen, wie es derzeit noch üblich war, führte eine andauernde Ausforschung des Verdächtigen zu größeren Erkenntnissen sowohl über die Art der Häresie als auch über die darin verstrickten Personen. So schrieb Serenus über die Dauer des Einsperrens: *Steht ein Beschuldigter unter erheblichem Verdacht, kann man, nach aller Wahrscheinlichkeit und Voraussicht, seine Schuld annehmen, und ist der Inquisitor im Übrigen gründlich über die Verhältnisse informiert, darf man, wenn sich der Verdächtige im Verlauf seiner Aussage versteift und er in seinem Leugnen verharrt, diesen unter gar keinen Umständen freilassen, sondern muss den Übeltäter ein paar Jahre lang einsperren, damit die Prüfung ihm den Geist öffnet.* Damit erhielt der Kerker eine weitere Bedeutung und wurde über Strafe und Verwahrung hinaus ein quälendes Mittel zur Wahrheitsfindung, die der Inquisition am Herzen lag. Um der besonderen Wirksamkeit willen sollte man mit der umfassenden Ausforschung so früh wie möglich beginnen und möglichst viele Spitzel einsetzen. Serenus klügelte mit seinen Brüdern die Steigerung ihrer Möglichkeiten aus, an vielen Orten ein Höchstmaß an Erkenntnis über Häretiker und Katholiken zu gewinnen. So stieg der Druck auf die Abweichler, die sich im flachen Land bald nirgends mehr sicher fühlen konnten. Aber auch die anderen, egal ob gut katholisch oder nicht, einfach alle Okzitanier verloren durch die zunehmende Überwachung ihres gesamten Lebens an persönlicher Freiheit. Veranstaltete beispielsweise ein Dorf ein Tanzfest zu Erntedank, standen an allen Ecken die Zuträger der Inquisition und achteten darauf, wer mit wem über den Tanzboden hüpfte und ob der da oder die da mit einem des Irrglaubens Verdächtigen zusammenstand; günstigstenfalls sprach den Auffälligen der Pfaffe in der nächsten Ohrenbeichte an, schlechtestenfalls wurde er ins Verhör genommen. Saß man erst einmal auf dem Sünderbänkchen in der dunklen Stube des Inquisitors, knetete und walkte der Peiniger einem Seele und Verstand durch, bis der Mund gesprächig wurde; da wurde gedroht und versprochen, gelockt und eingeschüchtert; und wer wollte schon Haus und Hof oder gar Leben einsetzen für die Frage, ob nun Gott oder der Teufel diese Welt erschaffen hat? Da gab man lieber den einen oder anderen Namen preis und kaufte sich frei. Wer aber standhaft – und damit meist wahrhaft – blieb, der lernte das Verlies kennen. An den wenigsten ging das spurlos vorüber. Die Angst vor der Inquisition wuchs – und der Hass auf die Dominikaner.

* * *

Wohltuend der Schatten am Rande der Wiese. Das Gras roch frisch. Die kräftigen Tupfen der lila Kelche heiterten das Bild auf. Weiter unten lagen Kräuter und Gräser grau und trocken in der Sonne. Es war ein heißer Sommer. Kein Lüftchen regte sich. Der Bach murmelte über bemooste Kiesel. Ein Hauch von Kühle drang von ihm her in den schattigen Winkel, wo der Trichter des unteren Tales auf den Ausgang der Gorges-de-la-Frau traf. Einige Schritt bachauf wichen die Birken und schob sich blanker Fels auf das Wasser zu. Nach unten hin weitete sich das Tal; Buschgruppen säumten den

Bach, Sträucher standen vereinzelt auf der Kräuterwiese, in feuchten Senken gruppierten sich Birken. Die Hänge zeigten sich sanfter, licht standen die Korkeichen da. Ein Eichelhäher scheckerte und flog auf. Aber Sophia beachtete es nicht, sondern zupfte weiterhin versonnen Blatt nach Blatt von einer halbverwelkten Kamille. Sie hatte sich vor der übergroßen Mittagshitze hierher zurückgezogen, an diesen nur wenige Schritt breiten Ort, der jahraus, jahrein von der Sonne verschont blieb. Ein Platz von unschuldiger Frische. Sie kam immer hierher, wenn sie Ruhe suchte. Sie wollte nachdenken. Nachdenken über sich und Jourdain.

Vor zwei Jahren hatte er sich ihr erstmals genähert, höflich und schüchtern, als sie in der Dämmerung von der Burg herüberging zur *Cabane* ihrer Eltern. »Verzeih«, hatte er geflüstert, »wenn ich dich in deinen Gedanken störe, die sicher in Höhen fliegen, die mir verschlossen bleiben, aber ...« Er hatte zu stottern begonnen, war rot geworden und verstummt. »Wieso sollten meine Gedanken so hoch fliegen?«, hatte sie gefragt, aber er war zu keiner Antwort mehr fähig gewesen, stand nur da und blickte sie an. Er hatte blaue Augen. Seine Haut war ziemlich hell, ebenso sein Haar. Er blickte sie an, wortlos und durchdringend. »Ich bin Sophia«, sagte sie und ihre Stimme klang belegt. Seine Augen machten sie befangen. Sie wirkten tief und dabei ganz klar. »Jour... Jour...«, stotterte er und drehte hilflos die Hände nach oben. »Meine Mutter wartet auf mich«, sagte Sophia hastig und ging weiter. Als der schmale Weg zwischen zwei *Cabanes* um die Ecke bog, drehte sie sich um. Er stand da und blickte ihr nach. Sie hob die Hand zum Gruß und lächelte. – Am nächsten Tag erwartete er sie am Innentor der Burg und stellte sich mit einem flüssig gesprochenen Satz als Jourdain de Mas vor, Knappe des Ritters Bertrand de Bardenac. Ob sie ihm gestatte, sich mit ihr zu unterhalten. Lächelnd gewährte sie ihm diese Erlaubnis, doch dann war er mit seinen eingeübten Sätzen am Ende und stotterte wieder. Seine Augen waren schön. Sie mochte sie. »Meine Gedanken fliegen nicht in die Höhe«, fing sie ein Gespräch an, »sondern sind bei den Dingen des Bodens. Ich lerne die Kräuter kennen und die rechte Zeit, sie abzuschneiden oder auszugraben. Die Lehre von den Körpersäften hat es mir ebenso angetan. Kranken und Hilfebedürftigen gilt mein Denken, denn ich will eine Heilerin werden wie meine Mutter. Und die meisten auf dem *Pog* kennen mich als die Starstecherin.« Er nickte. Seine Augen leuchteten. Das Schweigen breitete sich zwischen ihnen aus wie kalter Nebel, der in eine Senke hineinfließt; das lähmt und verunsichert, aber es schirmt auch gegen das Außen ab; in einem hinkte der Vergleich: Sophia wurde nicht kalt in diesem Stillsein, sondern heiß. Jourdain blickte sie ganz anders an als die anderen Männer und Jünglinge; während jene mit teilweise lüsternen Augen die Formen ihrer erblühten Weiblichkeit umfassten, senkten sich seine Augen nur in die ihren, als sähe er ihre hoch gewachsene Erscheinung nicht, die sich von den Schultern zu den Hüften hin stark verjüngte, um mit den Hüften auszuschwingen zu einem runden Po, aus dem die Schenkel schmal herauswuchsen; bei alledem hatte sie eine volle Büste und einen zierlichen Hals; ihr Gesicht galt den meisten als makellos; sie war ohne Übertreibung eine Schönheit geworden, aber Jourdain erforschte nur ihre Augen. Und genau das erhitzte sie, deswegen hielt sie das Schweigen aus. Sie winkte ihm, ging durch die Steinhütten über den *Pog* voran zur *Barbacane*, wo sie sich auf die Mauer setzte und hinunterblickte in den Abgrund. Er folgte ihr und setzte sich neben sie. Sie schwiegen weiter und betrachteten den Himmel. Das strahlende Blau wurde matt und zugleich weich. Die Felsenberge im Süden verloren ihren Silberglanz und schimmerten golden. Die Dämmerung wob einen Hauch Rosa in den Himmel, die Felsen glänzten in sattem Ocker. Sophia saß neben Jourdain, von dem sie nichts außer seinem Namen wusste und dass er der Knappe eines Ritters war, den sie nicht kannte; sie fühlte sich geborgen. Sie spürte eine Vertrautheit, die sich der Vernunft verschloss. Ganz deutlich merkte sie die Regung in sich, ihre Hand auf seinen Oberschenkel zu legen; sie musste sich wehren, es nicht zu tun. Im Abendrot schienen die Felsen rot zu glühten. Doch schon dunkelte im Osten ein schmales Band, während sich der Rest des Firmamentes rötete.

Die Finsternis schob sich in das Land herein, das Rot der Felsen wurde fahl. Sie saßen nebeneinander und schwiegen. Ihre Augen sogen das Farbenspiel ein, saugten die Farben aus dem Land in ihre Köpfe hinein; und als es längst düster geworden war, blitzte und funkelte es immer noch in ihren Köpfen, prangte und gleißte es, flammte und glühte; das wärmte. Das verband. Es war stockfinster, als er sagte: »Ich möchte öfter mit dir hier sitzen.« Sie nickte und lief davon. Er würde sie verstehen, dachte sie und warf sich zu Hause auf ihre Pritsche. – Er hatte verstanden und war anderntags wieder gekommen, war jeden Tag gekommen, und das ungefähr sechs Wochen lang; sechs Wochen, in denen sie wenig sprachen, aber das Wenige zunehmend flüssiger.

Dann blieb er aus, blieb einfach weg. Sie vermisste ihn, je länger er weg blieb, umso mehr. Sie sprach mit Isabelle, nur mit Isabelle; nicht einmal mit ihrer Mutter wollte sie darüber reden. Ein besonderes Gefühl kribbelte durch ihren Bauch, sie hatte keinen Namen dafür. Isabelle musste lächeln; sie kannte das; Sophia solle es genießen, man wisse nie, wie lange einem solches erhalten bleibe. Sophia sorgte sich, sie könne etwas falsch gemacht haben; hätte sie mehr mit Jourdain sprechen sollen, stärker auf ihn zugehen, ihm zeigen, dass sie ihn mochte? Vielleicht war sie ihm gleichgültig geworden? Hatte er sie schon vergessen? War ihm etwas geschehen? Wo steckte er? Sie machte sich Sorgen und zweifelte an sich selbst.

Ihr Herz jubelte, als sie hörte, dass Bertrand de Bardenac und einige Ritter wohlbehalten von Katalonien zurückgekommen waren, wo sie den ehemaligen Grafen von Carcassonne, Raymond de Trencavel, besucht hatten. Unruhig lief sie im Burghof hin und her, konnte es nicht im Skriptorium aushalten, wollte nicht in den Berghang hineinsteigen, um Kräuter zu schneiden, wollte nichts außer möglichst rasch den Knappen sehen, aber genau dies den Jüngling nicht wissen lassen. Die Minuten schlichen wie Stunden dahin, ihr Herz raste vor Ungeduld. Endlich kündeten die langen Schatten vom Abend. Er wartete am Tor. Eine Anstecknadel aus Silber schenkte er ihr, steckte sie ihr linkisch an ihr Gewand ; es war eine Lilienblüte mit zwei Blättern, eine zierliche Arbeit. Diesmal erzählte er viel, plapperte wie ein Wasserfall, redete gegen die Befangenheit an; es war gleichgültig, was er sagte, denn es kam nur auf seine Stimme an. Sophia ließ den Strom seiner Worte vorüberziehen und wähnte sich glücklich, nicht auf den Sinn achten zu müssen – als sie ein kleines Mädchen gewesen war, lange vor ihrer *Pueritia*, hatte ihr Juditha vor dem Einschlafen Geschichten erzählt, Worte gegen die Angst vor der Dunkelheit; sie hatte das sehr gemocht. Zu Füßen der *Barbacane* war es schwarz.

Sie dachte daran, dass Isabelle einmal erwähnt hatte, der Himmel sehe in der Nacht bodenlos tief aus, und sagte es Jourdain. Er seufzte. Ja, das habe er sich auch schon gedacht, oben in den Bergen, als sie neben dem Pass ihr Lager aufgeschlagen hatten und er nicht schlafen konnte. Unheimlich sei das. Sie sprachen lange über den Himmel. Jourdain wollte ergründen, für was sie kämpften, falls sie kämpften. Er fühlte sich im Glauben hin und her gerissen, wusste nicht, ob die *bonshommes* wirklich gut waren und ob es gut war, sie zu verteidigen; von der Inquisition höre man viel Gräuel, aber die Mönche in den weißen Kutten würden auch wahrhaft glauben; es könne doch nur einer Recht haben, oder? Da sprachen sie über Wahrheit und Erkenntnis. Noch hatte niemand *scio qui nescio* gesprochen. Jeder wollte alles wissen und behauptete, dies auch zu tun. Jourdain plagten Zweifel. Er war nachdenklich; wenn er nachdenklich war, stotterte er nicht. Sie saßen die ganze Nacht an der *Barbacane* und hinterfragten die Welt. Sophia hielt die *guten Christen* für gute Christen. Sie verehrte ihre Tante. Als Venus zum Morgenstern wurde und im Osten heraufstieg, gestand Sophia, dass sie trotz ihres Glaubens keine *Perfekte* werden wolle. Jourdain küsste sie trotzdem nicht. – Sie verlebten wunderbare Monate. Ihre Stimmen webten sich ineinander, sein Bass und ihr Sopran. Er stotterte kein bisschen mehr. Sie saßen meist auf der Mauer über dem schützenden Abgrund und rückten nach und nach etwas näher aneinander, während sie in die heraufziehenden Sterne hineinsprachen und versuchten, der Schöpfung auf die Spur zu kommen. Es war zu schön für Teufelswerk. Bis sie sich endlich berührten. Ihre Schulter an seine Schulter. Es gab einen peitschenden Stich, wie wenn eine Maus zubeißt. Blitzschnell. Sie rieben ihre Schultern aneinander. Irgendwann legte sie ihre Hand auf seinen Oberschenkel; da legte er seine Hand auf ihre; sie fingen an, Händchen zu halten. Sie war siebzehn Jahre alt, die meisten ihrer Freundinnen aus der Lateinschule (welche sie längst nicht mehr besuchten) waren bereits verheiratet oder Novizinnen, was ja eine Art Verlobung ist. Sophia hatte noch nicht geküsst. Sie blieb ein ernsthaftes Wesen, obwohl sie voller Sehnsüchte war. In den wenigen Stunden, die nach der *Barbacane* zum Schlafen blieben, lag sie wach und spürte dem Zittern ihres Leibes nach. Es überrieselte sie, als stünde sie an einem heißen Tag unter einem Wasserfall; auf ihrem ganzen Körper standen Schweißperlen. Sie unterdrückte das eigenartige Gefühl in der Brust und hielt den Atem an, bis jede Zurückhaltung versagte und ein rasender Wirbel ihren Körper erfasste. Eines Tages, träumte sie, würde Jourdain sie mit Zärtlichkeit überschütten – und noch viel mehr. Daran dachte sie, als sie auf der Schattenwiese saß und die halb verwelkten Blätter von der Kamillenblüte zupfte. Wehmütig und sehnsuchtsvoll spürte sie ihren Wünschen nach; denn sie war immer noch Jungfrau. Dabei konnte er herrlich küssen. Seine Lippen waren stets eine Spur rau und rieben sich an den ihren, die weich und voll seine Küsse entgegennahmen. Sie galten ihren Wangen und ihren Augen, ihren Ohrmuscheln und den Ohrläppchen, dem Ansatz ihrer Haare im Nacken und der Rundung ihrer Schultern; seine rauen Lippen berührten die empfindliche Haut unter ihren Achseln, seine Zunge leckte sie kitzelnd. Er liebkoste sie mit seinen Händen, die scheu Abstand haltend über ihre Haut wanderten und schließlich die Brüste streichelten. Doch niemals wagte er mehr, niemals ließ er es zu, dass sie ihn überall berührte; niemals hörte sie ihn wahrhaft stöhnen; immer war er beherrscht. Über achtzehn Jahre zählte sie nun und war immer noch unschuldig. Liebte er sie nicht? Wieder ein Blütenblatt abgezupft. Er liebt mich doch. Noch ein Blütenblatt. Er liebt mich nicht. Ein heißer Sommertag. Das letzte Blatt. Er liebt mich.

Da sprang er hinter einem Busch hervor. Sie schrak zusammen. Er lachte. »Du warst in Gedanken«, sagte Jourdain. Sie holte tief Luft; hätte sie doch auf den Eichelhäher geachtet. Sie umarmten sich lange und küssten sich heftig. Die Wiese lag einsam. Ihre Körper waren erhitzt. Alles ging ganz einfach. Sophia erfuhr die Erfüllung ihrer Wünsche. Sie war überrascht von der zärtlichen Stärke seines Geschlechts. Es fühlte sich anders an, als sie es sich vorgestellt hatte. Ein bisschen mischte sich Schmerz hinein. Der Orkan trug sie beide fort. Hildegard von Bingen hatte Recht: Mann und Frau verwirklichen sich erst am anderen und mit dem anderen, denn die fleischliche Vereinigung ist Lebensentfaltung. Sie fühlten ihr tiefes Glück und sie fühlten es noch zweimal, ehe sie überhitzt zum Fluss liefen und hineinwateten, wo es eine tiefe Gumpe gab, in die man eintauchen konnte. Sie spritzten und plantschten. Dann packte sie die Neugierde und sie kletterten weiter in die Klamm hinein. Der Hers führte wenig Wasser, die Erkundung schien ungefährlich. Manchmal schwammen sie, manchmal kletterten sie über Felsen. Schließlich gelangten sie an einen Wasserfall. Hier rückten die Felswände ganz eng zusammen. Das Wasserrauschen schwoll zu einem Donnern an. Hier kam man nicht mehr weiter. Sie wollten schon umdrehen, als Sophia halb versteckt hinter dem Wasserfall einen dunklen Fleck entdeckte. Unscheinbar, unauffällig, aber irgendwie ungewöhnlich. Sie tastete sich an der Felswand entlang; dann sah sie es: Der Fleck war der Eingang zu einer Höhle. Jourdain schwamm herbei. Sie schwangen sich hoch auf einen schmalen Absatz und standen vor dem dunklen Loch. Gebückt schlüpften sie hinein. Nach zwei Schritten richteten sie sich auf. Es war düster, aber die weite Halle konnten sie gleichwohl erkennen. Steinerne Zapfen hingen von der Decke, vom Boden wuchsen ähnliche Kerzen in die Höhe. Auf eine wundersame Weise herrschte Ruhe in der Höhle, das donnernde Wasser der Schlucht war zu einem milden Rauschen herabgedämpft. Feiner Staub bedeckte den Boden. Nirgends gab es eine Spur zu sehen. Sie waren die ersten Menschen hier. Sie erschauderten, blickten sich an, umarmten sich. Ihre Lippen trafen sich zu einem unendlichen Kuss.

* * *

Leidenschaft kehrte auch in die Liebe von Sebastian und Juditha wieder ein, denn in der okzitanischen Heimat verblasste der Schmerz mit der verwehenden Erinnerung an Pomponesco; Lucretias Schatten wurde heller und heller im Licht des Montségur, bis er aufgezehrt war und sich nicht mehr auf die neue und alte Liebe legen konnte. Sophia war erwachsen geworden und hinderte die Eltern nicht mehr in ihrer Leidenschaft für einander und die wiederum nahmen auch keine Rücksicht mehr auf die im Zimmer schlafende Tochter, denn in der Enge der *Cabane* war es normal, dass man beim Beischlaf nicht alleine war; so ging es allen auf dem *Pog*, und nicht nur hier; in den meisten Häusern und Hütten wurde es so gehalten, da dachte sich niemand etwas. Wenn sich im Dunkeln alle Härchen am Leib aufrichteten, spürte Sebastian mit innigem Glück die Wahrheit von der Liebe auf die erste Berührung gerade so, als sei er nochmals der junge Knappe am Strand von Marotta und kein ausgewachsener Ritter von sechsunddreißig Jahren, der schon jede Zutat des Lebens gekostet hatte. In der Begegnung mit Juditha fand er jene Erfüllung, die ihm sein Ritterleben nicht bot, weil die Herrschaft der Franzosen in der Ebene und die Knute der Inquisition auf dem Lande von den Beschützern der *bonshommes* auf Montségur Zurückhaltung erforderte. In den Bergen konnte sich Okzitanien erhalten, in den Bergen durften die *Vollkommenen* unbehelligt da sein; dies durfte nicht durch Streifzüge in die Täler gefährdet werden. Von daher verbot sich die Teilnahme an den wenigen Turnieren, die unter königlichen Flaggen durchgeführt wurden.

Das Ritterleben beschränkte sich auf die Übungen, die Sebastian mit den anderen hielt, und ansonsten auf die Arbeiten eines Gutsherrn, gewöhnlich und ohne Abenteuer, gerade so, wie es Bernard del Congost nicht geschätzt hatte. Aber Sebastian war dennoch zufrieden. Zwar fehlte ihm der Kampf, aber die Verwaltung von Château d'Embeyre füllte ihn aus und er widmete sich daneben mit viel Freude seinen Falken, derer er zwischenzeitlich drei neue erworben und abgerichtet hatte. Ritterliche Übung, Gutsverwaltung und Beize hielten ihn von den Glaubensdingen fern, die das Leben auf Montségur weitgehend bestimmten, und das war gut so. Hierin hatte er sich nicht geändert; er mochte die besondere Nachdenklichkeit nicht, die seine Schwester zeigte; nach wie vor hielt er es mit Ovid, der geraten hatte, man solle keine Zeit durch Beten verlieren. Sebastian war und blieb ein Tatmensch und seit er in Isabelles Nähe war, hatte er keinen einzigen verwirrenden Traum mehr gehabt, sondern stand einfach mit beiden Beinen im Leben; als Ritter und Mann. Das war die Rolle, in der er dem wahren Glauben der Okzitanier helfen würde; mit dem Schwert träte er für die Freiheit der *bonshommes* ein, wollten es die Franzosen jemals wagen, herauf in die Berge zu ziehen. Doch danach sah es nicht aus. König Ludwig, erwachsen geworden und sein eigener Regent, schien sich damit zu begnügen, die *terrae linguae occitanae* mit Grafen und über die Lehensbande zu regieren und im Übrigen das Geschick der Grafschaft Toulouse der Entwicklung des Lebens zu überlassen. Raymonds Erbin und einzige Tochter war mit dem Bruder des französischen Königs verheiratet, und um zu verhindern, dass Raymond jemals noch einen legitimen männlichen Erben von einer anderen als seiner unfruchtbar gewordenen Frau erhielte, hatte der Papst dessen Ehe für unauflöslich erklärt; über kurz oder lang würde die Grafschaft also an die königliche Familie fallen, da konnte sich Ludwig IX. beruhigt anderen Dingen widmen, zum Beispiel seiner Auseinandersetzung mit England. Raymond seinerseits hielt still, denn er wollte nach der Exkommunikation wegen des Hinauswurfes der Dominikaner aus Toulouse keinen Ärger mehr mit König und Papst und war froh, nach der Rückkehr der *canes domini* in ihre Universität wieder in den Schoß der heiligen Kirche aufgenommen zu sein. So hatte sich in den Pyrenäen und ihren wilden Vorbergen ein beruhigender Frieden breitgemacht. Allerdings mussten die *bonshommes* zusehen, wie die Inquisition im flachen Land ihre Ausforschungen vorantrieb und immer wieder ihre Fühler sachte gegen die Berge hin ausstreckte, weshalb man sich auf Montségur niemals seiner Sache zu sicher fühlen durfte. Außerdem gab es allerlei Landadlige, Barone und *faidits*, die ihre Wut auf die Franzosen nicht vergaßen und nur darauf warteten, wider den Stachel zu löcken. Jeder Scheiterhaufen, der unten in der Gegend von Castelnaudary oder Carcassonne brannte, erneuerte die Wut der Unzufriedenen und wirkte so, als streute jemand Salz in eine offene Wunde.

Isabelle kümmerte sich nicht um diese Dinge. Sie stand im Skriptorium und fasste ihre allerletzten Antworten in klare, einfache Worte. Der vierte Band ihres *cognoscere causas* war ein schmales Buch; die schweren Holzdeckel waren dicker als das eingebundene Pergament. Dann war alles gesagt. Sie nahm die vier Bände und sperrte sie in ihrer Zelle in eine hölzerne Truhe, die sie unter ihre Pritsche schob. Hier würde die Geheimschrift der Katharer sicherer liegen als in der Bibliothek. Für Guilhabert de Castres fertigte sie unter Einbeziehung einiger ihrer Arbeitsbögen eine Abschrift, die sie in zwei gewaltigen Folianten binden ließ. Als der Bischof das nächste Mal auf dem Montségur weilte, überreichte sie ihm in einer stillen Stunde das Opus.

»Es ist keine Summe, wie sie die katholischen Gelehrten schreiben«, sagte sie und zuckte mit den Achseln. »Aber es ist die von mir geschaute Erkenntnis im Lichte der Lehre, die mir von Michel Roquebrun und Philipp Mazères überkommen ist, die ich in den Büchern anderer *Vollkommener* nachgelesen und gegeneinander gestellt habe. Manches habe ich gewogen und für zu leicht befunden, manches ist neu und schwer zu begreifen. In Demut lege ich es in Eure Hände.«

Der Bischof nahm es, dankte und sprach: »Viel habe ich über deine Erklärung vom Anfang der Welt nachgedacht. Die Vorstellung, alles sei aus einem winzigen Punkt des Lichtes entstanden und von da weg auseinander gestoben, ist so jenseits jedes menschlichen Begreifenkönnens, dass ich fürchte, sie ist der Wahrheit nahe. Mit sehr wenigen sprach ich über diese Vorstellung und einen einzigen ließ ich die Abschriften deines ersten Opus lesen, die du mir gabst. Er erschrak sehr und bat mich dringend, das Werk geheim zu halten. Wir sind uns einig: Die Zeit ist nicht reif für deine Wahrheit. So wenig, wie tatsächlich ein weiser Mann mit seiner Hände Werk die Welt geformt hat, so wenig hat diese Aufgabe der Satan erfüllt; die Wahrheit Gottes liegt außerhalb unserer Wahrnehmung und du hast ein gültiges Bild dafür geschaffen. Aber den Knall des ersten Augenblicks kann kein Mensch begreifen und in der Zeit der Not müssen wir besonders auf die Menschen schauen. Sie brauchen den alten Mann, der gütig auf sie herunterblickt und die Macht hat, alles zu bestimmen; sie brauchen den geifernden Bocksbeinigen, der mit dämonischer Kraft versucht, die Seelen zu fangen. Unsere Menschen brauchen menschliche Gleichnisse. Deshalb bitte ich dich, schweige zu jedem über dein Werk, aber wisse, es ist unser Schatz.«

Isabelle nickte. All dieser Worte hätte es nicht bedurft; sie wusste um die Not der Menschen und die Begrenztheit ihres Verstandes. Sie musste nichts beweisen; sich nicht und den anderen nicht.

Wenige Tage, nachdem Guilhabert de Castres abgereist war, kam die Nachricht, der Bischof sei von einem Häschertrupp der Inquisition überrascht worden; zwar habe sich der Bischof im letzten Augenblick retten können, seine gesamte Habe aber sei den Katholischen in die Hände gefallen und diese hätten die häretischen Schriften samt und sonders verbrannt. Isabelle glaubte der Nachricht nur bedingt; wären es wirklich Dominikaner gewesen, die den Bischof überfallen hatten, hätten sie keinesfalls die Bücher verbrannt, denn die Dominikaner sammelten alles, um daraus ihre Lehren zu ziehen über die Abweichler und dagegen anzuschreiben. Wenn es denn stimmte, dass die Bücher verbrannt worden waren, dann war der Überfall gesteuert und von keinem anderen als dem Katharerbischof selbst geplant, denn er und nur er kannte den gefährlichen Inhalt und hatte Angst davor. Sie lächelte. Irgendetwas von der Art hatte sie erwartet. Gut, dass das wahre *cognoscere causas* unter ihrer Pritsche lag. Allerdings sollte sie sich nach einem sicheren Platz umsehen, wollte sie ihr Werk jeder Gefahr entziehen.

Sie sprach mit Juditha darüber, die ihr in den zurückliegenden Jahren eine Seelenverwandte der besonderen Art geworden war. Nach kurzem Überlegen sagte die Heilerin, Sophia habe dieser Tage beiläufig eine Höhle in den Gorges-de-la-Frau erwähnt; sie könne nicht sagen, ob das ein geeigneter Platz sei, aber allein das Verbringen auf Château d'Embeyre müsste das Opus zunächst drohender Gefahr entziehen; dorthin sollten die Bücher gebracht werden, später könne man weiter sehen. Isabelle stimmte dem zu, und als Sebastian das nächste Mal vom *Pog* hinunter ritt zu seinem Gut, steckten in den Packtaschen vier Folianten.

Isabelle betrat das Skriptorium nicht mehr. Für mehrere Monate zog sie sich in ihre Zelle zurück. Da saß sie am Fenster, das nach Süden ging, und folgte dem Lauf der Sonne. Sie freute sich an den ersten Lichtpunkten am Morgen, wenn die Gipfel der Schneeberge erglänzten; sie fühlte Erleichterung mit dem anbrechenden Tag über den dunklen Wäldern und hellen Felsen; sie spürte den inneren Jubel, wenn die Sonne selbst in den Gesichtskreis ihrer schmalen Scharte zog; sie betete zum Licht des gleißenden Gestirns, bis es im Westen hinter die Fensterleibung rückte; aber erst am Abend, wenn sich über die Gebirgswelt die Dämmerung legte, pochte ihr Herz glücklich, denn sie hatte ein dumpfes Wort gehört in einer ihrer Träume und sah jeden Tag in gestochener Schrift diesen Satz vor sich: Der siebte Tag hat einen Morgen, aber keinen Abend. Aber für den Weltuntergang fühlte sie sich noch nicht bereit. Tief in ihrer Seele wusste sie, dass sie deswegen noch keine wahrhaft *Vollkommene* war. Mit jedem Tag, der sich vollendete, blieb vom abendlichen Glück etwas für das Glück des Morgens übrig, bis Isabelle annähernd eine Gleichförmigkeit ihres Glückserlebens über den Tag hin erreicht hatte. Als das eingetreten war, hörten ihre Träume auf.

Ihre Nächte wurden ruhig und friedlich. Sie sah keine Belagerung mehr und keinen Scheiterhaufen, erkannte nie wieder jene lange Schlange *guter Christen*, die langsam voranschritt, und musste kein einziges Mal mehr das schmerzverzerrte Gesicht ihres Bruders schauen. Wenn überhaupt noch Bilder aus dem Nachtdunkel in ihre Seele leuchteten, dann waren es Rotkehlchen, die in einer Wasserpfütze badeten, oder die dunkelblauen Kelche von Enzianblüten oder die strahlenden Augen von Sophia und Jourdain (die beiden lebten seit einigen Monaten zusammen in einer eigenen *Cabane* und ließen jedermann teilhaben an ihrem Glück, da mochten sie sogar Eingang in Isabelles Nachtseele finden).

Wenige Träume also und diese wohltuend, schlichen in Isabelles Schlaf, und so schenkten ihr die Nächte einen Frieden, den sie nicht kannte. Anfangs wunderte sich Isabelle und fürchtete manchmal, von einem Traum überrascht zu werden; grundlos; und mit der Zeit vertraute sie auf den Zustand der Traumlosigkeit. Es war ein weiterer Schritt zu Gott.

Beinahe mochte man meinen, die Baronie von Mirepoix und die Grafschaft Foix mit allen südlich gelegenen Landstrichen rund um das Katharerzentrum Montségur bildeten das vergessene Okzitanien, so ruhig ging es in den Jahren 1238 und 1239 zu, und die Mitglieder der Familie Lemaitre pflegten ihr kleines Glück. Die späten Sommerwochen verbrachten Isabelle, Sebastian, Juditha, Sophia und Jourdain unten im Tal des Hers auf Château d'Embeyre und hatten im September 1239 etliche Tage einige *Trouvères* und sogar einen *Troubador* zu Gast, die einen Wettstreit im Singen gaben, wie ihn Sebastian seit seinen frühen Knabentagen auf Quéribus nicht mehr erlebt hatte. Da versuchte ein jeder den anderen schon mit den *Vidas* zu übertrumpfen, die ihren Gedichten vorangestellt waren und den Dichter vorstellen sollten; gerade bei den Dichtern, die nicht von Adel waren, zeigte sich ein bewegtes und heldenhaftes Leben für Liebe und Kunst, und weil ein jeder den Verfasser der Lieder, die er sang, hervorheben wollte, mischten sich oft allzu offensichtlich Dichtung und Wahrheit. Die *Trouvères* ließen ihrer Fantasie freien Lauf, was wiederum zur Belustigung und Erbauung der Zuhörer beitrug. Sebastian und seine Ritter waren schließlich so angeheizt durch den Liederwettstreit, dass sie zur Verabschiedung der Sänger auf der Wiese vor der Festung eine *Tjoste* durchführten und einander teilweise heftig von den Rössern stießen. So tapfer und mutig führte dabei Jourdain de Mas die Lanze, dass Sebastian und Bertrand übereinkamen, ihn noch selbigen Abends zum Ritter zu schlagen, was wiederum Sophia mit besonderem Stolz auf ihren Reiter erfüllte.

Nun gehörte Jourdain beinahe zur Familie und Sophia wurde von einer neuen Welle heftiger Zuneigung zu ihrem wackeren Streiter erfüllt. In den zurückliegenden Monaten hatte sich ihre Liebe noch vertieft und nach Jourdains Schwertleite planten sie in Absprache mit den Häuptern ihrer Familien die Hochzeit. Isabelle erbot sich, die Trauung vorzunehmen, und gab ihrer Nichte Brautunterricht. Sie erzählte von den Vorbehalten, welche vor vielen Jahren ihrem Hochzeitswunsch entgegengebracht worden waren, und von der Zurückhaltung aller *bonshommes* gegenüber der Ehe im Allgemeinen. Nochmals erinnerte sie sich an die gütige Weisheit Michel Roquebruns. Schließlich fiel ihr mitten im Erzählen Alfonse de Olmes und sein trauriges Schicksal ein. Die ganze Breite menschlichen Schicksals wollte Isabelle Sophia darlegen und dabei prüfen, ob die junge Frau eine reife Entscheidung umsetzen wolle oder ob Sophia dem Augenblicksgefühl nachgebe. Isabelle mochte ihre Nichte, mochte sie so sehr, dass ihr die Entscheidung des Mädchens für einen Mann im Gemüt wehtat. Sie hätte es lieber gesehen, Sophia ließe sich Zeit, feste Bindungen einzugehen; so sehr sie Sophia gönnte und wünschte, sie möge ihre Lust und Leidenschaft ausleben, so wenig mochte sie die Verbindlichkeit einer Eheschließung ertragen. Isabelle dachte über diese Regungen nach und fand, es wäre ungehörig, ihnen nachzugeben. Aber ihre Befürchtung, Sophia könne nach der Heirat für die Geheimnisse der *bonshommes* verloren sein, bedrückte sie und schließlich sprachen sie darüber.

Erstmals ließ Isabelle ihre Nichte einen Blick in das *cognoscere causas* werfen.

»Du musst dich nicht ängstigen«, sagte Sophia schließlich und küsste ihre Tante auf die Wange. »Ich werde deinen Schatz in Obhut nehmen. Es gibt eine Höhle in den Gorges-de-la-Peur. Im Sommer trage ich deine Bücher dort hinein.«

Isabelle, welche von der Höhle bereits wusste, fragte nach, ob die Bücher dort vor Wasser und Getier geschützt seien.

»Getier haben wir niemals in der Höhle angetroffen und gegen den Fluss liegt sie so hoch, dass nichts zu befürchten steht. Noch niemals sahen wir es dort nass.«

Da beschloss Isabelle, ihrer Nichte das *cognoscere causas* anzuvertrauen, damit es für eine Zeit in der Zukunft erhalten bleibe, die einen offenen Geist haben könnte für Ausgleich und Frieden, und lebte von da an ohne schlechtes Gefühl im Hinblick auf die bevorstehende Hochzeit. Sophia würde die Hüterin des Schatzes sein, sicher und zuverlässig.

Derweilen las Sophia in einer versteckten Kammer das Geheimnis der Katharer und drang tief in den Glauben ein, der vor allem seiner Weltablehnung einerseits und seiner Verheißung von Wiedergeburt auf Erden andererseits der katholischen Kirche so ein Dorn im Auge zu sein schien. Die Klarheit von Isabelles Gedanken nahm Sophia gefangen. Stärker, als es die gelehrten Ausführungen einer Hildegard von Bingen je getan hatten, fühlte sich Sophia von den Erkenntnissen ihrer Tante angezogen und nun, da der Tag der weltlichen Hochzeit unaufhaltsam näher rückte, verspürte Sophia den Wunsch nach einem heiligmäßigen Leben. Sie lachte über sich selbst und flüchtete in wilde Lust mit Jourdain, um sich zu beweisen, wie gefangen sie im Körperlichen war. Dann trieb eine Gier nach körperlicher Erfüllung ihre Liebe voran, dass Jourdain nicht nur einmal am Rande der Erschöpfung stand. Alles und jedes, was ihr in den Sinn kam, wollte Sophia vollbringen und hineinstürzen in den tosenden Sinnenstrudel einer anschwellenden und kaum noch zurückweichenden Erregung. Das half einige Tage gegen die

Anwandlung, sich auf die gläubige Suche nach den Wurzeln zu begeben, und es half – zu Jourdains Glück – über die Tage unmittelbar
vor der Eheschließung hinweg, so dass Sophia ihrem Ritter letztlich
mit einem strahlenden Lächeln ja sagte und Isabelle ein geweihtes
Tuch über die verbundenen Hände legen konnte. Das Paar war reif
für den Frieden; aber es kam anders.

* * *

Die *terrae linguae occitanae* umfassten mehr als die Baronie von
Mirepoix und die Landstriche des Sabartès und den Freiherren des
Carcassès, des Minervois, des Razès und Albigeois wurde es nach
und nach zu bunt, dem Treiben der Inquisition zuzusehen und still
zu halten, während marodierende Franzosen durchzogen und Felder
und Weinberge verwüsteten, wenn sie nicht das an Tribut erhielten,
was sie in ihrer Habgier erhofften. Der Sohn des einst hingerich-
teten Vizegrafen von Carcassonne, Raymond de Trencavel, trat
schließlich die Lawine los und zog von seinen spanischen Gütern
über die Pyrenäen und durch das Tal der Aude gegen Carcassonne,
um die Herrschaft seines Vaters zurückzuerobern. Mit einer ansehn-
lichen berittenen Truppe rannte er gegen die befestigte Stadt an,
aber die Franzosen stellten sich keiner offenen Schlacht, sondern
ließen Trencavel eine Belagerung proben, die angesichts der Größe
der Cité keine Chance hatte. Trencavel gab den Plan, Carcassonne
zu erobern, bald auf und begnügte sich, wie einst Raymond VII., mit
Nadelstichen gegen die fremden Herren; damit erzielte er manchen
Erfolg und ermutigte etliche *faidits*, aus ihren Verstecken zu kommen und ihrerseits die Franzosen in Händel zu verstricken. An
vielen Punkten flammte der Widerstand auf, bis die Franzosen ihre
Ritter sammelten und mit geballter Macht gegen Trencavel zogen.
Jetzt war die Überlegenheit auf der Seite der Franzosen und der
okzitanische Ritter konnte keine offene Schlacht mehr wagen,
sondern stürmte in wilder Flucht mit seinem Heer die Aude hinauf
hinter die Pyrenäen zurück. Dort wollte er warten, bis sich aus der

Summe aller Bewegungen gegen den Franzosenkönig genug Kraft entfaltete, um endgültig dreinzuschlagen und Okzitanien zu befreien.

Geheime Boten trugen günstige Nachrichten kreuz und quer durchs Land, wonach im Poitou Hugues de Lusignan der Graf de la Marche einen Aufstand gegen die Pariser Oberherrschaft plante und Heinrich III. von England hierfür ebenso Hilfe in Aussicht stellte wie der Herzog der Bretagne. Im Süden erklärte sich der neue König von Aragon, Jakob I., bereit, Raymond de Toulouse gegen Ludwig IX. zu helfen, und als im Jahre 1241 Gregor IX. vor den Herrn gerufen wurde, schien die Macht des Papstes gebrochen. Kaiser Friedrich II. versuchte den weltlichen Bestrebungen der Kirche in Italien die Stirn zu bieten, was wiederum den neuen Papst Coelestin hindern musste, Kräfte nach Okzitanien zu senden. Die große Politik verhieß dem Süden eine Wiederauferstehung und die zunehmende Tätigkeit der Dominikaner bei der Verfolgung der *bonshommes*, die sich wieder an vielen Orten öffentlich zu zeigen wagten, schien ein letztes Aufbäumen einer an sich schon verlorenen Sache.

So dachte Serenus keineswegs. Er hatte die Gefahr erkannt, die in den aufflackernden Schwelbränden des Widerstands lauerte, und sich mit Guillaume Arnaud, Pierre Sellan und einigen anderen Inquisitoren darauf verständigt, die Verfolgung der Häretiker zu intensivieren. Wie Odysseus einst der Hydra mit dem Schwert allein nicht beikam, mussten sie das Feuer zu Hilfe nehmen, und so wurde wieder verstärkt das Schnellverfahren angewendet und nach der geistlichen Verurteilung mit Hilfe des weltlichen Blutbanns der Scheiterhaufen in Brand gesteckt, um der Häresie ein für allemal Herr zu werden. Serenus und seine Mitstreiter setzten ihren ganzen Ehrgeiz daran, endlich zu durchschlagenden Ergebnissen zu kommen, und ihre Überlegungen zeitigten zweierlei: Zum einen wurde die *inquisitio haereticae pravitatis* vermehrt im Geheimen vorgenommen, zum anderen wurden die Mittel verfeinert, wie ein Verdächtiger zu einer Aussage gebracht werden konnte. Weil die meisten

Häretiker verstockt waren und allzu gern mit der Wahrheit spielten, musste man eine Methode finden, die den Zugang zur Wahrheit erleichterte.

Serenus entdeckte den Schmerz. Zwar konnte er sich nicht als Erfinder der Folter bezeichnen, denn in zu vielen Büchern fanden sich Beschreibungen über die Tortur zu früheren Zeiten, aber für Okzitanien durfte man in ihm einen Wegbereiter sehen; die ersten Versuche, den Verdächtigen in den Verhören mit Schmerzzufügung rascher und gründlicher die Wahrheit zu entlocken, führten zu so zufrieden stellenden Ergebnissen, dass die Inquisition bald nicht mehr ohne Folter vorstellbar war. In ihrer Wirksamkeit ähnlich erfolgreich war die Maßnahme, Verdächtige einzeln einzukerkern und die Haft im Zweifel über lange Zeiträume auszudehnen. Serenus schrieb hierzu in seinen Anleitungen für den Ermittler gegen die Plage der Häresie unter anderem Folgendes: *Wenn sich die Verdächtigen zu mehreren befinden, unterrichten sie sich gegenseitig und bestärken sich in ihren Irrlehren. Daher soll man sie einzeln in Haft nehmen und sie sich keinesfalls miteinander austauschen lassen.* Daneben ging es Serenus darum, den Wahrheitsgehalt eines Geständnisses sowie insbesondere die Wahrhaftigkeit eines Abschwörens zu erkunden. Auch hier formulierte er Erfahrungen, welche er in den ersten Jahren als Inquisitor selbst gemacht hatte, und gab seinen Schülern den folgenden Rat an die Hand: *Mehrere Hinweise erlauben es, die Glaubwürdigkeit der Rückkehr zum wahren Glauben zu erkennen: Wenn der Geständige alle seine früheren Gefährten anzeigt, wenn er die Häretiker in Wort und Tat verfolgt, wenn er demütig seine früheren Irrtümer bekennt, wenn er sie verabscheut und ihnen abschwört. – Wenn er somit von neuem dem Gericht überantwortet ist, muss er alle seine früheren Irrtümer mit eigenen Worten aufzählen und verurteilen, er muss öffentlich abschwören und sich zum katholischen Glauben bekennen. Nur dann wird ihm, als Buße, die lebenslange Mauerhaft gewährt, wobei ein Strafnachlass vorbehalten bleibt.* Die Gnade lebenslangen Kerkers anstatt des Scheiterhaufens, das vertraute Serenus dem Pergament nicht an, blieb von zweifelhaftem

Wert, denn die meisten Verliese machten die Eingesperrten auf den Tod krank und nur die wenigsten sahen irgendwann mit frischen Augen die Sonne wieder. Serenus selbst gewährte in keinem einzigen Fall, über den er zu Gericht saß, einen Strafnachlass; er hatte, wie gesagt, keine Heiterkeit mehr in sich, sondern verfolgte, wo er konnte, die *bonshommes* unnachgiebig und in dem unbeirrbaren Glauben, damit und nur damit Gottes Sendung zu erfüllen.

Als im April des Jahres 1242 aus Sorèze gemeldet wurde, dort befänden sich über ein Dutzend Häretiker und es sei nicht auszuschließen, dass darunter mehrere Katharer-Bischöfe seien, erkannte Serenus hierin einen Fall besonderer Bedeutung. Mit dem Franziskaner Etienne de Saint-Thibéry und dem Dominikanerbruder Raymond Carbonne machte sich Serenus auf den Weg, um in dem Ketzernest mit Guillaume Arnaud und zwei weiteren Brüdern zusammenzutreffen und strenge Nachforschungen anzustellen.

»Die Teufelsbrut«, sagte er während des Ritts zu dem Franziskaner, »muss ausgerottet werden. Dort machen wir einen großen Fang.«

Saint-Thibéry nickte mit grimmig vorgerecktem Kinn. Darin lag ein hohes Maß an Einverständnis, Nachsicht durch den Franziskaner stand nicht zu erwarten. Je näher sie dem häretischen Ort kamen, desto größer wurde die Übereinstimmung zwischen Dominikaner und Franziskaner; die Kirche war in Gefahr, denn der König, der an so vielen Orten hart durchgriff, schien in Okzitanien säumig zu sein, und der Arm des neuen Papstes reichte noch nicht bis zu den Pyrenäen – außer durch seine Predigermönche und die hatte er eigens zu Inquisitoren gemacht, damit sie statt seiner Fackel und Schwert führten. Guillaume Arnaud, den sie bald darauf trafen und der sich bereits ein Bild von der Lage gemacht hatte, hielt eine flammende Rede gegen die häretischen Umtriebe und heizte die Stimmung derart auf, dass ein unbefangenes Ermitteln ausgeschlossen war. Am zweiten Tag bereits wurden die ersten *bonshommes* einem peinlichen Verhör unterworfen, bei dem der Scharfrichter dem Beschuldigten eine glühende Eisennadel unter den Nagel des linken Daumens trieb, was höllisch schmerzte. Die Inquisitoren verzogen keine Miene. Binnen weniger Minuten gestand der *Vollkommene* alles, was die Peiniger wissen wollten. Allerdings dauerte es einen ganzen Tag und benötigte des Henkers Findigkeit, bis der erste Häretiker bereit war, eine Reihe weiterer Namen von *Erwählten* preiszugeben. Schließlich war diese Störrigkeit überwunden und bald nahm die Inquisition über zwanzig Männer und fünf Frauen in Haft. Die Angeklagten wurden in ein finsteres Kellerloch geworfen und ihnen jedes Gespräch verboten. Der Erste, der sich nicht an die Schweigepflicht hielt, wurde mit der neunschwänzigen Katze ausgepeitscht, bis er vor Schmerzen in Ohnmacht fiel; das war den anderen Warnung, vor allem, weil der Ausgepeitschte einige Tage später seinem Wundfieber erlag. Im Verlies stand Wasser; es gab nur wenige trockene Stellen, die als Schlafplatz für die Gefangenen nicht ausreichten. So lagen sie in der Nässe und holten sich Husten und Schüttelfrost. Einen Platz für die Notdurft gab es nicht und bald lebten sie in Gestank und Abfall. Ungerührt hüpften die Ratten zwischen den geschundenen Leibern herum. Als Gerichtstag gehalten wurde, gestanden die Angeklagten alles und erhofften den Tod, denn der war gnädig gegen die Kerkerhaft. Kein Einziger schwor ab oder bekehrte sich gar. Die meisten lächelten auf dem Schinderkarren und hörten im Angesicht des Scheiterhaufens nicht damit auf. – So sind sie, verstockt bis in den Tod, wie es nur der Teufel sein kann, dachte Serenus und spürte nicht einen Hauch von Mitgefühl, während er der Hinrichtung beiwohnte. Im Gegenteil: Ein tiefes Gefühl von Befriedigung durchfloss ihn, als die Satansjünger endlich brannten.

* * *

Mitte Mai kündigte ein Bote dem Statthalter der Festung von Avignonet an, das Inquisitionstribunal von Sorèze mache sich demnächst auf den Weg hierher. Raymond d'Alfaro, Neffe und

Schwager des Grafen von Toulouse, erst vor wenigen Monaten mit Avignonet belehnt, gedachte, hieraus unbedingt einen Vorteil zu schlagen. Er schickte seinen verschwiegensten Boten mit folgendem Auftrag zu Pierre-Roger de Mirepoix und Raymond de Péreille: »Mein Herr, der Graf von Toulouse, kann sich nicht von der Stelle rühren, so wenig wie die verfügbaren Ritter. Nun müssen Guillaume Arnaud und seine Begleiter getötet werden. Ich fordere Pierre-Roger de Mirepoix und alle anderen Streiter von Montségur auf, nach Avignonet zu kommen, wo sich die Inquisitoren aufhalten. Dir werde ich außerdem Briefe für Pierre-Roger mitgeben. Beeile dich. Als Belohnung erhältst du das beste Pferd, das in Avignonet zu finden ist, nach dem Tod der Inquisitoren.«

Der Hauptmann von Avignonet wusste, wen er um Hilfe bat; die Barone waren vor wenigen Jahren mehr als gereizt worden durch die Inquisitoren, denn in ihren Familien gab es drei Personen, die von Guillaume Arnaud exkommuniziert worden waren, eine Schmach, die zu tilgen den Herren nur allzu willkommen war; und Raymond d'Alfaro verschätzte sich nicht. – Seine Nachricht versetzte den *Pog* in Aufruhr, besonders die geheime Mitteilung in dem Brief an Pierre-Roger de Mirepoix, der Überfall auf die Inquisitoren werde zum Fanal für die Franzosen und leite den Aufstand des gesamten Okzitanien ein. Immerhin wussten die Herren von Montségur von der Revolte des Grafen de la Marche und hofften auf ein baldiges Eingreifen des englischen Königs.

Pierre-Roger rief nach Sebastian und sie hielten Kriegsrat auf der Burg; sieben Ritter saßen im Saal des *Donjon* an dem auf Schragen aufgebockten Tisch und tranken Becher nach Becher von schwerem Wein. Sie klopften mit geballten Fäusten ihre Zustimmung auf den Tisch, als Pierre-Roger die Stelle aus dem Brief d'Alfaros vorlas, an welcher der Festungsmeister den Tod der Inquisitoren verlangte.

»Ruhig Blut«, forderte Raymond de Péreille, »wir dürfen nichts überstürzen. Wenn wir der Bitte d'Alfaros Folge leisten, wird Montségur aus seiner Abgeschiedenheit heraustreten und der König wird aufmerksam auf uns. Für den Fall, dass der Aufstand misslingt, kann dies üble Folgen zeitigen.«

»Nicht nur dies sollten wir bedenken«, pflichtete Sebastian bei. »Wir schützen hier die Spitzen unserer *bonshommes*; hier ist der Tempel des Lichts und die Heimat der *Erwählten*; sie aber verabscheuen Gewalt und dienen dem Frieden; wir sollten sie weder gefährden noch ihre Grundsätze verraten.«

»Die Inquisitoren haben zu Sorèze über zwanzig *Perfekte* abgeschlachtet wie Vieh und viele andere Menschen gequält. Niemals geben die Dominikaner auf, unsere *guten Christen* zu verfolgen, wenn wir ihnen nicht endgültig Einhalt gebieten«, entgegnete Pierre-Roger de Mirepoix und zeigte, dass er für einen Angriff war.

»Wir, die Ritter zum Schutz der Guten, sind nicht dem Frieden verpflichtet. Treu und tapfer sollen wir einstehen für die Gerechtigkeit und den wahren Glauben; das wollen wir tun. Wie könnten wir durch diesen geschuldeten Dienst die Grundsätze der *bonshommes* verletzen?«

»Was ist, wenn der Aufstand fehlschlägt?«, gab Sebastian nochmals zu bedenken.

»Wir müssen alles gut planen«, erwiderte ein anderer. »Schlägt uns d'Alfaro etwas vor?«

»Ja«, antwortete Pierre-Roger, »der Verwalter der Festung von Avignonet, ein gewisser Golairan, wird uns in der Nacht einlassen und uns zu den Schlafräumen der Dominikaner führen. Dort können wir unseren Dienst tun, ohne auf Gegenwehr zu stoßen.«

»Und der Aufstand, was ist mit dem Aufstand?«, wollte Sebastian wissen.

»Raymond de Toulouse selbst wird den Aufstand anführen und sofort nach unserem Erfolg losschlagen.«

»Hier steht, dass nach Hughes de Lusignan de la Marche, der König Ludwig bereits zu einer Schlacht gezwungen hat, König Heinrich von England in der Bretagne landen werde, um Ludwig in den Rücken zu fallen. Uns aber wird Jakob beistehen und so sind wir stark genug, die Franzosen zu vertreiben.«

»Ich habe«, haderte Sebastian, »ein ungutes Gefühl bei dieser Sache. Es ist kein offener Kampf, sondern ein Meucheln hinterrücks, unritterlich und feige. Viele werden uns dafür hassen.«

»Die Inquisitoren müssen sterben; diesen Erfolg müssen wir sicherstellen, da können wir keine Rücksicht auf Ritterlichkeit nehmen.«

»Die Franzosen taten's auch nicht.«

»Gern schneide ich dem Pack die Gurgel durch«, hetzte ein anderer. Jede Sachlichkeit versank im Geschrei und im Weindunst. Rasch waren sich die Ritter von Montségur einig, dem Ruf Raymond d'Alfaros nachzugeben.

Sebastian machte sich am nächsten Morgen auf den Weg nach Château d'Embeyre, um Jourdain mitzuteilen, dass sie in wenigen Tagen allesamt gen Avignonet reiten würden. Der junge Ritter und Gatte begrüßte die Aufgabe und dachte nicht weiter über mögliche Folgen nach; in ihm steckte das Draufgängertum der Jugend und daneben die in den letzten Jahren zurückgehaltene Kraft, er freute sich auf die Gelegenheit, seinen Mut zu kühlen. Einerseits stimmte dies Sebastian froh, denn er sah sich selbst als einen Mann des Kampfes und mochte es gern, dass sein Schwiegersohn bewies, ein Mann zu sein; andererseits hatte Sebastian gerade wegen des Plans, die Inquisitoren im Schlaf zu überraschen, nach wie vor ein schlechtes Gefühl und wollte weder selbst noch für seine ihm ergebenen Ritter den Ehrendienst am Schwert mit einer Tat beflecken, die meuchlings begangen wurde. Aus dieser Unsicherheit heraus suchte er Isabelles Rat. Seine Schwester hielt sich gerade auf dem Gut auf und so ging er mit ihr in einer ruhigen Stunde auf die Wiese hinaus, wo sie allein miteinander waren, und erzählte ihr von dem Schrecken der Inquisition unten im flachen Land und dem Plan, diesen Greueln durch Töten der Inquisitoren ein Ende zu bereiten.

»Wir wissen von vielen Seiten, wie schlimm es die Dominikaner treiben«, sagte Isabelle nachdenklich. »Es wäre wünschenswert, der Ausforschung, der Qual und der Folter ein Ende zu bereiten. Nicht einmal hinsichtlich der Ausnutzung der Arglosigkeit der Opfer hätte ich Bedenken, denn was die Dominikaner tun, ist nicht minder hinterhältig; und in diesem Leben ist jedes Handeln mit Sünde behaftet, da ist Mord nichts Außergewöhnliches und für die richtige Sache wohl angemessen.«

»Aber es ist nicht ritterlich, Schwester.«

»Ich höre deine moralische Sorge«, antwortete Isabelle, »aber ich lasse sie für diesen Fall nicht gelten, weil die Bespitzelung aller Braven durch die Inquisition und die Ausforschung über die Ohrenbeichte weit hinterhältiger sind. Letztlich gibt es keinen schlimmeren Vertrauensbruch als den, dem Gläubigen vorzugaukeln, in der Beichte die Erlösung von allen Sünden erfahren zu können, wenn Reue und Buße aufrichtig sind, und das Geheimnis über dem im Beichtstuhl offenbarten Tun zu wahren vor den Menschen, um danach jede Verfehlung einer weltlich ausgerichteten Gerichtsbarkeit zu offenbaren. Anstatt die Seele zu erleichtern, wird hier verdeckt ein Zeuge einvernommen. Das kann nur Satan in den Sinn kommen; kein Rechtschaffener würde solches ersinnen. Keine Heimtücke reicht an solches Verhalten heran. Daher ist euer Plan keineswegs unritterlich, denn er verletzt die Waffengleichheit nicht.«

»Du entschuldigst es, einen Ahnungslosen, der sich keines Angriffs auf Leib und Leben versieht, im Schlaf zu erschlagen?«

»In diesem Fall entschuldige ich es und würde dir die Hand auflegen zur Tröstung. Trotzdem heiße ich den Plan nicht gut.«

»Warum?«

»Seine Verwirklichung bringt Unheil über uns.«

»Aber Isabelle, der Überfall auf die Inquisitoren ist der Beginn unseres Aufstandes. Wir werden uns vom Joch der Franzosen befreien.«

»Wir werden untergehen«, sagte Isabelle und erzählte Sebastian von jenem Traum, als sie mit dem Dominikaner focht. »Ad finem«, flüsterte sie, »haben die Eiferer gefordert und danach habe ich die französischen Ritter am Fuße des *Pog* gesehen und hörte die Steine der Belagerer heranpfeifen und zum Schluss, da träumte ich von einem Riesenfeuer und sah die lange Reihe der *Vollkommenen*, wie sie auf das reinigende Licht zuschritten und da ihr Leben verloren. Euer Aufstand wird den Franzosenkönig reizen; und er ist stark. Es war doch von Anfang an ein Vorwand, dieses Kreuz, das Philipp-August vor über dreißig Jahren, als wir Kinder waren, in den Süden tragen ließ von seinen Rittern; dieser König sah nicht unseren Glauben, sondern unser Land; das Kreuz verschaffte ihm lediglich Rechtfertigung und Mittel, Okzitanien zu erobern.«

Sebastian blickte seine Schwester ungläubig an.

»Macht, mein Bruder; es geht um Macht.«

* * *

Händchen haltend schlenderten Jourdain und Sophia über den Wiesengrund gegen die Gorges-de-la-Frau, verweilten nach jedem Dutzend Doppelschritte, umarmten und küssten sich und flüsterten einander neckische Zärtlichkeiten ins Ohr. Ihre Sinne erhitzten sich, je näher sie dem Felsenschlund kamen; von Kuss zu Kuss ging ihr Atem heftiger.

»Bald kann ich es nicht mehr erwarten.«

»So lass uns hineinklettern in unsere aufregende Vergangenheit«, erwiderte Sophia, nahm Jourdains Hand, die liebkosend über ihre Brüste glitt, und zog ihn zum Eingang der Schlucht. Sie wollte heute unbedingt in der Höhle von ihrem Geliebten Abschied nehmen und noch einmal den Rausch ihrer ersten Begegnungen spüren. Die Nachricht von der Mission, welche Jourdain gemeinsam mit ihrem Vater und etlichen Rittern morgen zu erfüllen hatte, wühlte Sophias Gefühle auf. Sie war stolz auf ihren Mann, der berufen wurde, einen so wichtigen Auftrag auszuführen; längst fühlte sie als Okzitanierin und wünschte die Vertreibung der Franzosen; und sie sehnte den Tag herbei, an dem der verhassten Inquisition der Garaus gemacht werden würde; von daher befand sie die Pläne für gut, die Inquisitoren zu überfallen und dem Pariser König den

Kampf anzusagen. Aber es lag ein Hauch von Angst über dem Vorhaben wie winterlicher Raureif über den Büschen und veranlasste Sophia, sich des Bisherigen zu versichern, als bedeute die Gewissheit der Vergangenheit ein Unterpfand für die Zukunft; ohne genau darüber nachzudenken, hielt sie es für wichtig, Jourdain mit ihrer ganzen Liebe in die Schlacht zu schicken und dies an jenem Ort zu tun, wo sie sich von Anfang an ganz allein gehört hatten.

Der Hers führte viel Wasser und das Wasser war kalt. Auf ihrem Weg über die Felsen schwappte mancher Schwall über ihre Kleider und kühlte ihren Übermut, der sich bei jeder Berührung in der düster-engen Klamm erneut entzündete. Dann standen sie vor der grauen Wand des Wasserfalls und taten den nächsten Schritt; beinahe verwundert durchquerten sie den nassen Vorhang und traten in die Höhle, wo sie sich die Kleider vom Leib rissen. Jourdains liebeshungriger Mund saugte sich an ihrem Hals fest. Seine Hände rieben ihren Rücken auf und ab und legten sich zupackend auf ihren Po. Sie drückte ihr Becken gegen seines und genoss die Berührung von Haut und Haut. Sachte glitten seine Lippen ihren Hals hinab, hinein in das Grübchen am Schlüsselbein und weiter zur weichen Schwellung der Brust. Er mied den rosigen Hof, küsste drumherum, bewegte seinen Mund auf den Bauchnabel und weiter zu den Beinen, wo er ihren Körper zwischen Leistenbeuge und Knie küsste. Dann wanderten die Hände. Ach, wie zärtlich streichelte er ihre Schenkel, außen hinab bis zu den Knien, tastete sich die Waden hinunter, massierte sanft die Fußsohle, erst rechts, dann links, ehe seine Finger beunruhigend langsam nach oben wanderten, diesmal an den Schenkelinnenseiten, immer höher, immer langsamer, als sei er so gehemmt wie vor Jahren und stottere noch mit den Fingerkuppen. Sie spreizte die Beine, um ihm seine Erkundung zu erleichtern. Er stockte. Sie spitzte den Mund. Er tat, als bemerke er das magische Dreieck nicht, presste ihren flachen Bauch und streichelte zum Rücken zurück, um die Hände nach diesem Ausflug wieder fest auf ihre Pobacken zu legen. Nochmals wanderte sein Mund hinauf und koste ihre Lippen. Sophia öffnete die Lippen und ihre Zungen vereinten sich. Um sie herum war keine Welt mehr, nur noch Zärtlichkeit und Erregung.

In der Klamm war es schon finster, als die Liebenden wieder durch den Wasservorhang traten, und auf dem Weg bergab stießen sie sich mehrmals heftig und schmerzhaft. Endlich am Ausgang der Schlucht angelangt, fielen sie sich erneut in die Arme und gewährten Zärtlichkeiten Raum und Zeit, die weniger zielgerichtet, gleichwohl erregend wirkten und sie über die Wiese trieben, hinter den Glühwürmchen her. Diese tanzten geheimnisvoll über die Gräser, gerade so, als wollten sie sie führen. Ob wirklich die Seelen verstorbener Kinder in den Funkelleibern steckten und den Lebenden Zeichen gaben? Jourdain und Sophia jedenfalls folgten dem Flug der grün schimmernden Käfer Hand in Hand, bis sie den Rand jenes Sumpfes erreichten, der talab das Gut gegen unliebsame Besucher schirmte. Sie setzten sich auf den Stamm einer im letzten Sturm gebrochenen Birke, schmiegten die Wangen aneinander und blickten hinaus auf die Moorebene. Mit Ausnahme eines geflüsterten Du sprachen sie nichts. Sie fühlten ihre Nähe und die laue Luft der Nacht, welche ihre Kleider trocknete, das genügte; sie fühlten sich ermattet, aber waren doch voller Zufriedenheit. Wohlig lehnten sie sich aneinander und vergaßen den Morgen. Schwer waren die Augenlider und sie kämpften mit dem Schlaf; kaum nahmen sie den Tanz der Glühwürmchen wahr, noch schreckten sie die Schatten der Fledermäuse. Doch dann weckte sie ein Flackern auf, das über das Moor huschte. Es schien, als brannten kleine Flammen, züngelten da und dort und loderten an manchen Stellen mannshoch auf, aber es war kein Feuer zu sehen. Blau und weiß drehten sich die Elfenleiber, als tanzten halbwüchsige Mädchen einen Reigen; da wurden Arme gehoben und Beine geworfen, da drehte sich die eine Elfe einsam und fand sich andernorts mit ihren Gespielinnen zu einem runden Kreis.

»Siehst du das«, flüsterte Sophia und stieß Jourdain verschüchtert in die Seite. Der rieb sich verwundert die Augen, aber die Erscheinungen verflüchtigten sich nicht. Jourdain wurde blass.

»Geister«, stotterte er, »Geister leuchten uns heim.«

»Es ist Elfentanz. Ein gutes Omen.« Sophia spuckte dreimal über Jourdains linke Schulter. »Du wirst wohlbehalten zurückkehren.«

»Hoffentlich«, antwortete er. Lange starrten sie gebannt auf die lichtgewebten Tänzerinnen, bis die Erscheinung verblasste und verschwand.

* * *

Auf ihren Eseln kamen sie langsam voran. Es war noch ein Stück des Wegs nach Avignonet, als die Dämmerung anbrach, und so beschlossen Serenus und seine Begleiter, am Rande eines Wäldchens ein Nachtlager aufzuschlagen. Sie breiteten ihre Decken auf dem trockenen Boden unter dem lichten Blätterdach der Korkeichen aus, banden den Eseln die Vorderbeine zusammen und ließen sie weiden. Reihum wurde die Wache verteilt, denn sorglos konnten sie sich hier nicht schlafen legen, dann beteten sie ihre Vesperpsalmen. Anschließend aßen sie *Gastel* und Stockfische. Die Weinschläuche kreisten.

»Sorèze hat ein Zeichen gesetzt für die Häretiker«, brummte Guillaume Arnaud zufrieden. »Die wissen jetzt, dass wir keinen Spaß verstehen, die verstockten Okzitanier.«

»Morgen sollten wir predigen und versuchen, den Weg zu den Herzen der Gläubigen zu finden«, warf Etienne de Saint-Thibéry ein und bewies damit einmal mehr, dass die Franziskaner nachsichtiger waren als die Dominikaner. Aber diese nickten zustimmend, denn sie wussten, dass der Predigt die strenge Befragung auf dem Fuße folgte. Und gerade in der verschlafenen Festung Avignonet, die seit kurzem von einem Neffen Graf Raymonds befehligt wurde, wollten die Inquisitoren weitere Erfolge feiern, um der Teufelsbrut endgültig Einhalt zu gebieten.

»Die peinliche Befragung«, sagte Guillaume Arnaud wie nebenbei, »sollten wir weiter verfeinern. Sie zeitigt hervorragende Ergebnisse.«

»Wir müssen«, ergänzte Serenus, »ein Handbuch für Inquisitoren ausarbeiten, damit ein jeder bei der Ausforschung gleich den richtigen Fragenkatalog zur Hand hat. Ich werde noch in Avignonet damit beginnen, meine Aufzeichnungen aus Sorèze zu vervollkommnen. Zurück in Toulouse kann ich dann das Fragestück aufsetzen und mit Bemerkungen zur rechtlichen Betrachtung versehen, dass ein jeder, egal ob Landrichter, Pfarrer oder Predigermönch, bei Bedarf mit profundem Ansatz an die Häretikerbefragung herangehen kann.«

Sogar Etienne de Saint-Thibéry nickte beifällig, denn das sah ein jeder ein, dass es neben den Inquisitoren kaum ausgebildete Ermittler gab; wer aber dieses Geschäft nebenher versah, musste ordentlich angeleitet werden, sollte die Sache gelingen. Gerade dafür waren die Dominikaner angetreten, die Verfolgung aller Abweichler nicht nur mit Glaubenseifer, sondern mit gelehrter Genauigkeit aufzunehmen.

Hätte Serenus gewusst, auf wie fruchtbaren Boden seine Gedanken bei späteren Dominikanern fielen, wäre er erst recht stolz auf seine Gedanken gewesen; in einem gewissen Sinne war Serenus seiner Zeit voraus und manchmal, während er im Gespräch mit den Brüdern noch seine Gedanken hart und vom Klang her wenig menschenfreundlich ausdrückte, ahnte er, dass es genau diese in die Zukunft weisende Haltung war, die ihn und die seinen dem Volk zunehmend verhasst machte. Als er vor den Laudes die Nachtwache übernahm, hing er Gedanken nach, die mit genau diesem Hass der Menschen zusammenhingen, und er prüfte sich wieder, ob er recht handelte.

Schade, dachte er, dass die Menschen so kurzsichtig sind. Sie sehen nicht, sie erkennen nicht, sie glauben nicht. An ihr hiesiges Dasein denken sie und vergessen den Himmel. Wer mag dem Schaf verübeln, wenn es seine Lage nicht erkennt? Es liegt an dem Hirten, den Weg zu finden, und der wäre ein schlechter Hirte, der das Lamm nicht rettet aus der Not. Trotzdem schade, dass ich ihnen ihr Heil aufzwingen muss. Mich schmerzen die Mittel weit mehr als die

Gepeinigten, denn ich spüre die Not ihrer Leiber als eine doppelte: den Schmerz im Fleisch und die Tortur in der Seele, in die sich der Teufel verbissen hat. Sie erbarmen mich oft. Es ist ja in der Tat so, dass die Gerechtigkeit ohne Erbarmen grausam wäre; Barmherzigkeit ohne Gerechtigkeit aber wäre die Mutter der Auflösung. Das darf nicht sein. Und am erbärmlichsten wäre es, ließe ich ihre Seelen ins Verderben stürzen. So zwingen mich Wahrheitsliebe und Gerechtigkeit ebenso wie das Hirtenamt zum strengen Gericht und zur peinlichen Frage. Ich muss es tun, ich kann nicht anders. Dabei will ich nicht gehasst werden und wollte, sie verstünden mein Handeln um ihres Seelenheiles willen; sie geständen um vieles leichter.

Hin und wieder plagten ihn seine Gedanken, und als er zur vierten Stunde die Nachtwache an den Franziskaner abgab, legte er sich mit widerstreitenden Gefühlen auf sein Mooslager und nahm die Unsicherheit mit hinein in den Schlaf. Er wälzte sich von einer Seite auf die andere, Schweiß trat auf seine Stirn. In seinem Kopf war durchdringendes Kreischen. Zwischen wallenden Nebeln sah er das uralte Gesicht des Weltenvaters. Aus den spröden Lippen stieß ein Schwert hervor. Serenus erwachte von einem Knirschen. Er schrie.

Die schwarze Sonne

Und es ward Morgen. – Serenus schlug die Decke zurück und erwachte langsam aus tiefem Schlaf, der bleiern gewesen war und sein Gemüt mit dumpfen Ängsten belastet hatte. Pierre-Roger de Mirepoix wälzte sich mit dem ersten Sonnenstrahl, der schräg in sein Gemach fiel und sein Gesicht kitzelte, auf seine Gattin; er fing zu schnaufen an und drang in sie ein. Jourdain löste sich aus Sophias Umarmung, nahm sie zärtlich an der Hand und schritt mit ihr über den Wiesengrund hinweg auf das Gut zu; er freute sich auf die anstehende Aufgabe und fühlte sich durch die Nacht am Moor gestärkt; die Zeichen waren positiv gewesen, den Elfen sei Dank, glaubte er fest an ein Gelingen ihrer Mission. Sebastian stand bereits im Stall und striegelte sein Ross; mit jedem Bürstenstrich schob er aufs Neue Isabelles Bedenken gegen die Unternehmung beiseite; Okzitanien brauchte die Freiheit, die Inquisitoren mussten verschwinden. Raymond de Péreille stieg auf den *Donjon* von Montségur und blickte nachdenklich ins Land; der Weg war weit, sie mussten sich sputen, wollten sie abends vor Avignonet sein; aber mit Hilfe des göttlichen Geistes musste es gelingen. In der Ebene war Raymond d'Alfaro aufgewacht und rieb sich die Hände; heute würden die Inquisitoren kommen und er würde ihnen einen besonderen Empfang bereiten, ein freundliches Willkommen mit ausgesuchten Speisen, die auf die Askese der Mönche Rücksicht nehmen und gleichwohl Gastfreundschaft ausdrücken würden; seine Palastwache würde er ihnen andienen und ihnen den Saal des Gästehauses als Dormitorium zur Verfügung stellen; sie würden sich wohl fühlen; den eigentlichen Empfang verschliefen sie dann, die Menschenschinder, und würden sicher nicht mehr aufwachen; ja, dachte d'Alfaro, heute ist ein besonderer Tag.

* * *

Die Dominikaner und ihre Begleiter packten ihre Habe auf die Esel und sahen besonders nach dem schweren Sack mit den Pergamenten, damit ihnen auf der Weiterreise nichts von ihren Akten verloren gehe. Wertvoll war das gesammelte Wissen über die Umtriebe der Häretiker im Land und allein der Gedanke an die verschiedenen Hinweise auf Beteiligung von Mitgliedern der gräflichen Familie an abweichlerischen Übereinkünften versetzte Guillaume Arnaud in Hochstimmung. Mehr als in allen anderen nagte in ihm noch die Schmach der Vertreibung aus Toulouse vor sieben Jahren und er wollte alles daran setzen, sich an Raymond und seiner Gefolgschaft zu rächen. In Avignonet, so erhoffte er sich, würden weitere Anhaltspunkte hinzukommen, um den Verdacht gegen die gräfliche Familie zu erhärten. Seine Vorfreude auf die Verhöre drückte Arnaud durch ein grimmiges Gesicht aus, während er beherzt in das Zaumzeug seines Esels griff und sich an die Spitze des Zuges setzte. Er ging mit ausgreifenden Schritten durch die morgendliche Kühle. Der Tag würde heiß, das war bereits zu spüren; sie müssten vor der Mittagshitze den größten Teil der Wegstrecke schaffen, wollten sie heute noch ankommen. Morgen war Christi Himmelfahrt, da reiste man nicht.

Sie marschierten schweigend. Ein jeder, ob Inquisitor oder Schreiber, hing seinen Gedanken nach. Serenus durchlebte wieder und wieder den morgendlichen Traum und das Geräusch des Schwertes durchfuhr ihn. Es wollte ihm nicht aus dem Kopf gehen, so sehr er sich auch bemühte. Ebenso wenig half es, das Knirschen als Einbildung abzutun oder sich ganz allgemein über Träume und Fantasien lustig zu machen. Er stachelte seine Vernunft an, sich mit zentralen Fragen des Glaubens auseinander zu setzen und Antworten zu erdenken, die allgemeingültig wären und jedenfalls die *bonshommes* aus den Angeln höben, und suchte nach dem Gesetz der Natur. Angestrengt ordnete er seine Vernunft und fand die Ordnung der Natur als von Gott selbst gegeben, was ihn zu der Frage führte, wie es mit der Fleischwerdung des Wortes stehe. Du fragst vielleicht, sagte er sich, wenn das Wort einen beseelten Leib angenommen hat, warum hat dann der Evangelist der geistigen Seele nicht Erwähnung getan, sondern nur des Fleisches, indem er sagt: ›Das Wort ist Fleisch geworden‹? Darauf möchte ich antworten, formulierte er in seine gleichförmigen Schritte hinein, dies habe der Evangelist getan, um die Wirklichkeit der Menschwerdung zu beweisen wider die Manichäer, die sagen, das Wort habe nicht wirklich Fleisch angenommen, weil es nicht angemessen sei, dass des guten Gottes Wort Fleisch annehme, welches sie selbst eine Erfindung des Teufels nennen. Er lächelte sogar, als er zu diesem Schluss kam, aber noch ehe er sich daran machen konnte, daraus eine weitere Beweisführung gegen die Häretiker herzuleiten, hörte er wieder das Knirschen des Schwerts.

Die Mönche verließen den schützenden Schatten des Waldes und traten auf das freie Feld hinaus. Der Boden staubte unter den Hufen, der trockene aufgewirbelte Sand vermischte sich mit Kräutergerüchen von Thymian, Salbei, Estragon und Lavendel. Hecken von Buschrosen und Hagebutten säumten den Weg und verströmten Wohlgeruch. Gelb blühte der Ginster, Feuerlilien lockten Bienen und Hummeln. Keckernd und warnend begleiteten Elstern, Amseln und Raben ihren Weg und betonten die Schönheit der Schöpfung zur Freude des Franziskaners. Aber auch Serenus mochte die Landschaft und insgeheim lobte er die Beschaffenheit seiner Heimat. Immer wieder durchquerten sie schattige Bauminseln und gelangten auf eine angenehme Art voran. Wiesen wechselten sich mit Hafer- und Weizenfeldern ab, an geschützten Lagen wuchs Wein. Schön war das und liebenswert und Serenus durchlebte nach langer Zeit wieder einmal jenes Gefühl, das ihn an Okzitanien band, aber das Heimatliebe zu nennen er sich gesträubt hätte. Er mochte die Gefühle nicht, versuchte die Vernunft einzuschalten in alles, was sein Herz bewegte, und konnte es nicht. Auch das machte ihm Angst, weil er es nicht verstand, und er hinterfragte diese Angst. Warum, so fragte er, warum habe ich, warum haben Menschen Angst? Er grübelte und entfernte sich von der Betrachtung der Landschaft. In der Beschäftigung mit Worten und Gedanken fühlte er sich wohler. Doch die Antwort, auf welche er stieß, konnte ihn nicht beruhigen. Die Angst, dachte er, kommt daher, dass der Mensch liebt. Irdisches liebt, setzte er verschämt hinzu und erkannte das Weltliche in dem Gefühl. Unvermittelt knirschte das Schwert. Serenus musste sich eingestehen, dass er aller Gelehrsamkeit und Frömmigkeit zum Trotz das Leben liebte. Und dass er um sein Leben fürchtete. Aber das war albern und er untersagte sich die furchtsamen Anwandlungen.

Noch vor der Sext sahen sie Avignonet am Horizont auftauchen, und als sie auf die Straße stießen, die von Castelnaudary kam, setzten sie sich auf ihre Esel und ritten auf die Festung zu. Armut und Amtsmacht sollten sich im Reiten auf dem Esel zeigen. Serenus trug seinen Habit mit Stolz. Je näher die Festungsmauern kamen, desto mehr verblasste das Bild des Schwertes; Avignonet sollte den furchtlosen Inquisitor erleben.

Guillaume Arnaud führte den Zug der Inquisitoren an. Respekt gebietend schauten Soutane und Skapulier unter dem schwarzen Mantel hervor und der Einzug der sechs Mönche und fünf Schreiber wurde zu einer Demonstration der Macht. Langsam ritt Raymond d'Alfaro aus dem Tor der Festung hervor, in prächtiger Rüstung auf seinem tänzelnden Schimmel. Fünf Pferdelängen vor Arnaud stieg der Festungskommandant ab und ging gemessenen Schrittes auf den Inquisitor zu. Als er noch zwei Doppelschritte entfernt war, verbeugte er sich. Arnaud kostete die Unterwürfigkeit des Festungsherrn aus, ehe er von seinem Esel glitt und die rechte Hand zum Gruß hob. Der Kommandant zögerte einen Augenblick, dann trat er mit ausgebreiteten Armen auf den Dominikaner zu; Arnaud aber vereitelte Umarmung und Bruderkuss, indem er seine Hand mit dem Siegelring ausstreckte; d'Alfaro ergriff diese höfisch gewandt. Mit spitzen Lippen deutete er den Ringkuss an, reckte sich zu ganzer Größe und warf sich in die Brust.

»Gott zuerst und danach sollt Ihr mir willkommen sein, hier auf der gräflichen Festung Avignonet, hochwürdigster Herr. Seid versichert, dass wir Eurer löblichen und frommen Aufgabe jede Aufmerksamkeit schenken und alle Unterstützung gewähren. Mehr noch als die Pflicht königlicher Verträge gebietet uns die Überzeugung des Glaubens, Euch beizustehen im hohen Amt.« Nochmals deutete d'Alfaro eine Verbeugung an. »Im Gästehaus haben wir Eure Unterkunft gerichtet und Schreibstuben vorbereitet. Wir können es besichtigen, gleich wenn es Euch gefällt. Für den Abend gebe ich Euch zu Ehren ein festliches Essen, das dem morgigen Feiertag angepasst sein mag.«

»Wir haben Nachrichten, die uns nicht festlich stimmen; lasst das Willkommen bescheiden ausfallen«, erwiderte der Inquisitor in herablassendem Tonfall. »Von Eurer Gastfreundschaft hören wir gern. Führt uns zum Gästehaus.«

Raymond d'Alfaro neigte den Kopf und schritt voran, wobei er im Vorübergehen die Zügel seines Schimmels aufnahm. Kaum hatte sich das Ross vor Arnaud gedreht, ließ es zwei Pferdeäpfel fallen. Geistesgegenwärtig sprang der Inquisitor zur Seite, rutschte aus und fiel mit dem Knie mitten in den Kot. Es kostete d'Alfaro so viel Mühe, das Grinsen zu unterdrücken, wie Arnaud, nicht zu fluchen.

Mit Dormitorium und Schreibstuben zeigten sich die Dominikaner zufrieden, verlangten allerdings zusätzlich einen geeigneten Raum für das Gefängnis; d'Alfaro bot nach kurzem Nachdenken seine Burgverliese an; als sich der Festungskommandant schließlich auch noch bereiterklärte, seine Wache für die Sicherheit der Ermittler und der in Haft Genommenen abzustellen, waren sich Gastgeber und Gäste einig. Serenus und Etienne de Saint-Thibéry richteten die Schreibstuben her und verteilten die Akten nach Namen und Sachstand. Binnen weniger Stunden entstand eine sorgfältig ausgestattete Kanzlei, die der *inquisitio haereticae pravitatis* zur Ehre gereichte. Übermorgen, nach Himmelfahrt, sollte die Arbeit reibungslos aufgenommen werden.

Nach der Vesper trafen sich Mönche und Schreiber mit den Herren von Avignonet im Saal der inneren Festung; an dem einen Längstisch saßen die Inquisitoren mit d'Alfaro und den Rittern, den anderen Tisch nahmen Schreiber und einfache Freiherren ein. Auf beiden Tafeln wurde dasselbe geboten, nämlich weißer Gewürzwein statt dem roten *Sinôpel* und nebenbei Maulbeerwein, gebratene Hühner und Fasane, dazu Kraut, Bohnen und weißes Brot, alles in allem eine Mischung aus Herrenspeise und mönchischer Zurückhaltung, die selbst seitens des Franziskaners Lob erfuhr. An Gewürzen waren Pfeffer, Ingwer und Galgantwurzel verwendet worden, welche die Speisen geschmackvoll machten und ein feines Aroma verbreiteten. Zum Eintunken gab es Pfeffer-, Salz- und Weinsauce, sodass alle genug hatten, der Enthaltsame und der Fresser. Der Gastgeber sorgte dafür, dass die Weinkrüge stets gefüllt blieben, und je länger sie kreisten, desto zwangloser gingen die Schreiber und einfachen Männer miteinander um. Selbst die gestrengen Inquisitoren gaben nach dem Genuss süßer Kirschen ihr Schweigen auf und unterhielten sich mit den Adligen. Die Stimmung wurde gelöst und zeigte sich frei von Argwohn, im Verlaufe des Abends schien es fast, als säßen die gegnerischen Parteien eines Turnieres an einem Tisch und kämen allmählich darüber hinweg, dass die eine Seite gewonnen, die andere verloren hatte. Allerdings sollte einer aufkeimenden freundschaftlichen Tafelrunde nicht Vorschub geleistet werden, und als am Nebentisch eindeutiger Zoten wegen gelacht wurde, blickte Guillaume Arnaud tadelnd hinüber. Die Schreiber zogen die Köpfe ein, etliche Minuten flüsterten sie und gaukelten Ernsthaftigkeit vor; doch es dauerte nicht lange, bis sie wieder über deftige Witze lachten. Da befahl Serenus barsch den Aufbruch; die Inquisition durfte sich in keiner Weise mit den hiesigen Menschen gemein machen, das könnte die Würde des Amts beschädigen. Übermorgen sollte streng untersucht werden; das bedurfte der Zucht und Selbstdisziplin, gerade von Seiten der Hilfskräfte. Der Abschied fiel entsprechend kurz aus. Gleichwohl gingen die einen sorglos, die anderen heiter ins Dormitorium und ein jeder aus dem Tross der Inquisition legte sich auf seine Pritsche in dem beruhigenden Gefühl, in Avignonet sicher zu sein.

* * *

Sie lagerten in einem Wäldchen am Ufer der Rigole, zehn Reitminuten von Avignonet entfernt, und warteten auf Nachricht aus der Festung. Pierre-Roger de Mirepoix war mit acht *faidits* in den Vormittagsstunden aufgebrochen, über Foix, Pamiers und Mazères gen Avignonet geritten und in der Abenddämmerung am vereinbarten Treffpunkt angekommen. Sebastian hatte mit Jourdain und seinen fünf Rittern den Weg über Laroque d'Olmes, Mirepoix und Salle sur l'Hers genommen, um möglichst unauffällig mit den anderen zusammenzutreffen. Beide Gruppen waren völlig ungehindert durchs Land geritten und hatten unerkannt in dem Birkenwäldchen Unterschlupf gefunden. Mit einbrechender Dunkelheit waren vier Dutzend mit Äxten bewaffnete Dorfbewohner aus Avignonet und der Nachbarschaft unter Führung von zwei gräflichen Rittern zu ihnen gestoßen. Die Ritter ihrerseits brachten Weisung von Raymond d'Alfaro, wonach sie alle hier warten sollten, bis der Bote Golairan sie abholen komme. Nun standen sie in Grüppchen beieinander und redeten über die Inquisitoren und die Franzosen, stachelten sich gegenseitig in ihrem Hass auf die Unterdrücker auf und bestärkten sich in dem Willen, die päpstlichen Ermittler ohne jede Gnade niederzumetzeln. Nicht nur einer wusste von den Qualen zu berichten, die Arnaud, Serenus, Etienne de Saint-Thibéry, Raymond Carbonne und die anderen den Verdächtigen von Sorèze angetan hatten; glühende Kneifzangen und heiße Nägel, Schläge und Peitschenhiebe, Stiche und Schnitte müssten die Opfer erleiden und die Peiniger ließen nicht nach, bis sie hörten, was sie hören wollten; schlimme Gräuelgeschichten machten die Runde und je dunkler es wurde, umso unbarmherziger wurden die Inquisitoren geschildert, bis alle vor Zorn und Hass auf Aufbruch drängten. Pierre-Roger zeigte sich gar derart verbittert und rachsüchtig, dass er in die Dunkelheit hinein laut verkündete, er wolle dem Menschenschinder Guillaume Arnaud den Kopf abschlagen und sich aus dessen Hirnschale ein Trinkgefäß machen. Aufgehetzt bis ins Mark, verließen sie schließlich das Wäldchen, ohne auf den Boten zu warten. Sie schlichen gegen die schwarzen Mauern von Avignonet vor, die sich drohend gegen den dunklen Himmel abhoben. Eine Pfeilschussweite von der Mauer entfernt stand das ehemalige Aussätzigenhaus, das wegen der Vertreibung der letzten Kranken durch die Franzosen leer stand; hier versteckten sich die mordlüsternen Ritter und Bauern; sie würden sehen, wenn Golairan aus dem Tor kam, und sie brannten darauf, endlich losschlagen zu dürfen.

Sebastian war angesteckt von der wütenden Erregung seiner Kameraden und spürte in sich jene besondere Anspannung, die er von der Jagd her kannte; es war das Männliche, das sich wieder in ihm regte; kämpfen, erobern, erlegen, konzentriert bis in die letzte Faser, alle Gedanken gebündelt und jede Sehne gespannt, bereit zum Letzten, das alles spürte und wusste er und nur das; sein Körper strahlte Gewalt aus, nach außen und innen; da fand sich keine Nachdenklichkeit mehr, keine Rücksicht, kein Erbarmen; die Skrupel wegen der Ritterlichkeit waren wie weggeblasen und für Isabelles Bedenken war keinerlei Platz in Sebastians Kopf. Beinahe fühlte sich der Zustand wie Vorfreude an; ja, Sebastian wollte töten.

Endlich huschte ein Schatten aus der Nische des Tores und bewegten sich verstohlen über den Weg gegen das Wäldchen. Ein gräflicher Ritter ging hinaus und hielt den Schattenmann auf; es war Golairan.

»Ihr könnt in die Festung kommen«, flüsterte er, »die päpstlichen Teufel schlafen.«

Rasch war die Reihe geordnet, dann schlichen Ritter und Bauern aus dem Leprosorium auf die Wehrmauer zu; das Tor öffnete sich; Mann für Mann betrat Avignonet und wie ein Blitz manchmal in tiefster Nacht die Landschaft erhellt, ließ die beginnende Tat ein scharfes Licht auf die unscheinbare Festung grell aufleuchten; für wenige Stunden trat sie aus ihrem Schattendasein in das helle Bewusstsein der Geschichtsschreibung; hätte ein Orakel geweissagt, wenn ihr das Tor durchschreitet, werdet ihr eine große Kultur zerstören, Pierre-Roger de Mirepoix und seine Mitstreiter hätten es gewiss in ihrem Sinne ausgelegt und geirrt. Der sichelförmige Mond spendete wenig Licht, niemand sah die lange Kette der Männer, die dicht auf dicht ihrem Führer durch die Gasse folgten und in die Tür des Gästehauses schlüpften. Bis hierher handelten sie in aller Stille. Dann brannten sie die Fackeln an und stürmten mit Geschrei ins Dormitorium. Die Inquisitoren schreckten hoch und blickten mit geweiteten Augen in die plötzliche Helle. Schon wurden die ersten Äxte geschwungen, schon traf das erste Schwert. Von hinten drängten die Bauern nach; ein jeder wollte einmal schlagen oder stechen. Die Letzten, die in den Schlafsaal kamen, schlugen bereits auf Leichname ein, so schnell waren die Mönche niedergemetzelt. Etliche, die beim Töten nicht zum Zuge gekommen waren, stürmten die Schreibstuben und rissen alles an sich, was sie dort fanden. Gebundene Bücher und lose Pergamente landeten samt und sonders in Jutesäcken und wurden johlend davongeschleppt, denn das wusste man, dass die Inquisition ihren größten Schatz in den Akten sah; diese zu vernichten bedeutete einen Schritt in die Freiheit und diesen Schritt gingen *faidits* und Bauern mit der gleichen Begeisterung, mit der sie zwei Tage später die gesamten Unterlagen verbrannten.

Sebastian hatte sich kurz hinter Golairan aufgehalten. Neben einem Fackelträger war er in die hintere Ecke des Schlafsaals gestürmt. Dort reckte ein kräftiger Mönch den Kopf; wirr stand sein dichtes Kraushaar um die Tonsur und im allgemein anhebenden Geschrei rieb er sich die Augen, sprang auf und griff unter seine

Pritsche. Widerstand durften sie nicht zulassen. Sebastian sprang auf den Mönch zu und hieb von schräg hinten sein Schwert gegen den Schädel des Klerikers. Just in dem Augenblick, als die Schwertspitze auf den Kopf des Opfers zuraste, drehte sich dessen Gesicht Sebastian zu: schreckgeweitete Augen, auf eine geheimnisvolle Weise mit Wissen erfüllt. Ein kurzes Aufblitzen noch, dann fuhr der Stahl knirschend in die Schläfe und drang in den Schädel ein; die Augen brachen. Sebastian blieb wie vom Donner gerührt und heftete seinen Blick auf das fallende Gesicht, das ihm bekannt, allzu bekannt vorkam.

»Guillaume!«, schrie er und ließ sein Schwert los. Im tosenden Chaos ringsumher, mitten im blutrünstigen Schlachten, stand Sebastian reglos. Selbst, als ihm Raymond de Péreille anerkennend auf die Schulter klopfte: »Bravo, du hast den Bluthund Serenus erlegt!«, zeigte Sebastian keine Regung. Schon riefen die Ersten zum Rückzug, da beugte sich Sebastian langsam zu seinem Opfer herunter und musterte jede Linie des Gesichts, dessen rechte Hälfte entstellt war. Doch die linke Augenbraue, der Nasenansatz, die Form der Lippen nebst der klaren Wangenlinie und dem energischen Kinn genügten, dass Sebastian sich seiner Sache sicher wurde: Er hatte seinen Jugendfreund und Knappen getötet. Vor ihm lag Guillaume, der ihm damals vor Damiette mit Hilfe des arabischen Heilers das Leben gerettet und den er zu Venedig ohne Dank verabschiedet hatte. Sebastian schüttelte den Kopf. Er stand einfach nur da und starrte den Toten an. Schließlich musste Pierre-Roger ihn von der Leiche wegziehen.

»Rasch, rasch«, forderte der Baron, »wir müssen zurück, damit niemand weiß, wer die Inquisitoren richtete.«

Durch den Lärm im Gästehaus war in Avignonet Unruhe entstanden, die ersten Einwohner kamen aus ihren Häusern und sahen in den Gassen nach dem Rechten. Neben der Burg d'Alfaros lagerten einige französische Soldaten, die eigens zum Schutz der Inquisitoren abbestellt worden waren; deren Hauptmann stand fragend in der Tür und rief nach den Wachleuten, welche von d'Alfaro zum

Schutz der Mönche zugesichert gewesen waren. Für die Ritter vom Montségur wurde es höchste Zeit, aus Avignonet zu verschwinden. So hastete Pierre-Roger zusammen mit Sebastian aus dem Gästehaus und durch die schmalen Gassen zurück zum Tor. Draußen hatten etliche Helfer bereits die Rösser bereitgestellt. Die okzitanischen Kämpfer saßen auf und ritten in die Dunkelheit davon. Nachdem sie eine Viertelstunde galoppiert waren, fielen sie in Schritt; Pierre-Roger fluchte: »Ich habe Arnauds Schädel liegen gelassen!« Alle außer Sebastian lachten.

Den ganzen Weg nach Montségur spukte Guillaumes Gesicht in Sebastians Kopf herum und zunächst bruchstückhaft, dann immer deutlicher erinnerte er sich an seine jungen Jahre. Er sah sich mit Guillaume im zweiten Vorhof auf dem Boden wälzen, wo sie sich oft gebalgt hatten. Später waren sie Simon Lemaitre, dem *Sénéchal*, im Rittersaal zur Hand gegangen und hatten nebenbei die Tischzucht gelernt. Sebastians Vater hatte ihnen eingeschärft, die abgenagten Knochen nicht zurück in die Schüssel zu legen und keinesfalls mit Fingern nach Senf oder Sauce zu greifen; eindringlich ermahnte sie der *Sénéchal*, nicht ins Tischtuch zu schneuzen und es zu unterlassen, sich beim Essen über den Tisch zu legen; auch sollte man es vermeiden, sich mit der bloßen Hand an der Kehle zu kratzen. Stets hatten sie dabei ernsthaft genickt und es später doch den anderen Rittern gleichgetan, die hemmungslos alles mit den Händen packten, in die sie eben noch hineingerotzt hatten, solange keine Damen in der Nähe waren. Aber nicht nur Raufen und Bedienen fiel Sebastian ein, sondern auch jene bemerkenswerte Klugheit, die Guillaume beim Lesen ausgezeichnet hatte; war er also ein Gelehrter geworden, wie es damals manche spöttisch für ihn vorausgesagt hatten, und gar einer von der besonderen Sorte, die mit ihrer Gelehrtheit Jagd auf die Andersdenkenden machen. Sebastian grübelte, warum das Schicksal gerade ihm die Aufgabe zugeteilt hatte, diesen Inquisitor zu erschlagen. Jeden anderen ohne Not, er hatte im Leprosorium die letzten Skrupel abgestreift gehabt, es hätte ihn

nicht in der Seele berührt, wenn er irgendeinen dieser Menschen-
schlächter getötet hätte. Aber ausgerechnet Guillaume; das fühlte
sich anders an. Warum, fragte sich Sebastian, warum? Und gefangen
in dieser Frage, saß er teilnahmslos für alles um ihn her auf seinem
Ross und ließ sich zurücktragen nach Montségur.

Für Okzitanien war der Überfall das erwartete Fanal. Mit einer erstaunlich gut gerüsteten Truppe von Rittern und *faidits* verließ
Raymond Toulouse und eroberte in raschen Feldzügen Razès und
Minervois, ehe er weiterzog nach Narbonne. Im dortigen Schloss
richtete er eine aufwändige Feier aus, auf welcher er sich von den
okzitanischen Baronen huldigen und zum Grafen der *terrae linguae
occitanae* ausrufen ließ – auf diesen Titel hatte er im Vertrag von
Meaux verzichten müssen. Doch während Raymond von der end-
gültigen Befreiung Okzitaniens träumte, schlug König Ludwig
Hugues de Lusignan, den Grafen de la Marche, vernichtend und zog
gegen den eben in Royan gelandeten Heinrich III. von England. Bei
Taillebourg rieb die französische Armee die Engländer auf. Gestärkt
von diesem Sieg, lenkte Ludwig IX. seine Truppen in den Süden.
Die Franzosen standen im Perigord, da unterwarf sich der Graf von
Foix. Ehe der König die Garonne heraufziehen konnte, sandte
Raymond seine Unterhändler zu Blanche von Kastilien und bat
unterwürfig um Vergebung. Er hatte die Aussichtslosigkeit seines
Aufstandes erkannt, denn weder die spanischen Könige noch der
Kaiser hatten einen Finger gekrümmt, um Okzitanien zu beschützen. Nun war das Land restlos der königlichen Gnade ausgeliefert
und Raymond musste im Frieden von Lorris bei Montargis eine weitere Schrumpfung seiner Grafschaft hinnehmen und verpflichtete
sich feierlich, die Häresie auszurotten. Mit der Hand auf der Bibel
schwor er laut und vernehmlich, den Unterschlupf der *bonshommes*,
das den Katholischen verhasste Montségur, auszuheben wie ein
Räubernest.

Trotzdem besaß Raymond noch genug okzitanischen Mutterwitz,
um im Januar des Jahres 1243 den auf einem okzitanisch-aquitani-

schen Konzil in Béziers versammelten katholischen Bischöfen und Äbten zu versprechen, die Häretiker mit der ganzen Kraft seiner Verwaltung zu bekämpfen und darauf zu hoffen, solcherart die Inquisition der Dominikaner loszuwerden. Die gräflichen Ausforschungen nahmen eine so abgebremste Geschwindigkeit auf, dass beinahe ein jeder *Vollkommene* die Möglichkeit hatte, rechtzeitig vor den Häschern einen sicheren Ort aufzusuchen. Und wo, wie beispielsweise in Fanjeux, ein *Perfekter* gefangen wurde, gab es den Freikauf durch Lösegeldzahlung; in Fanjeux ließ der gräfliche Beauftragte den Katharerbischof Bertrand Marty gegen dreihundert Sous wieder laufen. Eine Zeit lang waren die Dominikaner einerseits von dem Mord in Avignonet geschockt und verängstigt und andererseits von dem gräflichen Eifer in der Verfolgung der Häretiker angetan, sodass sie den neuen Papst Innozenz IV. baten, von den Pflichten der Inquisition entbunden zu werden. Doch der Papst gewährte keinen Dispens, sondern forderte im Gegenteil, dass die Häretiker schärfer verfolgt würden, als dies Raymonds Truppen zur Zeit täten. Bald darauf, im Frühjahr, entschlossen sich die katholischen Bischöfe und die Statthalter des französischen Königs in Okzitanien, Montségur zu belagern.

* * *

Noch ging das Leben auf dem *Pog* seinen gewohnten Gang. Allerdings hatte sich die kurzfristige Hochstimmung verflüchtigt, welche die Kämpfer von Avignonet mitgebracht hatten, denn unter den *Erwählten* stieß das Gemetzel beinahe einhellig auf Ablehnung; man hätte den französischen König nicht reizen und den seit kurzem im Amt befindlichen Papst nicht herausfordern sollen, befanden fast alle; gemeinsam waren sie zu mächtig, um jetzt bezwungen zu werden; Aufgabe der *bonshommes* müsste es sein, die gefallenen Engel durch Predigt und gutes Beispiel zu retten, nicht durch kriegerische Taten. Viele *parfaits* versuchten, die Eroberungen Raymonds in Razès und Minervois zu nutzen und sich ihren dortigen

Bistümern zu widmen, und so zogen sie wieder zu je zweien hinaus ins Land. Aber bereits mit der Nachricht von Taillebourg wurde die Stimmung gedrückt und die ans Verstecken gewohnten *guten Christen* Okzitaniens verließen die Geborgenheit der einfachen Bauernstuben nicht mehr. Mit Raymonds Unterwerfung von Lorris wurde die Kirche der *bonshommes* endgültig eine heimliche. Auch der Tempel des Lichts auf dem *Pog* verlor von seinem Glanz und seit dem katholischen Konzil von Béziers arbeiteten alle auf dem Montségur an der weiteren Befestigung des Berges und Pierre-Roger de Mirepoix ließ in Absprache mit dem Bischof von Montségur mehrere Kisten Goldes an geheimen Plätzen in den Wäldern zu Füßen des *Pog* verstecken. Man wollte gerüstet sein.

Sebastian lebte zurückgezogen auf Château d'Embeyre und haderte mit seinem Schicksal. Seine Nächte waren angefüllt mit schweren Träumen und das, was ihn dabei am meisten quälte, war das Bild des toten Freundes, den er mit seinem Schwert durchbohrt hatte. Gleich zu Anfang, als sie von Avignonet zurückgekehrt waren, hatte Sebastian Isabelle aufgesucht und ihr alles über Guillaume erzählt. Schweigend hatte sie zugehört und, als der Schmerz ihres Bruders zu groß geworden war, seine Hand genommen und gehalten.

»Nichts ist so sehr böse, dass es nicht etwas Gutes hat«, sprach sie schließlich und gab ihm auf, sich in die Betrachtung seines Lebens zu vertiefen.

All die Monate, die Raymond VII. von Toulouse siegreich durch Okzitanien zog, verbrachte Sebastian auf seinem Gut im Tal des Hers und versuchte, Ordnung in sein Leben zu bringen. Wieso, fragte er sich oft, bin ich nicht wie mein Falke und bin mir Tag für Tag selbst genug, ohne Frage nach dem Gestern und Morgen? Dann könnte ich jeweils die eine Aufgabe lösen, die vorgegeben wird, ohne über ihren Sinn nachzudenken. Ist ein Feind zu schlagen, wird er geschlagen. Braucht ein Freund Hilfe, erhält er Hilfe. Es wäre so einfach, stets nur das Naheliegende auszuführen und darauf die gesamte Kraft zu versammeln. Aber uns Menschen plagen Vergangenheit und Zukunft. Während er das dachte, sah er Bilder aus seinem Leben und spürte Wehmut dabei; meist erinnerte er sich an schmerzliche Augenblicke und die bedrückten ihn so, dass selbst die eingestreuten Glücksmomente ihn mit Trauer erfüllten.

Juditha gelang es zunächst nicht, ihren Gatten aus seiner Schwermut zu befreien, und so setzte sie ihre Liebe darein, ihm wenigstens das Dasein zu erleichtern. Dem süffigen *Sinôpel*, den sie aus ihrem eigenen Weinberg kelterten, setzte sie *Valeriana officinalis* bei, und zwar grub sie bei Vollmond den Wurzelstock des Baldrian aus und legte ihn gewaschen ins Weinfass; nach einigen Wochen entfaltete dieser Wein eine die Nerven beruhigende Wirkung; einige Becher am Abend verhalfen Sebastian zu gutem und traumlosem Schlaf. Um seine Entspannung zu fördern, rieb ihm Juditha abends oft den Rücken mit Walnussöl ein und knetete seine Muskeln, bis sie sich weich und locker anfühlten; manchmal genoss er diese Behandlung über die Maßen und bot ihr weit mehr als den Rücken an, was ihr sehr willkommen war. Leidenschaftlich umarmten sie sich dann wie früher in Marotta; im Liebesakt fand Sebastian eine tröstliche Geborgenheit und in der vertrauten Zärtlichkeit danach verloren sich für einige Stunden alle Ängste und Schmerzen. Gleichwohl blieb das Grundgefühl in Sebastians Seele ein schwermütiges, bis die Franzosen über das untere Tal des Hers heraufrückten zum *Pog* von Montségur und die Belagerung begann.

Ganz anders erging es in den Monaten nach Avignonet Jourdain de Mas. Der handstreichartige Überfall auf die Inquisitoren war sein erstes Ritterabenteuer gewesen und dass er sein Schwert gegen den in ganz Okzitanien gefürchteten Inquisitor Raymond Carbonne geführt hatte, erfüllte ihn mit Stolz. Gleich nach der Rückkehr auf Montségur und der Nachricht, Raymond de Toulouse habe sich aufgemacht, alle Franzosen aus Okzitanien zu vertreiben, führte Jourdain drei der fünf Ritter von Château d'Embeyre hinüber ins Minervois, wo er zur gräflichen Truppe stieß und alsbald mit der von ihm befehligten Rotte etliche Erfolge feiern konnte. Da er bei Minerve den Kommandanten der Franzosen aus dem Sattel gehoben hatte, durfte Jourdain bei Raymonds Huldigungsfest zu Narbonne an der gräflichen Tafel sitzen, und als sich Raymond entschloss, keine Schlacht mit König Ludwig zu wagen, entließ er in Jourdain einen selbstbewussten Kämpfer zum Montségur.

Jourdain wollte nicht mehr hinunter zum Gorges-de-la-Frau; er holte Sophia in ihre *Cabane* auf dem *Pog* und half bei den Arbeiten an den Befestigungsanlagen mit. Sein Sinnen und Trachten galt dem Kampf, denn in den letzten Monaten war er ein wirklicher Ritter geworden; doch verlor er keineswegs die Empfindsamkeit, welche Sophia an ihm so schätzte, sondern sie nahm beinahe noch zu; so erlebten sie in den gemeinsamen Stunden wieder und wieder die Erfüllung, die sie in ihrer letzten Nacht in Höhle und Moor empfunden hatten, und Jourdain spürte in sich eine wilde Lebendigkeit. Er wollte kämpfen für sein Leben und seine Freiheit, wollte genießen und aus dem Vollen schöpfen. Wo immer er gebraucht wurde, er war zur Stelle, und manchmal schien es ihm, als habe er zwei Leben auf einmal. Auch Sophia spürte es und so sehr sie es genoss, ihren Ritter oft und leidenschaftlich um sich zu haben, so sehr erfüllte es ihr Herz auch mit Sorge, denn niemand, so dachte sie sich, lebt doppelt und muss nicht dafür zahlen. Sie fürchtete den Tag, da das Schicksal seinen Preis einforderte; sie wusste, einst würde der Kampf auf das Leben abzielen und der Tod würde Jourdain einfordern. Dann wurde sie schwermütig und beweinte den gegenwärtigen Genuss; weniger wäre mehr, wenn es von Dauer wäre, dachte sie oft und verzweifelte bei dem Versuch, sich ihr Leben ohne Jourdain vorzustellen. Sie fürchtete die Einsamkeit, wollte nicht ohne ihn sein. War er nicht der Mittelpunkt ihres jungen Lebens? Was sollte ihr Leben für einen Sinn haben ohne Jourdain? Da fielen ihr die Gedanken wieder ein, die sie kurz vor der Hochzeit bewegt hatten; tief in sich hatte sie den Wunsch nach einem heiligmäßigen Leben verspürt. Das könnte für sie wertvoll sein und so versuchte Sophia, bereits jetzt möglichst viel des im *cognoscere*

causas Gelesenen aus ihrem Gedächtnisses herauszuholen und darüber mit Isabelle zu sprechen.

Isabelle lebte wie eine Einsiedlerin. Ihre Zelle verließ sie nur für die
notwendigen Verrichtungen. Da sie sich von Gelehrsamkeit und
Schreiben abgewendet hatte, saß sie die meiste Zeit auf ihrer Pritsche und meditierte. Sie versenkte ihre Gedanken tief in ihr Inneres, wo sie nach einem Reigen Erinnerungsbilder geklärt und auf-
geklart wurden, bis ihr Sinn rein und von Irdischem leer war; dann
strömte das Licht in sie ein und aufgehoben im göttlichen Schein,
entfloh sie der Welt. Die einzige Weltanbindung fand sie in der Begegnung mit Sophia und es erfüllte sie mit Freude, in ihrer Nichte
die Gedanken des *cognoscere causas* wirken zu sehen. Sophia könnte dereinst die Einzige sein, dachte Isabelle, die den wahren und reinen Glauben der *guten Christen* in eine andere Zeit hinüberrettet,
eine Zeit frei von Kampf und Krieg, die den Menschen die Möglichkeit gibt, ohne Zorn auf ihre Wurzeln zu schauen. Jedenfalls
hütete Sophia das Vermächtnis der Katharer, denn niemand außer
ihr wusste um den Verbleib ihres umfassenden und versöhnenden
Werkes, das Sophia, kaum war Jourdain in das Minervois zu Raymonds Truppen aufgebrochen, Buch für Buch in die Höhle getragen
und dort im hintersten Winkel auf einem erhöhten Felsvorsprung
gelagert hatte. Sophia war eine von Gott erwählte Seele, das wusste
Isabelle; aber sie sollte keinesfalls eine *Erwählte* im Sinne der Kirche
der *guten Christen* werden, denn zum einen wäre sie dann der Nach-
stellung der Inquisition ausgesetzt und zum anderen müsste sie sich
einbinden lassen in das Regelwerk der *bonshommes*. Nein, dachte
Isabelle stets, Sophia musste frei sein, um die Hoffnung weitertragen
zu können; und es waren viele Hoffnungen, die Isabelle in ihre
Nichte setzte: Dem Leben verbunden bleiben und gleichwohl einen
Zugang zum Glauben haben, also in ihrer Person Versöhnung zwischen den Gegensätzen leben und den harten Dualismus aufheben,
das stellte sich die Tante für ihre Nichte vor und wünschte, Sophia
möge die Schöpfung auskosten in vollen Zügen. Aber ohne Völle-

rei. In Demut; zum menschlichen Dasein gehört Demut. Unbedingt sollte Sophia daneben das Werk ihrer Mutter fortsetzen und eine Heilerin werden, welche die Leiden der Menschen lindert und Krankheit und Gebrechen beseitigt. Kurzum, ein Leben, das Eigenliebe und Liebe zum Nächsten in sich aufs Glücklichste vereint, wünschte sich Isabelle für Sophia, und sie sprachen oft darüber, was die Zukunft bringen könne, und waren sich bewusst, dass es für eine Frau eines kampfesmutigen Ritters vielfach anders kommt als vorgestellt.

Wie Recht sie hatten. Kaum waren die Truppen des Königs gesichtet, änderte sich das Schicksal aller auf dem Montségur. Isabelle kannte das Ende und schwieg; allzu bald würde es vonnöten sein, Trost zu spenden und Zuversicht zu predigen, da mochte sie keine Ängste schüren. Furcht packte die Menschen auch so; denn wo immer ein Tisch gedeckt ist: wenn der Teufel kommt, fegt er alles herunter.

* * *

Hugues des Arcis, der *Sénéchal* des Königs, führte die Truppen heran und baute sein Heerlager am Fuße des *Pog*. Die weite Wiese, bisher Lagerplatz für die vielen Händler, welche ihre Waren nach Montségur brachten, und sozusagen die Basis des Lichttempels herunten im Erdenleben, wurde zum feindlichen Mahnmal. Mit der Ankuft der ersten französischen Ritter wurden auch die üblichen Zugangswege für die *bonshommes* wertlos; weder von Lavelanet noch vom Tal des Hers gelangte man nach oben; allerdings waren die *guten Christen* noch nicht auf die unwegsame, durchklüftete Nordwand angewiesen, durch welche nur mutige Ortskundige schadlos ihren Weg fanden, denn der Pfad auf den gesicherten Roc de la Tour blieb zunächst offen. Die dortige Bastion sowie die *Barbacane* auf der anderen Seite des Einschnittes am Pas de Trébuchet hinderte die Franzosen daran, den Belagerungsring zu schließen.

367

Kaum hatte Hugues des Arcis den Bergsattel in Besitz genommen, stießen die Truppen der Bischöfe von Narbonne und Albi hinzu und zeigten den Belagerten den Willen von König und Kirche, Ernst zu machen. Die Katholischen wussten, es würde eine langwierige Angelegenheit werden, und sie richteten das Heerlager so bequem wie möglich ein; nicht nur Zelte stellten sie auf, sondern bauten am Gegenhang leichte Holzhütten für die Adligen und aus rohen Stämmen eine Kirche, auf die sie ein goldenes Kreuz setzten, das in der Nachmittagssonne leuchtete und den Häretikern in den Herzen brennen sollte.

Pierre Amiel, der Bischof von Narbonne, und Hugues des Arcis standen oft vor ihren stattlichen Hütten und blickten in die Felswände hinein, über denen der Satanstempel thronte, wie die Katholischen den *Pog* hasserfüllt nannten.

»Wir müssen einen Weg finden, ohne große Verluste hinaufzukommen«, sagte Amiel. »Meine Ritter sind es nicht gewöhnt, unter einem Berg untätig herumzustehen.«

»Meine sind darin noch ungeübter, denn seit uns der Graf der Marche die Stirn bot, haben meine Soldaten Schlacht nach Schlacht geschlagen und sich an ihren schnellen Erfolgen berauscht«, erwiderte der *Sénéchal* nachdenklich.

»Wir brauchen Kletterer. Sie müssen den Berg ausspähen und den geeigneten Weg finden.«

»Doch wo finden wir solche?«

»Ich werde bei den Basken suchen lassen; die sind gewandt und geschickt in solchen Dingen«, antwortete des Arcis. »Meine Verbindungen nach Bilbao sind gut.«

Wenige Wochen später reihten sich zwei Dutzend Basken in das Heer der königlichen Truppen ein und begannen damit, den *Pog* von jeder Seite her gründlich zu erkunden. Sie glitten wie Schlangen über die Geröllfelder und kletterten wie Gemsen durch die zerklüfteten Wände. Keine Seite des Berges ließen sie aus, scheuten vor keiner Höhe. Im Spätherbst kannten sie nicht nur den Weg zum Roc de la Tour und die Lage der Wasserschöpfräder, sondern jeden Steig, der durch die Felsen führte. Sie wussten, welcher Händler wann kam und wie viel er bei sich trug, sie kundschafteten den geheimsten Verkehr zwischen unten und oben aus. Als sie jede wissenswerte Kleinigkeit zusammengetragen hatten, legten sie ihre Erkenntnisse dem *Sénéchal* vor, und Hugues des Arcis entschied, den Angriff vor Einbruch des Winters durchzuführen. Er hielt Kriegsrat mit Pierre Amiel und Lukas de Durand, dem kürzlich zur Truppe gestoßenen Bischof von Albi; übereinstimmend waren sie der Ansicht, der Roc de la Tour müsse fallen, ehe ein Angriff auf die *Barbacane* erfolgen könne. Sorgsam wählten sie die Männer aus, welche gemeinsam mit den Basken das Wagnis der Erstürmung eingehen sollten, und legten im Geheimen fünfzehn Kämpfer fest, die von drei Basken angeführt wurden. Während diese nun an anderer Stelle übten, wie man sich am besten im Fels bewegt, und einen Plan zur Überrumpelung der Wachen einstudierten, bereiteten die Heerführer mit ihren Hauptleuten ein Fest vor, um die Belagerten irrezuführen.

An fünf Feuern wurden Schweine gebraten und die Trommler schlugen ihre Wirbel dazu, damit sich Ritter und Söldner sammelten zu der Belustigung. In enger Reihe waren Bänke aufgestellt und schmale Tische, sodass ein jeder einen Platz fand. Knechte teilten Becher aus und reichten in schweren Krügen den Wein herum, einen süffigen *Clâret*, den alle mit zufriedenem Zuruf begrüßten. Die Schweine brutzelten und rochen lecker, die Stimmung stieg; eigens zur Steigerung der Freude auf das Essen hatte Hugues des Arcis Gaukler eingeladen, die nun auf einer freien Fläche mit Kunststücken für Kurzweil sorgten. Das Lachen und Klatschen der Soldaten hallte zwischen den Bergen und konnte gar nicht unbeachtet bleiben, weder von oben, wo auf dem Turm der Burg immer zwei im Ausguck saßen, noch unten, weil die Heerführer berechtigt annahmen, dass sich im Feldlager mehrere feindliche Späher tummelten.

Reichlich floss der Wein und das fetttriefende Fleisch schuf die Grundlage für weiteren Genuss. Bald sangen und grölten die Franzosen und machten mit ihrer Munterkeit die Nacht zum Tage.

Die ausgewählten Kämpfer blickten neidisch aus ihrem Versteck unterhalb des Roc de la Tour hinüber zu den Feiernden; aber ihre Enttäuschung hielt sich in Grenzen, denn sie wussten nur allzu gut, dass wegen ihnen gefeiert wurde, um ihnen das Moment der Überraschung zu sichern und ihnen die schwierige Aufgabe zu erleichtern, die Bastion auf dem Felsen zu stürmen. Von ihnen allein würde es abhängen, ob es gelänge, Montségur zu erobern, denn nur, wenn der Roc de la Tour fiel, konnten die Franzosen die Belagerung verschärfen. Die achtzehn Kämpfer wussten auch um die Armbrustschützen auf der Bastion sowie gegenüber auf der *Barbacane* und sie kannten die Gefährlichkeit der Bolzen und fürchteten sie. Während auf dem Plateau das Fest lauter und bunter wurde, betete mancher der Gipfelstürmer in seinem Versteck um Kampfesglück und Obhut; keiner wollte sich auf die Kreuzzugsversprechen verlassen, jeder trachtete danach, den Kampf siegreich zu überleben.

Langsam brannten die Feuer nieder. Ein halber Mond schob sich bleich gegen Westen. Mehr und mehr Soldaten wankten zu ihren Zelten. Tiefe Nacht legte sich über die Berge. Da regten sich die baskischen Hauptleute und stießen ihre Männer an. Vorsichtig schlichen sie aus ihrem Latschenversteck und krochen in einer Felsrinne den Hang hinauf. Steiler und steiler wurde die Rinne, bald mussten sie klettern und drückten dabei ihre Körper eng an den Fels. Sie bewegten sich lautlos und erreichten eine steinerne Plattform, von der aus sich der Roc de la Tour beinahe senkrecht in die Höhe schwang. Von hier mussten sie über einen seitlich in den Felsen gesprengten Riss nach oben klettern bis zu einer zweiten, kleineren Plattform, wo sie sich erneut sammeln konnten. Waffen und Gerät zogen sie in einem Sack an einem Seil nach, so schwierig war an dieser Stelle die Kletterei. Trotzdem fanden die Basken blind ihren Weg und führten ihre Männer unbemerkt von den Wachen hinauf. Jetzt trennten sie noch fünfzig Fuß von den Zinnen der Bastion. Hier war der Fels glatt, ohne Vorsprünge und Risse, und wer da hinaufkommen wollte, der müsste beinahe über die Fähigkeiten eines Geckos verfügen. Zum Glück sahen die Männer in der Dunkelheit gar nicht, wie wenig Möglichkeiten die Felswand bot, sich festzuhalten, und die Basken, die es wussten, waren sich ihrer Fähigkeiten sicher. Sie würden nun voranklettern und sofort, wenn der erste jene Zinne knapp neben der hinteren, der östlichen Plattform der Bastion erreicht hätte, um diese ein doppeltes Seil winden und die Enden nach unten werfen, damit die anderen mit Hilfe des Seils nach oben steigen könnten.

Oben blieb alles still; wahrscheinlich schliefen die Wachen, und wenn einer der Wachleute aufpasste, dann sicher auf der westlichen Plattform, wo er den Pas de Trébuchet beobachten konnte; einzig von dort erwartete jeder unbefangen denkende Ritter einen Angriff auf die Bastion des Roc de la Tour; auf der gegenüberliegenden Seite, vom tiefen Abgrund herauf, würde niemals ein Angreifer es wagen, sich zu nähern – außer den Basken; und sie kletterten geschickt über die fünfzig Fuß, als bauten ihnen Engel Treppen. Der Erste legte das Doppelseil um die Zinne und warf die Enden hinab; der Zweite legte nochmals ein Seil um die Nachbarzinne; der Dritte rollte sich lautlos über die Zinne hinweg und glitt auf den Wehrgang hinunter. Die Kämpfer unten ergriffen die Seilenden, stemmten ihre Füße gegen den Felsen und liefen etwas ungelenk, aber sicher die senkrechte Wand hinauf durch kräftiges Einstemmen der Beine und Ziehen am Seil. Schon waren neun Söldner des Königs auf dem Wehrgang des Roc de la Tour, als einer aus der folgenden Gruppe ein lockeres Felsstück lostrat; der Stein polterte in die Tiefe und weckte die Wachhabenden.

»Überfall«, schrie einer.

»Armbrustschützen schießt«, brüllte ein anderer.

Im Nu pfiffen Bolzen durch die Luft und an den Schreien hörte man, dass jemand getroffen war. Fluchend versuchten die Söldner, die noch unter der Bastion auf der schmalen Felsplattform standen, die Seile zu ergreifen und sich nach oben zu schwingen, aber von der Westseite her nahmen sie gleich vier Armbrustschützen unter Beschuss; acht Knechte halfen den Schützen und spannten die harten Sehnen mit den Spannhaken und legten Bolzen ein und gaben die Waffen den Rittern, und so schossen diese unentwegt und deckten die verbliebenen Kämpfer mit todbringenden Bolzen ein, dass einer nach dem anderen getroffen in die Tiefe stürzte und unten zerschellte. Doch mit den baskischen Hauptleuten waren zwölf Franzosen auf die Bastion gelangt und diese schwangen ihre Streitäxte gegen die Verteidiger und erschlugen auf der östlichen Plattform die schlafbenebelten Wachleute, bemächtigten sich der dort herumliegenden Armbrüste und schossen nun ihrerseits auf die Verteidiger, ehe sie sich in zwei Gruppen teilten, von denen eine die Ostplattform hielt, während die andere über den Wehrgang stürmte und im Kampf Mann gegen Mann auf der dem Pass zugewandten Seite die Entscheidung suchte. – Als eine milchige Sonne über die Berggipfel lugte, lebten von den Angreifern noch fünf; die Verteidiger waren alle tot. Der Roc de la Tour gehörte den Franzosen.

* * *

Es schien, als sei die Belagerung Montségurs Medizin für Sebastians Seele: Kaum hatten die Franzosen ihr Lager auf dem Sattel unter dem *Pog* aufgeschlagen, verflog seine Schwermut; ein letztes Mal erwachte der Ritter in ihm und Ritter sein heißt kämpfen.

»Ich kann nicht zusehen«, sagte er, »ich gehöre dazu; ich muss hinauf auf den *Pog*.«

Juditha nickte: »Wir gehören alle hinauf. Lass uns packen.«

Drei Tage später übergab Sebastian die Leitung des Gutes seinem zuverlässigsten Mann, wies ihn zu regelmäßigen Botengängen auf den *Pog* an und ritt mit Juditha und einem voll beladenen Packpferd durch ein Seitental zur Nordflanke. Ungehindert erreichten sie den Pas de Trébuchet und betraten die Festung durch das Tor an der *Barbacane*. In dem Gewimmel von Menschen war es gar nicht einfach, zu den *Cabanes* bei der Burg zu gelangen, und sie fanden ihre *Cabane* von vier *Vollkommenen* aus dem Minervois besetzt, welche nach Raymonds endgültiger Unterwerfung auf den *Pog* geflohen waren. Es war eng geworden auf dem Plateau von Montségur; jetzt wohnten an die hundert Ritter und *faidits*, ungefähr zweihundert *Erwählte* und über sechshundert *croyants* innerhalb der Befestigung, alles in allem an die tausend Menschen, die auf engem Raum durcheinander wimmelten. Sebastian und Juditha fanden in Jourdains und Sophias *Cabane* Unterschlupf; sie hatten genug Platz in dem vergleichsweise großen Wohnraum; Sophia freute sich, ihre Eltern um sich zu haben, und Jourdain verstand sich prächtig mit Sebastian.

Die Männer planten die Verteidigung der Festung und stellten Gruppen zusammen, welche die verschiedenen Mauerabschnitte verteidigen sollten, falls die Franzosen einen Angriff wagten. Sebastian tat, was er immer getan hatte bei solchen Gelegenheiten, und übte mit den Männern das richtige Verhalten. Da sie zu wenig Ritter und *faidits* auf dem *Pog* hatten, brachte Sebastian etlichen *croyants* bei, wie man mit einer Armbrust umgeht, und auch das Bedienen der Pechnasen erklärte er den einfachen Leuten. Besonderes Augenmerk legte er daneben auf die Befestigung des Weges, der von Süden heraufführte; gemeinsam mit Pierre-Roger de Mirepoix und Raymond de Péreille plante er Verteidigungsstellen und Hinterhalte, damit den Franzosen der einfache Weg auf die Burg versperrt bleibe. Auf die Bastion des Roc de la Tour und auf die *Barbacane* beorderten sie hinreichend Krieger, sodass eine Erstürmung aussichtslos erschien. Das vermittelte allen in der Festung ein Gefühl der Sicherheit und trotz der Übermacht der Franzosen glaubte kaum jemand, dass wirklich Gefahr drohte. Man wusste schließlich Bescheid über die vierzig Tage, die ein Katholischer Dienst leisten musste, um die Kreuzzugsbelohnung zu erhalten, und selbst wenn die Krieger länger blieben, würden sie niemals den langen Atem haben, der Montségur gefährlich werden könnte.

Aus diesem Gefühl der Sicherheit heraus ertrugen die Menschen auf dem *Pog* die Einschränkungen gleichmütig, die sie seit der Belagerung erdulden mussten. Für die *Perfekten* war die Belagerung eine Prüfung auf ihrem Weg der vollkommenen Weltentsagung. Die *croyants* dagegen kosteten im Wissen darum, als eben noch nicht *Vollkommene* durchaus sündigen zu dürfen, das Leben aus; in der drängenden Enge lud sich die Luft mit schwüler Begierde auf; da fand mancher Mann eine willige Frau und sie brachen wollüstig ihre Ehen. Es kam vor, dass die Wachmänner auf den Mauern dabei überrascht wurden, wie sie mit ihren Geliebten den Akt vollzogen, und die ganz Frechen antworteten auf einen entsprechenden Vorwurf: Wieso, dabei bin ich am wachsamsten! So ließ sich denn vom ersten halben Jahr der Belagerung – in der Tat, so lange lagen die Franzosen schon unten auf dem Plateau – keineswegs sagen, Isabelle hätte mit ihren Vorahnungen Recht behalten; zwar hatte sie eine Belagerung Montségurs vorausgesehen, aber eine leidvolle, und da mochte es Hoffnung geben, dass sich der alptraumhafte Ausgang ebenfalls nicht bewahrheitete. Isabelle jedenfalls begann an ihrer Hellsichtigkeit zu zweifeln, je länger sie die sinnenfrohe Leichtlebigkeit der Bewohner des *Pog* beobachtete, und machte sich tatsächlich Gedanken über die Zeit nach der Belagerung; tief in sich spürte sie den Wunsch, zurück in die Berge zu gehen und in der Einsiedelei dem Licht Gottes nahe zu sein. Doch dann feierten die Franzosen ein Fest und es kam alles anders.

Frühzeitig wurden sie auf die Vorbereitungen der Franzosen aufmerksam und Pierre-Roger de Mirepoix und Raymond de Péreille beratschlagten mit ihren führenden Rittern, zu denen neben Sebastian inzwischen auch sein Schwiegersohn Jourdain de Mas zählte, was davon zu halten sei, bis sie gewahr wurden, dass die Belagerer für ein Fest rüsteten.

»Ha«, lachte der Herr der Burg, »jetzt hängt ihnen der Feldzug schon zum Hals heraus und sie müssen Maßnahmen ergreifen, ihre Söldner bei Laune zu halten.«

»Das wird ihnen nicht helfen. Der Winter kommt erst; die Kälte wird ihre Unzufriedenheit ins Unermessliche steigern.«

»Wenn die Franzosen Manieren hätten«, scherzte ein Dritter, »würden sie uns auf ihr Fest einladen. Wir könnten dann eine *Tjoste* reiten.«

»Lasst uns den Tag nutzen und auch eine Feier machen«, warf Jourdain ein.

»Wir feiern hier oben seit Monaten«, entgegnete Pierre-Roger und Ärger klang in seiner Stimme über das zügellose Leben in der Festung.

»Wenn wir nicht feiern, könnten wir einen Ausfall wagen«, versuchte Jourdain mit einem weiteren Vorschlag sein Glück.

»Das ist zu gewagt. Montségur ist zum Verteidigen gebaut, nicht zum Angreifen«, erwiderte Pierre-Roger und das Nicken aller Ritter bekräftigte dies.

»Vielleicht sollten wir«, gab Sebastian zu bedenken, »gerade wegen dieses Festes unsere Aufmerksamkeit verdoppeln.«

»Wieso denn das?«, fragte Raymond de Péreille.

»Das Fest könnte eine Falle sein, eine Ablenkung.«

»Unsinn«, knurrte Pierre-Roger. »Für uns ist es ein Tag wie jeder andere. Wir warten zu, die Franzosen werden sich selbst zermürben.«

Damit gingen sie auseinander. Doch Sebastian blieb beunruhigt. Als der Abend anbrach und unten die Feuer aufloderten, nahm er Jourdain und drei Männer, die mit der Armbrust umgehen konnten, und ging hinab an den Wehrgang beim Südtor; am untersten Vorposten wollte er mit ihnen Wache halten. Von dort hatten sie einen guten Überblick über das Heerlager der Franzosen; bei denjenigen, die nahe der Feuer saßen, konnte Sebastian sogar sehen, wie sie Fleisch oder Becher zum Mund führten. Es war ein Fressen, Johlen und Saufen da unten, dass es das Herz erfreute, und als Mitternacht vorbei war und viele der Belagerer trunken in ihre Zelte wankten, legte Jourdain seine Hand auf Sebastians Schulter.

»Die greifen bestimmt nicht an; besoffen wie sie sind, gehen sie schlafen.«

Sebastian nickte. Er entließ Jourdain und die drei Armbrustschützen, blieb selbst aber sitzen. In seinem Bauch pulste ein seltsames Kribbeln, das hielt ihn wach. Langsam brannten die Feuer
herunter, die Nacht wurde schwärzer. Sebastians Augen gewöhnten
sich an die Dunkelheit und er verfolgte jede Bewegung unten, doch
sah er die Belagerer stets nur in ihre Zelte wanken. Es gab keine
andere und keinerlei verdächtige Bewegung. Jeder vernüftig Denkende musste zu dem Schluss kommen, dass in dieser Nacht ein Angriff ausgeschlossen war. Trotzdem ließ das Kribbeln nicht nach.

Plötzlich ein Laut, dann Schreie; sie kamen vom Roc de la Tour.
Sebastian schrak auf, rannte hoch zur Burg und durch die engen
Gassen hinüber zur *Barbacane*. Jetzt wurden die Schreie lauter. Das
Knacken und Klacken von Armbrüsten zerriss die Stille. Sebastian
rief. Die Besatzung der *Barbacane* schlief; an der hinteren Ecke des
Wehrturms bewegte sich ein heller Fleck, ein Stöhnen war zu ver-
nehmen und der Wachhabende bewies seine gesteigerte Aufmerksamkeit, während er sich mit einer Frau vergnügte, indem er gar
nichts hörte, selbst als Sebastian unmittelbar neben ihm die Männer zu den Waffen rief. Ein Tumult entstand, wertvolle Zeit ging
verloren, ehe die ersten Armbrustschützen an den Zinnen standen
und im aufdämmernden Tag nach ihren Zielen suchten. Doch die
Bastion am Roc de la Tour war zu weit, die Sicht zu schlecht, die
Franzosen zu geschickt. Sebastian versuchte noch, eine schlagkräf-
tige Truppe über den Pas de Trébuchet heranzuführen, doch unterhalb der Bastion empfing sie ein Pfeilhagel und zwang sie zum Rückzug. Als es Tag wurde, gehörte die Bastion dem Feind.

Nun musste unverzüglich gehandelt werden. Sebastian half die
Erfahrung von Damiette und er gab Anweisungen, mit dem Bau von
kleinen Steinschleudern zu beginnen, welche sie auf dem Pass auf-
stellten. Mit kohlkopfgroßen Steinen beschossen sie die Westseite
der Bastion, doch die Schleudern waren zu ungenau und entweder
gingen die Geschosse zu tief oder zu hoch. Sie hielten die Franzosen
nicht davon ab, ihre Bogenschützen in Stellung zu bringen und
Pfeilhagel nach Pfeilhagel auf den Pas de Trébuchet zu senden. Auf

der Ostseite des Roc de la Tour blieben die Angreifer gänzlich unbehelligt und die Späher Pierre-Rogers mussten tatenlos zusehen, wie Stunde um Stunde mehr Angreifer nebst Waffen und Gerät an Seilen auf die Bastion gezogen wurden. Die Franzosen erstarkten zunehmend. Der Zugang zum *Pog* über den Pass Trébuchet war nun versperrt, die Belagerung wurde bedrohlich.

Begleitet von einem Steinhagel aus den Schleudern, versuchte Jourdain mit einigen *faidits* einen Sturmangriff auf die Bastion, doch sie wurden mit Macht zurückgeschlagen und hatten von da an Mühe, wenigstens den Sattel von Trébuchet zu halten. Vergeblich. In einer mondlosen Nacht setzten die Franzosen, von ihren baskischen Kletterern geführt, zum Sturm auf den Pass an und nahmen ihn im Handstreich. Der Belagerungsring war geschlossen.

Trocken und kalt brach der Winter an. Die Quelle in der Nordwand sprudelte kaum noch, die Schöpfräder froren ebenso ein wie die Zisterne. Wasser wurde ein kostbares Gut, die Frauen standen Schlange für einen Krug. Das Gefühl der Sicherheit schlug um und wich der Angst. Diese nahm zu, als der Bischof von Albi mit dem Bau mehrerer Wurfmaschinen begann, für die er rund um den Pas de Trébuchet Plattformen ausheben ließ; unter die Bastion des Roc de la Tour stellte er ein mächtiges Katapult und nahm mit kleinen und großen Schleudern die *Barbacane* unter Beschuss. Doch noch einmal schien das Schicksal den *bonshommes* gnädig, denn durch die unwegsame, durchklüftete Nordwand kletterte Bertrand de la Beccalaria, ein Meister des Schleuderbaus. Er errichtete auf der *Barbacane* drei ausgezeichnete Wurfmaschinen, die Steine, groß wie dicke Wassermelonen, rasch und genau hinabschleudern konnten auf die Angreifer. Da schöpften die Verteidiger neuen Mut und beluden die Schleudertaschen so schnell sie konnten; tagelang schossen Franzosen und Okzitanier verbittert hin und her, bis den Männern der *Barbacane* die Geschosse ausgingen. Das ermunterte Hugues des Arcis, den Befehl zu geben, die *Barbacane* zu stürmen.

Weihnachtstag. Jourdain führte das Kommando auf der *Barbacane* und der Wind wehte vom Plateau die Choräle herauf, welche die Franzosen zur festlichen Messe sangen. Aberhundert Soldaten hatten sich im Heerlager versammelt, um die Ankunft des Herrn zu feiern, und während der Bischof von Albi am Feldaltar stand, schwiegen am Pas de Trébuchet die Schleudern. Als ob sie es geahnt hätte, schritt Sophia heran und legte ihre Hand von hinten auf Jourdains Schulter. Überrascht drehte er sich um. Sie stand vor ihm, wunderschön. Die Anmut ihres Gesichts brannte sich in seine Seele hinein, es schmerzte beinahe. Sie formte ihre weichen Lippen zum Kuss. Er öffnete die Arme, sie ließ sich an seine Brust sinken.

»Das war unser Platz«, flüsterte sie und fuhr mit der Hand in sein Haar.

»Ja«, hauchte er und einen Augenblick schien es so, als würde er stottern wie damals. »Und ich … ich werde alles tun, ihn gegen die Franzosen zu verteidigen.«

Dann trafen sich ihre Lippen. Es war ein Kuss wie beim ersten Mal, sanft, scheu, suchend. Ihr Atem belebte seinen und umgekehrt. Aus dem Tal wehte ein Hosianna heran, als sich ihre Zungenspitzen berührten. Sie verschmolzen in diesem Kuss; ihre Leiber drängten sich aneinander, als suchten sie, eins zu werden, und als sie glaubten, dies erreicht zu haben, blieben sie lange Zeit reglos. Ihr Haar roch nach Erde und Rauch, ihre Haut duftete wie Kamillenblüten und Jourdain saugte den Geruch ein als eine inwendige Zärtlichkeit. Sein Geruch war herb und rauchig, Sophia spürte die Kraft, die sich dahinter verbarg und genoss es, in seinen Armen geborgen zu sein. Sie öffneten ihre Augen und blickten einander an. Alles wurde eins. Ein köstlicher Augenblick. – Er blieb nicht. – Kohlkopfgroß schossen Steine herauf, kaum war unten die Messe beendet. Sophia musste gehen, sie wusste es, noch bevor Jourdain es sagte. Tränen traten in ihre Augen. Sein Bild verschwamm. Sie schluchzte. Nein, sie wollte sich nicht trennen, sie wollte ihn mitnehmen, hinein in ihre *Cabane*, sich dort mit ihm auf die Pritsche legen und eng aneinander kuscheln und die Welt vergessen. Aber er war ein Ritter. Sachte schob er sie von sich, küsste ihre Stirn, drehte sich um und ging auf seinen Posten.

Die Franzosen richteten ihre Katapulte auf die südliche Ecke der *Barbacane* aus und schleuderten in schnellem Takt ihre Steine. Bogenschützen unterstützten den Angriff und deckten den Sturm der Söldner, die Leitern gegen die Felsen lehnten und den Absturz erklommen. Unter Einsatz ihres Lebens schütteten die *croyants* von der Plattform Pech und heißes Wasser hinab und noch während sie die Verbrühung der Angreifer bejubelten, griffen sie sich ans Herz und packten die Pfeile, die sich in ihr Fleisch gebohrt hatten; die Verteidiger fielen vornüber und stürzten rascher auf die Felsen als die geblendeten Angreifer. Die Franzosen schickten Welle nach Welle ihre kleinen Gruppen in die Felswand hinein und endlich stürmten drei Basken, die geschmeidig heraufgeklettert waren, die Plattform. Jourdain zog sein Schwert und stürzte auf die Eindringlinge zu. Knapp hinter ihm eilte Bertrand de Bardenac herbei und zog blank. Zu zweit hieben sie auf die drei Basken ein, die gefährlich mit ihren Streitkolben umzugehen wussten. Die Verteidigung der Felswand ruhte. Schon rückte eine zweite Gruppe von unten nach. Bertrand schrie. Von der Burg kamen *faidits* und Knappen gelaufen, einige Armbrustschützen eilten herbei. Mann gegen Mann und kreuz und quer wurde auf der Außenbastion der *Barbacane* gekämpft, alles war unübersichtlich und ein wirres Durcheinander. Wenn es gelang, einen Angreifer über die Felswand hinabzustürzen, tauchte bald darauf ein anderer über den Zinnen aus der Tiefe auf und füllte die Lücke. Die Verteidiger fochten erbittert und schonten sich nicht. Als die Franzosen merkten, dass die *Barbacane* im ersten Ansturm nicht zu nehmen war, schossen sie ohne Rücksicht auf ihre eigenen Leute mit den Schleudern Steine herauf. Bertrand wurde getroffen und sank nieder. Von hinten kam Entlastung, doch noch stand Jourdain allein gegen vier Franzosen. Zwei starben im Pfeilhagel, einem hieb Jourdain mit dem Schwert fast den Kopf ab. Aber der Letzte, der konnte den Streitkolben unbedrängt schwingen, holte aus und ließ die stachlige Stahlkugel gegen Jourdains Hals krachen. In dem Augenblick streckte ein Bolzen den Angreifer nieder. Beide stürzten. Aus Jourdains Hals schoss Blut, er fühlte, wie es nass wurde an Hals und Brust. Es fühlte sich fremd an. Er hörte, wie Raymond de Péreille rief: »Sie sind abgeschlagen, die *Barbacane* ist unser!« Jourdain freute sich. An Hals und Brust wurde ihm warm. Er konnte nicht mehr klar sehen. Ein *Erwählter* trat zu ihm und legte ihm die Hand auf. Jourdain rang nach Luft, in seinem Hals röchelte es. Die Hand auf seiner Stirn war seltsam heiß. Jourdain sah ein helles Licht. Es blendete ihn und wurde immer gleißender. Jourdain wollte ein Wort sagen. Er wollte sich aufrichten. Er wollte die Arme ausbreiten, er wollte das Bild fühlen, das er sah. Er sah sie. Sie kam näher. Ihr Mund, diese roten Lippen. Weich, warm. Noch näher; ganz nah kam sie. Jetzt berührten ihre Lippen seinen Mund – und in seinem Kopf war ein einziger Schrei: Sophia.

Als sie kam, lag er in einer Lache von Blut, mit bleichem Gesicht und geschlossenen Augen.

»Er starb getröstet«, flüsterte der *Vollkommene* und ging langsam davon.

Zwei Wochen später fiel die *Barbacane* und alle, die außerhalb der Festungsmauern in *Cabanes* wohnten, verließen ihre Häuser und flohen hinter die dicken Mauern der Burg. Der Gipfelgrat lag verlassen. Binnen weniger Tage bauten die Franzosen ein Riesenkatapult auf der befestigten Plattform der *Barbacane* und begannen damit, ihre schweren Steinkugeln mitten in die Festung zu schleudern. Stunde um Stunde krachten die Geschosse herein und schlugen auf Mauern und Dächer wie Riesenfäuste. Kaum etwas hielt stand und bald waren alle Dächer durchlöchert und viele Mauern zerstört. Zwei Zisternen und mehrere Vorratsspeicher waren vernichtet. Die Bewohner des *Pog* drängten sich ängstlich im Burghof.

Innerhalb weniger Tage wurde die Belagerung zu einer echten Plage für die Menschen. Gnadenlos fauchte eiskalter Wind über den Hof, der klirrende Winter quälte die Menschen. Woche für

Woche ließen ihre Kräfte nach und täglich wurde Juditha zu Notfällen gerufen. Da gab es Frostbeulen zu versorgen und andere Erfrierungen, Fieber und Krämpfe, Erbrechen und Durchfall trotz geringer Nahrungsaufnahme und viele pfeifende Lungen, die den Geplagten keine Luft mehr zuführten. Beinahe jeden Tag mussten die *Perfekten* die letzte Tröstung spenden, und um den Franzosen keine Anhaltspunkte über ihre Verluste zu geben, versteckten die Bewohner von Montségur ihre Toten in einer der zerstörten Zisternen. Die Ziegen gaben keine Milch mehr, die Hühnerställe waren leer. Selbst die Getreidevorräte gingen zur Neige. Die Menschen hungerten und sahen bald leidend aus; manch einer wünschte den Tod herbei, weil der gnädiger sei als Hunger und Angst.

Aber noch hielten die meisten tapfer aus und hofften auf Rettung aus höchster Not. Beinahe jede Woche überbrachte ein Bote aufmunternde Nachrichten von Raymond VII. höchstselbst, der sich anschickte, so hieß es, eine neue Streitmacht zu sammeln und Okzitanien endgültig vom Joch der Franzosen zu befreien. Auch ging das Gerücht um, Kaiser Friedrich würde sich des Schicksals der *bonshommes* annehmen und Okzitanien befreien helfen. Doch nichts davon stimmte. Raymond VII. verschwendete keinen Gedanken an die Häretiker von Montségur, sondern hielt sich beim Papst in Rom auf, um dort seine Kirchentreue zu beteuern und die Annullierung seiner Ehe mit der unfruchtbaren Sancie de Toulouse zu erreichen, damit ihm mit einer anderen Gattin vielleicht noch ein legitimer Erbe nachwüchse. Und der Kaiser, der wusste wahrscheinlich gar nicht genau, wo Montségur lag; er war mit deutschen und italischen Angelegenheiten hinreichend beschäftigt, da brauchte er sich nicht um das Land an den Pyrenäen zu kümmern. Trotzdem glaubten die meisten an solche Hoffnungsschimmer und sie gaben den Kampf nicht verloren, solange sie mit einer schweren Armbrust, die nur von einem Speichenrad gespannt werden konnte, die Herrschaft über den Gipfelgrat behielten. Auf diesem Weg von der *Barbacane* zur Burg herüber könnte, wenn sich erst die Gelegenheit dazu ergab, ein Überraschungsangriff gestartet und die

Barbacane zurückerobert werden. Diese Möglichkeit wollten sich die Ritter und *faidits* um Pierre-Roger offen halten, um sich vom drohenden Würgegriff der Franzosen zu befreien.

Sophia hatte sich zunächst mit ihrer Trauer zu Isabelle in die Zelle zurückgezogen und versuchte, ihren Schmerz in der Meditation zu überwinden. Aber der erlittene Verlust bedrücke ihre Seele. Sie fand keine Ruhe, ihre Gedanken von der Welt wegzuführen, sondern wurde stets auf ihren Gram zurückgeworfen. Denn so ist es, dass man, wenn einer geht, ihn beweinen muss. Isabelle kannte das und tröstete Sophia, so gut sie konnte. Sie hielt ihre Nichte in den Armen und ließ sie weinen; sie strich ihr übers Haar, trocknete ihre Tränen und schenkte ihr Zuversicht. Jourdain, davon war Isabelle überzeugt, hatte die Erlösung vom irdischen Kreislauf und den Weg zu Gott gefunden. Und das ist gut so, dachte sie, denn sinnlos ist der Kreislauf der Gewalt, in den die Welt die Ritter stellt; so war es bei Bernard und nicht anders bei Jourdain. Sie sagte es Sophia und streichelte ihre Wange dabei. Eines Tages würde Sophia begreifen. Jetzt war dazu nicht der Zeitpunkt und gern hätte Isabelle ihre Nichte in der Trauer begleitet und ihr geholfen beim Hadern mit Gott, aber der Ernst der Lage erforderte es, an die Zukunft zu denken.

»Du musst Montségur verlassen«, sprach Isabelle eindringlich auf die Trauernde ein. »Du bist die Einzige, die um unser Vermächtnis weiß. Hüte es und lege es dereinst in die richtigen Hände.«

»Ach Isabelle, ich bin so müde und leer.«

»Was du fühlst, kenne ich wohl. Koste den Schmerz, aber bedenke: Unter allen Leidenschaften der Seele bringt die Traurigkeit am meisten Schaden für den Leib.«

»Er war jung, verstehst du? Das schmerzt am meisten.«

Isabelle schwieg. Ihre Erinnerung zog sie in die Welt zurück und zwang sie, den eigenen Schmerz noch mal zu schauen, der ihr Fieberträume beschert hatte. Langsam schüttelte sie den Kopf; ja, ihr Ritter, dachte sie, ihr habt es einfach; ihr kämpft und geht; wir Frauen müssen bleiben.

»Einige wichtige Bücher habe ich aus der Bibliothek gerettet«, sagte Isabelle schließlich und deutete auf eine Truhe in der Ecke. »Dort findest du neben der *Interrogatio Ioannis* noch die berühmte *Visio Isaiae*, welche die katholische Kirche nicht anerkennen möchte. Von den Schriften gegen die *bonshommes* halte ich besonders des Aufhebens wert den *Tractatus adversus Petrobrusianos* von Petrus Venerabilis sowie das *Opusculum contra haereticos*, das *De fide catholica contra haereticos sui temporis*, die *Hystoria Albigensis*, die *Manifestatio haeresis Catarorum* und das *Liber antihaeresis*. Bringe diese Bücher zu den anderen, auf dass dereinst ein kluger Mensch ermessen kann, welchen Weg wir zurückgelegt haben bis zum *cognoscere causas*. – Inständig bitte ich dich, hüte unseren Schatz.«

Sophia nickte.

Zwei Tage später ließ sie sich mit einem ortskundigen Knappen in die Tiefe seilen und durch den im Norden lückenhaften Belagerungsring der Franzosen führen. Der Knappe trug die Bücher in einem Jutesack auf dem Rücken und geleitete Sophia sicher ins Tal des Hers auf Château d'Embeyre. Da der Rückweg zu gefährlich schien, behielt sie den Knappen bei sich; die Lage war unsicher, da leistete ein zusätzlicher Kämpfer im Haus gute Dienste. Die Bücher versteckte sie in ihrer Kammer, denn im Winter war die Schlucht nicht begehbar; nach den Frühjahrshochwassern würde sie Buch für Buch in Wachstuch schlagen und zu den anderen bringen. Einstweilen mochte sie selbst darin lesen und versuchen, über gelehrte Worte ihren Kummer zu lindern und den Trost im Glauben zu suchen. Es tat ihr gut, von Isabelle zu wissen, wie nah man Gott gelangen konnte und wie tröstlich dies tatsächlich war. Und in der Tat suchte Sophia die Zwiesprache mit dem guten Gott, haderte mit ihm, bedrängte ihn, bat ihn um Einsicht, verzieh ihm; in dieser Zwiesprache nahm sie ihr Schicksal an; das hinderte die Trauer nicht, aber es linderte sie.

Auf Montségur vergingen unterdessen die Tage und mit ihnen schwanden Vorräte und Wasser. Nun war es Not, die die Menschen beherrschte, und Isabelles Vorahnungen wurden Wahrheit. Die Bewohner litten Hunger und Durst; sie froren in beißender Kälte und verzweifelten an ihrer Ausweglosigkeit. Der Winter war zum besten Verbündeten der Franzosen geworden, denn in der klirrenden Kälte wagte sich kein Bote mehr durch die zerklüftete und vereiste Nordwand. Kein Nachschub und keine Neuigkeiten, das ist der Gipfel der Hilflosigkeit. Allein gelassen der Tempel des Lichts. – Da befahl Pierre-Roger den Sturm auf die *Barbacane*.

* * *

Im frühen Morgengrauen sollte der Ausfall sein und das Los war auf Sebastian gefallen, die Kämpfer zu führen. Er nahm die Aufgabe an, und in seinem Herzen fühlte er Dankbarkeit, dass er die Gelegenheit erhielt, für eine gerechte Sache zu kämpfen. Morgen mochte er die Schuld abtragen, die seit Alberto Ganzagues Tod auf ihm lastete und die durch den Mord an Guillaume gemehrt worden war. Diese Gedanken bewegten ihn und er wollte sich mit Isabelle darüber austauschen.

Sie empfing ihn lächelnd; keine Spur von Entbehrung oder Sorge war ihren Zügen zu entnehmen, im Gegenteil: ihr Gemüt wirkte heiter.

»Wie kannst du so gelassen sein angesichts der Franzosen vor der Tür?«

»Alles, lieber Bruder, habe ich schon geschaut; was kommt, schreckt mich nicht mehr. Unser Schmerz ist von dieser Welt; in jener anderen sind wir davon befreit. Sophia, ja, die muss den Schmerz noch erleiden; sie ist jung, sie hat ihre Aufgaben noch nicht erfüllt. Ich bin alt, alt genug für den Abschied. Frohen Sinnes werde ich ihn nehmen.«

»Deine Worte klingen, als glaubtest du nicht an unseren Erfolg. Ich werde morgen die *Barbacane* angreifen und, so Gott will, für uns zurückerobern.«

Isabelle sah ihren Bruder fest an; ihre Augen wurden dunkel;

langsam nickte sie. Sebastian fühlte sich ermutigt und er sprach über seine Schuld, die er durch den Einsatz für die gerechte Sache wettmachen wollte. Alle Bedrückungen seiner Seele sprach er an und es war, als würde ihm allein dadurch leichter ums Herz. Isabelle hörte ihm geduldig zu; manchmal legte sie ihre Hand auf seine und diese behutsame Berührung tat ihm gut. Beinahe war es wie früher, in jener Zeit, als sie einander die besten Freunde waren. Da hatte er sich in ihrer Gegenwart geborgen gefühlt; jetzt tat er es wieder und fühlte sich Isabelle ganz nah; er spürte ihr Ein-Fleisch-und-Blut-Sein.

Sie spürte es auch und musste schlucken, Tränen wollten aufsteigen wegen des Abschieds, um den sie wusste. Aber ihren Bruder wollte sie davon nichts ahnen lassen. Er sollte besten Mutes und im Glauben an den Erfolg in den Kampf gehen und darin seine Erfüllung finden. Wie damals Bernard. Wie ähnlich sie sich sind. Zum Kampf getrieben von innerer Unrast und wie kleine Buben auf den Erfolg ausgerichtet. Als ob es nichts Wichtigeres gäbe. Dabei hängen sie auf eine kindliche Weise dem Gedanken der Gerechtigkeit nach, halten die Treue hoch und wollen den Schwachen helfen, ein bisschen, als ob sie kleine Engel wären. Sie lächelte: Sind sie ja auch, gefallene Engel. Sie sind es wert, gerettet zu werden. Bei diesem Gedanken legte sie Sebastian die Hand auf den Kopf und murmelte einen Segen.

»Du wirst erfolgreich sein und du wirst deine Schuld abtragen, deine ganze große Schuld.«

»Danke.«

Eine Weile blieb er bei ihr sitzen; sie sprachen nichts mehr; die Stille war vertraut. Hier, in Isabelles Zelle, spürte Sebastian noch einmal Heimat.

Als er gegangen war, weinte Isabelle; es ist einfacher für den, der geht; das Weinen war eine Befreiung. Bald würde sie frei sein von Abschiedsschmerz; Sophia saß sicher auf Château d'Embeyre, Juditha würde ihren Weg gehen, Sebastians Bestimmung hätte sich erfüllt; bald wäre nichts mehr, was sie noch hielte in dieser Welt. Da mochte ihr nun, angesichts des Abschieds, ein letzter Trennungsschmerz gestattet sein. Nirgends stand geschrieben, dass *Vollkommene* nicht trauern dürften.

Dreißig waren sie, fünf Ritter, vier Knappen, einundzwanzig *croyants*. Sebastian besprach das Vorgehen mit ihnen, wer wann wo zu stehen käme und was er beim vereinbarten Zeichen zu tun hätte. Mehrmals sprachen sie den Plan durch, bis jeder das Zusammenspiel der Kräfte genau verstanden hatte, das in der Aufteilung in drei Gruppen bestand. Sebastian würde die Gruppe anführen, welche das Eingangstor der Bastion sichern und den nördlichen Wehrgang erobern sollte; Antonin war für die Südseite verantwortlich; Édouard würde mit den schnellsten und kräftigsten Männern die Plattform einnehmen und das Riesenkatapult zerstören. Das war die zentrale Aufgabe; gelänge dies, bestünde Hoffnung für Montségur. Sie wussten, es konnte nur gelingen, wenn sie ohne Fehler zusammenwirkten.

»Zeigt euren Mut, Männer«, beendete Sebastian die Besprechung, »und bedenkt, dass ihr für eine doppelt gerechte Sache kämpft: für die Freiheit von Okzitanien und den wahren Glauben an Gott.«

Sie nahmen ihr Herz in die Hand, als sie im ersten Dämmerschein links und rechts des Grates über die teilweise zerstörten Terrassen schlichen und auf den letzten Metern, als der Grat schmal wurde, über dem Abgrund kletterten, um unbemerkt von den Franzosen dicht an das östliche Vorwerk heranzukommen, was gelang. Das Tor war wie erwartet verriegelt. Zwei Burschen schwangen sich katzengleich auf die Felsen und kletterten an den Kanten der Befestigung nach oben, krochen über die Zinnen und glitten innen lautlos auf den Boden. Der eine suchte die Sperrkette zu öffnen, der andere schob die beiden Stahlriegel durch die geschmiedeten Laschen. Eisen kratzte auf Eisen. Die Kette klirrte. Ein Ruf: Hallo, wer da? Keine Antwort. Noch ein Ruf. Die Kette rasselte, der Bursche riss sie durch die Ösen; der andere zog am schweren Torflügel, der langsam aufschwang. Der Wächter schrie »Überfall«. Sebastian pfiff zweimal kurz, dann sprang er aus der Deckung, rannte auf das Tor zu und drückte den Flügel weit auf. Seine Männer kamen nach und schlüpften durchs Tor. Da traf sie ein Pfeilhagel von oben; die Bogenschützen waren wachsam geblieben und zielten vom Wehrgang herab auf die Angreifer. Sebastian gab das Zeichen zur Aufteilung. Unter dem heftigen Beschuss musste sich Edouard mit seinen Kämpfern auf die Plattform der *Barbacane* durchschlagen und noch ehe er den Aufgang erreicht hatte, waren zwei seiner Männer gefallen. Zum Glück gelang Sebastian auf seiner Seite der Aufstieg auf den Wehrgang beinahe mühelos, weil sein Armbrustschütze den einzigen dort postierten Wächter mit dem ersten Bolzen in die Brust traf. Antonins Gruppe auf der anderen Seite war dagegen schutzlos den Pfeilen der Franzosen ausgeliefert und einer nach dem anderen sank getroffen darnieder. Rasch nahm Sebastian den Wehrgang über dem Tor ein und hieß seinen Armbrustschützen, hier zu verharren und keinen der Franzosen herauf oder unten hindurch zu lassen. Seine eigenen Männer schickte er auf den nördlichen Wehrgang nach vorne, dann stürmte er, das Schwert fest gepackt, entgegen dem Plan auf die rechte Seite, um Antonin und seinen Männern zu Hilfe zu eilen. So rasch wie möglich mussten die Bogenschützen ausgeschaltet werden. Aber die Franzosen schossen zu schnell und zu treffsicher. Für Sebastian gab es kein Durchkommen. Seine Gruppe hingegen, die vom schneidigen Huc de Embeyre geführt wurde, kämpfte sich auf der linken Seite bis auf Höhe der Plattform vor, ehe sie auf erbitterten Widerstand stieß.

Jetzt waren alle Franzosen wach und es befanden sich viel mehr auf der *Barbacane*, als die Okzitanier vermutet hatten. Sebastian und die seinen waren hoffnungslos in der Unterzahl. Doch Sebastian dachte nicht an Rückzug. Das Katapult musste zerstört werden. Unbedingt. Dieses Ziel bestimmte sein Handeln. Aus den Augenwinkeln nahm er wahr, dass es die dafür eingesetzte Gruppe bereits bis auf die Plattform geschafft hatte; nun fochten die Männer mit der dortigen Besatzung. Sie brauchten Hilfe. Sebastian stürmte die Treppe hinunter und nahm die letzten drei unversehrten Kämpfer aus Antonins Gruppe mit sich. Zwei Ritter stellten sich ihnen in den Weg. Sie fochten erbittert mit den Einhändern. Stahl krachte auf Stahl, die Funken stoben. Sebastian schlug sich den Weg frei. Vor sich sah er das Katapult. Edouard zündete gerade die mitgebrachten trockenen Reiser an, als sich von hinten ein Franzose mit erhobenem Schwert näherte. Sebastian sprang heran und schlug dem Verdutzten sein Schwert aus der Hand. Die Reiser brannten. Sebastian drängte den Franzosen ab. Das Katapult muss brennen, dachte er, hieb auf den feindlichen Ritter ein und trieb ihn in eine Ecke. Jetzt war er von Edouard getrennt, der mit schwingender Klinge die anstürmenden Franzosen daran hinderte, das Feuer zu löschen. Ringsum waren Schreie zu hören, jede Übersicht war verloren gegangen. Zwei weitere Franzosen tauchten vor Sebastian auf. Er focht mit dem Einhänder, als wären es zwei Schwerter; sein Körper setzte ungeahnte Kräfte frei, er kämpfte wie damals zu Mantua und diesmal ging es um mehr als einen Falken.

Jetzt brannte das Katapult lichterloh. Heiss und hell strahlte das Feuer und Sebastian spürte eine große Freude darüber, die ihm neue Kräfte verlieh. Mit aller Wucht hieb er dem feindlichen Ritter seinen Einhänder gegen den Kopf; dem Franzosen riss es den Helm ab, er hatte geweitete Augen und hielt den Mund offen. Sebastian nahm den gesamten Schwung des ersten Hiebes mit und schlug den anderen mit der Breitseite der Klinge; bewusstlos brach der Franzose zusammen und Sebastian drehte sich nach dem Feuer um. Gelb und blau loderten die Flammen und fraßen die gefährliche Schleuder. Wir haben es geschafft, dachte Sebastian und bemerkte nicht, wie von schräg hinten ein Ritter herbeieilte; in diesem winzigen Augenblick, in dem Sebastian seine Aufmerksamkeit dem Feuer schenkte, fuhr das von hinten geführte Schwert in Sebastians Nacken; ein leises Knacken, das im allgemeinen Tumult unterging; der Körper sackte zusammen, Sebastian lag leblos da.

Viele Hunde sind des Hasen Tod. Die Übermacht der Franzosen war erdrückend. Mann für Mann wurden die Okzitanier getötet. Drüben auf der Burg sah es Raymond de Péreille, Pierre-Roger de Mirepoix sah es auch. Sie berieten sich wegen möglicher Unterstützung für ihre Sturmtruppe, doch sie hatten zu wenig Kämpfer; keine zwanzig *faidits* waren ihnen geblieben und von den *croyants* mochten höchstens achtzig in der Lage sein, eine Streitaxt zu führen; schickten sie von diesen wenigen Männern noch welche hinüber zur *Barbacane*, wäre die Festung schutzlos; sie hatten das Schicksal von Béziers vor Augen, damals, anno Domini 1209. Sie verdoppelten die Wachen am Tor und sandten keine Verstärkung. Auf der *Barbacane* verbluteten die dreißig tapfersten Männer Montségurs. Raymond de Péreille und Pierre-Roger de Mirepoix erkannten, wie die Franzosen das Tor schlossen; einige der Ritter auf dem Wehrgang schüttelten drohend ihre Fäuste. Die *Barbacane* war verloren.

* * *

Rot wie die Blüte des Klatschmohns schob sich die Sonne über den Horizont und schien auf ein Land, das still lag unter klirrender Kälte. Im Süden glitzerten die schneebedeckten hohen Berge im beginnenden Tag. Im Tal lag der Schatten, das Dunkel herrschte im Abgrund. Wildes Aude, du hast für alle etwas in deinen Gegensätzen. Aude, das ist ein Frauenname. Wirklich? Wo ist das Weiche und Mütterliche, wo bleibt die Gnade? Unter einer kalten Sonne findet sich die Liebe nicht, nicht die Barmherzigkeit. Die Gegensätze fechten ihren Krieg aus, der Mensch ist dabei verloren. Als die Sonne gelb wurde, warfen die Franzosen die Leichen der Okzitanier über die Mauer hinunter auf den Gipfelgrat, jenen schmalen Weg vom Dorf hinüber zum Vorwerk, jene letzte Brücke zwischen hier und da, und zerstörten damit scheinbar jedes Miteinander. Ihre eigenen Toten ließen sie an Seilen hinten auf den Pas de Trébuchet hinab, um den Belagerten ihre Verluste nicht zu zeigen. Zugleich kamen über den Pass neue Söldner herauf; die Besatzung der *Bar-*

bacane wurde weiter verstärkt; der *Sénéchal* des Königs wusste, dass hier der Schlüssel zum Erfolg lag; und Hugues des Arcis wollte den Erfolg.

Als die Sonne weiß wurde, blickten Raymond de Péreille und Pierre-Roger de Mirepoix wieder zum östlichen Vorwerk hinüber und erkannten das Ausmaß ihrer Niederlage. All diese Leiber leblos. Sie waren erschüttert. Aussichtslos, Montségur zu halten. Sie schauten in die Tiefe, hinunter auf das Heerlager der Franzosen und zugleich in jenen anderen Abgrund, der sich der Seele auftut, wenn der Mensch den Halt verliert. Als die Sonne weiß wurde, waren die okzitanischen Herren bleich.

Die Niederlage sprach sich wie ein Lauffeuer herum und die Luft füllte sich mit Klagelauten. Dreißig Frauen hatten ihre Männer verloren und tausend Menschen die Hoffnung. Viele saßen zusammengekauert auf dem Burghof und weinten. Andere liefen auf den Wehrgängen auf und ab und schauten mit seltsam leeren Augen ins Land hinaus. Wieder andere saßen in ihren Zimmern und Zellen und richteten ihre Aufmerksamkeit ganz in sich hinein; wen Gott liebte, dem nahm er die schweren Gedanken; anderen blieben sie und diese waren aufgeladen mit Angst, Furcht vor dem, was sie erwartete. Einzig der Umstand, dass eine höher steigende Sonne Anfang März schon Kraft entfaltete und die eng beisammen Sitzenden etwas wärmte, hellte die Trostlosigkeit der Eingesperrten auf. Mancher blickte flehentlich in den Himmel, als erbäte er von der Sonne Hilfe; dabei war die Sonne, wie alles auf dieser Welt, ein irdisches Ding der Satansschöpfung; gleichwohl tat ihre Wärme gut und ihr Licht.

Blauer Himmel, gleißender Sonnenschein, ein Tag, der die Schöpfung des Herrn in höchsten Tönen lobte. Bischof Lukas de Durand von Albi saß auf einem Bretterpodest vor seiner Hütte und schickte einen Verschwörerblick in den Himmel, als hätte er mit jemand dort oben einen heimlichen Pakt geschlossen, der sich nun erfüllte.

Er lehnte sich in seinem Sessel zurück, während er den Bericht des Hauptmanns von der *Barbacane* entgegennahm, und brummte wohlig: »Der Herr hilft den Gerechten.« Er blinzelte in die Sonne; angenehm, ihre Frühjahrskraft. Nun mochte der Winter zu Ende gehen. Zunächst glaubte er an eine Täuschung, zwickte die Augen zusammen, schloss die Lider und rieb sich Augen und Stirn. Dann blinzelte er erneut in den Himmel hinauf. Ein kleiner schwarzer Fleck schob sich auf die Sonne. Unscheinbar zunächst, ein dunkler Tupfen, als habe sich eine Fliege auf den Rand eines weißen Tellers gesetzt.

Die Sonne war zu hell, Lukas konnte nicht lange hineinblicken; geblendet wandte er den Blick ab und hing seinen Gedanken nach. Die Belagerung würde bald ihrem Ende zugehen, bald wäre die Burg reif für den Sturm. Aber man wusste ja, wie aufopfernd Belagerte ihre Festung verteidigen konnten, wenn sie mit dem Rücken zur Wand standen und keinen Ausweg sahen. Mancher Belagerer zog unverrichteter Dinge ab, weil er die Zähigkeit des Widerstandes nicht brechen konnte und seine eigenen Kämpfer, der Belagerung überdrüssig, maulig geworden waren. Die ganze katholische Welt sprach davon, dass Kaiser Friedrich schon zweimal vor Mailand einen Vertrag der Unterwerfung hatte vorziehen müssen, weil die Lombarden nicht aufgaben. Seine Söldner, überlegte Lukas, wollten ebenfalls weg von hier; wenn sie nicht bald die Entscheidung suchten, könnten sie vielleicht den Erfolg von heute Morgen nicht auskosten. Ein ärgerlicher Zug spielte um seine Mundwinkel. Als ob er um Hilfe suchte, blickte er wieder in den Himmel und siehe da, der dunkle Fleck auf der Sonne war größer geworden.

Ein schwarzes Halbrund lag auf der gleißenden Scheibe und bedeckte ungefähr deren zehnten Teil. Wie wenn man eine Münze langsam auf eine andere schiebt, drang der schwarze Fleck in die Sonne ein. Lukas kratzte sich am Hinterkopf und hörte die Posaunen, denn als der vierte Engel die Posaune blies, da wurde ein Drittel der Sonne getroffen, so dass die Dinge ein Drittel ihrer Leuchtkraft verloren und der Tag um ein Drittel dunkler wurde.

Nun lag der schwarze Schatten zu einem Drittel auf der Sonne und eine Ahnung von Dämmerung hing in der Luft, aber nicht von der milden Art mit dem weichen Licht, wie man es kennt, sondern als grauer Schatten. Die Vögel huben an zu ihrem Abendgesang und es war ein rechtes Zwitschern und Tirilieren, das nicht zu der Bedrohung passen wollte, die von einer schwarz werdenden Sonne ausging. Lukas fasste nicht, was er sah.

Inzwischen liefen mehr und mehr der Soldaten im Heerlager zusammen und reckten die Köpfe zum Himmel hinauf; es war Geschrei und wildes Umeinanderfuchteln; schon rannten die Ersten zu ihrem Bischof, fielen auf die Knie und baten: »Herr, erkläre uns den Himmel dort oben, damit wir nicht irre gehen. Was hat die Sonne zu bedeuten?«

»Sie leuchtet«, antwortete der Bischof schnell, »den Häretikern nicht mehr. Euch aber zeigt der Herr, welche Kraft er hat, dass er den Freunden Satans sogar die Sonne verdunkeln kann.«

Grau wurde die Dämmerung und die Menschen gingen auf die Knie. Überall flogen Gebete in den Himmel. Auf einer schmalen Sichel saß ein gleißender Punkt. Die Sichel verschwand; es sah aus, als säße ein Diamant auf einem schmalen Goldreif. Doch dann …

Vater unser, der du bist im Himmel, geheiligt werde dein Name.

… öffnete das Lamm das sechste Siegel: Von Westen stürmte eine Schwärze heran, als jage ein Gewitter daher, nur tausendmal schneller und schwärzer, als es ein Gewitter je sein könnte. Die Sonne wurde schwarz wie ein Trauergewand. Im Galopp sah man Rehe flüchten, kopflos stürzte sich ein Fuchs zu seinem Bau. Die Vögel hörten zu singen auf. Die Schneeglöckchen, die an geschützten Stellen ihre Köpfe aus der Erde gereckt hatten, schlossen ihre Kelche. Eine feine Sichel noch die Sonne, dann schlagartig tiefe Nacht. Um eine schwarze Sonne leuchtete ein strahlender Kranz.

Vater unser, erlöse uns von dem Bösen.

Sie beteten laut und leise, langsam und schnell, mit trockenen und mit tränenreichen Stimmen; sie beteten alle.

Herr, wenn die Welt jetzt untergeht, so erbarme dich meiner; ein geringer Sünder bin ich, stehe reuig vor dir.

Nachtkühle und Angst ließen die Menschen frösteln. Der unheimlich um die schwarze Sonne lodernde Ring war schrecklich anzusehen; das war Höllenfeuer, ohne Frage. Der Herr zeigt das ewige Feuer; noch liegt ein Deckel auf dem Glutofen, doch wehe, wenn sich der Abgrund auftut und die Hölle die Verdammten schluckt. Der Feuerkranz leuchtet im dunklen Firmament und lodert wie ein riesiger Scheiterhaufen in weiter Ferne.

Mea culpa, mea culpa, mea maxima culpa.

So rufen sie alle und verneigen sich, bis die Stirn den Boden berührt.

Herr, vergib uns unsere Schuld, so wie wir vergeben unseren Schuldigern.

Der Ring verschiebt sich, erlischt rechts, erstarkt links. Graue Dämmerung setzt ein. Der Herr vergibt ihnen ihre Schuld; langsam zieht er die schwarze Scheibe von der Sonne. Wieder pfeifen die Vögel. Schneeglöckchen und Märzenbecher öffnen ihre Kelche. Die Nacht weicht zurück; farbig wird wieder das Land und wärmer die Luft. Schon zeigt sich ein Drittel der Sonne strahlend. Der Tag ist da.

Großer Gott, wir loben dich.

Heller und heller. Wärmer und wärmer. Das Buch wird versiegelt, die Engel packen die Posaunen weg. Das Lamm gibt das Buch zurück, legt es in die rechte Hand dessen, der auf dem Thron sitzt. Die vierundzwanzig Throne verschwinden, der Regenbogen verblasst. Dann schließt sich die Tür im Himmel. Blauer Himmel, ein Tag, der die Schöpfung des Herrn in höchsten Tönen lobt. Zu früh, ihr ward zu früh, ihr Kündiger vom Ende.

Ein schwarzer Fleck saß noch auf der Sonnenscheibe. Jetzt machte sich die Fliege davon. Gleißender Sonnenschein, rein und hell. Ein früher Nachmittag. Alles war, als wäre niemals etwas geschehen.

»Man muss die Zeichen erkennen«, brummte der Bischof und wandte sich an den *Sénéchal*, der immer noch bleich war. »Wir sollten uns mit den Häretikern einigen.«

Hugues des Arcis nickte und schickte einen Ritter seines Vertrauens als Boten auf den *Pog* mit dem Auftrag auszuloten, inwieweit die okzitanischen Herren zu Verhandlungen bereit wären. Raymond de Péreille und Pierre-Roger de Mirepoix sahen den Unterhändler von weitem und verständigten sich ihrerseits, den Franzosen Übergabeverhandlungen anzubieten. Kaum stand der Bote da, konnte er mit der guten Nachricht zurückkehren, und bereits eine Stunde später begegneten sich die Parteien auf dem Plateau vor dem Zelt des Kommandanten. Sie tauschten Ehrbezeigungen aus und übertrafen sich in höfischem Benehmen; nach einigem Hin und Her wurde des Seneschalls Stimme ernst.

»Wir müssen die Zeichen erkennen«, sagte er und machte eine lange Pause, in der sich ein jeder nochmals der Verfinsterung erinnern konnte. »Der König begehrt eure Burg. Ihr solltet dieses Begehren erfüllen.«

»Wir sind hier, um dem König zu zeigen, dass wir ihm nicht feindlich gesonnen sind. Wenn die Umstände uns günstig sind, schlagen wir eurem König keine Bitte ab.«

Sie tanzten wie Katzen um den heißen Brei, tasteten sich ab, versuchten durch geschicktes Reden und nichts Sagen die Absichten des anderen zu ergründen und auszuforschen, wo das Gegenüber bereit wäre, Zugeständnisse zu machen. Sie gingen vorsichtig miteinander um, standen noch unter dem Eindruck der Sonnenfinsternis und wollten ein für alle Seiten vertretbares Ergebnis. Ob Hugues des Arcis, Raymond de Péreille, Lukas de Durand oder Pierre-Roger de Mirepoix, sie waren alle der Belagerung und des Kriegführens müde.

»Als der Sohn zum Vater sagte, ich habe mich gegen dich und den Himmel versündigt und bin nicht mehr wert, dein Sohn zu sein«, leitete der Bischof von Albi schließlich mit dem Gleichnis vom verlorenen Sohn die Verhandlungen über die Übergabebedingungen ein, »da packte der Vater das beste Gewand für den Sohn aus und sie feierten ein fröhliches Fest.«

Er blickte Raymond und Pierre-Roger an, ob sie verstanden hatten, doch die beiden wiegten nur stumm den Kopf.

»Jeder Häretiker, der abschwört«, führte der Bischof weiter aus, »findet seinen Platz im Schoß der Kirche.«

»So ist es«, bekräftigte der *Sénéchal*, »dass König Ludwig die verlorenen Seelen retten will, denn der Sohn war tot, und als er zurückkam, lebte er wieder. Wer kein Häretiker ist, dem schenkt der König die Freiheit.«

Einen Augenblick schwiegen alle, dann fragte Raymond de Péreille: »Und wer nicht abschwört?«

»Wer sich zur Häresie bekennt und vom Teufel nicht lässt, der ist in diesem Leben nicht zu retten«, entgegnete Lukas de Durand achselzuckend.

Pierre-Roger de Mirepoix nickte; Raymond de Péreille blieb reglos und stumm.

In den späten Abendstunden war die Übergabe des Montségur ausgehandelt. Die Okzitanier erhielten eine Frist von vierzehn Tagen, danach war die Burg an die Franzosen auszuhändigen. Bis dahin durften alle Menschen, gleichgültig ob Ritter, *faidits*, Edelleute oder einfache Leute, mit Hab und Gut abziehen, wenn sie keine *Perfekten* waren oder vor dem Bischof öffentlich abschworen. Zudem müssten sich alle Abziehenden freiwillig der Inquisition stellen, die in Foix ihre Kanzlei errichtet hatte. Die *Vollkommenen* allerdings, die nicht abschwörten, seien zum Feuertod verurteilt. Zur Bekräftigung dieser Lösung mussten Raymond und Pierre-Roger jeweils sechs Geiseln aus ihren Familien stellen, was sie am Morgen des folgenden Tages taten.

Die Menschen auf Montségur nahmen das Ergebnis der Übergabeverhandlungen als Gottesurteil hin; sie waren gelassen, oftmals sogar fröhlich. Adlige und einfache Menschen packten ihre Sachen und begannen ihren Auszug über die steilen Pfade, hinunter vom *Pog*, vorbei am Heerlager der Franzosen und hinaus in die Ebene nach Foix. Die französischen Soldaten begleiteten die Abziehenden mit stummen Blicken; es gab weder Gesten des Sieges noch des Hasses, es war, als laste die Himmelsdunkelheit über allen und mache ihnen bewusst, dass sie auf derselben Erde lebten von Gottes Gnaden. In diesen Tagen lag beim Anblick des stillen Auszugs der Okzitanier eine Ahnung von Frieden in der Luft, die sich allerdings zunehmend auflöste, je näher der 16. März 1244 rückte. An diesem Tag sollten die *Erwählten* den Weg in die Tiefe nehmen und kein Einziger schwor ab. Jeder wusste, was das bedeutete.

Oben auf der Burg gaben sich die *Perfekten* den Anschein vollkommener Übereinstimmung mit sich und Gott; sie trafen sich viel in der Kapelle und sangen heilige Choräle; sie verschenkten ihre persönliche Habe an die *croyants*; sie beteten in ihren Familien und bestärkten die einfachen Gläubigen, die weiterleben wollten, in ihrem Mut. Daneben erwählten sie sich diejenigen *parfaits*, welche für den Erhalt ihrer Kirche wichtig waren, und seilten sie heimlich über die Nordwand ab; auf diese Weise entkamen Amiel Aicard, Poitevin und Hugo de Lavaur, denen auch das Versteck etlicher Goldkisten in den Wäldern bekannt war, und gerade Amiel Aicard hielt über viele Jahre hinweg den Glauben der *bonshommes* lebendig.

Unten im Feldlager der Franzosen wimmelte es von Vorbereitungen der besonderen Art; auf dem freien Feld unmittelbar unter dem *Pog*, das aus Sicherheitsgründen nicht für Zelte verwendet worden war, schichteten Knechte und Söldner drei viereckige Scheiterhaufen auf, ein jeder sieben Fuß hoch, fünf Doppelschritte breit und zwölf Doppelschritte lang. Und vor jeden Haufen stellten sie ein Brettergerüst, das gegenüber der Oberkante des Brennholzes erhöht war. In genügender Entfernung wurden Tribünen aufgebaut, als gälte es, ein Ritterturnier zu beobachten. Mehrere Tage lang hallte das Plateau von den Schlägen der Äxte und Hämmer wider und es war eine Stimmung, als fände bald ein richtiges Volksfest statt zur Belustigung der Krieger. Ausgelaugt von zehnmonatiger Belagerung, dürstete die Soldaten nach Abwechslung, und da sich die Nachricht vom Ende des Montségur im Land herumgesprochen zu haben schien und manches Volk nebst manchem Gesindel auf den Bergsattel gezogen war, gab es Gelegenheit zu Kurzweil genug; Geschichtenerzähler saßen auf den fertigen Tribünen und wussten von den neuesten Gräueln aus den Verliesen der Sarazenen in Granada ebenso zu berichten wie von der Märchenwelt der Sultanspaläste; Gaukler zeigten ihre Künste auf der Wiese und turnten mit wilden Verrenkungen, als seien sie echte Schlangenmenschen; Spielleute bevölkerten das Heerlager bald im Überfluss und endlich wagten sich auch die Huren herauf und erbarmten sich der Nöte der Männer; Händler brachten Wein und Met, und da alle Schlachten geschlagen waren, konnten die Ritter vergnügt auf die Jagd gehen und erlegten Rot- und Schwarzwild zur Freude aller. Möglichst bunt und deftig wollten sie das Leben genießen, gerade so, als wollten sie den Schreck der Sonnenfinsternis durch pralle Lebenslust abschütteln, und so begleiteten sie das Wachsen der Richtstätte mit Neugierde und Freude. Was den Okzitaniern oben auf ihrer Burg wie ein schreckliches Fanal erscheinen musste, das wurde den Franzosen zur Verheißung.

* * *

Schwer waren die Tage für Juditha. Stunde um Stunde stand sie an der obersten Zinne des *Donjon* und blickte hinüber zur *Barbacane*. Längst waren die Leichen weggeräumt und gemeinsam mit den in der Zisterne gelegenen Leichnamen in einem tiefen Grab beerdigt worden, aber Juditha sah immer noch das Gesicht des einen, den sie geliebt hatte; sein Antlitz zeigte wunderlicherweise einen ungläubig-freudigen Ausdruck, sein Kopf hingegen war grauenvoll verdreht. Niemand hatte ihm die Augen geschlossen, und sie blickte in das gebrochene Braun. Die Eidechse war aus dem Mund geschlüpft und nicht mehr zurückgekehrt.

Wenn Juditha oben stand am *Donjon* und der Wind ihre Haare zerzauste, suchte sie den weiten Horizont nach einem Zeichen ab, aber erkannte keines. Sie stand bis in den Abend hinein, wenn die Sonne unterging und alle Felsenberge glühen ließ; jedes Mal wieder berührte sie dieses Schauspiel der Natur und kitzelte sie an einem innersten Lebensnerv; dann aber, wenn die Nachtschwärze vom Osten heraufzog und eine unendliche Dunkelheit sich ausbreitete, über deren bodenlose Unendlichkeit sie öfter mit Isabelle gesprochen hatte, spürte sie ihre Einsamkeit. Zunächst ein leises Bedauern in ihrem Herzen, spürte sie die Einsamkeit zunehmend körperlich; es fühlte sich an, als ob sie in einer Felsenwanne stünde, der Bach ihre Zehen umspiele und ganz langsam ansteige; kühles Nass wandert über den Fuß die Waden herauf zum Knie, kriecht die Schenkel hoch, gurgelt immer höher hinauf, umfließt die Brust, netzt die Schultern, den Nacken, den Hals und wirft Wellen am Kinn; dann strömt es klar und kalt zwischen den Lippen ein und rauscht in die Kehle hinab, bis die Flut schließlich über dem Kopf zusammenschlägt und alles umfängt und alles ausfüllt und mit seiner Kälte das Leben erstickt.

Juditha empfand die Einsamkeit als eine Qual, besonders, weil sie in den Stunden des völligen Alleinseins stets an Sebastian dachte und ihn schmerzlich vermisste. Beinahe alles gäbe sie, könnte sie ihn wiedersehen. Vielleicht im Jenseits? Begegnen sich die Menschen dort so, wie sie sich von der Welt her kannten? Oder musste man sterbend ohne Wenn und Aber aus der stofflichen Welt eintreten in jene andere Welt des Heiligen Geistes? Ist Gottes neuer Himmel ein fassbares Paradies oder eine völlig andere Daseinsform? Konnte man dann überhaupt noch der geliebten Seele begegnen und wenn ja, würde man sie wiedererkennen? Die Fragen ließen sich nicht beantworten und die wenigsten Antwortversuche hätten kaum Trost verschafft; so blieb der Schmerz, so bestand die Trauer und so erlebte sie weiterhin ihre Einsamkeit.

Da überlegte Juditha, ob sie sich, wie es manche ringsum taten, das *consolamentum* geben lassen solle; getröstet könnte sie mit den anderen *Erwählten* ins Feuer schreiten und den neuen Himmel finden. Aber sie ängstigte sich beim Gedanken an ihren Tod. Tief in ihr pulste Leben und jeden Abend wieder erinnerte sie das Abendrot an die Kraft und die geheime Lust des Daseins. Mehr noch belebte der aufdämmernde Morgen die Einsame und es wärmte ihr Herz, wenn die eisigen Bergspitzen im Süden von den Sonnenstrahlen berührt und zum Blitzen gebracht wurden. Manchmal funkelte und glitzerte es auf den Höhen der Pyrenäen, als hielte man einen Edelstein gegen das Sonnenlicht; und wer weiß, aus was die Berggipfel wirklich bestanden.

* * *

Im Morgengrauen zogen mit Raymond de Péreille und Pierre-Roger de Mirepoix die letzten *faidits* und *croyants* ab; langsam gingen sie über die Serpentinen zum Feldlager der Franzosen. Unten wartete bereits Hugues des Arcis auf den Burgherrn und nahm in höfischer Manier den Schlüssel für das Südtor entgegen. Jetzt war die Festung schutzlos und bereit zur Übernahme durch die königlichen Truppen. Bald hörte man von unten die Hörner heraufschallen, Abschiedsgruß für die Abziehenden, Ankündigung der neuen Herren. Als wollten die Geister ein Zeichen setzen, lösten sich die Nebelschwaden auf, während französische Soldaten den Weg zur Burg heraufstapften. Die Anführer der königlichen Soldaten trugen Prachtuniform und bewegten sich trotz der Steilheit des Weges gemessen. Standarten blitzten in der Sonne. Vom Tal her schmetterten Hörner. Am Ende des Zuges schwenkten Fahnenträger die Banner des Königs und der Bischöfe von Albi und Narbonne. Der Tag der Übergabe Montségurs war der Tag des Triumphs für Hugues des Arcis.

Viele *Erwählte* standen auf dem Wehrumgang der Burg und blickten den Bewaffneten entgegen, die sie in Bälde hinuntergeleiten würden auf das Feld zu Füßen des *Pog*, wo die drei riesigen Scheiterhaufen an das Ende mahnten. Noch hatte kein einziger *bonhomme* abgeschworen, obwohl seit Tagen zwei Dominikaner mit Engelszungen versuchten, sie für den rechten katholischen Weg zu gewinnen. Isabelle hörte ihnen lange zu und ärgerte sich, was für schreckliche Kanoniker sie waren; sie hielten am Kirchendogma fest um jeden Preis, selbst den der Aufgabe der Wahrheit; lieber verloren sie den Kontakt zu Gott als eine Disputation mit einem Gelehrten; schade, dachte Isabelle, dass sie so stur sind, da kann ich ihnen nichts vom *cognoscere causas* erzählen; mit Bedauern teilte sie den Dominikanern mit, nicht abschwören zu können, und beinahe schien es, dies täte den katholischen Mönchen Leid. Isabelle fühlte sich ihrer Entscheidung sicher, ja, sie freute sich darauf, das irdische Jammertal verlassen zu dürfen. Mehrfach war in den vergangenen Tagen das Licht zu ihr gekommen und hatte ihr den Weg erleuchtet. Sie freute sich auf Gott und die Reinheit des Heiligen Geistes.

Diese Haltung traf allerdings bei weitem nicht auf alle *Perfekten* zu; viele fürchteten sich und begannen, sich in der Burg zu verstecken, als die Franzosen den Berg herauf kamen, und die, welche ohne Furcht waren, stellten sich vorne hin und taten so, als wären sie alle. Doch sie hatten nicht mit der Gründlichkeit der Inquisition gerechnet: Kaum hatte der Hauptmann der Franzosen von Montségur Besitz ergriffen, ließ er eine Liste mit den Namen aller *bonshommes* verlesen; wer aufgerufen wurde, musste vortreten und durch das Spalier der Soldaten zum Tor gehen, wo eine Wachmannschaft die Häretiker in Empfang nahm. Als alle Namen verlesen waren, fragte der Hauptmann streng, wo diejenigen seien, die sich nicht gemeldet hätten, und besah sich das Häuflein Menschen, das vor ihm stand. Es waren die Familienangehörigen von *Vollkommenen*, die sich in den letzten Stunden hatten weihen lassen, weil sie nicht ohne Mann oder Frau weiterleben wollten.

»Wer seid ihr?«, schrie der Franzose schließlich.

»Auch wir sind *gute Christen*«, entgegnete Arnaud Domec. »Der Heilige Geist hat uns erleuchtet, dass wir euch ein Zeichen geben, die ihr störrisch in einem Glauben ohne Gnade verharrt.«

»Wieso steht ihr nicht auf unseren Listen?«

»Wir haben uns alle erst in den letzten Tagen das *consolamentum* geben lassen.«

Grimmig blickte der Hauptmann zu den beiden Dominikanern: »Das nennt ihr bekehren?«

Die Angesprochenen neigten ihre Köpfe und schwiegen; was wusste der Ritter schon über die verstockten Herzen von Häretikern. Der Hauptmann wandte sich wieder Arnaud Domec zu.

»Wo sind die anderen, die wir kennen und die sich nicht meldeten?«

»Das weiß ich nicht. Vielleicht sind es keine *bonshommes*, vielleicht haben sie Montségur längst verlassen.«

»Das werden wir ja sehen«, knurrte der Franzose und befahl den vor ihm Stehenden, sich zu den anderen Häretikern am Tor zu begeben, dann ließ er von seinen Soldaten die Burg durchkämmen. Bald hörte man die ersten Schreie. Die Söldner rissen Frauen und Männer aus ihren Verstecken, zogen sie teilweise an den Haaren aus ihren Schlupfwinkeln heraus und vor den Hauptmann hin, der jeden nach seinem Namen fragte; wer nicht antwortete, wurde mit Füßen getreten, und die ganz Verstockten erhielten Schläge ins Gesicht. Nach und nach wurden alle aus ihren Verstecken gezerrt und zum Schluss blieben lediglich drei Namen übrig: Amiel Aicard, Poitevin und Hugo de Lavaur. Der Hauptmann zuckte mit den Schultern und gab Befehl für den Marsch nach unten. Die *bonshommes* gingen in Zweier- und Dreierreihen den steilen Weg hinab; vorneweg schritten die Frauen in weißen Gewändern; sie hatten sich Schleier umgelegt, um geschmückt wie Bräute ihren letzten Weg anzutreten; dann folgten die Männer in ihren einfachen Habits und sprachen mit ernsten, aber festen Stimmen das Vaterunser.

Es war ein langer Zug, den Raymond de Péreille und die anderen, die in Freiheit waren und nun auf Einladung des königlichen *Sénéchals* auf der Tribüne saßen, beobachten mussten. Hugues des Arcis wollte den störrischen Okzitaniern ein für alle Mal vor Augen

führen, dass mit dem König nicht zu spaßen war. Für den Burg-
herren aber war es mehr als eine Demütigung, den Zug der *Vollkommenen* beobachten zu müssen; tief wühlte der Schmerz in ihm,
denn als die *Erwählten* näher kamen, erkannte er trotz der Schleier
seine Gemahlin Corba und seine Tochter Esclarmonde; Tränen
stiegen ihm in die Augen und er achtete nicht länger ritterlicher
Haltung, sondern weinte öffentlich.

Juditha, die etwas abseits Platz genommen hatte, sah seinen
Kummer und fühlte sich ein wenig getröstet dadurch, denn so
wusste sie, dass sie nicht allein war in ihrer Trauer, die sie nicht
mehr nur wegen Sebastian trug, sondern jetzt auch wegen Isabelle,
die unter ihrem Schleier der Richtstatt entgegenging, als wäre es ein
einfacher Weg.

Vor der Richtstatt hatte der Bischof von Narbonne ein Pult aufgerichtet, worauf die pergamentene Namensliste lag. An dem Pult
stand neben dem Bischof in seinem vollen Ornat ein dominika-
nischer Inquisitor in weißem Gewand und schwarzem Mantel. Der
Bischof fragte jeden der *Vollkommenen* nach seinem Namen und
danach, ob er oder sie abschwören und in den Schoß der heiligen
katholischen Kirche zurückkehren wolle. Ihren Namen sagten sie
alle; aber niemand wollte seinen wahren Gott verleugnen. Viele
wurden dann nach links geschickt, wo die Podeste standen. Einige
aber wies der Inquisitor nach rechts und sie mussten sich in ein Zelt
begeben, das streng bewacht wurde. Nach und nach füllten sich die
Blutgerüste. An den Seiten standen Bogenschützen, welche jede
Flucht verhindern sollten. An allen vier Ecken und an verschiedenen Stellen zwischendrin wurde nun jeder Scheiterhaufen angezün-
det. Gelb züngelten die Flammen und fraßen sich in die trockenen
Holzstöße hinein. Bald trafen sich die blauen Flammenspitzen
rechts und links, dann loderte das ganze Holz. Über den Richt-
feldern flimmerte die Luft. Der Himmel verblasste.

Nach und nach strömten alle herbei, Ritter, Söldner, Kleriker,
aber auch einfaches Volk und die Gaukler, Schausteller und Spiel-

leute, selbst die Huren ließen sich das Spektakel nicht entgehen. Wer nicht auf den Tribünen unterkam, stellte sich in einem weiten Rund auf; jeder kämpfte um einen Platz möglichst weit vorne, um genau zu sehen, wie die Hinrichtung vonstatten ging. Munter wurde durcheinander geschwatzt, es wurde getrunken und gelacht. Als die Scheiterhaufen endlich auflohten, klatschte das Volk; mancher schrie einen Hochruf hinaus und viele lobten den König und den Papst. Sie prosteten sich zu und glotzten lüstern auf die Feuer.

Einzig Lukas de Durand blickte freudlos zur Richtstatt hinüber; jetzt, da das Brennen begann, fühlte er keinerlei Befriedigung; ihm wäre es lieber gewesen, wenn die *bonshommes* abgeschworen hätten; er wusste nicht wirklich, ob es richtig war, die Häretiker zu vernichten; hätte Jesus Christus so gehandelt? Aber andererseits, stand nicht bei Petrus: »Der jetzige Himmel aber und die jetzige Erde sind für das Feuer aufgespart.« Während das Feuer wütete, grübelte der Bischof. Unter den Elementen, fand er, sei das Feuer das wirkkräftigste, Vergängliches zu verzehren. Nur im Feuer könne die Seele gereinigt werden. Dann aber könne die Hinwegnahme der teuflischen Dinge auf die gemäßeste Weise nur durch Feuer geschehen.

»Ja«, murmelte der Bischof von Albi, »so heißt es nach dem Glauben, dass die Welt am Ende durch das Feuer gereinigt werden wird, nicht allein von den vergänglichen Dingen, sondern auch von der Befleckung, die dieser Stätte anhaftet durch die Besiedlung der Sünder.«

In diesem Augenblick sah ihn der Bischof von Narbonne, welcher die Zeremonie leitete, durchdringend an und wartete auf das Zeichen des Einverständnisses. Lukuas de Durand nickte müde. Die Hinrichtung begann.

Juditha wollte nicht hinsehen, aber die brodelnden Feuer bannten ihre Augen und zwangen sie, Zeugnis abzulegen über den Untergang der *guten Christen*. Diese wurden von Henkern in schwarzen Kapuzen von den Gerüsten hinuntergestoßen. Mancher *parfait* und manche *parfaite* kamen dem Stoß zuvor; einige sprangen singend in die Flammen.

Es war ein langer Zug langsam dahinschreitender Menschen, die ihre weißen Gewänder für jedermann sichtbar mit tiefer Würde trugen. Die namenlosen Leiber zeugten von Demut und Ehrfurcht vor der unnennbaren Existenz des Weltenschöpfers und all diese einzelnen *Vollkommenen* verloren ihre Eigenart als menschliches Wesen und gingen auf in der Masse der *Erwählten*, und es schien, als schritten sie nicht ins Feuer, sondern geleitet vom guten Hirten unmittelbar ins Paradies. Judithas Augen brannten vor Schmerz, doch keine Träne trübte ihren Blick; sie sollte Zeugnis ablegen, sie musste alles sehen. Und dann, als die Schlange der wartenden Todgeweihten immer kürzer wurde, erblickte sie Isabelle. Eine schlanke, aufrechte Frau; das schwarze Haar floss ihr auf das weiße Kleid herab; wie schon lange nicht mehr, trug Isabelle nun ihr Haar offen. Ruhig und gemessen schritt sie dem Gerüst entgegen, zu dem sie gewiesen wurde von einem der Schreiber. Ihre großen Augen richteten sich auf einen unsichtbaren Punkt hellsten Lichts und Juditha sah, dass sich dieser Punkt nicht in den Flammen des Scheiterhaufens befand. Für den Bruchteil eines Augenblicks schien es Juditha, als würde ihr Blick das wissende Sehen Isabelles treffen, und in diesem Moment durchfuhr sie vollkommenes Einverständnis. Und noch ehe Isabelle mit beinahe stolzen Schritten an dem Henker vorbei in die Flammen schritt, wusste Juditha: Es war gut. Dann stürzte die Freundin. Das Feuer loderte, im Feuer verlor sich jeder Umriss. Da war nur noch Flamme und Licht. Die gelbroten Feuerzungen verloren sich in weißer Helligkeit, der Scheiterhaufen löste sich in einen gleißenden Schein auf und wandelte sich in einen brennenden Dornbusch. Dieses Bild war nicht mehr von Menschenhand. Hoffnung und Frieden leuchteten für den, der sehen konnte.

Lange sah Juditha still in die Flammen, und erst, als sie in sich zusammenfielen, kamen ihr die Tränen.

Hatten die Zuschauer bei den ersten Opfern noch gejohlt, wurden sie ruhiger mit der Zeit. Süßlicher Geruch lag in der Luft, Rauch biss in die Augen. Als das Brennen nach mehr als einer Stunde noch kein Ende hatte, sah man selbst bei den Franzosen nachdenkliche Gesichter. Leise waren alle geworden. Das Feuer knackte und prasselte. Daneben konnte man das Schluchzen der Okzitanier hören, die dem Sterben fassungslos zusahen. Als der letzte *Perfekte* mit dem Lob Gottes auf den Lippen in die Flammen ging, erhoben sich auf den Tribünen alle.

Bischof Durand hob die Arme und sprach ein Gebet: »Herr, unser Gott, sei ihnen gnädig nach deiner Huld, tilge ihren Frevel nach deinem reichen Erbarmen. Wasche ihre Schuld von ihnen ab und mache sie rein von ihrer Sünde. Amen.«

»Amen!«, sagten sie alle und zerstreuten sich rasch vom Richtplatz; viele suchten im Wein das Vergessen oder in sonstiger Belustigung und wenige Zeit später erinnerte nichts mehr an das verheerende Gericht.

Juditha schulterte ihre Kraxe und ging mit müden Schritten ins Tal hinab. Sie fühlte sich unendlich leer. Sie sah den dichten Wald nicht und nicht die gelben Schlüsselblumen, die unten den Frühling verkündeten. Sie hörte den Bussard nicht schreien und den Specht nicht hämmern. Sie roch weder oben die Schneereste noch unten das junge Gras. Ihre Beine bewegten sich von allein; sie spürte sie nicht. Ihren Gliedern fehlte jedes Gefühl, ihr Herz war taub, ihre Augen blieben tränenleer. Als es dunkel wurde, legte sie sich achtlos neben einen Busch und schlief.

Kaum erquickt setzte sie anderntags ihren Marsch fort. Doch als sie an einer Weggabelung anlangte, erwachte ihre Seele aus der Betäubung und sie fragte sich, wohin sie sich wenden solle. Geradeaus ging es nach Foix, wohin sie befohlen war durch die Order der päpstlichen Truppen; bog sie jedoch rechts ab, gelangte sie auf die Nordseite des Montségur und könnte über einsame Pfade hinüberwandern zum Gorges-de-la-Frau. Während Juditha noch unschlüssig an der Wegkreuzung stand, stapfte vor ihr aus dem Hohlweg eine alte Frau, die sich mit einem härenen Sack abmühte. Keuchend stellte sie den Sack vor Juditha auf den Boden.

»Wer bist du?«, fragte sie.

»Ich bin Juditha, die Heilerin von Montségur.«

»Du hast das große Brennen überlebt?«

»Wir durften den *Pog* verlassen, wenn wir versprachen, uns in Foix freiwillig der Inquisition zu stellen. Wer dies nicht tut, ist des Todes.«

»Willst du wirklich nach Foix?«, fragte die alte Frau beinahe ungläubig. »Ich sage dir: Sie versprechen viel und halten wenig.«

»Ich weiß nicht, was ich tun soll«, flüsterte Juditha mutlos.

»Dann begleite mich, ehe du in dein Unglück rennst. Meine Hütte steht im Weiler Bénaix; es ist Platz für zwei.«

»Ich danke dir«, entgegnete Juditha, doch es klang halbherzig.

Die Alte bemerkte es. Sie setzte sich auf ihren Rübensack, wartete, bis es Juditha ihr gleichtat, und erzählte eine alte Fabel: »In einem Refektorium war eine Katze, die alle Mäuse fing und tötete, ausgenommen eine große Ratte. Die Katze überlegte, wie sie jene überlisten und verschlingen könne. Schließlich ließ sie sich eine Tonsur rasieren, zog eine Kutte an und verkleidete sich so als Mönch: sie saß mit den anderen Mönchen und speiste mit ihnen. Als die Ratte dies sah, freute sie sich und glaubte, sie stelle ihr nicht mehr nach. So sprang denn die Ratte hierhin und dorthin und die Katze verstellte sich und wandte ihre Augen von eitlen Dingen ab. Schließlich fühlte sich die Ratte sicher und kam nahe an die Katze heran. Die Katze aber packte die Ratte kräftig mit den Krallen und hielt sie fest. Da rief die Ratte: ›Was begehrst du solche Grausamkeit? Warum lässt du mich nicht los? Bist du nicht ein Mönch geworden?‹ Sprach die Katze: ›Niemals wirst du so gut predigen, Bruder, dass ich dich losließe; wenn ich will, bin ich ein Mönch; wenn ich will, bin ich ein Kanoniker.‹ Und sie fraß die Ratte.«

Die beiden Frauen schwiegen, blickten sich lange an und standen schließlich schweigend auf. Juditha schulterte ihren Korb, die Alte ihren Rübensack. Wortlos und schwer atmend unter der Last, ging die Alte voran über den ausgetretenen Weg, der hinab führte nach Lavelanet, aber bald schon bog sie in ein Korkeichenwäldchen und folgte einem schmalen Pfad.

»Hier wird uns niemand begegnen«, sagte sie, um Juditha zu beruhigen, die sich immer wieder ängstlich umblickte. Denn nun regte sich das Verlangen nach Leben in ihr und damit die Angst, von den Häschern der Inquisition aufgegriffen zu werden. Doch unbehelligt langten sie einige Stunden später in Bénaix an und betraten die einfache *Cabane*, deren Wände rußgeschwärzt waren.

»Ruh dich bei mir aus, so lange du willst«, sagte die Alte und ging daran, in der *Fonghana* das Feuer zu entfachen. Juditha setzte sich auf die Pritsche in der Ecke und betrachtete still die einfachen Handgriffe ihrer Gastgeberin. Geschickt blies sie in die Späne und entfachte die Glut, legte gespaltene Birkenscheiter auf und ordnete das Feuer so, dass es den Topf mit der Suppe gut wärmte.

»Es ist eine einfache Brühe«, erläuterte die Alte, »vom Huhn, das gibt Kraft.«

Dann leerte sie den Sack aus und stapelte die Rüben in einer Ecke. Ihre Bewegungen wirkten genau abgemessen, ruhig und vertraut. Juditha fühlte sich wohl in der Hütte und je länger sie über die Fabel von der Katze nachdachte, desto dankbarer war sie der alten Frau für Rat und Hilfe.

»Es wird schlimm gesprochen von dem Gericht am Montségur. Willst du mir erzählen?«, fragte die Alte, als sie über ihren Suppenschalen saßen und die Brühe löffelten.

Juditha nickte und begann, nachdem sie ihre Schale leer gegessen hatte, stockend zunächst und manches Mal von Tränen unterbrochen, über die letzten Tage auf dem *Pog* zu berichten, und je länger sie erzählte, umso deutlicher spürte sie, dass es ihr gut tat, über die Gräuel zu reden. Sie griff mit ihrer Schilderung immer weiter aus und erzählte schließlich von jenen Tagen von Marotta, als sie zu Bixente gerufen worden war, gelangte zu den Anfängen ihrer Liebe zu Sebastian und erlebte in der Erzählung alles noch einmal. Es war, als würde sie erst jetzt, in der *Cabane* einer alten Frau, Abschied nehmen können von Sebastian und Isabelle. Und mit diesem Abschied erwachte ihr Lebensmut von neuem mit ganzer Kraft und sie beschloss, so rasch wie möglich nach Château d'Embeyre zu gehen. Dort wollte sie Sophia treffen. Gemeinsam würden sie über ihre Zukunft beraten. Das Leben musste weitergehen. Außerdem, dachte Juditha, brauchen mich die Menschen, ich kann noch viele heilen.

Die Nacht über blieb sie bei der alten Frau, aber am nächsten Morgen machte sie sich auf den Weg und dachte, über den schmalen Pfad unterhalb des Pic de Méde hinüber nach Fougax-et-Barrineuf zu gelangen; von dort war es ein halber Tagesmarsch bis zum Wiedersehen mit ihrer Tochter. – Der Weg führte durch dunklen Wald. Selten begangen, war er so einsam, dass Juditha keinen Gedanken daran verschwendete, entdeckt zu werden. So wanderte sie sorglos dahin und wäre nicht just an diesem Tag ein Trupp der päpstlichen Belagerer über die Ostflanke des Montségur abgestiegen, Juditha hätte sicher ihr Ziel erreicht. Aber der Anführer der Truppe wurde misstrauisch, als er die einsame Frau mit ihrer Trage entdeckte, hieß sie stehen bleiben und Rede und Antwort geben. Er fragte sie nach Woher und Wohin, forschte Namen und Stand aus, wollte alles über die anderen Familienmitglieder wissen und machte sich schließlich über den Inhalt ihres Korbes.

»Was ist das?«, fragte er barsch und zog einige Baldrianwurzeln hervor.

»Eine Wurzel der *Valeriana officinalis*«, antwortete Juditha leise.

»Wozu brauchst du das?«

»Ich bin eine Heilerin.«

Der Legat lachte und rief nach einem Soldaten.

»Legt die Hexe in Fesseln. Wir wollen sie nach Foix mitnehmen und dort dem Inquisitor vorführen.«

So geschah es und Juditha konnte von Glück sagen, dass die Soldaten müde und sie selbst, der ausgestandenen Strapazen und des erduldeten Leides wegen, unansehnlich war, denn sonst hätten es die Söldner ärger mit ihr getrieben als nur derbe Scherze gemacht. So aber brachten sie sie unversehrt zur Dominikanerkartause, wo ein mürrischer Schreiber ihre Angaben festhielt, ehe er den Inquisitor rief.

»Die da behauptet, eine Heilerin zu sein. Seht nur, was sie für Teufelszeug in ihrem Korb mitschleppt«, sagte er und deutete auf Wurzeln und Kräuter aus Judithas Korb. »Wenn Ihr mich fragt, ist's eine Hexe.«

Der Inquisitor brummte, besah sich einige der Kräuter und kramte vom Boden des Korbes die Gerätschaften fürs Aderlassen und Starstechen herauf. Da wurde sein Blick sehr grimmig.

»Woher kommt sie?«, fragte er scharf.

»Montségur. Die Soldaten haben sie aufgegriffen«, antwortete der Schreiber.

»So ist es eine Hexe. Einsperren!«

Ein Wächter packte Judithas Handgelenk und zog sie mit sich; es ging durch muffige Gänge und über glitschige Treppen, bis sie zu einem Verlies kamen, dessen eisenbebänderte Tür in den Angeln knarzte, als der Wächter sie öffnete. Er stieß sie hinein und zog die Tür zu. Das Kellerloch stank faulig. Juditha würgte es im Hals. Sie streckte ihre Hände aus und tastete sich an dem feuchten Mauerwerk entlang. Einige Meter von der Tür entfernt setzte sie sich langsam auf den Boden. Sie hatte Glück und erwischte eine trockene Stelle. Es raschelte und eine Ratte huschte über ihre Beine; dann wurde es still.

* * *

Manuel, der Knecht, überbrachte die Nachricht vom großen Feuer. Sophia schloss sich tagelang in ihre Kammer auf Château d'Embeyre ein und beweinte das Schicksal Isabelles. Dann begann sie mit dem Warten auf ihre Mutter. Doch Juditha kam nicht. Schließlich schickte Sophia Manuel wieder hinauf zum Montségur; er sollte Erkundigungen einziehen und Kunde bringen von Judithas Verbleib. Die Tage vergingen und von Stunde zu Stunde wuchs Sophias Ungeduld. Endlich kam Manuel und berichtete, dass Juditha unbehelligt davongezogen sei; mehrere Bekannte hätten sie mit ihrer Kraxe ins Tal hinab marschieren sehen; allerdings könne sich niemand daran erinnern, sie unten in Lavelanet oder Mirepoix oder Foix gesehen zu haben.

Sie wird sich, beruhigte sich Sophia, zurückgezogen haben; vielleicht braucht sie ihre Zeit der Trauer, um das Erlebte zu verarbeiten. Zu gegebener Zeit wird sie zurückkommen und wir können das Leben gemeinsam meistern, sprach Sophia zu sich selbst und wiegte sich in tröstende Sicherheit. Sie bezähmte ihre Ungeduld und hörte auf, die Ankunft ihrer Mutter zu erwarten. Stattdessen besuchte sie die Grotte hinter dem Wasserfall und las in Isabelles Schriften. Tief drang sie in die Gedankenwelt der *Erwählte*n ein und machte sich die Vorstellungen der *bonshommes* zu eigen, bis sie sich selbst als Hüterin des Schatzes der Katharer fühlte, denn wer außer ihr mochte über so viel geheimes Wissen verfügen? Als sie eines Tages darüber nachdachte, musste sie lächeln. Noch gab es *Vollkommene* und gerade Dorf und Burg Montaillou hielten sich, beschirmt von den Gorges-de-la-Frau und Château d'Embeyre am Eingang der Schlucht, vortrefflich; und Montaillou war nicht allein. Aber die Inquisition wirkte und sie wirkte im Geheimen noch mehr als öffentlich, und Sophia war klug genug, den Ertrag des fortwährenden Wirkens zu erkennen. Eines Tages würde die Inquisition den Sieg davontragen; dann würde der letzte *Erwählte* ausgerottet sein und von den *guten Christen* könnten nur noch die gesammelten Schriften erzählen. Und sie: Sophia Lemaitre, die Nichte von Isabelle Lemaitre, der Erleuchteten, Sophia, die Hüterin des Schatzes.

Juditha kam nicht; sie kam nicht nach einem Monat, sie kam nicht nach einem Jahr. Es wurde Sommer und es wurde Herbst, aber immer noch kein Zeichen von Juditha. Da machte sich Sophia auf den

Weg hinauf zum *Pog*. Sie wollte den Schicksalsberg sehen. – Grauer Nebel überall; er verdüsterte das Licht, nässte die Luft, dämpfte jeden Laut. Flach geschlagen vom Regen lag das Gras. Der nasse Boden schmatzte bei jedem Schritt; sie konnte ihren Atem sehen. Daran merkte sie, dass es kühl war und sie nicht der Erinnerungen wegen fröstelte. Sie hatte die Schulter erreicht, die Fläche der *Prats dels Cramats*, aber am Boden fanden sich keinerlei Spuren. Suchend ihr Blick, ob vielleicht ein Stein die Geschichte erzählte, jene Geschichte von den *bonshommes*, die ins Feuer gingen. Die weite Wiese war verbuscht, alle paar Doppelschritte wucherte ein Holunder- oder Maulbeerstrauch. Hier weidete kein Vieh mehr, hier äste kein Wild. Einsam und verlassen lag der Bergsattel, als wäre sie der erste Mensch, der aus dem wilden Tal heraufgestiegen ist. Die Steine schwiegen. Es wurde heller, der Nebel hob sich. Noch sah sie ihn nicht, den *Pog*. Sie blieb stehen. Der Weg war anstrengend gewesen. Als höbe eine unsichtbare Kraft Stoffbahn nach Stoffbahn an, lichteten sich die Nebel. Die Sonne brach durch, klar wurde die Luft. Und da stand er, der Tempel des Lichts: Glatt und weiß strebten seine Wände dem Himmel zu. Aus abweisenden Steilwänden heraus rundete sich der Gipfel. Über allem die Burg. Hell und trutzig standen die Mauern. Sophias Augen lächelten, mühsam tat es ihnen der Mund gleich. Sie spürte die Trauer um die verlorenen Menschen, fühlte stärker als jemals den Verlust von Isabelle, Sebastian und Jourdain. Sie weinte.

Die Tränen hatten befreiende Kraft, nahmen die Notwendigkeit von ihr, hinaufzusteigen und an der Ruine der *Barbacane* nochmals den Schmerz um Jourdains Verlust zu durchleben. Sie konnte hier Abschied nehmen, an den *Prats dels Cramats*.

Mit der Sonne kamen die Düfte zurück; Rosmarin, Thymian, Lavendel überlagerten den schweren Geruch der Erde und trugen die Würze des Lebens in sich; Thymian regt Geist und Gemüt an, Rosmarin stärkt das Herz und gibt Spannkraft für den ganzen Tag, Lavendel beruhigt die Nerven und beseitigt das Gliederzittern. Eine tiefe Weisheit liegt in den Düften, das Wissen von Reinigung und Kraft, Besänftigung und Ausdauer. Da und dort mengt sich die Frische der Pfefferminze hinein und verleiht der Wiese Zauber. Was für eine kraftvolle Erde. – Sophia liebte dieses Land und ein unbändiger Wille zu leben durchfuhr sie, als sie in die Berge hineinblickte, die aus den Wolkenschwaden auftauchten und in zartem Graublau schimmerten bis hinauf zu den gleißenden Flächen der Gipfel. In die Schatten der Schrunden und Schluchten mischte sich dunkles Grün. Die Natur spielte mit allen Grautönen und beendete ihre Farbenpracht im glitzernden Weiß, in der Helligkeit heiliger Geheimnisse, wie es Isabelle berichtet hatte von ihrer Einsiedelei.

»Ja«, flüsterte Sophia, »Gott erscheint immer im Licht und er thront stets über dem Dunkel. Das ist die Wahrheit.«

Sie sog die Düfte in sich ein und schaute sich an den Bergen satt, sie hörte dem Wind hinterher und spürte in ihre Fußsohlen hinein, damit sie nie den festen Boden unter den Füßen vergesse, und sie nahm die Freude am Leben an und verband sich der Hoffnung.

»So Gott will«, sprach sie laut, »werde ich meine Mutter finden.«

Und sie machte sich auf den Weg nach Foix.

Ohne Umschweife wurde sie zu dem Dominikaner vorgelassen, welcher die Inquisition zu Foix leitete. Es war ein gar alter Mönch, der da an einem Schreibpult stand. Der spärliche weiße Haarkranz auf seinem Schädel ähnelte fast jenem Schein, wie ihn Illuminatoren gern den Heiligen aufsetzten, aller hagerer Kantigkeit zum Trotz wirkte sein Gesicht mit den dunkeln Augen gütig und seine Stimme klang zwar etwas brüchig, aber erstaunlich weich und einfühlsam, als er fragte: »Was ist dein Begehr, meine Tochter?«

»Ehrwürdiger Vater«, entgegnete Sophia verunsichert durch den liebenswürdigen Ton, denn sie hatte sich einen dominikanischen Inquisitor aus ihrer zurückliegenden Erfahrung heraus nicht anders als äußerst ruppig und streng vorstellen können.

»Ich suche meine Mutter. Sie weilte beim großen Strafgericht auf dem Montségur, ist aber keine Häretikerin.«

»So sei unbesorgt, denn ihr ist nichts geschehen«, erwiderte der Mönch entgegenkommend.

»Seit eineinhalb Jahren kein Zeichen von ihr, das macht mich schon besorgt.«

Der Inquisitor kratzte sich an der Nase.

»Mein Vorgänger, der die Untersuchungen bis vor vier Monaten leitete, hat alle Verfahren abgeschlossen bis auf drei, die er für schwerwiegend hielt, wenngleich sie nicht eilen. Da geht es um verbotene Zauberei, Hexenkunst und dummen Irrglauben, nichts von Belang.«

Sophia blickte den Dominikaner ratlos an und stammelte schließlich: »Was nennt Ihr Hexerei oder dummen Irrglauben?«

»Ha«, lachte der Alte, »da ist eine Verwirrte, die behauptet, eine Heilerin zu sein, und birgt Gerätschaften in ihrem Korb, derer ich noch nie ansichtig geworden bin, sagt, sie steche den grauen Star damit aus.«

Sophia schrie auf.

»Was ist dir, mein Kind?«, fragte der Inquisitor.

»Wisst Ihr, wie sie heißt?«

Der Mönch verneinte.

»Aber ich kann den Schreiber rufen«, sagte er mitfühlenden Tones, als er die Verzweiflung in Sophias Stimme hörte, und schlug mit einem kleinen Hammer auf das Schreibpult, worauf sofort ein krumm gewachsener Diener herbeieilte.

»Sagt«, wandte sich der Inquisitor an seinen Helfer, »lebt die Hexe im Verlies noch? Und wie heißt sie?«

»Juditha irgendwie«, entgegnete der Schreiber sofort.

»Ja«, rief Sophia und ihre Mundwinkel zitterten.

Der alte Dominikaner blickte sie durchdringend an, ehe er das Wort an sie richtete: »Sag, meine Tochter, hältst du sie nicht für eine Hexe?«

»O nein, ehrwürdiger Vater«, antwortete Sophia stockend. »Nein.«

»Bringt sie her«, bat der Inquisitor, beugte sich müde über sein

Pult und schloss die Augen. »Ich weiß nicht«, sagte er schleppend, »ob es gut ist, wenn du sie siehst. Unser Kerker ist feucht und kalt und für einen jeden eine schmerzhafte Prüfung, denn so will es die Vorschrift, dass der Kerker über Strafe und Verwahrung hinaus ein quälendes Mittel zur Wahrheitsfindung ist. Wir müssen die Verstockten packen, selbst wenn sie uns erbarmen. Die meisten wünschen sich irgendwann den Tod und nehmen zur Wahrheit Zuflucht.«

»Aber – wenn jemand unschuldig ist?«

»Der Herr kennt die seinen«, antwortete der Inquisitor, aber er sagte die Wort matt und ohne Zorn.

»So möge er«, raffte sich Sophia auf, »auch meine Mutter als die seine erkennen und so mögt Ihr, ehrwürdiger Vater, ein Diener des wahren Willens des Herrn sein und meine Mutter entlassen.«

Zunächst stutzte der Dominikaner, dann beschwichtigte er: »Wenn die Eingesperrte wirklich deine Mutter ist.«

Sie schwiegen und warteten.

Die Kleider hingen in Fetzen an ihrem ausgezehrten Körper herab, das Haar zu Platten verfilzt, die Haut von Schrunden und Eiterschwären übersät, der ganze Leib starrend von Dreck, abstoßend, stinkend; kein Aussätziger sah übler aus. Aber Sophia zögerte keinen Augenblick, stürzte auf die Jammergestalt zu und umarmte sie. Ungläubig zog der Mönch seine Augenbrauen hoch. Er rümpfte die Nase und wandte sich ab. Auch das trockene Weinen mochte er nicht hören, schlurfte lieber in den Nebenraum und hieß den Schreiber, aus der alten Akte vorzutragen.

»Nennt sich Juditha, die Heilerin von Montségur, ist verstockt und bekennt keinerlei Verfehlung, behauptet, den grauen Star kurieren zu können und viel Weisheit von der heiligen Hildegard übernommen zu haben, kennt dreißig Arten des Aderlasses und an die hundert verschiedene Heilpflanzen, betet zu Jesus Christus und kennt die rechte Art des Paternoster, spricht von den vier Körpersäften und ihrem Verhältnis und will noch nie falsches Zeugnis abgelegt haben gegen den Herrn. Aber sie hat gegen die Auflage verstoßen, sich freiwillig bei der Inquisition zu melden, sondern wurde aufgegriffen auf einem verborgenen Pfad unterhalb des Pic de Méde und gewaltsam hierher verbracht, was allein sie verdächtig macht. – Allerdings«, ergänzte der Schreiber nach einer kurzen Pause den Aktenvermerk, »haben sich bisher keine Zeugen gegen sie gefunden.«

»Ja, die heilige Hildegard«, brummte der Dominikaner, »die wusste schon vor über hundert Jahren viel Gutes und Heilbringendes. Darauf beruft sich die Erbärmliche?«

Der Schreiber nickte. Da wurde der Blick des Inquisitors wach und lebendig und er ging mit gerümpfter Nase nahe an Juditha heran und fragte sie flüsternd: »Ist es wahr?«

Juditha riss die Augen auf und sah den Dominikaner an.

»Ist es wahr«, wiederholte er, »dass du eine Heilerin in der Gefolgschaft der heiligen Hildegard bist?«

Juditha nickte. Der Mönch stand seltsam starr, nur seine Nasenflügel bebten und plötzlich musste er überlaut niesen. Er wischte sich die nasse Nase mit dem Handrücken ab, vollführte eine unwirsche Handbewegung und drehte sich weg.

»Geht«, sagte er, »geht mit Gott – aber geht.«

Und sie gingen.

Später, als sie allein waren, fragte der Schreiber den Inquisitor: »Warum habt Ihr die beiden gehen lassen?«

»Hast du gesehen, wie innig die Junge die Alte umarmte?«

»Ja.«

»Wer so den Ekel überwindet, dem ist der Herr nahe wie einst Jesus Christus dem Lazarus.«

Dem Schreiber blieb der Mund offen.

»Geh hin«, brummte der Inquisitor, »und verbrenne die Akte.«

Der Schreiber tat, wie ihm geheißen.

Zeittafel

1127	Wilhelm IX. von Aquitanien, der »erste Troubadour«, stirbt
1163	Grundsteinlegung für die Kathedrale Notre-Dame de Paris
1165	Streitgespräch der Katharer mit den Katholiken in Lombers bei Albi; Entstehung des Romans »Erec und Enide« von Chrétien de Troyes
1167	Auf der Synode der Katharer zu St. Felix de Caraman wird das Bistum Val d'Aran als erstes Katharerbistum gegründet
1170	Dominikus Guzmán, der Stifter des Dominikanerordens, wird geboren
1180	Philipp II. August wird König von Frankreich
1183	Chrétien de Troyes, Frankreichs größter Dichter des 12. Jahrhunderts, stirbt
1184	Durch das Konzil von Verona wird die Inquisition eingerichtet
1188	Blanche von Kastilien, Tochter von Alfons VIII. von Kastilien und Eleonore von England, wird geboren
1190	Kaiser Friedrich I. Barbarossa stirbt auf dem Kreuzzug; Heinrich VI. wird zum Kaiser gekrönt
1193	Albertus Magnus wird geboren
1194	Friedrich II. wird geboren
1196	Raymond VI. folgt seinem Vater als Graf von Toulouse
1198	Innozenz III. wird Papst

1199	Richard Löwenherz stirbt; Johann Ohneland wird englischer König
1200	Verlobung von Blanche von Kastilien mit Ludwig VIII. von Frankreich
1204	Wiederbesiedlung des *Pog* von Montségur
1207	Raymond VI. wird exkommuniziert
1208	Ermordung des päpstlichen Legaten Pierre de Castelnau; Franz von Assisi gründet den Franziskanerorden
1209	Beginn des Kreuzzugs gegen die Katharer; Eroberung und Zerstörung von Béziers; Simon de Montfort wird Graf von Carcassonne
1210	Johann I. von Brienne wird König von Jerusalem, kann seinen Anspruch aber nicht geltend machen; Einnahme von Minerve durch Simon de Montfort
1211	Simon de Montfort besiegt Raymond bei Castelnaudary; erste Belagerung von Toulouse
1212	Friedrich II. wird König; Tausende von Kindern ziehen im Kinderkreuzzug nach Italien und kommen um oder geraten in die Sklaverei
1213	Peter II. von Aragon stirbt in der Schlacht von Muret; Raymond VI. flieht nach England
1214	Ludwig IX. von Frankreich wird geboren
1215	Simon de Montfort erobert Toulouse; das IV. Laterankonzil bestätigt ihn als Grafen von Carcassonne
1216	Gründung des Dominikanerordens; Tod Innozenz' III., Honorius III. wird sein Nachfolger; Raymond VII. belagert Beaucaire
1217	Vierter Kreuzzug durch Andreas von Ungarn nach Damiette; Raymond VI. nimmt Toulouse ein
1218	Simon de Montfort wird bei der Belagerung von Toulouse tödlich von einem von Frauen geschleuderten Stein getroffen
1219	Kreuzfahrer erobern Damiette; Prinz Ludwig belagert erfolglos Toulouse und zieht wieder ab

1220	Kaiserkrönung Friedrichs II.; bei den Bauarbeiten zu Notre-Dame de Paris wird die Fassade bis zur Königsgalerie abgeschlossen
1221	Tod von Dominikus; die Kreuzfahrer verlieren die entscheidende Schlacht und müssen Damiette räumen, der vierte Kreuzzug ist gescheitert
1222	Raymond VI. stirbt; Raymond VII. folgt ihm als Graf von Toulouse
1223	Philipp II. August stirbt; Ludwig VIII. wird König von Frankreich
1224	Amaury de Montfort überträgt die Grafschaft Carcassonne König Ludwig VIII. und verlässt Okzitanien
1226	Zweiter Kreuzzug gegen die Katharer unter Führung von Ludwig VIII., der auf dem Kreuzzug stirbt; Ludwig IX. (der Heilige) wird als Elfjähriger König, seine Mutter Blanche von Kastilien übernimmt die Regentschaft; Hoftag Friedrichs II. in Cremona, der Kaiser bannt den Lombardenbund; Tod des Franz von Assisi
1227	Honorius III. stirbt, sein Nachfolger wird Gregor IX.; wegen Seuche abgebrochene Kreuzfahrt Friedrichs II. bringt dem Kaiser den Kirchenbann
1228	Friedrich II. bricht zum fünften Kreuzzug auf
1229	Raymond VII. unterwirft sich im Vertrag von Meaux, am Gründonnerstag kommt es zum Frieden von Paris; Friedrich II. erringt die Herrschaft über Jerusalem
1233	Papst Gregor IX. führt in Okzitanien formell die Inquisition durch die Dominikaner ein
1234	Heiligsprechung von Dominikus; Ludwig IX. übernimmt selbst die Regierungsgeschäfte, die Regentschaft von Blanche von Kastilien endet
1235	Dominikanerkloster in Toulouse wird gestürmt
1240	Aufstand von Raymond II. Trencavel; Franzosen erobern Peyrepertuis; Familie d'Este übernimmt erstmals die Regierung in Ferrara

1241	Gregor IX. stirbt, Coelestin IV. tritt seine Nachfolge an
1242	Ermordung der Inquisitoren in Avignonet am 28. Mai; Aufstand von Raymond VII.; Ludwig IX. siegt bei Taillebourg
1243	Konzil von Béziers beschließt die Belagerung von Montségur
1244	Fall und Übergabe von Montségur; Jerusalem geht den Christen mit der Eroberung durch die Sarazenen endgültig verloren; Thomas von Aquin tritt in den Dominikanerorden ein
1247	Raymond VII. lässt in Agen 80 Katharer verbrennen
1248	Ludwig IX. bricht zum Kreuzzug auf; Blanche von Kastilien übt wieder die Regentschaft in Frankreich aus
1249	Ludwig IX. erobert Damiette, wird anschließend gefangen genommen und kommt nur gegen hohes Lösegeld wieder frei; Tod von Raymond VII.
1250	Friedrich II. stirbt; die Kathedrale Notre-Dame de Paris wird fertig gestellt
1252	Innonzenz IV. gestattet offiziell die Folter im Inquisitionsprozess; Tod von Blanche von Kastilien, sie wird später heilig gesprochen
1255	Eroberung von Quéribus
1270	Ludwig IX. begibt sich auf seinen zweiten Kreuzzug und kommt um, er wird später heilig gesprochen
1271	Jeanne de Toulouse stirbt ohne Nachkommen, Okzitanien wird französisches Kronland
1274	Thomas von Aquin stirbt
1280	Albertus Magnus stirbt
1307	Bernhard Gui wird Inquisitor in Toulouse
1310	Bernard Gui verfasst das *Practica inquisitionis haereticae pravitatis*, sein Handbuch für den Inquisitor
1539	Edikt von Villers-Cotterêts gebietet Französisch als alleinige Amtssprache

Bitte beachten Sie folgende Seiten:

400 Seiten, ISBN 3-7844-2698-0

Georg Brun

Fackeln des Teufels

Sittengemälde einer Zeitenwende

Im Mittelpunkt dieses dramatischen historischen Romans steht die Lebensgeschichte des Mönches Johann. Als Gutachter während einer Serie erschütternder Hexenprozesse und durch die verhängnisvolle Leidenschaft zu einer außergewöhnlichen Frau beginnt er, an allem zu zweifeln, woran er bisher geglaubt hat...

Langen Müller

248 Seiten, ISBN 3-485-00556-8

Georg Brun

Das Vermächtnis der Juliane Hall

Das Schicksal einer jungen Frau während des Dritten Reichs

In die abwechslungsreiche Handlung, in Julianes packend geschilderte Biografie eingebettet, zeigt der Roman den Weg der Weimarer Republik in die Diktatur aus der Sicht des »kleinen Mannes«, der, gefangen von eigenen Sorgen und Nöten, die drohende Gefahr nicht erkannte.
Für diesen Roman erhielt Georg Brun den »Staatlichen Förderpreis für junge Schriftsteller des Freistaates Bayern«.

nymphenburger